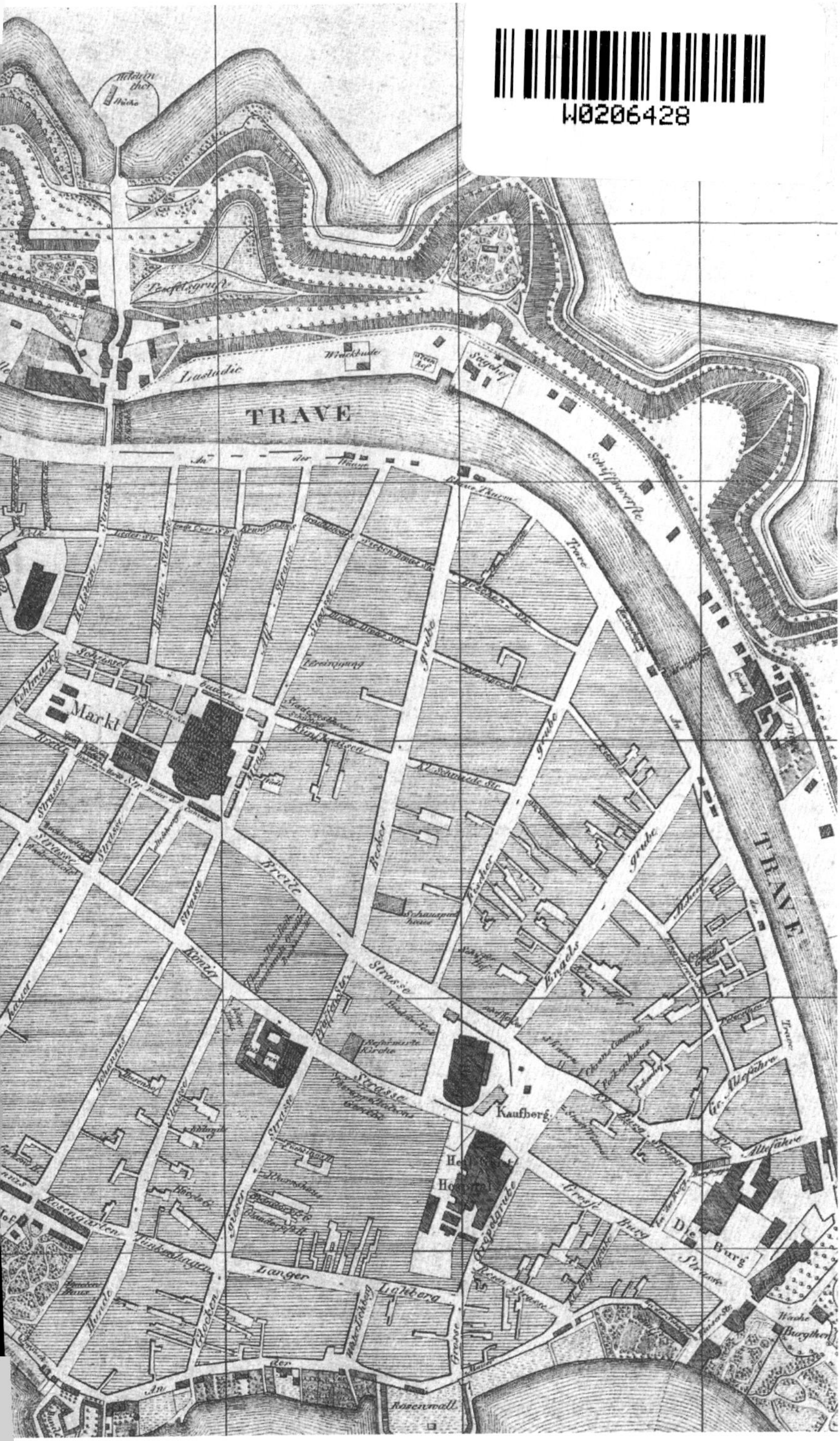
TRAVE
TRAVE
Lastadie
Markt
Breite
Strasse
Königs
Strasse
Kaufberg
Die Burg
Rosenwall
Engels
grube
Fischer
Becker
grube
Langer
Lohberg
Strasse
Grosse Burg
Strasse
Schüssel
buden
Glocken
giesser

Svealena Kutschke
Stadt aus Rauch

Weitere Titel der Autorin:

Etwas Kleines gut versiegeln
Gefährliche Arten

Svealena
Kutschke

STADT AUS RAUCH

Roman

eichborn

»… und seit Jahr und Tag wartet der Wind
vor der Marienkirche auf den Teufel, der nie erscheint.
Er muss die Sünder in die Hölle bringen.«

Mündliche Überlieferung

Teil 1

SOMMERSONNENWENDE

KAPITEL 1

Magdalena stand am Ufer der Trave und schaute auf die schwarzen Wellen, die an ihren Füßen leckten. Sie war zweiundzwanzig Jahre alt, älter als das 20. Jahrhundert, nicht alt genug, dem Teufel gegenüberzutreten.

Der Teufel stand auf der anderen Seite der Trave, Schnee fiel durch seinen Körper, Magdalena sah ihn an, und das Ungeborene in ihrem Leib öffnete die Augen.

Letzte Nacht war die Trave über die Ufer gestiegen, die Treppen der Häuser an der Obertrave emporgekrochen, hatte die Sandsäcke durchweicht, war in die Dielen geflossen und hatte die beiden einzigen Keller gefüllt, die es an der Obertrave gab. Als das Wasser langsam zurückwich, ließ es ertrunkene Ratten, aufgeweichte Rechnungsbücher und verrostetes Werkzeug zurück. Und Magdalena. Sie saß auf dem Boden zwischen drei Bierfässern, zwei schwammigen Brotlaiben und einem glitschigen Schinken, die Beine lang ausgestreckt, die Hände blau vor Kälte, aber zu Fäusten geballt. Als das Hochwasser kam, hatte sie sich im Keller der Gastwirtschaft in der Hartengrube hinter den Bierfässern versteckt, fest entschlossen zu sterben. Die Männer hatten den Weinbestand gerettet, Fässer mit gesalzenem Hering und die meisten Räucherwaren. Aber als sie das erste Bierfass die schmale Stiege hinaufwuchteten, war das Wasser bereits in die Gasträume gesickert. Sie schlossen die Kellertür, stapelten Sandsäcke davor und hofften.

Das tat auch Magdalena. Oben beteten die Männer um einen glimpflichen Verlauf, unten ersehnte Magdalena eine mächtige, erlösende Flut. Aber das Wasser sickerte in dünnen, trüben Strahlen in den Keller. Als der Pegel ihre Oberschenkel bedeckte, war Schluss. Einer weniger Entschlossenen hätte die Gemächlichkeit des ansteigenden Wasserspiegels wahrscheinlich den Lebenswillen zurückgegeben. Aber Magdalena fürchtete das Leben, besonders das ungeborene, mehr als den Tod. Sie war vielleicht nicht entschlossen genug, in einer Pfütze zu ertrinken, aber dafür, sich nicht von einem einzigen missglückten Versuch von ihrem Vorhaben abbringen zu lassen, reichte es.

In der nächsten Nacht ging sie zum Wasser hinunter. Wenn die Trave nicht zu ihr kam, musste sie eben zur Trave.

Sie stand am Ufer neben der Dankwartsbrücke, ein paar bleiche Sterne spiegelten sich auf der Wasseroberfläche. Hätte Magdalena Angst vor der Hölle gehabt, hätte ihr dieser Anblick vielleicht geholfen. Den Teufel austricksen, sich von der Trave einen direkten Zugang zum Himmel verschaffen, etwas in dieser Art, sie hatte aber keine Angst vor der Hölle. Sie glaubte nicht an die Hölle, was Grund genug war, genau dort zu landen, so hatte sie den Pastor verstanden. In ihrem Fall gab es mehr als diesen einen Grund.

Der Teufel stand auf der anderen Seite der Trave, klopfte eine Zigarette aus der Schachtel, steckte sie zwischen die Lippen, nahm eine Schachtel Zündhölzer aus der Tasche seines Fracks und strich eines an. Der Schein der Flamme schälte sein Gesicht aus der Nacht, sein schwarzes zurückgekämmtes Haar, den dichten Bart, die gleißend blauen Augen, die rotgeschminkten Lippen. Die Hand mit den langen, rotlackierten Fingernägeln. Er zündete die Zigarette an, der

Schein der Glut erhellte das ganze Viertel. Es begann mit einem unsteten Licht, wie ein Wetterleuchten, das über der Trave zitterte, wenn er an der Zigarette zog. Bald aber war es so hell, als würde mitten in der Nacht die Sonne scheinen. Ein Paar, das im Schein einer Gaslaterne stritt, verstummte; zwei Männer, die sich gerade noch geprügelt hatten, ließen ihre Fäuste sinken und fanden es plötzlich schwer, sich überhaupt auf den Beinen zu halten. Alle schauten zum Himmel, der dunkel und eisig über dem Licht lag. In der Dankwartsgrube, der Marlesgrube, der Hartengrube traten die Leute vor ihre Häuser, schüttelten ihre Uhren, schlurften in Nachthemd und Mantel die Straßen hinunter.

Die Straßen waren erleuchtet, als wären sie in Brand gesetzt. Auch die düstersten Gassen und Hinterhöfe, sogar die sargschmalen Tunnel, die zu den Hinterhäusern führten und immer dunkel und klamm waren, wurden unbarmherzig ausgeleuchtet. Am Hafen torkelten Matrosen aus den Kneipen, plötzlich überzeugt, dass die nächste Ausfahrt die letzte sein würde, Huren rafften ihre Tücher über der Brust und schauten zu den Türmen der Jacobikirche empor, Kapitäne nahmen sich vor, ihre Kogge ein zweites Mal zu taufen, sie hatten so ein Gefühl.

Das Licht fraß sich die Gruben hinauf in die Mühlenstraße, wo Mädchen handgeklöppelte Träume träumten, und in die Burgstraße, wo ein Junge fiebrige Liebesbriefe schrieb und ein Pastor zum ersten Mal in seinem Leben nicht sicher war, ob eine Sache Gott oder seinem Widersacher zuzuordnen war. Ein paar Häuser weiter fragte sich eine junge Frau, die eben im Begriff war, ihren Mann zu betrügen, exakt dasselbe.

Die erfolgreiche Schriftstellerin im Burgtor schaute ins Gleißen hinaus, faltete die Hände über der Brust und hatte eine Eingebung, der erfolglose Schriftsteller Willnauer hatte im Rosengang soeben seinen zweiten Roman beendet und nahm das nächtliche Wunder als ein gutes Omen, womit er falschlag: Auch dieser Roman sollte unveröffentlicht bleiben. In der Kleinen Gröpelgrube gewann Fräulein Lisbeth im Alter von achtundsechzig Jahren jäh ihr Augenlicht zurück und erwischte Fräulein Hedwig über dem Kirschkuchen, von dem diese behauptet hatte, er wäre schon gestern ausgegangen; im Hinterhaus trat der Maler Michél Hinrichs betrunken in den Hof und streckte seine Fäuste in das Licht, das eine Substanz zu haben schien, greifbar war wie feiner, seidiger Stoff. Er legte den Kopf in den Nacken und überließ sich dieser seltsamen, erlösenden Traurigkeit, einem Gefühl, das er bisher nur in Magdalenas Armen gehabt hatte. Die Stadt brannte im Licht, und Magdalena schaute in die tiefe Schwärze der Trave.

Es wäre der passende Moment gewesen, eine Lebensmüde vom Ufer wegzufischen. Aber niemand sah Magdalena. Das Licht der Sterne kann man noch Jahrhunderte nach ihrem Erlöschen sehen. Magdalena war schon verschwunden, bevor die Trave sie geschluckt hatte.

»Düvel ook!«, rief Johann Petersenn, der vor Erstaunen ins Platt verfiel. »Watt een Höllfüer.«

Sein jüngster Sohn Christoph, im Nachthemd neben ihm am Fenster, schaute auf die Schule, die im kalten Höllenfeuer stand. Die Mauern des Johanneums bleichten aus, selbst der dunkle Schlund des Eingangstores war grell ausgeleuchtet. Die Bäume vor der Schule staken im Licht. Der Verlauf der Schatten bei verschiedenen Lichtverhältnissen, an dem Christoph in seinen Zeichnungen, die er von dem Schulgebäude anfertigte, ständig scheiterte, war ausradiert. Es war ein Gleißen, das jeden Schatten ablöschte.

Christoph Maria Petersenn lächelte, Johann schwitzte, Magdalena legte den Kopf in den Nacken und schaute zu der toten Sonne empor, dem im Licht erstickten Mond, den erblindeten Sternen, dann sah sie dem Teufel in die Augen, dann platzte ihre Fruchtblase. Ein Wind war aufgekommen, ihr Kleid klebte an ihrem runden Bauch, das schwere Tuch, das ihr um die Schultern lag, blähte sich wie ein Segel. Das Haar des Teufels aber lag still auf seinem Schädel, kein Windstoß trübte die geordneten Falten der Frackschöße.

Siegelringe blitzen an seinen Händen. Magdalena konnte sie so klar erkennen, als würde sie durch ein Opernglas schauen. Das Wappen Heinrichs des Löwen am Ringfinger der rechten Hand, der Doppelköpfige Adler am Mittelfinger, das Handels- und Seefahrerwappen am Ringfinger der linken Hand. Am kleinen Finger das Lübecker Schiffssiegel. Das Haar des Teufels glänzte, der Rauch seiner Zigarette wehte über die Trave.

Ganz offensichtlich hatte Magdalena sich geirrt, es gab einen Teufel, aber auch der Pastor hatte sich geirrt, die Hölle war nicht jenseitig, die Hölle war hier und jetzt, die Hölle war Lübeck.

Magdalena atmete tief ein, der Teufel lächelte ihr zu, und sie sprang. Der Teufel drückte seine Zigarette aus. Die Stadt versank in der Nacht, und Magdalena in der Trave.

Als ihre Leiche an einem Fender an der Kaimauer des Hansahafens gefunden wurde, war sie weder aufgedunsen noch hatten die Fische sie angeknabbert. Nein, ihre Haut und das sonst so strohige Haar waren von einem Glanz, der den Hafenarbeitern das Wasser in die Augen trieb. Auch ihre Zähne, die zu Lebzeiten alles andere als makellos gewesen waren, schimmerten perlmuttfarben. Der Pastor bekreuzigte sich: Sogar der obere Schneidezahn, den man ihr zu Beginn der Schwangerschaft ausgeschlagen hatte, war nachgewachsen. Auf ihrem Bauch, unter ihren Brüsten zusammengerollt, lag ein Säugling. Die Nabelschnur, die ein giftiges Grau angenommen hatte, in der Faust wie ein Tau.

Die einen sagten, der Teufel habe Magdalena geholt, die

anderen glaubten an ein Wunder, die meisten sagten, es sei ein tragisches Unglück. Fest stand nur, die junge Frau war tot, sie trieb mit dem Bauch nach oben am Hafen, das Haar verflochten mit Algen, einen Knöchel im Tauwerk eines Kutters verfangen. Neben ihr schwamm ein halber Laib Brot, der für den Moment die Aufmerksamkeit der Fische von ihr ablenkte.

Der Säugling lag auf ihrem Bauch, als habe, man bekreuzigte sich erneut, der Roggenbuk selbst ihn mit seinen knochigen Fingern entbunden und auf ihren Leib gelegt, oder, und diese Vorstellung schien fast noch unheimlicher, als wäre der Säugling aus eigener Kraft auf das leblose Floß geklettert. Ein Enterich schnappte nach der grauen Nabelschnur, schaffte es aber nicht, sie durchzubeißen.

Christoph Petersenn, der mit seinem Zeichenblock am Hafen herumlungerte, betrachtete Magdalena fasziniert. Das lag erst mal nicht daran, dass sie tot war. Es lag daran, dass er noch nie eine nackte Frau gesehen hatte. Er war von dem Anblick gleichermaßen enttäuscht wie berauscht. Die Realität war aufregend, aber dennoch ernüchternder als seine Fantasie: Er war neun Jahre alt, als er sich schwor, künftig den Geheimnissen ihren Glanz zu lassen.

Nachdem der Pastor ihn verjagt hatte, ging er nach Hause, riss die Zeichnungen, die er vom Johanneum angefertigt hatte, aus seinem Block und begann unbeholfen, die Tote mit ihrem Kind zu zeichnen, was ihm eine Ohrfeige eintrug, dennoch aber der Beginn einer Serie sein sollte. Einer geheimen.

Michél Hinrichs, der gekommen war, um eine Fracht zu löschen, warf einen einzigen Blick auf die beiden Körper im Wasser, dann ging er mit raschen Schritten die Untertrave hinunter. In einer Eckkneipe stieß er später seine Faust erst in die hölzerne Tresenverkleidung, dann dem Wirt zwischen die Zähne.

Die Hafenarbeiter zogen mithilfe von langen Stangen Magdalenas Körper an den Bug des Kutters. Keiner von ihnen konnte schwimmen, und so schaffte man ein großes Fischernetz heran, mit dem man Mutter und Kind barg. Als das Kind wie eine Kieler Sprotte aus dem Fangnetz in die Arme des Pastors flutschte, schloss der Geistliche die Augen und murmelte ein weiteres Gebet. Denn Lucie, Jessie Mertens' Großmutter, war am Leben. Sehr hungrig zwar, unterkühlt und von Parasiten befallen, aber zweifellos am Leben. Und damit fing das Elend erst an.

Im Hinterhaus in der Kleinen Gröpelgrube, einen kurzen kräftigen Fußmarsch vom Hansahafen entfernt, an einem kalten späten Abend im April 1974, ballte Jessie Mertens, sechsundsechzig Jahre nach der Geburt ihrer Großmutter, im Bauch ihrer Mutter Freya die Fäuste und wappnete sich gegen die bevorstehende Geburt. Jürgen Mertens schaute einen Jesse-James-Western, halb sitzend, halb liegend, einen Teller Bratkartoffeln auf dem Bauch, das braune Jackett als Stütze in den Nacken gestopft.

Freya hockte an dem Tisch, unter dem sie als Kind so oft gekauert hatte, und starrte grimmig auf ihren Teller. Sie beobachtete, wie das Fett auf den Bratkartoffeln erkaltete, stockte und unansehnlich weiße Flecken bildete. So ungefähr musste es in ihren Beinen aussehen, dachte sie, und in ihren Hüften, seit der Empfängnis hatte sie zweiundzwanzig Kilogramm zugenommen. Dann betrachtete sie ihren Mann. Jürgens Dicklichkeit hatte sie nie gestört, auch die etwas unmännliche Stupsnase und die leicht hängenden Wangen hatte sie immer rührend gefunden. Der wuchernde Schnauzbart und die fetten Koteletten gaben seinen Zügen etwas Melancholisches, verliehen ihm die Würde eines tragischen Helden. Freya dagegen hatte den Stolz einer Burgzinne. Ihre tiefe, rauchige Stimme wirkte verwegen, selbst jetzt, hochschwanger, Lucies alten gesteppten Morgenmantel nur noch mühsam über dem Bauch geschlossen, strahlte sie eine fast majestätische Würde aus. Die herzliche Gemütlichkeit ihres Mannes glich das aus. In liebevollen Momenten nannte sie Jürgen »Bär« und dachte dabei an einen Eisbären, wegen seiner hellen, frühzeitig ergrauenden Haare.

Jetzt aber, im Lichte einer etwas weniger freundlichen Betrachtung, wirkte Jürgen nicht würdevoll und tragisch, sondern einfach nur verlottert. Mit dem Scharfsinn einer zornigen Ehefrau bemerkte sie, dass seine Zähne bei genauerem Hinsehen durchaus etwas leicht *Nagetierhaftes* hatten. Er fläzte sich auf dem Sofa, die Nase verschwand fast im Fleisch der Wangen, die zudem prominenter waren als das Kinn. Jürgen sah aus wie ein riesiger Hamster, das erkannte sie plötzlich mit großer Klarheit.

Über dem grünen Sofa lag der Schatten Christoph Petersenns, der immer kerzengerade auf dem verschlissenen Samt gesessen hatte, die Füße nebeneinandergestellt wie ein ordentlich sortiertes Paar Schuhe, die Haare gescheitelt, die Hände neben sich auf den Polstern, als wäre Sitzen an sich eine anregende, alle Konzentration erfordernde Tätigkeit.

Im Schatten ihres Vaters räkelte sich ihr Mann, dem gerade eine Bratkartoffel auf den Bauch fiel, er bemerkte es noch nicht einmal. Freya beobachtete, wie die Kartoffel einen fettigen Hof bekam, der sich langsam auf dem Hemd ausbreitete. Inmitten eines Schusswechsels hievte sie sich aus dem Stuhl, fegte die Füße ihres Mannes vom Tisch, stampfte zum Fernseher und schaltete ihn aus. Auf diesen Jesse-James-Western von 1939 hatte Jürgen sich seit einer Woche gefreut, er kam trotzdem nicht zu Wort: Sie habe Rückenschmerzen, Kopfschmerzen, Sodbrennen usw., und Jürgen lungere herum, als könne er kein Wässerchen trüben. Dabei habe er ihr diese Misere eingebrockt. Und ob er sich mal angeschaut habe? Diese Haltung? Diese Frisur? Jürgen betastete erschrocken sein Haar, strich sich über Schnauzbart und Koteletten, und Freya platzte die Fruchtblase.

Freya und Jürgen starrten noch auf die Pfütze auf dem Boden, auf Freyas weiße Socken, die sich dunkel färbten, da fiel eines der schweren Ölporträts von Lucie krachend auf den Boden. Freya, abgelenkt durch den Lärm, schaute ihrer Mutter ins Gesicht, und Lucie schloss die Augen. Freya starrte auf die geschlossenen Lider, die Ölfarbe rissig, als hätte Michél es so gemalt, dann krümmte sie sich unter einer starken Wehe zusammen und stieß einen gepressten Fluch aus. Der Teufel solle Lucie holen, das Kind komme!

Je désire, dachte der Teufel resigniert, der eben den Schauplatz betreten hatte. *Désire*. Hatte er das jetzt richtig konjugiert? *Désirer*, da war er sich sicher, aber war es nun *je désire*? Was auch immer: Er wünschte.

Jürgen starrte noch auf den geborstenen Rahmen, die vergilbte Rückseite der Leinwand (Michél hatte die Porträts seiner Tochter nie signiert, aber immer die Jahreszahl auf die Rückseite geschrieben, in diesem Fall: *1915*), als Freya schon auf dem Boden lag, die Füße an die Wand gedrückt, und presste.

Der Teufel wandte sich ab. Er hasste Geburten. Dieses ganze Geschrei, dieses Quetschen und Pressen und Reißen und Spritzen, er fand das alles einfach *unoriginell*. Er verstand das nicht: Man züchtete und kreuzte Tomaten, Rüben, junge Hunde und die seltsamsten Blumensorten, die Geburt musste aber noch immer so *archaisch* stattfinden. Der einzige Grund, warum er diese Geburt bezeugte, war der, dass die Enkelin von Lucie und Christoph sich hier den Weg in die Welt erkämpfte. Lucie Hinrichs, diese seltsame Hinterhausgöre, deren Gegenwart nur ertrug, wer es mit sich selber aufnehmen konnte, Lucie, die die Flöhe husten und das Gras wachsen hörte, Lucie, die aus der Trave kam und irgendwann in die Trave zurückmusste. Christoph, der Charmeur mit dem verratenen Talent, der preußischen Erziehung und dem unzuverlässigen Schatten. Christoph, der immer so aufrichtig wirkte, besonders wenn er log.

Freya, Lucies und Christophs Tochter, hatte ihn enttäuscht, aber es gab Flüche und Fähigkeiten, die eine Generation übersprangen, der Teufel senkte den Kopf, er hoffte.

Jürgen rannte auf und ab, holte Handtücher und Wasser, fand die Telefonnummer der Hebamme nicht und rührte in der Wählscheibe des Telefons herum (die Nummer des Krankenhauses kannte er auswendig), ohne zu bemerken, dass der Stecker aus der Wand gezogen war. Freya schrie wie ein Tier.

Der Teufel starrte auf diesen malträtierten Körper, keine *élégance*, kein Anstand, keine Würde. In tausend Jahren hatte er nicht verstanden, was der Mensch so faszinierend fand an seinem Leib: ein Haufen Sehnen, Muskeln, Haare, Haut und Fett, ein Verdauungstrakt, die Gebärmutter, Herz, Blase und Lungenflügel. Kopfschmerzen, Muskelschmerzen, Zahnschmerzen, Gänsehaut und Schüttelfrost, Stechen, Ziehen und Reißen. Blähungen und Orgasmen, mehr passierte da nie.

Freyas Gesicht schien nur noch aus Adern und Sehnen zu bestehen, sie presste ein letztes Mal, und ein blutverschmiertes Wesen mit verkrümmten Extremitäten rutschte direkt in Jürgens geöffnete Hände. Seine Hose war voller Blut, er hockte zwischen den Beinen seiner Frau und hielt dieses winzige Mädchen, dessen Hitze seine Haut durchdrang. Er schaute es an, das zerknautschte Gesicht, die Nase nicht größer als sein Daumennagel. Er hielt seine Tochter in seiner hohlen Hand, ihre Haut glich dünnem lichtempfindlichen Papier.

Jürgen Mertens faltete sie vorsichtig auseinander, strich sie glatt und trug sie durch die Diele ins Badezimmer, das ihm in seiner Freizeit auch als Fotolabor diente. Dort tauchte er sie in die Duschwanne und sah zu, wie sich unter der roten Lampe langsam die Konturen ihrer Augen, des winzigen Mundes, der muschelförmigen Ohren herausbildeten.

Ihre Augen waren noch nicht gut genug, dass sie das Gesicht ihres Vaters erkennen konnte, dafür sah sie das Gesicht des Teufels, der neben ihm stand, recht deutlich. Seine leuchtend blauen Augen, den schwarzen Bart, die roten Lippen. Jessie Mertens wurde belichtet unter dem kühlen Mond eines Mittwochs und entwickelt im Badeschaum des provisorischen Fotolabors ihres Vaters. Getauft im Namen des Teufels und des heiligen Jesse James.

Und als der Teufel in ihre wasserblauen Augen sah, diese Augen, die ihn sehen konnten, genau wie Lucie es gekonnt hatte, wusste er, dass Lucies Geschichte noch nicht zu Ende war.

Jürgen ging durch den schmalen niedrigen Tunnel, der durch das Vorderhaus zum Hinterhaus führte, in der linken Hand einen großen Weidenkorb, in der rechten eine Plastiktüte von Aldi, er ging fast im Krebsgang, die rechte Schulter vorgeschoben, den Kopf eingezogen. Die Maße des Ganges waren so berechnet, dass man gerade eben einen einfachen Sarg hindurchtragen konnte. Eine durchaus vernünftige Architektur, fand Jürgen, dennoch stimmte es ihn jedes Mal melancholisch, wie wenig sie auf das Leben ausgerichtet war, dass sie sich kaum dazu eignete, einem stattlichen, wohlgenährten, noch dazu mit Einkäufen beladenen Mann Zugang zu gewähren.

Im Hof stellte Jürgen seine Einkäufe ab, zündete sich eine Zigarette an und betrachtete das Haus. Ein Fossil der alten Stadt, vom Efeu überwuchert, von Rosen umgarnt, eine steinerne Skulptur des Elends. Jessies Urgroßvater Michél Hinrichs war in diesem Haus geboren, Lucie war hier aufgewachsen, Freya, jetzt Jessie. Das Haus, eine von unzähligen Gesindebuden, welche die Vorderhausfamilien überall in der Stadt in ihre Hinterhöfe gestopft hatten, war gedrungen und robust wie eine geballte Faust. Es war hunderte von Jahren alt, neue Farbe blätterte innerhalb eines Jahres wieder von den Fensterläden, es war roh und alt wie ein Fels. Es hatte die Pestwellen bezeugt, ihm war die Kloake bis zur Haustür gestiegen, bis sich der Himmel unter dem Gestank grün färbte. Läusegeplagte Familien hatten sich in seinem Bauch zusammengedrängt, es hatte Kinder in seinem Leib verhungern lassen, trunkene Familienväter hatten beim Kartenspiel kostbare Quadratmeter an die Nachbarn verloren. Das Haus kannte sich aus mit Armut, mit Geistern und mit dem Tod. Es lebte in den Eingeweiden der Stadt, war ein Klumpen in dem Geflecht der Adern, das im Rücken der Vorderhäuser die Stadt durchzog. Für Jürgen aber war es vor allem eins: Es war das Haus, in dem seine Tochter schlief, in dem seine Frau wachte. Er genoss diesen Moment: eine Zigarette rauchen, die Zutaten für das Abendessen zu Füßen, den Blick auf das Haus gerichtet, dieses Haus, das seine Familie fest im Arm hielt.

Freya lag erschöpft auf dem grünen Biedermeiersofa, ihr Kind auf dem Bauch, und sah zu, wie Jürgen die Einkäufe wegräumte und den Weidenkorb, in dem schon zwei Generationen alles, was leicht zerbrach (Weinflaschen, Geschirr, Kinder), durch die Luke ins Dachgeschoss geseilt hatten, prüfend musterte und ein welkes Blatt aus dem Geflecht zupfte. Jürgen stattete den Korb mit einem Kissen und einer Decke aus und knotete ihn wieder an das Seil, das von der Luke herunterhing. Die Stiege, die zum Schlafzimmer führte, war so steil, dass sie eher einer Leiter glich. Michél hatte eine Treppe mit halben Trittplatten und einem Seitengeländer gebaut, man ging die Stiege breitbeinig und schwankend hinauf wie ein Seemann, einen Säugling trug man dabei besser nicht in den Armen. Jürgen hatte kaum den Knoten am Henkel des Korbes festgezogen, als Freya schon aufstand, das Kind in die *Wiege* legte und sich wortlos zurück auf das Sofa fallen ließ. Jürgen beugte sich über sein Mädchen und lächelte, dann begann er Möhren zu schälen. *That was Billy, lonesome Billy, who was quick to think, a gun could make him strong.* Freyas Schweigsamkeit machte ihm keine Sorgen, er verstand, dass sie erschöpft war, aber sein Mädchen sollte mehr hören als das Rascheln der Mäuse. Also sang Jürgen: *No one tougher or more daring. Only he and his gun sharing the great fight to live, and his great love to fight.*

Freyas schwarzes Haar wuchs ungekämmt und ungewaschen über die Lehne des grünen Sofas, das sie kaum noch verließ. Jürgens Stimme brachte sie zum Weinen. Ein Teller Suppe brachte sie zum Weinen. Der Geruch ihres Kindes brachte sie zum Weinen.

Sie konnte Jessie nichts geben. Sie machte sich keine Illusionen. Die Traurigkeit, die Freya seit der Kindheit in den Knochen steckte, war zusammen mit Jessie in die Welt gekommen. Als Freya wenige Jahre nach Kriegsende an den schwarzen Wassern der Trave gestanden und ihren langen Schatten über das Gesicht ihrer Mutter geworfen hatte, hatte das dunkle Flüstern des Wassers ihre Haut geschliffen und gehärtet. Freya, das Trümmerkind, das Rabenkind, Freya, die kräftig zuschlagen, aber niemanden umarmen konnte. Es irritierte sie, wenn Jürgen sie scheinbar grundlos anlächelte, sie war niemals unbeschwert, schon gar nicht albern. Sie war leidenschaftlich, stolz und streitlustig, Schwäche akzeptierte sie weder an sich noch an Jürgen. *A rough man who played with danger, to whom trouble was no stranger, until one day he lay dying.* Sie hatte nicht vorgehabt, Mutter zu werden.

»Von mir kommt nichts Gutes«, hatte sie über die Jahre in immer kürzeren Intervallen zu Jürgen gesagt. »Mir steckt der Krieg in den Knochen, mir steckt Lucie in den Knochen. Ich habe nicht viel zu geben, es reicht ja kaum für dich.« Und in immer kürzer werdenden Intervallen küsste Jürgen seine Frau und sagte: »Du wirst dich wundern, was in dir steckt. Du wirst dich wundern, wie viel du geben kannst.«

Und irgendwann glaubte sie ihm. Weil er sie kannte. Er

tat nicht so, als wäre sie eine gute Ehefrau, er tat nicht so, als würde ihm nichts fehlen. Er war nicht blind vor Liebe, aber er gab ihr das Gefühl, dass bei niemandem Hopfen und Malz verloren war, selbst bei ihr nicht. Und niemand ist völlig immun gegen Hoffnung, auch Freya war das nicht. *Never friendly, never trusting, always kept one ready hand near his gun.* Und dennoch: Sie wusste, dass auch in ihr das Böse schlief, so musste es sein, in jedem Menschen schlief das Böse.

Wie hatte sie so naiv sein können, zu glauben, sie könne für ein Kind sorgen. Wie hatte sie glauben können, ausgerechnet sie würde davonkommen. Jürgens Stimme, der Jessie in den Schlaf sang, tröpfelte von oben durch die Decke: *Keep your hand on the gun, don't you trust anyone, there's just one man you can trust, that's a dead man, and a gringo like me.*

Jürgen sang, Jessie schlief, der Teufel saß im Hof und schaute in die untergehende Sonne, ohne zu blinzeln. Freya war nie so einsam gewesen.

Jessie Mertens wuchs auf mit dem Knacken der Balken des Altstadthauses, Clint Eastwoods Schießkünsten, dem wandernden Schatten ihres Großvaters, dem Rascheln der Mäuse in den Wänden, dem wässrigen Duft der Geister und dem Geruch von Hackbraten, aber ihre einzige Angst war das Haar ihrer Mutter. Beim Kämmen schlangen sich die schwarzen, schweren Strähnen um die Zinken, als wäre Freyas Haar ein Lebewesen. Ein Wesen, das auf dem Kopf der Mutter nistete. Jessie weinte, wenn Freya am Abend den Knoten löste und ihr die Haare bis zu den Hüften hinunterfielen. Manchmal, wenn sie Lippenstift aufgelegt, das Muttermal über der Lippe mit Kajal noch dunkler gefärbt und das Haar auf dem Kopf verschlungen hatte, legte Jessie die Hand auf den kunstvoll geschlungenen Knoten, wie man eine Schlange am Hals eines Dompteurs berührte. In der Nacht floss Freyas Haar die Treppe hinunter, der Wind drückte gegen die Scheiben, und die Mäuse nagten an den tragenden Balken. Im *Seemannseck* ging die letzte Runde Jägermeister raus, und in Travemünde riss es wieder einen Meter von der Steilküste. Freyas Haar bespann Wände und Böden, Jürgen drehte sich im Bett und vergrub die Nase im Nacken seiner Frau, und Jessie schlief in einem Nest aus Haar, das sie jederzeit erwürgen konnte.

Jürgen Mertens arbeitete in einem Bestattungsinstitut, seine Frau in der Geburtsstation des Krankenhauses. Freya klopfte den Säuglingen auf den Rücken und entlockte ihnen den ersten Schrei, Jürgen Mertens wusch die Toten. Freya kleidete die Säuglinge in ihr erstes Hemd, Jürgen zog seinen Toten das letzte an.

Wenn er am späten Nachmittag nach Hause kam, tapste Jessie ihm entgegen, er hockte sich auf den Boden, und Jessie griff ihm mit beiden Händen ins Gesicht. Jedes Mal hatte er das Gefühl, noch nie in seinem Leben eine Haut berührt zu haben, die so warm war, so zart und so lebendig. Freya ging zur Spätschicht, und Jürgen nahm seine Tochter auf den Arm, schloss sich mit ihr im Badezimmer ein und entwickelte die Fotos der Toten, die er heimlich machte. Es waren die Siebzigerjahre, man glaubte wieder besonders stark an die Seele und daran, dass alles irgendwie miteinander verbunden war, Energie nicht ausgelöscht werden konnte, nur umgewandelt. Zumindest glaubte Jürgen Mertens das. Es war ihm ein nicht geringer Trost, und es machte einen guten Teil seiner Liebe zu seiner Frau aus, dass die Seelen, die seinen Toten entwichen, unter Freyas Händen wieder zum Leben erwachten. Wenn sie ihm beim Frühstück von den Geburten der Nacht erzählte, nickte er wissend, als würde sie ihm Anekdoten von alten Bekannten erzählen.

Für ihn waren Freya und er mehr als zwei Menschen, die sich liebten. Sie teilten die Welt unter sich auf, sie sorgten dafür, dass nichts verging, er fand das immer wieder ergreifend, und dann küsste er seine Frau über dem Frühstücksei so heftig, dass er die Kaffeetassen umwarf und sein Hemd wechseln musste.

Wenn er, Jessie auf den Schultern, Freya an der Hand, am Strand von Travemünde spazieren ging, deutete er auf die Einsiedlerkrebse, manche trugen ein Schneckenhaus, manche den Verschluss einer Shampooflasche auf dem Rücken. »So ist es mit den Seelen«, sagte er dann. »Sie brauchen ein Haus, manchmal nehmen sie das erstbeste, es passt vielleicht nicht besonders gut, aber bis ein neues gefunden wird, reicht es vollkommen aus. Haus ist Haus.«

Während junge Väter im Krankenhaus Bilder von ihren Neugeborenen machten, fotografierte er seine Toten. Er wusste, dass die Seele nicht mit dem Eintritt des Todes den Körper verließ. Sie blieb noch ein paar Tage, das war völlig klar, wenn man die Toten wusch. Ihre Haut war kalt und trocken, ihre Gliedmaßen starr, aber darin wohnte noch etwas, das erst nach einer Weile davonzog und sich ein neues Heim suchte, weshalb er sie jeweils zweimal ablichtete, einmal mit Seele, einmal ohne, der Unterschied war frappierend. Früher hatte er seine Frau fotografiert. Als er aber die Bilder entwickelt hatte, sah er mehr als beabsichtigt. Jemanden zu fotografieren bedeutete, ihn zu erforschen. Und in der Liebe forscht man besser nicht. Er hörte auf, Freya zu fotografieren, und widmete sich *mehr wissenschaftlichen Objekten*, seinen Toten.

Mehrmals in der Woche nahm er Jessie mit ins Bad, verschloss die Tür, befestigte schwarze Pappe vor dem Fenster, klebte die Ritzen der Tür ab und stopfte Watte ins Schlüsselloch. Über die Duschwanne legte er ein Brett, auf dem Schalen mit Entwickler und Fixierer standen, darunter trudelten nach spätestens einer Stunde die Gesichter der Toten. Der Belichtungsapparat stand auf dem Klodeckel, das Fotopapier und alles Übrige stapelten sich im Waschbecken. Jürgen Mertens hatte genau einen Quadratmeter, auf dem er sich um die eigene Achse drehen konnte. Der Duschvorhang lag unter dem Waschbecken, an der Drahtschnur hingen die tropfenden Bilder. Aus einem kleinen Kassettenrekorder drang Westernfilmmusik von Morricone.

Als Säugling hatte Jessie in ihrem Weidenkorb zusammen mit dem Duschvorhang unter dem Waschbecken im roten Licht der Dunkelkammer gelegen, dann hockte sie unter dem Waschbecken und spielte mit den Schnürsenkeln ihres Vaters, später klemmte sie zwischen Dusche und Toilette an der Wand und blinzelte in das rote Licht, in dem ihr Vater sehr jung aussah.

Jürgen Mertens erklärte Jessie jeden seiner Arbeitsschritte, noch bevor seine Tochter das erste Wort gesprochen hatte. Mit vier Jahren durfte sie die gewässerten Bilder aus der Badewanne holen, mit sieben Jahren durfte sie mit einer Zange die entwickelten Fotos aus dem Fixierer fischen und ins Wasser werfen. Mit neun Jahren belichtete sie die Bilder mit einer Sorgfalt und einem Feingefühl, die Jürgen Mertens nicht erstaunten, aber erfreuten. Jessie fand nichts Unheimliches am Anblick der Toten, bis sie ein paar Fotos von sich selber sah, die ihr Vater von ihr gemacht hatte, als sie schlief.

»Warum habe ich nicht gemerkt, dass du mich fotografierst?«

»Weil du geschlafen hast.«

»Was passiert, wenn ich schlafe?«

»Du träumst.«

»Träume ich die ganze Nacht?«

»Nein.«

»Was mache ich, wenn ich nicht träume?«

»Da bist du bewusstlos, oder so etwas in der Art.«

Jürgen lächelte, und Jessie war entsetzt.

Am Abend waren sie vom Dampf der Chemikalien benebelt und schauten Filme. Jürgen Mertens hatte einen Heimvideorekorder gekauft (eine elegante schwere Maschine im

Holzgehäuse) und eine beachtliche Anzahl von Western gesammelt. Am liebsten mochte Jessie die *Fistful of Dollars*-Trilogie, sie verehrte Clint Eastwood fast so sehr wie ihren Vater. Sie hockten nebeneinander auf dem grünen alten Samtsofa, zwischen sich eine Schüssel mit Erdnussflips, Jürgen rauchte Camel ohne Filter, und Jessie klemmte sich eine Schokoladenzigarette in den Mundwinkel. Wenn Jürgen sich vorbeugte, um die Asche abzuklopfen, hielt auch Jessie ihre Schokoladenzigarette über den Aschenbecher, das Papier aufgeweicht und verschmiert. Die Schokolade schmeckte nicht und veranstaltete eine ziemliche Sauerei, die Camel ohne Filter verursachten Jürgen Kopfschmerzen, also stiegen sie nach einiger Zeit auf Filter- und Kaugummizigaretten um. Wenn Freya von der Spätschicht nach Hause kam, fand sie ihr Kind häufig schlafend auf dem Sofa, eine völlig aufgeweichte Kaugummizigarette im Mundwinkel, das abgelöste Papier bedeckte ihre Unterlippe, und ihren Mann auf dem Boden vor dem Fernseher, mit der zweiten Weinflasche schon halb durch.

An einem Morgen im Frühling, Jessie war neun Jahre alt, brachte Jürgen seine Tochter zur Schule. Normalerweise ging sie allein, sie musste nur durch die Rosenstraße, ein paar Meter die Große Gröpelgrube hinunter und dann in den Langen Lohberg einbiegen, aber Jürgen hatte verschlafen und Jessie verkündet, dass sie *nie wieder* zur Schule gehen würde, zumindest *nicht heute*. Das Haus, das viel zu klein für die ausladenden, großbürgerlichen Möbel war, bot genügend Möglichkeiten, sich effektiv zu verkeilen. Jessie hatte sich in ihrem Zimmer zwischen Lucies Bett und der Wand eingeklemmt, den Rücken gegen das dunkle speckige Holz, die Füße gegen die Mauer gestemmt. Trotz ihrer Anstrengung pflückte Jürgen Jessie so mühelos vom Fußboden, als würde er ein Radieschen aus der Erde ziehen.

Jessie weinte nicht, als sie neben ihm hertrottete, das tat sie selten, das lag in der Familie, aber sie presste die Lippen so fest aufeinander, dass sie ganz weiß waren. Vor dem Schultor stemmte sie ihre Hacken in das Kopfsteinpflaster, ballte die Fäuste und drückte das Kinn auf die Brust. Jürgen war nicht danach, sein Kind in die Klasse zu *tragen*. Er redete Jessie gut zu, bot an, sie in die Klasse zu begleiten: »Jeder kann mal verschlafen, mein Mädchen, ich klär das, da brauchst du keine Angst zu haben.« Jessie reagierte nicht. Sie starrte auf ihre Füße, aber ihr Brustkorb hob und senkte sich so flatterhaft, Jürgen sah, dass sie in echter Not war. Sie war keine eifrige Schülerin, er verstand nicht, was das Problem war. Warum sie es so schlimm fand, zu spät zu kommen. Jessie sagte keinen Ton, rührte sich nicht vom Fleck, bis die Pause anbrach und sich der Hof mit Kindern füllte. Dann erst sah sie auf: »Bis später, Papa«, sagte sie, nahm ihre Schultasche und mischte sich unter die Kinder. Niemand grüßte sie. Ein paar Kinder lachten und riefen etwas, das Jürgen nicht verstand. Aber dass es nichts Freundliches war, das spürte er genau. Spott hat einen ganz eigenen Geschmack. Wie saure Milch. Jessie hielt den Kopf gesenkt und bahnte sich ihren Weg durch die Gruppen von Kindern, zu routiniert, das sah er deutlich. Sie bewegte sich anders als zuhause, sie huschte fast. Sie bewegte sich wie jemand, der durch Unterholz schleicht, bemüht, keine Geräusche zu machen.

Das war der Moment, in dem Jürgen Mertens zum ersten Mal auffiel, dass Jessie noch nie zu einem Geburtstag eingeladen worden war und vor Schulfeiern immer Bauchschmerzen hatte. Sie war jetzt in der vierten Klasse, und das *einzige* Kind, mit dem sie sich manchmal verabredete, war Bjarne, ein schüchterner, pummeliger Junge aus dem Rosengang.

Es war ihm nie in den Sinn gekommen, dass jemand sein Mädchen nicht mögen könnte, das schien ihm schlicht unmöglich, jetzt sah er, wie die Rücken sich vor ihr schlossen.

Niemand rempelte sie an, der Spott kam aus sicherer Entfernung, die anderen mochten sie nicht, aber es war mehr als das, es war, als hätten die anderen Kinder Angst vor ihr. Jürgen wurde entsetzlich elend. Die Zweit- und Drittklässler spielten Gummitwist und Himmel und Hölle. Sie tauschten Sammelkarten und trugen bei aller Winzigkeit schon Markenjeans anstelle der praktischen Bundfaltenhosen aus Stoff, in denen Jessies Körper versank. Die Viertklässler standen um einen Kassettenrekorder herum und übten den *Moonwalk*, ein paar von ihnen hatten gerollte *Bravos* unter dem Arm. Jessie hingegen sprach bei jeder sich bietenden Gelegenheit in Westernzitaten. Sie hatte bisher wahrscheinlich mehr tote als lebendige Gesichter gesehen, in der zweiten Klasse hatte sie darum gebeten, ein paar Fotos mitnehmen zu dürfen, um sie in der Schule zu zeigen, sie sollten von ihren Hobbys erzählen. Jessie war anders als die anderen Kinder. Und anders war kein Vorteil, nicht in der Grundschule.

Jürgen schloss die Augen, rieb sich Schnauzer und Koteletten, er vergisst einen Gedanken, während er ihn denkt.

Jürgen schließt die Augen, und Jessie öffnet ihre. Jessie sieht: Jürgens Rücken am Ende der Straße, eine Wolke türmt sich über ihm am Himmel, sie meint nur ihn.

Jessie ging über den ganzen Schulhof, an den Bänken bei den Bäumen vorbei, den Klettergerüsten, auf denen Mädchen im Schweinebaumel hingen und Aufschwung übten, bis sie, auf der anderen Seite der Schule, in einer Nische neben den Mülltonnen Bjarne fand. Sie lehnte sich neben ihn an die Mauer, und Bjarne hielt ihr wortlos den Schokoriegel hin, an dem er gerade knabberte, Jessie schüttelte den Kopf.

Bjarnes Hosen waren nass, seine Schuhe auch, seine Augen rot. Jessie schaute zu der großen Pfütze rüber, neben der ein paar Jungs standen und zu Bjarne rüberfeixten. »Ich kann einem fliegenden Vogel ein Auge ausschießen«, schrie sie zu ihnen rüber, sie lachten noch lauter, aber sie gingen.

»Verschlafen?«, fragte Bjarne.

»Ja.«

»Cool«, sagte Bjarne und schaute sie bewundernd an.

Jessie zupfte an ihren gelben Stoffhosen herum, die an den Oberschenkeln so weit waren, dass ihr Bein doppelt hineingepasst hätte, an den Waden liefen sie schmal zusammen. Sie hatte vor zwei Wochen eine feste Klammer bekommen wegen der Schneidezähne, aber das machte nichts, sie lachte sowieso nicht in der Schule. Sie stand ganz dicht neben Bjarne, so dicht, dass die Feuchtigkeit seiner Jeans in den Stoff ihrer Hose zog, auch das machte nichts. Aus den Westernfilmen wusste Jessie, dass man keine Freunde brauchte, aber einen Menschen, dem man sein Leben anvertrauen würde, und das war Bjarne.

Bjarne kramte in seiner Tasche, holte eine kleine Zigarrenschachtel heraus und hielt sie Jessie hin. Sie schob den Deckel auf, im Inneren fand sie einen winzigen pelzigen Leib, zwei abgerissene Fühler, die Flügel so zerbröselt, dass sie nicht mehr zu erkennen waren. Jessie schluckte. »Schön«, sagte sie nach einer Weile. »Danke.« Bjarne schmiss die Zigarrenschachtel wütend auf den Boden und zertrat sie mit seinen Turnschuhen. Das Pfauenauge war seine erste eigenständige Arbeit gewesen.

»Wir haben alle unsere Gespenster, Marshall, du jagst sie auf deine Weise, ich auf meine«, sagte Jessie tröstend und schenkte ihm ein Foto von der toten Frau Oslowsky. Bjarne lächelte.

Nach der Schule ging Jessie zum Mittagessen mit zu Bjarne nach Hause. Er wohnte im Rosengang, im selben Haus, in dem noch immer der Geist des unglücklichen und verkannten Schriftstellers Hans Willnauer im Schein einer Kerze saß und mit krummem Rücken und fiebrigem Blick Seite um Seite niederkritzelte. Man sah ihn nicht, aber manchmal, wenn alles ganz still war, hörte man das Kratzen seiner Feder. Dann stellte Bjarnes Vater Mäusefallen auf, aber er fing nichts, und das Kratzen ging weiter.

Bjarne und Jessie verputzten schweigend die verbrannten Fischstäbchen, die Bjarnes Vater mit zitternden Händen auf den Tisch stellte. Er selbst rührte nichts an, er nippte stattdessen an seiner Kaffeetasse, aus der es seltsam scharf roch.

Jessie erinnerte sich noch gut an die Vorsicht, mit der Bjarnes Vater die Schmetterlinge präparierte, als seine Hände noch nicht zitterten, die freundliche ruhige Stimme, mit der er ihr und Bjarne jeden Schritt erklärte. Die Atmosphäre war genauso wie im Fotolabor ihres Vaters gewesen, nur dass man besser atmen und bequemer sitzen konnte. Jetzt war das Haus in tiefes Schweigen getaucht, ein Schweigen klebrig wie Schweiß.

»Hast du keinen Hunger?«, fragte Jessie Bjarnes Vater, und ihre Stimme klang ungewollt scharf, als müsste sie durch etwas Dickes hindurchschneiden.

»Magen«, sagte dieser nach einer Weile, die so lang war, dass Jessie schon gar nicht mehr mit einer Antwort rechnete. Jessie sah beklommen zu, wie Bjarne Fischstäbchen und Kartoffelbrei aus der Tüte in sich hineinschaufelte, als hätte er seit Tagen nichts gegessen. Er hielt den Kopf dicht über dem Teller und schob die nächste Gabel in den Mund, bevor er überhaupt geschluckt hatte. Sein Gesicht war rot und verquollen, als hätte er geweint. Oder, dachte Jessie, als würde er weinen, nicht essen.

Bjarnes Vater schaute in seine Tasse, Bjarne schaute auf seinen Teller, Jessie schaute auf Bjarne, Willnauer schaute auf sein Blatt, das Haus schloss die Augen.

Jessie und Bjarne lagen ausgestreckt auf dem Fußboden in Bjarnes Zimmer und betrachteten die Deckenbalken.

»Warum arbeitet dein Vater nicht mehr?«

»Magen.«

Bjarne sagte das so schnell, dass Jessie gar nicht erst fragte, wie ein Magen so viel Zerstörung anrichten konnte. Dass einer nicht mehr arbeiten ging, nicht mehr aß, nichts mehr sagte, nicht mehr lächelte und auch keine Schmetterlinge mehr präparierte. Sie dachte sich, es sei besser, Bjarne auf andere Gedanken zu bringen.

»Gestern hat Papa ein Foto gemacht von einem, der sich erhängt hat. Ich sollte das nicht sehen. Hab ich aber. Das war bestimmt an so einem Balken.« Jessie schaute Bjarne erwartungsvoll an. Bjarne lag auf dem Rücken, die Augen geschlossen und machte sich nicht einmal die Mühe, den Deckenbalken mit dem notwendigen Schauer zu betrachten.

»Bei mir zerfallen *immer* alle. *Alle.*« Bjarnes Stimme zitterte.

»Willst du nicht das Foto von der Frau Oslowsky aufhängen?«

»Ich hab noch keinen Schmetterling richtig hingekriegt. Aber Papa lässt mich auch nicht an seine Sachen. Ich brauch eine richtige Trockendose«, sagte Bjarne und trat frustriert gegen die Keksdose, mit der er seine Versuche machte, seit sein Vater angefangen hatte, stumm auf dem Sofa zu sitzen und in seine Kaffeetasse zu starren.

»Wenn jemand stirbt, macht er sich in die Hose. Das weiß aber keiner.«

»Echt?« Bjarne drehte sich auf die Seite und stützte sich auf dem Ellenbogen auf.

»Total. Sogar mit Kacke.«

»Das glaube ich nicht.«

»Und ob. Kannst ja meinen Vater fragen.«

Bjarne holte das Foto von Frau Oslowsky raus, das Jessie

ihm geschenkt hatte, faltete es auseinander und betrachtete es.

»Sie auch?«

»Klar. Das machen alle!«

»Ist das nicht peinlich?«

»Die sind doch tot. Wie doof bist du denn?«

Bjarne wurde rot und pinnte das Foto über sein Bett an die Wand. Seine Hose hatte Ränder, dort, wo das schmutzige Pfützenwasser getrocknet war. Jessie hatte einen Kloß im Hals. »Kannst du ja auch nicht wissen«, sagte sie schnell.

Es war ihre Schuld, dass die Jungen Bjarne in die Pfütze geschubst hatten, wäre sie da gewesen, wäre das nicht passiert. Keiner legte sich mit ihr an, dafür hatte sie gesorgt. Bjarne zuckte mit den Schultern, schaute sie aber nicht an. Er kratzte sich heftig am Hals, die Haut wurde feuerrot. Jessie schluckte: »Ich schenk dir das Foto. Von dem, der sich erhängt hat. Sieht voll schlimm aus. Echt!«

Bjarne antwortete nicht, aber er hörte auf, sich zu kratzen, und lächelte ein wenig. Jessie ging, bevor Bjarnes Mutter von der Arbeit kam. Es wurde dann immer sehr laut unten, und das war noch schlimmer als das Schweigen.

Den Rest des Schuljahres stand sie pünktlich um zehn vor acht vor dem Eingang des Rosenganges, aus dem Bjarne herausschlurfte, den Kopf gesenkt, die Schultasche nicht richtig gepackt. Nur das Schmetterlingsbuch hatte er immer dabei, in den Pausen lasen sie darin, die verschiedenen Schritte des Präparierens klangen leicht und seltsam erhaben. Es klang so, als könnte es gar nicht misslingen. Bjarne zerfiel dennoch jeder Falter. Jessie las unverdrossen weiter in dem Buch, irgendwo darin waren die Lösungen für Bjarnes Probleme, da war sie sicher, aber eines Tages riss er es ihr wortlos aus der Hand und stopfte es in die Mülltonne neben der Nische.

Am nächsten Tag wartete Jessie bis um zehn nach acht vor dem Rosengang. Dann ging sie hinein und klopfte an Bjarnes

Haustür. Niemand machte auf. Es war still. Sie schaute durchs Fenster, auf dem Wohnzimmerboden lag ein Kassenbon mit einem Schuhabdruck drauf. Ein dunkler, schlammiger Abdruck eines Arbeitsschuhs, rechts daneben lag eine Kippe, ansonsten war da nichts. Kein Tisch, kein Sofa, keine Bilder: Die Wohnung stand leer.

Jessie ging an diesem Tag nicht zur Schule. Sie ging zum Kanal hinunter und setzte sich auf den Steg. Die Sonne brannte. Die Möwen kreischten. Die Mücken stachen. Jessie brauchte keine Freunde. Aber sie brauchte einen Menschen, auf den sie sich mit ihrem Leben verlassen konnte. Das war Bjarne. Und Bjarne war weg.

Mit zwölf Jahren und bei genau hundertzweiundsechzig Zentimetern hörte Jessie auf zu wachsen, aber Freya stellte ihre Tochter weiterhin jeden Sonntag nach dem Frühstück mit den *Lübecker Nachrichten* auf dem Kopf in den Türrahmen. Sie runzelte die Stirn und zog die Luft scharf zwischen den Zähnen ein, doch der Bleistiftstrich wanderte nicht weiter nach oben, nur dicker wurde er jede Woche.

Das Nagen der Mäuse wurde lauter, ein Sachverständiger hätte festgestellt, dass die Balken des Hauses nicht mehr trugen. Die Rosen verloren ihre Blätter, ein dorniges Skelett rankte am Haus empor. Der Graphitbalken glänzte metallen auf dem weißen Lack des Rahmens, er gewann an Struktur und Dichte, man hätte ihn vorsichtig mit einem Spatel von der Tür ablösen können und weiter oben wieder an den Rahmen kleben. Im Februar wanderte der Strich ein paar Millimeter nach oben, aber es war nur die Kulturbeilage, die den *Lübecker Nachrichten* etwas Volumen zugab, und die neue Linie verblasste schnell.

Sechs Monate lang schaute Jürgen über den Rand seiner Brille und griff sich an die Krawatte, die er sonntags zum Frühstück trug, als wollte er den Knoten lösen. Fünfundzwanzig Sonntage lang biss Jessie Mertens sich auf die Lippen, roch die Druckerschwärze, spürte, wie ihre Haare sich elektrisch aufluden, und widerstand dem Impuls, sich auf die Zehen zu stellen. »Wider die Natur«, wie die Mutter mit ihrer rauen Stimme ausrief, selber 1,80 Meter groß und immer noch zehn Zentimeter kleiner als Jürgen.

Die Schieferschicht am Türrahmen bröckelte schon, es stand ein blasser Mond am morgendlichen Winterhimmel, und die Deckenlampe spendete ein krankes, fauliges Licht, als Jürgen die Lesebrille in die Haare schob, seiner Frau die Zeitung aus der Hand nahm, der Tochter die *Buddenbrooks* auf den Kopf legte und eine Markierung bei exakt hundertsechsundsechzig Zentimetern machte. »So, Freya«, sagte er. »Und nu is mal gut.«

Im Frühling, Jessie war gerade vierzehn geworden, stand sie vor dem Bestattungsinstitut in der Glockengießerstraße, um ihren Vater abzuholen. Sie hatte seine Kamera mitgebracht und machte ein Foto von ihm, als er das Bestattungsinstitut verließ, sie überraschend auf der Straße entdeckte und lächelnd die Arme ausbreitete.

»Sweetwater wartet auf dich«, sagte Jessie.

»Einer wartet immer«, sagte Jürgen mit tiefer Stimme und finster zusammengezogenen Augenbrauen, dann verwuschelte er die ohnehin schon zotteligen Haare seiner Tochter, drückte sie, dass ihre Rippen knackten, und lud sie auf ein Eis ein.

Sie setzten sich vor das Niederegger Café, Jürgen bestellte einen gigantischen Eisbecher, Jessie winkte erwachsen ab und fragte nach einer Cola. Nachdem Jürgen das Eis vertilgt hatte, zündete er sich eine Zigarette an, und Jessie schlug die Beine übereinander und knabberte an ihren Nägeln. Seit einem Jahr fand sie Kaugummizigaretten kindisch, was ihm noch immer einen Stich versetzte, Westernfilme schauten sie schon seit zwei Jahren nur noch äußerst selten, und wenn, dann Jürgen zuliebe. Das Sweetwater-Zitat war schon eine Hommage an ihn, an die vergehende Kindheit, was ihn gleichzeitig rührte und schmerzte.

Jessie schminkte sich nicht, sie lief in zerschlissenen Jeans und Trainingsjacken vom Flohmarkt herum, sie war auch nicht verliebt, soweit Jürgen das beurteilen konnte, sie war noch nie betrunken gewesen, es war also alles gut. Auf Elternabenden hörte er von Discobesuchen, Lippenstift und anderen Dingen, die einen Vater in Angst und Schrecken versetzen konnten, um Jessie musste er sich da offensichtlich keine Sorgen machen.

Sie beobachtete die Leute, die durch die Fußgängerzone gingen, ihre Augen leuchteten kobaltblau, wie häufig, wenn die Sonne langsam an Licht verlor. Morgens waren sie eisblau, eine Farbe, die an Gletscher erinnerte, nachts waren sie satt und dunkel. Jürgen hatte niemals Augen wie die seiner Tochter gesehen, aber Jürgen kannte den Teufel nicht, und Lucie nur von Gemälden.

»Jessie«, sagte er, einfach, weil er gern ihren Namen sagte. Jessie sah ihn an und lächelte. Es war ein milder Frühlingsabend, einer der ersten in diesem Jahr, Jürgen war euphorisch und melancholisch zugleich. Dieses seltsame Gefühl, das der Frühling häufig auslöst, das Gefühl, etwas verloren zu haben, an das man sich schon nicht mehr erinnern kann. Die Ahnung von etwas Unerhörtem, die Leichtigkeit der ersten Blätter, der jungen Brise. Im Frühling wurde ihm bewusst, wie alt er schon war, wie schnell alles verging. Er hatte den plötzlichen Drang, jede Minute mit Bedeutung zu füllen, er wollte seine Familie um sich haben, seine Frau und seine Tochter an einem Tisch, mit ihnen essen und lachen, bis sie der Nacht wie eine Gräte im Schlund steckten, er wollte das so heftig und dringend, als wäre es das letzte Mal. Jürgen schluckte.

Jessie reagierte nicht gut auf Rührseligkeit, schon als sie klein war, hatte sie ihn skeptisch oder einfach verständnislos angeschaut, wenn er sentimental wurde, mittlerweile war aus der Skepsis offene Missbilligung geworden. Er musste sich zusammennehmen, wenn das heute was werden sollte.

»Weißt du was, mein Mädchen?«, begann er so leichthin wie möglich. »Deine Mutter hat in einer guten halben Stunde Dienstschluss. Ich denke, wir überraschen sie. Holen sie vom Krankenhaus ab, und dann lade ich euch beide zum Essen ein. Na?« Er zündete sich eine Zigarette an, nahm seine Tochter bei der Hand, was sie ausnahmsweise duldete, und sie fuhren mit dem Bus zum Uni-Klinikum.

»Wie wars in der Schule?«, fragte er.

»Ja«, sagte Jessie.

»Mathearbeit schlecht?«

»Auch.«

»Physik?«

»Hm.«

»Wann schreibt ihr Deutsch?«

»Übermorgen.«

»Na, dann ist ja noch ein bisschen Zeit.«

Jessie nickte und lehnte sich an seine Schulter.

Jürgen wusste, er musste mit seiner Tochter reden, sie überzeugen, wenigstens ein bisschen fleißiger zu sein, er konnte es nicht. Er fand es einfach so hinreißend, wie sie an seiner Schulter lehnte, gar nicht damit rechnete, dass er schimpfen könnte. Und *so* schlecht war sie ja auch nicht. Die Versetzung war selten gefährdet. Das wurde alles überschätzt, fand Jürgen.

Sie gingen nicht auf die Station, sie versteckten sich draußen hinter den Büschen. Jessie hatte die Kamera im Anschlag, Jürgen überlegte, welches Restaurant der Feierlichkeit seiner Stimmung angemessen war, und entschied sich für die Schiffergesellschaft. Ihm war nach Stoffservietten, schweren Gabeln und rauchgeschwärzten Balken. Danach vielleicht ein Mondspaziergang. Vielleicht sogar an der Trave entlang, um die ganze Stadt herum. Am Krähenteich im feuchten Gras sitzen. Sich von ein paar der ersten Mücken stechen lassen, Freya seinen Mantel und Jessie seinen Pullover umlegen, wenn es kühl wurde. Beide zum Lachen bringen. Gleichzeitig. Das wollte er heute schaffen. Sie lachten über so verschiedene Dinge, Freya und Jessie hatten ihre eigene Sprache, die er nicht verstand, den Unterhaltungen von Jürgen und Jessie konnte Freya nicht folgen, er und seine Frau hatten einmal eine gemeinsame Sprache gehabt, aber die hatte er schon fast vergessen.

Aber heute würden sie zu dritt lachen. Und seine Brille würde unter dem Atem seiner Frau beschlagen. Und Jessie würde im Gras einschlafen, und er würde sie nach Hause *tragen* dürfen, noch ein einziges Mal.

Es war dieser Moment, als er mit seiner ihm langsam entwachsenden Tochter wie ein Kind hinter Büschen kniete, die Nase im Buchsbaum, Jessies Haar im Gesicht, der ihm bewusst machte, wie dankbar er war, diese kleine seltsame Familie zu haben.

Freya kam lachend mit einem Kollegen aus der Tür der Station, blieb kurz stehen, um sich zu verabschieden. Zwanzig Meter entfernt sprangen Jürgen und Jessie hinter dem Busch hervor, Jessie stellte das Objektiv scharf, Freya sah nicht hin. In dem Moment, als die beiden aus dem Buchsbaum brachen, schloss Freya die Augen und legte den Kopf in den Nacken. Freya küsste den Arzt, und Jessie drückte den Auslöser.

Der Roggenbuk hockte unter einem Stein am Grund der Trave, die Klauen hungrig gekrümmt. Seine Harfe bestand nur noch aus drei Knochen, damit betörte er niemanden mehr. Junge Frauen saßen am Ufer, ihre nackten Füße hingen im Wasser wie junge Forellen, weißes warmes Fleisch, ihre Rippenbögen würden sanft unter seinen Klauen vibrieren, das dreigestrichene C, das wundersame Dis, ein H.

Der Sage nach hatte ein Ritter, *natürlich* ein Ritter, den Roggenbuk getötet. Ihm im letzten Moment die Jungfrau entrissen, welche die Stadt ihm geopfert hatte. So weit stimmte das. Pro Jahr hatte man ihm eine Jungfrau dargebracht, den Rest des Jahres gab er dann Ruhe. Und dann kam dieser Ritter daher, mit vollem Gedöns, Schimmel, Rüstung, Locken usw., und raubte ihm seinen Teil des Handels. Der Sage nach hatte der Roggenbuk sich vor Zorn in einen Lindwurm verwandelt, in einen fürchterlichen Drachen, und der Ritter, furchtlos und glänzend (Sonne auf Rüstung, Locken und dergleichen), hatte ihm den Kopf abgeschlagen. Weil eine Sage eben ein gutes Ende braucht. In Wirklichkeit war der Ritter eine wahre Flitzpiepe gewesen, schnell, das schon, aber feige. Hatte sich das Mädchen geschnappt, und weg war er. Kein Kampf und schon gar keine rollenden Köpfe. Er hatte das Mädchen geraubt und war getürmt.

Nach dem geplatzten Handel spielte er das ganze Jahr über auf seiner Harfe. Scharenweise gingen die Mädchen ins Wasser, sanken ihm lächelnd entgegen, die Arme sehnsüchtig ausgestreckt, Haare wie Engel.

Jetzt ließ sich niemand mehr betören, sein Gesang war dünn geworden, die Stimme brüchig. Und dann ein Getöse am Ufer, ein Rauschen und Summen, von überallher kam Musik, niemand hörte seine Lieder. Er war lahm geworden, das auch. Der Hunger hatte ihn abgezehrt, aus seiner wahrhaft fürchterlichen Gestalt war etwas Krummes, Verhutzeltes geworden, seine Klauen begannen sich in den Ballen zu krümmen, dort hineinzuwachsen. Sosehr er sie streckte, er konnte nichts dagegen ausrichten. Da schlief er mal hier, mal da siebzig Jahre, und schon waren sie wieder gichtiger und krummer geworden, die Spitzen bohrten sich schon ins Fleisch. Auch in eine Schiffsschraube war er geraten, vor dreißig Jahren vielleicht, er erholte sich einfach nicht mehr so gut.

Sein Fleisch krümmte sich nicht nur, es schrumpfte auch, er war klein geworden, er merkte das an dem Stein, unter dem er schlief. Vor hundert Jahren wäre der zu klein gewesen, um bequem darauf zu sitzen, jetzt konnte er sich darunter zusammenrollen. Alles schrumpelte und schrumpfte, nur seine Ohren hatten noch dieselbe gewaltige Größe. Seine Harfe musste er jetzt auf dem Boden abstellen und dann noch immer mit beiden Klauen packen, an Spielen war nicht mehr zu denken, selbst wenn sie noch alle Knochen gehabt hätte.

Er konnte sich noch daran erinnern, wie mühelos seine Klauen ein Herz aus dem Leib hatten reißen können, jetzt würden die Frauen dort am Ufer kichern und glauben, ein Fisch habe sie gezwickt, wenn er nach ihren Füßen griff.

Wie er Fische hasste. Diese kalten glibbrigen Dinger, von denen er sich jetzt ernähren musste, die Gräten, die ihm zwischen den Zähnen hängen blieben, er war so müde.

Er bettete sich um, seine schweren, ledrigen Lider schlossen sich wie ein Vorhang. Das Bild der lichten Füße im dunklen Wasser, er hörte ein Lied, sein Lied. Ein wenig schlafen, vielleicht ein, zwei Jahrhunderte, möglicherweise war das alles nicht der Untergang, eventuell war es nur eine schwere, sehr schwere Phase. Der Schlamm kroch ihm in die Nüstern, zu kraftlos, da etwas wegzuwischen, zu schlapp, einmal heftig auszuschnauben. Die Wärme der Herzen in seiner Hand, seine Zähne noch moosbewehrt und gefährlich, jetzt so kümmerlich, da wollte noch nicht mal Moos was mit zu tun haben.

Die Füße, sie waren so weiß, so appetitlich, ihr Bild auf seiner Netzhaut wie Sterne an einem grenzenlosen Himmel.

Er hörte die Frauen lachen, er fror.

KAPITEL 2

Johann Christoph Petersenn und Josefa Wilhelmina Graf trennten fast vierzig Jahre, aber was sie einte, war viel entscheidender: Josefa und Johann hatten mit eigenen Augen einen Mann zu Stein werden sehen.

Aber im Winter 1863/64 war Josefa noch nicht geboren, und ihr zukünftiger Vater Ludwig Maria Graf, ein Offizier aus dem Montafon, saß in einer Gastwirtschaft an der Trave und verzehrte mit großem Appetit geröstetes Brot, ein beachtliches Stück Schweinebraten, einen Teller Kohlsuppe und einen Liter Bier. Ihm gegenüber saß Johann Petersenn, Jessie Mertens' Urgroßvater, ein lübscher Offizier, der dreiunddreißig Jahre alt geworden war, ohne einen Krieg gesehen zu haben, was nicht an der generellen Abwesenheit von Kriegen lag. Wäre er verheiratet, seine Frau hätte den Lübecker Senatoren Marzipanbrote vorbeigebracht, als Dank, dass man sich aus allen Kriegen raushielt, aber Johann Petersenn hatte auch keine Frau. Er hatte keine Frau, er hatte keinen Krieg, er hatte nichts als eine Uniform. Und einen stattlichen Bart, der durch einen Schnauzer mit gezwirbelten Enden gekrönt wurde. Würde wenigstens der Roggenbuk ab und an aus der Trave steigen und eine junge Dame verspeisen, Johann hätte seinen Kampf gehabt, er hätte, ohne zu zögern, sich dem Roggenbuk entgegengestürzt, aber das Ungeheuer verschlief dieses Jahrhundert, es hatte sich in den Schlamm gelegt, als es noch nicht einmal eine Eisenbahn gab, und erwachte erst wieder zum Klingeln der Straßenbahn.

Johann Petersenn lebte in einer Stadt, in der junge Männer sich nicht schamhaft unter Einsatz von Bestechungsgeldern vom Wehrdienst freikaufen mussten, sondern in der sie mithilfe eines offiziellen Vereins Stellvertreter *anheuern* konnten. In einer Stadt, die sich durch Diplomatie und strategische Zahlungen an die jeweiligen Könige, Fürsten oder Feldherren so gut wie jeden Krieg vom Leib gehalten hatte, die es sogar geschafft hatte, vom Dreißigjährigen Krieg verschont zu bleiben, in so einer Stadt war es schwer, als Offizier zu Ruhm und Ehre zu gelangen. Seine Infanterie robbte nicht auf Knien durch den Dreck, sie kontrollierte die Ein- und Ausreisenden und ihre Waren. Sie kämpfte nicht auf brennenden Schlachtfeldern, sondern überprüfte die Pässe und erhob Zölle. Sie verriegelte am Abend die Stadttore und schloss sie am Morgen wieder auf. Sie verwehrte Kranken den Zutritt zur Stadt, verhaftete Tumultanten, bewachte das Rathaus, besserte die Wälle aus, regelte den Verkehr und bürstete ihre Uniformen für den nächsten Umzug.

Johann kam aus einer Familie von Offizieren, Oberstleutnants und sogar Stadtkommandanten, aber keiner seiner Vorfahren und Verwandten war im Krieg gefallen. *Alle* Männer der Familie Petersenn waren dem Alter, einer Grippe, der Trunksucht und ähnlichen Kalamitäten erlegen, keiner von ihnen war auch nur verwundet worden.

Ludwig Maria Graf hingegen, dieser österreichische Offizier, der ihm hier gegenübersaß, Bratensoße im roten Bart und Brot in der Faust, hatte eine Frau, er hatte einen Krieg. Er hatte alles, was einen Mann zum Mann machte. Die Österreicher zogen gegen die Dänen, und Johann Petersenn nahm einen großen Schluck Bier und kämpfte gegen das Verlangen, den obersten Knopf der Uniform zu öffnen, der Kragen scheuerte ihm am Hals. Gerade die Dänen. Die Dänen waren fast so schlimm wie die Franzosen. Johann nickte dem Österreicher, der ungeniert seine Uniform bekleckerte, zu: »Verstehen Sie, zwanzig Jahre lang haben wir beim dänischen König um eine Eisenbahnlinie nach Hamburg betteln müssen! Und dann noch nicht einmal eine Direktverbindung.« Eine Verbindung nach Büchen war das Äußerste, was man dem König habe abringen können, von dort konnte man in die Linie Hamburg – Berlin umsteigen.

Johann war einundzwanzig Jahre alt gewesen, als die Schienen verlegt waren und der Bahnhof gebaut, und die Senatoren feierlich in den Salonwagen stiegen, über Mölln und Ratzeburg nach Büchen fuhren, wo sie Schnittchen aßen und das Ende der dänischen Blockade feierten. Johann fuhr die Strecke nur ein einziges Mal. Die Landschaft raste an seinem Auge vorbei, dass er nicht mehr in der Lage war, einen Strauch von einem Baum zu unterscheiden, er sah nur bunte Streifen und musste sich zur Belustigung der anderen Reisenden und zu seiner Scham schon nach einer halben Stunde Fahrtzeit übergeben. Den restlichen Weg nach Büchen überstand er nur mit geschlossenen Augen. Er litt furchtbar unter dem Lärm der Lokomotive.

Der Senat jedenfalls hatte beschlossen, sich auch aus dem Krieg gegen die Dänen herauszuhalten und sich auf die Verpflegung und Versorgung der preußischen und österreichischen Truppen zu beschränken. Andere mochten das für diplomatisch halten, aber Johann war ein Offizier ohne Krieg. Ludwig, der ein letztes Stück Brot in die Suppe tunkte, schüttelte den Kopf. »Mein Freund, ich fühle mit Ihnen. Ich muss Ihnen aber sagen, Kampf hin oder her, Ihre Männer machen einen guten Eindruck!«

»Nicht mal eine Kaserne bewilligt der Senat«, beschwerte sich Johann, »das ist eine wirkliche Ärgerlichkeit, dass ich mir meine Truppe aus der ganzen Stadt zusammensuchen muss.

Unter solchen Sachen leidet die Manneszucht. Erst letzte Woche sind drei Männer nicht zum Dienst erschienen, man hat sie aus dem Wirtshaus *tragen* müssen! Und der Exerzierplatz! In der Hauptübungszeit des Bataillons ist die Freiweide vor dem Burgtor vom Volksfest belegt! Für die Turnausbildung gehen wir in die öffentliche Turnanstalt, die Ausbildung im Fechten findet im Burgkloster statt, ich sage Ihnen, es ist eine Demütigung!«

Ludwig Graf schloss zum Zeichen des Mitgefühls kurz die Augen, dann winkte er der Wirtin und spendierte dem frustrierten Offizier ein großes Bier: Nun, versuchte er Johann aufzumuntern, es sei eben keine besonders kriegerische Zeit, manchmal müsse man Ruhm und Ehre aus der Vergangenheit schöpfen, schließlich habe Lübeck einmal als uneinnehmbare Festung gegolten! Und weder Wälle noch Mauern oder Gräben machten doch eine Stadt zur Festung, das seien doch die Männer! Die Stadt könne auf eine beeindruckende Bürgerwehr zurückschauen, und er habe gehört, auch heutzutage sei noch jeder Einwohner, der die Bürgerrechte erwerben wollte, verpflichtet, eine Waffe zu besitzen! Das imponiere ihm gewaltig!

Johann wischte sich den Bierschaum aus dem Schnauzbart: Diese Waffen solle mal jemand inspizieren, schnaubte er, da gebe es mit Sicherheit noch die eine oder andere Heugabel darunter. »Ein Haufen Marktschreier, die Hanseaten. Aber keine Männer des Krieges.« Man sah ihm dennoch an, dass er geschmeichelt war.

Ha, lachte Ludwig, soweit er gehört habe, habe doch die eine oder andere Heugabel ihren Weg zielsicher in eine französische Uniform gefunden! Er schlug gutgelaunt mit der Hand auf den Tisch, bestellte aber, als er Johanns Blick sah, schnell noch eine Runde Schnaps: »Die modernen Kriege«, versuchte er rasch abzuwiegeln, »sind doch etwas ganz anderes! Den modernen Armeen ist selbst eine Festung wie Lübeck nicht gewachsen, das ist ganz ausgeschlossen!« Er hob das Schnapsglas, aber Johann Petersenn rührte sich nicht. Ludwig Graf hatte schon lange die Uniformjacke abgelegt, Johanns grüne Uniform war noch bis zum Hals zugeknöpft. Johann saß kerzengerade, beide Hände flach auf dem Tisch, und sah ganz und gar nicht so aus, als hielte er es für ausgeschlossen, dass dem Lübecker Heer hätte glücken können, was niemandem sonst gelungen war, Napoleon in die Flucht zu schlagen. Sein Großvater war nie über die Niederlage hinweggekommen, und Johann spürte, in Ermangelung eigener Kämpfe, die Niederlagen seiner Familie wie seine eigenen. Kampflos habe man sich ergeben müssen! »Ich hätte jeden Mann geopfert, um der Stadt dieses Elend zu ersparen!«

Ludwig trank sein Bier aus und betrachtete diesen Mann ihm gegenüber, der noch den ungebrochenen Zorn, das naive Ehrgefühl eines jungen Mannes hatte. Das rührte Ludwig, den die Kämpfe unempfindlich gemacht hatten, er legte ihm eine Hand auf den Arm und nickte, er sei da ganz seiner Meinung: »Lieber ruhmreich fallen als in Schande leben!« Ludwig war, um es kurz zu sagen, kein Taktiker.

Dass Ludwig Graf und Johann Petersenn sich im Morgengrauen nicht duellierten, sondern Arm in Arm die Mühlenstraße hinaufwankten (sie hatten im Alten Zolln weitergetrunken) und österreichische Volkslieder sangen, lag daran, dass Ludwig flugs das Gespräch auf den gemeinsamen Feind, die Dänen, zurückgelenkt hatte und Johanns Vater hartnäckig als *Gefallenen* bezeichnete, obwohl der alte Petersenn 48 gegen Dänemark kaum Feindberührung gehabt, sich aber auf der Heimreise verkühlt hatte und einer Lungenentzündung erlegen war, wie Johann ihm zu seiner eigenen Überraschung gestand.

Als die Sonne aufging und ihnen das Eis aus den Haaren schmolz (sie lagen irgendwo in recht viel Schnee), hatten die beiden Freundschaft geschlossen, klopften sich den Schnee aus ihren Uniformen, kauften beim Fleischer ein wenig Mett mit Zwiebeln, das sie roh aus dem Papier aßen, tranken darauf noch einen Schnaps, dann machte Ludwig sich auf, einen Krieg zu gewinnen, und Johann wappnete sich, seine Truppe sicher durch einen weiteren friedlichen Tag zu führen.

Das Bundesheer siegte, und Johann reiste ins Montafon und verliebte sich in Ludwigs Frau Theresa. Er war zum ersten Mal in seinem Leben verliebt und direkt zum Unglück verdammt. Aber kaum jemand schaute Theresa an, ohne sich in sie zu verlieben. Theresa war schön. Nicht auf eine zaghafte zurückhaltende Art, sie sah aus, als hätte sich jemand alles an ihr ausgedacht: das lange schwarze glänzende Haar ihrer kroatischen Vorfahren, das herzförmige Gesicht mit den großen dunklen Augen ihrer ungarischen Ahnen, die filigranen Züge, die geschmeidige, zarte Gestalt mit der schmalen Taille, den beachtlichen Hüften und vollen Brüsten. Jemanden wie Theresa gab es eigentlich nur in Öl. Sie widersprach der Natur. Schmetterlinge waren perfekt, Menschen nicht. Jeder Mensch hatte einen Makel, Theresa nicht. Sie war so schön, dass ihr schon drei Köchinnen den Dienst gekündigt hatten, jemand wie Theresa konnte nur des Teufels Braut sein. Auch die derzeitige Köchin hatte Angst vor ihr, aber sie blieb. Sie war unsterblich in sie verliebt, und da sie so katholisch wie pragmatisch war, dachte sie, dass diese Art von Liebe ihr sowieso einen Platz in der Hölle sicherte, sie sah keinen Grund, warum sie es dann nicht mit der Königin der Hölle treiben sollte. Theresa allerdings war völlig unempfänglich für den samthäutigen und leicht verschwitzten Charme ihrer Köchin und ließ sich weder durch erlesene Süßspeisen noch durch etwas zu großzügig geschnittene Dekolletés bekehren.

Johann Petersenn verliebte sich also in Theresa Graf und

fiel in tiefe Verzweiflung. Zusammen mit Ludwig bezwang er Berg für Berg, er schwitzte auf den weitläufigen Wiesen, er kraxelte über Felsen und Geröll jenseits der Baumgrenze, die Sonne verbrannte ihm die Waden und den Nacken, er balancierte an Abgründen vorbei und erklomm Klippen, er stieg über Gletscher und erforschte Höhlen, er war im Ganzen so furchtlos und getrieben, dass Ludwig, der einiges auf seine Bergsteigerkünste gab, hin und wieder zurückfiel. Er wusste nicht, dass Johann versuchte, sich die Sehnsucht nach Theresa aus den Knochen zu treiben.

Ludwig Maria Graf und Johann Petersenn verband die Liebe zur Natur und zu Theresa, der Hass gegen Revolutionen und Demokraten und der Traum, dass der Deutsche Staatenbund einmal zum Großdeutschen Nationalstaat werden würde, glorreich und mächtig wie das Heilige Römische Reich. Uneinig waren sie sich nur, wer dieses Reich führen sollte, ein Habsburger oder ein Preuße. Aber das lag in der Natur der Sache und beschäftigte sie nicht weiter, bis 1866 Preußen Holstein besetzte und der Lübecker Senat tatsächlich beschloss, gegen Österreich und das ganze Bundesheer Krieg zu führen. 1866 war das Jahr, in dem Ludwig und Johann gegeneinander in den Krieg ziehen sollten.

Johann schrieb einen recht verdrucksten Brief an Ludwig, schaffte es aber nicht wirklich, seinen Enthusiasmus über 1. die Kriegsbeteiligung und 2. das Bündnis mit Preußen zu verhehlen. Johann verehrte das preußische Militär! Da herrschte Zucht und Ordnung, da war Kriegswille, da war Machtstreben. Die Stadt hatte immer größere Sympathien für die Habsburger gehabt, aber von Österreich habe man nichts zu hoffen, von Preußen alles zu fürchten, beschied der Bürgermeister, gab die Neutralität auf und setzte Johanns Truppe in die Eisenbahn.

Allerdings erst als die entscheidende Schlacht längst geschlagen war. Johann zog mit sechsunddreißig Jahren zum ersten Mal in seinem Leben in den Krieg, und der Krieg war beendet, noch bevor er den Zug wieder verlassen konnte. Fast zwei Monate war die Truppe quer durch das Land gekreuzt. Mal hatte man sich diesem Bataillon, dann jenem anschließen sollen, Johann übergab sich so häufig, dass er irgendwann die Nahrungsaufnahme ganz einstellte. Schließlich stieg er kreidebleich und dehydriert in Lübeck wieder aus. Ein Schlachtfeld hatte er nicht zu sehen bekommen. Es war der demütigendste Sieg, den Johann je erleben sollte.

Ludwig Maria Graf war natürlich bei der entscheidenden Schlacht dabei gewesen. Allerdings wurde er, kurz nachdem sie begonnen hatte, verwundet. Während die Preußen mit ihren neuen Hinterladergewehren in der Deckung liegen blieben, mussten die Österreicher mühsam die Patronen aufbeißen, das Pulver in die Gewehrmündung geben und nachstopfen, was nicht nur langwierig war, sondern erforderte, dass man die Deckung verlassen und *aufstehen* musste. Das Bundesheer lag mit der Nase im Staub und ruinierte sich höchstens die Uniform, Ludwig und seine Männer standen mitten in der Brise, während ihnen die Kugeln um die Ohren pfiffen. Das Laden war der gefährlichste Teil des Krieges, Ludwig erwischte es schon in der ersten Stunde.

Eine preußische Kugel traf ihn in den Kopf, ließ ihn wie durch ein Wunder am Leben, nahm ihm aber die Fähigkeit zu sprechen, sich zu bewegen, wahrscheinlich sogar das Vermögen zu denken. Ludwig blutete still und geduldig in das Schlachtfeld, während Preußen und Österreich um die führende Rolle im Bund kämpften. Als zwei Krankenschwestern ihn am Abend einsammelten, lebte Ludwig und machte zudem einen friedlichen Eindruck. Schmerzen schien er nicht zu haben, andere Empfindungen allerdings auch nicht. Man verzichtete darauf, die Kugel aus seinem Kopf zu holen, vernähte und versorgte stattdessen die Wunde und fütterte ihn mit Brei, von dem er ungeheure Mengen verzehrte.

Als man ihn zu Theresa Graf ins Montafon zurückbrachte, senkten die Kühe ihre schweren Wimpern, und Theresa trank auf den Schreck einen Liter euterwarme Milch in einem Zug, dann fasste sie sich und machte ihrem Mann eine Chaiselongue im Wohnzimmer zurecht, polsterte seinen Kopf mit Kissen, bis er einen guten Blick auf das Sofa hatte, wo sie häufig bei einer Handarbeit saß. Als Theresa ihm im Februar 1867 sein einziges Kind gebar, lag Ludwig Maria Graf sabbernd und gurgelnd auf der Chaiselongue in Ofennähe.

Josefa Wilhelmina Graf kam zur Welt mit Schwimmhäuten zwischen den Fingern und dem Blick eines Raubtiers, ihre Haut war so zart, dass Theresa meinte, das Herz in der Brust ihrer Tochter schlagen zu sehen. Für einen kurzen Moment glich Theresas Herzschlag sich an, ahmte die flattrigen Schläge ihrer Tochter nach, und als sie sich wieder beruhigte, hatte sie das Gefühl, jemand habe ihr den Staub aus den Augen gewischt.

Josefa gab Theresa die Kraft zurück, die ihr der leere unbewegte Blick ihres Mannes über die letzten Monate entzogen hatte. Sie stellte die Wiege ihrer Tochter neben die Chaiselongue ihres Mannes. Josefa sabberte, Ludwig sabberte. Nach ein paar Monaten verlor Josefa ihre Schwimmhäute (sie trockneten aus und fielen einfach ab), Ludwig einen Zahn und die Post einen Brief, in dem Theresa Johann über die neuen Umstände (Mann/Nachwuchs) unterrichtete.

Theresa stillte ihr Kind und fütterte ihren Mann, und Johann stand neben preußischen Offizieren, die kopfschüttelnd die Exerzierplätze begutachteten (Pferdekoppeln), die Stirn runzelten, als ihnen das Fehlen eines Lazarettes und einer Militärischen Turnanstalt erklärt wurde, außerdem: Verstünden sie das richtig, der Schießstand vor dem Burgtor werde gleichzeitig von der Forstverwaltung als Weide verpachtet und Schießübungen seien anzumelden und zeitlich abzusprechen? Mit wem? Mit den Kühen? Kurzes, einseitiges Gelächter, dann fuhr man mit der Besichtigung fort. Lübeck war preußischer Militärstandort geworden, eine Neuigkeit, die Ludwig aus gegebenem Anlass nicht berührte. Theresa wiederum war brüskiert, dass Johann mit keinem Wort auf *ihre* Neuigkeiten einging, daher bekam Johann auch keine Antwort auf seinen Brief, was ihn in der Befürchtung zu bestätigen schien, der Krieg habe letztendlich doch einen Keil in ihre Freundschaft getrieben, denn eines war deutlich: Sollten die deutschen Staaten sich unter einem gemeinsamen Kaiser zusammenschließen, würde Österreich nicht mit dabei sein. Dass Ludwig keine Träume mehr hatte, nichts mehr gab auf Reich und Kaiser, das wusste Johann nicht.

Josefa Wilhelmina Graf wuchs am Fuß eines atmenden, pulsierenden Gebirges auf. Die Haut ihres Vaters war ledrig und rau geworden, aber sein Körper wirkte noch immer so stark, als könnte er sich jederzeit erheben, seine Tochter in die Luft werfen und mit nur einer Hand wieder auffangen. Josefa bettete ihre Puppen in die Achselhöhlen ihres Vaters, ließ sie seine Beine hinunterrodeln und an den Klippen der Fußsohlen wieder hinaufklimmen. Josefa wusste, dass Ludwig Graf gutmütiger Natur war, was nicht daran lag, dass er sich nicht wehrte. Auch stille Männer können angsteinflößend wirken. Sie lernte, die Gurgellaute ihres Vaters nachzuahmen. Sie verstand seine Sprache gut, wusste, wann er hungrig, wann er traurig war, was ihn kitzelte, was ihn schmerzte. Neben Josefa wirkte Ludwig nicht leblos, das Mädchen quietschte, kreischte, kicherte und quasselte so unablässig, wenn es mit seinem Vater zusammen war, dass gar nicht auffiel, dass Ludwig zu allem schwieg.

Als Josefa drei Jahre alt war, bekam Lübeck eine Kaserne

und Johann einen Krieg. »Für ein einig Vaterland!«, schrieb er an Ludwig. »Für den König!«, und setzte hinzu, was Ludwig ihm am Anfang ihrer Freundschaft von den Hanseatischen Legionen zitiert hatte: *Deutschland oder Tod!* Es war ein verschrobener Versuch, den Österreicher an ihre Freundschaft zu erinnern. Er schickte den Brief ab, dann zog er enthusiastisch in den Krieg. Dieses Mal kam er rechtzeitig an.

Er kehrte recht beklommen zurück. Die Begrüßungsschüsse ließen ihn zusammenzucken, vom Geruch der Blumengewinde wurde ihm übel, der Menschenauflauf auf dem Marktplatz, die Jubelnden, die aus allen Fenstern schauten, sich selbst auf den Dächern drängten, trieben ihm die Tränen in die Augen: Zerbrechlich, vergänglich schien ihm alles, er sah den Tod in den Augen jedes Kindes, den weißen Knochen unter den Wangen jeder schönen Frau.

Zum ersten Mal in seinem Leben nahm Johann Petersenn die Dienste einer Hure in Anspruch, die ihn umstandslos entjungferte und umgehend wieder vor die Tür setzte. In dieser Nacht stand er an der Trave, neben ihm spiegelte sich das Gesicht des Teufels im Wasser, und Johann Petersenn fühlte sich vollkommen leer. Zum ersten Mal fragte er sich, was Ehre, Tapferkeit und Loyalität eigentlich wirklich bedeuteten. Was diese Dinge wert waren, wenn man *nichts* zu verlieren hatte. Johann Petersenn besaß nichts, was ihm lieb war. Er stand schwankend am Ufer, nur aufrecht gehalten durch seine Uniform, der Teufel legte die Stirn an seine, Johann atmete schwer, die Zähne dunkel vom Rotwein, und beschloss, um Theresa zu kämpfen. Er beschloss, seinem besten Freund die Frau wegzunehmen.

Er stellte sich Duelle im Morgennebel vor. Fühlte den Morgentau im Gesicht, während er seinem besten Freund den Rücken zuwandte, um eine genau bemessene Anzahl an Schritten zu gehen. Hörte den Schrei eines Adlers und blinzelte durch das Zwielicht, in dem die Gestalt seines Freundes verschwamm. Roch den Duft der Berge, diesen steinernen, alten Duft, eine Luft, die nach Quellwasser schmeckte, und fühlte, wie ihm die Kugel die Brust zerriss. Er starb jedes Mal.

Kurze Zeit später erreichte Johann ein Brief von Theresa, die ihn förmlich zum Sieg beglückwünschte und höflich nachfragte, ob der Zustand seines Freundes ihn denn gar nicht beunruhige, dass er jedenfalls davon absehen könne, an ihn zu schreiben, wie sie ja schon dargestellt habe, sei Ludwig des Lesens nicht mehr mächtig.

Johann reiste umgehend ins Montafon (mit einer Kutsche, nicht dem Zug) und besuchte seinen Freund. Er setzte sich neben die Chaiselongue, auf der Ludwig allmählich verwitterte. »Endlich haben wir es den Franzosen heimgezahlt«, sagte er, es klang sehr matt. Dann sprach er zum ersten Mal von der Schlacht. Ludwig war der beste Zuhörer, den Johann sich denken konnte: Er hörte nichts und war verschwiegen.

Johann warf Josefa pflichtschuldig mehrmals in die Luft und fing sie wieder auf (sie kam ihm ein wenig zurückgeblieben vor, allerdings kamen ihm alle Kinder ein wenig zurückgeblieben vor) und ließ sich von Theresa, die nicht einsehen wollte, dass ihr Liebesleben zusammen mit ihrem Ehemann auf mehreren Kissen vermooste, zu einem Kuss hinreißen. Nur zu einem. Dann verabschiedete er sich, voller Schmerz und Reue.

Johann hatte seine Liebe nie unrechter und verräterischer erlebt als jetzt. Er konnte niemandem die Frau wegnehmen, der noch nicht einmal mehr eine Pistole halten konnte.

Im Jahr 1880 siedelten sich Muscheln auf Ludwigs Körper an, wovon Johann postalisch erfuhr, was den Briefkontakt mit Theresa für die nächste Zeit noch reger als sonst gestaltete. Man war sich erst mal uneinig, was das größere Wunder war:

Dass da an einem Mann Muscheln wuchsen, oder dass es in Österreich, fern des Meeres, Muscheln gab.

Ob an einem Mann oder einem Schiffsrumpf, schrieb Johann, sei doch erst mal kein Unterschied. Ob es sich denn um Salzwassertiere handele?

Ob Johann glaube, schrieb Theresa ungewöhnlich ungehalten, Süßwassermuscheln zwischen den Zehen ihres Mannes wären weniger verstörend? Auf Ludwig könne Moos wachsen, die Vermuschelung jedoch gehe ihr entschieden zu weit. Und außerdem: Ludwig liege auf dem Trockenen, wo um alles in der Welt kämen da die Muscheln her?

Wir mögen die Herkunft der Tiere nicht klären können, antwortete Johann, für deren Entfernung aber ist ihre Natur nicht unwesentlich.

Theresa zog einen Meeresbiologen hinzu, der die Tiere zweifelsfrei identifizierte, dann wischte sie sich die Tränen ab, steckte ihre Haare auf, füllte eine Kanne mit Bergwasser und machte sich daran, den Körper ihres Mannes zu gießen. Danach nahm sie mit einem Schwamm vorsichtig die Muscheln auf, die sich unter dem Süßwasser zusammengezogen hatten. Ludwig war abgemagert, die Muskeln waren geschwunden, das Fett geschmolzen, die Knochen staken durch die dünne und trockene Haut. Er hatte etwas von einem Riff, wie er so auf den Kissen lag, Moos im Haar und Muscheln auf den Wangen. Auf Johanns Rat hin begoss Theresa ihn zweimal wöchentlich mit Süßwasser, die ganz hartnäckigen Exemplare lösten sich nur in einem Bad, dennoch wurde sie der Muscheln nie ganz Herr. Josefa war dreizehn Jahre alt, warf einen Blick auf ihren verwitternden Vater, dann begann sie, auf die Jagd zu gehen. Jedes Wochenende schoss sie mindestens vier Hasen, die sie im Garten häutete und dann der Köchin auf den Tisch warf.

Fünf Jahre später versteinerte Ludwigs Nasenspitze, Theresas Brief war kaum leserlich. Johann reiste sofort an, begutachtete die Versteinerung, die sich mittlerweile über die gesamte Nase ausgebreitet hatte, und ließ eine ganze Schar von Ärzten kommen. Man fühlte den Puls und das Herz, ließ den Mann zur Ader und bedeckte ihn unter Schröpfgläsern. Man spritzte Beruhigendes und Vitalisierendes, beklopfte und massierte das fossile Körperteil, bis, bei einem besonders beherzten Versuch, ein Stück der Nasenspitze *abbrach.* Theresa fiel in Ohnmacht, Josefa rannte aus dem Haus, galoppierte in den Wald und erschoss fünf Hasen, und Johann verpasste dem Arzt ein blaues Auge und warf ihn aus dem Haus. Dann reiste er überstürzt ab.

Aus Theresas Briefen erfuhr er vom Fortschritt der *Fossilierung* (Stirn, Wangen, Zehen, Unterarme), der Atem fließe aber noch, er nehme weiterhin den Brei zu sich. Als Johann sich zwei Jahre später wieder nach Österreich wagte, war sein Freund, bis auf zwei Finger an der linken Hand, einen Oberschenkel und das rechte Ohr, zu Stein geworden. Ob er tot war, konnte man schwer sagen: Nahrung benötigte er nicht mehr, die Atmung war versiegt, das Ohr und die Finger aber waren noch immer von pulsierender, fleischlicher Wärme.

Johann saß drei Stunden still neben seinem alten Freund und versuchte sich daran zu gewöhnen, dass Ludwig Maria Graf zu einer Statue geworden war. Als ihm schließlich aufging, dass eine Statue keinen haltbaren Grund mehr darstellte, Theresa nicht zu heiraten, schaute er auf und sah draußen Josefa über die Wiese gehen: zwei tote Hasen bei den Läufen, Blätter im Haar, die Bluse über den Oberarmen gerissen. Sie hatte das dunkle Haar ihrer Mutter, ihre braunen Augen, aber sie war groß und kräftig, mit den strengen, prägnanten Zügen ihres Vaters.

Sie war zwanzig Jahre alt, lange nicht so schön wie ihre

Mutter, und Johann verliebte sich, noch bevor die beiden Hasen ihr Fell geben mussten. Ihm war es fast, als hörte er das Geräusch, wie Josefa den Hasen das Fell über die Ohren zog, und so fühlte es sich auch an, sich in Josefa zu verlieben. Als hätte sie ihn gehäutet. Ihm die Liebe zu Theresa vom Fleisch gerissen.

Im kommenden Jahr blieb Johann dem Montafon fern, er hatte den Tod von gleich zwei Kaisern zu verwinden, wie er Theresa schrieb, aber Theresa hatte gesehen, wie er Josefa angesehen hatte. Sie ahnte, dass Johann nicht mehr wusste, wie er sein Versprechen halten sollte. Das war das Jahr, in dem Theresa plötzlich ergraute. Sie war noch nicht einmal fünfzig Jahre alt, aber ihre Haut wurde welk, das Haar dünn, sie verlor sogar einen Zahn und weinte jeden Abend vor dem Spiegel. Auch Johann ergraute, aber graue Männer, dachte Theresa, waren stattlich, graue Frauen einfach nur alt.

Als Johann wieder nach Österreich reiste, eröffnete Theresa ihm, sie werde ihn nicht heiraten, sie sei einem Umzug in den Norden einfach nicht gewachsen, sie werde lieber hier bei ihrem Mann bleiben, das scheine ihre Bestimmung zu sein, damit zog sie sich ins Schlafzimmer zurück und weinte so ausgiebig, dass ein paar der Muscheln auf ihre Wangen umsiedelten.

Josefa war zweiundzwanzig Jahre, Johann neunundfünfzig, als Josefa seinen Antrag umstandslos und herzlich annahm. Aus Gründen, die Johann nicht durchschaute, die ihm aber aufrichtig vorkamen. Tatsächlich war Johann der einzige Mann, den Josefa je kennengelernt hatte, der sich mit ihrem Jagdfieber abfand, ihrer mangelnden Häuslichkeit, ihrer Vorliebe für Kartenspiele und Kraftausdrücke und damit, dass sie Schnaps lieber trank als Wein. Johann war weder tolerant noch modern oder auch nur aufgeschlossen, aber an Josefa fand er all diese eher männlichen Eigenschaften, die ihn an jeder anderen Frau, Theresa eingeschlossen, abgestoßen hätten, aufregend und sogar liebreizend. Wichtiger aber war: Sie hatten beide einen Mann zu Stein werden sehen.

Josefa Petersenn hörte nur das Knirschen ihrer Kufen auf dem Eis, das Flüstern des Schnees, sie öffnete den Mund weit, die Luft schmeckte nach Felsen. Der Himmel war schwarz, ihre Mundwinkel rissen ein von der Kälte, Josefa war seit Stunden auf dem Fluss. Sie war am Mittag hierhergekommen, um ihren Zweijährigen auf dem Schlitten über die gefrorene Wakenitz zu ziehen, und als Johann am Nachmittag zu ihnen gestoßen war, war Alfons durchgefroren und hungrig gewesen. Josefa aber hatte nicht fortgewollt vom Eis. »Es wird gleich dunkel, Liebes«, hatte Johann gesagt, und Josefa hatte genickt und es nicht erwarten können, das Eis für sich allein zu haben. Sie hatte Alfons zehn Mal laut und schmatzend auf beide Wangen geküsst, sie küsste ihn so oft und so laut, bis er lachen musste, dann küsste sie Johann sanft auf den Mund, weil sie es genoss, wenn er sich danach nervös umsah, wer von den anderen Ausflüglern diese Unschicklichkeit beobachtet hatte. Johann, der Alfons auf dem Schlitten hinter sich her zog und die kleine krumme Silhouette ihres Sohnes waren in der einsetzenden Dämmerung verschwommen.

Josefa glitt in langen Zügen über die vereiste Ebene, sie war schnell, ihre Muskeln brannten vor Erschöpfung, sie schwitzte in ihrem dicken Pelz. Jedes der Tiere hatte sie selbst geschossen. Das Eis knackte laut, Josefa machte eine

Drehung und hielt an. Sie legte sich hin und schaute in den schwarzen Himmel, schaute zu der Sichel des Mondes hinauf. Der Teufel lag neben ihr, seine Frackschöße ausgebreitet wie schwarze Flügel. Himmel, Sichel des Mondes usw., aber anders als Josefa war ihm der Anblick weder Verheißung noch Schönheit.

Im Augenwinkel sah Josefa eine Bewegung. Sie wandte ihr Gesicht seinem zu, blickte durch seine eisblauen Augen hindurch und sah einen Fuchs, der aus dem Unterholz gekommen war, auf dem Eis stand und in ihre Richtung witterte. Josefa atmete so flach und leise sie konnte und fing den Blick des Fuchses. Für einen Moment war es ihr, als schaute nicht sie dem Tier in die Augen, sondern der Fuchs ihr. »Wir sind beide Jäger«, dachte sie und lächelte. In diesem Moment wusste sie plötzlich, dass sie wieder schwanger war.

Der Teufel blinzelte selten, und wenn, verlor er gleich ganze Jahre, in diesem Fall vier: Josefa saß kerzengerade am Frühstückstisch, das Gesicht sehr weiß, die Augen kalt. Sie trug dünne weiße Handschuhe, auf ihrem Teller lag eine Scheibe gebuttertes Weißbrot mit Marmelade, die sie nicht angerührt hatte. Ihr Tee war kalt geworden. Sie sah aus, als würde sie allein durch das Kleid aufrecht gehalten, als würde der hohe Spitzenkragen ihren Kopf tragen.

Alfons quietschte vergnügt, als Emilia, das Kindermädchen, ein wenig Zucker auf sein Butterbrot streute, Johann trug seine beste Uniform, aber auch er wirkte angespannt. »Vielleicht wird es dir guttun«, sagte er, »es ist immerhin der Geburtstag des Kaisers.« Josefa nickte und zupfte nervös an den Spitzen ihrer Handschuhe herum. Alfons rutschte von seinem Stuhl und lief zu seiner Mutter, Zuckerkrümel im Mundwinkel, und griff nach ihrer Hand, Josefa zuckte zurück. Sie schaute ihren Sohn dabei nicht an, sondern Emilia, die sich erschrocken räusperte, aufsprang und den Jungen von seiner Mutter wegzog.

Josefa Petersenn sah aus dem Fenster, starrte empor zu den rasenden Wolken, sie hatte Mühe zu atmen. Der Himmel, dachte sie, war vergiftet. Es war, wie an einem geöffneten Grab zu stehen. Nur am Arm von Johann kam ihr der

Himmel nicht zu nah, Johann vertrieb ihn, wies ihn in das Gewölbe zurück, das sich über der Stadt spannte, ein Säbelschlag und die Wolken lagen in Fetzen. Aber Johann wusste nichts von den Kriegen, die er gegen den Himmel führte, er wusste auch nichts von den Kriegen, die in seiner Frau tobten.

Vier Monate nach der Nacht auf dem Eis hatte Josefa ihr Kind verloren. Als sie sich in Krämpfen gewunden hatte, schienen sich die Augen des Fuchses erneut in ihre zu bohren. Wir sind beide Jäger, dachte Josefa wieder, wir sind beide Jäger, als würde darin eine Antwort liegen, oder ein Trost.

Nach der Fehlgeburt war sie stiller geworden, aber dann wurde sie erneut schwanger. Sie verbot sich das Rennen, das Reiten, das Schlittschuh- und das Rollschuhlaufen, sie aß gedünstetes Gemüse und las ausschließlich leichte Liebesromane. Die mangelnde Bewegung machte sie fast rasend, aber sie schrieb es ihrer Wildheit zu, ihrer Genusssucht, dass sie eine Fehlgeburt gehabt hatte.

Das Kind kam zwei Monate zu früh zur Welt und starb während der Geburt. Johann weinte drei Tage lang, Josefa vergoss keine Träne. Immerhin, dachte sie, kam sie aus einer Familie, in der Menschen zu Stein wurden. Alles klang ihr gedämpft, nachdem sie das kleine Mädchen, winzig und von falscher Farbe, Emilia in den Arm gegeben hatte. Sie verlor das Gefühl in den Fingerspitzen. Sie konnte in kochendes Wasser greifen, ohne Schmerzen zu fühlen, sogar ohne Verbrennungen zu erleiden. Der Regen, der Nebel machten ihr das Atmen schwer. Alfons schien ihr plötzlich zu wild, seine Stimme wie ein Nebelhorn. Wenn sie aus dem Haus ging, hatte sie das Gefühl, den Himmel abschütteln zu müssen, der hier so niedrig hing, dass er einem die Ohren mit Wolken verstopfte. Sie verbrachte halbe Tage im Kaufhaus, verschwand im warmen, hellen Summen des Manufaktur-Warengeschäftes von Rudolph Karstadt.

Johann begegnete dem Ehrgeiz und den revolutionären Ideen des jungen Geschäftsmannes (Festpreise!) mit Misstrauen. Er bot Josefa mehrmals an, sie zum Schneider zu begleiten, was sollte sie mit dieser vorgefertigten Konfektionsware, die die halbe Stadt trug. Aber der Überfluss der Waren vermittelte einen leichtfertigen Zauber, Josefa musste weder Wünsche noch Vorstellungen haben, sie brauchte nur zu wählen. Hüte, Handschuhe, Kleider, sie durfte alles anprobieren. Ein ganzes Meer an Sinnesreizen, weiße Spitze, blauer Samt, grüne Seide, Josefa konnte sich verwandeln, sich häuten, ohne etwas von sich herzugeben. Aber im Gegensatz zu den anderen Frauen, die der Vielfalt erlagen, ein Kleid benötigten, aber drei erwarben, kaufte Josefa nie etwas. Sie machte sich nichts aus Kleidern, solange sie ihr nicht vom Leib fielen, waren sie noch gut genug. Turnüren, Krinolinen, die Moden waren ihr vollkommen egal. Im Winter trug sie noch immer den Kaninchenfellmantel, den ihr ein österreichischer Kürschner vor zwölf Jahren angefertigt hatte, jedes der Kaninchen hatte sie eigenhändig geschossen, gehäutet und auch verzehrt. Im Warenhaus steckte sie ihr Gesicht in die Pelze, roch am Leder und träumte von der Jagd, von einem verschwitzten Pferderücken, dem Kläffen der Jagdhunde, der ruhigen Konzentration beim Zielen. Nur Johann war ihr ein Trost, oder eher sein Körper. Seine kräftige Statur, sein samtener Bass, sie weinte jetzt, wenn er sie liebte, dennoch war es die einzige Stunde am Tag, in der sie sich lebendig fühlte. Und wenn sie lange genug geweint hatte, konnte sie auch wieder lachen, leise, und mit vorgehaltener Hand, aber dennoch.

Nach der nächsten Fehlgeburt lachte sie gar nicht mehr. Sie weinte auch nicht mehr. Sie ging nicht mehr ins Warenhaus. Ihr Misstrauen galt nicht mehr allein der Stadt, es galt ihrem Körper, der drei Kinder *umgebracht* hatte, so sah sie das. Sie war ein widernatürliches Wesen, nichts an ihr war bergend oder nährend.

Der Wind des Nordens erschöpfte sie, die Kälte, die Weite, und statt ihren Kindern ein wärmender Leib zu sein, hatte sie sich an ihnen genährt, sie ausgezehrt und verschlungen. Sie hatte ihnen so viel Kraft geraubt, dass sie es nicht mehr ins Leben schaffen konnten. Sie, Josefa Petersenn, hatte auf Kosten ihrer Kinder überlebt, sie war eine grausame Laune der Natur, furchterregend und gefährlich. Als Alfons das nächste Mal weinend zu ihr gelaufen kam, wies sie ihn ab. Sie tröstete ihn nie wieder. Er hatte ihren Leib überlebt, was aber nicht bedeutete, dass sie ihm nicht noch immer Schaden zufügen konnte. Ein leichter Husten mochte sich unter ihrer Umarmung in eine Lungenentzündung verwandeln, ein aufgeschlagenes Knie konnte sich entzünden, zu einem Wundbrand werden, wenn sie ihr Kind nicht von sich fernhielt. Sie hatte beschlossen, ihn zu schützen, indem sie ihn sich selbst überließ. Wenn er weinte, schob sie ihn in die Arme des Kindermädchens, wenn er krank war, machte Emilia die kalten Wickel und hielt seine Hand, wenn er nicht schlafen konnte, sang Emilia für ihn, nicht sie.

Alfons dachte, seine Mutter sei ihm böse, er war noch zu jung, um zu verstehen, dass eine Mutter sich selber zürnen kann.

Das Haus verließ sie nur noch am Arm von Johann, Alfons an der Hand, nicht ohne dass sie sich vorher ein paar weiße Handschuhe angezogen hätte, um die Haut ihres Sohnes vor ihrer zu schützen: Einfache Vorkehrungen, wie das Tragen von Handschuhen, kamen ihr sinnvoll vor und vernünftig. Auch, dass sie einen Zug am Handgelenk spürte, das Gefühl, als wäre eine Schnur darum geschlungen, an der Luftballons gen Himmel strebten, nur dass es keine Luftballons waren, sondern die Seelen ihrer toten Kinder, dass sie also am Arm von Johann über den Marktplatz schritt, ihren Sohn an der Hand und über ihr die Traube ihrer toten Kinder, dieses Bild schien ihr nicht nur sehr realistisch, sondern sogar, im Rahmen der Möglichkeiten, licht und friedlich.

Ein Jahr vor ihrem Tod, im Januar 1898, saß Josefa am Fenster, schaute in den tosenden Himmel und sehnte sich nach den steinernen Achselhöhlen ihres Vaters. Die Gefühllosigkeit in ihren Fingerspitzen hatte sich auf die Hände ausgebreitet, war die Arme emporgekrochen und hatte ihr Gesicht erreicht. Sie spürte den Wind nicht mehr, schmeckte nichts, wenn sie Tee trank, nichts, wenn sie den verhassten Hering, das scheußliche Labskaus aß. Als Johann die Frühstückstafel aufhob, um seine Frau und seinen Sohn zu den Festivitäten zu Ehren des Kaisers auszuführen, war Josefas Kleid ruiniert, hatte sie sich, ohne es zu bemerken, ihre Gabel tief in den Handballen gebohrt. Johann konsultierte die besten Ärzte. Mehrere medizinische Koryphäen betasteten Josefas gefühllose Arme, stachen sie in die gefühllosen Wangen, man schröpfte und führte ab, spritzte Morphium und verschrieb Eisbäder, letztendlich aber sei ihrer Meinung nach dem nervösen Leiden nur mit elektrischen Schocks beizukommen, was Johann verbot. Seine Frau sei in Trauer, und das aus gutem Grund. Seine Frau habe drei Kinder verloren, und sei seit Jahren nicht mehr in den Bergen gewesen, habe seit Jahren keinen Hasen mehr geschossen. Er telegrafierte Theresa und fuhr im Frühjahr mit Josefa nach Österreich.

Ludwig Maria Graf stand im Garten zwischen den Kirschbäumen, blankgescheuert, der Stein leuchtete weiß, die Vögel pickten die Muscheln von seinen Schultern. Josefa küsste ihren Vater auf die Wange, dann ging sie auf die Jagd, Johann stellte sich neben Ludwig und schaute mit ihm zu den Gipfeln empor. Er hatte lange nicht mehr über Politik geredet. Es schien ihm nicht angemessen, in einem Haushalt, wo der Tod sich überall niederließ wie Staub. Jetzt, die Lungen voller Bergluft, in der Ferne die hallenden Schüsse aus dem Jagdgewehr seiner Frau, schien die Welt wieder geordnet genug, um sich einmal Luft machen zu können. Er empörte sich über die *Sozi-al-demokraten*, »Bismarck hat die in Schach gehalten, die revolutionären Flegel, man hätte den Mann nicht gehen lassen dürfen«, in Lübeck sei es besonders schlimm mit denen, da müsse man sich ja schämen vor dem Kaiser. Er habe einen Vorschlag eingereicht, das Lübecker Bürgerrecht und damit das Wahlrecht ans Einkommen zu koppeln, »Ludwig, das ist ja kein Geheimnis: die Sozi-al-demokraten, das sind doch ein Haufen ärmlicher Nichtsnutze.« Ludwig schwieg und glänzte in der Nachmittagssonne, Johann zündete sich eine Pfeife an und lächelte. Er hatte es vermisst, mit seinem Freund zu sprechen. Der Stein strahlte eine beruhigende Wärme ab, die Luft war klar und rein, »Genug der Ärgerlichkeiten«, sagte er also und schwärmte Ludwig von den neuen Plänen für eine Flotte vor: »Wir wollen auch einen Platz an der Sonne«, rief er und deutete auf die Gipfel, die er mit Ludwig bestiegen hatte und über die eine verschwenderische Sonne troff, selbstverständlich habe man das Zeug zur Weltmacht, genug mit der Zurückhaltung! Und für Kolonien brauche man eine anständige Flotte. »Meine Söhne werden nicht in der Infanterie dienen, meine Söhne gehen zur Marine.«

Ludwig erinnerte ihn nicht daran, dass er nur *einen* Sohn hatte und es ganz danach aussah, als bliebe es auch dabei, er unterließ das nicht nur, weil er aus Stein, sondern weil er ein guter Freund war.

An den Abenden stand Josefa im Schuppen und häutete die Kaninchen. Alfons begann zu weinen, selbst Johann wurde es ein wenig mulmig, aber wenn Josefa mit dem letzten Ruck die Haut vom kleinen Leib löste, strömte wieder Kraft in ihren Körper, das Blut färbte ihre Wangen, und ihre eigene Haut fühlte sich weniger taub an, ihr Körper weniger ausgezehrt.

Früher hatte sie Kaninchen geschossen, weil man sie nicht an die großen Tiere ließ, jetzt schoss sie Kaninchen, weil kein Mensch sechzig Rehe essen konnte. Sie wollte so häufig wie möglich anlegen, so häufig wie möglich ein zitterndes, witterndes Wesen im Fadenkreuz sehen. Nachdem der Schuss sich gelöst hatte, in dem Bruchteil der Sekunde, bevor die Kugel das Tier traf, passierte etwas Eigenartiges. Als wüsste das Tier vor Eintritt des Todes um sein Ende, als würde seine Energie nach Erhalt streben und sich davonmachen, den nächstbesten Körper behausen, ergriff das Zittern Josefa, als stünde sie selbst im Fadenkreuz. Die Flinte noch an der Schulter, war ein Teil ihres Körpers mit dem Rückstoß beschäftigt, federte, während ein anderer Teil witterte und zitterte, Tier war, von glühender, verletzlicher Lebendigkeit.

Sie wollte so häufig wie möglich einen toten Körper aus dem Gras bergen. Sie wollte so viel Leben wie möglich in sich einsaugen, sie wollte eine Kaninchenseele.

An einem Januartag im letzten Jahr des 19. Jahrhunderts stand Johann am Fenster und starrte beklommen in das Schneetreiben hinaus. Er hatte Angst. Johann Petersenn fühlte sich wie der letzte Mensch auf der Erde. Er war neunundsechzig Jahre alt, die Dunkelheit des Wintermorgens lastete auf den Dächern, sein Sohn schlief, und Josefa hatte ihren Schatten verloren. Josefa schien nicht bemerkt zu haben, dass ihr kein Schatten folgte, als sie die Treppe zum Schlafzimmer emporstieg, und Johann blieb zurück und sagte es ihr nicht. Er schaute in die Dunkelheit und redete sich ein, dass er sie geschont hatte, aber er fühlte, dass er sie verraten hatte. Zum ersten Mal fragte er sich, was Theresa gefühlt haben musste, wenn sie in die Nacht hinausschaute, hinter ihr auf dem Sofa ihr allmählich zu Stein werdender Mann.

Am Bett von Josefa saß der Teufel und starrte gebannt in ihr bleiches Gesicht: Dass ein Mensch seinen Schatten verlor, das hatte selbst er noch nie gesehen. Da schaute er dann doch lieber zweimal hin. Aber Josefa lag unter einer dicken Daunendecke, und Daunendecken, da konnte man machen, was man wollte, warfen Schatten, egal wer darunterlag.

Am Nachmittag öffnete die Köchin Rosa die Fenster, damit Johann Petersenn die Kapelle zu Ehren des Kaisers hören konnte, ein Marsch hatte ihm bisher immer Kraft gegeben. Josefa war schweißgebadet, und Johann lag auf den Knien vor ihrer Tür und betete zum ersten Mal in seinem Leben. Jeder Mensch macht sich ein Bild, wenn er betet, Johann Christoph Petersenns Gott sah sehr nach Kaiser Wilhelm II. aus.

Der siebenjährige Alfons Petersenn saß mit Pinzette und Vergrößerungsglas an seinem Schreibpult, riss einer Spinne die Beine aus und lauschte den Schreien seiner Mutter. Emilia, die er vor einer Stunde dabei erwischt hatte, wie sie einen Silberlöffel in eine Tasche ihres Kleides steckte, war bei Rosa in der Küche, um ihm einen Keks zu stehlen. Er hatte ihr eine *Abmachung* vorgeschlagen, die seinen Bedarf an Süßigkeiten sicherte. Emilia wusste nicht, wie schlecht Johann und Josefa auf Petzerei reagierten, Alfons hatte seiner Mutter einmal ein Vergehen zugetragen, die Enttäuschung, mit der sie ihn angesehen hatte, steckte ihm tagelang in den Knochen.

Alfons hatte noch nie ein Tier gequält. Die Inbrunst, mit der er jetzt dieser Spinne die Beine ausriss, hatte vor allem mit Angst zu tun, kaum mit Grausamkeit. Das letzte Mal, als seine Mutter so geschrien hatte, hatte sie einen *Engel* geboren, und danach lange kein Wort gesprochen. Sie hatte nur noch am Fenster gesessen und zum Himmel hinaufgeschaut. Je mehr ihr Bauch gewachsen war, desto mehr Angst bekam er. Es konnte nicht gut ausgehen. Käme wieder ein Engel, würde sie wahrscheinlich niemals wieder mit ihm spielen, sie würde nur noch am Fenster sitzen. Käme ein Kind, würde es all ihre Liebe brauchen. Auch dann wäre Alfons allein. Wie man es drehte und wendete: Es war ein Unglück, wenn seine Mutter so schrie. Alfons wollte keinen Bruder, er wollte seine Mutter zurück.

Christoph Maria Petersenn wurde geboren mit Schwimmhäuten zwischen den Fingern und dem Blick eines wilden Tieres, aber ohne einen Schatten, was erst einmal nur Johann und dem Teufel auffiel, Säuglinge warfen ja im Allgemeinen eher geringfügige Schatten. Ansonsten war er runzelig, schrumpelig und von äußerster Perfektion, noch dazu teilte er seinen Geburtstag gerade noch mit dem Kaiser, wie Johann stolz seinem Sohn Alfons vermeldete, der folgsam aus dem Bett stieg, im Schlafanzug seinem Vater hinterherschlurfte und dann misstrauisch in das winzige zerknitterte Gesicht seines Bruders schaute.

»Deines Kaisers, nicht meines«, brachte Josefa schwach, aber grimmig hervor, ihr Haar klebte in der Stirn, »schick den Jungen raus«, dann sank sie zurück in die schweißgetränkten Laken, direkt in einen traumlosen, gefährlichen Schlaf.

Sie war zweiunddreißig Jahre alt, als sie langsam im klammen Federbett verblutete, ausgezehrt von zwei Geburten, zwei Fehlgeburten und einer Totgeburt in neun Jahren Ehe. Johann saß an ihrem Bett, seinen neugeborenen Sohn in der Beuge seines rechten Armes, mit der linken Hand umklammerte er Josefas Fuß. Ihr schwarzes Haar lag in nassen Flechten um ihren Kopf, der Trotz war aus ihren Lippen verschwunden, sie kämpfte nicht gegen den Tod, das sah er ganz deutlich, sie dämmerte ihm entgegen.

Johann warf einen Schatten auf das Gesicht seines neugeborenen Sohnes. Er dachte daran, wie er zu Ludwig Graf von seinen Söhnen gesprochen hatte, er dachte daran, wie er geschworen hatte, Josefa mit seinem Leben vor allem Unglück zu schützen, sich zwischen sie und jedes Unheil zu werfen. Und nun war er selber das Unheil gewesen: Im Urlaub in Österreich, diesem Frühling, der sie ins Leben zurückholen sollte, hatte er den Sohn gezeugt, der ihr das Leben nehmen würde.

Josefas Brust hob und senkte sich immer langsamer, und Johann schloss die Augen und bot sich zum Tausch. Er rief erst den Herrn an, an dessen Existenz er nicht wirklich glaubte, dann den Teufel, an dessen Existenz er normalerweise auch nicht glaubte, allmählich schien sie ihm aber möglich. Der Teufel trat seufzend an, wenn er gerufen wurde, musste er erscheinen, eine Machtlosigkeit, die ihn ärgerte, vor allem aber demütigte. »Verschone meine Frau«, sagte Johann Petersenn, »nimm mich an ihrer Stelle«, und starrte mit einer Intensität am Teufel vorbei in den leeren Raum, dass der Teufel sich an ebendieser Stelle neu materialisierte, nur um zumindest einmal kurz das Gefühl zu haben, tatsächlich gemeint zu sein. Dann setzte er sich Johann gegenüber auf einen Stuhl, beugte sich vor, faltete die Hände auf den Knien und erklärte Johann mit aller ihm zu Gebote stehenden Geduld, dass ein Tausch nicht möglich und er, Johann, zu alt sei, um an diese Märchen zu glauben. Dass ein Teufel rein gar nichts gegen den Tod tun könne, dass menschliche Körper nun mal leicht verderblich seien und rasch verfielen, was bitte er damit zu tun habe? Hm? Hm?!

Johann schaute dem Teufel in die gleißend blauen Augen, ohne ihn zu sehen. Der Teufel verstummte, strich seinen Frack glatt, streifte ein wenig Pferdemist von seinen Absätzen, und sah zu, wie Josefas Seele fast in Fetzen ging zwischen der Sehnsucht zu verschwinden und dem Flehen ihres Mannes.

Er zündete sich eine Zigarette an, und die Glut erhellte den Raum, blendete Johann und die Seele so sehr, dass sie einander nicht mehr sahen. Johann verstummte, die Seele nutzte die Gelegenheit, machte sich aus dem Staub, verpuffte kurze Zeit später rückstandslos, und die Kälte von Josefas Füßen bekam eine andere Qualität.

Johann telegrafierte Theresa, zwei Wochen später holte er sie vom Bahnhof ab. Sie hatte zwar nur zwei Koffer dabei, aber sie wussten beide, dass sie bleiben würde. Sie nahm Rosa das Teetablett mit den Kluntjes und der Sahne aus der Hand und servierte es Johann selber, sie wärmte seine Puschen auf dem Ofen vor und bewunderte die Schwimmhäute an Christophs

Fingern: Johann solle sich mal keine Sorgen machen, die habe der Junge von seiner Mutter, das liege in der Familie. Als sie bemerkte, dass der Säugling keinen Schatten hatte, sagte sie nichts. Denn wozu, dachte Theresa, brauchte der Mensch auch einen Schatten.

Theresa fror im Wind, der um die Ecken pfiff, duckte sich unter dem grauen Hansehimmel, aß grausend das Labskaus und fütterte unter dem Tisch die Katze mit Hering, die daran erstickte. Aber sie liebte das Meer. Die Alpen waren ihr immer zu mächtig gewesen, eine Drohung schien von ihnen auszugehen, der Maßstab der Gebirge ließ neben den Alpen alles Leben schmächtig erscheinen, zu fragil, um den nächsten Winter zu überstehen. Sie mochte es lieber, wenn der höchste Punkt von Menschen gemacht war, die sanften Hügel des Lübecker Umlandes hatten etwas Bescheidenes, sie fühlte sich augenblicklich kräftiger, erhabener.

Vier Wochen nach ihrer Ankunft wurde Ludwig geliefert. Eingewickelt in mehrere Bahnen Papier und Filz, trotzdem war eine Hand beim Transport abgebrochen. Theresa fiel in Ohnmacht, Johann war gleichzeitig erleichtert und wehmütig, denn eine Inspektion der Bruchstelle offenbarte, dass der Stein massiv war, dass Ludwig Maria Graf durch und durch aus weißem Stein bestand, dass kein Tropfen Blut mehr in ihm zu finden war.

Christoph Maria Petersenn wuchs zu Füßen seines versteinerten Großvaters auf, in halbdunklen Räumen und in großer Stille. Zur Trauer kam eine panische Fürsorglichkeit, denn Johann fürchtete, Christoph könne Josefas *nervöse Natur* geerbt haben. Er fühlte jeden Tag die Stirn des Jungen und befand sie in achtzig von hundert Fällen als entweder zu heiß (Emilia, das Kind ist fiebrig) oder zu kalt (Emilia, schließen Sie sofort die Fenster, kein Wunder, dass der Knabe unterkühlt ist). Nur selten suggerierte die Temperatur einen stabilen Zustand. In den meisten Fällen konnte der drohende tödliche Krankheitsverlauf nur abgewendet werden, indem Emilia Christoph sofort ins Bett steckte, das Zimmer verdunkelte und ihn dort seinem Schicksal überließ. Emilia durfte nicht mit ihm das Haus verlassen (der Lärm), sie musste die Fenster geschlossen halten (die Zugluft), durfte weder singen (Überreizung der Nerven) noch dem Jungen etwas vorlesen (Überanstrengung der Nerven). Man hatte Josefa eine Neurasthenie diagnostiziert; und eine Disposition zur Nervenschwäche, so hatte man Johann zu verstehen gegeben, sei durchaus vererbbar. Außerdem fiel ein fehlender Schatten weniger auf, wenn es kaum Licht gab. Niemand sprach darüber, aber jeder hatte natürlich bemerkt, was dem Jungen fehlte. Und natürlich hatte das im gesamten Hausstand Theorien darüber ausgelöst, was mit dem Jungen nicht stimme: Johann nahm den fehlenden Schatten als Vorboten des Todes, Emilia glaubte, dass ein Fluch auf der Familie liege. Alfons meinte, sein Bruder sei einfach böse. Eine hinterhältige kleine Teufelsgestalt, die ihm erst die Mutter weggenommen hatte und dann die Liebe seines Vaters. Dass sein Bruder so unglaublich niedlich war, ein Lächeln hatte, das selbst die Zornesfalten von Johann Petersenn glätten konnte, bestärkte nur seine Theorie. Die Köchin Rosa glaubte, dem Kind fehle einfach die Mutter. Dass der Junge ohne Josefa nicht die Kraft habe, ein ganzer Mensch zu werden. Außerdem, fand sie, war es ganz einfach: Welcher Mensch brauchte schon einen Schatten, wenn er in der Dunkelheit lebte. Welchen Schatten sollte ein Mensch werfen, wenn er niemals unter der Sonne stand.

Mit anderthalb Jahren sprach Christoph noch kein Wort. Meist hockte er in seinem Zimmer und starrte dumpf in die Stille. In einem halbbewussten Zustand, in dem sich Schlaf und Wachen kaum noch unterschieden. Auch in seinen Träumen saß er reglos im Halbdunkel, nur dass die Dunkelheit seiner Träume eine andere Qualität hatte, etwas Lebendiges, durchaus Bedrohliches.

Niemand Geringeres als der Kaiser befreite Christoph aus dem fast fötalen Zustand seiner ersten anderthalb Jahre. Kein Junge, so befand Johann, durfte aufwachsen, ohne den Kaiser gesehen zu haben. Im Juni des Jahres 1900 verließ also Christoph Petersenn, angezogen für einen arktischen Winter, an Emilias Hand zum ersten Mal das Haus.

Das Regiment 162 stand vom Bahnhof bis zum Burgtor Spalier, Johann Petersenn, Oberstleutnant a.D., ließ es sich nicht nehmen, in der Ehrenkompanie an der Travemündung zu stehen, die Kaiser Wilhelm II. zu Ehren der Einweihung der Kanalverbindung zwischen Elbe und Ostsee abschritt. Die Fahne des Regiments leuchtete weiß, die Stiefel glänzten, Johanns Haare waren frisch geschnitten, der Bart gestutzt, ein Fotograf hatte Aufstellung bezogen, um den Moment *einzufangen,* ein irgendwie unwürdiger Begriff, fand Johann, der Kaiser war ja keine Motte. (Später bekam das Offizierskorps ein Foto von dem Ereignis, der Kaiser stand entspannt neben dem Regiment und schaute zum Fotografen, die weißen Hosen der Offiziere leuchteten, die Pickelhauben glänzten, und Johann, der genau auf Höhe des Kaisers stand, war nicht zu sehen. Johann wurde verdeckt von der weißen Regimentsfahne, die ein Tölpel waagerecht ins Bild hielt wie eine Schranke. Nur die Spitze seiner Pickelhaube ragte über der Fahnenstange empor, da hätte jeder stehen können.)

Christoph wäre auch ohne militärisches Brimborium hoffnungslos überfordert gewesen. Licht war einfach nur Schmerz, Lärm war Schmerz, die laue Sommerbrise schnitt in seine empfindliche Haut: Welt war Schmerz.

Kutschen, Menschen, die Vögel, der Himmel, die Sonne waren ein solcher Schock für ihn, dass er eine Mittelohrentzündung, einen Sonnenbrand, einen Schatten bekam.

Theresa stand mit Alfons am Ufer, das graue Haar festlich aufgetürmt, Emilia trug Christoph auf dem Arm und fragte sich, wie der Junge innerhalb einer Stunde so dreckige Hände hatte bekommen können, dass sie Angst um ihr weißes Sommerkleid haben musste, als der Kaiser auf der *Lubeca*, einem eleganten, weißen Schiff, in See stach. Der Bürgermeister sprach von frischem Leben, frischem Handel auf dieser neuen Wasserstraße, von einer neuen Ära für die Stadt, die Frauen, weißgekleidet unter Sonnenschirmen (nur Theresa trug Schwarz) und die Männer, auch sie in festlichster Kleidung, jubelten so laut, dass man die Ansprache des Bürgermeisters kaum hörte, und Christoph Maria Petersenn, terrorisiert durch den nochmals ansteigenden Lärmpegel, schrie wie ein Neugeborenes, das die Atemwege vom Fruchtwasser befreien muss.

Theresa blinzelte verwundert, als plötzlich Emilia Rußflecken im Gesicht zu haben schien, schwarze Male auch am Halsausschnitt und an den Armen, dann schaute sie zum Himmel empor, murmelte etwas und lächelte: Er mochte noch etwas ungelenk sein (er färbte ab), aber es war unverkennbar ein Schatten, der ihrem Enkel dort wuchs.

Theresa ließ Alfons' Hand los, um sich zu bekreuzigen, und Alfons stürmte zum Ufer. Das Wasser war ihm egal, er wollte einfach dorthin, wo die Menschenmasse am dichtesten, der Lärm am lautesten war. Die Menschen jubelten dem Kaiser zu, und Alfons, der sich noch vage an das laute Lachen und die kindischen Umtriebe seiner Mutter erinnerte, jubelte so laut, dass es einem verzweifelten Schreien glich.

Die nächsten Monate kämpften Theresa und Johann einen stillen, aber zähen Kampf, wie mit Christoph umzugehen sei: Johann plädierte weiterhin für *Schonung*, er konnte nun sogar eine Mittelohrentzündung und einen Sonnenbrand, den er ausschließlich als *Verbrennung* bezeichnete, als Argument für die Fragilität seines Sohnes anführen. Theresa plädierte für *Förderung*, womit sie einfach meinte, dass man Christoph nicht anders behandeln sollte als andere Jungen in seinem Alter, für die es auch nicht lebensgefährlich war, unter freiem Himmel oder mit Bauklötzen zu spielen. Im Sommer 1901 schließlich sprach Rosa ein Machtwort: »Dien Jungs kriggst du nich in en Dodenhuus groot, de Ruuh is nich mehr to'n Uthollen, dat gifft dat doch nich! Keen Besöök in't Huus, keen anner Kinner! So geiht dat nich. Noog ist noog, Petersenn! De lütten Schietbüdel bruken Land un Lüüd, de mütt mal de warme Sünn geneten, in't Water rümspaddeln. Kanst ja in den Strandkorv indrusen, avers nu treck di an. Wi föhrt in Urlaub.«

Johann Petersenn warf einen Blick auf seinen Jüngsten, der erste Spaziergänge sowie stille, spielerische Beschäftigungen unversehrt überstanden, sich aber einen ewig erschrockenen Gesichtsausdruck angewöhnt hatte, ein ständiges Staunen. Mehrmals am Tag füllten sich seine Augen mit Tränen, mal war der Auslöser ein Sonnenstrahl, der ihm ins Gesicht, oder eine Mücke, die ihn in den Arm stach, dann ein besonders schönes Lied, dann die verordnete und verhasste Ruhepause. Im Grunde löste alles bei Christoph Tränen aus.

Johann musste zugeben, dass Christoph ihm etwas *weichlich* vorkam, vom *Gemüt her*, wie er schnell hinzufügte, körperlich sei gar nichts auszusetzen an dem Jungen. »He ward sik nich groot slapen, de mütt rümstromern, sik uttoben un Dummtüüch maken«, setzte Rosa nach, und Johann seufzte, nickte ergeben, stellte aber sofort klar, wobei er zu Theresa hinüberschaute, dass an Travemünde nicht zu denken sei. Es sei zu mondän, das Publikum verwöhnt. Er würde doch nicht dem städtischen Trubel entfliehen, um von der Hektik der Travemünder Amüsierbetriebe verschlungen zu werden. Schon hier in der Stadt werde die Nacht zum Tage, neulich habe man beim Senator Schubert noch nach elf Uhr in der

Nacht das elektrische Licht brennen gehabt, in Travemünde, so habe er gehört, werde es niemals dunkel. Wenn er, Johann, in den Urlaub fahre, dann wolle er nicht in einer Kurmuschel sitzen und sich den Klatsch und Tratsch der anderen Gäste anhören, nein, Johann wollte wandern, die frische Luft genießen, den Geist an der *Stille stärken* und Seehunde jagen.

Theresa hörte zu und nickte, sie nickte sehr viel häufiger, als notwendig gewesen wäre. Ihr war alles recht, Hauptsache, sie kam aus diesem trüben Haus raus. Johann hörte sich ein wenig um, welcher Badeort zu empfehlen sei, stellte fest, dass immerhin einige damit warben, *rein deutsch* zu sein, und befahl Emilia zu packen.

Johann hielt eine Rede, in der er Theresa, Rosa und Emilia, besonders aber seine Söhne auf das *einfache* Leben vorbereitete, die *Schlichtheit* der Menschen auf dem Land, die *Bekömmlichkeit*, aber auch *Wildheit* der Natur. Sie sollten kein Hotel erwarten, keinen Komfort, sie seien sowieso schon viel zu verwöhnt. Es werde ihnen allen guttun, dem Lärm und der Raserei der Stadt zu entfliehen, vor allem aber werde es den beiden Jungen eine Lehre sein, zu sehen, wie *komfortabel sie es hätten*, wie hart andere arbeiten mussten, um einen guten Fisch auf den Teller zu bekommen. Hierbei schaute er den neunjährigen Alfons an, der am gestrigen Abend in seinem Dorsch herumgestochert hatte und am Ende bis elf Uhr nachts vor seinem Teller sitzen bleiben musste, im Dunklen (so weit kommt das noch, dass wir hier die Nacht zum Tag machen), bis er den kalten Leib tatsächlich ganz aufgegessen hatte.

Rosa schaute grimmig auf ihre Schuhspitzen. Gestern erst hatte Petersenn ein paar Straßenjungen aus ihrer Küche gejagt und Alfons an den Ohren unter dem Tisch hervorgezogen: Armut auf dem Land war eine Lehre, Armut in der Stadt: schlechter Umgang.

Am Ende von Johanns Rede konnte man meinen, es ginge

in die Wildnis, man müsste sich von Nüssen und Beeren ernähren und sich im Moos zusammenrollen, anstatt in einen behaglichen Badeort zu reisen, der gut betaxte Strände mit leuchtend blauen Strandkörben und züchtigen Badekarren, zahlreiche Pensionen und eine Blaskapelle vorzuweisen hatte.

Rosa und Emilia fuhren mit einem Pferdegespann, beladen mit Bettzeug (auf gar keinen Fall schlafen wir unter fremden Federn), Geschirr (man weiß doch nie, was einem dort vorgesetzt wird), Lebensmitteln (siehe Geschirr) und Kleidung, voraus und richteten die Zimmer in der Pension her. Theresa schor den Jungen den Kopf, Land bedeutete für sie Läuse, dann reisten Johann, Theresa und die Jungen an die Ostsee.

Die Petersenns nahmen ihre Mahlzeiten preußisch früh ein, man hatte einen Stundenplan ausarbeiten können, der es Rosa erlaubte, zu kochen, ohne den Betrieb der Pension zu stören. Die Petersenns speisten meist eine gute Stunde vor dem Rest der Gäste, von leichtem Porzellan mit schwerem Silberbesteck, das Josefa, zusammen mit einer stattlichen Mitgift, aus Österreich und die Petersenns jetzt aus der Stadt mitgebracht hatten. Sie zeigten ein tadelloses Benehmen, beste Umgangsformen, Johann Petersenn verstand nicht, warum die anderen beiden Familien, mit denen sie die Herberge teilten, so abweisend waren.

Die ersten beiden Sommer klammerte sich Christoph mehr oder weniger an Rosas Beine und blieb in der Küche oder im Garten. »Wat en splienigen Jung«, dachte Rosa, war dennoch gerührt und verwöhnte ihn mit der roten Grütze, die sie gerade anrührte. Aber es war nicht die ungewohnte Freiheit, die Christoph ängstigte. Er misstraute speziell dem Meer. Er hatte bedeutende Zeitspannen zu Füßen einer Statue verbracht, von der man behauptete, sie *enthalte* seinen Großvater, und die unermüdlich von Muscheln bewuchert wurde. Es war Theresa, die einmal, sie zupfte gerade einen halben Korb Muscheln von ihrem Mann, gesagt hatte: »Herr im Himmel, das Meer frisst ihn noch auf!« Bevor Christoph jemals das Meer gesehen hatte, wusste er schon, dass man ihm besser nicht zu nahe kam. Das war *ein* Grund, warum er sich in der Küche versteckte. Der andere: Er war auf das ausgelassene Toben und Tollen, das man urlaubsgemäß von ihm erwartete, nicht vorbereitet. Christoph war noch nie herumgetobt. Er war in erstickender Stille aufgewachsen und lähmendem Stillstand. Es war ein Wunder, dass er überhaupt wuchs. Wenn Alfons durch das Haus tobte, wurde er getadelt, wenn er einen Wutanfall hatte, wurde er geschlagen. Christoph hatte schnell beschlossen, dem Älteren nicht nachzueifern, es weder mit Toben, geschweige denn mit Wut zu versuchen. Er versuchte stattdessen, die Stille, die sein Vater so schätzte, nicht zu brechen.

Johann Petersenn beobachtete das Fort, das sein Jüngster sich in der Küche baute, mit gespaltenen Gefühlen: Erleichterung und Unwillen. Er war noch nicht bereit, seinen Sohn der Welt anzuvertrauen, er hätte es aber gern gesehen, wenn dieser etwas mehr davon für sich beansprucht hätte, ein wenig gekämpft hätte. Christophs ängstliche Fügsamkeit gefiel ihm nicht, aber entscheidender war für ihn, dass sein Sohn die Sommerfrische *überlebte.*

Im dritten Sommer verbannte Rosa ihn aus der Küche: »Noog mit dat Dummtüüg, verdummbüdelst noch in't Huus, Alfons, kiek na dienen Broder.«

»Rosa! Der is so klein, der kann noch nix.«

»Noog is noog, nu man to, treck di an un bring den lütten Schietbüdel an'n Strand.«

Alfons nahm seinen jüngeren Bruder bei der Hand und ging so schnell, dass Christoph zweimal hinfiel und mit verschrammten Knien und verheulten Augen im Familienbad ankam, wo Johann kerzengerade in seinem Strandkorb saß und sich bemühte, den *halbnackt* im Wasser planschenden

Menschen verschiedenen Geschlechtes so wenig Aufmerksamkeit wie möglich zu widmen. Josefa hatte noch in einem Anzug, bestehend aus Badebluse und Hose, und ausschließlich unter Verwendung eines Badekarrens gebadet. Sie war in sittlicher Montur ins hölzerne Umkleidehäuschen gestiegen, wo sie in ihre Badesachen schlüpfte und wartete, bis zwei Pferde den Karren ins Wasser gezogen hatten. Erst dann hatte sie die vom Strand abgewandte Tür geöffnet, war das Treppchen hinabgestiegen und hatte dort, im Sichtschutz des Karrens, gebadet. Als junger Mann war Johann am Herrenstrand in aufwändigen Kostümen, sogar in Strümpfen und Schuhen in die Ostsee gestiegen, um seinen Kreislauf zu stärken. Und nun dies: ein Familienbad. Man sah Waden, man sah nackte Arme, Männer und Frauen bespritzten sich gegenseitig mit Wasser und *neckten* sich. Mit der Stärkung des Kreislaufs hatte *das* nichts mehr zu tun.

Johann war erleichtert, als die Jungen ankamen: Ohne Kinder im Familienbad zu sitzen hatte etwas Unsittliches. Dennoch war er ungehalten, dass der Jüngere schon wieder weinte.

Alfons ließ Theresas Vorwürfe auf sich niederregnen und schielte zu seinem Vater, der Christoph missbilligend ansah. Alfons bekam nie Lob von seinem Vater. Nie. Gute Schulnoten waren eine Selbstverständlichkeit, schlechte eine Schande usw. Christoph hingegen wurde gehütet wie ein Vogel, der aus dem Nest gefallen war. Das Einzige, was er leisten musste, um seinem Vater ein Lächeln auf das Gesicht zu zaubern, war, nicht tot umzufallen. Das Einzige, was ihm nicht verziehen wurde, war Weinen. Wenn Johann Petersenn seinen jüngsten Sohn mit Verachtung strafte, entsprach das im Grunde einer liebevollen Geste gegenüber seinem Ältesten. Denn, so wusste Alfons, von Liebe war immer nur eine gewisse Menge vorhanden. Wurde sie Christoph weggenommen, war es nicht unwahrscheinlich, dass sie bei ihm landete. Alfons wartete das

Ende von Theresas Standpauke ab, dann rannte er ins Meer. Er schwamm ein paar kräftige Züge hinaus, tauchte unter, und dort, in der Kälte des Wassers, schrie er laut vor Freude.

Den Rest des Sommers sammelte Alfons angeschwemmte Quallen, wartete, bis Emilia eingenickt war, und jagte dann, die glibbrigen Tiere drohend in der Hand, seinen kleinen Bruder über den Strand. Meist konnte er aber die Tränen des Jüngsten seinem Vater nicht präsentieren. Dazu verbrachten Johann und Theresa zu wenig Zeit im Familienbad.

Es war der erste Sommer, an dem Theresa und Johann überhaupt einen Fuß in diese moderne Angelegenheit setzten, am liebsten überließen sie Emilia das Feld. Denn abgesehen davon, dass Johann das Bad leicht anrüchig fand, war ihm Schwimmen geradezu unheimlich. Sein Verhältnis zum Schwimmen war dem der Fischer ähnlich: Wer ins Wasser fällt, ist verloren, wer schwimmen kann, verlängert nur sein Leid.

Johann hatte bei Badeurlauben in seiner Kindheit in baumwollenen Matrosenanzügen gesteckt, in denen er im seichten Wasser planschen durfte, mit Wasser vollgesogen waren sie so schwer, dass Johann wahrscheinlich sofort ertrunken wäre, hätte er es gewagt, zu schwimmen. Seine Mutter hatte noch Gewichte an ihrem Badekleid getragen, damit der Auftrieb des Wassers ihre Beine nicht entblößte.

Johann fühlte sich bedeutend wohler, wenn er einsame Wanderungen unternehmen konnte. Er marschierte jeden Tag fünf Kilometer die Küste hinauf, dann wieder hinunter. An einsamen Streckenabschnitten zog er gelegentlich sogar die Schuhe aus und ging barfuß über den feuchten Sand. Theresa saß am liebsten in einem Café in Strandnähe und las die Zeitung. Sie störte sich ein wenig an den Schildern, die vor einigen Cafés hingen, musste man nun gleich Juden mit Hunden vergleichen, aber nun ja, wenn es denn half. Das war nichts, worüber sie sich mit Johann streiten wollte. Im Strandbad war sowieso kein einziger Jude, warum also mit dem Thema überhaupt anfangen. Theresa war froh, wenn sie ein Stück Torte zur Lektüre bekam, das Politische überließ sie den Männern. Während also Johann wanderte und Theresa Kuchen aß, jagte Alfons über den Strand, in jeder Hand eine tote Qualle, und Christoph stolperte über seine eigenen Füße und kreischte so hoch und dünn, dass ein paar Möwen das Herz brach. Emilia schlief und träumte von Jesus, der über den Sandburgen wandelte, aus zahlreichen Wunden blutend, während Christophs Martyrium vollkommen unbeachtet blieb.

An einem bewölkten Nachmittag Ende Juli zog Emilia den widerspenstigen Christoph hinter sich her an den Strand, Alfons saß noch über dem Hering, den er sich geweigert hatte zu essen, was Christophs panische Angst nicht minderte. Alfons würde kommen. Er würde den Hering runterwürgen, und dann würde er kommen, den Bauch voller Wut, die Hände voller Quallen: Christoph würde nie wieder froh werden.

Emilia, etwas ungehalten darüber, dass Christoph niemanden zum »Spielen« hatte, sie also kein Nickerchen machen konnte, ermunterte den Jungen lustlos, eine Sandburg zu bauen, und deutete auf die ehrgeizigen Burganlagen, die sich über den Strand zogen. Die meisten waren von Söhnen begonnen und von Vätern beendet worden, wobei *beendet* in diesem Falle bedeutete, dass die kleinen Hügel mit den unbeholfenen Gräben und den einsturzgefährdeten Türmen unter einer Festungsanlage begraben wurden, die nicht eher vollendet war, bis eine Flagge darin steckte.

Emilia setzte den Jungen in den Sand, lieh beim Nachbarn eine Schaufel und schlief ein. Als sie aufwachte, erhob sich vor ihrem Strandkorb ein barockes Schlossgebilde. Ein Christoph-Maria-Petersenn-hohes Sanddomizil, versehen mit einer Vielzahl an Erkern, Giebeln und Türmen, umgeben von einem Schlossgraben, über den hölzerne Brücken führten. Um das Gebilde drumherum standen die Strandkorbnachbarn, bestaunten abwechselnd das Schloss (»Donnerlüttchen, das ma ne Burg«) und den Architekten (»Donnerlüttchen, das man n'Jung«). Dazwischen stand Alfons Petersenn, von Übelkeit geschüttelt. Christoph, von Kopf bis Fuß mit Sand paniert, lag auf dem Bauch und arbeitete an der Verzierung eines Burgtors: winzige rosa schillernde Muscheln und kleinste Schneckenhäuser. Er nahm weder den Auflauf der Erwachsenen wahr noch die Ankunft seines Bruders. Erst als Alfons neben ihm im Sand lag und mit einer für ihn ganz ungewöhnlichen Begeisterung einen Wall aufschaufelte, dämmerte Christoph, dass er gerade nicht an einer Burg baute, sondern an seiner Rettung.

Christophs Meisterwerk zog die anderen Familienväter magisch an, jeder wollte daran beteiligt sein. Man schippelte und schaufelte, erst zurückhaltend, mit dem Gesichtsausdruck amüsierter Hilfsbereitschaft, dann bäuchlings im Sand, den Kopf im rasant tiefer werdenden Burggraben. Die einen berieten sich fachmännisch darüber, wie man die Anlage stilgerecht vergrößern konnte, die anderen gruben und türmten, die Scheitel voller Sand, die Schultern verbrannt. Alfons wurde seine Schaufel aus der Hand gerissen, ein Mann in einem schwarzen Einteiler arbeitete an einem geheimen Fluchttunnelsystem. Am Abend war Christophs Schloss der Mittelpunkt einer zehn Quadratmeter großen Festungsanlage, die mehrere undefinierbare, aber gigantische Sandgebäude beinhaltete und von drei Festungsringen umschlossen war. Christoph und Alfons arbeiteten noch immer am Zentrum, gerade waren sie damit beschäftigt, einen Schlossgarten anzulegen, als ein Streit darüber entbrannte, wem die Burg denn jetzt eigentlich gehöre. Einer sagte, natürlich sei die Burg Eigentum der Petersenns, worauf ein anderer ärgerlich einwarf, man rede hier nicht von dem Schloss als solchem, das wolle ja niemand dem Jungen streitig machen, aber an der stattlichen Anlage, daran habe er ja nun nicht mitgearbeitet. »Keinen Handschlag«, stimmte man zu. Man nickte grüblerisch und rieb sich das Kinn: Konnte man jetzt seine Fahne auf den Burgwall stecken und jemand anderem den Graben überlassen? Das wirkte doch irgendwie unentschieden. Und zu viele verschiedene Fahnen störten das Bild. Außerdem hatte man auch das meiste getan an dem großen Gebäude kurz hinter der Einfriedung. Die Teichanlage hatte man zwar nicht selber ausgehoben, aber die Idee hatte man doch, wenn man sich richtig erinnerte, man erinnerte sich bestimmt richtig: »Die Burg, ich muss darauf bestehen, wird unsere Fahne tragen.«

Die anderen waren in der Zwischenzeit zu derselben Lösung gekommen, ein Streit entbrannte, der nicht zu schlichten war, woraufhin man den Bademeister als Schiedsrichter dazurief, der erstaunlich routiniert darüber unterrichtete, dass ein Privilegium auf eine Burg niemand habe und dass keine Instanz zur Rechtsprechung angerufen werden könne. »Das Burgenbauen wird als ein dem Vergnügen dienendes Spiel angesehen, woran alle mit gleichen Gastrechten beteiligt sind«, es bleibe ihnen, den Badegästen, überlassen, sich *freundnachbarlich* zu verständigen. Damit nickte er den Männern höflich, aber bestimmt zu und wandte sich gerade zum Gehen, als ein besonders mächtiger Abschnitt der Anlage seine Aufmerksamkeit erregte: Ob er da, in diesem, äh, ob es wohl ein Gefängnis sein solle?, ob er da Überreste eines zerteilten Strandkorbes entdecke, dessen Korbflechtung offensichtlich die vergitterten Fenster nachempfinde? Wem er bitte diesen Strandkorb in Rechnung stellen dürfe?

Bei dieser Frage wurde man wieder einig: Niemandem. Strandgut habe man verwendet, »Treibgut«, »Klaubholz, das ist alles.«

Der Bademeister pfiff einmal in seine Trillerpfeife, damit alles seine Ordnung hatte, warf noch einen argwöhnischen

Blick auf die leuchtend blau angestrichene Zugbrücke, die Strand und Festung verband, dann wandte er sich zum Gehen: Die Herren mögen aber nicht vergessen, die Jungen aus dem Inneren der Burg zu bergen.

Zur selben Zeit stand Johann auf der Sandbank, die Hosenbeine aufgekrempelt, das Gewehr im Arm, und schaute fassungslos auf die anderen Seehundjäger. Der Schütt, der Merkel und der Lehnert lagen im feuchten Sand und versuchten, Robben anzulocken. Sie lagen auf dem Bauch, der in einigen Fällen recht beachtlich war, den Kopf erhoben, den Rücken ins Hohlkreuz gedrückt, und mühten sich, die geschlossenen Füße so weit vom Boden zu heben, dass sie von theoretisch im Meer anwesenden Seehunden gesehen und für Flossen gehalten werden konnten. Ein ganz Eifriger stieß sogar krächzende Lockrufe aus. Drei ansonsten sehr vernünftige Männer. Der Schütt rühmte sich, in den letzten Jahren schon zahlreiche Seehunde geschossen zu haben, jetzt robbten sie durch den Sand wie die Meerjungfrauen und zischten Johann zu, er solle sich bitte schleunigst hinlegen, er verderbe ja alles.

Johann hatte keine Scheu, im Dreck zu liegen: Er hatte schließlich gedient. Aber Flossen zu imitieren, das war entschieden gegen die Würde. Wenn Johann sich in den Dreck warf, dann nur mit einem Auge am Zielrohr, die Fußspitzen in den Boden gestemmt. Das hatte er gerade getan, als ein Kopf aus dem Wasser auf- und sofort wieder abtauchte. Hermann Schütt, der neben Johann im Sand lag, versuchte, seinen Rücken noch stärker durchzudrücken, reckte den Hals, wedelte mit den Füßen hin und her, stieß lockende, wehmütige Rufe aus, auch der Lehnert legte sich stärker ins Zeug, »Joa mei: Hoch die Flossen, Petersenn, sonst wird dat nie wat.« Lehnert kam aus München. Er sagte dat und wat und dachte, er spreche Platt.

Schütt klopfte Lehnert auf den Rücken: »Nu laat di mal

wat vertellen. De oll Petersenn hett Slachten slagen, dor weerst du noch en lütten Schietbüddel. He kunn sien Scheetgewehr un sien Fööt laten wo he wull.« Damit nickte er Johann würdevoll zu, zielte und schoss der abtauchenden Robbe hinterher.

Den Rest des Urlaubs blieb Christoph von Quallen und anderen Ärgernissen verschont. Alfons hatte Besseres zu tun, Christoph hatte Besseres zu tun. Sie bauten Burgen. Sie bauten Paläste. Sie bauten ganze Städte. Wenn sie morgens durchs Dorf zum Strand gingen, nickte man ihnen zu, wenn sie abends dabei waren, die letzten Mauern zu glätten, hatte sich ein Kreis von Zuschauern um sie herum gebildet, Kinder erkauften sich eine Position als Grabengräber mit Süßigkeiten, Erwachsene schlugen Johann Petersenn auf die Schultern und gratulierten ihm zu seinen Söhnen: Es war alles sehr ungewohnt für alle.

Christoph grub sich durch den halben Familienstrand, von Kopf bis Fuß mit Sand bedeckt, Kratzer und Schrammen am ganzen Körper, die er kaum bemerkte, und egal, wo er auftauchte, er wurde gelobt, ihm wurden liebevoll die Haare zerzaust, Alfons teilte seine Süßigkeiten mit ihm. Und jeden Abend nahm Rosa den ungewohnt schmutzigen kleinen Jungen in Empfang, »Wat en Smerbüadel, wat en Suddelfiken«, und strahlte dabei übers ganze Gesicht.

In der letzten Urlaubswoche arbeiteten die Brüder gerade an einem Kirchturm, als die Schaulustigen, welche die aus dem Sand wachsende Stadt bestaunten, sich plötzlich einer anderen Sache zuwandten: »Sind Sie denn sicher? Wie kommen denn die hierhin? Für die ist doch extra die Kurtaxe angehoben worden?«

Da schlugen zwei eine Schneise in den Sand, lachten dabei, sie hatte Mühe mit dem Kleid und den Schuhen im Sand, den Sonnenschirm im Wind, er nahm den Schirm und bot ihr den Arm. Sie lehnte sich kurz an ihn, ihr Kopf an seiner Schulter, eine zärtliche Geste, etwas scheu, nicht ganz vertraut, sie waren noch nicht lange verheiratet. Sie sahen sich um nach einem freien Strandkorb, schauten über das Meer. Er deutete hinaus, ein Schiff am Horizont, sagte etwas zu ihr und strich ihr eine Strähne aus dem Gesicht, der raue Ostseewind und seine zarte Berührung, wissen sie denn nicht? Oder gerade darum? Oder sind sie ganz zufällig dort gestrandet, hat das Automobil versagt? Es gibt schlimmere Orte, um eine Reparatur abzuwarten, als ein Ostseebad im Hochsommer. Die Sonne scheint, die Möwen schreien, das Meer lockt, die Kurkapelle spielt auf – gibt es schlimmere Orte?

Da schauten immer mehr zu dem jungen Paar, das nun direkt an der Brandung stand. Sie schrie vergnügt auf und sprang zurück, als die Wellen nach ihren Füßen griffen, er fand einen leeren Strandkorb, ganz am Rand, nah am Wasser.

»Was ein protziges Auftreten! Zahlen die Taxe, als ob es nichts wär.« / »Vielleicht sind es ja doch keine?« / »Na, hören Sie mal! Schauen Sie sich doch die Gesichter an. Natürlich sind das welche.« / »Na, sehn Sie das, einen Strandkorb nehmen die auch, man hat's ja!«

Christoph hörte auf zu graben, Alfons war schon aufgestanden und hatte sich zu dem Grüppchen gestellt, das immer mehr Menschen anzog. Frauen kamen aus ihren Strandkörben, Männer aus ihren Burggräben gekrochen, Kinder liefen aufgeregt um die größer werdende Gruppe herum.

»Ja, die sind heute Morgen angekommen! Da hat es noch ganz bescheiden getan, dieses schmierige Pack.«

Füße. Christoph lag auf dem Bauch neben seiner Stadt, neben ihm ein Wald von Füßen. Männerfüße, sehnig mit hornigen Nägeln und Haaren auf den Zehen, alte Damenfüße, runzelig, die Zehen krummgelaufen durch die engen, spitzen Schuhe, Kinderfüße, fett und weich wie Christophs,

Frauenfüße, die einen zart und elegant, die anderen platt und breit: »Schau sich einer diese Gaunergesichter an.« / »Pelzhändler ist er, hab ich gehört.« / »Denen ist es hier nicht gut genug, was für anmaßende Leute.« / »Pelzhändler? Pelzgauner! Ich hab ihm heute Vormittag ein Stück abgekauft, aus dem Auto raus, hab erst im Hotel gesehen, was für mindere Qualität das war.« / »Schau mal, wie er den Strandkorb ausfegt, als gäbs hier unreine Leute.« / »Das war Hase, das sag ich Ihnen.« / »Haben Sie das gesehen? In aller Öffentlichkeit!« / »Hat er mir geschworen, das wäre Nerz, in seiner kriecherischen Art! Und ich fall drauf rein, bin wohl einfach zu gut für diese Welt!«

Die Menge nahm Christoph auf, er wurde zwischen die Füße gesaugt, nackte Füße, nackte Waden, nackte Arme. Eine Frau hob Christoph hoch und nahm ihn auf den Arm, vielleicht war es Emilia, die anderen Leiber drückten und drängten, Christoph hatte noch nie in seinem Leben so viel Körperkontakt gehabt. Ihm wurde seltsam warm, von innen heraus, und leicht übel. Die Menge wuchs auf das junge Paar im Strandkorb zu. Jemand begann zu singen. Viele begannen zu singen. Alle begannen zu singen. Christoph wusste nicht, wo Alfons war. Die Menge sang, die Möwen schrien, die Musik floss in Christophs Brust über, dieser Chor, als würde man von einem warmen Körper verschlungen.

Zwei Jungen, die Meute, ein Paar: Die Meute rief, die Meute sang, die Meute drängte. Bildete einen Kreis um das junge Paar. Der Kreis von Muskeln durchwachsen, zog sich zusammen, die Kette geschlossen, Schulter an Schulter die Reihen, Schulter an Schulter um den Strandkorb, *nur deutsch ist das Panier / halten rein den Ehrenschild Germania für und für! / wer dir naht mit platten Füßen, mit Nasen krumm und Haaren kraus*, Christoph sah nichts mehr. Christoph rief: »Ich seh nichts mehr.« Er wurde auf die Schultern gehoben, von dort konnte er besser sehen, von dort besser singen. In seiner hohen Krähenstimme, die noch vor einer Woche Möwen das Herz gebrochen hatte, sang er jetzt: *der muss hinaus, der muss hinaus*. Eine Lücke tat sich in der Menge auf, und Christoph sah zum ersten Mal das junge Paar, das seinen Sandburgen die Aufmerksamkeit gestohlen hatte. Der Mann stand bleich vor seiner Frau, die Zähne so fest zusammengebissen, dass die Kieferknochen hervortraten, etwas in der Hand, ein Stock, ein Gehstock, den er vor sich hielt wie ein Schwert. Die Frau kauerte hinter ihm im Korb, ganz kurz nur sah Christoph ihr Gesicht, und etwas riss ihm fast das Herz aus der Brust – ihr schwarzes Haar, das markante Gesicht, die warmen Augen: Sie sah aus wie Josefa Petersenn.

Ein Schatten fiel auf die Menge, verdunkelte die Szenerie. Man schaute hoch zum Himmel, ein Unwetter, aber die Sonne strahlte und brannte, es war der Schatten des Kindes, der allen die Gesichter verrußte.

Im Winter 1905 öffnete Theresa zum ersten Mal seit dem Tod ihrer Tochter den Deckel des alten Klaviers und begann zu spielen. Es war schauerlich. Das Klavier war verstimmt, Theresa aus der Übung und ohnehin nie besonders musikalisch gewesen.

Johann, der in einem Ohrensessel beim Fenster saß, betrachtete seinen Jüngsten, der seiner Frau äußerlich so sehr ähnelte, aber so empfindsam war, schüchtern und still, und der jetzt so selbstvergessen lauschte. Johann hatte nichts Musisches, und auch Josefa war noch mit vierzehn lieber auf Bäume geklettert, als zum Klavierunterricht zu erscheinen. Für Johann stand es außer Frage, dass seine Söhne eine militärische Laufbahn einschlagen würden. Dass Christoph es schwer haben würde, war offensichtlich. Aber, dachte Johann, man konnte ihn nicht vor allem schützen, am wenigsten vor der Welt. Außerdem hatte Christoph sich verändert. Das *kleine Sensibelchen*, wie Theresa ihn nannte, war noch immer still und zurückgezogen, aber er hatte jede Schreckhaftigkeit verloren. Was auch immer sich Alfons einfallen ließ, um den Jüngeren zu ärgern, Christoph petzte nicht, er weinte nicht, er jammerte nicht.

Es hatte gedauert, bis Johann aufgefallen war, welch robuster Natur sein jüngster Sohn eigentlich war. Alfons bekam fünf Erkältungen im Jahr, Christoph vielleicht eine. Er hatte kaum eine der üblichen Kinderkrankheiten gehabt, eine Mandelentzündung war von selber nach zwei Tagen ausgeheilt, sein jüngster Sohn war stärker, als er gedacht hatte.

Johann schloss die Augen, Theresa spielte einen Tanz, und Christoph erwachte aus seiner Trance, hob die Arme über den Kopf, wiegte sich hin und her: ein Körper wie eine Weide, nichts da mit Eiche. Er drehte sich auf den Zehenspitzen, eine tollpatschige Pirouette, aber eine, die einen Ballettlehrer hätte aufmerken lassen. Ein Ballettlehrer hätte sich jetzt aufgesetzt, hätte die Ellenbogen auf die Knie und das Kinn auf die verschränkten Hände gestützt und hätte ganz genau hingeschaut. Da war dieser Junge, der nie eine Kompanie gesehen hatte, der kaum jemals Musik zu hören bekam, und dieser Junge machte seine ersten Tanzschritte, bewegte die Arme, wie einer, der den klassischen Tanz kennt, wie einer, der unterrichtet wurde. Er führte die Fersen zusammen, bog die Füße nach außen, beugte die Knie ins Plié, die Arme über dem Kopf, er sprang mit gestreckten Zehenspitzen in die Luft, er neigte den Kopf und trippelte auf den Zehenspitzen nach links, zum Fenster hin.

Christoph tanzte. Er wusste nicht, ob er gut oder schlecht tanzte, es kümmerte ihn auch nicht: Da war wieder dieses Gefühl. Das Kreischen der Möwen, die Knie zerschrammt, ein Schloss, das kraft seiner Hände aus dem Sand wuchs. Dieses Gefühl, dass etwas richtig war, dass man in etwas ganz vollständig verschwinden konnte und dabei auf seltsame Art *mehr* wurde. Er tanzte jetzt ausgreifender durch den Raum, es war, als würde er die Musik nicht hören, sondern *sehen*. Als spönne die Melodie Fäden durch die Luft, baute Brücken, über die man laufen konnte, Treppen, die man hinaufspringen konnte. Christoph tanzte nicht, er flog. Hoch über dem Parkett drehte er sich um die eigene Achse, durchmaß er die Luft im gestreckten Spagat, vollbrachte er Wunder, während

Theresas Blick an den Tasten klebte. Er landete federleicht, die Arme bis in die Fingerspitzen gespannt, warf das Spielbein empor, hob wieder ab, dann ein seltsames Geräusch, ein knirschendes Knacken im Kopf, dann wurde es schwarz.

Man ließ sich nur einmal von Johann Petersenn auf Zehenspitzen erwischen, einen Arm nach vorn gestreckt, die Finger gespreizt, ansetzend zum Sprung.

Christoph war *unglücklich gefallen*, lag zehn Tage mit einer Gehirnerschütterung im Bett, zehn Tage, in denen sein steinerner Großvater auf ihn hinuntersah, in denen Muscheln sich in seine Träume fraßen, in denen die Stille an ihm nagte. Er erinnerte sich nicht an Johanns große Hand, die ihn aus der Luft geholt hatte. Er erinnerte sich aber auch nicht daran, jemals in der Luft gewesen zu sein.

Er tanzte nie wieder. Jedes Mal, wenn er, halb unbewusst, die ersten Schritte machte, wurde ihm übel, schnürte sich ihm der Hals zusammen und wurde es ihm so eng in der Brust, dass auch sein Körper vergaß, was das Tanzen eigentlich für ihn war. Aber eine Begabung ist nicht nur ein Geschenk, sie ist auch eine Pflicht. Ein ungenutztes Talent ist unversöhnlich.

Christoph würde seine Gabe vergessen, aber die Kraft eines Talentes verschwindet nicht, und sie lässt sich nicht einfach ignorieren, nicht, ohne dass jemand dafür bezahlt.

KAPITEL 3

Michél Hinrichs ging die Gröpelgrube hinunter, im linken Arm einen Säugling, auf der rechten Schulter eine Wiege.

Er hatte eine beträchtliche Zeit lang viel getrunken und wenig gemalt, er hatte sich am Hafen den Rücken krumm geschunden und halbe Nächte am Quai gesessen, dort, wo man Magdalena gefunden hatte, aber schließlich hatte er seine Tochter beim Pastor abgeholt, zwei Monate nach ihrer Geburt. Worüber dieser nicht unglücklich war. Die lüdde Deern war zwar umgänglich, Lucie schrie kaum und schlief viel, ungewöhnlich viel sogar. Aber es war dem Pastor unheimlich, dieses Mädchen.

Diese wasserblauen Augen, *traveblau*, dachte er immer, obwohl die Trave eher braun war, leicht grün, höchstens mal dunkelblau, *niemals* hellblau. Sie hatte nicht die Augen ihrer Mutter, dachte der Pastor, und auch nicht, wie er sehen konnte, als dieser Hafenarbeiter vor seiner Tür stand, die ihres Vaters. Wenn der Säugling ihn ansah, fühlte er sich bis auf die Knochen durchleuchtet, und das kam ihm unchristlich vor, davon abgesehen, dass jeder Mensch etwas zu verbergen hat, auch ein Pastor. Sie hatte nicht reagiert, wenn er ihr den Bauch kitzelte, nicht gelächelt, wenn er sich gurrend, mit einem etwas aufgesetzten Strahlen über ihre Wiege beugte, nicht geweint, wenn er schimpfte. Sie sah ihn nur an, mit einem Blick, der seltsame, lang vergessene Erinnerungen in ihm heraufbeschwor, vergessene Kränkungen, Sünden und Freuden, dann schlief sie wieder ein und ließ ihn mit seinem Schlamassel allein.

'n plietschen Deern, dachte der Pastor, aber splienig, und nicht auf die gute Art. Sie war eine verlorene Seele, er hatte da keine Zweifel.

Seine Haushälterin hatte das Zimmer, in dem Lucies Wiege stand, nie betreten, nicht wegen der Augen, in die schaute sie gar nicht erst, sondern wegen der unchristlichen Umstände ihrer Geburt. Freitod der Mutter, wundersames Überleben an einer toten Nabelschnur im kalten Wasser, Götzenlicht und so weiter, das war dann doch *allens beten unheemlich*.

Als also Michél, die Mütze in der Hand und auch sonst in einer Haltung, die größtmögliche Demut ausdrücken sollte (die Füße leicht nach innen gekehrt, Kopf gesenkt, Blick gesenkt, Schultern nach vorn geklappt), in seiner Tür stand, bereit, sein Mädchen abzuholen, war der Pastor derart erleichtert, dass er ihm nur eine kurze und blutarme Standpauke hielt, bevor er ihm das Kind in den Arm legte, die Wiege bekam Michél noch mit dazu.

Fräulein Lisbeth und Fräulein Hedwig traten aus der Tür des Vorderhauses in der Kleinen Gröpelgrube, als Michél gerade die Wiege abstellte und überlegte, ob er zuerst das Kind durch den Gang tragen sollte und dann die Wiege, oder umgekehrt. In beiden Fällen stellte sich die Frage, wo man den Säugling ablegte, während man sich um die Wiege kümmerte. Das Kind für den Transport in die Wiege zu legen war nicht möglich, die Wiege mit ihren ausladenden Kufen konnte er nur seitlich gekippt durch den Gang transportieren. Er spielte mit dem Gedanken, sich den Säugling wie ein Handtuch über die Schulter zu legen, aber ganz sicher schien ihm auch das nicht zu sein. Zu riskant, entschied er und grüßte die Damen.

Sie hatten Handtaschen über dem Arm und Hüte auf dem Kopf, Fuchsschwänze um den Hals gelegt und die Hände in einen Muff aus Kaninchenfell gesteckt. Sie waren für einen Gang in die Stadt gekleidet, aber Michél hatte keinen Zweifel, dass sie hinter den Gardinen gelauert hatten.

Fräulein Hedwig und Fräulein Lisbeth umflatterten Michél und seine Tochter, versprühten Ratschläge und warteten bescheiden, bis Michél das schützende Wolltuch ein wenig lüftete, damit sie das Kind betrachten konnten.

»Sowat avers ok, Fru Lisbeth, mit de Oogen. Dat is doch nu bannig smuck, nich?«, sagte Michél in dem Versuch, die beiden von ihm und seinem Kind wieder abzulenken.

»Ein Wunder ist es, mein Junge, nicht weniger!«, sagte Fräulein Lisbeth, die in der Nacht, als die Zigarette des Teufels die Stadt erhellte, ihr Augenlicht zurückgewonnen hatte. »Wie dein Mädchen, mein Junge, wir sind beide reich beschenkt worden!«, sagte sie, presste die Hände vor die Brust und schaute blinzelnd zu dem zwei Köpfe größeren Michél hinauf. Sie strahlte.

Fräulein Lisbeth wirkte trotz ihrer fast siebzig Jahre wie ein junges Mädchen. Sie war klein und sehr schmal, ihre grauen Haare waren kunstvoll auf dem Kopf zusammengesteckt, ein Haarteil sorgte für das nötige Volumen, ihre Züge wirkten elegant, fast filigran. Ihre Nase lag schmal unter den hohen Bögen der Brauen, und ihr Gesicht wirkte immer so, als hätte sie gerade etwas ganz Erstaunliches gehört. Was meist auch stimmte, sie war sehr neugierig und außerordentlich begeisterungsfähig, weshalb Michél ihr wiederum die Neugierde nachsah. Böswilliger Tratsch interessierte sie nicht, wenn jemand ihr von einer Niederträchtigkeit erzählte, sagte sie meist: »Oh, ich bin mir sicher, es handelt sich um ein Missverständnis.«

Seit sie wieder sehen konnte, wirkte sie noch jünger. Sie lief mit dem aufgeregten wachen Blick einer Reisenden umher und schlug ständig entzückt die zarten, behandschuhten Hände zusammen. Besonders genoss sie es, wieder lesen zu können, sofort hatte sie *Anna* und *Stolz und Vorurteil* von Jane Austen erneut gelesen, zu ihrem Leidwesen die einzigen beiden Bücher, die vom Œuvre der Britin ins Deutsche übersetzt waren. So begeistert sie vom technischen Fortschritt war (sie besaß ein Grammophon, hatte kurz vor ihrer Erblindung noch das Fahrradfahren erlernt, hatte eine Einladung zu einer motorisierten Spritztour angenommen, wo die Blindheit sie vor der Übelkeit schützte, die Hedwig befiel, als die Landschaft, bis zur Unkenntlichkeit verzerrt, an ihr vorbeiraste, und kaufte schließlich sogar ein Telefon), was die Literatur anging, war sie hoffnungslos altmodisch. Sie las ausschließlich Romane, in denen die Welt noch frei von den Abgasen der Fabriken war, wo versiegelte Briefe von Boten durch Wälder getragen wurden, wo man sich beim Kerzenlicht die Augen verdarb und Haarlocken austauschte und niemand das menschliche Abbild bannen konnte, außer dem Maler. Die Malerei war ihre größte Leidenschaft, nichts, nicht einmal eine Glühbirne, war so aufregend wie der Moment, als sie langsam durch das Haus ging und Michéls Bilder entdeckte. Natürlich hatte er ihr jedes beschrieben, aber Michél war bescheiden und nicht gerade gelenk mit Worten, er wurde seinem Talent nicht gerecht: Die Trave umwehte eine solch majestätische Melancholie, dass selbst das Meer neben ihr gezügelt und bieder aussehen musste. Das Travemünder Steilufer war von einer rauen Verzweiflung, die Fräulein Lisbeth die Tränen in die Augen steigen ließ. Der Lübecker Markt wiederum, das Glänzen der prallen Früchte und frischen Fische, war so sinnlich gemalt, dass das Bild nicht nach Farbe roch, sondern nach Äpfeln und Birnen, nach frischem Brot, allerdings auch eine Spur nach Makrelen. So war es mit allen Dingen, die er malte: Sie wirkten lebendiger als das Original.

Michél trug die Wiege ins Haus, und Lucie lag in Fräulein Lisbeths Armen, im Geruch von Mottenkugeln und Lavendelseife und dem staubig wilden Duft des Fuchspelzes. Fräulein Lisbeth tippte ihr ganz zart auf die Nase, und Lucie rümpfte sie und zog die Stirn kraus. Das sah so niedlich aus, dass Fräulein Lisbeth ihr gleich noch einmal auf die Nase tippte, dann noch einmal, sie konnte gar nicht mehr damit aufhören. Fräulein Lisbeth kicherte, und Lucie nieste. Fräulein Hedwig schüttelte den Kopf und nahm das Kind an sich, Lucie schlug die Augen auf, und Hedwig wurde es seltsam zumute. Sie war froh, als Michél zurückkam und seine Tochter durch den Gang in eine andere Welt trug. Der Geruch der Armut schlug über Lucie zusammen. Welker Kohl, der zu lange auf dem Feuer gestanden hatte, treibende Kartoffeln, ausgekochte Knochen. Lucie hörte das Husten der Nachbarskinder, das erschöpfte Schimpfen der Frau Fischer. Michél, der das strenge Gesicht seiner Nachbarin hinter den Scheiben sah, blieb stehen. Sie verzieh ihm nicht, dass er bei den Damen, die auch ihre Vermieter waren, aus und ein ging, dass er betrunken im Morgengrauen durch den Gang nach Hause wankte, während sie, den jüngsten Sohn auf der Hüfte, zu ihrer ersten Putzstelle aufbrach. Das Kind konnte er unmöglich an ihr vorbeistehlen. Frau Fischer öffnete die Tür nur einen Spalt weit, ein verrotztes, frierendes Kind mit dreckigem Gesicht und verheulten Augen schob seinen Kopf hinter ihrem Rock hervor.

»Fiete, min Jung«, sagte Michél zu dem Jungen, nickte Frau Fischer zu und streckte ihr das Bündel entgegen wie einen Laib Brot. Frau Fischer reckte ihren langen Hals und schaute misstrauisch in das winzige Gesicht: »Is die nich von diese Hure?«.

Michél biss die Zähne zusammen und lächelte der Fischer freundlich in das verhärmte Gesicht, das aussah, als habe man die Haut direkt über die Knochen gespannt. Frau Fischer war hager, und auch die Haut schien knapp bemessen zu sein. Ihr Gesicht war vollkommen faltenlos, als würde die Haut aus dem Gesicht *fliehen* und an ihren Zügen ziehen. Ihre Augen waren immer weit aufgerissen, die dünnen farblosen Lippen verdeckten die Zähne niemals ganz, die Augenbrauen zogen zum Haaransatz. Nur der weiche Braunton ihres Haares verlieh ihr ein wenig Wärme, aber sie band das Haar so straff auf dem Kopf zusammen, dass es seine Wirkung kaum entfalten konnte. Dass Michél sie trotzdem schön fand, ihr jede ihrer Garstigkeiten verzieh, lag an ihren Ohren. Er hatte noch nie Ohrmuscheln gesehen, die so elegante und komplizierte Windungen bargen. Frau Fischers Ohrmuscheln waren die erlesensten Labyrinthe, die einer sich ausdenken konnte, die feinen Linien verwirrten Michél immer wieder aufs Neue. In Frau Fischers Ohrmuscheln konnten Geister sich verirren, konnte ein durstiger Mann den rettenden Tropfen finden, konnte man das Flüstern des Meeres hören. Frau Fischers Ohren würden sein Untergang werden, aber das wusste er nicht, das ahnte er nur. Man war nicht so fasziniert von etwas, das nicht zum Verhängnis taugte.

»Wie heißt's denn?«, fragte Frau Fischer mürrisch.

»Lucie«, sagte Michél. »Lucie Hinrich Hinrichs.«

Michél riss den Blick von ihrer Ohrmuschel los, und Frau Fischer verschwand im Haus, Unfreundlichkeiten murmelnd, kam aber kurz darauf mit einem Satz Windeln aus Leinen wieder.

»Zweimal gleich, ja?«, stellte sie fest, als sie Michél das Leinen unter den Arm klemmte.

»De eerst Hinrich is man en Vöörnaam«, sagte Michél. »Wenn de Deern 'n Brögam in't Huus bringt un vun heiraten snackt, denn hett se jümmers noch enen.«

Frau Fischer nickte, nahm ihm Lucie aus dem Arm und zeigte ihm, dass man einen Säugling nicht halten konnte wie einen Laib Brot oder einen Sack Kartoffeln, dass nicht Stärke zählte, sondern Schutz, mehr brauchte man Michél nicht zu erklären.

Lucie Hinrich Hinrichs bezog das Haus in der Gröpelgrube in eine Decke gewickelt, mit einer Wiege, einem Berg Windeln und einem Namen wie ein doppelter Knoten. Wenn sie die Augen schloss, sah sie das schwarze, träge Glitzern der Trave und die weiße Haut ihrer Mutter. Sie sah Schiffsrümpfe, rostige Ankerketten und den schlammigen Grund des Flusses. Sie sah die moosbewachsenen Klauen des Roggenbuks, sein verhärmtes Antlitz, und hörte seine süße, brüchige Stimme, roch seinen fauligen Atem, als das blonde Haar ihrer Mutter nach ihr griff und sich fest um ihre Hüften wickelte, sie aus der Tiefe zog und auf Magdalenas Leib in Sicherheit brachte, sie wärmte, bis der Morgen anbrach.

Wenn Lucie die Augen schloss, sah sie Tod und Teufel und die grünen Augen des Roggenbuks; wenn sie die Augen öffnete, sah sie Michél. Sein grobes, warmes Gesicht, in dem alles zu groß geraten schien, eine Nase wie eine Faust, Bartstoppeln überall, glitzernder Schweiß auf der Stirn, Zähne, die schon Erde gekaut hatten, ein Lächeln, das Dämonen zu Asche werden ließ.

Michél machte Milch warm und wusch Windeln aus, er schnitt ein paar Löcher für Kopf und Arme in einen Kopfkissenbezug, ein Kleid, aus dem sie jedenfalls nicht so schnell herauswachsen würde. Die Wiege stellte er neben die Leinwand, er hatte zu arbeiten. Er gurrte nicht und schnurrte nicht, er kaufte ihr weder Puppen noch anderes Spielzeug, aber immer wenn Lucie die Augen öffnete, war dort sein Gesicht, roch nach Rotwein, Zigaretten und Schinken und wich niemals zurück, wenn sie es anschaute und seine Geheimnisse las.

Michél saß auf einem tiefroten sehr weichen Sessel gegenüber Fräulein Hedwig und Fräulein Lisbeth, die nebeneinander auf ihrem grünen Samtsofa saßen, und verputzte ein halbes Blech Streuselkuchen. Fräulein Lisbeth stupste Lucie auf die Nase, und Lucie nieste. In einem unbeobachteten Moment stopfte er sich Hosentaschen mit Kuchen für den Fischer Fiete voll, aber das änderte auch nichts daran, dass er auf Samt saß und die Fischers im Dreck.

Nur Fräulein Lisbeth nahm das Kind auf den Arm, Fräulein Hedwig zauberte immer von irgendwoher eine Arbeit hervor, die mit Nadeln oder anderen gefährlichen Utensilien einherging und die sie *unmöglich* aus der Hand legen konnte. Fräulein Hedwig hielt die schönen Künste, besonders die Literatur und die Malerei, für eine sündige Zeitverschwendung und hielt sich an nützliche Handarbeiten. Sie nähte, häkelte und klöppelte Deckchen, Untersetzer und Überwürfe, bestickte Hand- und Taschentücher, strickte Strümpfe und Schals. Tätigkeiten, die ihr normalerweise große Freude und Zufriedenheit verschafften, nur nicht, wenn Lucie da war. Egal, in wessen Armen das Kind lag, immer schien sein durchdringender Blick Fräulein Hedwig zu finden. Während Lisbeth plauderte, Lucie nieste und Michél aß, ließ Fräulein Hedwig immer wieder ihre Arbeit sinken und schaute zum

Fenster auf die winterliche Straße hinaus. Lucie sah sie an, und Fräulein Hedwig meinte zu spüren, wie ihr Körper verging. Sie stellte sich beunruhigende und ungewohnte Fragen, zum Beispiel, was es besonders gemacht hatte, ihr Leben auf dieser Erde. Was ihre Hinterlassenschaft sein würde, abgesehen von Unmengen an Stick- und Strickwaren. Was ihre Rolle war auf der Welt und was fehlen würde, ohne sie.

Wenn Lucie schließlich einschlief und Hedwig aus ihrem Blick entließ, war diese den Tränen nahe und hatte sich mehrmals mit der Sticknadel in den Finger gestochen, ohne es zu spüren. Die Arbeit war ruiniert.

Fräulein Hedwig wickelte sich ein Taschentuch um den Finger, und Michél fegte sich die Kuchenkrümel vom Schoß, nicht auf den Boden, sondern in die hohle Hand, wie es Fräulein Lisbeth ihn gelehrt hatte. Michél stand auf, nahm Lisbeth das Kind ab, bedankte sich höflich und ging zur Tür.

Wie immer, wenn seine Hand die Klinke berührte, rief Fräulein Lisbeth: »Ach, das hätte ich ja fast vergessen. Warte einen Augenblick, mein Junge«, lief in die Diele und holte einen neuen Satz Ölfarben. Seit Neuestem stand jetzt auch Fräulein Hedwig auf und drückte Michél etwas in die Hand: manchmal ein Taschentuch, bestickt mit Lucies Initialen, kleine Häubchen voller Rüschen oder eine winzige Decke, die komplett aus Spitze bestand, sehr kostbar und absolut untauglich, um ein Kind zu wärmen. Dann erst ging Michél, dankbar und etwas ratlos. Er fragte sich jeden Monat, ob er es schaffen würde, den Mietbetrag an die Damen zu zahlen. Aber selbst wenn im tiefsten Winter der Ofen kalt blieb, sein Magen knurrte, der Bäcker nicht mehr anschreiben ließ, die Miete lieferte er rechtzeitig ab. Dann fischte er die altbackenen Reste aus den Müllkübeln hinter der Bäckerei, auf den Markt ging er erst, wenn die Stände zusammengepackt wurden, bekam hier einen leicht verschimmelten Kohlkopf, dort ein paar ausgetriebene, runzelige Kartoffeln. Michél war dankbar, wenn ihm Fräulein Lisbeth neue Farben, manchmal Pinsel und Leinwände schenkte, Material, dessen Wert den Mietpreis zum Teil sogar überstieg. Aber er begriff auch schnell, dass die beiden keine Vorstellung von der Armut hatten. In seinem Haus gefror manchmal das Wasser im Glas, er aß fünf Stücke von Hedwigs Kuchen, weil er seit Tagen kein Brot gesehen hatte.

Für Lisbeth und Hedwig bedeutete Armut, dass man kein Geld für schöne Dinge hatte, nur ein Paar Schuhe und keine Bücher besaß. Fräulein Lisbeth hatte Michél noch nie in seinem Haus besucht. Er kannte den Grund, wusste, wie obszön echte Armut auf sie wirken musste. Also schenkten sie ihm Farbtuben und Spitzendeckchen für die *Aussteuer*, und Michél fragte sich, wie er an den nächsten Liter Milch, an ein wärmendes Federbett für Lucie kommen sollte.

Er hätte am Hafen arbeiten können, sein Problem war nur, dass er Lucie schlecht an der Quaimauer ablegen konnte, während er half, eine Ladung zu löschen. Und Fräulein Lisbeth hatte schon mehr als genug für ihn getan. Es brach ihm das Herz, Lucie für Stunden allein in ihrer Wiege zu lassen, das tat er nur am Monatsende, kurz bevor die Miete anstand. Dann biss er die Zähne zusammen, sah in die leuchtend blauen Augen seiner Tochter, gab ihr einen Kuss auf die winzige Nase und verschwand. Wenn er zurückkam, lag Lucie still und stocksteif in ihrer Wiege. Er fütterte sie, wechselte ihre Windel, sie weinte nicht, aber ihre Körpertemperatur schien extrem niedrig, ihre Gliedmaßen hatten jede Biegsamkeit verloren, ihr Atem war so flach, dass Michél geglaubt hätte, sie wäre tot, wären nicht ihre Augen jeder seiner Bewegungen gefolgt, hätten sie sich nicht mit einer Intensität an sein Gesicht geheftet, die Michél ganz schwindelig machte. Nach einer guten Woche eines solchen Martyriums konnte Michél meist die Miete bezahlen, die Rechnung beim Bäcker, er kaufte ein paar Kohlen, Milch und sogar etwas Fleisch.

Aber manchmal, wenn er hungrig und frierend zwischen den Farbtuben saß, fragte er sich, ob es Fräulein Lisbeth vielleicht sogar egal war, ob er hungerte, ob es sie kümmerte, wie es ihm ging, solange er nur malte. Denn es war schließlich Fräulein Lisbeth gewesen, die Michél das Malen beigebracht hatte, die den zwölfjährigen Jungen, der damals noch Michael hieß, einmal die Woche aus dem Hinterhof gefischt, ihm das Kartoffelmesser aus der Hand genommen und ihm Zeichenkohle in die Hand gedrückt hatte. Sie hatte *Michel* aus der Schar der Hinrichs- und Fischergören herausgepickt, hatte das drolligste, großäugigste Kind genommen und zu ihrem Kleinod erklärt. Er sollte derjenige sein, der das Elend überwand, der durch die Kunst seinem Schicksal entrann. Fräulein Lisbeth glaubte an die Kunst, sie glaubte, dass nichts so sehr in der Lage sei, sich gegen das Schicksal zu stellen, wie ein Ölgemälde.

Sie hatte ihn das Zeichnen gelehrt und Komposition, unterrichtete ihn in Perspektive und ließ die Anatomie verschämt beiseite. Sie hatte ihm Bilder der Romantiker gezeigt, ihm die Hofmaler vorgestellt und natürlich Vermeer und Rembrandt. Sie hatte aufgepasst, dass er weder die Realisten noch die frühen Impressionisten zu Gesicht bekam, schon gar nicht die späten. Diese nervösen, unsauberen Pinselstriche! Fräulein Lisbeth verachtete die schludrige, oberflächliche Pinselführung der Impressionisten, die *Tüpfeleien* dieser *Franzosen*, die, zu allem Überfluss, ihre Leinwände unter den offenen Himmel trugen. Und danach wurde alles noch viel schlimmer: Da wurden plötzlich Porträts gemalt, in denen alle so zerrissen aussahen, so verdorben, reif für die Irrenanstalt. Und erst die Räume! Linien verschwanden, alles war Fläche und Farbe, als wäre die Welt selbst betrunken. Und von Munch brauchte man ihr gar nicht erst anzufangen: In diesen Bildern waren keine Träume mehr zu finden, nur noch Alpträume.

Fräulein Lisbeth hatte den Jungen gewissenhaft und streng

unterrichtet und war erblindet, als Michael das Handwerk so weit gelernt hatte, dass sein Talent sich zeigen konnte. Sein Stil, seine ganz besondere, leidenschaftliche Art, die Welt zu sehen, sodass sogar ein Stillleben von einem Apfel und einem halbleeren Glas einem eine seltsame Röte in die Wangen treiben konnte, brach ganz plötzlich und mit Gewalt in die Bilder ein. Ein paar Wochen vorher hatte er sich noch gelangweilt in die Geheimnisse der Farblehre einweihen lassen, hatte über den Perspektivübungen gegähnt und sich das Kinn dabei mit Kohle verschmiert. Er hatte diese Stunden nur über sich ergehen lassen, weil er zum Ende hin immer ein Wurstbrot bekam und seine Mutter ihn bat, die Vermieterinnen nicht zu verärgern.

Dann malte Michael sein erstes wirklich gutes Bild, und Lisbeth wachte auf und konnte nicht mehr sehen. Hedwig bemühte drei verschiedene Ärzte, alle drei waren völlig ratlos. Es war, sagte Lisbeth am Nachmittag zu Michel, der herübergerannt kam, um sein Bild zu zeigen, als hätte jemand die Vorhänge vor der Welt zugezogen.

Ihre Blindheit war nicht schwarz, sondern karminrot, es war, sagte sie weiter, als würde sie im Theatersaal sitzen und auf den schweren Samt des Vorhangs schauen, bevor die Vorstellung begann. »Und eines Tages«, sagte sie tröstend zu dem weinenden Jungen, »wird die Vorstellung beginnen, sieh zu, dass du bis dahin ein guter Maler wirst.«

Michael beschrieb ihr sein erstes wirklich gutes Bild, und Lisbeth hörte gebannt zu. Als er fertig war, nickte sie so ernst, als hätte sie das Werk tatsächlich in Augenschein nehmen können. »Ich wusste, dass es in dir steckt, mein Junge«, sagte sie. »Jetzt darfst du nur nicht faul werden. Und hüte dich vor der Eitelkeit. Selbstzufriedenheit ist Gift für einen guten Künstler. Einen echten Künstlernamen aber hast du dir schon verdient.« Und so wurde aus Michael Michél.

Michéls Zugang zum reichen Wirtschaftsbürgertum war ein Unfall.

Sein Freund Hans Willnauer war in der Mühlenstraße vor ein Auto gelaufen. Wäre es eine Kutsche gewesen, hätte man Willnauer wahrscheinlich für seine Trunkenheit gescholten und davongejagt, Automobile aber waren so wild, ihre Kraft so schwer einzuschätzen, dass der Fahrer sich selbst dann schuldig gefühlt hätte, wäre Willnauer eigenhändig auf die Karosserie gehüpft. Man sprang auf die Straße, half dem bis auf ein paar oberflächliche Abschürfungen Unverletzten auf, nötigte ihn, alle Gliedmaßen vorsichtig zu beugen und zu strecken. Man lud ihn auf ein Bier ein, wobei man erfuhr, dass das Unfallopfer ein Schriftsteller war, ein unveröffentlichter. Da könne man nichts weiter tun, man werde ihm selbstverständlich dieser Tage eine Summe zukommen lassen, Unbill und Umstände, ob er vielleicht noch einen anderen Wunsch habe?

Oh, Willnauer sei mit einem Maler befreundet, der in bescheidensten Verhältnissen die unglaublichsten Kunstwerke erschuf, wenn man diesem vielleicht eine Gelegenheit gäbe?

Man glaubte natürlich nicht, dass der Maler besonders talentiert war, denn dann wäre er ja nicht arm. Armut, das wusste man, hatte immer einen Grund. Dummheit, Faulheit,

Trunksucht, mangelndes Talent, dergleichen. Man hatte den versehrten, aber lebendigen Beweis ja vor sich. Ein *unveröffentlichter* Schriftsteller! Am Nachmittag schon betrunken. Trank Ida Boy-Ed am helllichten Tage Schnaps? Thomas Mann etwa?

Aber man hatte den Mann nun einmal angefahren, sein Knie blutete, die Hose war zerrissen. Außerdem hatte Willnauer so ein Gesicht, das erfolgreich an alles appellierte, wogegen man sich sonst ganz gut schützen konnte: Großherzigkeit und Wohltätigkeit vor allem. Irgendetwas wollte man also für Willnauer tun, und da dieser glaubhaft versicherte, die größte Freude für ihn sei, wenn sein Freund endlich Anerkennung finde, lud man Michél ein, die Familie zu porträtieren.

Man bereitete sich darauf vor, einen ordentlichen Preis für ein minderwertiges Gemälde zu zahlen – man war am Ende begeistert: Man hatte doch gewusst, dass der kleine Bauchansatz nur einem selber auffiel, dass das Kinn ausdrucksstärker war, als der Spiegel verriet, dass noch immer ein starkes Feuer in den Augen brannte.

Es dauerte nicht lange, und Michél Hinrichs hatte einen veritablen Ruf. Er hatte jetzt häufiger Fleisch im Haus, er kaufte besseren Wein, Lucie bekam ein richtiges Federbett und zwei Kleider. In den Häusern der Kaufleute flutete das Licht durch die hohen Fenster, ausgelegte Teppiche schluckten seine schweren Schritte, die bemalten Tassen, aus denen man Kaffee trank, waren so zart wie Lucies Haar.

In den Häusern der Bankiers, der Industriellen und der Kaufleute sah Michél zum ersten Mal echten Überfluss. Die glänzenden Tapeten in Rot, Grün, Blau und Goldtönen konkurrierten mit den Gemälden, die dicken Samtpolster der Sessel, Sofas und Stühle mit den dicken Teppichen; Michél hatte noch nie so viel Stoff gesehen, der zu nichts gut war. Dass man Gardinen überhaupt brauchte, wollte ihm schon nicht einleuchten, aber drei Lagen übereinander waren einfach nur unsinnig. Es ballte, wallte und bauschte sich überall, Samt, der das Licht schluckte, Seide, die das Licht spiegelte, Spitze, blendend weiß, über Tischen, unter Vasen. Alles war gepolstert, umhäkelt, bestrickt und bestickt: Man musste nur eine Flasche Wein umstoßen, und man hatte ein riesiges Problem. Reichtum, so befand Michél, war eine wahnsinnig unpraktische Angelegenheit. Er war noch auf gestampftem Lehmboden aufgewachsen und hatte täglich Wasser schleppen müssen. Dass sein Haus einen Dielenboden bekam und es einen Wasseranschluss im Hof gab, das war die Art von Luxus, die er verstand, die er schätzte. Wenn er saubermachte, kippte er einfach einen Eimer Wasser im Haus aus und bürstete den Sud mit einem harten Schrubber zur Haustür hinaus. Michél hatte immer gedacht, Reichtum sei dafür da, die Dinge leichter zu machen.

Was ihn noch mehr erstaunte, war die Unzahl der Räumlichkeiten. Er ging durch einen Raum nach dem anderen, in jedem stand irgendwo ein Tisch, der so aussah, als würde niemals an ihm gegessen, Räume, die selbst den Geistern zu unbehaust waren.

Michél war klug. Ungebildet zwar, aber von einer wetterfesten Schläue, die auch zwischen Brokat und Seide nicht versagte. Er wusste, wie man über ihn dachte, was von ihm erwartet wurde: Er knotete sich die Stoffserviette um den Hals wie ein Tuch, bevor er sich von dem Kuchen nahm, er stolperte über Teppiche und fluchte laut, er ließ ein zart bemaltes Teetässchen fallen, wenn das Schrillen des Telefons durch die wattige Stille der Unterhaltung schnitt. Die Leichtigkeit, mit der man dort mit den Telefonapparaten umging, beschämte ihn. (Obwohl Fräulein Lisbeth ihr Telefon bereits seit Jahren besaß, begann noch immer beim ersten Klingeln ein umständliches und langwieriges Ritual: Sie eilte in die Küche und wusch sich die Hände mit grober Seife, sie eilte in die Diele und überprüfte vor dem Spiegel ihre Frisur, sie eilte ins Schlafzimmer und tupfte sich ein wenig Rosenwasser hinter die Ohren, schließlich band sie ihre Schürze ab, strich ihr Kleid glatt und ging gemessenen Schrittes zum Telefon.)

Michéls Tölpelhaftigkeit zahlte sich aus: Er war die angeschlagene Blechkanne, die das Porzellan erst richtig zur Geltung brachte. Er wurde besser bezahlt, wenn er sich nicht allzu weltgewandt gab. Man fand den Maler faszinierend, konnte aber nicht verhehlen, dass die Aufregung, die sich mit seinem Eintreten mit raschen hektischen Flügelschlägen im ganzen Haus verteilte, weniger seiner Kunst geschuldet war als seiner Lebensführung. Wenn man seinen Namen weitergab, geschah das in einem vertraulichen, fast verschwörerischen Gestus. Natürlich gab es auch andere Maler, die Entscheidung für Michél fiel aus einer Mischung von Voyeurismus, Abenteuerlust, wohltätigem Impuls und Geiz. Das Honorar, das er verlangte, war nur ein Bruchteil des Satzes, den die Maler aus dem Bildungsbürgertum nahmen, aber es war, so versicherte man einander, ein *Vermögen* für einen Mann seines Standes. Man rechnete das Honorar auf seine Herkunft um wie auf eine schwächere Währung.

Jeden Freitag kam Hans Willnauer vorbei, sie aßen Obst und Schinken, schlugen Eier in die Pfanne und rösteten das altbackene Brot auf dem Ofen. Willnauer lächelte bei dem Gedanken, dass ein halbes Dutzend reicher Damen jetzt Schinkenbilder über dem Kamin hängen hatte.

»Du bist ein Fuchs, Mischa«, rief der Schriftsteller mit Speck zwischen den Zähnen und von der Wärme beschlagener Brille, »ein ganz gerissener Fuchs! Da kommen die Damen und wollen ein paar Rosen auf schwarzem Samt, ihnen ist nach einem Granatapfel neben der Taschenuhr ihres Großvaters, und du malst ihnen ein Bauernfrühstück. Du bringst sie doch wirklich dazu, dir erst den Einkauf zu machen und sich dann ein Spiegelei über das Sofa zu hängen.«

Michél wischte sich ein wenig Eigelb aus dem Bart und entkorkte den Wein, den Willnauer mitgebracht hatte. Das neue Bild stand auf der Staffelei.

Ein weiches Licht lag über den drei Eiern, ein goldroter Schimmer, der ihnen jegliche Banalität nahm und an die Verheißung der Fruchtbarkeit erinnerte. Die Eier lagen zu dicht an der Kante eines schweren, unbearbeiteten Holztisches, der von einer sumpfigen Nacht gefressen zu werden schien. Der Schinken thronte im Hintergrund, fast von der dickflüssigen Schwärze der Nacht verschluckt, dennoch ölig glänzend, animalisch. Man begann unwillkürlich zu schwitzen, wenn man das Bild sah.

Natürlich: Es war absurd, eigentlich eine Unverschämtheit. Aber Michél weigerte sich, Stillleben zu malen, die er nicht essen konnte. Und er aß nun mal gern Schinken. Das mit den Schinken sollte aus nachvollziehbaren Gründen eine sehr kurze Schaffensphase bleiben, besonders geschätzt wurde er für seine Porträts. Es gab niemanden mehr, der noch so malte wie er. Während die Kubisten die Welt zerhackten, malte er Gemälde, die schon direkt nach ihrer Fertigstellung die Patina einer verlorenen Zeit hatten. Michéls Porträts vermittelten die düstere Würde einer vergangenen Welt, das war es, was die Leute bei ihm kauften: verlorene Träume. Er blieb trotzdem arm, man zahlte ihm nicht viel, und mehr als zwei Aufträge pro Monat bekam er nie, aber seine Armut verlor die beißende, existentielle Note.

Er stand ganze Tage und Nächte vor der Staffelei, die Hemdsärmel hochgekrempelt, ein Glas Wein neben dem Glas mit dem Terpentin, malte und erzählte Lucie so dieses und jenes. Er sprach mit ihr wie mit einer Erwachsenen. Sie lag in der Wiege und richtete ihre seltsamen Augen auf ihn, ein Himmelblau, wie ganz früh am Morgen, er stand vor der Staffelei, arbeitete und redete. Auch wenn er nicht glaubte, dass sie irgendwas von dem, was er so dahinsnackte, verstand, hatte er das Gefühl, noch nie habe ihm jemand so gut zugehört. Er war witziger, wenn er mit ihr sprach, er war trauriger, wütender, fröhlicher, irgendwie mutiger. Seine Sätze überraschten ihn, sie waren ihm fremd, es war, als ob das Kind Gedanken in ihm entstehen ließ, neue und ungewohnte Dinge. Michél staunte und erinnerte sich. Kleine Episoden, zu nichtig, um in diesem Sieb von einem Gehirn hängen zu bleiben. Und dieser feine Erinnerungssand ließ auch die großen Brocken, die im Netz hängen geblieben waren, in einem völlig anderen Licht erscheinen. Diese großen massiven Erlebnisse, die seine Geschichte erzählten, in der eines zum anderen führte und am Ende Michél hervorbrachte, nicht Michael; einen Tagedieb, einen abgerissenen Mann mit wucherndem Bart, einen Mann, der mit dem Rücken in der Tür einen ganzen Raum verdunkeln konnte, der die Frauen liebte und die Leinwand verletzte, nein, umgekehrt.

He is nix, he hett nix, un he makt nix. Er hatte so viel vergessen, um den beglaubigten Tunichtgut, den charmanten Verlierer aus sich zu machen. Plötzlich hatte er unzählige Geschichten statt einer einzigen. Er konnte jeder sein, nichts war vorherbestimmt, alles lag in seiner Hand. Jeder Tag erschuf ihn mit seiner schmerzlichen Morgenröte neu. Er stand unter dem blutenden Himmel und weinte, dann nähte er seiner Tochter ein Kleid. Aus dem Kopfkissenbezug zwar und mit kratzenden Nähten und losen Fäden, aber dennoch.

Die Farben leuchteten intensiver, der Schatten fiel schärfer, er begann, auf eine Art zu malen, die er selbst nicht verstand. Mit rasenden Pinselstrichen und hektischem Atem, der Farbauftrag dick und körperlich wie Fleisch, die reinste Verschwendung, die Pinsel mit einer Kraft geführt, dass die Borsten brachen. Bilder wie ein Schweißausbruch. Geheime Gemälde, die für niemanden bestimmt waren, die er, sobald sie getrocknet waren, mit dem Gesicht zur Wand stellte.

Diese Arbeiten zeigte er nur Willnauer. Er präsentierte sie unsicher, wie ein Geständnis. Er hielt sie für ungelenk und schlecht, aber mehr noch schämte er sich, Bilder zu malen, für die er kein Geld bekam, die sich niemand jemals an die Wand hängen würde. Es war Verschwendung von Fräulein Lisbeths kostbaren Farben, Verschwendung von Zeit. Eine sündige, taumelnde Schmiererei, verantwortungslos und gierig wie das Trinken früh am Tag.

Er glaubte Willnauer dessen Begeisterung nicht. Der Mann schrieb Geschichten, dem konnte man alles erzählen.

Im Februar 1912 porträtierte Michél die Familie Petersenn. Die Stadt lag unter einer scharfkantigen Kruste von Eis und Schnee, und um Michéls Stiefel herum bildeten sich Pfützen, während er den alten Petersenn mit seinen beiden Söhnen und Theresa Graf skizzierte. Die Wohnung der Petersenns war deutlich kleiner als die weitläufigen Fluchten, die er in der letzten Zeit besucht hatte, vor allem aber war sie düsterer. Die Möbel aus dunklem Holz, die schweren Dielen, die braunen Teppiche, die samtenen Vorhänge, es wirkte, als würde man in einer ausgehöhlten uralten Eiche stehen. Michél hatte Mühe, Johann Petersenn davon zu überzeugen, dass ein Maler Tageslicht brauchte. Nur widerwillig hatte er gestattet, dass Christoph die Vorhänge aufzog.

In den Teepausen diskutierte Johann Petersenn mit seinem älteren Sohn Alfons die Reichstagswahl. Für Johann waren die Sozialdemokraten immer noch Staatsfeinde und *Revoluzzer*, ein Wort, das er eher ausspuckte, als dass er es aussprach. Michél hatte wenig Ahnung von Politik, aber seine Begeisterung für den Kaiser hielt sich in Grenzen. Und was Revolutionen anging: Es gab allen Grund dazu! Seine Tochter lag schweißgebadet und hustend im Bett, ohne dass Michél Geld für einen Arzt hatte, und die Söhne des alten Offiziers rührten ihre heiße Milch mit Löffeln aus reinem

Silber um. Aber Michél wusste auch: Revolutionen gingen immer schief. Das wusste er von Willnauer, der 'ne Menge wusste. Er hielt also lieber den Mund. Als Theresa sanftmütig auf die Revisionisten innerhalb der SPD hinwies, tätschelte Johann ihre Hand und sagte: »Und das klingt für dich nicht nach Revolution? Ich sage nur *Schiller*, meine Liebe. Schi-ller! *Das Rad während des Umschwungs austauschen.* Nicht jede Revolution beginnt damit, dass Köpfe abgeschlagen werden, das macht sie nicht weniger gefährlich. Gegen Demokraten helfen nur Soldaten«, hörte Michél, der aber durch eine sehr viel dringlichere Angelegenheit abgelenkt wurde: Christoph hatte sich ein Herz gefasst, seine Zeichenmappe dem Maler vorgelegt und wartete mit gefalteten Händen auf Lob und Rat. Michél mochte in der Lage sein, seinen Modellen auf der Leinwand zu schmeicheln, wenn es um die Beurteilung von Kunst ging, war er jedoch unerbittlich. Was der Junge ihm vorlegte, zeugte von beachtlicher Hingabe und war grauenvoll untalentiert. Noch nie hatte Michél so viel Inbrunst bei so offensichtlich mangelndem Talent gesehen. Christophs Strichführung war gleichzeitig starr und unkontrolliert, seine Porträts wirkten maskenhaft, die Proportionen waren entsetzlich. Wie Christoph über das Zeichnen sprach, offenbarte jedoch eine echte Künstlerseele.

Michél war erschüttert. Handwerk konnte man lernen, Begabung jedoch nicht. Christoph fehlte das Gefühl in der Hand; die Leidenschaft bahnte sich keinen Weg in die Finger. Michél war immer davon ausgegangen, dass wirkliche künstlerische Hingabe überhaupt erst durch das Talent entfacht wurde. Dass jemand innerlich so ganz durchdrungen war vom Künstlertum, ohne die geringste Aussicht zu haben, jemals etwas wirklich Relevantes zu schaffen, das beunruhigte ihn. Er legte die Blätter beiseite und verlegte sich darauf, dem Jungen ein paar handwerkliche Tricks beizubringen.

»Demokratie ist ein Zeichen von Schwäche«, drang Johann wieder zu ihm durch. Die Gespräche waren verstummt, Petersenn wandte sich jetzt direkt an Michél, von dem er annahm, dass er, als Künstler aus dem Arbeitermilieu, mit der SPD sympathisiere. »Eine aufstrebende Weltmacht kann es sich nicht leisten, vom Volkswillen gelenkt zu werden.« Das Reich habe größere Kämpfe auszustehen. »Mein Ältester hier war schon ein Jahr zur See. Da lernt man Disziplin! Bootsdienst, Geschützexerzieren, Maschinendienst, bis nach Westindien ist er gefahren. Auf Offiziere wie ihn wird das Land noch zählen müssen, das sage ich Ihnen! Und jetzt geht er schon fast ein Jahr auf die Marineschule. Da werden nicht nur Offiziere ausgebildet, da werden Menschen gebildet.« Johann Petersenn hielt eine Faust in die Höhe, begann die Fächer aufzuzählen, für jedes Fach spreizte er einen Finger ab: »Navigation, Seemannschaft und Schiffskunde, Artillerie, Maschinenkunde«, Johann schloss seine Finger wieder zur Faust, zählte aber mit den Fingern der linken Hand die Runden: »Schiffbau, Mathematik, Naturlehre, Elektrotechnik, Englisch«, Johann sah Michél streng an und hielt zwei Finger an der Linken empor. »Französisch, Minenwesen, Landtaktik, Befestigungslehre, Zeichnen, Stenographie und natürlich das Praktische: Turnen, Fechten, Boots- und Signaldienst, Exerzieren, praktische Landtaktik, Reiten, Tanzen und Debattierübungen!« Johann schaute Michél triumphierend an: »Wenn das mal nicht eine umfassende Ausbildung ist, möchte ich wohl sagen! Wenn da nicht junge Offiziere geschliffen werden, die unserem Land alle Ehre machen. Und dieser Windhund von einem Kanzler würde am liebsten die gesamte Flotte hergeben. Sie sei eine *Hypothek* für die Außenpolitik! Ich sage Ihnen, der große Krieg wird kommen, und ist eine Flotte dann eine Hypothek? Ich sage Ihnen was, mit diesen Schiffen gehört uns die Welt. Irgendwann werden unsere Fähnriche auf ihren Fahrten überall Kolonien vorfinden.« Michél hörte mit schwimmenden Augen zu und sehnte das Ende der Teepause herbei. Jovial forderte Johann Petersenn den Maler dann und wann auf, seine Meinung kundzutun, er tat das mit dem milden, nachsichtigen Interesse, das man denjenigen zukommen lässt, von denen man nichts erwartet. »Ik sech mal so«, sagte Michél schließlich, »stell de Stang nich wider, as du springen kannst, ne. Ick wörr mi dat noch ma öwerlegen.« Damit war die Teepause zu Ende.

Am letzten Tag nahm er Lucie mit. Sie fieberte noch immer, er konnte sie nicht schon wieder allein lassen, außerdem hatte er nur noch zwei, drei Stunden zu arbeiten. Er war grenzenlos erschöpft von der Familie Petersenn, so viel Kampfgeist, im Künstlerischen wie im Politischen, ermüdete ihn einfach. Aber die Petersenns würden zufrieden sein: Die Statur von Johann Petersenn war auf seinem Gemälde so stolz und mächtig wie in natura, das leichte Doppelkinn und die Lücken zwischen den Knöpfen, der über dem Bauch spannenden Uniform, waren nicht mehr zu sehen. Die Proportion von schwarzen zu grauen Haaren in dem königlichen Knoten von Theresa hatte sich zu ihren Gunsten verschoben; Christophs schlaffe, verträumte Haltung, in die sein hochgewachsener, starker Körper häufig fiel, bekam in Öl etwas Hellsichtiges. Alfons' schmale Schultern hatte er ein wenig aufgepolstert, sein weiches Gesicht wurde kantiger. Die seltsame Diskrepanz der Brüder (Alfons, der zusätzlich zum rigiden Sportprogramm der Fähnriche jeden Morgen mit Klimmzügen und Liegestützen begann, konnte seine schmale Statur nicht überwinden, Christoph jedoch, der Tage über seinem Zeichenblock verbrachte, hatte mit seinen dreizehn Jahren schon wohldefinierte Muskeln und war nicht kleiner als sein älterer Bruder) wurde unter Michéls Hand nicht aufgehoben, aber angeglichen und schmeichelhaft interpretiert.

Lucie hockte neben ihrem Vater und schaute unverwandt auf die Familie, die ihren Blick unruhig erwiderte. Etwas stimmte nicht, das spürten alle, etwas stimmte nicht mit dem

Bild, das spürte Michél. Der Einzige, der Lucies Blick ruhig erwiderte, war Christoph. Der Dreizehnjährige straffte seine Schultern und versank in dem Blick des Mädchens wie ein Stein in der Trave. Als hätte er etwas gefunden, nach dem er lange gesucht hatte. Er wusste nicht, dass Lucie das Mädchen war, das vor gut vier Jahren auf dem Leib der Toten auf der Trave getrieben hatte. Er nahm dieses dünne Mädchen mit den fieberroten Wangen und seltsamen Augen kaum wahr, er dachte an seine Mutter. Christoph wusste, dass sein Geburtstag der Todestag seiner Mutter war, schließlich stand neben seinem Geburtstagskuchen immer eine mächtige weiße Kerze, Josefas Bild gerahmt daneben. Sie trug ein Spitzenkleid mit einem Stehkragen, der eng am Hals lag, ihr breites, fast maskulin geschnittenes Gesicht war ernst, die Lippen sinnlich und von einer stolzen Nase gekrönt, ihre Augenbrauen waren herausfordernd gehoben, was ihre recht kleinen Augen etwas größer machte, ihr schwarzes Haar war kunstvoll auf dem Kopf verschlungen. Dennoch hatte er sich gegen eine ganz naheliegende Erkenntnis bisher schützen können: dass ein Tausch stattgefunden hatte, dass seine Mutter gestorben war, weil es ihn gab. Christoph schaute in Lucies Augen und begriff, dass es keinen Platz für ihn gab auf der Welt. Lucie schloss die Augen, und Christoph krümmte sich wie unter einem Stoß in den Magen. Er übergab sich auf einen wohlgemusterten Teppich, Theresa fühlte seine Stirn, und Michél packte Lucie an der Hand, schnappte sich das Bild, stammelte etwas von kleinen Korrekturen und verließ so schnell wie möglich das Haus.

Zuhause bettete er Lucie in den Sessel unter dem Fenster und brütete über dem Porträt. Etwas fehlte, etwas war falsch. Er öffnete eine Flasche Rotwein und malte unter den fiebernden Augen von Lucie das ganze Bild neu. Die Uniform spannte über Johanns Brust, Theresa ergraute, Alfons schaute streng aus seinem pausbäckigen Gesicht, Christoph stand krumm in seinem eleganten Körper, mit einem Gesicht, so leidenschaftlich und gleichzeitig verloren, dass man an Stimmen dachte, die Glas zum Zerspringen brachten. Und dann fügte er eine weitere Person hinzu. Er hatte das Gefühl, als würde Lucie seinen Pinsel führen, bis neben Johann eine herbe, lachende Frau stand. Mit unordentlich aufgesteckten Haaren, zerknitterter Bluse und vom Wind geröteten Wangen. Ihre Hände lagen auf den Schultern ihres Jüngsten, und der Vorhang, der hinter der Familie Falten warf, schien drei Gestalten zu bergen.

Es passierte nicht zum ersten Mal, dass Lucies Anwesenheit ein Bild veränderte. Lucie entlockte den Modellen ihre leidvollsten Geheimnisse, nur ihre eigenen Geheimnisse, die gab sie nicht preis.

Michél malte sie immer wieder: Er malte, wie sie zusammengerollt im Sessel schlief, wie sie am Fenster saß, ein Stück Brot in der Hand, und hinausschaute, als hätte sie etwas verloren; wie sie ihre ernsten kleinen Kreise drehte, eine ihrer seltsamen Angewohnheiten: Sie lief, den Kopf gesenkt, die Hände greisenhaft auf dem Rücken verschränkt, im Zimmer umher. Er malte sie im Hof, im Morgenlicht. Er trug einen Stuhl hinaus, Frau Fischers Hühner hackten mit ihren Schnäbeln nach den Stuhlbeinen und Lucies Holzschuhen. Die Hühner malte er nicht, auch nicht die Wäscheleinen, nicht den schlammigen Boden oder Frau Fischers Gören, die hohläugig und mit ständig laufender Nase im Hof rumlungerten, stattdessen die Rosen, die hinter Lucie die Wände emporrankten. Lucie saß still, und er verzweifelte am Blau ihrer Augen. Er bekam es nie richtig hin. Ihre stechend hellen Augen, pastellblau unter einem verhangenen Himmel, blendend, wenn die Sonne einfiel. Wenn sie zufriedenstellend leuchteten, waren sie nicht durchscheinend genug, wenn sie die nötige Durchlässigkeit hatten, fehlte die Kraft.

Irgendwann wurde Lucie der Stuhl zu hart, die Hühner

pickten frustriert nach ihren Füßen, aber die schläfrige Aufmerksamkeit, die ihren Körper befiel, wenn sie Modell saß, der Genuss, der darin lag, unablässig betrachtet zu werden, glich die Unbequemlichkeit allemal aus. Lucie kannte keine Eitelkeit, und das lag nicht an ihrem Alter, Michél hatte schon ein paar ganz andere kleine Kröten gesehen. Vier, fünf Jahre alt, und der ganze Zauber schon hin, der Blick verstellt, die Eitelkeit wie eine Kruste über der Haut. Lucie war nicht *geschmeichelt*, wenn ihr Vater Pore für Pore ihr Gesicht auf die Leinwand übertrug. Sie war *da*. Sie *existierte*. Keine Selbstverständlichkeit für ein Mädchen, nach dem der Roggenbuk gegriffen hatte.

Bis sie sechs war, dachte sie, ihr Vater habe sie in die Welt gemalt, sie dachte, dass sie aus den Farben entstanden und es für ihr Überleben nötig sei, dass er sie immer weiter malte. Es gab keinen Spiegel im Haus, ihr fiel auf, dass ihr Haar wuchs, weil es auf den Bildern länger wurde, ihr Gesicht kannte sie nur in Öl. Sie wusste nicht, wie seltsam ihre Augen waren.

Dass ihre Mutter eine Hure war, hatten ihr Fiete und Felix, die Söhne von Frau Fischer, erzählt, *was* eine Hure war, wusste sie nicht. Sie dachte, Huren seien diese durchsichtigen Wesen, deren Flüstern die Luft erfüllte, Wesen, die niemand sah, außer ihr. Luftige Kreaturen mit goldenen Haaren, die einen wärmen oder erwürgen konnten, je nachdem.

Irgendwann fragte sie Michél, was mit ihrer Mutter war.

»Dien Mudder is doot«, sagte Michél.

»Wat is doot?«

»Wenn du nich mehr lopen deist, nich mehr jappen deist, nich gruveln deist un nich mehr drömen deist«, erklärte Michél.

»Wenn en doot is, ward de ok nich mehr maalt?«

»Nee, mien Deern, de ward nich mehr maalt. De kümmt up den Karkhoff.«

»Wenn en nich mehr maalt ward, de starvt denn?«

»Nee, keen starvt, wenn ik em nich mehr malen do.«
»Worüm starvt denn en?«
»Wenn en krank is orrer old un wraksch. Nich gegen allens is en Kruut wussen.«
»Mütt jeedeen Minsch starven?«
»Ja.«
»Du ok?«
»Ik ok, mien Deern.«
»Ne, dat gifft dat doch nich.«
»Doch dat gifft dat. So süht de Welt ut.«
»Wo büst du denn?«
»Up den Karkhoff, mien Deern.«
»Worüm?«
»De Liev ward ganz möör, vergammelt, fallt ut'neen, bet up de Knaken.«
»Ach so.«

Und damit war das Thema erledigt. Lucie bekam keine Alpträume, aber die verwesende Maus, die Michél zwei Tage später zur Illustration hinter dem Rosenstock hervorzog, hätte er ihr besser nicht gezeigt. Dennoch glaubte sie noch immer, dass ihr Leben an der Farbpalette ihres Vaters hing, an seiner ungeteilten Aufmerksamkeit, und irgendwie lag sie damit ja auch richtig.

Lucie ging nicht in die Schule, sie war weder getauft noch gemeldet, offiziell existierte sie nicht. Lucie war dem Tod abgerungen, man könnte sagen, sie war ein Wunder, man könnte auch sagen, sie war ein Fluch. Sie war gefährdet und gefährlich zugleich. Lucie selbst zumindest spürte, dass ein Flimmern in ihrem Körper war, ein Flackern wie das einer Kerze, die im Wind steht. Nur ihr Vater konnte die Flamme stetig halten, seine Anwesenheit war wie eine Handfläche, die schützend zwischen Feuer und Wind gehalten wird.

Und das, dachte Michél, der sich nie verzieh, dass er den Säugling für tot gehalten hatte, als er auf Magdalenas Bauch am Hafen trieb, war das Mindeste, was er tun konnte. Zumindest in den guten Zeiten. In guten Zeiten nahm er seine Tochter an der Hand und trug die Staffelei in die Bürgerhäuser. In guten Zeiten war das kleine Haus vollgestopft mit stark geschminkten Schauspielerinnen, schlecht frisierten Schriftstellern, gut genährten Huren und verschwitzten Arbeitern. In guten Zeiten lachte Michél laut und dröhnend, hatte ständig Lippenstift auf den Wangen, stürzte irgendwann in seine Leinwände oder in einen Faustkampf, und Lucie schlief auf dem Sofa ein, auf dem Schoß irgendeiner Frau. Sie rochen eine wie die andere, sie hatten glänzende Dekolletés und laute Stimmen, sie drückten und knuddelten Lucie wie eine Puppe, die kalte Asche ihrer Zigaretten fiel auf Lucies nackte Arme.

In schlechten Zeiten arbeitete Michél am Hafen, stürzte auf dem Weg ins Bett in seine Staffelei und schwitzte seinen Lohn, auf dem Fußboden liegend, durch das Firmament seiner Poren wieder aus. Das Haus war leer und still, nur gefüllt vom Geruch von Staub, der sich langsam auf das Öl der Bilder legte. In schlechten Zeiten besuchten sie niemals Fräulein Lisbeth und Fräulein Hedwig, suchte Lucie auf dem Fußboden unter den Stühlen nach Brotresten. In schlechten Zeiten schämte Michél sich selbst in seinen Träumen, trank er schon am Morgen und verschwand für ganze Nächte. Und Lucie lag zusammengerollt im Bett oder saß in einem Fenster am Sessel und hatte das Gefühl, dass sich etwas davonmachte.

Etwas von ihr, ein *Teil* von ihr schwebte wie ein Luftballon über ihrem Kopf, und sie wusste nicht, wie sie ihn festhalten sollte. Sie hielt stattdessen die angewinkelten Beine mit den Armen umschlungen, vielleicht war der Teil, der da zog und schwebte, ja doch nicht so wichtig, ihre Beine jedoch brauchte sie noch, da war sie sicher. Als ihr der erste Milchzahn ausfiel, begann sie zu zittern und hörte lange nicht mehr auf, denn so begann es wohl, das Verschwinden.

Michél, der erst in einem dreckigen Morgengrauen den Weg nach Hause fand, einem Morgengrauen von der Farbe von Zement, fand sie auf dem Boden, eingerollt wie ein Igel zum Winterschlaf, nur schlief sie nicht, sie zitterte. Michél legte sich zu ihr auf die Dielen, knotete seinen großen schweren Körper um sie herum und summte und brummte, bis das Zittern aufhörte und der Schlaf beide in die Tiefe zog.

Im Rosengarten, auf halber Höhe zwischen St. Johannis und der Gröpelgrube, schlief Hans Willnauer am Vormittag nach einer Nacht voller ambitionierter Metaphern und überraschender Wendungen über seiner Arbeit ein. Willnauer schlief mit dem Kopf auf seinem Manuskript, genauer gesagt auf der Seite 334. Die brennende Kerze wurde von der Katze, die vom Fensterbrett auf den Tisch sprang, umgestoßen und hätte ihm womöglich das Dach über dem Kopf, wenn nicht sogar das Manuskript angezündet, wenn der Schlaf des Schriftstellers nicht ein wachsamer gewesen wäre. Er hatte immer das Gefühl, seine Arbeit bewachen zu müssen, lebte in ständiger Angst, sein Meisterwerk könnte zerstört werden. Willnauer klopfte auf der glimmenden Ecke des Manuskriptes herum, die Katze saß auf dem Fensterbrett, verlaust, hungrig und gelbäugig. Willnauer wusste nicht, warum er sie immer wieder hineinließ. Michél sagte, dass es daran liege, dass er, Willnauer, selber verlaust, hungrig und gelbäugig sei, noch dazu einsam, und wenn ihm schon keine Frau das Bett vorwärme, so könne er sich zumindest von einer Katze die Füße wärmen lassen.

Willnauer zog seine Handschuhe aus, wickelte sich den Schal fester um den Hals und griff wieder zur Feder. Es war Januar 1914, und Willnauer schrieb an seinem dritten Roman, die Ohren mit Papier verstopft.

Er hasste Lärm, am meisten hasste er preußischen Lärm. Er fürchtete den Geburtstag des Kaisers, der nie ohne Blaskapellen, Luftschüsse und ähnliches Brimborium über die Bühne ging, dabei würde das Regiment den Teufel tun, an seiner lausigen Hinterhofbutze vorbeizumarschieren, und seine Nachbarn froren und hungerten schweigend, es fehlte die Kraft für Lärm.

Er saß vor dem letzten Stück Kohle und rang mit sich: Es konnte noch kälter werden, dies musste nicht der Tiefpunkt sein, womöglich würde er die Kohle morgen viel dringender benötigen als jetzt. Er legte sie wieder zurück in den kalten Ofen und beschloss, Michél zu besuchen.

Der Maler verstand nichts von Literatur, der Schriftsteller kaum etwas von der Malerei, daher konnten sie einander ungestüme Begeisterung zollen, nicht unnötig beschwert von konstruktiver Kritik. Wenn Willnauer vorlas, schloss Michél die Augen und rief nach jedem Kapitel: »Sagenhaft, mien Jung, dat gifft dat nich. Dat is doch so schön. Da kunn ik alltiets lustern, na, zuhören.« Die Literatur brachte ihn dazu, etwas Hochdeutsch zu sprechen, es wenigstens zu versuchen, da lag so was in der Luft. Manchmal schlief Michél jedoch ein, Literatur war dann doch anstrengender, als er gedacht hatte. Er schaffte es jedoch, aufzuwachen, sobald Willnauer seine Lesung beendete, und beifällig zu nicken. (Sagenhaft, mien Jung, wat een Ende / Michél, das Kapitel ist noch nicht zu Ende / Ja, avers de leste Satz! Bannig schöön.)

Willnauer hatte ihm seinen kompletten ersten Roman vorgelesen, jede einzelne der 1348 unveröffentlichten Seiten, einige zerknüllt, auf anderen sah man Fußabdrücke von Polizisten, die eine verzweifelte öffentliche Lesung Willnauers unterbrochen hatten.

Willnauers erster Roman spielte in den Hinterhöfen, in den Hafenkaschemmen, auch Michél kam darin vor, eine schillernde Nebenfigur. (Saaagenhaft, mien Leever, as in't echten Leben.) Der Roman zeichnete den Aufstieg und den Fall einer Familie, nur umgekehrt, ständiger Fall, und irgendwann, aber erst auf Seite 773, schaffte es einer aus dem Schlamassel heraus. Für 221 Seiten ging es stetig aufwärts, dann kam was in die Quere, und der Fall begann erneut und zog sich über 354 Seiten, Schlussakkord in der Trave.

Michél war so erschüttert gewesen vom Tod des Helden, dass er trank, bis er die Besinnung verlor. Ein Jahr lang hatte Hans Willnauer ihm vorgelesen, er kannte den Protagonisten besser, als er Willnauer selbst kannte; dass der jetzt auf dem Grund der Trave von Fischen angeknabbert wurde, erschütterte ihn zutiefst. In der nächsten Woche befahl er seinem Freund, ein neues Buch zu schreiben, eines, das gut ausging. Willnauer schrieb natürlich schon lange an einem neuen, es ging auch nicht gut aus.

Den zweiten Roman las er Michél nur noch in Auszügen vor, aus seiner aktuellen Arbeit las er kurze Abschnitte, sie waren nur noch der Anlass für ein weiteres Trinkgelage, das meist damit endete, dass Michél und er Kopf an Kopf auf dem Dielenboden der Küche aufwachten, mit der Pein der Gerechten in den Knochen, der Scham der Wahrhaftigen in der Seele.

Auch an einem Tag im Sommer erwachten sie so, ihre vom Alkohol schweren Körper durchmaßen den Raum, ihre Füße stießen an die gegenüberliegenden Wände. Aber diesmal war es nicht die Kunst, die sie auf die Bretter geschickt hatte, es war der Krieg. Ein trüber Morgen sickerte durch die fast blinden Fenster, zwei der Flaschen, in die Michél sich den Wein zapfen ließ, waren zerbrochen. Das Aufgebot an Freiwilligen war so hoch, dass sie nicht ernsthaft befürchten mussten, dass man als Erstes auf zwei versoffene Künstler aus dem Landsturm zurückgreifen würde. »Avers, man wet dat nich, ne?«, wie Michél kopfschüttelnd sagte, während er sich vorsichtig aufrichtete, um das zerbrochene Glas zusammenzufegen, bevor Lucie aufwachte. Lucie allerdings war schon wach, sie stand im Nachthemd vor dem Herd, regungslos zwischen den glitzernden Scherben wie ein Meermädchen in den Schaumkronen. Manchmal war die Liebe zu seiner Tochter nur noch Schmerz. So wie jetzt. Da lag er hier in tiefem Schlaf, während sein Mädchen durch die Splitter seines Rausches wandelte, um den Herd anzuheizen. Er sah seiner Tochter in die Augen, die reglos und mit völlig ausdruckslosem Gesicht in den Scherben stand. Er kannte sie gut genug, um zu wissen, dass sie möglicherweise schon seit Stunden dort wartete, ohne auf die Idee zu kommen, ihren Vater zu wecken. Michél war keine Memme, aber er schaffte es nicht, aufzustehen. Willnauer rappelte sich auf, die Farbpalette, auf die er seinen Kopf gebettet hatte, klebte wie eine Krone auf seinen Haaren, und hob Lucie aus den Scherben, während Michél sich auf die Dielen zurückfallen ließ und weinte wie ein Wolf. Dieses frierende Mädchen, diese hungrige Halbwaise war eine der *Glücklichen*, Michél war fürs Erste dem Krieg entronnen. Das Regiment war ausgezogen. Er konnte bleiben.

Michél hörte auf zu malen. Niemand würde im Krieg einen Maler bestellen, und außerdem waren viele der jungen Hafenarbeiter eingezogen worden. Michél löschte Fracht um Fracht mit der grimmigen Bußfertigkeit desjenigen, der mit dem Leben davongekommen war. Im Sommer 1915 stand Michél um fünf Uhr morgens auf und stellte sich in die Schlange beim Bäcker in der Hundestraße, um ein mit Kartoffelmehl gestrecktes Brot zu ergattern, aber wenn er endlich drankam und seine Bezugsmarke auf dem Tresen glattstrich, war oft keines mehr da. Auf dem Schwarzmarkt war noch alles zu haben, aber diese Preise konnte er nicht zahlen. Am Abend ging er mit Lucie in die Kriegsküche, dennoch hustete sie das ganze Jahr über, sie war bleich und im letzten Jahr keinen Zentimeter gewachsen.

Im Winter 1915 war Michél so weit, die Einladungen der Damen anzunehmen. Sie hatten ihn immer wieder eingeladen, mit ihnen zu essen, bisher hatte er ihre Angebote ausgeschlagen. Aber als er an einem Freitag im Dezember von seiner Schicht am Hafen kam, nichts als ein Pfund Kartoffeln in der Tasche, riss Fräulein Lisbeth die Tür auf, verstellte ihm in ihrem Biedermeierkleid, das selbst für den Sommer allmählich zu fadenscheinig gewesen wäre, den Weg in den Gang, legte den Kopf in den Nacken, fixierte ihn durchdringend und sagte leise, aber mit fester Stimme: »Mein Junge, dein Stolz soll dich ins Grab bringen, du bist erwachsen, das ist deine Entscheidung, aber nicht das Mädchen. Abendessen ist um sieben, seid pünktlich. Und wasch dir das Gesicht.«

Michél schaute auf diese kleine Person hinunter, die noch immer die unbequemen, ausladenden Kleider ihrer Jugend trug und die das letzte Mal vor der Jahrhundertwende so energisch mit ihm gesprochen hatte.

»Dat gifft Küll un Snee. Nu lopen se man in't Huus, anners sünd se doot, noch eher wi uns an den Disch setten kunnen«, sagte er, und seitdem saßen Michél und Lucie mehrmals in der Woche im Esszimmer der Damen, die Ellenbogen auf dem Tisch, bekamen echten Kaffee, für den Lisbeth eine *Sünde* bezahlt hatte, und warteten, dass das Fleisch im Ofen gar wurde.

Fräulein Hedwig und Fräulein Lisbeth, die ihr letztes Hemd für den Kaiser gegeben hätten, zumindest ihren Schmuck, wovon die Ringe, Broschen und Armreife aus Eisen, die sie neuerdings trugen, zeugten, waren, was Nahrung anging, nicht ganz so patriotisch. Auf eine ordentliche Portion Fleisch konnten sie nicht verzichten, ebenso wenig auf einen Likör zur Verdauung. Die Plakate, welche die Bevölkerung dazu aufriefen, Butter zu sparen, streiften sie mit missmutigen Blicken und rafften ihre Beutel mit den Nahrungsmitteln vor der Brust zusammen. »Es ist noch kein Krieg gewonnen worden, indem man alte Damen aushungert«, sagte Fräulein Lisbeth gern, »Heimarmee! Was soll das schon bedeuten? Den *Aushungerungsplan* sollen wir durch *Willenskraft und Selbstzucht* zunichtemachen? Ich sage euch, was Willenskraft zunichtemacht: wenn man nicht mehr geradeaus gucken kann, weil man ganz dösig ist vor lauter Hunger. Niemandem ist geholfen, wenn man sich zugrunde richtet. Aber helfen soll man, wo man kann«, sagte sie, wischte sich die Bratensoße aus dem Mundwinkel und deutete mit dem Kinn auf ihre Strickarbeit.

»Ja, dor stricken se den Fiend ne gode Fall«, grinste Michél, »ut de Fall kümmt keen mit dat Leben rut«, und Fräulein Lisbeth kicherte, »ach Michél, was Sie immer für Schabernack machen. Socken stricke ich, für die Soldaten. Jetzt, wo es so kalt ist!«

Michél schaute aus dem Fenster, ein Himmel, dachte er, an dem man sich wirklich den Kopf stoßen konnte, so schwarz und hart sah er aus, so niedrig hing er. Ein Himmel wie Stein.

Die Fenster waren zugefroren, der Hahn im Hof eingefroren, der Ofen kalt, die Kerzen heruntergebrannt. Das ganze Haus knarzte unter der Kälte.

Es war drei Uhr morgens, Lucie lag mit weit offenen Augen unter ihrer Bettdecke, sie hasste es, wenn Michél sie zurückließ, wenn er ohne sie in diese teerschwarze Nacht ging. Wenn er in kalten Nächten wie diesen das Haus verließ, verwandelte es sich. Ein böser hohler Fels, der Lucie einschloss.

Michél, der in voller Montur geschlafen hatte, schnürte die Stiefel und zog den Filzmantel an, dann gab er seiner Tochter einen Kuss auf die eisige Nasenspitze, hob sie einmal hoch und drückte sie so lange, bis seine Körperwärme zu ihrer geworden war, dann ging er durch die Winterstraßen, bis er die vor Kälte gebeugten Körper sah, die wie Findlinge in die Dunkelheit ragten. Er hoffte, auf die *müden* zu treffen. Hunger, so hatte er herausgefunden, machte die einen aggressiv, die anderen eher müde. Michél war müde. Er hoffte, wenigstens in Ruhe gelassen zu werden, wenn er in der Kälte stand. Aber heute traf er auf eine neue Gattung, die Verrückten. Ob er das nicht sehe, fragte die Frau hinter ihm und tippte ihm hart auf die Schulter. Das wären doch Luftschiffe, feindliche, wären das doch, hm? Ob er das nicht sehe? Soll er doch mal hochschauen in den Himmel, da und da! Und da wäre noch eins: »Das sind doch die Russen sind das!« Michél schob seine Mütze zurück, schaute hoch in den eisigen Himmel, wolkenfrei, sternenklar, »Det wet ick man nich«, und zog sich den Schal wieder über die Nase.

Na, da! Daha, da! Er solle doch mal ihrem Finger, da neben dem Stern, da. Ganz groß!

Michél schaute wieder hoch: neben *dem* Stern?

»Nein, neben *dem* Stern!«

Ah, dann meine sie den Stern neben *dem* Stern.

Genau! Nur sei das kein Stern! Das sei ja eben das Gefährliche, dass das alles so schwer zu erkennen sei! Und dann wäre es zu spät, dann wäre sie da, die Bombe.

Michél nickte und schloss die Augen. Der Februar 1916 war der Monat, in dem er lernte, im Stehen zu schlafen. Gegen sechs Uhr wurde es unruhig am Ende der Schlange. Das war nicht ungewöhnlich, es gab ständig Streitereien, aber dieses Mal setzte sich die Unruhe durch die ganze Kette fort, man flüsterte es weiter, man rief es laut, am Ende der Schlange habe sich ein Spion eingenistet, ein ausländischer Spion, ein Russe wahrscheinlich. Michél seufzte: »Wat vertellt he denn?«

»Na gar nichts«, rief die Frau hinter ihm, »das ist doch das Verdächtige! Steht da so ganz still und hört zu.«

»Na, ik bün nu ok nich graad en Quasselbüdel, nich?«, sagte Michél und drehte sich wieder um.

»Ganz dunkel sieht er aus, sagt die Frau Möller. Die steht vor ihm in der Schlange. Hat ganz dunkle Locken und so einen verschlagenen Blick. Und spricht mit keinem.«

»Dat is ganz schöön plietsch, nich?«, murmelte Michél und schloss die Augen erneut.

»Und dann hat ihn einer geschubst, und dann hat er *Aufhören* gesagt, ganz laut und deutlich.«

Michél seufzte: »Na, denn is woll doch keen Russ, wenn he Hoochdüütsch snackt, nich?«

»Das ist ein Spion! Der muss ja Deutsch sprechen, sonst kann er ja gar nicht spionieren!«

Michél zog sich die Mütze wieder über die Ohren, da hörte er einen Aufschrei. Er drehte sich um, der *Spion* lag auf dem Boden, drei Männer standen um ihn rum. Der Mann rappelte sich wieder auf und versuchte, seinen Platz in der Schlange wiederzubekommen, plötzlich waren es schon fünf Männer, die ihn zurückschubsten. Der Mann war von schmächtiger Statur, die Brille zertreten, der Hut zerdrückt, Michél schaute auf seine Füße, seufzte, schaute auf die Eingangstür der bald öffnenden Bäckerei, die nur zehn Mann vor ihm war, schaute auf den Mann, der auf dem Boden lag, hundertfünfzig Meter die Straße hinunter. Einer der fünf Männer trat ihm in die Rippen, Michél hörte Rufe: *Schlagt ihn tot*, laute gellende Frauenstimmen. Er fluchte, verließ seinen Platz in der Schlange und begann eine Prügelei, die er nicht gewinnen konnte.

Als die Bäckerei öffnete, war Michél der Letzte in der Reihe, was die Aussicht auf Brot relativ hoffnungslos erscheinen ließ. Um acht Uhr kam Lucie und nahm seinen Platz ein, wie immer, wenn er nicht rechtzeitig für seine Schicht am Hafen zurück war. Michél zuckte die Schultern, womit er sein zerschlagenes Gesicht, den Platz in der Reihe, die duftenden Brote, die an ihnen vorbeigetragen wurden, und die klirrende Kälte, in der seine Tochter stehen musste, um ihn abzulösen, entschuldigte. Lucie nickte und drückte seine Hand, und Michél ging zum Hafen.

Willnauer und Michél saßen an der Trave und fürchteten den Morgen. Das Wasser sah aus, als hätte es jemand mit grobem Sandpapier geschliffen. Hier bei den Lagerhallen spürte man schon den Ostseewind, der über das Wasser fuhr wie eine raue Zunge. Zu ihren Füßen schlief der Roggenbuk, Fische flitzten zwischen seinen Klauen hindurch, Moos wucherte in seinem Bart.

Lucie hatte nicht geweint, als er an einem Nachmittag im Juni den Einberufungsbefehl erhalten hatte. Sie weinte nie. Aber sie hatte Michél angesehen mit einem Blick, als würde sie den Krieg kennen. Als wüsste sie, was ihn erwarte, besser als er. Michél hatte gesehen, wie der eine oder andere Veteran, der bettelnd am Straßenrand saß, unter ihrem Blick zusammengebrochen war. Einer der Veteranen hockte jetzt in der Hundestraße, mit einem Gesichtsausdruck, den Michél nur von Malereien vom Fegefeuer kannte, die Hände an den Kopf gepresst, wisperte Dinge, die niemand verstand.

Nachdem Michél seine Tochter zu Fräulein Lisbeth und Fräulein Hedwig ins Vorderhaus gebracht hatte, schaffte er es nicht mehr, sein eigenes Haus zu betreten: Das Haus in der Gröpelgrube stand leer. Dieses Haus, in dem sich seit Jahrhunderten Familien zusammengedrängt hatten wie Wölfe, geplagt von Läusen und Seuchen, dieses Haus, über dem sich der Himmel grün gefärbt hatte, während die Exkremente von Menschen und Tieren vom Hof durch den Gang auf die Straße und von dort in die Wakenitz flossen, dieses Haus, das immer zu klein gewesen war für das Elend, das es beherbergen musste, stand zum ersten Mal leer. Es lehnte kraftlos am winzigen Haus der Fischers, als ertrüge es Lucies Abwesenheit genauso wenig wie er, als glaubte es, dass Michél nicht wiederkommen, dass er seine Tochter im Vorderhaus zurücklassen würde. Als Willnauer kam, stand Michél noch immer reglos im Hof.

Willnauer war in seiner Jugend bei der Infanterie gewesen, zwei Jahre lang exerzierte er und robbte, stand stramm und sang, turnte und sprang durch die Kaserne in der Fackenburger Allee, selber überrascht von seiner Begeisterung für die rigiden und stupiden Abläufe, dann wurde er in die Reserve entlassen, wo er für die kommenden Jahre zwei Übungen im Jahr absolvieren musste, zu guter Letzt landete er im Landsturm. Seine letzte Übung war gut sechs Jahre her – er war nicht wirklich in Form.

Michél hatte niemals den Hauch einer militärischen Ausbildung genossen, er kam direkt in die Ersatzreserve, die von Übungen in Friedenszeiten befreit war, im Kriegsfall jedoch schnell einsatzbereit sein musste, irgendwann wurde er dem Landsturm zugeteilt. Michél hatte keinen blassen Schimmer vom Kampf, aber er war achtunddreißig Jahre alt, noch nicht zu alt für einen Krieg. Willnauer war zweiundvierzig.

»Vun dat Suldatspelen heff ik keen Ahnung«, hatte Michél immer gesagt, wenn man ihn fragte, warum er sich nicht meldete. »Mi för anner Lüüd dootscheten laten, dat is nich mien Saak.«

Sie saßen am Wasser und tranken mit der Verzweiflung derer, die nicht daran glauben, dass sie den Winter kommen sehen würden. Dann saßen sie betrunken in der Knospe eines frisch gewaschenen nordischen Sommertages und lauschten dem Plätschern der Trave. Ihre Augen waren rot vom Schlafmangel, die Gesichter unrasiert, der Wind fuhr durch ihre Haare, der Tag versprach blitzblau zu werden. Willnauer schaute Michél an, der mit leicht geöffneten Lippen über das Wasser blickte, seinen großen schweren Körper, der so unversehrbar wirkte. Willnauer war kein körperlicher Mensch, aber wie Michél dort saß, als würde er den Wind *essen*, als würde die aufgehende Sonne nur ihn meinen, wie Michél die Natur so selbstverständlich über sich zusammenzog, das machte ihm klar, dass auch sein Freund sich verabschiedete. Willnauer nahm seine Hand, und für lange Minuten blieben sie so sitzen, die Hände fest ineinander verschränkt, die Augen über dem Wasser.

Lucie stand am Fenster des Vorderhauses und schaute auf die Straße, seit zwei Monaten war Michél verschwunden, seit zwei Monaten sah sie keine Farben mehr. Sie sah unendlich viele Nuancen von Grau; Steingrau, Aschgrau, Staubgrau, altes ewiges Grau und ganz neues frisches Grau, sie sah tiefes Schwarz und mattes Schwarz, durchlässiges Schwarz und öliges Schwarz, sie sah Lichtweiß, Altweiß, Schneeweiß und Cremeweiß, blendendes Weiß und eines, das ihr das Gefühl gab, völlig zu erblinden. Sogar die Farben von Michéls Bildern, die überall im Haus von Fräulein Lisbeth hingen, verblassten allmählich.

Ein Stockwerk tiefer lag Fräulein Hedwig unter den Federbetten und dachte an die Männer, die sie abgewiesen hatte. Sie hatte jeden Heiratsantrag als Zeichen genommen, dass ein Besserer kommen würde. Nun war sie alt, sie war allein. Sie weinte viel. Man konnte nicht in Lucies Nähe sein und sich selbst belügen.

Fräulein Lisbeth dagegen kannte ihre Passion, sie kannte auch ihr Unglück. Sie war genau da, wo sie sein wollte: bei Hedwig. Jemanden zu haben, den man wahrhaftig lieben konnte, war schon viel. Sie erwartete von Hedwig keine Liebe. Dass sie in ihrer Nähe war, genügte. Dennoch konnte auch sie nicht schlafen. Sie wusste gar nicht, was sie am meisten erschreckte: Lucies mangelnde Fähigkeiten im Nähen, Sticken, Stricken, ja in wirklich jeder Handarbeit, oder die Tatsache, dass sie noch um zwölf Uhr nachts kein Anzeichen von Müdigkeit zeigte, dafür aber noch schlief, wenn der Grünkohl schon auf dem Tisch stand. Dass sie beim Abendessen ganz selbstverständlich nach dem Weinkrug griff und zwei Fingerbreit ihrem Wasser beimischte, so wie andere Kinder süßen Sirup zugießen. Eine Puppe hatte sie noch nie besessen, eine Schleife noch nie gebunden, sie konnte nicht einmal bis zehn zählen.

Es war ganz offensichtlich etwas anderes, ein Mädchen mehrmals in der Woche mit einer warmen Mahlzeit zu versorgen, als es zur Mittagszeit aus dem Bett holen zu müssen und festzustellen, dass diese aufgedrehte, hitzige Fröhlichkeit, die es manchmal überfiel, tatsächlich einer leichten Trunkenheit zuzuschreiben war. Fräulein Lisbeth ging nicht so weit, sich Vorwürfe zu machen, sie begegnete ihrem Entsetzen mit Tatkraft. Die Kunst hatte Michéls Leben gerettet, dessen war sie sich sicher, die Bildung sollte Lucies retten.

Lucie stand am Fenster, auf der Straße stand der Teufel im Morgengrauen und rauchte eine Zigarette. Sein schwarzes glänzendes Haar, der dichte Bart, Lucie sah, wie der Dreck der Straße durch seinen Körper wehte. Lucie schaute in seine gleißend blauen Augen, und der Himmel gewann etwas an Farbe.

Michél lag auf einer stinkenden, feuchten Matratze, schwere Schenkel drückten seine Arme auf den Boden, ein gewaltiges Gesäß presste seine Lenden in die Matratze, rotes Haar kitzelte seine Nase: ob er jetzt endlich aufgebe?

Nein, niemals!

Weder Lisbeth und Hedwig noch Lucie wussten, dass

Michél auf Fronturlaub in der Stadt war. Er verbrachte die Tage in den Hafenkneipen, die Nächte in den Hinterzimmern, wo er noch einige Huren kannte, die ihn auch umsonst mitnahmen. Er grub sich den Frauen so fest ins Fleisch, wie er konnte. Er hätte auch andere Frauen haben können, aber er wollte Huren – sie rochen nach anderen Männern, sie rochen nach anderen *lebendigen* Männern. Also lag er in Hinterzimmern auf alten Matratzen und kämpfte. Nicht mit dem Leben, sondern mit den Frauen. Er mochte sie groß, er mochte sie schwer. Er mochte Frauen, die ihn mit ihrem Körpergewicht am Boden halten konnten. Wenn sie dann auch noch stark waren, umso besser.

Diese hier war ein wirkliches Prachtexemplar. Michél konnte sein Gesicht in ihren Bauch pressen und bis über die Ohren in ihrem Fleisch verschwinden. Um eine Brust zu umfassen, brauchte er beide Hände, und ihre Schenkel waren unendlich weiß und weit, eine hügelige Landschaft. Schollen aus Fett, die unter der Haut aneinanderstießen und Hügel und Krater bildeten. Ihr Körper war sein Eismeer, das einzige Mittel gegen den Tod.

Michél war noch nicht einmal zwanzig Jahre alt gewesen, als innerhalb von drei Wochen seine Brüder, seine Schwestern und seine Mutter gestorben waren. Michél hatte sich in den Schnee unter die Pumpe im Hof gekniet, sich wie ein Wahnsinniger das eiskalte Wasser über den Kopf gepumpt und geweint. Er hatte wochenlang so viel getrunken und so wenig geschlafen, dass er irgendwann Geister sah. Am Ende war er ins eisige Wasser der Trave gestürzt und fast ertrunken, aber dann hatte sich sein Körper entschieden, dass er leben wollte. Er, der gar nicht schwimmen konnte, hatte sich irgendwie an die Oberfläche gekämpft. Statt einer Lungenentzündung hatte Michél plötzlich so viel Kraft, dass auch nach zehn Stunden schwerer körperlicher Arbeit seine Gliedmaßen noch nicht brannten, dass auch das Malen ihn nicht sättigte, es war, als habe er zu viel Leben für einen Körper. Es gab nur eines, was die Spannung aus seinem Körper zog: das Gesicht im Fleisch einer Frau zu vergraben. Michél war sich selbst zu viel geworden, er musste seinen Körper teilen, um ihn zu ertragen.

So war es auch jetzt. Aber auch in den Armen der dicksten Huren bekam er den Geruch des Todes nicht aus der Nase.

Um Michél auf den Krieg vorzubereiten, hatte man ihm am Schießstand ein Holzgewehr in die Hand gedrückt, ihm einmal gezeigt, wie man es anlegte und zielte, und damit war die Ausbildung beendet gewesen. Nach einer Woche in Wasserlöchern und Granattrichtern, unter dem nie abreißenden Granatfeuer, das ihn unter Erde und Leichenteilen verschüttete, vergaß er alle Vorstellungen, die er sich vom Krieg gemacht hatte. Sein Leutnant weinte wie ein Kind, die Toten begannen zu stinken, die Hitze kam ihm vor wie Fieber. Drei Tage hatte er unter den Überresten seiner Kameraden verschüttet gelegen.

Michél ging nicht ein einziges Mal in die Gröpelgrube, er lugte nicht heimlich durch das Fenster, um sich zu vergewissern, dass seine Tochter wohlauf war. Lucie würde den Tod an ihm riechen. Allein sein Anblick konnte ihr die Kindheit rauben, so sehr drang ihm der Krieg aus allen Poren.

Lucie ging die Gröpelgrube hinauf. Sie war neun Jahre alt, und alle ihre Muskeln waren so angespannt, dass sie sich fühlte, als würde sie auf Stelzen gehen. Die Damen hatten ihr eine Schleife ins Haar gebunden, die auf Lucies Kopf wippte. Sie bog in die Burgstraße ein und ging auf den Straßenbahnschienen auf das Tor zu, hinter dem Burgtor begannen die Lazarettbaracken. Große Holzhallen, über denen Fahnen wehten, weiße Fahnen mit einem roten Kreuz darauf, als beginne hinter dem Tor ein fremdes Land. Zwischen den Baracken hing Wäsche auf den Leinen, schwere Hosen aus dunkelgrauem Filz, lange, weiße Unterhosen, die im Wind flatterten. Eine Schwester kam aus einer Tür, auf dem Arm ein Bündel Uniformjacken, blutig und zerfetzt, aber die 162, in roter Wolle auf den Filz gestickt, konnte man noch gut erkennen. Lucie hörte gedämpfte Schreie, eine junge Krankenschwester stürzte an ihr vorbei, das Gesicht vom Weinen verzerrt.

Lucie ging zu der Wäscheleine und vergrub ihr Gesicht in den frisch gewaschenen Stoffen, um die anderen Gerüche auszublenden, die von Blut, von verbranntem Fleisch, von Eiter und Entzündungen.

Das ist es, was Lucie sieht: weiße Wäsche.
Das ist es, was du siehst: ein Mädchen. Es steht zwischen den Wäschestücken, die in der Herbstsonne trocknen, es sieht aus, als würde es die Laken *umarmen*.

Baracken um Baracken, gefüllt mit Leibern, die noch vor einem Jahr, noch vor einem Monat, vor einer Woche vollkommen unversehrt waren. Denen es die Gesichter zerfetzt hat, denen Granatsplitter unter der Haut umherwandern, auf der Suche nach dem Herzen. Vom Gas verätzte Lungen, die Haut entzündet, die Nerven zerrüttet. Sie sind keine Helden. Wie kann einer noch Held sein, der zusehen musste, wie ein Körper unter den Ketten eines Panzers zerquetscht wurde, so widerstandslos, als hätte er keine Knochen.

Das ist ein Maschinenkrieg. Panzer, Flugzeuge, U-Boote, Zeppeline, Maschinengewehre, die Helden sind unwichtig geworden, werden niedergemäht von Maschinen, gehen reihenweise in Fetzen, werden zusammengeklaubt und verscharrt, auf irgendeinem Feld. Werden verladen und verkarrt, in Baracken, in denen es kaum Morphium gegen die Schmerzen gibt. Die Krankenschwestern trösten sich damit, dass die Schmerzen von Helden anderer Art sind, sein *müssen*, wie sonst könnten sie die Knochensäge aushalten.
Das Gute an Schmerz: Er ist nicht vorstellbar und wird schnell vergessen.
Das Vertrackte an Helden: Sie sind nur eine Vorstellung, die einer von sich hat, solange er eine falsche Vorstellung von der Welt hat. Solange er den Krieg nicht kennt.

Unzählige Baracken, in denen jeder Quadratmeter mit Sterbenden und Genesenden gefüllt ist. Männer, auf Feldbetten nebeneinander aufgereiht. Sie schlafen kaum und werden dennoch von Träumen gejagt. Die Zeit, in der Alpträume mit dem Erwachen endeten, ist so lang her wie die Kindheit.

Ein Mann auf einem Schotterplatz zwischen den Baracken. Er steht auf einen Stock gestützt, sein Blick ist konzentriert auf das Mädchen gerichtet. Ein Mädchen, das Gesicht in ein Laken gedrückt, das in der Sonne trocknet. Die Schleife in ihrem Haar, diese übergroße rosa Schleife, die ihr wie ein Hut auf dem Kopf sitzt. Als er versucht zu gehen, wird sein ganzer Körper von einem Zittern geschüttelt. Ein Zittern, so brutal und durchdringend, dass seine Knochen darunter *zerfließen*. Seine Beine tragen ihn nicht, sind völlig zerrüttet, nein: Seine Beine sind völlig gesund, es sind die Explosionen, die ihn noch immer schütteln, die seine Kameraden zerrissen haben, deren Körperteile ihn treffen wie Gewehrkugeln, noch immer treffen, man hat ihn evakuiert und aus Versehen auch den Krieg mitgenommen.

Man versteht ihn nicht. Man versteht sie alle nicht. Man hat sie schon festgebunden und mit Elektroschocks behandelt. Es müssen Simulanten sein, diese Männer, die mit seltsam abgehackten Bewegungen über die Plätze zu gehen versuchen, die einen mit Gliedern aus Blei, mit nervös zuckenden Köpfen, rollenden Augäpfeln, die anderen zerrinnen einfach in ihrer Haut, alles strebt fort und in verschiedene Richtungen, die Knochen taugen nicht mehr als Gerüst, es ist nur noch die Haut, die alles umspannt und notdürftig zusammenhält. Einer ist vollständig gelähmt, nur seine Augen zucken wild, als würde er jede Sekunde wieder etwas Überwältigendes sehen, Schrecklichkeiten, die aus allen Richtungen auf ihn eindringen.

Der zitternde Mann schaut Lucie an. Es kommt ihm vor, als wäre alles schwarz-weiß, die Baracken, die Wege, selbst der Himmel, nur die albern große Schleife auf ihrem Kopf leuchtet rosa. Ihm ist, als hätte er seit Jahren kein Kind mehr gesehen. Lucie nimmt das Gesicht aus der Wäsche und sieht ihn an. Das Mädchen sieht ihn an, als wollte es ihn festhalten. Er atmet aus und setzt sich in den Schotter. Er schließt die Augen. Alles wird ruhig. Ganz kurz sind da keine Bilder. Er spürt die Sonne auf der Haut und sieht die Lichtpunkte hinter den Lidern, für kurze Zeit fühlt er nichts als das. Er hat den Geruch von Gras in der Nase.

Das ist das, was du siehst: Ein Mann, der im Schotter sitzt, den Stock neben sich abgelegt, ein Mann, der atmet, als hätte er es lang vergessen gehabt. Ein Mädchen mit dem Blick einer Greisin. Ein verblasstes Bild. Jemand hat begonnen, es nachzukolorieren, und nur die Schleife eingefärbt. Es ist die rosa Schleife, die das Bild aus der Geschichte, aus der Vergessenheit hebt. Du siehst das Mädchen zum ersten Mal, und als du die Augen schließt, vermisst du es, wie jemanden, den du dein ganzes Leben lang gekannt und jetzt verloren hast.

Lucie spürte eine Hand auf ihrer Schulter, eine Schwester zog sie aus der Wäsche und führte sie die Straße zwischen den Baracken hinunter. Auf einem großen Platz war ein Parcours aufgebaut, Männer machten einarmige Klimmzüge, hüpften auf einem Bein, was Lucie lustig gefunden hätte, hätten sie ein zweites gehabt. Lucie hatte lange schon nicht mehr so viele Männer gesehen, es war, als wäre die Stadt geteilt. Vor dem Burgtor war die Stadt der Frauen, Kinder und Greise, hinter dem Burgtor war die Stadt der Männer. Und die Männer waren krank. Ganz hinten im Lazarett, dort, wo die Wälder begannen, öffnete die Schwester eine Tür, deutete in den Raum und ließ Lucie allein. Sie stand in der Tür der Baracke und schaute auf die Bettenflucht, die sich rechts und links von ihr bis zum Ende der Baracke zog. Niedrige Pritschen mit Tragegriffen, darauf Wolldecken, unter denen sich die Körper der Männer abzeichneten. Zwanzig Männer lagen dicht an dicht in diesem fremden Land, unter der rotweißen Fahne, ein Land, das man nur um den Preis eines Körperteils betreten konnte.

Lucie schaute in die verschlossenen Gesichter. Allen war das Leid ins Gesicht gezeichnet, sie alle schienen von weit her zu kommen, alle hatten einen Schnauzbart. Für einen Moment fürchtete Lucie, sie würde ihren Vater nicht wiedererkennen, ihn nicht von den anderen Soldaten unterscheiden können. Ihre Wangen brannten vor Scham, sie ging einen Schritt auf die Betten zu, der Gang in der Mitte so schmutzig und lang, es fühlte sich an, als würde ihr jemand mit kräftiger Hand auf den Brustkorb drücken, der Atem floss nicht von selbst, Lucie musste sich darauf konzentrieren.

Dann sah sie Michél.

Als sie wieder ging, trug Michél ihre Schleife im Haar, und das Lazarett hatte sich verändert. Lucie sah jetzt die Tische, die zwischen den Baracken in der Sonne standen, an denen Soldaten saßen und die Hand ihrer Frauen hielten. Sie sah eine Krankenschwester, die auf einem Flecken Rasen stand und mit geschlossenen Augen ihr Gesicht in die Sonne hielt, Lucie hörte einzelne Männer lachen.

»Du hest dien Hand verloorn«, hatte sie zu Michél gesagt.

»Ja, dat is en beten gräsig antokieken, avers ik bün wedder dor«, hatte Michél gesagt. »Ik bün tohuus und laat di dat vertellen, ik warr noch enen lütten Momang tohuus blieben.« Und er hatte gelächelt auf eine Art, die ganz unmissverständlich klarmachte, dass der *lütten Momang* nicht kürzer sein würde als alle Ewigkeit.

Im Frühjahr 1918 lernte Lucie ein neues Schweigen kennen, krank und von giftiger Farbe. Sie war an die Stille gewöhnt, eine Stille der Vertrautheit und der Geborgenheit. Aber dieses neue Schweigen machte die Luft brüchig. Manchmal war es so tief und kalt, dass Lucie fürchtete, sich mit dem nächsten Atemzug Splitter in die Lungen zu saugen. Sie hatte einmal eine Gräte verschluckt. So fühlte sich das neue Schweigen an, das Michél aus dem Krieg mitbrachte.

Lucie war zu jung, um fürsorglich zu sein, aber das wusste sie nicht. Sie fragte ihren Vater nach dem Krieg, und der riss sich zusammen und erzählte von der Schützengrabenbibliothek, von dem Schild, das davorstand: *Kein Schund/keine Schmöker – nur beste Auswahl.* »Grote Slachten hebbt wi nich slagen, mien Deern. Allens Snackerie!« Er erzählte, dass es Theateraufführungen gegeben habe für die Soldaten: »*De schöne Galathee* un mien Deern, de Galathee weer so bannig schöön, dat glöövst du nich, avers för enen Torfkopp middenmang en Trupp Suldaten is woll ok en Fischwiev en Engel.«

Michél erzählte von einem anderen Krieg als dem, den Lucie in seinem Schweigen fand.

Lucie wusste, dass er nicht lesen konnte, und lauschte seinen Inhaltsangaben von den Büchern, die er gelesen haben wollte, und sie alle klangen wie das Buch von Willnauer, allesamt: »Mein Deern, ik heff den leben langen Dag in de Kuhl rümlegen un heff leest, dat weer allens, wat ik dor to doon harr.« Und Lucie hörte ihm zu. Sie hörte alles, was er nicht erzählen konnte. Sie erfuhr, was keine Zehnjährige wissen sollte.

Da schickt einer seine Tochter auf ihr Zimmer und denkt, er kann entkommen. Da schweigt einer, nicht absichtlich, schon gar nicht verbissen, sondern die Zunge ist eine plattgefahrene Kröte, in den Gaumen gewalzt, aber in ihm schweigt nichts. In ihm fliegen Splitter. Da tritt einer das Pflaster der Straßen rund, da schleift einer die Ecken der Kirchen ab, da geht einer sogar in die Kirche und kniet und schweigt. Da sind andere, die knien und schweigen, die das Pflaster rund treten, da bekommen welche Invalidenrente und können nichts dafür kaufen. Da plündern welche die Kaufhäuser und bekommen nur Plunder. Da suchen welche Kartoffeln und haben Angst, Körperteile zu finden. Da werfen sich welche auf den Boden, wenn einer eine Tür zuknallt. Da wissen welche nicht mehr, wie man die Frauen küsst, ohne ihnen den Atem abzuziehen.

Lucie lauschte der Natur dieses neuen Schweigens, ging ihm ganz auf den Grund und verstand, dass es Gefahren gab, mächtiger und größer als die Einsamkeit, gieriger als der Roggenbuk und niederträchtiger als der Tod. Lucie verstand, dass die Welt eine andere war, als sie gedacht hatte.

Michél hatte seine Hand verloren, aber er fühlte sich nicht wie jemand, dem etwas genommen war. Ihm war, im Gegenteil, etwas hinzugefügt, etwas, das nirgendwo einen Platz fand.

Er dachte es immer so: *Krieg*, er dachte dieses Wort in ständigen Schleifen, als würde er eine Perlenschnur durch die Finger gleiten lassen. *KriegKriegKriegKriegKriegKrieg* usw.

Das mürbende Warten. Er hatte in den Schützengräben gehockt, geschwitzt, geraucht und auf den Tod gewartet. Er hatte in den Gräben gehockt, gefroren, geraucht und auf den

Tod gewartet. Wie konnte einer sich langweilen, während er auf den Tod wartete? Michél langweilte sich, und ein paar Minuten später zerriss ihm das Artilleriefeuer die Nerven, rannen dem Jungen neben ihm die Tränen über das Gesicht und die Pisse die Beine hinunter.

Der Pfarrer, der die Toten fotografierte. Der die Toten gegen eine Wand lehnte und Hilfe brauchte, weil ihnen das Kinn auf die zerschossene Brust rutschte. Michél hatte einem nach dem anderen in die Haare gegriffen und den Kopf hochgezogen, er spürt es noch immer, das fettige, kalte Haar der Toten.

Michél starrt Stunden auf einen Fleck an der Wand. Der Fleck hat Ähnlichkeiten mit einem Schmetterling, aber das erkennt Michél nicht. Er sieht Gesichter, die Lippen weggerissen, die Zähne brachliegend, etwas Unförmiges, wo einst die Nase war, tiefe Höhlen, wo Augen sein müssten. Schmetterlinge interessieren niemanden, dessen Lider vom Licht der Bomben erhellt werden, wenn er die Augen schließt. Niemand kann schlafen, wenn es so hell brennt, und Michél schläft nicht.

Er wacht, die Augen aufgerissen. Die samtene Dunkelheit des Zimmers, diese herrliche warme Nachtschwärze, wird von jedem Lidschlag zerrissen. Michél versucht, mit offenen Augen zu schlafen, versucht, nicht zu blinzeln, da wird die Bindehaut so trocken und heiß, dass er fürchtet, es könnten sich Risse darauf bilden wie auf einem alten Ölbild.

Aber das größte Problem ist das Herz. Es schlägt zu schnell und zu hart, und trotzdem zweifelt er, ob er es noch im Körper trägt.

Er fragt sich allen Ernstes, ob ihm das Herz abhandengekommen ist. Und redet beruhigend auf sich ein: »Spijöök, Undöög, Tüünkram, du Döösbattel, du Spökenkieker, du Törfkopp.« Aber eine Frage, einmal gestellt, braucht eine Antwort. Doch wo die Sinne sich vom Acker machen, da kommt auch der Verstand nicht weiter, wo die Organe Fahnenflucht begehen, da muss ein anderer Verstand ran, ein militärischer.

Warum ist das Herz geflüchtet: einfache Antwort.

Wie kann es geflüchtet sein: schon schwieriger.

Wurde es auf der Flucht erschossen: Was für eine alberne Frage.

Ein Verstand, der nur neue Fragen ausspuckt, hilft ihm nicht. Aber ob er ein Herz hat oder nicht, das muss man doch untersuchen können. Das muss man doch messen können. Das wär doch gelacht.

Er lacht.

Er befühlt seine Stirn: heiß. Er schmeckt den Schweiß: salzig. Er fühlt sein Herz: schlägt. Muss jetzt noch nichts heißen. Da könnte sonst was schlagen in seiner Brust, eine Uhr, eine Bombe. Er steht auf, zündet eine Kerze an, steht vor dem Spiegel und öffnet den Mund, späht tief in seinen Schlund, aber was mach ich denn da, ich weiß doch, dass da eine Biegung ist, das ist auch nicht anders als bei einem Abflussrohr. Abflussrohr: Er lacht. Wenn man einmal über seinen Körper nachdenkt. Das passt. Drückt sich ja auch nur Dreck in den Schlund.

Er klopft mit den Fingern gegen den Brustkorb, dann klopft er gegen die Wand, da, wo es hohl ist, und da, wo es nicht hohl ist. Dann klopft er wieder auf den Brustkorb. Klingt nicht überall gleich. Das kann aber an den Muskeln liegen.

Arzt, er wäre jetzt wirklich gern Arzt. Einer, der Zähne ziehen und Zehen amputieren kann. Da weiß man zumindest, was fehlt.

Er müsste sich schon mit einem Messer die Brust öffnen und nachschauen. Aber der Winkel ist nicht optimal. Arzt hin oder her, sich selber, das Kinn auf die Brust gepresst, das Messer in den Leib stechen, da gäbe es Risiken.

Er denkt da pragmatisch drüber nach, wie einer, dem es logisch erscheint, sich die Haare auszureißen, um sie zählen zu können.

Noch mehr spricht dagegen: Feigheit zum Beispiel. Der Fakt, dass er in letzter Zeit noch nicht mal ein Buttermesser anfassen kann, ohne dass seine Hand zu zittern beginnt. Löffel? Kein Problem. Gabel? Schon schwieriger. Messer? Aus die Maus. Warum? Weiß er nicht. Es gibt keine Gräueltaten, die man mit Buttermessern vollbringen kann. Er müsste Willnauer fragen. Willnauer kennt sich aus, wenn Michél sich nicht mehr auskennt. Wenn die Dinge nicht mehr zusammenpassen und der Verstand die Flinte ins Korn wirft. Aber Willnauer ist nicht da. Willnauer ist im *KriegKriegKrieg KriegKriegKriegKriegKriegKriegKriegKriegKriegKriegKrieg KriegKriegKriegKriegKriegKriegKriegKriegKriegKrieg* …

(Es ist anzunehmen, dass Michél jetzt schläft.)

KAPITEL 4

Jürgen Mertens verschwand an einem Tag, der so heiß war, dass der Teer an Jessies nackten Füßen klebte. Als er aus dem Haus trat, trug er einen kleinen Koffer, den Gurt der Kamera hatte er um das Handgelenk geschlungen, seine Fingernägel waren gelb vom Nikotin, was Jessie jetzt gerade zum ersten Mal auffiel, das Hemd hing ihm aus der Hose. Sein blonder Schnauzer und die Koteletten waren so bleich, als würde Staub auf ihnen liegen.

Ihre geballte Faust war genau auf einer Höhe mit der Kamera. Minolta. Das O ein unregelmäßig durchbrochener Kreis. Ein Mond, durch den Wolken zogen. Langsam hob Jürgen die Kamera, und erst als der Apparat seine Augen verdeckte, konnte sie zu ihm aufschauen. Sie schaute in die Linse. Er löste aus. Dann gab er ihr die Kamera. Jessie zitterte nicht, sie fokussierte sein Gesicht, der Wimpernschlag der Kamera so satt, dass man wirklich glauben könnte, man hätte etwas bewahrt.

»Ich habe es wirklich versucht«, sagte Jürgen.

Jessie schwieg. Sie schaute ihn durch den Auslöser an, es war leichter, sich die Szene in einzelnen Fotografien vorzustellen.

»Ich ruf dich an«, sagte Jürgen.

Er strich ihr über den Kopf und trug den Koffer durch

den sargschmalen Gang auf die Straße. Er ging langsam, aber Jessie kam mit dem Fokussieren nicht hinterher, seine Gestalt verschwamm, bevor er überhaupt die Straße erreichte. »When you have to shoot, shoot. Don't talk«, flüsterte sie. Jürgen Mertens rief sie nicht an.

Der Teufel betrat den Innenhof. Er war nicht durch den Gang gekommen, der Teufel hatte keine Wege, er setzte einen Fuß aus dem Nichts auf die sonnenwarmen Platten und war da. Im Haus nebenan hörte jemand *Modern Talking*. Es roch nach Kuchen. Jessie stand kerzengerade, die Fäuste geballt, den Gurt der Kamera um das Handgelenk geschlungen, das Gewicht der Minolta ein Anker.

Das Gesicht des Teufels dicht vor ihrem, seine Zähne schneeweiß, sein roter Lippenstift glänzte feucht. Sie erkannte ihn wieder, ohne sich zu erinnern. Sie erkannte auch, dass ihre Einsamkeit nichts war, gemessen an seiner, aber das war kein Trost. Es war, als würden sie und der Teufel im All trudeln, bei tödlichen Minusgraden, ohne Sauerstoff, umgeben von ewigem Gestein und Geröll, ohne Herzschlag, aber unsterblich.

Auch zwei Stunden später hatte sie sich noch nicht bewegt. Die Steine im Hof kühlten ab, langgliedrige Schatten wuchsen über die Platten auf Jessies Füße zu. Eine Dämmerung, lasch, in der Farbe von Altpapier, legte sich über den Hof. Zwischen die Gartenbänkchen und Abfalltonnen, zwischen die Rosenranken und über eine verendete Maus, die aufgedunsen in einem vergessenen Eimer mit Putzwasser schwamm. Der Körper der Maus füllte den Durchmesser des Eimers, ein aufgeschwemmtes Bündel von zersetztem Fleisch und Fell. Ein weiterer Wimpernschlag, und es wurde Nacht.

Der Teufel riss ein Streichholz an, und die Straßenlaternen erloschen. Er zündete zwei Zigaretten an, und die Glut zog das Licht aus den Fenstern. Jede Deckenlampe, jede

Tischlampe, jede Laterne und Röhre erlosch. Die Nacht war schwarz wie am ersten Tag.

Freya kam um elf Uhr in der Nacht nach Hause, Jessie rauchte ihre erste Zigarette, und Freya schaffte es nicht, die Füße ihrer Tochter von den Steinen zu lösen.

Jessie kletterte aus dem Bett, ging langsam durch das Wohnzimmer und stieg breitbeinig und schwankend die Treppe zum Schlafzimmer ihrer Eltern hinauf, das plötzlich nur noch das Schlafzimmer ihrer Mutter war. Die Dachschräge war so steil, dass das Bett in der Mitte des Raumes stand, der Kleiderschrank verschloss mit seinem Rücken die Bodenluke. Daneben die alte Staffelei von Jessies Urgroßvater Michél, darauf ein unbeendetes Bild, die Pinselstriche zittrig und trunken, die Farben nachgedunkelt, die Leinwand staubig, es war kaum etwas zu erkennen. Jessie stand vor dem Kleiderschrank, ihre Hände fühlten sich taub an, als wären sie eingeschlafen, ihr ganzer Körper fühlte sich taub an.

Die Luft roch abgestanden, nicht nach Schlaf, eher nach einem Raum, in dem kein Leben mehr war. Eine Luft, in der Untote erwachen konnten. Eine Luft wie Haarausfall.

Jessie öffnete den Kleiderschrank, ihr Vater hatte drei seiner Anzüge zurückgelassen, einen braunen, einen dunkelblauen und einen grauen. Sie drückte die Nase in den Stoff, aber das alte Holz des Kleiderschrankes roch so intensiv, dass es den Geruch ihres Vaters überdeckte. Jessie nahm den braunen Anzug aus dem Schrank und stieg in die Hose. Sie war viel kleiner als Jürgen und sehr dünn, sie zog den Gürtel aus ihrer Jeans und zurrte die Hose fest, so gut es ging, dann noch die Hosenträger ihres Vaters, *Wie soll ich einem Mann trauen, der einen Gürtel und außerdem Hosenträger trägt. Einem Mann, der noch nicht einmal seinen eigenen Hosen vertraut,* die Hosenbeine krempelte sie mehrmals um. Sie stopfte das Hemd in die Hose, erst dann drehte sie sich um.

Manchmal braucht man eine Uniform, um sich ein Bett anzusehen, dessen eine Hälfte zerwühlt war, dessen andere Hälfte so glatt, kantig und eben, dass sie aus Stein hätte sein können. Jessie meinte, eine dünne Staubschicht auf der Bettdecke ihres Vaters zu sehen. Die quadratisch gefaltete Decke, mit einem scharf umrissenen Staubblock darauf, an dem man später die Jahresringe würde ablesen können.

Jessie hob Jürgens Kamera und schaute durch die Linse. Im Rahmen des Suchers war das Bett erträglich. Es konnte irgendein Bett sein, es konnte in irgendeinem Haus stehen. Jessie drückte auf den Auslöser, und für den Bruchteil einer Sekunde wurde das Bild schwarz.

Jessie verklebte Fenster, Schlüsselloch und Türspalten, dann wickelte sie den Film auf die Spule. Sie dachte nicht an ihren Vater, sie dachte an Bjarnes Vater, wie er den Schmetterlingen eine Nadel durch den Leib stach, ihre Flügel ausbreitete, sie mit Fixierlösung besprühte und hinter Glas setzte. Wie er dann dort saß, mit einem Glas Wein in der Hand, und sich an der Schönheit der Falter berauschte. Dass er nur etwas anschauen konnte, das ganz stillhielt.

Sie machte sich an die Arbeit, ihre Hände kannten die einzelnen Tätigkeiten, setzten sie automatisch zusammen, als hätte jemand die Pausen zwischen den Tracks auf einer Platte gelöscht: In einen Entwicklungstank passen drei Spulen, sollte ein baldiges Nadeln nicht möglich sein, die im Tötungsglas befindlichen Falter mit Watte bedecken. Dann wählst du die Bilder aus, die du belichten willst, der Falter wird dazu genadelt für vierundzwanzig Stunden in eine Aufweichdose gelegt, hierfür eignet sich eine handelsübliche Käseglocke. Du darfst nie mit den Fingern in den Entwickler fassen, Jessie. Die Entwicklung kann mit einem Bad in Essigsäure unterbrochen werden, bei der Anwendung von Zyankali tritt eine Totenstarre ein. Bei einem richtig präparierten Falter müssen Längsachse des Körpers und Innenrand des Vorderflügels im rechten Winkel stehen. Das Fixierbad dient dafür, das entwickelte Bild lichtbeständig zu machen, notfalls kann der Hinterleib mit etwas Watte gehoben werden. Man kann die gewässerten Abzüge auch mit Papierklammern auf einer Leine befestigen, Falter werden dazu von unten an die Brust gefasst, die Nadelspitze von oben senkrecht durch den Thorax stechen, Jessie, du darfst nie direkt auf die Abzüge fassen.

Die Bilder trudelten in der Duschwanne. Die sonnigen Aufnahmen mit harten Schatten in den Faltenwürfen kontrastierten die zerwühlte Bettdecke ihrer Mutter gegen die unberührte Hälfte des Vaters. Manchmal warf eine vorbeiziehende Wolke einen Schatten auf die Decke von Freya, während die Seite von Jürgen in der Morgensonne weiß leuchtete. Auf einem Bild hatte ihre Mutter beide Betten zerwühlt.

Jessie stand über den Entwickler gebeugt und sah zu, wie die Faltenwürfe langsam auf dem weißen Papier entstanden. Es sah aus, als ob noch jemand darin schliefe. Als ob die Bettdecke eine Gussform des Körpers wäre.

Die Zähne freigelegt, vertrocknete Tierchen in den Mundhöhlen, Körper wie gebrannter Lehm. Vor wenigen Monaten hatte Jessie zwischen ihren Eltern vor den Schaukästen in Schleswig gestanden und sich die Moorleichen angesehen; es war falsch, dass man die Grimasse des Entsetzens hunderte Jahre später noch sehen konnte, ein peinigender Augenblick, jetzt ledrig und gezähmt. Entsetzen durfte niemals so mild wirken.

Ihr Vater hatte die Klauen bestaunt, zu denen die Finger verformt waren, ihre Mutter hatte gesagt: Jürgen. Einfach nur seinen Namen. Es hatte tonlos geklungen, weder gereizt noch neckend noch liebevoll. Ihre Stimme war vollkommen leer. Es hatte sich angehört, als wäre der Name eine Decke, die man über etwas Lebloses wirft. Jessie hatte gedacht, ihre Mutter sei müde, jetzt verstand sie.

Sie verstand es zu spät. Andere Dinge wiederum lernte sie sehr schnell: Nur wenige Wochen, nachdem Jessie einen Rest Rotwein aus dem Glas ihrer Mutter probiert hatte, trank sie mit dem Ingrimm eines alten Trinkers.

Nach der Schule ging sie zu Aldi, stopfte sich eine Flasche Wein in den Hosenbund und legte eine Tüte Chips oder eine Dose Erdnüsse auf das Warenband. Dann lief sie nach Hause, verschloss die Tür zum Badezimmer, knipste das

Dunkelkammer-Rotlicht an und betrank sich, bis sie sich übergeben musste. Die verkaterten Vormittage, die trunkenen Nachmittage, der Nervenkitzel, den das Klauen auslöste. Jessie war nicht einsam, ihr war übel. Sie war nicht wütend, sondern betrunken, sie hatte kein gebrochenes Herz, sondern Kopfschmerzen. Sie saß halbe Tage und Nächte auf dem Kachelboden, die Füße unter dem Waschbecken, und rang die Flasche nieder.

Wasserdampf und das Rauschen der Klospülung, die Stirn an den Kacheln, steh auf, wenn du ein Cowgirl bist. Clint Eastwood erledigte ein ganzes Dorf, Tumbleweed wehte durch die winzige Wüste des Bades. Jessie trug einen Anzug ihres Vaters, sie hatte ihn zur Änderungsschneiderei gebracht, trotzdem brauchte sie noch Gürtel und Hosenträger. Sie klaute die Zigaretten ihrer Mutter und drückte sie auf den Fliesen aus. Selbst bei der ersten Zigarette hatte sie nicht gehustet. Es war eher so gewesen, als atme sie etwas ein, was ihr gefehlt hatte. Der Rauch biss in ihre Lungen wie Kälte auf der Haut. Ein Gefühl wie das Geräusch von Spikes auf Asphalt, es war wie über gefrorene Grashalme zu streichen, es war Zärtlichkeit von innen, mit dem leichten Schmerz, der sie begleitet.

Jessie saß auf den Kacheln, ihr Atem synchron zu den Zügen. Sie konzentrierte sich darauf, nur einzuatmen, wenn sie gleichzeitig einen Zug an der Zigarette nahm, sie schaffte es nie länger als fünf Züge, aber dann kam ein süßer Schwindel, zusammen mit dem Gefühl, etwas geleistet zu haben, Atmen war ja sonst keine Arbeit. Dabei war das schon viel. Atmen, Herz schlagen lassen, essen, pinkeln, schlafen, Zähne putzen, duschen, kämmen, man musste so unglaublich viel leisten, damit die Zeit nicht ohne einen verging.

Freya klopfte an die Tür und rief Jessies Namen, Jessie löschte das Rotlicht, trank schneller und schwieg verbissener. Die Glut der Zigarette das einzige Licht in der absoluten Finsternis des Badezimmers. Freya setzte sich in den Flur, den Aschenbecher neben sich, den Rücken gegen die Tür gelehnt. Jessie hörte, wenn ihre Mutter eine Zigarette anzündete, manchmal flüsterte Freya etwas, Jessie lauschte auf das Rauschen in ihren Ohren, das mit jedem Schluck stärker wurde. Meist schwiegen sie beide. Rücken an Rücken.

Jessie konnte ihre Mutter verwünschen, verfluchen, verdammen, ohne einen Ton zu sagen. Ihr Schweigen war Harz, in dem ihre Mutter langsam erstarrte, ein Tierchen, das Jessie ohne Mitleid aus allen Perspektiven betrachtete. Die Fühler gekrümmt, die Beine geknickt, den Mund aber noch immer sinnlich aufgeworfen, das Rot des Lippenstiftes ihrer Mutter auf dem Mund des Arztes.

Teeren, federn und vor die Stadttore treiben, in die eiserne Jungfrau sperren, das verräterische Fleisch durchbohren.

In der Dunkelheit betastete sie das Foto, auf dem Freya einen Fremden küsste, sie hatte es sich nicht angesehen, nur in absoluter Finsternis holte sie es aus ihrer Hosentasche und hielt es sich dicht vor die Augen.

Freya rüttelte an der Klinke, sie rief etwas, Jessie musste sich übergeben. Sie krümmte sich über die Toilettenschüssel und schrie nach den Ratten. Keramik, verätzt von Magensäure, das Grollen der Kanalisation. Ihre Mundwinkel wurden rissig, ihre Lippen spröde, Schimmel wucherte über die Kartons mit Fotopapier unter dem Waschbecken. Jessie verdünnte ihr Blut und legte ihre Knochen in Weißwein ein. Über Kopfhörer hörte sie die Morricone-Kassetten ihres Vaters, ihr Herz schlug im Rhythmus schwerer Stiefel, zwischen ihren Zähnen knirschte Sand:

Jessie Mertens wurde zu Jessie James.

Freya stand in der Kleinen Gröpelgrube vor dem Gang zum Hinterhof. Die verwaschenen Fassaden der Vorderhäuser, der Gang in die Mauern geschnitten wie etwas, das dort nicht hingehörte, als wäre ein Loch in einer Bauchhöhle. Die natürliche Abneigung, in Innereien hineinzugreifen. Die natürliche Abneigung, die Eingeweide der Stadt zu betreten. Der unnatürliche Widerstand, dem Kind zu begegnen. Gegenüber ihren Kollegen sprach sie von Jessie immer noch als *Kind*. Sie sagte nicht: Meine Tochter. Sie sagte nicht: Jessie. Sie sagte: Mein Kind. Manchmal sogar: Das Kind. Ein Kind, das zu jedem gehören konnte. Zum Ausgleich hatte sie den Pausenraum der Schwestern mit Fotos von Jessie vollgehängt. Die Mütterlichkeit der Kolleginnen vereinnahmte jedes Kind, dessen Polaroid über der Kaffeemaschine hing. Den Rest setzte man voraus: Dien Deern is aber schön geworden, na, da bist du stolz wa, is ja auch ein ganz wonnigen Ding. Nichts davon stimmte, zu allem nickte sie. Und dann sagten die Schwestern dasselbe zu einer anderen Kollegin, und die nickte auch, und es gab keinen Unterschied.

Zuweilen sickerte dieser Stimmenchor so tief in Freyas Bewusstsein, dass sie sich ihm fast anheimgeben konnte, vielleicht war sie ganz normal, vielleicht fühlte jede Mutter wie sie. Liebe, das schon. Aber Fremdheit trotzdem. Eine andauernde Unselbstverständlichkeit. Ein Ringen. Ein Misstrauen. Nicht gegen das Kind, gegen sich selbst. Die ständige Überprüfung der Mutterqualitäten, die fast schon paranoide Bescheinigung der Unzulänglichkeiten. Eine gute Mutter rauchte nicht, war nicht ganze Nächte im Krankenhaus und wischte anderen Kindern die Stirn ab, trank keinen Whisky, berauschte sich nicht an den Blicken der männlichen Kollegen, trug keinen Lippenstift, ging nicht so hüftlastig, nicht so schwingend und wogend; eine gute Mutter brachte ausgewogene Drei-Komponenten-Mahlzeiten auf den Tisch und hatte Spaß an Brettspielen, die ausschließlich auf Glück und Zufall basierten. Sie bewachte die Zahnputzuhr, bügelte Dinge und schnitt Äpfel in kleine Stücke. Sie suchte sich ein Haus, in dem es Platz für ein anständiges Kinderzimmer gab, ein Haus, das nicht vom Atem der Geister zerfressen war, in dem Schatten auf Dingen lagen wie Staub. Eine gute Mutter bemerkte, wenn das Kind kein Kind mehr war.

Jetzt da reingehen, dachte Freya und starrte in den dunklen Gang zum Hinterhof. Was ist mit dir los, geh da jetzt rein. Dein Kind macht sich kaputt, und du bist dir zu schade? Mak to, Minsch.

Ihr Körper verweigerte sich ihr eigentlich nie, er kam mit wenig Schlaf aus, war auch sonst unkompliziert, zumindest, wenn er ausreichend zu essen bekam. Außer schmerzenden Füßen und Knien kannte sie keine Leiden. Freya konnte fliehen, ohne zu rennen. So fühlte sie sich in letzter Zeit, hasenartig. Sie hatte doch sonst nie Angst gehabt. Und heute schaffte sie es noch nicht einmal mehr, den Fuß in diesen Gang zu setzen. Die Luft da drin warm und feucht und alt wie die Mauern. Als würde sie den ausgestoßenen Atem ihrer eigenen Mutter einatmen, wie hatte sie den Gang jemals durchschreiten können, ohne zu ersticken.

Der irrlichternde Schatten ihres Vaters, der jede Kontur verloren hatte und als Staubschicht auf Lucies Bildern klebte, sich Jessie um den Kopf wand wie eine Krone. Jessies Blick, als hätte sie in die Abgründe der Hölle geschaut und würde verfluchen, dass sie hatte überleben müssen. Wie konnte eine Vierzehnjährige so empfinden? Freya kannte die Antwort, ohne sie zu verstehen. Sie sah diesen Blick nicht zum ersten Mal. Es war Freyas Vater, der sie aus Jessies Augen anschaute. Jessie hatte Lucies blaue Augen und Christophs zerstörten Blick.

Freya fühlte sich so schuldig, dass es ihr fast unmöglich wurde, das Haus überhaupt noch zu betreten. Jeden Abend öffnete sie die Haustür und blickte direkt auf die geschlossene Badezimmertür, aus der Jessies Schweigen drang wie Gift. Niemandem half es, dass sie auf den Dielen hockte, an die Badezimmertür gelehnt, Rücken an Rücken mit ihrer Tochter und sonst keine Verbindung. Sie hatte hier nichts zu schaffen, es gab nichts auszurichten, es war einfach so: Sie kam jeden Tag von der Arbeit und setzte sich mit schmerzenden Knien vor die Tür des Badezimmers, in dem sich ihre Tochter eingeschlossen hatte. Den Schlüssel zum Bad hatte sie versteckt, den Alkohol auch. Trotzdem: das Kind, wie ein Fuchs in seinem Bau.

Freya wusste, das Haus war verflucht, es konnte nicht anders als ausschließlich Rabenmütter hervorbringen. Freya hatte ihre Mutter immer mit Namen angesprochen: Lucie. Als wäre sie, Freya, ganz zufällig bei ihr gelandet, als gäbe es keine nennenswerte Verbindung zwischen ihnen. Ganze Tage, in denen Lucie nicht mit ihr sprach, nicht aus Wut oder Gram, sie nahm sie einfach nicht wahr, dann wieder jähe Ausbrüche von Fürsorge und Zärtlichkeit. Das Kind umarmen, bis es seinen eigenen Körper nicht mehr erkennt. Und dann war sie weg. Wer aus der Trave kam, musste irgendwann in die Trave zurück.

Freya hatte alles dafür getan, sich entbehrlich zu machen, hatte versucht, Jessie auf das Unvermeidliche vorzubereiten: den Verlust. Niemals war ihr der Gedanke gekommen, dass es Jürgen sein könnte, der verloren ging.

Ein junger Mann blieb neben Freya stehen, ob er ihr helfen könne?

Freya schaute ihn an, David-Bowie-Haarschnitt, einzelner Ohrring, Kajal. Die Kleinstadtvariante des Glam.

»Danke, nein«, sagte sie.

»Wo wollen Sie denn hin?«

Er hielt sie für eine Touristin, die sich verlaufen hatte. Freya lächelte. Sie schloss kurz die Augen, dann sah sie ihn an. »Ich wollte zum Holstentor. Sollte das nicht hier irgendwo sein?« Sie gab sich alle Mühe, verloren zu wirken.

»Nee, junge Frau. Da sind Se hier ja ganz falsch. Das *Burgtor* is hier ums Eck, das Holstentor, da geh'n Se hier wieder rauf, dann links inne Burgstraße, Heiligen-Geist-Hospital, bei der Katharinenkirche könn' Se rauf zur Fuzze, die dann links längs, da kommt dann Karstadt und Niederegger, rechts dann das Rathaus, da vielleicht mal kurz –«

Er beschrieb den Weg so detailliert, als wollte er die Stadt aus dem Staub heben. Freya hörte mit unerwartetem Genuss, wie ihr der Fremde die bekannten Wege beschrieb, als wäre sie die Fremde. »Wissen Se was, ich muss eh in die Richtung, 'n Stück kann ich Sie bringen.«

Es war, als hätte er sie an der Hand genommen und von dem Haus gepflückt, an dessen Fassade sie verzweifelte. Als sie neben ihm die Straße wieder hinaufging, atmete sie freier, der Druck im Hals war verschwunden.

Wie lange sie in der Stadt sei, ach nur ein paar Tage, wo sie herkomme, ähm, aus, ja, aus München. Da klinge sie aber nicht nach, eher total nach Fischkopp, nein, sie sei auch im Norden geboren, ach so ein Dorf, das werden Sie kaum kennen. »Na, ich kenne so einiges, junge Frau«, sagte er und lachte albern, es war nicht klar, ob er es anzüglich meinte. »Ich bin übrigens Michael.«

»Hm«, sagte Freya, als wäre sein Name etwas, wozu man sich verhalten müsse. Er trug Röhrenjeans und ein enges T-Shirt, er roch ein wenig muffig, er war nicht der Typ, der Touristen über die Straße half, entweder wollte er Sex oder Geld, vielleicht auch beides. Er ging auf eine seltsam zittrige, eckige Art, bei der man nicht wusste, ob sie seiner Vorstellung von Androgynität entsprach, oder ob er einfach zu viele Drogen nahm, wahrscheinlich beides. An der Königstraße bog er links ab, »in der Fuzze is eh alles bombardiert, alles hässlich, da gibt's nich viel zu sehen«. Sie gingen an der Katharinenkirche vorbei, er deutete links auf das Katharineum, »das'n altes Kloster, voll berühmte Leute drauf, Thomas Mann und so«, er lachte geckernd, obwohl er nichts Komisches gesagt hatte. Freya fiel auf, dass er fast nach jedem Satz lachte, er war unsicher, er wollte ihr gefallen.

Sie war Mitte vierzig, ihn schätzte sie auf zwanzig. Es passierte ihr oft, dass junge Männer sie begehrten, sie hatte so etwas, vielleicht etwas Mondänes, Alter war da egal.

»Ich war da auch drauf, aber jetzt mach ich Mucke«, schob er nach, und Freya wusste sofort, dass beides nicht stimmte.

Sie standen vor dem Katharineum, Freya deutete auf die Kirche. »Ich hab gelesen«, sagte sie, »dass die Toten früher da drin bestattet wurden, also in den Kirchen, und die Armen davor. Und dass es irgendwann zu wenig Gräber gab und dann sechs Särge übereinandergestapelt wurden. Dann kam das Kopfsteinpflaster wieder drauf, und die Marktfrauen zogen ihre Stände über die Leiber. Oben faulten die Fische und unten die Menschen. Ich frag mich, ob da jetzt unter dem Schulhof noch die Knochen liegen.« Der Typ schaute sie an: »Und so was steht im Reiseführer?«

»Hm«, sagte Freya vage. »Zum Bleistift.«

Sie biss sich auf die Lippen. Sie hasste es immer, wenn Jürgen seine *lustigen* Wendungen benutzte. Schittebön. Schankedön. Schnutenpitzel, Stück mal'n Rück, Saugstauber, Herzlichen Glühstrumpf. Er hatte ihr die Verballhornungen überlassen und war gegangen. Er hatte ihr eine Stadt voller Knochen überlassen und war gegangen. Jürgen hatte sich am Anfang ihrer Ehe intensiv mit dem Bestattungswesen in Lübeck auseinandergesetzt, die Faszination des Zugezogenen mit dem Selbstverständlichen, das, Freyas Ansicht nach, geradezu groteske Züge annehmen konnte. Er hatte alle ehemaligen Bestattungsorte auf dem Stadtplan markiert. Während der Pestwellen hatte man die Leute vor allen vier Stadttoren verscharrt, die Stadt wurde von Gebeinen bewacht.

Freya stand vor dem Katharineum und betrachtete die Schule ihrer Tochter. »Ich habe meine Familie verlassen«, sagte sie und schaute Michael dabei ins Gesicht. »Ich habe noch nicht mal einen Brief geschrieben. Ich habe einfach meine Sachen gepackt und bin gegangen, mein Mann langweilt mich, meine Tochter ist vierzehn, sie ist mir fremd.« Sie sah den Schatten, der über sein Gesicht zog, den Schatten, den eine Rabenmutter selbst über das Gesicht eines Junkies warf, dann fing er sich und lachte wieder: »Du bist ja eine ganz Wilde.«

Plötzlich ekelte sie sich vor ihm. Vor seinem Lachen, das allem zugestimmt hätte, um sie ins Bett zu kriegen, oder um an Geld zu kommen. Aber dann sah sie, wie er sich streckte, wie Selbstbewusstsein seine Glieder aufrichtete. Er schob sogar seine Ärmel hoch, die Hitze, es war ihm egal, dass Freya die Narben in der Armbeuge sehen konnte, er musste sie nicht mehr verstecken.

Sie verstand, dass sie sich geirrt hatte, dass sein Lachen Ausdruck einer Erleichterung war. Ihr Versagen war so schlimm, dass es seines ausradierte. Eine Frau, die ihre Familie im Stich ließ, stand in der Hierarchie weit unter einem Junkie, dessen größte Errungenschaft ein paar geklaute Schallplatten waren. Zumindest in seinen Augen.

Sie fragte sich, ob es schlimmer war, ein Versagen mit zwanzig festzustellen, oder erst mit Mitte vierzig. Theoretisch konnte man mit zwanzig neu anfangen, leichter als mit vierzig. Faktisch zeichnete Heroin einen fürs Leben. Mutterschaft aber auch. Es fiel ihr immer schwerer, einen Unterschied zu erkennen.

»Ich glaub dir nicht«, sagte der Typ plötzlich. »Du bist verlassen worden, so etwas sieht man.«

Er wirkte plötzlich stark, wie neu zusammengesetzt, seine Haltung hatte alle Schluffigkeit verloren, stattdessen sanken Freya die Schultern nach vorn. Einer musste den Job machen, das erlebte Freya nicht zum ersten Mal. Es war genauso gewesen bei Jürgen und ihr. Das Verlassen stand im Raum. Es war nur überraschend, wer dann gegangen war.

Natürlich hatte sie Jürgen nicht dazu bringen können, ihr zu verzeihen. Mit welchen Mitteln konnte sie schon um einen Mann kämpfen, von dem sie nur wollte, dass er blieb, damit sie selber gehen konnte.

»Und du kommst auch nicht aus München, ich hab dich schon mal gesehen. Krieg ich nirgendwo hingepackt, oder doch, Krankenhaus oder so. Logen! Du bist von hier, du bleibst hier, du stirbst hier.«

Der Schulhof war leer, es war früher Abend, nur der Teufel trieb sich in den Gängen herum, auf den Giebeln. Den letzten Satz hatte der Teufel gesprochen. Du bist von hier, du bleibst hier, du stirbst hier. In der nasalen Stimme Michaels, der sich erschrak über die kalte Wut, die ihn plötzlich packte. Er hatte das nicht sagen wollen, er wusste, während er es aussprach, gar nicht, dass er es dachte, und plötzlich erschien es ihm wie das Wichtigste und Richtigste, das er jemals gesagt hatte.

Es war 819, und der Teufel öffnete die Augen.
Es war 1093, und Heinrich schlug Cruto den Kopf ab, heiratete dessen Frau Slawina und bezog die Burg: Liubice – die Liebliche.
Es war 1127, und die Slawenfürstin Slawina erstach Heinrich mit einer Haarnadel aus Walrosszahn.
Es war 1350, und die Pest wütete in der Stadt. Wer konnte, warf Geldbeutel über die Klostermauern, Gott mochte Geld.
Es war 1832, das Kopfsteinpflaster wölbte sich unter den Verwesungsgasen der Toten; der Bauch der Stadt, mit Gewürm und Gewimmel zum Bersten gespannt, erleichterte sich und gab die Cholera frei.
Es war 1948, Freya hockte unter dem Tisch, und Lucie schrie.
Es war 1988, und Freya kaufte sich ein Flugticket, eine Woche später ging Jürgen, und das Haus schloss sich um ihren Leib.
Es war 1988, und der Teufel legte seine Stirn an die Stirn von Michael.

»Mit dir ist doch nichts, bei dir geht doch nichts, du bist doch nichts«, sagte der und war hingerissen von dem kalten Strom, der ihn durchfuhr. Diese Frauen, mit Schuhen und Lippen und dem ganzen Kram, standen in der Welt und dachten, alles fiele ihnen zu. Türmten sich die Haare auf dem Kopf zusammen wie eine schwarze Krone und erwarteten, dass man sie auf Händen trug. Als wäre es eine Errungenschaft, hübsch zu sein. Nun ja, diese hier war sogar schön. Selbst der leichte Flaum auf der Oberlippe störte da nicht. Es machte sie eher noch schöner, weil ihr das egal war.

Diese Wimpern. Wie Hängematten. Er wollte ihr die Wimpern ausreißen, einzeln, ihr ein Messer durch das Gesicht ziehen, denn da war nichts drunter, das sah er ganz klar, sie war wie eine schöne Vase, in die er jetzt was reinstecken wollte. Und dann auf dem Kopfsteinpflaster zertrümmern, auf diesem Schulhof, unter dem Leichen lagen, wie sie meinte, war die irre?

»Frauen wie dich braucht keiner«, sagte er. »Du bist das Letzte, da kannst du so gut riechen, wie du willst. Denkst, du bist wer, ich hab doch deine Blicke gesehen. Alles von oben runter. Als wär das ganz klar. Was willst du? 'nen Fick mit 'nem Junkie? Kleines Spießerabenteuer?« Er ereiferte sich so sehr, dass er spuckte beim Sprechen, kleine ätzende Speichelkanonen trafen Freya ins Gesicht. Freya rührte sich nicht. Sie blieb einfach stehen, hob ihm sogar ihr Gesicht entgegen, als sei es Taufwasser, das sie empfing, und nicht zäher saurer Speichel. Sie hörte zu, als erzählte man ihr eine Geschichte.

»Mit dir ist doch nichts, bei dir geht doch nichts, du bist doch nichts«, wiederholte er. Es war wie ein Lied. »Du stehst so da, mit deinen hohen Schuh'n, mit Lippenstift und diesem alten Glam, als wär alles in Butter, aber, Baby, du bist so leer wie ein lecker Kutter.«

Der Teufel ging, und die Szene brach zusammen. Freya ließ ihren Kopf sinken und Michael die Arme, die er in seiner Tirade erhoben hatte, als wäre er der Erzengel persönlich. Slawina verbrannte im Schoß der Burg, ihr Liebhaber, vor den Toren der brennenden Stadt, warf sich in sein Schwert. Der Teufel spiegelte sich in der Blutlache, und ein paar Rehe steckten die Köpfe zusammen. Michael nickte Freya zu und streckte die Hand aus, sie gab ihm fünf Mark, und er ging.

Freya kletterte über das kleine Mäuerchen und ging über den Schulhof. Sie setzte sich auf eine Bank bei den Beeten und riss einer Margerite ein paar Blätter aus. Nicht beiläufig, ganz bewusst.

Neben ihr saß die tote Slawenfürstin, das üppige Haar mit einer Walrossnadel gehalten, schwere Reife mit Löwenköpfen an Hals und Handgelenken, und nagte an einem gebratenen Huhn. Freya war stattlich. Slawina war stattlicher. Das

Huhn wirkte winzig in ihren mächtigen Händen, ihre Augen waren durch den Tod noch durchdringender geworden, das schwarze Haar würde gelöst bis auf den Boden reichen.

Von mir ist nichts als Asche geblieben, sagte Slawina, du jedoch solltest unter die Erde. Du hast die Liebe verloren.

Verlieren tut man eine Socke, sagte Freya, oder ein Haarband. Nicht die Liebe. Die Liebe muss man schon zerstören. Das allerdings ist relativ leicht. Erschreckend leicht.

Man kann seinen Mann töten, verlieren aber sollte man ihn nicht, sagte Slawina.

Das kann auch nur eine tote Fürstin sagen, sagte Freya.

Freya dachte an den Abend, an dem sie sich in Jürgen verliebt hatte. Sie hatte allein in einem harten Bett in einem recht kargen Hotelzimmer gelegen und sich verliebt.

Einen ganzen Abend hatte sie mit ihm verbracht, ohne dass er sie groß beeindruckt hätte, aber zehn Minuten, nachdem sie sich vor der Tür verabschiedet hatten, verliebte sie sich plötzlich.

Das soll mal einer verstehen, sagte Slawina. Das ist ja völlig willkürlich.

Freya und Jürgen hatten sich am selben Tag auf einem Kongress kennengelernt. Sie hatte damals auf der Krebsstation gearbeitet, es ging um den Umgang mit Eltern, die ihre Kinder verloren hatten. Im Krankenhaus und im Bestattungswesen. Den halben Tag sprach man darüber, dass es noch nicht einmal ein Wort für verwaiste Eltern gab.

Am Abend hatten sie ein paar Gläser Whisky zusammen getrunken, sie fand Jürgen weder besonders attraktiv noch besonders interessant, sie fand ihn angenehm. Jemand, in dessen Gegenwart man sich entspannen konnte. Jemand, dem man jede Eskapade anvertrauen konnte. Das hatte sie dann auch getan. Hatte ihm ihre Männergeschichten erzählt, so amüsant wie möglich, und Jürgen hatte gelacht, aber man sah ihm an, dass er ihre Traurigkeit spürte, dass er sich nicht täuschen ließ und an ihrer Verzweiflung rein gar nichts armselig fand.

Er hatte ihre Hand genommen und gesagt: »Du verdienst etwas Besseres.« Und aus seinem Mund klang das nicht banal, es klang wie eine tiefe Wahrheit. Wie etwas, das endlich einmal gesagt werden musste. Wahrscheinlich klang es so ehrlich, weil Jürgen mit »etwas Besseres« nicht sich selber meinte. Er hatte kein Interesse daran, sich ins rechte Licht zu rücken, er hatte eine Freundin, er war glücklich mit ihr.

Als sie auf die Zimmer gingen, bemerkten sie, dass sie genau nebeneinander untergebracht waren. Ein peinliches Schweigen entstand, die Nähe der Zimmer plus bedeutende Angetrunkenheit plus gegenseitige Sympathie evozierte sofort naheliegende Klischees, und plötzlich fragte sie sich, was Jürgen wohl über sie dachte, so auf anderer Ebene, über ihren Hintern zum Beispiel. Der groß und prächtig war, auf dem sie aber den ganzen Abend gesessen hatte, der ihm also vielleicht gar nicht aufgefallen war.

Wahrscheinlich fragte sie sich das aber auch nur, weil Jürgen ihr gerade einen Panoramablick auf *seinen* Hintern gewährte. Er hatte seinen Schlüssel fallen lassen und bückte sich mit krummen Knien und krummem Rücken, Freya kam mit durchgedrückten Knien spielend auf den Boden.

Jürgen fischte den Schlüssel vom Boden, richtete sich mit rotem Kopf wieder auf und nestelte furchtbar unbeholfen an diesem Schloss herum, als hielte er einen gigantischen Schlüsselbund in der Hand statt des einen Schlüssels mit dem überdimensionalen Anhänger daran. Im Bett lauschte sie dem Geräusch der Dusche nebenan, stellte sich vor, wie er sich auch Schnauzbart und Koteletten einschäumte, und verliebte sich. Ganz nebenbei, auf eine Art, die sich anfühlte, als wäre sie schon immer in ihn verliebt gewesen, hätte aber das Objekt der Liebe erst jetzt getroffen.

Freya war nicht klar, dachte die Fürstin, die noch nie in ihrem Leben verliebt gewesen war, aber durch den Tod einiges an Einsichten dazugewonnen hatte, dass Freya sich niemals in Jürgen verliebt hätte, hätte er nicht seinen Schlüssel fallen lassen und hätten sie nicht nebeneinanderliegende Zimmer gehabt. So was war einem nicht klar, wenn man verliebt war, man bildete sich dann alles Mögliche ein. Slawina seufzte. Sie erinnerte nicht mehr genau, wie oft sie verheiratet gewesen war. Es war ja nie um Liebe gegangen, immer nur um Politik. Jeder hatte seine eigenen Sorgen.

Freya wunderte sich nicht, als Jürgen sie eine Woche später anrief, sie schenkte seiner seltsamen Widerspenstigkeit bei den ersten Verabredungen nicht viel Aufmerksamkeit (er rief sie immer wieder an, machte aber, wenn sie dann vor einem Stück Kuchen oder einem Glas Whisky saßen, den Eindruck, als wolle er sie so schnell wie möglich hinter sich bringen), für sie war alles schon klar. Sie wusste, dass es nicht gutgehen würde, aber das, so nahm sie an, war eben ihr Schicksal. Mit diesem Mann würde es am längsten gutgehen, dessen war sie sich sicher.

Das ist ja totaler Humbug, sagte Slawina. Mit keinem Mann geht es jemals gut. Soll ich dir sagen, was ich denke? Du hattest das Streunen satt und hast dir einen verlässlichen Mann geangelt. Und dann hast du ihn vergrault. Jetzt bist du allein, und ich bin tot. Mehr kann man nicht erwarten vom Leben.

Freya und Slawina saßen nebeneinander im Abendrot, ein leichter Regen legte Perlen auf ihre schwarzen Haare, es duftete nach feuchter Erde und gebratenem Huhn. Freya zündete sich eine Zigarette an und zog sich die Nacht vom Himmel.

Der Mann sitzt auf der Bettkante eines kleinen Pensionszimmers in Hamburg. Das Jackett neben sich auf der Matratze, die Hände seitlich aufgestützt, als wollte er gerade gehen. Natürlich raucht er, natürlich ohne Filter, das Haar zurückgestrichen, nass, nicht vom Duschen, am Rand erkennst du das Waschbecken, seitlich liegen eine Zahnbürste und eine Tube Zahnpasta, unverschlossen, fast leer. Man verlässt seine Familie nicht mit einer fast leeren Tube Zahnpasta, es ist also schon ein Weilchen her.

Auf dem Boden vor dem Waschbecken färbt eine Pfütze das Linoleum dunkler, du kannst nur raten, welche Farbe es hat, du tippst: Blaugrau.

Die Szene hat so hohe Kontraste, dass das Gesicht des Mannes weiß aussieht, sein nasses Haar dunkel. Die Melancholie seiner Züge passt ins Setting, der kleine Bauch, der über den Saum der Hose quillt, eher nicht, vielleicht aber doch, wie man's nimmt. Kommt drauf an, wie sehr du einen Helden willst.

Du hast da jetzt reingezappt, es könnte das Ende eines Films sein, vielleicht auch der Anfang, ausgeschlossen, dass es irgendeine Szene irgendwo in der Mitte ist, denkst du. Woher weißt du, dass dieser Mann in Hamburg sitzt? Weißt du nicht.

Du hörst eine Frau lachen, einen Mann schreien, durch das offene Fenster dringen Motorengeräusche, und für einen kurzen Moment weißt du nicht, woher die Geräusche kommen, aus deinem Leben oder aus seinem, aber der Mann sitzt in großer Stille. Er sieht ihm ähnlich, denkst du. Aber du kennst ihn nur von zwei alten Fotos, und die helfen nicht wirklich weiter.

Der Mann auf dem Bett ist reglos, er hat sich jetzt seit fünf Minuten nicht bewegt, keine lange Zeit für einen Mann, für eine Filmszene jedoch eine ungeheure Spanne.

Die Szene ist ungewöhnlich langweilig. Das muss einen Grund haben. Du ahnst: Etwas Besonderes steht auf dem Spiel. Du beugst dich vor, die Unterarme auf den Knien, deine Hände liegen locker übereinander, aus irgendeinem Grund ist dir deine Haltung jetzt sehr bewusst.

Neben dem Mann steht ein Reisewecker auf dem Nachttisch, die Bewegung des Zeigers offenbar die einzige im Raum, aber nicht mal die kannst du sehen. Er kann das. Er starrt auf den Minutenzeiger, der sich voranschiebt, du hoffst, dass er das tut, du weißt nicht, warum dir das wichtig ist, wahrscheinlich, weil du hoffst, dass er auf etwas wartet. Dass gleich jemand an die Tür klopft und die Stille unterbricht.

Und dann siehst du, wie sich Brust und Bauch des Mannes ganz leicht unter dem Atem bewegen, du achtest da genau drauf, du meinst, da Unregelmäßigkeiten festzustellen; als würde der Atem heftiger werden, und jetzt bist du dir sicher, dass der Mann auf etwas wartet.

Gleich wird etwas passieren, aber erst, wenn der Zeiger einen bestimmten Punkt erreicht hat. Nimmst du jetzt an. Und dann schimpfst du auf deine Sehgewohnheiten, als ob immer was passieren müsse, vielleicht ist gleich die Szene einfach zu Ende, und nichts ist passiert.

Du schaust auf dein Handy, es sind schon zehn Minuten vergangen. Das ist doch wirklich bescheuert, dass im Film jemand so sitzt für zehn Minuten. Du machst ein genervtes Gesicht. Du machst ein genervtes Gesicht, wie um jemandem zu zeigen, dass du da voll drüberstehst, dass du kein Idiot bist, der sich von einem Film fesseln lässt, wo einer sitzt und atmet und das ist alles. Du schneidest also Grimassen, als würdest du beobachtet, aber es ist so: Du bist gar nicht genervt. Du bist voll da. Und außerdem hast du deiner Ex doch noch eine SMS geschrieben, du hast rumgezappt und ihr eine SMS geschrieben, obwohl du dir geschworen hast, das nie wieder zu machen. Du und der Mann, ihr wartet beide.

Du merkst, dass du gar nicht weißt, aber *unbedingt* wissen willst, ob auch im Film zehn Minuten vergangen sind, du willst das verdammte Ziffernblatt sehen. Du willst dringend wissen, ob ihr dieselben zehn Minuten teilt oder ob im Film vielleicht schon eine Stunde vergangen ist.

Das Haar des Mannes ist noch immer feucht, es können dort also keine Stunden vergangen sein. Aber es glänzt nicht mehr so stark, es trocknet allmählich, vielleicht hat sich auch der Lichteinfall verändert, die Pfütze unter dem Waschbecken sieht aber noch genauso aus wie vorhin. Du willst, dass die Szene nicht aufhört, bevor das Haar des Mannes trocken ist.

So weit ist es mit dir schon gekommen, plötzlich willst du Haare in Echtzeit trocknen sehen, und das auch noch im Film; aber deine Freundin ist weg, und du sitzt nicht viel anders da als der dort im Film, und vielleicht bist du genauso interessant wie der, wenn man sich nur die Zeit nimmt, dich gründlich zu betrachten, und das hat sie wohl nicht getan, sonst wär sie ja schließlich nicht weg. Sie hat Gründe genannt, die Frauen eben nennen, dabei war sie nur zu faul, zu blind, zu doof, dich wirklich zu sehen.

Das Gesicht des Mannes ist etwas aufgeschwemmt, aber die harten Schatten schmeicheln ihm, es sieht durchwirkt und erfahren aus, unerschrocken und melancholisch, tatsächlich ungeheuer männlich.

Ein Gesicht wie das eines Gangster aus Al-Capone-Zeiten. Das Gesicht eines Mannes, der nichts gescheut und dafür bezahlt hat.

Und jetzt ahnst du, dass hier nichts passieren wird, er wird sitzen bleiben, denn was zählt, ist jenseits des Zimmers, jenseits der Mauer hinter dem Bett.

Du weißt plötzlich, dass der Mann trauert, dass er einen Ort aufgesucht hat, an dem etwas begonnen hat, was jetzt endet. Da ist der Schatten einer Frau im anderen Raum, der Mann hat sich hier verliebt. Oder nein, er hat sich hier nicht verliebt, er schlief Wand an Wand mit einer Frau, die er nett fand und interessant, aber sie ist nicht sein Typ, sie ist ihm zu mondän, zu herb. Aber zufällig hat sie das Zimmer genau neben ihm. Und als sie gleichzeitig ihre getrennten Zimmer betreten, meint er zu hören, wie sie sich auszieht. Nicht, dass das Zimmer so hellhörig ist, aber was tut man sonst, wenn man spät in der Nacht in sein Hotelzimmer geht: Man zieht sich aus. Der Mann stellt sich normalerweise Frauen, die er nett, aber nicht anziehend findet, nicht nackt vor. Zudem ist er verliebt in eine andere. Eine nackte Frau ist immer angenehm, Liebe hin oder her, aber diese nackte Frau, mit diesen Hüften, diesen Brüsten, diesem sanften Bauch und dem großen runden Hintern, die zieht sich quasi vor seiner Nase aus, Wand hin oder her, um die hat er nicht gebeten, sie drängt sich ihm auf; er liegt auf dem Bett, ihre kolossalen Hüften und der ganze Rest, das ist mehr als eine Vorstellung, er schämt sich, als hätte man ihn dabei erwischt, durch ein Schlüsselloch zu linsen. Beim Frühstück sitzt er mit ihr in einer Nische, beklommen, als hätte er sich nachts in ihr Zimmer geschlichen, ihr Körper zu deutlich unter dem Kleid. Er kann ihre Haare riechen. Er fragt nach ihrer Telefonnummer, weil man eine Frau nicht auszieht und dann nicht anruft. Und dieser Mann ist anständig. Er ruft sie an. Er verabredet sich mit ihr. Er ruft sie wieder an. Und bei jedem Treffen versucht er, sich zu beweisen, dass er die Blonde liebt, die schmale, liebreizende, die, die immer lächelt. Aber sie verblasst neben dieser dunklen Frau mit der rauen Stimme und dem lauten Lachen. Die Blonde verschwindet, verletzt, aber ohne Theater, aber er wird das Gefühl nicht los, dass die Frau sie vertrieben hat.

Du fragst dich, was mit dir los ist, das ist ein seltsamer Anfang einer Liebesgeschichte, die du dir da zusammenspinnst. Aber, denkst du, die Liebe ist auch eine Finte, sie verspricht immer viel, und am Ende bleibt man allein zurück, und die Frau, die du nicht vermisst hast, bevor du sie kanntest, lässt ein hässliches Loch zurück in dir. Du warst zufrieden, als sie in dein Leben schneite, und jetzt ist sie weg, und du bist nicht mehr zufrieden, dabei könnte doch alles so sein wie vorher. Liebe, denkst du, ist nichts anderes als eine Vorgeschichte für die ganz große Scheiße, in der man unwiderruflich landet.

Der Mann sitzt vollkommen reglos, aber da passiert was, und du bist nur zu blöd, es zu erkennen. Wie kommst du bloß darauf, dass er ihm ähnlich sieht, du hast doch nur zwei Fotos, auf einem ist er noch sehr jung, und das andere zeigt ihn von hinten, er geht auf das Licht zu am Ende des sargschmalen Ganges, es gibt niemanden in deiner Familie, der eine glückliche Liebesgeschichte hat.

Die Wände sind weiß und kahl, das Bett ist wahnsinnig schmal. Es ist eine Pritsche, auf der man sich raue graue Wolldecken vorstellen kann, der Mann trägt Hosenträger, das ist alles so Fünfziger, du fragst dich, warum du trotzdem davon ausgehst, dass der Film in den Achtzigerjahren spielt.

Und dann schlägst du dir die Hand vor die Stirn, als wolltest du die Karikatur eines Trottels darstellen, denn so was macht keiner in echt, aber egal, es ist das Telefon, so ein farbloses Ding mit Tastatur, dasselbe hast du auch. Steht staubig auf der Kommode, du schaust auf dein Handy, keine SMS, natürlich nicht.

Du siehst jetzt erst, dass der Mann kleine entzündete Pickel hat, solche, die man vom Rasieren bekommt. Vom Ohr runter und über der Oberlippe. Der hat Koteletten gehabt, denkst du, richtig fette Koteletten und einen Schnauzer, und jetzt ist er nackt. Und plötzlich hast du das Gefühl, du begreifst was, du weißt nur nicht, was es ist. Wie ein Wort, das einem auf der Zunge liegt. Das macht dich ganz rasend, weil es wichtig ist, das spürst du. Etwas, das euch verbindet. Er wartet auf seine Frau, denkst du. Und wenn seine Frau kommt, dann wird auch deine Freundin zu dir zurückkommen. Aber da ist noch etwas. Du stehst an der Schwelle zu einer wichtigen Erkenntnis, und da geht's nicht nur um ihn, das ist auch wichtig für dich. Da schwirrt ein Puzzleteil rum, und das brauchst du, weil du dann weißt, warum alles so verdammt schiefgegangen ist bei dir. Du wirst ganz aufgeregt, aber auch sehr ruhig, da konzentriert sich was, dort in diesem Zimmer, dort im Gesicht des Mannes; wenn du aufmerksam genug hinschaust, wirst du alles begreifen. Das Haar des Mannes ist jetzt fast trocken, und du betrachtest jede einzelne Strähne, und jetzt ist die Antwort zum Greifen nah.

Der Mann steht auf, geht auf die Kamera zu, seine Silhouette im Gegenlicht des Fensters, im sargschmalen Tunnel, aber er geht nicht weg, er geht auf dich zu. Und jetzt weißt du, dass alles anders werden kann. Und du denkst an deinen Vater, der verschwunden ist, deinen Großvater, der auch verschwunden ist, und daran, was deine Freundin gesagt hat, dass sie nicht mit einem Geist zusammenleben will. Der Mann geht auf dich zu, und du stehst auf, denn gleich, das weißt du, wird etwas Wichtiges geschehen. Dann verlässt er das Bild, du hörst eine Tür schlagen, dann wird der Bildschirm schwarz. Und du fragst dich, wer du eigentlich bist und wo dieser wahnsinnige Schmerz plötzlich herkommt, und dann bist du auch weg, denn das hier ist nicht deine Geschichte, du bist nur der Zuschauer, das ist nur eine Szene, und die ist jetzt vorbei.

Das Haus atmete leise. Freya klopfte an die Tür zum Badezimmer und erwartete keine Antwort. Sie erwartete gar nichts mehr. Sie sorgte sich nicht mehr. Das Haus hatte ihre Tochter verschluckt, Freya war allein. Und das wiederum war sie gewohnt. Sie setzte sich auf den Boden und zündete sich eine Zigarette an, lehnte den Kopf an die Tür und schloss die Augen. Es wunderte sie nicht, dass alles schiefgegangen war. Auch daran hatte sie sich gewöhnt. Auch an das Gefühl, dass es ihre Schuld war.

Wie hatte Jürgen seine Tochter bei ihr lassen können, ausgerechnet bei ihr. Er musste doch wissen, dass sie keine gute Mutter war. Sie hatte es ihm so oft gesagt, und immer schloss er die Augen und schüttelte lächelnd den Kopf, als wäre sie ein Kind, das Bauchweh vortäuschte, weil es nicht in die Schule wollte. »Du bist eine großartige Frau, mein Entchen, und eine tolle Mutter«, sagte er dann und küsste sie auf die Nasenspitze. »Du bist eine Löwin, wenn es um Jessie geht. Man könnte direkt Angst vor dir bekommen.« Jürgen verkannte offensichtlich, dass sie ihr Kind zwar gut gegen andere verteidigen konnte, nicht aber gegen sich selbst.

Was sollte das für eine Löwin sein, die sich nicht einmal traute, ihr Junges am Nackenfell aus dem Bad zu ziehen, die stattdessen auf dem Fußboden sitzen blieb und rauchte. Sie war müde.

Als Freya aufwachte, war es stockfinster. Sie tastete nach dem Lichtschalter an der Wand und schaute auf ihre Armbanduhr. Es war nach zwölf. »Jessie?«, fragte sie leise. Sie blieb sitzen und horchte auf das Wasserrauschen im Bad. Sie wusste nicht, wie viel Zeit vergangen war, zu viel, das war sicher. Als sie langsam aufstand, war es, als brächen Eissplitter von ihr ab. Ihr Herzschlag machte einen hellen schneidenden Ton. Keine Antwort, als sie klopfte.

Sie ging in die Knie, bis ihr Auge aufs Schlüsselloch passte. Sie müsste jetzt Jessies Kopf sehen, säße sie auf dem Klo, oder ihre Hüfte, stände sie vor dem Waschbecken, aber sie sah nichts. Sie drückte ihr Auge ans Schlüsselloch, hockte auf ihren Knien und flüsterte Dinge, die man nicht hören konnte.

Das Rauschen des Wassers im Bad, das Eis brach in dicken Schollen und stürzte den Strom hinunter. Eisplatten schoben sich knirschend aufeinander, Winter an der Ostsee. Die dicken Schollen drückten einander in die Höhe. Sie bildeten Zelte, Wände aus Eis, jeweils einen halben Meter dick. Jessie in ihrem Schneeanzug, die in einem Zelt gestanden hatte und so getan, als wäre sie ein Pinguin. Sie hatte die Arme dicht an den Körper gelegt und watschelte vor und zurück. Mit einem großen Ernst. »Pinguine können nicht fliegen«, rief sie, als hätte sie das eben, anhand ihres eigenen Körpers, herausgefunden. »Doch«, hatte Freya gesagt. »Das können sie. Soll ich dir zeigen, wie?« Sie hob ihre Tochter hoch, wirbelte sie einmal herum und setzte sie oben auf das Zelt. Jessie saß auf dem Eiszelt, ihre Beine baumelten rechts und links herunter. Sie schaute Freya an: »Ich bin nicht geflogen. Du hast gelogen.« Sie hatte Freya angestarrt mit einem Zorn, den ein Kind nicht in sich haben konnte. Ein so krustiger Groll, wie ihn eigentlich nur alte Menschen kannten.

Die Tür stieß direkt auf Widerstand, und Freya sah Jessies Arm auf den Fliesen liegen, es roch durchdringend sauer. Sie zwängte sich durch den schmalen Spalt, Jessie lag um die Toilette gekrümmt, Erbrochenes auf der Klobrille und auf dem Boden, Freya konnte ihr Gesicht nicht sehen.

Freya beugte sich über Jessie und klappte den Klodeckel runter, sie fühlte ihren Puls, ihre Stirn und Haare und der ganze Dreck, oh Gott, Kind.

Mit einem Waschlappen wischte sie ihrer Tochter im Gesicht herum, den Brei aus dem Gesicht, Löffel für Löffel, dass Zähne so schnell wachsen und der ganze Rest, erstaunlich.

Über der Klinik stand die Sonne im Zenit, und Jessie wurde gewogen und gemessen. Ihr wurde in Hals, Augen und Ohren geleuchtet, der Blutdruck wurde geprüft und der Puls gefühlt, Blut abgenommen, als würde die Zusammensetzung ihres Blutes irgendeinen Aufschluss geben über ihren Zorn. Als hätte man das alles nicht schon gemacht, nachdem man ihr den Magen ausgepumpt und Freya nahegelegt hatte, Jessie ein paar Wochen auf der psychosomatischen Station zu lassen. Ein wenig Ruhe, ja, so könne man das sagen, man könnte sogar, bitte? Ja, wie Sie meinen. Oh, das sei in den meisten Fällen so, Sie ahnen ja gar nicht, nein, das müssen Sie schon uns überlassen, nein, jetzt hören Sie aber mal auf, wir wissen schon, was wir tun.

Jessie stand in Unterwäsche im Behandlungszimmer, die Finger des Arztes waren kalt, und Jessie roch nach Schweiß. Sie hätte sehr gern etwas gesagt, wie »Erinnerst du dich nicht an mich? Wenn du wieder mal jemanden hängen willst, dann sieh ihn dir vorher an«, aber sie war fast nackt und stand mit dem Rücken zur Wand. Colt und Kippen waren ihr abgenommen worden, sie lag mit zerschlagenem Gesicht und verbrannter Haut in der Wüste. Sie tat besser daran, zu schweigen.

Es war, als müsste man Jessie nur wiegen und messen, um

sie zu verstehen, sie nahtlos in dieses fremde Ökosystem einzugliedern. Sie schaute auf ihre Füße, und Freya nahm sich vor, Jessie zu umarmen. Sie scheiterte. Sie konnte schlicht die Arme nicht heben. Sie klimperte stattdessen mit dem Hausschlüssel.

Eine Schwester führte Jessie durch einen langen Gang mit durchnummerierten Türen, an dessen Wänden schreiend bunte Bilder hingen. Vor Nummer siebenundzwanzig blieb sie stehen, klopfte, öffnete, ohne eine Antwort abzuwarten, die Tür und schob Jessie in einen Raum mit drei identischen Betten und Nachtschränken, die an drei Seiten des Zimmers standen. »Na, deine Mitbewohnerinnen sind wohl bei der Gruppe.« Jessie wollte nicht wissen, was die *Gruppe* war, schon gar nicht, wer ihre *Mitbewohner* wären, ihr reichte dieser seltsame Geruch, den das Zimmer abstrahlte. Es roch wie in einem neuen Auto, dazu der Geruch von Mädchen-Deo und irgendwas Verfaultem. Jessie stand mit ihrer Tasche mitten im Zimmer, schaute auf die auf dem Fußboden verstreuten Socken, T-Shirts und Jeans und auf den Parkplatz der Klinik, den eine tollwütige Sonne in eine gleißende Fläche verwandelte, welche die staubige Tristesse des braunen Laminats und der cremefarbenen Wände nur noch schärfer konturierte. Jessie ließ sich aufs Bett fallen, die Schwester schloss die Tür hinter sich, Jessie zündete sich eine Zigarette an.

Einen Feueralarm, ausgelöst durch den Rauchmelder in Jessies Zimmer, und einige Rügen später lernte Jessie ihre Mitbewohnerin Sophie kennen. Ein großes schweres Mädchen, mit wildem roten Haar, traurigen Augen und einem Lächeln, das aussah, als wollte sie sich dahinter verstecken. Sophie war drei Jahre älter als Jessie, aber vor allem war sie schon sechs Wochen länger auf der Station, sie schien sich für Jessie verantwortlich zu fühlen. Sie führte Jessie unverdrossen durch die getakteten Tage, dabei erläuterte sie alles im Plural.

»Wir finden, dass es guttut, mit den Händen zu arbeiten«, sagte sie mit ihrer leisen heiseren Stimme, während Jessie neben ihr in einem Tonklotz rumpanschte und etwas zustande brachte, das entfernt einem Hundehaufen mit Flügeln glich. »Wir müssen lernen, dass unser Körper ein Freund ist, kein Feind«, während sie auf einer Gymnastikmatte liegend versuchte, in ihre Kniekehlen zu atmen. »Wir finden, dass es guttut, sich die Dinge von der Seele zu reden«, während sie mit aufmerksam vorgebeugtem Oberkörper Jessie auf der Bettkante gegenübersaß, die Hände im Schoß gefaltet. »Wir müssen uns dem Prozess öffnen«, als Jessie ihren tönernen Hundehaufen an die Wand warf. »Wir müssen was?«, fragte Jessie leise und schneidend.

Sophie legte ihr eine Hand auf die Schulter: »Es geht nicht darum, dass du was *Schönes* töpferst, es geht darum, dass du deine *Gefühle* ausdrückst.« Jessie deutet auf den Fleck an der Wand: »Da, Sophie. Dort sind meine Gefühle. Scheiße aus Ton, die man an die Wand werfen kann. Scheiße, die was dreckig macht. Wenn du dich ausdrücken kannst, indem du Tassen töpferst, die du mit Herzchen bemalst, tust du mir echt leid. Und jetzt nimm deine fetten Finger von meinen Schultern, echt jetzt.« Sophie wurde ganz rot im Gesicht und beugte sich wieder über ihre Tasse. Jessie wusste, dass sie gemein war, aber anders als Sophie bewegte Jessie sich in Feindesland: Irgendwo auf dem riesigen Klinikgelände brannte der Arzt, der ihre Mutter geküsst hatte, seine Fußabdrücke in den Asphalt, und ihre Mutter, die wie alle Eltern vorübergehendes Besuchsverbot hatte, saß wahrscheinlich gerade irgendwo im Schwesternzimmer und ließ sich bemitleiden. Verlassen, verraten, verloren und so weiter, es war wirklich der schlechteste Ort, um *gut zu sich* zu sein, wie die Therapeuten das nannten. Und es war auch ein schlechter Ort, um gut zu anderen zu sein. Jessie töpferte trotzdem mehrere Stunden an einer beuligen Müslischale, die sie Sophie schenkte. »Tut mir leid«, murmelte sie mit kratziger Stimme. »Ich bin manchmal sowas von blöd, das glaub ich selbst gar nicht.« Sophie saß auf ihrem Bett, die Beine angezogen, die Arme darum geschlungen. Ihre Augen waren so geschwollen, dass Jessie es nicht aushielt, ihr ins Gesicht zu sehen, aber selbst ihre weißen Schenkel mit den Cellulitetälern wirkten traurig. Sophie aß aufgeweichte Schokolade. Sie hatte Bulimie, es war ihr verboten, Essen auf dem Zimmer zu haben, Jessie war beeindruckt: »Wo hast'n die her?« Sophie lächelte und zog eine weitere Tafel aus ihrem Kissenbezug: »Schrankkontrolle«, murmelte sie und wurde rot. »Du bist ja ein Fuchs«, sagte Jessie bewundernd, und Sophie hörte auf, sich zu schämen.

Finchen, die andere Mitbewohnerin, war sehr schweigsam, ihre glänzenden hellbraunen Haare fielen in ihr weiches Gesicht, unschuldige Stupsnase, tellergroße Augen, das ganze Programm, aber sie war auf diese spezielle Art blass und ernst, dass man sie fürchtete, während man sich um sie sorgte. Als Jessie in der siebten Nacht wach wurde, saß Finchen hoch aufgerichtet im Bett und starrte sie mit weit geöffneten Augen an, was Jessie so sehr erschreckte, dass sie ein Wasserglas nach Finchen warf. Sie traf sie mit voller Wucht an der Stirn, Finchen hatte tagelang eine Beule und ging Jessie ängstlich aus dem Weg.

»Finchen, echt, das wollte ich nicht, aber was sitzt du auch da wie ein Geist!« Finchen zuckte zusammen und zog sich die Bettdecke über den Kopf. Jessie stand vor dem Bett und sprach zu dem Deckenhügel: »Finchen, ich mach das nicht wieder, tut mir echt leid.« Jessie hatte ein wirklich schlechtes Gewissen und entschuldigte sich ungefähr sieben Mal, gleichzeitig fragte sie sich, warum jemand, der sich ständig die Unterarme zerschnitt, so ein Theater wegen einer Beule machte. Schmerz war Schmerz, so sah Jessie das.

Die Mädchen hockten in einem Stuhlkreis, selbst der Teppichboden dünstete Selbsthass und Leid aus, sie rutschten auf den Plastikstühlen hin und her und schielten auf ihre Armbanduhren. In der Gegenwart von Frau Richard fühlten sie sich noch unnützer, überflüssiger, sie war der lebendige Beweis, dass sie hoffnungslose Fälle waren, allesamt.

Frau Richard leitete die Gruppe, eine junge Frau, die aussah, als würde sie selbst ihre Haut in die Reinigung geben. Frau Richard gehörte ganz offensichtlich einer anderen Spezies an, in ihr schrie nichts, schmerzte nichts, das Einzige, was sie zu überwinden hatte, war vielleicht ihr Schweinehund, und Frau Richards Schweinehund war eine Flitzpiepe, das war allen klar. Frau Richard sprach darüber, wie man *gut zu sich* war. Wie man selbstverletzendes Verhalten überwand. Und die Mädchen schrieben mit! Ihre Scheitel blitzten, ihre Ohren waren gerötet vor Eifer. Jessie war fassungslos.

Jessie verstand nicht, dass es das Einzige war, was die Mädchen tun konnten. Sie schrieben Vokabeln ins Heft und hatten nicht vor, sie zu lernen. Sie konnten es nicht, sie waren verdammt und verloren, aber das Aufschreiben gab ihnen das Gefühl, ihr Bestes zu geben. Nur so konnten sie wütend sein auf Frau Richard, wenn alles den Bach runterging. Sie schrieben mit, also waren sie unschuldig. Sie brauchten einen Feind, der greifbar war. Frau Richard war der perfekte Feind.

Am eifrigsten war Finchen. Sie schrieb noch, wenn alle anderen ihre Kulis längst in den Staub geworfen hatten. Die dünnen Narben an ihren Armen glühten, ihre Haare waren elektrisch aufgeladen, sie schwitzte in ihre Benetton-Socken. Finchen war der größte Psychostreber, der Jessie jemals untergekommen war. Der Projektor verströmte einen Geruch wie von verbranntem Staub. Das Kratzen der Kugelschreiber und Sophies schwerer Atem. An den Halogenröhren klebten Mücken und Fliegen. Ab und an löste sich eine völlig ausgetrocknete Fliege vom Glas und fiel in ihrer Mitte auf den Teppich. Es war alles so unglaublich trist, dass Jessie sich am liebsten hier und jetzt mit ihrem Bleistift die Pulsadern perforiert hätte.

Als die Stunde vorbei war, sah Finchen noch nicht mal auf. Als alle gegangen waren, saß sie noch immer unter der Halogenröhre und schrieb. Jessie stand unschlüssig neben der Tür. Sie wollte irgendwas Cooles sagen, irgendwas Witziges, aber ihr fiel nichts ein. Es machte keinen Spaß, jemanden einen Streber zu nennen, der einfach versuchte, mit heiler Haut davonzukommen. Und es war enorm deprimierend, zu sehen, dass selbst die eifrigste Schülerin nicht den geringsten Fortschritt machte. Frau Richard lobte Finchens verheilende Arme, Jessie aber hatte ihre Fußsohlen gesehen.

Fußsohlen.

Jessie war selbst überrascht, als sie plötzlich auf Finchen zuging und sie kurz und kräftig drückte. Bevor Finchen überhaupt von ihrem Heft aufsehen konnte, war Jessie schon verschwunden. Aber sie hatte gesehen, was Finchen in ihr Heft schrieb. Sie löste Matheaufgaben.

Als Jessie wieder auf ihr Zimmer ging, weinte sie fast. Sie wusste nicht genau warum. Etwas in ihr wurde so weich wie Vanillepudding. Wabbelig, warm und triefend. Jessie wollte nicht weinen, sie trat stattdessen so kräftig gegen die Wand, dass sie sich einen Zeh brach. Als sie sich auf dem Boden krümmte, beide Hände um den schmerzenden Fuß gelegt, spürte sie, wie der wabbelige Pudding in ihr aushärtete. Schmerz war Schmerz, so sah Jessie das.

Jessie, Sophie und Finchen standen vor der Eingangstür und konzentrierten sich auf den Rauch, der vor ihren Gesichtern aufstieg. Sophie hielt mit mürrischem Gesicht die Zigarette, an der Finchen und Jessie abwechselnd zogen. »Das ist wirklich eklig«, schimpfte sie. »Meine Finger stinken total.«

»Kotzen ist auch eklig«, murmelte Jessie. »Und ich steh auch für dich Wache.«

»Aber ich kotz ja kaum noch. Ich mein, bevor ich hierhergekommen bin, war das fünfmal am Tag. Jetzt höchstens noch zweimal die Woche. Deshalb bin ich ja auch so fett geworden.«

»Du bist nicht fett«, sagte Finchen schwach.

»Na ja, Frau Richard sagt, das gibt sich wieder«, sagte Sophie und zog an ihrem Pulli. Sie zog so oft an ihrem Pulli, dass das Bündchen schon völlig ausgeleiert war. »Sie sagt, das pendelt sich wieder ein. Sie sagt, dafür habe ich jetzt mehr Lebensqualität.«

Jessie seufzte. Schon allein der Begriff löste Beklemmung in ihr aus. Ihr war nicht daran gelegen, das Beste aus sich herauszuholen, was immer das sein mochte. Nur der Teufel wusste, dass Jessie Rache nahm. Jemand wie Lucie geht nicht, ohne gerächt zu werden. In Jessies Zellen war ein Wissen gespeichert, ihr ganzer Körper begriff, was ihr selbst nicht klar war: dass der Wunsch nach Perfektion tödlich sein konnte und gnadenlos.

Das Dach über der Eingangstür hörte bei den Treppen auf, die wenigen Stühle, die rechts und links neben der Tür standen, waren immer besetzt. Ein paar Mädchen schienen geradezu mit den Sitzschalen verwachsen zu sein. Jessie schaute missmutig in die Regenschnüre. Sie wusste, dass es Finchen wehtat, wenn sie lange stehen musste. Aber der Platz neben der Haustür war ein toter Winkel, nur hier konnten sie hoffen, sich ungestört zumindest eine Zigarette teilen zu können. Jessie fischte eine weitere krumme Kippe aus der Hosentasche, zündete sie an, nahm zwei schnelle Züge und drückte sie Sophie in die Hand. Sophie seufzte ergeben. »Stell dich nicht so an«, rief ein Mädchen zu Sophie rüber, »Rauchen macht dünn. Das kannst du ja wohl echt gebrauchen.« Sophie tat so, als hätte sie es nicht gehört, aber sie wurde rot und zerrte mit der freien Hand heftig an ihrem Pulli. Jessie maß das Mädchen mit einem langen Blick. In ihrer Nase steckte eine Sonde, sie war eine von den Unter-40-kg-Exemplaren. Sie hockte wie eine klapprige Prinzessin auf ihrem Stuhl und sonnte sich unter den bewundernden Blicken der Mädchen, die es nicht zu einer Sonde gebracht hatten. »Halt bloß deine verdammte Klappe«, zischte Jessie. »Was macht dich besser? Dass du so dünn bist, dass dir schon ein beschissener Bart wächst? Das nächste Mal hau ich dir eine rein, dass dir die Sonde aus der Nase fliegt, dass das klar ist.« Finchen kicherte, Sophie lächelte und hielt Jessie die Zigarette hin.

»Ich muss wieder hoch«, sagte Finchen.

»Das raff ich nicht bei dir«, sagte Jessie. »Das ist doch das einzig Gute hier, dass wir keine Schule haben.«

Finchen zuckte mit den Schultern und ging zurück auf die Station. Finchen war nicht gut im Leben, aber sie war gut in Mathe, in Physik, in Chemie und Biologie. Sie war gerade vierzehn Jahre alt, arbeitete sich aber schon durch den Stoff der elften Klasse. Sie liebte das kristallene Licht der Formeln, den satten Stoff der Materie.

Jeder hat seine eigene Art, sich dem Leben anzunähern, Finchen bezwang die Dinge besser, wenn man sie teilen und multiplizieren konnte, wenn es tatsächlich Antworten gab auf die Frage nach den Unbekannten, wenn Veränderung und Verfall in Form von Kurven und Diagrammen gezeigt wurden, wenn Traurigkeit die Form von Molekülen bekam. Sie hörte erst auf zu lernen, wenn Sophie und Jessie schlafen gingen und ihr verboten, das Licht anzulassen, dann saß sie mit weit offenen Augen im Bett und versuchte, die chemische Zusammensetzung der Dunkelheit zu sehen.

Jessie wachte auf, weil sie angestarrt wurde. »Mann, Finchen«, flüsterte sie. »Du bist doch echt wie 'ne beschissene

Katze.« Finchen reagierte nicht. Sie saß kerzengerade im Bett und schaute Jessie direkt ins Gesicht. »Wie lange starrst du mich schon so an? Finchen!«

Sie antwortete nicht, bewegte sich nicht, ihr Blick blieb auf Jessies Gesicht geheftet. Die Luft im Raum war stickig. Jessie setzte sich auf. Es war drei Uhr morgens, der Mond war fett und satt, er hatte die Sonne auf dem Gewissen. Ein paar Sternschnuppen fielen, und keiner wünschte sich was, eine Katze tigerte über das Klinikgelände, der Teufel stand im Rosenbeet und lauschte den Träumen der Schlafenden.

»Finchen?«, flüsterte Jessie, und eine eigenartige Angst befiel sie. Finchen sah kalt aus und fremd, sie saß absolut reglos. Die Minuten gerannen zu einem amorphen Gebirge. Sie spürte Finchens Blick mehr, als sie ihn sah, er war unheimlich, aber er hatte eine seltsame Macht. Jessie hatte das Gefühl, sich darin aufzulösen, ihr Atem wurde ganz leicht, ihre Haut fühlte sich taub an, es war, als würde sie ihren Körper träumen.

»Sauerstoff, Wasserstoff, Stickstoff, Kohlenstoff«, flüsterte Finchen.

»Was?«, fragte Jessie mit einer Stimme, die nicht mehr als ein Krächzen war.

»Daraus besteht dein Körper.«

»Ist das alles?«

»Nee, noch ein Haufen anderer Kram. Magnesium und so. Sogar Phosphor. Und Schwefel.«

»Schwefel? Schwefel, so im Sinne von Teufel und so?«

»Ja.«

»Na, dann ist's ja kein Wunder«, sagte Jessie und stand auf. Der Traum war vorbei, sie musste pinkeln. Sie tastete sich ins Bad, schloss die Tür und machte das Licht an. Geblendet schloss sie die Augen und sah den Umriss von Finchens Körper, als wäre er ihr in die Netzhaut gebrannt. Als sie die Augen wieder öffnete, sah sie den Blutfleck sofort. Er war winzig und hob sich kaum von den braunen Kacheln ab, es war Zufall, dass Jessie genau dorthin schaute, auf die Fliesen zwischen Dusche und Waschbecken, wo ein einzelner Blutfleck trocknete. Sie hatte keine Ahnung, wo Finchen ihre Rasierklingen versteckte, sie hatte wirklich alles abgesucht. Sogar die Matratze hatte sie auf kleine Schnitte überprüft, das Mädchen wäre verrückt genug, 'ne Klinge in der Socke zu tragen, Jessie jedenfalls hatte nichts gefunden. Und noch dazu schrubbte Finchen alles, wenn sie fertig war, ihr war kaum auf die Schliche zu kommen.

Aber dieses Mal hatte Finchen einen Tropfen Blut übersehen. Jessie wurde es ganz eng im Hals. Sie machte das Licht aus, sog die Dunkelheit ein wie Zigarettenrauch, dann riss sie die Tür auf und rannte zurück ins Zimmer.

»Schon wieder?«, brüllte sie Finchen an, die sich tatsächlich gerade zusammengerollt hatte, um doch mal ein paar Stunden zu schlafen. Jessie schlug mit der Faust gegen die Wand. »Sophie! Mach das Licht an. Mach sofort das verdammte Licht an.« Jessie zog Finchen die Bettdecke weg.

»Du bist doch total bekloppt, zeig mir deine Füße, zeig mir deine verdammten Füße, du bescheuerte Idiotin!«

Finchen presste die Lippen aufeinander, zog ihre Beine an den Körper und umklammerte sie mit den Armen.

»Lass mich in Ruhe, du blöde Kuh!«

»Du zeigst mir jetzt deine verdammten Füße, du hast sie wohl nicht mehr alle beisammen! Sophie! Wach endlich auf und mach das scheiß Licht an. Während wir hier pennen, sitzt Finchen im Badezimmer und schneidet sich die Füße auf!«

»Das geht dich überhaupt nichts an!«, schrie Finchen.

Finchen hatte viel Kraft, besonders wenn sie verzweifelt war, aber Jessie war stärker, zumindest, wenn sie wütend war. In dem Moment, als Sophie den Lichtschalter gefunden hatte, bekam Jessie einen Fuß zu packen und riss die Socke herunter. Sophie und Jessie sahen Finchens Fußsohle, Sophie schlug sich die Hand vor den Mund, Jessie ließ die Socke fallen und hielt Finchens Fuß in der Hand wie einen verletzten Vogel. Ihre Muskeln wurden schlaff. Sie merkte noch nicht einmal, dass sie weinte. Ihr lief einfach Wasser aus den Augen, vollkommen lautlos und so plötzlich, dass sie diesmal keine Zeit mehr hatte, gegen irgendwas zu treten.

Bei der nächsten Gruppensitzung war Finchen nicht da. Jessie saß neben Sophie, die schwer atmete, sie hatte wieder zugenommen. Die weite Jeans, die sie sich vor zwei Wochen gekauft hatte, ging nicht mehr zu, Jessie wusste, dass Sophie weinte, auch wenn man es nicht sah. Nach jeder Mahlzeit blieb sie sitzen, bis das Reißen in ihrem Magen nachgelassen hatte, sie ballte die Fäuste, bis sie den Drang bekämpft hatte, alles wieder auszukotzen. Sie nahm jede Woche zwei Kilo zu.

»Ich nehm jede Woche zwei Kilo zu«, sagte Sophie, sagte es ganz plötzlich in die Stille, sagte es wie einen Satz, der am Ende einer langen Rede stand. »Ich hab zwölf Kilo zugenommen hier, ich mach alles, was Sie sagen, ich geb mir wirklich Mühe, aber das kann nicht gut sein, das kann wirklich nicht gut sein, dass ich hier fett werde.«

Frau Richard schaute sie ernst an, so als verstünde sie: Ob sie sich in der letzten Woche erbrochen habe. Nein? Das wäre doch eine großartige Leistung. Das Gewicht, das pendle sich wieder ein, Hauptsache sei doch, sie durchbreche diesen Teufelskreis, der Körper würde jetzt erst mal alles speichern, aber sie solle sich bitte keine Sorgen machen, das pendle sich wirklich wieder ein.

Jessie drehte durch. Sie riss Sophie den Pulli hoch und deutete auf die dicken, blauen Geweberisse auf dem Bauch. Sophie sehe mittlerweile aus wie eine Fünfzigjährige nach acht Schwangerschaften und das mit neunzehn Jahren, was sich da bitte wieder einpendeln solle, ob Frau Richard ihr, Jessie, das mal erklären könne. Sophie riss ihren Pulli wieder herunter, schlug die Hände vors Gesicht und rannte aufs Klo.

Die Sondenprinzessin lachte. Es war ein erschrockenes, hilfloses Lachen, aber Jessie hörte nur pure Häme. Sie stand auf, als wäre sie eine Marionette, an deren Fäden jemand zog. Sie baute sich vor der Sondenprinzessin auf, und bevor diese auch nur ahnte, was auf sie zukam, hatte sie schon Jessies Fäuste im Gesicht.

Zwei Stunden später saß Jessie mit verschränkten Armen auf einem Stuhl, während der Stationsarzt die Papiere ausfüllte und Freya den Entlassungsschein in die Hand drückte. Sie verabschiedete sich nicht von Sophie und Finchen. Sie wusste nicht, wie sie jemanden umarmen sollte, den sie verraten hatte. Aber sie verstand zum ersten Mal, dass auch ihre Mutter nicht wusste, wie sie jemanden umarmen sollte, den sie verraten hatte. Sie sah ihrer Mutter ins Gesicht, die Augenringe, der Lippenstift, der eher so aussah, als sollte er etwas kaschieren, anstatt etwas hervorzuheben. Als würde ihre Mutter sich unter der Schminke verstecken wollen. Als schämte sie sich für ihr Gesicht. Als sie vor der Station standen, die Sonne ihnen die Haare bleichte und die Tränen aus den Augen trieb, drückte Jessie ihrer Mutter die Hand. Ganz kurz nur, aber kräftig.

KAPITEL 5

Christoph Maria Petersenn stand zwischen den meuternden Matrosen, Arbeitern und Marinesoldaten auf dem Lübecker Rathausplatz, legte den Kopf in den Nacken und schloss die Augen. Der Himmel war bedeckt, er hing tief, es wehte ein scharfer Wind, noch dazu nieselte es, aber Christoph legte den Kopf in den Nacken und lächelte.

Er hatte eine dreimonatige Grundausbildung in Seemannschaft und Infanteriedienst hinter sich, hatte einen kurzen Navigationskurs an der Marineschule in Kiel absolviert und gerade seinen Borddienst angetreten, als die Matrosen zu meutern begonnen hatten und Christoph damit nicht nur vor dem Krieg, sondern auch vor einer Ausbildung bei der Marine retteten. Christoph hatte, als die Meuterei begann, keine Vorstellung vom Kampf oder dem Tod, aber er hatte eine Vorstellung vom falschen Leben.

Johann Petersenn, der es gar nicht hatte abwarten können, seine Söhne zur Marine zu schicken, war, was Christoph anging, ungewöhnlich zögerlich gewesen. Je länger der Krieg andauerte, desto mehr vertrat er die Ansicht, es habe noch Zeit, er solle erst mal das Abitur machen. Christoph, der das Gefühl hatte, sein Vater sei nicht mehr sicher, ob eine Offizierslaufbahn für seinen Sohn der richtige Weg sei, bat darum, auf die Kunsthochschule geschickt zu werden, was dazu führte, dass Johanns Angst um das Leben seines Sohnes sofort erstickt wurde von der Angst, einen *weibischen faulen Tunichtgut* von einem Sohn zu haben. Christoph ging also zur Marine und verlor innerhalb kürzester Zeit alle Hoffnung, ein Leben führen zu können, das etwas anderes war als pure Quälerei.

Jetzt stand er auf dem Rathausmarkt, bekam einen Ellenbogen zwischen die Rippen, trat seinem Nebenmann auf die Füße, er schwitzte und wusste nicht mehr, ob es Panik war oder Euphorie. Er war der einzige junge Kadett zwischen den Matrosen und Marinesoldaten, die sich auf dem Marktplatz versammelt hatten. Immer enger wurde er an die anderen Körper gedrückt, die Intimität der Masse, Körpergerüche, eine Erinnerung, Seesand, Möwen, *der muss hinaus, der muss hinaus*. Er kämpfte gegen den Impuls, sich einfach nach hinten fallen und von einem Schwarm Matrosen auffangen zu lassen. Er dachte an Peter Wieland, den er immer wieder gezeichnet hatte, so oft, dass er jetzt die Zeichnung besser erinnerte als das Gesicht des alten gegerbten Matrosen.

Wieland hatte auf einer Kiste gestanden und zu den Massen gesprochen, diesen immer größer werdenden Versammlungen aus Marinesoldaten und Matrosen. Sein sehniger Körper stand gegen den trüben Herbsthimmel, in Christophs Erinnerung aber stach seine Silhouette hoch gegen einen frostblauen klaren Himmel, schwang er eine rote Fahne über dem Kopf, ragte er drei Mann hinaus über die Menschenwogen. »Unsere Kameraden«, hatte Wieland gerufen, »dürfen nicht dafür büßen, dass die Offiziere einen Krieg wollen, den die Mannschaften nicht mehr wollen, den die Regierung selbst nicht mehr will! Ich sage euch: Wenn wir Mann zu Mann miteinander sprechen könnten, Deutscher zu Engländer, Matrose zu Matrose, ich sage euch, Brüder, morgen schon wäre Frieden.«

Das Einschussloch der Kugel in Wielands Brust war klein gewesen, zuerst hatte Christoph es gar nicht gesehen. Es wirkte banal dafür, dass Wieland eben noch in den Himmel gewachsen war, dass er eben noch einen Schluck Schnaps genommen und sich an die Spitze der Demonstration gestellt, dass er sich zu Christoph umgedreht hatte, *keine Sorge, Kleiner*, und jetzt alles aus ihm gewichen war, innerhalb des Bruchteils einer Sekunde.

Christoph hatte über dem Toten gestanden, er hatte das Blut und den Urin gerochen, verbranntes Fleisch, den sengenden Geruch abgefeuerter Pistolen, aber das erinnerte er nicht. Er erinnerte eine Zeichnung, waghalsige schnelle Striche, Wieland über die Flagge geworfen, die Fäuste geballt, hinter ihm ein Junge, der seine Kadettenmütze in den Staub trat. Im Himmel, wie eine düstere Wolke, das Gesicht von Johann Petersenn, durch einen Sonnenstrahl zerrissen.

Wielands Tod hatte ihm keine Angst gemacht, im Gegenteil. Ein hellwacher euphorischer Furor befiel ihn, ein Gefühl der Unverwundbarkeit. Die Wut der Kieler Matrosen über die preußische Allmacht der Offiziere verdichtete sich bei Christoph zu einem persönlichen Zorn über ein fremdbestimmtes Leben. Der Kampf der Matrosen gab seinem eine Richtung: Ihnen konnte man folgen. Sie ebneten den Weg. Sie wussten, was zu tun war. Sie hatten die Macht. Christoph war neunzehn Jahre alt, aber er hatte bisher keine Entscheidung seines Vaters in Frage gestellt. Es wäre ihm nie in den Sinn gekommen, gegen diese gottgegebene Macht zu rebellieren.

Nun, diese Männer rebellierten sogar gegen den Kaiser.

Fast hätte ihn der Mut noch einmal verlassen. Als sie den Mauern der Alten Kaserne näher kamen, waren es nur noch die Menschenmassen, die ihn vorantrieben, nicht mehr seine eigenen Füße. Es war das eine, aus der Ferne gegen den Vater zu meutern, es war etwas anderes, tatsächlich von ihm in der Menge entdeckt zu werden. Johann Petersenn war mittlerweile achtundachzig Jahre alt. Unter normalen Umständen hielt er sich nur noch äußerst selten in der Lübecker Kaserne auf. Allerdings, so wusste Christoph, *Unruhen* agitierten den alten Petersenn wie nichts anderes. Ein kleiner Hungertumult reichte, und Johann tauchte auf, um Ratschläge zu erteilen und den *Aufruhr niederzuschlagen*. Es war also, dachte Christoph, sogar recht wahrscheinlich, dass Johann Petersenn in der Alten Kaserne war und sich auf die aus Kiel angereisten *Tumultanten* vorbereitete. Als sie in die Fackenburger Allee einbogen, wurde ihm so übel, dass er fürchtete, sich direkt auf die eigenen Schuhe übergeben zu müssen.

Er sagte sich den Namen Wieland vor wie ein Gebet, er presste die linke Hand auf die Brusttasche mit der Zeichnung von Wielands gegerbtem Gesicht, aber der Tod schien ihm weniger erschreckend als die Augen seines Vaters, würden sie den revoltierenden Sohn erspähen.

Der Zug auf die Kaserne war seltsam still, keine Parolen, keine Chöre, die Männer wirkten konzentriert und entschlossen, aber, so wurde Christoph klar, auch sie hatten Angst. Einzelne Soldaten hatten sich ihnen schon angeschlossen, in den Kasernen aber regierten die Offiziere.

Er hatte die Kaserne nicht so groß in Erinnerung. Sie füllte das gesamte Blickfeld aus, ein gigantischer, geschliffener Fels, ins buttrige Licht des späten Nachmittages getaucht: Der Himmel war aufgerissen. Kurz bevor die Dämmerung niederbrach, ging da doch noch eine Herbstsonne auf buntes Laub nieder, troff über die Pickelhauben der Soldaten vor den Toren.

Das Laub, dachte Christoph, das Laub war gelb. Das Laub der Büsche auf dem Kasernenvorhof war gelb, der schmiedeeiserne Zaun glänzte schwarz, dahinter der tiefrote Stein der

Kaserne. Er schaute auf das Kopfsteinpflaster zu seinen Füßen, die Schienen der Straßenbahn, die das Pflaster durchschnitt, auch hier überall Laub, in allen Farben. Christoph konzentrierte sich auf die verschiedenen Schattierungen von Gelb über Rot bis zum tiefsten Braun, um sich von den glänzenden Pickelhauben vor dem Tor und dem erstickenden Stein dahinter abzulenken. Dass man nicht verrückt wird, dachte er, in einem weiteren Versuch, sich aus der beklemmenden, beängstigenden Situation zu befreien, liegt einzig daran, dass bestimmte Zustände einfach zeitlich begrenzt sind. In spätestens einer Stunde hat uns die Kaserne verschlungen, oder wir haben sie niedergerungen.

Hinter ihnen ein rasselndes Geräusch, eine Straßenbahn, die heranrückte und quietschend zum Stehen kam. Als wäre das das Signal gewesen, begannen die Matrosen zu laufen. Sie rannten auf die Mauern zu, als wollten sie sie allein mit ihren Körpern durchbrechen, Christoph stolperte, wollte sich zurückfallen lassen, dann sah er auf, öffnete den Mund und stürmte los. Vielleicht brüllte er aus voller Kehle, vielleicht brüllten auch die Matrosen, rannten unter tosendem Schlachtgeheul auf die Kaserne zu. Vielleicht hielten sie die Gewehre bereit, vielleicht gingen einige von ihnen in Deckung, und andere stießen vor, Christoph erinnerte etwas anderes. In Christophs Erinnerung verlief die Besetzung der Kaserne, die Öffnung des Waffendepots und die Entwaffnung der Offiziere in absoluter Stille, höchster Konzentration und nahezu elegant. Der Ansturm der Matrosen war ein Sprint, ein entschlossener Sprung, war ein vogelähnlicher Flug. Christoph glaubte Musik zu hören, er spürte, wie das Blut durch seine Adern floss, es war eine unbändige Kraft in ihm, ein Gefühl, als hätten selbst seine Haare Muskeln.

Christoph, so erinnerte er es, sprang auf einen Offizier zu, sprang mindestens drei Meter durch die Luft im gestreckten Spagat, riss ihm die erhobene Waffe im Flug aus der Hand, landete federleicht, die Waffe in der Hand, in der Ferne schlug eine rote Fahne schwer im Wind. Christoph hielt das Gewehr quer vor der Brust, streckte den rechten Arm gerade nach oben, drückte den Rücken durch und beugte sich weit nach hinten, das rechte Bein gestreckt nach vorn, nur die Zehenspitzen berührten den Boden. Etwas toste von irgendwoher, eine Brandung oder Applaus. Christoph, den Kopf weit in den Nacken gelegt, beugte sich noch ein wenig weiter nach hinten, hob das gestreckte rechte Bein in die Luft und führte es in einer geschmeidigen Bewegung über die Seite nach hinten, Zehenspitzen und Fingerspitzen in einer Linie, das Gewehr an der Brust. Er führte die rechte Hand in einem weiten Bogen vor den Körper, zog den rechten Fuß an den linken und verbeugte sich.

Christoph Petersenn hatte seinen Vater besiegt, Johann allerdings war gar nicht da, er lag mit einer Erkältung im Bett und fieberte leicht.

Mit der Macht des Monarchen schwand auch die Macht von Johann Petersenn, Christoph war frei, die Republik hatte ihn befreit: Er würde Kunst studieren, hier in Berlin, dessen war er sich sicher, als er diesem schmalen Mann mit dem weißen Spitzbart zuhörte, der seine eigene Rede mit dem rechten Arm dirigierte. Bewegungen, die kraftlos und unrhythmisch gegen den Takt seiner Worte standen, als hätte er für eine andere Rede geprobt und läse nun die falschen Sätze ab.

»Einen Schluck auf die Republik?«, fragte eine heisere, warme Stimme neben ihm, eine Stimme, die eigentlich zu leise war, um in dem Tumult gehört zu werden. Aber Mathilda Lodz, die seit fünfzehn Jahren auf den wichtigsten Bühnen des Landes stand, war es gewohnt, gehört zu werden, also wurde sie gehört. Christoph drehte sich um. Die Frau, die neben ihm stand und ihm einen silbernen Flakon hinhielt, hatte das intensivste Gesicht, das er je gesehen hatte, ohne dass er hätte sagen können, was ihre Züge so besonders machte. Es gibt Schauspieler, deren eigene Konturen verschwimmen unter den Rollen, die sie einnehmen, ihre eigenen Gesichter wirken nach einigen Jahren wie ausgewaschen. Mathilda jedoch gehörte zu den Schauspielerinnen, die jede Rolle sich selbst hinzufügten; sie anzusehen löste ein fiebriges Gefühl aus, Schicht um Schicht entdeckte man jemand anderes, sie hatte unzählig viele Gesichter, aber jedes trug ihre Züge. Mathilda brannte, ohne etwas von ihrer Substanz herzugeben. Es waren die anderen, die Bewunderer, die an ihr zu Asche wurden. Christoph schaute in ihre klugen und leicht glasigen Augen, bemerkte den spöttischen Zug um ihre Lippen und vergaß sich fast, so dringend wollte er in ihr auf dem Kopf zusammengestecktes dunkles Haar greifen. Man begehrte doch nicht jemanden so sehr, den man vor zehn Sekunden zum ersten Mal gesehen hatte. Er riss sich zusammen. »Darf ich vorstellen, Christoph Maria Petersenn!« Damit griff er nach der Flasche und nahm einen Schluck. Mathilda nickte ihm zu, ohne ihren Namen zu sagen, sie schien davon auszugehen, dass man sie erkannte. Dann wandte sie sich zum Gehen und nahm den Mann, der neben ihr stand, am Arm. Sie schaute sich nach Christoph um: »Wo bleiben Sie denn, wir gehen was trinken!«

Verwirrt und hypnotisiert folgte er dem Paar, das sich einen Weg durch die berauschte Menge bahnte. Überall lag noch der stechende Geruch der Angst in der Luft, der Schweißgeruch von Männern, die noch vor Stunden mit einem Tod im Maschinengewehrfeuer gerechnet hatten. Mathildas Absatz bohrte sich in ein Pappschild, das auf dem Boden lag. *Brüder! Nicht schießen.* Christoph nahm einen weiteren Schluck aus dem Flachmann und folgte Mathilda, wie er vorher den Matrosen gefolgt war. Überall lagen Flugblätter verteilt, auf denen um Ruhe und Ordnung gebeten wurde. Die Menge war so dicht, dass er Mathilda fast aus den Augen verlor, dann bogen sie in eine unbelebte Seitenstraße ab, Mathilda drehte sich zu ihm um und zwinkerte ihm zu.

Sie landeten in einer kleinen Bar, in der ein Wirt schlecht gelaunt ihre Gläser füllte: »Überall Streiks, überall Demonstrationen, so wird das doch nichts mit der Republik.«

Mathildas Mann nickte und bot dem Wirt eine Zigarette

an, dann wandte er sich Christoph zu: Ob er zusammen mit den Matrosen nach Berlin gekommen sei?

Allerdings! Kiel, Lübeck, jetzt Berlin, ein Reisender in Sachen Revolution, Christoph lachte etwas albern und betrachtete Peter eingeschüchtert, der so elegant und weltmännisch auf dem Barhocker saß, in einem Anzug, gegen den Christophs eigener aussah, als käme er aus dem vorigen Jahrhundert. Mathilda saß zwischen ihnen, eine Zigarette zwischen den Fingern, an der sie auf eine Art zog, die Christoph ganz schwummrig machte. Er kannte keine Frauen, die rauchten. Eigentlich kannte er gar keine Frauen. Zumindest nicht solche.

Am Nachmittag standen sie vor dem Berliner Stadtschloss, wo Liebknecht die freie sozialistische Republik ausrief. »Na?«, fragte Mathilda und nahm seinen Arm, legte in einer Geste ungewöhnlicher Vertrautheit ihren Kopf an seine Schulter, »welche Republik ist Ihnen nu lieber?« Christoph war jede Republik recht, in der eine Frau wie Mathilda einfach so ihren Kopf an seine Schulter legte, er sog ihren Duft ein und nahm einen großen Schluck aus der Flasche. »Diese«, sagte er, so leise, dass ihn niemand hörte. Diese.

Er begann zu lachen. Er lachte zu laut und zu lange, aber wie er da stand, in einer Welt, in der plötzlich eine Republik nach der anderen ausgerufen wurde, fühlte er sich wie einer, dem man erzählte, dass es mehr als einen Mond gab. Die Menge zerstreute sich allmählich, Peter und Mathilda nahmen Christoph in die Mitte, er hatte jede Orientierung verloren, sie liefen Straßen hinauf und hinunter, dann betraten sie den Bauch der Stadt. Glänzende Schienen, das Skelett Berlins, Christoph hatte noch nie eine unterirdische Bahn gesehen. Als ihr Kopf in der Dunkelheit des Tunnels auftauchte, hielt Christoph fasziniert den Atem an, aber als der schwere Zug an der Plattform zum Halten kam und seine Türen öffnete, zuckte er zusammen. Die Sorglosigkeit, mit der Peter und Mathilda durch die Eingeweide der Stadt, *durch die Erde* fuhren, imponierte ihm. Er beobachtete ihre Bewegungen, steckte den Fahrschein in die Brusttasche seines Hemdes, wie Peter es tat, konnte aber den Blick nicht von den Tunnelwänden lösen, die an ihm vorbeirasten. Er rechnete jeden Moment damit, dass die Decke des Tunnels einstürzen und das Meer sie alle verschlucken würde. Es war das Meer, das er fürchtete, nicht die Millionen Körper, die über ihnen die Stadt durchpflügten, nicht die unerhört hohen Bauten, die über ihnen in den Himmel ragten. Als er wieder unter dem weiten Berliner Himmel stand, hatte er das Gefühl, nur ganz knapp etwas entronnen zu sein.

Henry öffnete ihnen im Mantel, die Wohnung war ungeheizt, er inspizierte die mitgebrachten Flaschen, nahm Mathilda den Whisky aus der Hand und stieß einen anerkennenden Pfiff aus, drehte sich wortlos um und ging mit gehetztem Gang in die Wohnung zurück. Im Gehen entkorkte er die Flasche, schenkte sich drei Fingerbreit ins Glas, dann setzte er sich an den Schreibtisch und hämmerte weiter auf seine Schreibmaschine ein. Mathilda und Peter schienen sich an der ausbleibenden Begrüßung nicht zu stören, sie ließen sich auf das Sofa fallen und zündeten sich Zigaretten an: »Henry, da ist Revolution, und du hängst über deinen Papieren!«, Henry antwortete nicht. Christoph setzte sich auf einen recht mitgenommen aussehenden Stuhl, lauschte dem gleichmäßigen Hämmern der Schreibmaschine und hatte, obwohl der Stuhl bei jeder Bewegung knarrte und wackelte, zum ersten Mal seit dem Morgen wieder festen Boden unter den Füßen.

Wenig später war die winzige Wohnung vollgestopft mit Menschen, die mitgebrachte Brote aßen, rauchten und tranken. Mathilda Lodz stellte Christoph jeden neu ankommenden Gast vor, wobei sie ihn zuerst als ersten Zeugen der

Meuterei vorstellte, dann als ersten Zeugen der Revolution, schließlich als Revolutionär der ersten Stunde.

Gegen Mitternacht war er zum Klassenkämpfer geworden, nur Henry behielt seine mürrische Miene, er lehnte sich neben Christoph an die Wand, zündete sich eine Zigarette an und betrachtete das Treiben in seiner Wohnung: »Wie die Kinder! Ich weiß gar nicht, was es da zu feiern gibt! Wer sitzt denn jetzt in der Regierung? Etwa die Unabhängigen? Liebknecht gar? Nein, die treuen Diener der Monarchie. Die Jasager. Ich sage dir, mit Ebert und Scheidemann, diesen Kriegsunterstützern, da ist das Militär ratzfatz wieder im Sattel. Aber unsere reiche Salonbolschewistin wird schon wissen, warum sie trinkt und tanzt. Das hoffe ich zumindest!« Er lachte und warf Mathilda eine Kusshand zu, die sich zu ihrem eigenen Gesang von einem verschwitzten jungen Mann im Kreis drehen ließ. Christoph schwieg. Er verstand kaum, was Henry sagte, er war in einer Welt aufgewachsen, die nur eine Deutung zuließ. Alles war ihm fremd, alles ein Versprechen, er fand Henrys Kritik kleinlich, gleichzeitig fühlte er sich dumm, dass er sie nicht verstand.

Die Kälte der Wohnung wurde durch die Hitze der Körper vertrieben, eine intime Wärme, die nach Schweiß und dem Atem der Frauen roch. Sie saßen auf dem nackten Fußboden, die glänzenden Waden entblößt, die Wollmäntel offen, die Wangen in die Pelzkragen geschmiegt. Sie lachten ihn an, die Zähne versunkene Perlen hinter den rotglänzenden Lippen, ihre Haare kitzelten ihn an der Wange, wenn sie sich zu ihm herüberbeugten, um ihm Dinge ins Ohr zu flüstern, die kein Geheimnis waren. Christoph war mit seinem schwarzen Haar, den dunklen Augen und den breiten herben Gesichtszügen attraktiv. Was ihn unwiderstehlich machte, war, dass er sich dessen nicht bewusst war, dass er keine Eitelkeit kannte, nicht einmal bemerkte, wie sehr die Frauen ihn begehrten. Er suhlte sich in ihrem Duft, atmete den Rauch, den sie aus halb geöffneten Mündern ausstießen, sah die winzigen Schweißperlen, die sich an ihrem Haaransatz sammelten, ihre rotlackierten Nägel waren kleine Signalfeuer, die ihm in der Dunkelheit den Weg zum Hafen wiesen. Die Kanonen der anderen Schiffe, die ihre runden Mäuler auf die Matrosen gerichtet hatten, der Urin, der sich unter Wielands totem Körper gesammelt hatte, Schreie, die sich in der Erinnerung anhörten wie ein Echo. Die kaum verheilte kleine Wunde an Wielands Hals, wo er sich am Morgen beim Rasieren geschnitten hatte, die glitzernden Spangen im Haar der Frauen, ihre schweren Parfums, Mathilda, die sich am Horizont seines Blickes wiegte. Eine Nacht wie eine Faust, die sich über Christoph langsam öffnete.

Im Morgengrauen hing er betrunken in einem Stuhl und betrachtete unter halb geschlossenen Lidern Mathilda, die neben Peter auf dem Sofa saß. Mathilda, die ihn jetzt lange ansah, den Kopf auf die Schulter ihres Mannes gelegt, die ihm den Rauch ihrer Zigarette entgegenblies wie einen Kuss.

Als Christoph erwachte, lag er auf dem Boden, es war dämmrig, vielleicht war es schon Abend, vielleicht war es auch nur ein besonders trüber Novembertag, seine Uhr war stehen geblieben, es war kalt. Er richtete sich langsam auf, ihm war furchtbar übel, sein Kopf schmerzte höllisch, er lächelte. Er hatte den schlimmsten Kater seines Lebens, aber er war glücklich. Jemand hatte ihn mit seinem Mantel zugedeckt, er fand noch eine Zigarette in der Manteltasche, zündete sie an, gierig, als wäre das die einzige Möglichkeit, Atem zu holen.

Die Wohnung war leer. Überall leere Flaschen, kalter Zigarettenrauch lag wie Staub auf allen Dingen, Henry war nicht da. Mathilda war nicht da. Aber das machte ihm nichts. Christoph Maria Petersenn saß auf den schroffen Dielen einer ungeheizten ärmlichen Schriftstellerwohnung, er hatte auf dem Boden geschlafen und mit Künstlern gefeiert, und

Mathilda, so erinnerte er sich zumindest, hatte irgendwann neben ihm gekniet und war mit dem Finger über sein Gesicht gefahren.

Christoph stellte sehr bald fest, dass man zum Leben Geld brauchte. Er liebäugelte halbherzig damit, einer Lohnarbeit nachzugehen, rief sich aber schnell zur Räson: Seine Arbeit war die Kunst, alles andere war Zeitverschwendung. Er schrieb also seiner Großmutter einen Brief, den er an Rosas Adresse schickte. Theresa Graf, deren Vermögen schon die Marineausbildung von Alfons finanziert hatte, schickte ihm postwendend Geld für sein Studium. Sie bot ihm an, sich bei Johann für ihn zu verwenden, sie schrieb, sie sei sehr stolz auf ihn, und wenn er es wirklich wünsche, dass sie über die Art seines Studiums schweige, verspreche sie natürlich, das zu tun, allerdings, wenn sie so frei sein dürfe: Sie verstünde seine Bitte nicht, Arzt sei ja nun kein Beruf, für den man sich zu schämen brauche. Christoph nahm das Geld aus dem Umschlag und schämte sich. Dann stürzte er sich in die Großstadt. Der erste Monat war lebensgefährlich. Er war den Verkehr nicht gewohnt, kaum war er der Straßenbahn ausgewichen, stieg schon ein Auto quietschend auf die Bremsen. Christoph hatte sich vorgestellt, wie er über die Alleen flanieren würde, stattdessen rannte er hakenschlagend an Fahrrädern, Straßenbahnen und Autos vorbei, zog ständig den Hut, aber es waren so viele Menschen auf den Straßen, man konnte ja unmöglich alle grüßen.

Überall waren Kriegsversehrte, Männer ohne Beine, die sich auf kleinen Rollwagen vorwärtsbewegten, Einbeinige, die auf Krücken die Straßen hinunterhumpelten, Menschen, die ihre Gesichter nicht mehr unter Kontrolle hatten, deren Mundwinkel, Augen nervös zuckten, deren Hände flatterten, Beine zitterten. Christoph ging stundenlang hinter einem Mann her, dessen Kopf und Gesicht verbrannt waren, ein Auge wirkte, als hätte heißes Wachs es verschmolzen, sein Schädel war schrecklich vernarbt, feuerrot und kahl. Er hatte ein Bein verloren und ging auf Krücken, Hände und Arme aber zitterten so heftig, dass die Krücken kaum Halt boten, immer wieder entglitt ihm eine Stütze, immer wieder stürzte er. Christoph half ihm dreimal auf, bis der Soldat misstrauisch wurde, ob Christoph vielleicht lieber auf den Jahrmarkt gehen wolle, er, der Soldat, sei keine Attraktion, er sei nur kaputt geschossen. Das sei alles. Christoph entschuldigte sich und eilte davon, lief dabei fast vor ein Fahrrad, sprang zur Seite und fast vor ein Auto, drehte sich um und hörte das Klingeln der Elektrischen.

Wenn er durch die breiten Straßen ging und zum Himmel hinaufschaute, der anders war, großzügiger, blauer, mehr Licht auf die Fassaden warf, dann kamen ihm die engen Gassen Lübecks, die abschüssigen Gruben, wie eine morsche dunkle Puppenstube vor, eine kleine, stürmische Welt, auf einen Sumpf gebaut, in den sie immer tiefer einsank. Eine Welt, die vergangen war, noch während ihres Bestehens.

In den Bars feierten die einen den Waffenstillstand, während andere die Revolution verfluchten. Christoph saß zwischen ihnen, mit seinen fliegenden Blättern, die Hände voll Kohlestaub, das Herz trunken und in schwarzer Glut. Es seien doch diese bolschewistischen Revolutionäre, die ihnen das Heer zersetzt, die spartakistische Parolen an die Front und in die Stuben getragen hätten. Es sei doch diese verdammte Republik, die Schwäche zeige. / Was ein reaktionärer Humbug, die Räte seien doch gar nicht spartakistisch. Die sind doch alle sozialdemokratisch, sogar parlamentarisch eingestellt! / Kein feindlicher Soldat habe deutschen Boden betreten, da könne es doch gar nicht sein, dass man den Krieg verloren habe. / Wer ist denn bisher der große Verlierer der neuen Ordnung? Das Militär! Es wird eine Gegenrevolution geben, wenn das Militär zurückschlägt, dann werden sie nicht zimperlich mit den Demokraten sein.

In Christoph verschwammen die Stimmen zu einem Chor, alles entfachte ihn, nichts bedeutete ihm etwas. Christoph küsste Frauen, die ihm ihren Namen noch in derselben Nacht von der Zunge wischten, er saß zwischen Mathilda und Peter im verschwitzten Samt der Kabaretts, Beine, nackt wie eine mondhelle Nacht, der Kometenschweif zu vieler Zigaretten, das Hyänengelächter des Schnapses, Mathildas Blick, an dem er vor Anker ging. Christoph berauschte sich an den müden Augen alter Kellnerinnen, erleichtert, dass es möglich sein konnte, sich zu entrinnen. Er küsste schöne Frauen und öffnete Minuten später die Augen wie aus tiefem Schlaf und schaute entsetzt in ihre hässlichen Gesichter. Eine große kräftige Sängerin räkelte sich auf einer Bühne lasziv auf einem Stuhl und sang mit rauchiger Stimme, Christoph applaudierte ekstatisch und schaute dann erstarrt zu, wie sich die Frau mit der Hand über den Kopf fuhr und ihr Haar abstreifte, so dachte Christoph es in jähem Entsetzen, *sie streift ihr Haar ab*, und sich in einen kahlköpfigen Mann verwandelte. Jeder Atemzug ein Wagnis, jedes Getränk ein Geheimnis, jeder Gedanke eine Dummheit. Peters dick gesträhntes Haar, sein skeptischer Blick, der einem innerhalb von Minuten den Rausch austreiben konnte, die kühlen Kacheln der Toiletten, man konnte überall schlafen, wenn man vergessen hatte, was Heimat war.

Die unversöhnliche Kälte des Morgens, die alles ablöschte,

das Gleißen der Nacht zu einer Fratze machte. Die Taschen erleichtert vom erlogenen Geld der Großmutter, nur ein paar feuchte, klamme Scheine, die ihren Wert über Nacht verloren hatten, eine Befreiung, sie in den Wind zu werfen. Die Beine, wie aus dem Gelenk gerissen, er folgte seinen fliegenden Füßen durch den zähen Morgen, die Lungen voll Teer, die Augen voller Scham. Der Boden vor den U-Bahn-Stationen war weich von unzähligen Lagen aufgeweichter, festgetrampelter Blätter. Haarige bolschewistische Monster schleppten sich über Litfaßsäulen, in den Asphalt gestanzte Parolen: Schlagt Liebknecht tot, Eile tut not.

Der Kater nach einem unruhigen Schlaf, die Tristesse der Stadt, in deren Straßen die Geister toter Soldaten neben den bitteren Gestalten derjenigen standen, die jede Schlacht überlebt und durch den Frieden jedes Ziel verloren hatten. Christoph verstand nichts und sah alles. Die Geißel der Freiheit, das zerschnittene Korsett der Disziplin, Christoph fand nur Ruhe, wenn das erste Glas Wein den Kater bekämpft hatte, bevor das zweite erneut die wilde Euphorie in ihm entzündete.

Mathilda schleppte ihn in die eiskalten Ateliers verarmter Maler und die dekadenten Clubs der Bourgeoisie, wo sich das Bürgertum den Schweiß von der Stirn wischte, es war ja alles noch mal gut gegangen, die Elektrische fuhr, das Wasser lief, man trank Sekt und rollte wissend die Augen. Mathilda war geladener Gast in den besten Salons und kannte die verschwiegendsten Lokale, das Tanzverbot bedeutete für jemanden wie Mathilda nur, dass der Tanz in den funkelnden versteckten Kellern im Bauch der Stadt noch hitziger wurde.

Die Körper zuckten und vibrierten, Beine, als hätte der Teufel sie geholt, Körper wie ein Anfall. Die Ekstase der neuen Tänze, Schüsse vor dem Stadtschloss, Christoph schloss die Augen. Er roch Mathildas Parfum. Die Nacht lang vorbei, aber über der Tanzfläche der Mond der elektrischen Lampen, jemand stürzt und zieht einen anderen in einem Kuss mit sich hinab, zwei Männer, die sich im Kuss auf dem Boden winden / zwei Männer, die sich in ihrem Blut auf dem Boden winden. Der Morgentau unzähliger Zigaretten lag über den tanzenden Köpfen, Matrosen in Fenstern wie Schießscharten, Arbeiter, die sich vor die Matrosen stellen, die Revolution erschoss ihre Revolutionäre. Mathilda zog Christoph auf die Tanzfläche, und Christoph tanzte. Er tanzte so hitzig, so obsessiv, dass sich bald ein Kreis um ihn und Mathilda bildete. Er bewegte sich wild, fast brutal, es wirkte nicht wie ein Tanz, eher wie ein Kampf, dann erbrach er sich mitten auf das Parkett.

Man ließ sich nur einmal von Johann Petersenn auf den Zehenspitzen erwischen, die Arme über dem Kopf, den Rücken gebogen.

Am nächsten Tag hatte er seinen Tanz völlig vergessen, auch, dass er sich vor allen anderen übergeben hatte, und Mathilda erinnerte ihn nicht daran. Sie bat ihn auch nie wieder um einen Tanz.

In der nächsten Nacht drückte Mathilda Christoph hinter den Flügeltüren ihres Salons an die Wand und küsste ihn, während Peters Stimme zu ihnen herüberwehte, Eberts Blutweihnacht anprangerte. Aber Christoph küsste Mathilda, er war nicht in der Lage, Peter gegenüber Schuld zu empfinden. In dem Moment, als Mathildas Gesicht nur noch Millimeter von seinem entfernt war, wurde diese Frau zu seiner. Christoph küsste Mathilda und versank in ihrer Umarmung, versank in einer tiefen Finsternis, die ihn mit einer Lebendigkeit erfüllte, die er kaum ertrug, mit einer Lust, die, das ahnte er, nicht über den Körper gestillt werden konnte.

Mathilda löste sich aus seiner Umarmung, schenkte ihm einen glühenden Blick, wischte ihm den Lippenstift ab und verschwand kommentarlos im Salon.

Christoph zeichnete Häuser, die wie Grabsteine in den Straßen standen, und Arbeiter, denen das Skelett durch die Haut schimmerte. Er zeichnete Offiziere, im Rücken von einem Aufziehstift angetrieben, und Soldaten, die unter der Peitsche der Regierung kreiselten, blind um sich schießend. Er zeichnete Straßenschlachten, nur gezügelt von Häuserwänden, in deren Fenstern man Damen beim Kaffee sah.

Er schlief in der U-Bahn und lag hellwach im Bett, der Puls rasend von Nikotin und Alkohol, die Synapsen weiter feuernd, die Nerven in Flammen, die Sonne Gift, das ihm die Augen ausbrannte. Er war das Kind, das aus der Stille kam und nun durch die gleißenden Straßen peitschte, Haut und Geist überreizt, Schlaf nur für Stunden, zerfetzt von Träumen.

Mathilda strich ihm über das Haar und küsste Peter, Mathilda brannte mit der Glut ihrer Zigarette Löcher in den Himmel und ließ ihn an Straßenecken zurück, lachend.

Er streifte durch die Stadt wie ein Tier, witternd, hungrig, die Kälte trieb ihm das Wasser aus den Augen, er riss den Mund weit auf, streckte die Zunge in den Wind, suchte die Ruhe im Eis, Mathilda.

Der Berliner Januarhimmel, als hätte jemand einen Farbeimer gegen den Horizont gekippt, ein so reines klares Blau, es konnte keine Wirklichkeit haben. Christoph stand eingekeilt zwischen zornigen Arbeitern, Kopf an Kopf von der Siegesallee über den Tiergarten bis zum Alexanderplatz. Der Himmel über ihnen eine Flagge, ein Triumph. Die Arbeiter waren bewaffnet, das waren keine echten Sozialdemokraten mehr in der Regierung, diese Regierung war ein Verrat. Christoph trank Schnaps aus der Flasche und irrlichterte stundenlang durch die Massen, ohne ein bekanntes Gesicht zu sehen, die Matrosen waren fort, die Matrosen waren tot. Christoph eingekeilt in einer dichter werdenden Menge, unrasierte Gesichter, aufgerissene Münder, Gewehrkolben zwischen den Rippen, Schüsse gegen den Himmel. Der Himmel riss und entlud sein Gedärm auf ihre Köpfe, Christoph schälte sich aus der Menge wie aus einem engen Anzug, eine Stunde später schlief er vor Mathildas Haustür ein.

Er erwachte mit Fieber und Schüttelfrost, immer wieder schlief er ein, wachte er auf, das Zimmer kalt, die Laken nass, es schien immer dunkel zu sein, Christoph fieberte durch die längste Nacht seines Lebens, dann stach ihm die Helligkeit fast die Augen aus, er fieberte durch den längsten Tag, dann verlor er den Überblick. Als er wieder zu Bewusstsein kam, war Krieg.

Am Abend senkte Mathilda ihre langen Wimpern über der Suppe, Peter und Henry diskutierten, aber sie schwieg, teilte Christophs Schweigen, lächelte ihn an auf eine Art, als könnte sie ebenso gut auch weinen.

Henry rührte seine Suppe nicht an, er rauchte wie ein Besessener, die Stirn nass: »Die Freikorps schießen auf Geheiß der Regierung alles zusammen, was noch an die Kraft des Proletariats glaubt. Diese Freikorps, die jetzt im Namen der Sozialdemokraten wüten, hassen doch die Republik wie die Pest!«

Peter nickte: »Natürlich, die sind zu jung, um etwas anderes gelernt zu haben als das Kriegshandwerk. Der Krieg hat sie verroht, der Frieden macht sie arbeitslos. Sie brauchen ein Militärregime, um zu überleben.«

Mathilda sah auf, zündete sich eine Zigarette an und hob ihr Glas: »Man hat das Unmögliche erreicht: eine Demokratie ohne Demokraten, eine Revolution ohne Revolutionäre. Und jetzt trinkt. Wir haben etwas, das wichtiger ist, wir haben die Kunst. Was sonst soll uns retten.«

Sie sah Christoph an, als meinte sie nur ihn.

Später am Abend nahmen Henry und Peter ihre Hüte, Mathilda schüttelte den Kopf, Christoph müsse sich noch schonen, sie passe besser noch ein wenig auf ihn auf. Sobald die Tür hinter ihrem Mann ins Schloss gefallen war, nahm sie Christoph an der Hand und führte ihn ins Bett, nicht in sein durchschwitztes Krankenlager, sondern in ihr ausladendes Ehebett, in dem der Geruch von Peter in den Laken hing.

Mathilda Lodz war alles, was Johann Petersenn verachten würde: Sie war Künstlerin, sie war Bolschewistin, und zu allem Überfluss war sie verheiratet und achtzehn Jahre älter als Christoph, ein Altersunterschied, den Johann als geringfügig bezeichnet hätte, wäre das Geschlechterverhältnis umgekehrt gewesen. Alles in allem also wäre die Liaison in Johanns Augen vor allem das gewesen: *höchst unanständig* und eine *infame Schamlosigkeit*.

Mathilda Lodz war Christoph Maria Petersenns persönliche Revolution. Wenn er sie küsste, zwischen den Mänteln der Garderobe, während Peter im Salon Piano spielte, im Schnee des Tiergartens, im Ehebett, das nach Peters Rasierwasser roch und ihrem Parfum, dann war Christoph so erfüllt und gleichzeitig leer vor Scham, dass ihm die Kunst schal wurde. Engstirnig und irrelevant kam ihm die Zeichnerei vor, eine träge, mühsame Arbeit, die nie zu Erfolg führte. Mathilda erfüllte ihn mit Lust und nahm ihm zugleich jede Kraft. Er war so besessen von ihr, dass er manchmal kaum bemerkte, wie die Welt aus den Fugen ging, dass er vom Geld seiner Großmutter lebte und kaum seiner Arbeit nachging. Wenn er fühlte, wie ihm alles entglitt, kaufte er ein Brot, ein Stück Käse und eine Flasche Wein und besuchte Henry, setzte sich auf das Sofa, wickelte sich fester in seinen Mantel, trank ein

Glas und lauschte dem Klackern der Schreibmaschine, bis der Schriftsteller sich zu ihm setzte, grau im Gesicht und mit einer Erkältung, die er schon seit Wochen nicht loswurde.

»Sie haben Liebknecht auf der Flucht erschossen«, sagte Christoph dann, »und Rosa Luxemburg wurde von einer aufgebrachten Menge erschlagen.« Henry lachte bitter: »Petersenn, du musst lernen, die richtigen Zeitungen zu lesen. Und wenn niemand die Wahrheit druckt, dann musst du lernen, sie zwischen den Zeilen zu lesen.«

»Sie haben Eisner erschossen«, sagte Christoph einen Monat später, und Henry nickte, schenkte sich das Glas bis zum Rand voll und sah Christoph auf eine Art an, die diesem unheimlich war. Er kannte Henry ärgerlich, kampfeslustig, auch zynisch. Aber nicht resigniert. »Eisner war der einzige Mann, der die Revolution verstanden hat«, sagte Henry nach langem Schweigen. »Noske denkt, er hat die Freikorps an der Leine, aber das ist nicht der Kampf gegen eine bolschewistische Konterrevolution, es ist der Kampf des Militärs gegen Sozialdemokraten. Die Demokratie ist tot, Christoph, sie hat sich selbst erschlagen.« Henry hatte seinen Roman aufgegeben, er schrieb jetzt Artikel und dadaistische Gedichte, »es gibt keine geschlossene Form mehr, Christoph, nur ein Narr würde jetzt noch Romane schreiben, jetzt, wo alles in Fetzen geht«.

Christoph zeichnete Arbeiter, die in ihrem Blut lagen, Männer, die über Frauen lachten, die im besten Sonntagskleid vor den Wahlurnen standen, Rosa Luxemburg, madonnenhaft neben dem blutenden Leib von Liebknecht.

Christoph hörte, dass am Alexanderplatz Mietshäuser, aus denen geschossen wurde, auf allen Etagen durchsucht wurden, dass jeder Mieter, bei dem eine Waffe gefunden wurde, sofort erschossen oder vor den Augen der Familie totgeprügelt wurde. Die meisten Arbeiter waren demobilisierte Soldaten, sie alle besaßen Waffen. Die Volksmarinedivision wurde einbestellt, um ihre Löhne abzuholen, dreißig von ihnen wurden an die Wand gestellt und erschossen. Auslöser war ein Streik gewesen, aber das Ende des Streiks beendete nicht das Wüten der Soldaten.

Christoph saß an der Spree, als einer der Toten an ihm vorbeitrieb, das Haar aufgetrieben, die Füße bloß. Die Dämmerung sickerte in die Spree und färbte das Gesicht des Toten, der langsam an Christoph vorbeitrieb wie ein Flüstern, vom Wind aus dem Mund gerissen. Christoph war wieder neun Jahre alt, stand am Hafen und starrte auf die Tote mit ihrem Kind. Auf Magdalenas Haar, das durch die Trave wuchs, verflochten mit Algen. Dieses Kind auf ihrem Bauch, das, genau wie er, das Leben der Mutter auf dem Gewissen haben musste. Und so wie er damals nicht anders konnte, als die Tote wieder und wieder zu malen, begann er auch jetzt eine Serie, die ihm den Schlaf raubte. Er zeichnete keine Revolutionäre, er zeichnete tote Menschen, die auf den Straßen anonymer Städte lagen. Er war der Heimgesuchte, Verfluchte, er musste die Toten aus seinem Körper heraus auf das Papier bringen. Aber immer wenn er ein Gesicht gemalt hatte, tauchte ein weiteres auf, er ging kaum noch aus, die Obsession, mit der er die Straßen durchpflügt hatte, war einer anderen gewichen, der Leidenschaft eines Tänzers, der nicht tanzte. Er hockte in seinem Pensionszimmer, einem Zimmer voller Geister, und versuchte, Tote zum Leben zu erwecken.

Der Aufruhr über den Vertrag von Versailles interessierte ihn nicht, Henry, der ihn besuchte und nun seinerseits mit einem mürrischen Zusammenfegen der Blätter bedacht wurde, war erschöpft von der Empörung auf den Straßen, der Teufel solle sie alle holen, sie, die jetzt so bedrückt aus der Wäsche schauten, hätten doch alle dem Kaiser zugejubelt. »Sie sind doch alle ganz begeistert in diesen grauenvollen Krieg gezogen! Und jetzt, wo sie als Verlierer dastehen, da schieben sie es auf die Demokratie. Ich kann dieses öde Feldgrau, diese erschütterten Männergesichter nicht mehr sehen! Und jetzt,

Petersenn, klatsch dir ein wenig Wasser ins Gesicht, du siehst aus, als hättest du seit drei Tagen weder gegessen noch geschlafen, Mathilda lädt zum Picknick.«

Sie fuhren mit zwei Autos ins Grüne, die Stimmung wirkte bemüht, viele in der Gesellschaft fanden angesichts der Bestimmungen von Versailles wieder ein brachliegendes Stück Patriotismus in sich, das man nun mit Sekt und gebratenem Huhn zu besänftigen versuchte.

Auf dem Rückweg waren sie einer weniger, der Dichter mit dem Kaiser-Wilhelm-Schnurrbart hatte sich in Rage geredet, die Novemberverbrecher seien es, die das Land und das Heer verraten, den siegreichen Truppen den Dolch in den Rücken gestoßen hätten. Germania sei von der jüdisch-bolschewistischen Schlange erwürgt worden. Peter und Mathilda waren aufgestanden, hatten kommentarlos begonnen, das Picknick einzuräumen, während Henry sich auf den Dichter stürzte. Der Dichter und der Prosaautor rollten durch das Gras, bis Peter zum Aufbruch rief, der Dichter werde schon eine Mitfahrgelegenheit finden, die nicht unter seiner Würde sei. Christoph dachte an seinen Vater, an seine Lehren über die *jüdische Schlange*, er wusste, dass Henry Jude war, Peter auch, hatte aber, das wunderte ihn jetzt selbst, die Freunde nie in Zusammenhang gebracht mit den Reden seines Vaters.

In der Nacht lag er wach und dachte an die Erzählungen von Johann Petersenn, die Juden hätten das Unheil gebracht, rein deutsch sei Lübeck gewesen, stark und gesund, bis um 1350 zwei jüdische Reisende die Brunnen vergiftet und den Schwarzen Tod nach Lübeck gebracht hätten.

»Warum haben sie das getan?«, hatte Christoph gefragt, und Johann hatte ihn lange angesehen, mit Augen, in denen selbstgerechte Trauer schwamm. »Das, mein Junge, muss ein Rätsel bleiben, der Jude ist so niederträchtig, das kann weder ein guter deutscher Junge verstehen noch ein alter deutscher Mann.« Damit hatte er ihn ins Bett geschickt, seinen Jüngsten dessen Alpträumen überlassen, in denen ein Monster mit glühenden Augen und giftigen Händen nach ihm griff. Christoph hatte noch nie einen Juden gesehen, tatsächlich war *der Jude* eher eine schreckliche Fabelgestalt für ihn gewesen. Als er wiederholt nicht nur im eigenen Schweiß, sondern auch im eigenen Urin wach geworden war, befahl Johann dem Kindermädchen, den Jungen mehrmals in der Nacht zu wecken. Beim Frühstück erklärte er dann dem übernächtigten Kind, dass die jüdische Gefahr seit der Märzrevolution tatsächlich groß sei, Juden hätten plötzlich Bürgerrechte, der Jude siedele sich in der Stadt an, der Jude sei überall, aber Angst stünde einem deutschen Jungen schlecht zu Gesicht. Der Deutsche müsse kämpfen um seine Stadt. »In meiner Jugend durfte sich der Jude nur außerhalb der Stadttore ansiedeln!«, rief Johann. »Nur einer durfte am Tag die Stadt besuchen, sein Name wurde am Stadttor aufgenommen, ein Soldat begleitete seine Einkäufe!« Das seien die Zustände gewesen, die man wieder anstreben müsse, in der Franzosenzeit seien die Bestimmungen einmal gelockert worden, und schon sei die Stadt vom Judengeschmeiß überrannt worden. »Aber, mein Junge, sobald der Franzose besiegt war, war auch der Jude besiegt. Ein deutscher Junge scheut den Feind nicht, ein deutscher Junge kennt keine Angst. Ein deutscher Junge kennt nur den Kampf.« An jenem Abend hatte Christoph Fieber bekommen, in der Nacht schrie er im Schlaf, denn aus einem Monster waren unzählige geworden, die glühenden Augen lauerten überall in den Tiefen der Lübecker Gänge, Christoph war seines Lebens nicht mehr sicher, niemand war seines Lebens sicher.

Christoph Maria Petersenn lag auf dem schmalen Bett seines Berliner Pensionszimmers, überspannt durch den nachmittäglichen Rausch, und dachte an das Monster seiner Kindheit, dachte an den klugen, zornigen und begabten Henry, dachte an den umsichtigen Peter, dachte an die anderen jüdischen Dichter und Maler, denen er in Berlin begegnet war, aber er verpasste die Gelegenheit, dem Monster seiner Kindheit die Macht zu nehmen. Es existierte unbehelligt weiter, nur nicht mehr hier, in seiner Welt der Kunst, sondern dort, in einer anderen, in einer düsteren, märchenhaften Welt, in der ein Fabelwesen auf dem Grund der Trave herrschte, in der die Nächte vom Seufzen ertrunkener Seemänner erfüllt waren, einer Welt, über der ein Mond hing, der ein anderer war als der über Berlin.

Christoph saß in einem flauschigen Sessel. Er hatte Mathilda aus den Augen verloren, er versank in den Polstern, seine Gliedmaßen waren schwer wie die eines Toten. Peter saß neben ihm. Er war zwei Wochen beruflich auf Reisen gewesen, zwei Wochen, in denen Christoph nicht von Mathildas Seite gewichen war, zwei Wochen, in denen er jeden Winkel ihrer Wohnung behaust, jeden Winkel ihres Körpers besetzt hatte. Er bekam nicht genug von ihr, hatte jede Rücksicht, jede Scham verloren.

In dieser Zeit, in der er die Wohnung seines Freundes besetzt gehalten hatte, im Frühjahr 1920, hatte die Gegenrevolution zugeschlagen. Die Regierung war vor dem Militärputsch aus Berlin geflohen, hatte aber ihr eingerostetes Revolutionsvokabular poliert und den Generalstreik angeordnet, um die Putschisten zu isolieren.

Alle Bahnen standen still, das elektrische Licht ging nicht, nicht einmal Wasser kam aus den Hähnen, keine Zeitungen wurden gedruckt, die Telefone funktionierten nicht, die Putschisten saßen im Regierungsviertel, ohne dass jemand ihre Verordnungen hörte. Die Straßen waren voll mit Freikorps, sie trugen das Hakenkreuz auf ihren Helmen, Christoph war auf dem Weg zum Salon des Doktors gewesen, als er in eine Demonstration geraten war, als unzählige Körper sich um ihn schlossen wie eine Falle. Als Soldaten die Menge einkesselten, fühlte Christoph sich unverwundbar: Sah er etwa aus wie ein Demonstrant? Trug er nicht seinen besten Anzug, das Haar gewachst, in den Händen eine Zigarette, kein Plakat?

Die junge Frau, die neben Christoph gestanden hatte, war lautlos zusammengesunken. In der Erinnerung kam es Christoph so vor, als hätte er die Schüsse erst danach gehört. Menschen flohen auseinander, stolperten, stürzten, Christoph konnte sich nicht rühren. Er hatte auf seine Füße gestarrt, auf das Blut, das plötzlich das Leder dunkel färbte. Daneben diese zierlichen Damenschuhe, deren Absätze stark abgelaufen waren. Füße, die eben noch neben seinen gestanden hatten, jetzt auf dem Pflaster lagen. Ein Schuh hatte sich gelöst, entblößte die nackte Ferse.

Christoph schloss die Augen, ging rückwärts, stieß gegen einen anderen Körper, der am Boden lag. Er zuckte nicht, gab keinen Laut von sich, trotzdem entschuldigte er sich. Mit geschlossenen Augen taumelte er über den Platz, stieß immer wieder an Körper, stolperte und schaffte es einfach nicht, die Augen zu öffnen. Er verlor die Orientierung, manchmal war der Boden rutschig, Christoph glitt aus, stürzte, der Boden war nass, war warm. Er begann zu schwitzen, die Augen wie zugenäht, die Zähne aufeinandergepresst, sein Herz raste, der ganze Brustraum schmerzte. Er richtete sich wieder auf, wischte panisch die Hände an seiner Hose ab, taumelte weiter, er würde es niemals schaffen, diesem Ort zu entrinnen.

Er ächzte vor Erleichterung, als er gegen harten Stein stieß, sich die Stirn anschlug. Etwas Warmes rann ihm über die Stirn, Blut, endlich sein eigenes. Christoph öffnete die Augen und begann zu rennen.

Jetzt saß er im Plüsch der Wohnung des Doktors, das Blut auf Schuhen und Hose war getrocknet und im Kerzenlicht zu undefinierbaren Schemen geronnen. Seine Hose war schwarz, alles konnte dort einsickern und verschwinden, Christoph trank sein drittes Glas Wein, der Geruch aber blieb. Er hatte sich Gesicht und Hände gewaschen, aber gar nicht erst versucht, das Blut aus dem Stoff seines Anzugs zu reiben. Siegfried, der im Blut des Drachen badet, eine seltsame Genugtuung, sich das Entsetzen der anderen Gäste vorzustellen, wüssten sie, aus welchem Stoff er gemacht war. Mathilda verschwand in einem der Zimmer, zusammen mit einem Mann, Christoph wusste nicht, ob sie wollte, dass er und Peter es sahen, oder ob es ihr egal war. Das Einzige, was er fühlte in diesem Moment, war Erleichterung darüber, dass er jetzt eine Erklärung hatte, Peter nicht in die Augen sehen zu können, war er doch gerade zum Zeugen seiner Schmach geworden. »Mein Freund, was Sie auch tun, heiraten Sie nie eine Schauspielerin. Die Theaterbühne ist ihnen nie genug. Sie werden in der Liebe jede Kategorie aufführen: Drama, Tragödie, Komödie; Mathilda hält leider nicht viel von Komödien«, sagte Peter nach einer Weile und lachte bitter, damit stand er auf, nahm seinen Mantel und ging.

Christoph blieb im Halbdunkel des Salons sitzen und trank, während sich die Kammern mit den weichen Betten nach und nach mit Paaren füllten. Diese Salons waren das Manifest des Doktors, der in seiner Praxis, die sich am Ende der riesigen Wohnung befand, Frauen von den *unerwünschten Folgen* der Liebe befreite. Ohne Bezahlung. Christophs Freunde feierten den Doktor als einen Messias der Freiheit, der Liebe, auch Christoph hatte die aufgeladene erotische Atmosphäre der Salons genossen, nun aber fragte er sich, wie viele der Frauen, die jetzt gerade hier in den Armen ihrer Liebhaber lagen, bald schon auf dem Tisch des Doktors liegen würden, im grellen Licht der Operationslampen. Er fragte sich zum ersten Mal, ob auch Mathilda schon die Dienste des Doktors in Anspruch genommen hatte.

Eine junge Frau setzte sich neben ihn, ließ sich von ihm Feuer geben und erzählte ihm von einer Revue, die sie neulich gesehen habe, plapperte auf ihn ein, als hätte es weder einen Putsch noch Tote gegeben. Ob er den Wein schon probiert habe? Ob ihm aufgefallen sei, wie viele berühmte Leute heute hier seien? Ob nicht die Lodz im wahren Leben noch viel umwerfender sei als auf der Bühne? Ob er wisse, dass auch ein Filmregisseur anwesend sei? Ob er meine, dass sie das Zeug zum Film habe? Was er denn da so sitze wie ein Trauerkloß?

Christoph stand auf und mischte sich unter die Gäste. Er schaute die Frauen an, betrachtete sie von Kopf bis Fuß. Er wählte eine aus, dann widmete er sich ihr in berechnendem Charme. Zum ersten Mal, seit er einen Salon des Doktors besuchte, nahm er eines der Zimmer in Anspruch, zog ein Mädchen in eines der seidigen Betten und küsste sie voller Hass und Verzweiflung, drückte seine blutverschmierten Schenkel gegen ihr grünes Kleid.

Christoph wurde blasser, ein hartnäckiger Husten setzte sich in ihm fest, der Alkohol gab ihm ein leicht aufgeschwemmtes Aussehen und führte, morgens nach dem Aufwachen, zuweilen zu merkwürdigen Beklemmungen, aus denen sich hin und wieder diffuse Ängste, ausgeprägte Furchtzustände entwickelten. Wenn Mathilda ihn fragte, ob er sich nicht endlich an der Akademie bewerben wolle, winkte er ab, er erzählte ihr nicht, dass er sich schon zweimal beworben hatte, die erste Absage hatte er verbrannt, jetzt wartete er erneut auf Nachricht.

Erst als er die zweite Absage bekam, gab er Peters Drängen nach, Zeichenunterricht zu nehmen. Auf diese Prüfungen müsse man sich gut vorbereiten, erklärte er, er kenne da einen Maler, der schon öfters Prüflinge unterrichtet habe, er sei verarmt und schätze das Einkommen.

Der Maler, der Christoph die Tür öffnete, war greis, er war, so schien es Christoph, der älteste Mensch, den er je gesehen hatte. Wahrscheinlich war er nicht älter als Johann Petersenn, aber er war sehr klein, sehr dünn, die abstehenden Ohren wirkten riesig an seinem hageren, kahlen Schädel, im Vergleich zu Christophs Vater wirkte er, als wäre er seit mindestens hundertdreiundzwanzig Jahren auf der Welt. Christoph schaute so mitleidig auf diese fast mumifiziert wirkende Gestalt hinunter, dass er zusammenschrak, als aus dem zerbrechlichen Körper eine tiefe, laute, geradezu autoritäre Stimme drang, eine Stimme, die einen kräftigen Resonanzkörper suggerierte, die eigentlich unmöglich aus der eingefallenen Brust des Malers Laub kommen konnte.

»Dann zeigen Sie mal, was Sie können!«, sagte der Alte und führte Christoph in das winzige Atelier, wo, Christoph zuckte erneut zusammen, ein splitternacktes Mädchen unter dem Giebelfenster saß.

Christoph murmelte eine Entschuldigung und wandte sich ab, um dem Mädchen eine Gelegenheit zu geben, sich anzukleiden, der Maler kicherte: »Wenn aus Ihnen was werden soll, müssen Sie Ihre Modelle schon anschauen.«

Die nächste Stunde saß Christoph schamesrot vor der Staffelei und mühte sich an seinem ersten wirklichen Akt ab, er war fast erleichtert, dass der Maler ihm immer wieder ungeduldig die Kohle aus der Hand riss, um ihn zu verbessern, wobei er sich aber sofort vergaß und mit glühenden Strichen den Akt vollendete. Heinrich Laub konnte es sich schon seit Jahren nicht mehr leisten, Modelle zu engagieren, nur mit dem Geld, das seine Schüler ihm zahlten, konnte er sein Atelier in den Unterrichtsstunden für die Mädchen öffnen. Nach den Stunden saßen sie häufig noch beisammen, irgendwann begann Christoph, Wein und Brot mitzubringen, denn der Maler schien das Geld, das er von seinen Schülern erhielt, ausschließlich für Farben, Leinwände und Modelle auszugeben, der Brotkasten war immer leer, im Vorratsschrank stand Terpentin, Christoph fragte sich, wovon Heinrich Laub überhaupt lebte. Auch die Mädchen blieben häufig noch auf einen Schluck Wein, Christoph liebte Frauen, alle Frauen, er liebte die Art, wie sie rochen, wie sie sich bewegten, und die Frauen liebten ihn. Sie hatten das unbändige Bedürfnis, in sein dichtes schwarzes Haar zu greifen, mit den Fingern über seine vollen Lippen zu fahren, diesen dunklen, immer ein wenig traurigen Augen ein wenig Glück zu verschaffen.

Christoph wollte die Mädchen auf die Leinwand bannen, auf das Papier, ihre katzenhafte Eleganz in die Kohle gießen, es gelang ihm nicht, und je stärker er in den Stunden an ihnen verzweifelte, desto dringender musste er in der Nacht ihre Körper besitzen, musste er sie in die Laken seines schmalen Bettes pressen, sich all diese samtweichen Kniekehlen, Hüften, Hintern und Brüste zu eigen machen. Mathilda hatte ihn zu einem guten Liebhaber gemacht, und es gab immer einen Moment, in dem sie sich aufgaben, in dem er wirklich glaubte, sie ganz zu besitzen, ihr Geheimnis ganz ergründet zu haben. Aber nur Minuten später waren sie ihm wieder entronnen, standen sie an der Waschschüssel mit kokettem Blick und waren wieder so ganz fremde, so ganz eigene Personen. Es gab selten Momente, in denen er sich einsamer fühlte.

Christoph bezahlte mehrere Millionen Mark für eine Packung Zigaretten, anstatt in eine Kasse warf der Verkäufer das Geld in einen schon bis zum Rand gefüllten Wäschekorb. Christoph nickte dem Verkäufer zu, zündete sich eine Zigarette an und ging zurück in seine Pension, um etwas zu arbeiten. Dort erreichte ihn ein Brief und ein riesiges, dabei federleichtes Paket aus Lübeck, das Geld, das Theresa ihm schickte, war schon bei der Ankunft entwertet. Christoph verbrannte das Geld, dann öffnete er den Brief. Es war die dritte Absage der Kunsthochschule.

Die ersten beiden waren Formschreiben gewesen, diesem jedoch war ein persönlicher Brief des Professors Fink beigelegt. Christoph las, am Fenster stehend, den Brief dreimal durch, er rauchte eine Zigarette, dann machte er sich auf den Weg zur Hochschule. Der Tabakladen war schon wieder geschlossen, erst am späten Nachmittag würde er wieder für zwei Stunden öffnen, mit neuen Preisen, die den Betrag, den Christoph eben noch bezahlt hatte, lächerlich erscheinen ließen. Christoph konnte seine Miete nur deshalb noch zahlen, da Peter die Arbeiten seiner Künstler ins Ausland verkaufte und äußerst großzügig mit seinen Devisen war.

Als er durch die Flure der Hochschule ging und das Zimmer des Professors suchte, hörte er den Hall seiner eigenen

Schritte wie eine Vorahnung. Er würde den Professor überzeugen. Er würde hier studieren.

Der Professor hockte spitzbärtig hinter einem riesigen Schreibtisch und sah ihn aus grauen Augen scharf an. Er war klein und hager und machte einen gekrümmten Eindruck, obwohl er im Grunde recht gerade saß. Der Eindruck des Krummen, der Zerbrechlichkeit entstand eher durch den mächtigen Schreibtisch, hinter dem er klemmte, den faltigen Hals emporgereckt, die Augen müde blinzelnd, eine Schildkröte, die den Kopf aus ihrem Panzer schob. Der schwere Schreibtisch hatte eine mattschwarze Oberfläche, so satt und tief wie die Finsternis einer Höhle.

Der Professor beobachtete den jungen Mann, der mit entschlossener Miene, aber unsicheren Schritten sein Büro betrat. Sich mit Namen vorstellte und dann einen ganzen Stapel Zeichnungen auf seinen Tisch niederregnen ließ, wo sie vom schwarzen Holz verschluckt wurden. Der Professor hatte manchmal den Eindruck, es sei der Tisch, der ihn auszehrte, der ihm die Adern vertrocknen und die Muskeln verkümmern ließ, der ihn Zelle für Zelle in den Tod schickte, dabei waren es talentlose Banausen wie dieser: Er würde diesen Petersenn nicht aus seinem Büro entlassen, bis er ihm unmissverständlich klargemacht hatte, dass er weder zeichnen konnte noch es jemals lernen werde. Auch das Malen sei aussichtslos. Und er solle, du liebe Güte, bloß nicht wagen, es mit der Bildhauerei zu versuchen. Die einzigen Blätter in seiner Mappe, die nicht nach sofortiger Verbrennung schrien, seien die Akte, aber er, Fink, kenne doch seinen Laub, diese Strichführung erkenne er, man könnte also behaupten, dass Petersenn sich obendrein auch noch des Betruges schuldig gemacht habe. Die Stimme des Professors war so scharf, wie es nur die ganz leisen Stimmen sind. Dünn und schneidend wie ein Blatt Papier.

Christoph, als würde er Fink überhaupt nicht hören, holte

unermüdlich weitere Blätter aus seiner Mappe hervor und breitete sie über den Unterlagen des Professors aus, bedeckte Untertassen, Keksteller, Lektüre, Korrespondenzen und Dissertationen. »Viele Künstler«, sagte er, »sind von ihren Zeitgenossen nicht verstanden worden. Manche Künstler haben eben das Pech, vor der Zeit geboren, zu hellsichtig, zu verwegen zu sein.« Er hob die Arme wie Flügel und setzte ein Lächeln auf, das ihm sowohl geläutert als auch leidenschaftlich schien, um keinen Zweifel darüber zu lassen, wen er meinte, wenn er von hellsichtig und verwegen sprach. Diese Künstler würden verkannt und verarmt sterben, aber, sagte er und hob Brust und Kinn, zwei Zeichnungen am ausgestreckten Arm haltend: »Dieses Schicksal fürchte ich nicht!«

Dem Professor wurde schwindelig vor Verzweiflung. Es ging etwas Anrührendes von diesem verschwitzten, lodernden Mann aus, aber er war nicht Professor an der Kunstakademie geworden, weil er Mitgefühl mit verblendeten armen Trotteln hatte. Er richtete sich mühsam auf, stützte beide Fäuste auf die Platte, oder eher auf Petersenns Zeichnungen, die dieser dort ausgelegt hatte. Dann holte er tief Luft.

»Petersenn, hören Sie mir gut zu. Und vergessen Sie nicht, was ich Ihnen jetzt sage: Sie sind ein absolut aussichtsloser Fall. Sie werden niemals auch nur *ein* Blatt zustande bringen, was auch nur im Entferntesten Niveau hat. So wenig Talent ist mir in meinem ganzen Leben noch nicht untergekommen.«

Christoph wankte nicht, jetzt, sagte er, verstehe er, was hier gespielt werde. Es sei seine politische Gesinnung, die hier an den Pranger gestellt werde, nicht seine Kunst. Der Professor sei, das wundere ihn gar nicht, ein alter Monarchist, der glaube, dass der Arbeiter an sich kein künstlerisches Sujet sein könne, der Professor sei ein bourgeoiser Heuchler, der in der Kunst nur seine verlorenen Träume sehen wolle, nicht das Blut der proletarischen Helden. »Nur zu«, rief Christoph und reckte das Kinn, »werfen Sie mich nur raus. Unzählige

Menschen haben für die Revolution ihr Leben gegeben. Sie können mir eine Ausbildung verweigern, unterdrücken können Sie mich nicht!«

Professor Fink schloss die Augen, seufzte tief, dann sah er Christoph ernst an und sagte mit der Intensität eines Arztes, der jemanden von einer Operation überzeugen muss: »Verstehen Sie mich richtig: Ein Schimpanse kann besser malen als Sie, und dieser verfügt noch nicht einmal über opponierbare Daumen. Ein Pinsel in Ihrer Hand ist selbst für eine aquarellierende alte Dame eine Beleidung. Wenn ich mir noch ein weiteres Ihrer Blätter anschauen muss, werfe ich mich aus dem Fenster. Ich möchte Sie bitten, niemals wieder auch nur eine Zeichnung anzufertigen. Aber das ist selbstverständlich Ihnen überlassen. Aber ich verbiete Ihnen hiermit, kraft meines Amtes, jemals wieder eine Mappe in der Akademie einzureichen. Sie sehen gut aus, Petersenn, Sie haben ein gutes Kinn und wirklich tolles Haar. Gehen Sie zum Theater. Aber verlassen Sie mein Büro. Und nehmen Sie um Gottes willen diese Krakeleien mit. Und außerdem, Herr Petersenn, ich muss kein Monarchist sein, um anzumerken, dass die von Ihnen so verehrte Regierung durch ihren Streik im Ruhrgebiet ein ganzes Land in das Elend der Inflation stürzt. Ihre Demokratie wird niemals stark sein.«

Professor Fink sank wieder in seinem Sessel zusammen. Es war nicht genau auszumachen, ob Christoph ihn überhaupt gehört hatte. Fink hob die Augenbrauen zum Zeichen, dass die Audienz beendet war. Christoph bewegte die Lippen, als würde er sprechen, aber er gab keinen Ton von sich. Er *mimte* einen Satz, er übte, es musste etwas außerordentlich Wichtiges sein, was so akribisch geprobt wurde. Der Professor verlor die Geduld. Er stand wieder auf, um dem jungen Mann unmissverständlich zu bedeuten, dass die Sprechstunde vorbei war, da sagte Christoph: »Das stimmt so nicht. Es tut mir leid, Sie berichtigen zu müssen, aber Affen verfügen über opponierbare Daumen. Die Daumen des Menschen sind nur beweglicher. Dafür haben wir die opponierbare Großzehe verloren, welche die Menschenaffen noch besitzen.«

Diesen überflüssigen Satz wie einen Hustenanfall ausstoßend, raffte Christoph seine Blätter zusammen und verließ die Akademie.

Er betrank sich an diesem Abend so fürchterlich, dass er am nächsten Morgen nicht wusste, wie es gekommen war, dass er nackt auf dem Fußboden seines Zimmers lag, die Lider geschwärzt, die Augen mit Kohle umrandet. Seine Kleider, die er mühsam zusammensuchte, waren schmutzig und zerrissen. Sie sahen aus, als wäre er in eine Schlägerei geraten, aber er konnte sich an nichts dergleichen erinnern, sein Körper war, bis auf einen höllischen Kater, vollkommen unversehrt. Christoph kroch ins Bett, Ruß und Kohle in die Laken, seine letzte Leinwand, sein nutzloser Körper.

Lucie stand im Regen vor dem Haus von Fräulein Lisbeth und Fräulein Hedwig. Ihre dünnen Locken klebten ihr am Kopf, der Regen lief unter ihrem Kinn wie zu einer Hutschleife zusammen. Sie klopfte dreimal, dann drückte sie die Türklinke runter. Die Tür war offen, was eigenartig war, da Fräulein Hedwig seit dem Krieg eine panische Angst vor *Rumtreibern* hatte, vor *Strolchen* und *Tagedieben*. Fräulein Lisbeth sagte dann immer: »Wer stiehlt, ist nicht heimtückisch, meine Liebe, sondern bedürftig«, und ließ sich gleichmütig von Hedwig als *Dummerchen* schelten, als Tagträumerin, mit der es noch *böse enden* würde. Und damit es nicht auch mit ihr, Hedwig, ebenso böse endete, damit sie nicht im Schlaf bestohlen wurde *oder Schlimmeres*, verriegelte Fräulein Hedwig zu jeder Tages- und Nachtzeit die Tür. Heute war die Tür unverschlossen.

Lucie trat ein, und wie um sich der Stille anzupassen, versuchte sie, besonders leise zu sein. Im Haus war es stickig. Es war vier Uhr. Um diese Zeit saßen Fräulein Lisbeth und Fräulein Hedwig immer auf dem grünen Samtsofa, mümmelten Marzipan oder selbstgebackene Kekse und tranken Tee, manchmal sogar Kaffee. Heute nicht.

Lucie starrte entsetzt auf die leere moosgrüne Fläche. Selbst im Krieg hatte sie es kein einziges Mal erlebt, dass die beiden Damen das Ritual ausfallen ließen. Selbst wenn sie über Muckefuck saßen oder über dünnem, zum dritten Mal aufgegossenem Tee, die Körper der Damen auf dem Sofa um vier Uhr waren Gesetz.

Das Haus hatte einen flauen Duft. Hier hatte niemand morgens Brot geröstet, hier hatte keiner Labskaus gestampft, und vor allem hatte hier niemand Kaffee gekocht. Lucie spürte etwas, das sie kannte, aber nicht zuordnen konnte.

Sie setzte sich auf das Sofa, dort, wo sie sonst zwischen den beiden Frauen saß, und faltete die Hände im Schoß. Sie lauschte dem Ticken der Standuhr, das die Schweigsamkeit des Hauses in kleine Abschnitte teilte. Es war eine herrische Stille, eine, die kein Geräusch duldete (nicht einmal die Atemzüge eines zwölfjährigen Mädchens); eine Stille wie Säure, sie fraß sich bis in die Knochen.

Lucie war eigentlich hierhergekommen, um ihr zu *entfliehen*. Michél arbeitete. Er arbeitete auf eine besessene, entrückte Art, die Lucie vollkommen überflüssig machte. Normalerweise liebte sie es, im Sessel zu hocken, den Geruch der Ölfarben einzuatmen und seine konzentrierten, aber leichten Bewegungen zu beobachten, ein Schweigen wie locker aufgeschlagene Sahne, das jederzeit unterbrochen werden konnte. Von kurzen Sätzen, die zwischen den beiden hin und her flatterten, von irgendeiner Albernheit, die Lucie zum Lachen brachte. Früher hatte Michél sie nie über der Arbeit vergessen. Aber in den letzten Jahren hatte sich das verändert.

Er machte jetzt gar keine Auftragsarbeiten mehr, er hatte aufgehört, die Welt abzubilden. Er *schuf* eine Welt, eine bedrohliche, leuchtende Welt, in der man sich verirren konnte. Er malte Farblandschaften, in denen Lucie zwar einiges erkannte, die Trave zum Beispiel, aber sie wusste auch, dass Willnauer ganz andere Dinge darin sah: vom Krieg ausgezehrte Menschen vor leeren Feldern, Soldaten, die auf den Äckern nach Toten suchten.

Vor allem aber malte er auf eine andere Art. Michél malte, als würde er ein Tier häuten. Er brauchte seinen ganzen Körper für die Arbeit, er schwitzte, selbst wenn es kalt war im Haus, der Regen das Dach tränkte. Manchmal warf er die Farbe fast auf die Leinwand. Er malte, als hätte er großen Hunger.

Lucie vergaß er für ganze Stunden. Er porträtierte sie nur noch selten, vor allem anders. Es ging ihm nicht mehr darum, Lucie zu verstehen, es ging ihm darum, das Bild zu verstehen.

Lucie, von einer unerträglichen Stille in die andere geworfen, saß auf dem endlosen moosgrünen Meer des Sofas und schaute auf die Menschen, die an den Fenstern vorbei und durch eine völlig andere Welt gingen, eine Welt mit Geräuschen und beschleunigten Schritten.

Es hatte aufgehört zu regnen.

Als die Standuhr die halbe Stunde schlug, zog Lucie die Knie ans Kinn, ihre schmutzigen Füße machten Flecken auf dem grünen Samt. Ihr Haar war getrocknet und hing in dünnen Strähnen über ihre Ohren. Sie witterte etwas. Als wäre die Luft gerissen, als wäre sie nicht ganz selbstverständlich überall. Als müsste man den richtigen Ort im Haus finden, als müsste sie auf dem Sofa sitzen bleiben, um *atmen* zu können. Lucie schloss die Augen. Der Teufel strich ihr über die Lider. Lucie lächelte.

Der Teufel war kein Freund des Todes, jeder Mensch war ihm letzten Endes so entronnen, den Freitod hingegen fand er interessant. Er mochte die heroische Verzweiflung, die den letzten Akt begleitete, den Moment des Erschreckens, wenn der Freiwillige dem Nichts gegenüberstand und erkannte, dass es weder Paradies noch Wiederkehr gab. Diese Sekunden, in denen der Tod unwiderruflich geworden war und der Mensch von der Angst über die eigene Courage eingeholt wurde. Er erlebte es selten, dass es einen Menschen ohne letzten Widerstand in die Auslöschung trieb. Aber die Gedanken, die dem Freitod vorausgingen, waren weniger individuell, als die meisten dachten. Das war auch bei Fräulein Hedwig nicht anders gewesen. Seit Lucie in ihrem Leben aufgetaucht war, hatte Fräulein Hedwig den leisen Schritten des Todes gelauscht, den langsamen Verfall ihres Körpers beobachtet. Ihr hatte es immer ein wenig vor der Natur des Leibes gegraust, aber in den letzten Jahren war es ihr gar nicht mehr vergönnt gewesen, das Skelett unter ihrem Fleisch zu vergessen, sie war zuweilen fast zwanghaft darauf fixiert. An schlimmen Tagen konnte sie es nicht einmal ertragen, jemanden mit den Fingerspitzen auf einer Tischplatte trommeln zu sehen, das Bild, wie sich die spitzen Knöchelchen der Fingerspitzen in das Gewebe bohrten, war zu grausig. Es gab Tage, da war es ihr fast unmöglich, etwas anzufassen, sich auch nur zu setzen.

Sie hatte nie mit großer Lust gelebt. Sie hatte aber auch nie viel vom Leben erwartet. Sie kochte, stickte, strickte. Sie räumte auf und wischte Staub, sie trank Tee mit Lisbeth und schlief fest. Es war Lucies *lauschender* Blick, der *Sehnsüchte* aus den verstaubten Kellergewölben von Hedwigs Seele holte, Sehnsüchte, für die es, ihrer Ansicht nach, zu spät geworden war. Fräulein Hedwig war sechsundsiebzig Jahre alt, als sie sich an einem verregneten Abend Fräulein Lisbeths scheuen Küssen überließ. Sie war in ihrem ganzen Leben noch nicht geküsst worden. Sie erkannte, was sie sich versagt hatte, als ihr Körper schon lange dabei war, sie zu verzehren. Als dann auch noch das Kaiserreich unterging und Versailles das *Vaterland schändete und knebelte*, als auch noch ihr gesamtes Erspartes allmählich von der Inflation zerfressen wurde wie von Mäusen, wachte Hedwig eines Tages schweißgebadet auf und war nicht gewillt, sich den Rest ihrer Tage die Scherben ihres Lebens anzuschauen. Fräulein Hedwig war nie mutig genug gewesen zu lieben, zu ängstlich, wirklich zu leben, aber sie war beherzt genug, zu sterben.

Und Fräulein Lisbeth hatte in ihrem ganzen Leben Hedwig niemals allein irgendwohin gehen lassen, schon gar nicht also in den Tod.

Der Teufel war fasziniert, wie lange Lucie brauchte, um nach den Damen zu sehen (zwei Stunden), er war berückt von ihrer eigenartigen Reaktion auf die beiden Toten. Sie weinte nicht, sie floh nicht. Sie stand am Fußende des Bettes und legte den Kopf schief, als würde sie aufmerksam zuhören. Ihre hellblauen Augen schienen zu leuchten. Nur ein sehr aufmerksamer Beobachter, und der Teufel war ein exzellenter Beobachter, würde überhaupt bemerken, dass sie zitterte. Es brauchte auch einen außergewöhnlichen Betrachter, um zu merken, dass dieses Mädchen *fileinig* schön war. Jemand anderes würde ihre magere Gestalt, ihr spitzes Kinn, die Pausbacken, das irgendwie flauschige, dünne Haar und die stechenden, ausgewaschen blauen Augen *interessant* finden, beunruhigend vielleicht, aber nicht schön.

Er war der Emotionen müde, die der Tod unweigerlich hervorrief. Trauer, Zorn, Angst, Verzweiflung, es war immer dasselbe. Am befremdlichsten fand er, dass jeder Mensch, der einen Toten fand, tatsächlich *überrascht* war. Er wusste wirklich nicht, wie man ein Mensch, und dennoch von der eigenen Unsterblichkeit so überzeugt sein konnte, dass das Ende eines Artgenossen einen Schock auslöste. Lucie war anders. Sie erschrak nicht. Sie verzweifelte nicht. Sie weinte nicht. Weder jetzt noch jemals zuvor.

Wo andere Kinder weinten, begann Lucie zu zittern. In seltenen Fällen fiel ihre Körpertemperatur, und ihr Atem wurde sehr flach. Jetzt gerade lag ihre Körpertemperatur bei 35,5 Grad, ihre Atembewegungen so dezent, dass sie einen Leichenbeschauer hätten täuschen können. Das war auch für

Lucie ungewöhnlich. Einen so heruntergefahrenen Puls hatte er bisher erst einmal bei ihr erlebt: als sie auf dem toten Körper ihrer Mutter durch das Wasser getrieben war.

Sie stellt sich tot, dachte er. Ihr Körper versucht, sich dem Körper der Toten anzugleichen. Er betrachtete das Mädchen stolz und nahezu andächtig. Lucie hatte ihn noch nie enttäuscht. Er erwartete einiges von ihr.

Ein Raum, zwei Tote, das Mädchen und der Teufel.

Der Teufel hat zum ersten Mal seit Jahrhunderten wieder eine Sehnsucht. Er würde es nicht so ausdrücken. Sehnsucht rangiert für ihn knapp hinter *Idiotie*. Er will das Mädchen berühren und dabei etwas fühlen. Aber Haut fühlt sich für ihn nicht anders an als Luft, auch die des Mädchens nicht. Nichts fühlt sich für ihn anders an als Luft. Dass ausgerechnet er der Advokat der Sinnesfreuden sein soll, das ist das splienigste von allen Gerüchten, die über ihn kursieren. Aber dieses Mädchen gibt ihm eine Ahnung davon, was es bedeuten könnte, ein Gefühl in den Fingern zu haben. Mit den Zehen zu wackeln, Zahnschmerzen zu haben, satt zu sein oder hungrig, etwas zu *riechen*. Sie ist der einzige Mensch, der ihn sehen kann. Ein Mädchen, das schon im Mutterleib erwacht war und durch die Augen Magdalenas in seine geschaut hatte. Ein Jahrtausend lang war die Welt blind für den Teufel, jetzt ist Lucie die Welt.

Er fürchtet ihren Tod. Zum ersten Mal, seit er existiert, fürchtet er den Tod eines Menschen. Fürchtet er überhaupt irgendetwas, von der Angst, dass seine eigene Existenz tatsächlich unendlich sein sollte, einmal abgesehen? Er will, er muss lachen, als er es für sich formuliert, er lacht über sich wie über einen armen alten Trottel: Er will sie *besitzen*.

Als Lucie auftauchte wie aus tiefem Schlaf, war das Gesicht des Teufels Millimeter vor ihrem. Der Teufel stand gebückt vor ihr, den Kopf vorgereckt, sein Gesichtsausdruck war nicht anders als *hungrig* zu nennen.

Lucie sah den Brief, der auf dem Nachttisch lag, neben einem umgestürzten Glas und einem aufgeschlagenen Band des *Werther*. Der Teufel rollte mit den Augen. Lucie nahm den Brief, den die Frauen ihr und Michél hinterlassen hatten, und las ihn aufmerksam. Fräulein Hedwig und Fräulein Lisbeth trugen ihre besten Kleider, sie waren dezent geschminkt und hatten frische Bettwäsche aufgezogen. Lucie sah, dass sie sich bemüht hatten, in gutem Zustand gefunden zu werden. Dennoch hatten sie das eine oder andere, das Gift einerseits und den Tod andererseits, unterschätzt. Sie hatten sich erbrochen, sie hatten geschwitzt und die Laken zerknüllt, es gab Körperflüssigkeiten an verschiedenen Stellen. Sie faltete den Brief zusammen, steckte ihn in die Rocktasche und öffnete das Fenster, dann richtete sie den beiden das Haar, wusch ihnen das Gesicht und bezog die Kopfkissen neu. Sie war nicht kräftig genug, die Damen umzuziehen oder das Laken unter ihnen zu wechseln, also deckte sie die beiden zu und versprühte eine halbe Flasche Parfum über den Körpern. Das Schminken war mühsam, auch weil die Münder der beiden offen standen. Das Ergebnis ihrer Bemühungen war grotesk, Lucie war zufrieden. Sie betrachtete die beiden Frauen prüfend, mit dem gleichen Blick, den die Damen immer gehabt hatten, wenn Lucie, auf ihre Aufforderung hin, ihr Zimmer aufgeräumt hatte.

Der Teufel betrachtete den Vorgang belustigt, aber weiterhin eingenommen. Lucie zitterte immer noch, mittlerweile war es auch gut zu sehen, davon abgesehen aber akzeptierte sie das Ableben der Damen. Sie sprach nicht mit ihnen, sie berührte sie vorsichtig, aber nicht zärtlich, sie verstand sofort, dass dort zwei unbeseelte Leiber vor ihr lagen.

Als sie die Damen hergerichtet hatte, setzte sie sich auf

einen Stuhl neben das Bett. Die Sonne war untergegangen, im Zimmer brannte nur eine Kerze, Lucie konnte das goldene Rechteck sehen, das aus Michéls Haustür in den Innenhof fiel.

Lucie wusste nicht, ob sie noch atmete. Etwas brannte in ihrer Kehle, etwas schmerzte in ihrer Brust. Sie fühlte sich, als hätte sie brackiges Wasser in der Lunge. Der Teufel beugte sich vor und betrachtete sie aufmerksam. Sein Blick fuhr ihr über das Gesicht wie eine Kerzenflamme. Es fühlte sich ähnlich an wie die Stunden, in denen Michél sie malte. Lucie blinzelte nicht. Sie hörte den Gesang des Roggenbuks, spürte, wie das Wasser der Trave an ihr fraß, das goldene Haar ihrer Mutter, das sie auf ihren Leib hob, und den Blick des Teufels, der ihre Augen bleichte, bis sie so transparent waren wie seine. Dann hatte sie ihren ersten Atemzug genommen.

Der Teufel hielt einen Finger in die Flamme der Kerze. Er sah müde aus. Lucie sah ihn von Kirchtürmen springen und unversehrt wieder aufstehen. Sie sah, wie er Rittern ins Schwert lief, sich zu den Verurteilten unter die Guillotine legte, wie er den Apothekern das Gift aus den Gläsern stahl, sie sah, dass ein Körper ein Fluch sein konnte, der Tod eine Erlösung.

Fräulein Lisbeth und Fräulein Hedwig hatten Lucie und Michél ihre ledergebundenen Klassiker vermacht, das grüne Samtsofa, den Esstisch mit den gedrechselten Beinen, einen kleinen Rokoko-Teetisch, einen Kleiderschrank, das zweite Bett, das, in dem nicht gestorben worden war, das Schlesische Porzellan mit Streublumenmuster, einen Satz Silberbesteck und eine Truhe voller Bettwäsche und Tischleinen.

Und sie hatten ihnen das Hinterhaus vermacht. Michél, der nie mehr besessen hatte als zwei Paar Hosen, besaß plötzlich jede Diele des Hauses, in dem er aufgewachsen war, und ein Sofa, für das, nach seinem Dafürhalten, auch ein Senator sich nicht zu schämen bräuchte. Allerdings waren die Möbel nicht dafür gedacht, durch die sargschmalen Gänge in die Hinterhäuser getragen zu werden. Man konnte den Eindruck bekommen, das Sofa selbst stemme sich mit allen vier zierlich gedrechselten Füßchen gegen die Mauer, sträube sich mit seinem ganzen voluminösen grünen Samt gegen den sozialen Abstieg. Die Holzrahmung der Rückenlehne splitterte schon, wenn man nur darüber nachdachte, es hochkant durch den Gang zu tragen.

Frau Fischer stand kerzengerade am anderen Ende des Tunnels im Hof, als wollte sie den Gang verschließen für den Fall, dass doch noch ein Möbelstück hindurchpasste. Ihr älterer Sohn Fiete stand feixend auf der Straße und sah zu, wie Michél und Willnauer sich abmühten. Michél war kurz davor, den Hausrat zu zersägen und nach dem Transport wieder zusammenzunageln, als der Nachbar der Damen seine Hilfe anbot. Im Gegensatz zum Haus der alten Damen hatte seines breite Flügeltüren zum Hinterhof hinaus, sein Hof wurde von Michéls Hof nur durch eine Mauer getrennt, die man mit ein paar Apfelkisten gut überwinden konnte.

Frau Fischer stand mit verschränkten Armen in ihrer Haustür und beobachtete den Einzug des bürgerlichen Imperiums mit stummem Hass. Michél schwitzte vor Scham. Die Großzügigkeit der beiden alten Damen hatte den Hof unwiderruflich geteilt. Es war etwas anderes, zum Teetrinken eingeladen zu werden und Farbtuben geschenkt zu bekommen, als von der bohrenden, nagenden Last der Miete befreit zu sein. Michél war durch den Tod der Damen Eigentümer seines Hauses geworden, Frau Fischer jedoch nicht. Dass die beiden Frau Fischer nicht bedacht hatten, war keine Böswilligkeit, sie hatten es, was schlimmer war, einfach vergessen. Sie, die meist schon morgens um fünf zu ihrer ersten Stelle aufbrach, drei ganze Haushalte putzte und erst am Abend wieder zurückkehrte, die ihre Miete niemals persönlich ablieferte, sondern durch den Briefschlitz warf, war für die beiden alten Frauen in ihrer Not vollständig unsichtbar geblieben. Bei aller Großherzigkeit hielten auch die beiden Damen Armut für einen fast gottgegebenen Zustand, zumindest aber für selbstverschuldet. Es musste ja einen Grund haben, man konnte ja nicht jeden retten, ihr Mann hatte doch auch so schrecklich viel getrunken usw. Michél war eine Ausnahme, die, wie jede Ausnahme, die Regel noch zementierte. Und bei einem Mann von seinem Talent musste man natürlich tätig werden.

Michél und Lucie hatten meist verstohlen ein Stück Kuchen in eine Serviette gewickelt, aus dem Vorderhaus geschmuggelt und als Abbitte vor die Tür von Frau Fischer gelegt. Aber der Krieg hatte Frau Fischer ihren jüngsten Sohn Felix genommen, im Rübenwinter war er am Fieber gestorben, während Lucie im Vorderhaus das Klavierspielen erlernte. Und nun besaß Michél nicht nur ein Haus, sondern möblierte es sogar wie ein Schloss. Frau Fischers Hass gefror die Luft, sog alle Feuchtigkeit aus den Möbeln, die sich für einen kurzen Moment so weit zusammenzogen, dass sie tatsächlich durch Michéls Haustür passten.

Lucie fegte und wischte das ganze Haus; dennoch, als Tisch und Stühle vor dem schweren gusseisernen Herd standen und das Sofa mit dem Teetischchen ein Wohnzimmer behauptete, wo vorher einfach eine Küche gewesen war, in der sich eine Staffelei, ein mottenzerfressener Sessel, zwei wurmzerfressene Stühle und ein von Fäulnis geplagter kleiner Tisch um den Herd gedrängt hatten; als Kleiderschrank und Bett in der Kammer standen und Lucies Zimmer auswiesen, wo vorher aufgezogene leere Leinwände, trocknende Ölgemälde, Werkzeug und kaputter Hausrat, der Michéls Ansicht nach noch zu kleben, kitten, retten war, in wildem Durcheinander aufbewahrt worden waren, wurde ihnen beiden mulmig.

Auch Möbel können ein Vorwurf sein. Die geschwungene Lehne des Sofas erinnerte an indigniert hochgezogene Augenbrauen. Der Tisch war einer, an dem man nur gerade sitzen konnte, und in das Bett konnte sich nur eine Person mit gewaschenen Füßen legen. Der Kleiderschrank war am schlimmsten. Lucie besaß genau zwei Kleider für den Sommer und zwei für den Winter. Bei Michél sah es nicht viel anders aus. Selbst wenn man je einen Sommermantel und einen Wintermantel hinzufügte, die wollenen Strumpfhosen, die Strümpfe und jeweils vier Unterhosen, strahlte das kolossale Ding eine bestenfalls melancholische Leere aus. Lucie schlug vor, das Porzellan in die Regale zu stellen, Michél war erleichtert. Der Schrank war nicht mehr so leer, und das Porzellan starrte einen nicht den ganzen Tag an. Es war einfach was anderes, mit einem Stück trockenem Brot in der Faust in einem Sessel zu lümmeln, als an einem gedeckten Tisch zu sitzen, der bis auf das Geschirr fast leer war.

An diesem Abend deckte Michél dennoch den Tisch. Er wusch sich sogar das Gesicht und hielt den Kopf unter den Wasserhahn im Hof. Er lächelte, als er sich das nasse Haar über dem Kopf nach hinten kämmte. Dann röstete er das Brot. Er hatte einen Topf Sirup aufgetrieben und einen halben Liter Milch. Noch letzte Woche waren sie auf die Felder gelaufen und hatten die Vorratskammern von Hamstern aufgegraben, jetzt saßen sie sich um Punkt sechs Uhr stocksteif gegenüber, aßen so manierlich, wie sie es sonst nur im Vorderhaus getan hatten, und grinsten sich abwechselnd albern und traurig an.

Michél mied das Sofa dreißig Tage lang. Erst aus Respekt den Damen gegenüber, dann aus Stolz. »Dat is nix för unsen een«, pflegte er zu sagen. »Nix in de Milk to krömen, avers mit den Moors up Samt slapen?« Am einunddreißigsten Tag war er jedoch so betrunken, dass er einfach umfiel, zufällig auf das Sofa, und als er erwachte, hatte er das Gefühl, auf weichem, würzigem Moos geschlafen zu haben. Ab dem Tag streckte er sich häufig auf dem Sofa aus. Zunächst ein wenig verschämt, dann, als die ersten Flecken das Möbelstück heimisch gemacht hatten, nahezu selig. »Mien Deern«, rief er häufig, wenn er so auf grünem Samt lag: »Wenn ik mi so ümkiek in de Stuuv, in den Himmel kann dat nich fiener sien, dat segg ik di, luud un düütlich.« Und wenn er Mütze und Jacke aus dem Schrank nahm, statt sie vom Boden zu fischen, rief er grinsend: »Mien Deern, arm avers anstännig, so süht dat tut.«

Dennoch wurden Michél und Lucie das Gefühl nicht los,

zu Besuch im eigenen Heim zu sein. Nachdem sie eine ganze Weile mit eindrucksvoller Begeisterung vor dem Essen die Hände und nach dem Essen das Schlesische gewaschen, die Ellenbogen vom Tisch genommen und ihre Kleider jeden Abend in den Schrank gehängt hatten, verzogen sie sich immer häufiger in das obere Stockwerk.

Hier schlief Michél nach wie vor auf einer Strohmatratze auf dem Boden, hier konnte man schmutziges Geschirr einfach stehen und Kleider auf dem Boden liegen lassen, hier hatten ihre schwarzen Fußsohlen genau die richtige Farbe. Außerdem hatte Michél sich zum Malen hierher zurückgezogen. Das Licht war besser, und unten war kein Platz mehr für Leinwände und Staffeleien. Die neuen Möbel füllten den Raum vollständig aus, zwei der Stühle konnte man nicht einmal vom Tisch abrücken, sie klemmten zwischen Tisch und Wand, auf ihren Lehnen sammelte sich Staub.

Als der Auftrag für das Lübecker Notgeld an jemand anderen ging, als Michél die Scheine, auf denen der doppelköpfige, lübsche Adler aus dem Ei schlüpfte, ein Adler, der unter der Hand des Künstlers eher wie ein Drachen geraten war, nach Hause brachte, da wechselte er eine Woche lang nicht das Hemd, er wusch sich weder das Gesicht noch aß er etwas.

Er trank und schlurte und schlurfte, und so etwas konnte man unmöglich auf einem samtenen Sofa oder überhaupt irgendwo im »Salon«, wie er das gesamte untere Stockwerk nun nannte, tun. Für so etwas brauchte man eine zerfaserte, von Mäusen zerfressene Strohmatratze. Michél war vorher nie verzweifelt, wenn seine Arbeit abgelehnt wurde. Im Angesicht der bürgerlichen Möbel aber kroch ihm die Scham kalt den Rücken herauf, zum ersten Mal seit Jahren fühlte er sich wirklich wert- und nutzlos.

An einem schwülen Abend im Jahr 1922 stand Michél schwitzend und frierend vor seiner Staffelei unter dem Dach und malte mit ungewöhnlicher Lustlosigkeit. Es lag nicht am Fieber, sondern daran, dass er seit zwei Wochen keinen Alkohol getrunken hatte. Das Fieber half sogar ein wenig gegen die Ödnis in seinem Geist, Rausch war Rausch. Auch der Schmerz an der entzündeten Narbe an seinem Stumpf war ihm willkommen, sie vertrieb den anderen Schmerz, dem nicht beizukommen war, dem in seiner *Geisterhand*, wie Lucie sie nannte. Aber es reichte nicht aus, um ihn für das Bild zu entflammen, das gerade ein wenig zu routiniert unter seinem Pinsel entstand, und das im Übrigen einmal als sein bestes Werk bezeichnet werden sollte.

Im Vordergrund, am rechten Bildrand, eine Frau im Halbprofil. Sie trägt ein einfaches Hemd, ihr Haar hängt ihr offen über den Rücken. Sie sieht aus, als hätte sie sich zur Nacht fertiggemacht, aber sie steht mitten in einer unwirtlichen Landschaft. Im Bildhintergrund kahle, schwarze Bäume, die Frau steht mit bloßen Füßen am Rand eines verschneiten Feldes oder eines zugefrorenen Sees. Der Himmel ist in einem unnatürlichen giftigen Grün gehalten, die vereiste Fläche in gedämpften Blau-Weiß- und Grauschattierungen. Die Frau schaut auf das Feld oder den See hinaus, die Eisdecke wird an verschiedenen Stellen von Halmen durchbrochen. Eine Bedrohung geht von dem Bild aus, die zunimmt, wenn man näher herantritt. Das, was aus einiger Distanz Halme zu sein scheinen, erfrorene Ähren, wirkt von Nahem menschlich, als würden einzelne Gliedmaßen aus dem Acker ragen oder die Eisdecke eines Sees durchstoßen.

Michél pinselte also mit größter Lustlosigkeit an seinem Meisterwerk, als Willnauer seinen Kopf durch die Luke steckte, nu man to, der Jannsen habe nicht den ganzen Tag Zeit.

Michél wankte die Stiege in den *Salon* hinunter, wo Jannsen von Lucie mit Wein bewirtet wurde. Sie hatte sich die Haare hochgesteckt, die Ohren waren frei, sie sah grauenvoll erwachsen aus. Michél hustete, aber Jannsen achtete gar nicht auf Lucie, er betrachtete die Bilder. Michél lehnte sich an die Wand, klopfte eine Zigarette aus der Packung und starrte Jannsen an.

Willnauer hatte ihm seit Wochen mit dem Mann in den Ohren gelegen, Munch habe der ausgestellt und Nolde, der habe einen Blick für das Moderne, die halbe Stadt mache ihm die Hölle heiß, Jannsen aber knicke nicht ein. »Ein guter Mann«, pflegte Willnauer zu sagen. »Der muss deine Arbeiten sehen, Michél. Der wird sofort erkennen, mit wem er es zu tun hat.« Emil Munch könne ihm gestohlen bleiben, hatte Michél gesagt, und Edvard Nolde auch. Das Malen mache ihn, Michél, zu einem schlechten Vater und einem erbärmlichen Versorger, dafür wolle er nicht auch noch belohnt werden. Willnauers verzweifelte Einwände, auch mit Bildern, die nicht in Auftrag gegeben wurden, ließe sich Geld verdienen, winkte Michél mit einem »Ja, mien Jung, vun de echten Malers, de Biller woll. Avers mien Dummtüüg, wat ik hier so utklamüstern do, dat will doch nu keeneen köpen.«

»Wenn ich dich nicht zu Jannsen schleppen kann, schlepp

ich Jannsen irgendwann zu dir«, hatte Willnauer entkräftet gesagt, »du wirst schon sehen.«

Michél sah jetzt nur eins. Jannsen war dick, Jannsen war reich, Jannsen wischte verstohlen den Rand seines Glases ab, nachdem Lucie es ihm gereicht hatte. Michél warf ihn nur deshalb nicht hinaus, weil er krank war. Ihm war so elend, dass er fürchtete, sich übergeben zu müssen, wenn er den Mund öffnete, um etwas zu sagen. Er schwieg und schluckte schwer. Er wollte nach dem Glas Wasser greifen, das seit gestern neben seinem Sessel auf dem Boden stand, aber die kleinste Bewegung ließ ihn würgen. Jannsen sprang beflissen auf und reichte ihm das Wasser, eine Mücke war darin ertrunken, was Jannsen erst sah, als Michél schon nach dem Glas griff. Michél stürzte das Wasser mitsamt Mücke hinunter und freute sich an Jannsens entsetztem Blick. Dann schloss er die Augen und schlief ein. Stehend, an die Wand gelehnt.

Als er das nächste Mal erwachte, beugte sich ein Arzt über ihn, tupfte und ätzte an seinem Stumpf herum und flößte ihm Dinge ein. Michél hustete, spuckte und schlief wieder ein, bevor er ordentlich fluchen konnte.

Drei Tage später ging es ihm besser, er erwachte in Lucies Bett im Erdgeschoss, sein Stumpf war verbunden, Lucie saß auf der Bettkante und sah ihn mit weit aufgerissenen Augen an. Ihre Nägel waren bis aufs Fleisch abgekaut, ihre Augen so rot und trocken, als hätte sie seit Tagen nicht ein einziges Mal geblinzelt.

Einen Monat später stellte Jannsen eine kleine Auswahl von Michéls Arbeiten in einer Sammelausstellung aus. Es reichte weder zu einem durchschlagenden Erfolg noch zu einem Skandal. Ein Kritiker jedoch, der die Ausstellung besprach, widmete Michél Hinrichs einen eigenen Absatz, in dem er feststellte, dass seine Arbeiten deshalb so beunruhigend seien, weil sie den Krieg, die Willkür der Schlachtfelder auch für die Daheimgebliebenen spürbar machten. Sie überwänden den tiefen Graben zwischen den traumatisierten und isolierten Soldaten und der Gesellschaft. Durch die illusionistische Malweise, die, je nach Distanz des Betrachters, Weizenähren oder menschliche Gebeine zeigten, werde dieser Verständnisgraben, der zwischen Vorstellung und realem Erleben, der zwischen den Soldaten und ihren Frauen, selbst zum Thema des Bildes.

Die Bilder, schrieb der Rezensent, nachdem er ein paar Motive *entschlüsselt* hatte, die Michél niemals *verschlüsselt* hatte, räumten mit dem Heldenmythos auf und gleich auch mit Gott und Vaterland. *Der Himmel*, schrieb er, *ist ein bösartiger, er hält keine Heilsversprechen mehr bereit, weder Verheißung noch Erlösung, nichts Gutes kann aus diesem Himmel kommen. Die grüne Farbe erinnert in ihrer Unnatürlichkeit an die Farbgebung im Manierismus, der Teufel selbst könnte hier hausen.*

Die einst fruchtbare Erde birgt nur noch Tote. Die Frau, Unschuld und Fruchtbarkeit in einem, steht ungeschützt in dieser tödlichen Landschaft, barfuß im Schnee, durch das leichte Hemd der Kälte unbarmherzig ausgesetzt. Auch wenn es unwahrscheinlich scheint, dass sie der todbringenden Szenerie entrinnen kann, ist eine Hoffnung mit ihr verknüpft. Ihre Haltung, das lange dicke Haar vermitteln Stärke. Ihr Gesicht drückt Trauer aus, aber auch eine besondere Kraft.

Sie ist allein zurückgeblieben, verstieg sich der Rezensent zu einer kühnen Schlussfolgerung, *aber sie geht nicht zugrunde. In ihrer linken Hand hält sie einen Pinsel, der als Symbol ihrer Schöpferkraft verstanden werden kann, sie wird eine neue Welt erschaffen. Sie, die Frau, läutet ein neues Zeitalter ein, und man darf glauben, dass es eines sein wird, das weniger Tote fordert.* Willnauer und Jannsen waren begeistert, Michél verstand kein Wort. Er hatte hin und wieder ein paar Stunden im Museum verbracht, sich in der Nähe seiner Bilder herumgedrückt und die Reaktion der Leute beobachtet. Er sah, was er befürchtet hatte. Die einen schlenderten, auf der Suche nach den bekannten Namen, an seinen Arbeiten vorbei, ohne auch nur einen Blick darauf zu werfen, andere reagierten entgeistert, ja erzürnt. Man hatte Versailles noch nicht verkraftet, da ertrug man doch niemanden, der auch noch auf den *Resten* des *Vaterlandes* herumtrampelte.

Kurzum: Es gab niemanden, der so aussah, als hätte er seine Bilder am liebsten von der Wand gerissen und sich unter den Arm geklemmt. Und das war das Einzige, was Michél wichtig war. Was nützten seine Bilder, wenn kein Mensch sie *besitzen* wollte? Ein Schuster, dessen Schuhe nicht gekauft wurden, hatte versagt. So einfach war das.

Zu einer anderen Zeit hätte jetzt vielleicht der eine oder andere Mäzen seine Hand nach dem Maler ausgestreckt, aber die Inflation stand zwischen Michél und der einzigen Anerkennung, die er gelten ließ.

Seine Bilder waren eine Sünde, ohne die er nicht leben konnte. Teuflischer, teurer und verzehrender als der Alkohol. Was ihm einmal geholfen hatte, sein Kind zu ernähren, machte ihn jetzt so nutzlos und überflüssig, wie er es zuletzt als Gossenjunge gewesen war. Er verfluchte sich dafür, diesen *Flausen* nicht Einhalt gebieten zu können, diese bedrohlichen Dinge malen zu müssen, die niemand haben wollte, Geld an Farben zu verschwenden, für das er gutes Essen und bessere Kleidung hätte kaufen sollen. Aber an Tagen, wo er nicht malte, schien er gar nicht mehr aufstehen zu können.

Er schaffte die Arbeit am Hafen nicht mehr. Jede Minute dort zerfraß ihn. Die Prothese schmerzte und verhakte sich ständig in den Säcken, und die anderen Arbeiter waren jünger und hatten alle Gliedmaßen. Aber am schlimmsten war die Stumpfheit der Arbeit. Früher hatte harte körperliche Arbeit ihn befriedigt, jetzt zersetzten die Bilder, die er nicht malte, seinen Geist. Der Hafen deprimierte ihn so sehr, dass er es kaum nach Hause schaffte, ohne seinen Lohn vertrunken zu haben.

Jannsen, der schnell verstand, warum Michél Schmeicheleien und Lob gegenüber so immun war, verschaffte ihm einen Auftrag für ein Kirchengemälde. Es war natürlich gewagt, jemanden mit einer Abendmahlsszenerie zu beauftragen, dem gerade die Abschaffung Gottes unterstellt worden war, aber Jannsen liebte Risiken.

Es wurde ein gigantisches Gemälde, Michél arbeitete fast ein Jahr daran. Zwei Wochen hing das Bild, dann riss eine Meute aufgebrachter Protestanten es von der Wand, trug es zum Mühlenteich und ertränkte es. Die Dreiecke und Quadrate, aus denen Jesus und seine Jünger zusammengesetzt waren, lösten sich von der Leinwand, die Fische schnitten sich an ihnen. Da hatte einer übers Wasser gehen können, und sein Abbild tötete die Fische.

Das war es dann mit Michél und der Malerei. Dort am Mühlenteich schwor er, nie wieder einen Pinsel anzufassen. Selbst mit nur einer Hand schaffte er es, drei der Christen, die sein Bild ertränkt hatten, ordentlich zu vermöbeln. Ein weiterer Beweis dafür, dass er mit seiner Faust mehr ausrichten konnte, eindrucksvollere Male hinterließ, als mit einem Pinsel.

Michél hatte schon immer seinen Mann gestanden, war einer Schlägerei nie aus dem Weg gegangen. In den folgenden Jahren aber prügelte er sich voller Hingabe, ließ keine Gelegenheit ungenutzt, ein harmloses Missverständnis, eine unwichtige Zwistigkeit in eine saftige Keilerei ausarten zu lassen.

Die Zwanzigerjahre verbrachte er als Hausmeister des Museums. Er büßte zwei Zähne ein, seine Nase brach vier-, sein Schlüsselbein dreimal. Lucie machte sich keine Sorgen um die Knochen ihres Vaters, es gab Dinge, die heilten. Es gab andere Dinge, die heilten nicht. Lucie kannte den Unterschied. Sie wusste, welche Erleichterung es sein konnte, die Raten mit dem Körper abzuzahlen. Sie wusste auch, was sich damit nicht vergelten ließ.

Zur selben Zeit, als Michél und Lucie am Lübecker Mühlenteich standen und dem Abendmahl beim Versinken zusahen, saß Christoph Maria Petersenn in Berlin an der Spree und warf seine Blätter in den Wind. Zeichnung um Zeichnung segelte sanft dem Fluss entgegen, manche gingen schnell unter, andere trieben auf der Oberfläche des Wassers den Fluss hinunter, bis sie nur noch weiße Fetzen am Horizont waren.

Christoph, Michél und Lucie schauten ins Wasser: Lucie verzweifelt, Michél wütend, und Christoph, zu seinem eigenen Erstaunen, erleichtert, von einer gigantischen Last befreit. Er dachte an diesen Maler, der damals seine Familie porträtiert hatte, an dessen Lektionen, die er nicht hatte umsetzen können. Er sah seinen Zeichnungen hinterher und erkannte, wie schlecht sie waren.

Er lachte so hysterisch, dass ein paar Schwäne das Weite suchten. Er gab das Malen auf, am selben Abend, als Michél das Malen aufgab, nur begann Christoph nicht, sich zu prügeln, er ging ans Theater. Professor Fink hatte ihm schließlich eine glänzende Karriere dort in Aussicht gestellt, so erinnerte er das Ende des Gesprächs. Tatsächlich war »Gehen Sie ans Theater« eine abfällige Floskel, die Fink für jeden gebrauchte, von dem er meinte, dass er zu rein gar nichts tauge. Professor Fink war, wie jeder Mensch mit einer ausgewachsenen *deformatión professionelle*, davon überzeugt, dass die anderen Künste unterkomplex waren, schieres Handwerk. Seiner Meinung nach spielten die Schauspieler alle sich selbst, mehr als Text lernen war an dieser Kunst nicht dran. Leidlich aussehen musste man, und das tat dieser Petersenn ja tatsächlich. Im Traum hätte Fink nicht daran gedacht, dass Petersenn diese Beleidigung als Rat nehmen würde, aber er konnte nicht wissen, dass Christophs Leidenschaft nicht speziell der Malerei galt, es waren die Künste im Allgemeinen, die ihn anzogen.

Es gelang ihm irgendwie, aufgenommen zu werden. Sein Gesicht war markant, er hatte ein einnehmendes Auftreten, eine wohltönende Stimme. Auf den ersten Blick ließ er zwar nicht allzu viel Talent erkennen, aber man ließ es drauf ankommen, vor allem, wenn es die große Mathilda Lodz war, die ihre Hand für den jungen Mann ins Feuer legte. Die große Mathilda Lodz, die seit einigen Wochen an der Schule unterrichtete. Mathilda hatte Christophs Selbstzweifel unter Küssen erstickt, an dieser Schule sei er gut aufgehoben, der Gründer sei ein Intendant, der für sein politisches Theater bekannt sei, der rechne mit der Monarchie und den alten Eliten ab, der würde Christoph nicht für seine Gesinnung bestrafen, er werde schon sehen.

Es wurde ein Desaster. Nach einem Jahr flog Christoph raus: Man habe selten jemanden gesehen, der so in seinem Körper gefangen sei, er habe nicht das geringste schauspielerische Talent, sei völlig außerstande, jemand anderen darzustellen als sich selbst. Dennoch hätte man ihn wahrscheinlich gehalten, der Lodz zuliebe. Aber es gab eine gebrochene Nase, die dagegensprach. Die Nase des Tanzlehrers, der, nachdem er wieder zu Bewusstsein gekommen war, beschrieb, wie der Petersenn ganz hölzern und starr wurde, als man ihm die Schritte beibringen wollte, man habe selten jemanden unterrichtet, der so ungelenk gewesen sei. Wie er dann plötzlich, nach einigen Unterrichtsstunden, die Augen schloss und sich, man könne es nicht anders sagen, in einen ganz anderen Menschen zu verwandeln schien. Der Mann habe nicht getanzt, er sei geflogen! Unfassbare Schönheit habe man sehen dürfen, berückende Anmut, bestrickende Eleganz! Das Talent dieses Mannes sei verschwendet an der Schauspielschule, zum Ballett hätte der gemusst, er sei aber, da helfe alles nichts, schlicht zu alt. Nun, man schweife ab, der Mann habe für Minuten getanzt, dann habe er im Sprung innegehalten, habe sich zusammengekrümmt, sei ganz bleich gewesen, ganz elend. Man habe ihm die Hand auf die Schultern gelegt, oh mein Gott, Petersenn, was ist mit Ihnen, da habe der junge Mann sich aufgerichtet, kaum jemals habe man einen solchen Hass im Gesicht eines Mannes glühen sehen, es sei zutiefst erschreckend gewesen, und dann, ja, das Ergebnis könne man ja nun selbst begutachten.

Die nächsten Wochen verbrachte Christoph im Bett. Er rasierte sich nicht, er aß wenig und trank viel, er schlief vierzehn Stunden am Tag, öffnete weder Mathilda die Tür noch Henry. Nie hatte er Mathilda, Peter oder Henry seine Zeichnungen gezeigt, er hatte die Aura eines Künstlers gehabt, dessen Obsession so tief war, dass sie jede Eitelkeit erstickte. Je weniger er preisgegeben hatte, desto mehr hatte man von ihm gehalten. Wer es nicht nötig hatte, seine Bilder zu zeigen, der musste doch beseelt sein. Man würde noch sein blaues Wunder erleben, wenn Christoph endlich aus seinem Schneckenhaus kam, dessen waren sich alle sicher gewesen. Er war ein fleischgewordenes Gerücht gewesen, ein Versprechen.

Die Ablehnung der Kunsthochschule hatte dieser Verheißung schon etwas ihres Zaubers genommen, aber man konnte die Politik dafür verantwortlich machen. Nun war er vor aller Augen aus dem bolschewistischen Theater geflogen.

Christoph wagte es nicht, auch nur einem seiner Freunde

unter die Augen zu treten. Sobald er imstande war, sein Bett zu verlassen, verließ er auch Berlin, ohne sich zu verabschieden.

Als der Zug in Lübeck einfuhr, schöpfte er neue Hoffnung. Die Kraft des Nordlichtes äußerte sich nur äußerst subtil, da ging es um Nuancen, siebenunddreißig verschiedene Grautöne, redete er sich ein. Im Norden hatte man es nicht nötig, mit den Armen zu fuchteln und mit den Augen zu rollen, man musste noch nicht einmal die Stimme heben, geschweige denn brauchte man Melodie oder Modulation oder was auch immer es war, worauf diese Berliner so pochten.

Bei jedem Satz, den Christoph hervorgebracht hatte, war der Schauspiellehrer herumgesprungen, als müsse er ein Orchester dirigieren, Stimme hoch, Stimme runter, Christoph spreche wie eine Schlaftablette, keine Melodie, keine Betonung, keine Dramatik. Christoph hatte sich abgemüht, aber der Schauspiellehrer fuchtelte schwitzend mit dem Bleistift in der Luft herum, Stimme halten, Stimme senken, zeichnete Berge und Täler in den Staub des Studios und zwischendurch, um zu veranschaulichen, wie Christoph im Gegensatz dazu klang, eine erdrückend lange Linie, kurz über dem Parkett angesiedelt. Dort, wo die Luft am dicksten war. Dort, wo man schon aus Sauerstoffmangel direkt in den Schlaf fallen würde, und dann an Wollmäusen ersticken. Christoph fand das alles nicht nur kränkend und sehr anstrengend, sondern vor allem furchtbar affektiert. Echtes Gefühl übertrug sich ohne gehobene Stimme am Ende des Satzes, ohne Täler und Wellen, ohne große Gesten und affige Salti. Die Lübecker würden, zweifellos, die Feinheiten seines Spiels zu schätzen wissen.

Das war erst einmal ein hervorragender Plan, den er fasste, als er die Gassen seiner Heimatstadt durchschritt, zumindest langfristig. Aber als es Abend wurde, ein leichter Nieselregen einsetzte und der verhangene Nordhimmel sich über die Parkbank am Mühlenteich senkte, auf der Christoph fröstelte, ging ihm auf, dass er einen Plan brauchte, der auch kurzfristig schon für ein Bett sorgte. Er saß auf der Parkbank und zählte sein Geld, dessen Gegenwert noch im letzten Jahr ein Waschkorb voller Banknoten gewesen wäre, und rechnete es in Mahlzeiten und Betten um. Neun Tage, wenn er Glück hatte und wenn er nicht trank.

Die Windböen wurden heftiger, der Nieselregen stand fast parallel zum Wasser des Teiches. Christoph war fünfundzwanzig Jahre alt und hatte den Himmel vergessen, diesen Himmel, über den Wolkenfetzen rasten wie Höllenrösser. Ein Unwetter über Berlin war unangenehm, zweifellos, aber es war schlicht. Es entbehrte der dämonischen Schimmelreiter-Metaphorik, die ein Unwetter über Lübeck hatte. Dieses beklemmende Gefühl von nahendem Unheil, als würde der einsetzende Sturm alle vergessenen Alpträume zurückbringen, als könne der Himmel die Stadt *verfluchen*.

Christoph beschloss das einzig Vernünftige: dem Unwetter und der aufkeimenden Lebensangst in eine Kneipe zu entfliehen und das Geld für die nächsten drei Tage zu vertrinken.

KAPITEL 6

Ein Raum, das Mädchen und der Teufel: Das Mobiliar des Hinterhauses in der kleinen Gröpelgrube hatte sich seit siebzig Jahren kaum verändert. Nur den mit Holz befeuerten Herd der Hinrichs' hatte Christoph Petersenn Anfang der Vierzigerjahre aus dem »Salon« herausgerissen und durch einen Geschirrschrank aus der Gründerzeit, den er auf einer Auktion in Hamburg erstanden hatte, ersetzt. Er hatte einen Gasherd gekauft und ihn in die Diele unter die Stiege gestellt.

Der Rest war unverändert. Im Geschirrschrank das zarte, mit Streublumen bemalte Porzellan. Davor der Esstisch mit den gedrechselten Beinen, zwischen Fenster und Tür das riesige grüne Samtsofa, davor der alberne kleine Teetisch aus dem Rokoko (Fräulein Lisbeth hatte eine Schwäche für Antiquitäten gehabt), der tatsächlich einmal vergoldet gewesen war. Das Gold war schon längst abgerieben, nur an den zierlichen Beinen fand man noch Spuren. Er war mittlerweile so wackelig, dass man kaum noch wagte, eine Teetasse darauf abzustellen.

Der Teufel, der am Esstisch saß, hatte sich seit über tausend Jahren nicht verändert, seine eisblauen Augen hatten jede Nische dieses Raumes, jedes Haus der Stadt stumpfgerieben.

Nichts hatte sich verändert, nur das Mädchen war ein anderes.

Eine Ahnenreihe, deren erstes Bild man sich denken musste. Magdalenas Gesicht, das sich in der Trave spiegelte. Das Gesicht durch die Zeit schon nahezu ausgelöscht, das Haar aber leuchtend und so lang, wie es im Tod sein würde, länger als zu Lebzeiten. Magdalena, die dem Teufel zulächelte, bevor sie ohne Zaudern ins schwarze Wasser der Trave stieg.

Darunter ein kleinformatiges Ölgemälde von Lucie. Lucie war auch als junge Frau nicht schön im eigentlichen Sinne gewesen, ihr Gesicht pausbäckig und ein wenig naiv, ihr Lächeln elegant auf eine leicht marode Art. Sie hatte eine Haut gehabt, die aussah, als würden selbst leichte Berührungen Druckstellen hinterlassen. Eine Haut, die ganz schnell verderben konnte. Lucie, die imstande war, summend ihre Augenbrauen zu einem schmalen Strich zu zupfen und sich dabei auszumalen, ihr eigenes Neugeborenes in der Trave zu ertränken.

Darunter Fotografien der jungen Freya Petersenn, markante Wangenknochen, das schwarze Haar kunstvoll aufgetürmt, volle Lippen, Wimpern, so schwer und dicht, dass sie eine Fliege tragen konnten, ohne abzusinken. Eine Frau mit Haar, so kräftig wie die Mähne eines Schlachtrosses, und einem Bindegewebe, so stark, dass sie einen ausgewachsenen Hanseaten hätte austragen können.

Unter der Ahnengalerie hockte Jessie Mertens auf dem Samtsofa und feierte ihren achtzehnten Geburtstag.

Dort, wo vor mehr als einem halben Jahrhundert Lucie gesessen hatte, mit Zahnlücken und viel zu wachem Blick, dort, wo sie später gelegen hatte, die Adern voll mit Morphium, Speichel im Mundwinkel und Motten im Herzen, dort saß jetzt Jessie: mager, spitzes Kinn, spitze Nase, strähniges Haar, abgelöschte, trübe Augen und rissige Lippen. Sie trug einen braunen Anzug, die Schultern nach vorn geklappt, Hemd und Jackett seufzten unter den Falten. Sie saß im Schneidersitz, die Beine wie eine zerbrochene Schere, die spitzen Knie drohten den ohnehin mürben Stoff des Anzugs zu zerreißen. Eine abgelegte Zigarette glimmte im Aschenbecher vor sich hin, während sie sich gedankenverloren eine neue drehte. Sie zündete die Zigarette mit einem Streichholz an, trank ihr Bier in einem Zug aus und zerknüllte die Dose in der Hand. Jessie, die Letzte in der Ahnenkette, eine wahrhafte Düvelsdeern, ein messerdünnes unerschrockenes Destillat des Zorns.

Der Teufel stand auf und legte Jessie die Hand auf den Kopf, wie ein Pfarrer, der ein Kind segnet. Jessie schloss die Augen und lächelte.

Es war ungefähr siebenhundert Jahre her, seit sich die Langeweile dem Teufel um den Hals gewickelt hatte wie eine Schlange. Er hatte beachtliche Zeit durchgehalten und sich für alles Mögliche interessiert: Folter- und Henkersmethoden, Schmetterlingszucht und Uhrwerke, Kriegsstrategien und Rauschmittel, sogar der Anbau von Hafer und das Brennen von Keramik waren ihm eine Weile seiner Aufmerksamkeit wert erschienen.

819, zur Gründung von Liubice, war der Teufel aus dem Schilf gekrochen, war ein paar Lidschläge lang in der Welt und schon zeitlos. Es gab niemals einen jungen Teufel, es würde niemals einen greisen geben.

Er war Äonen älter als die Heiden und die Christen, die um Liubice kämpften, die machtgierigen Fürsten und mordlustigen Stämme, die es besiedelten. Aber die kamen von weit her, sie hatten die Welt gesehen und konnten jederzeit weiterreisen, er jedoch kannte nichts als die Burg.

Fürchtest du den Teufel, dann meide Liubice. Liubice – die Liebliche. Die fruchtbare, rachsüchtige Mutter der heutigen Stadt. Eine Burg, ein paar Hütten, ein Wall aus Eichenstämmen, ein Graben. Und der Teufel.

Der Teufel blinzelte in fünfzig Jahren nur einmal, er sah, wie Hütten gebaut und niedergebrannt und wieder gebaut wurden. Fürsten eroberten die Burg, und kaum hatte einer es sich gemütlich gemacht, wurde sein Kopf schon wieder über die Zinnen geworfen.

Zu der Zeit machte der Teufel sich noch Illusionen, nicht über seine Möglichkeiten, aber über die Größe, die Liubice einmal haben konnte. Er dachte, wo eine Burg sei, werde ein Dorf gebaut, wo ein Dorf sei, werde irgendwann eine Stadt entstehen. Er dachte, diese Siedlung sei ein Stein, der die unberührte Oberfläche des Sees durchbricht und Ringe erzeugt. Ringe, die zwangsläufig das Ufer erreichten. Der Teufel glaubte, eine Stadt könne unendlich groß werden. Er, der an die Siedlung gebunden war, fühlte ihren gierigen Pulsschlag, ihren jungen, wilden Atem, er glaubte, sie könne ihn überall hinbringen. Der Teufel stand an der Trave, aber er träumte vom Meer.

Drei Lidschläge später stand die Burg verwaist. Der Teufel wusste nicht mehr genau, was der Grund gewesen war. Man hatte schon geraume Zeit genörgelt: Woanders gab es immer die fetteren Fische, die Wikinger waren einmal zu oft gekommen, dann grassierte noch irgendwas Niederträchtiges. Es lebte nur noch die Hälfte der Einwohner, und die meisten der Hütten waren niedergebrannt, vor der Burg drohten die Totenhügel. Man beschloss, Liubice habe einem kein Glück gebracht, und der Teufel sah den letzten slawischen Schopf im Schilfgras verschwinden. Es war gerade hundert Jahre her, dass der Teufel aus dem Nichts gekrochen war, und schon ließ man ihn in einer verödeten Siedlung zurück. Als einzige Gesellschaft eine Greisin, die so gebeugt ging, dass ihre Nase fast den Boden berührte. Ihre Armreife waren so schwer, dass sie die Hände nicht mehr zum Mund heben konnte, sie murmelte ständig vor sich hin und starb wenige Tage später. Der Teufel hockte vier Wochen neben ihrer Leiche. Ihm grauste: Er konnte die Burg nicht verlassen. Er versuchte es noch nicht einmal. Ein Mensch versucht ja auch nicht, ins All zu springen.

Der Teufel saß gute hundert Jahre auf dem Ringwall und betrachtete das Schilf, die Wälder und den Himmel. Er beobachtete jeden einzelnen Vogel, jeden Hasen, alles Gewürm und Gefleuch. Der Teufel beobachtete den Mond und die Sonne, er saß in Gewitterstürmen, Schneewehen, Hitzewellen und Hagel. Er saß auf der Zugbrücke, auf zerfallenden Hockern, auf dem Wall, auf jedem Quadratmeter Staub und Erde. Er begann Sandkörner zu zählen und Blätter. Er sah Sterne sterben und Kaninchen Junge werfen, er sah Federn in der Morgenbrise tanzen und Füchse verwesen. Er sah das alles so häufig, dass er irgendwann nicht mehr wusste, was er bezeugte und was er erinnerte. Es hätte ihn nicht gewundert, hätten sich selbst die Käfer davongemacht. Er durchmaß die verödete Siedlung unzählige Male mit seinen Schritten, er sah die Eichenstämme des Walls faulen, Marder Löcher hineinnagen, er sah Asche zu Lehm werden, und Lehm zu Staub.

Pourquoi?!, dachte der Teufel, der aus irgendeinem Grund schon damals ein paar Brocken Französisch sprach, damals, als noch nicht einmal die Franzosen Französisch sprachen, soweit er sagen konnte, doch er kannte keine Franzosen, er kannte nichts als Liubice. Aber jeder schrieb sich seine eigene Geschichte, so auch der Teufel. Pourquoi?!, dachte er also und grub die Finger in den Staub. Damals hatte der Teufel noch Fragen, damals war der Teufel sogar geneigt, an Gott zu glauben, wer sonst konnte so niederträchtig sein.

Wikinger kamen vorbei, spuckten einmal auf den Boden und gingen wieder. Fahrende Händler blieben für eine Nacht und zogen weiter, zwei Mönche brieten einen Fisch über dem Feuer und verkrümelten sich noch im Morgengrauen. Ein

Heer war auf der Durchreise, sondierte kurz die Lage, entschied sich dann aber, woanders zu rasten. In hundert Jahren durfte er Zeuge von zwei Faustkämpfen, einem Beischlaf, einer Geburt, vier Gebeten und einem Mord werden. Während ein paar Christen erschöpft einen Heiden erschlugen (sie hatten ihn schon drei Tage gejagt), während der Teufel versuchte, sein eigenes Kopfhaar zu zählen, wurden in fernen Ländern Universitäten gegründet und mechanische Uhren erfunden. Der Teufel war ins rückständigste Fleckchen des Universums gebannt, er war ein Mysterium ohne Welt. Ein Wunder ohne Zeugen. Seine Gier hätte Jahrhunderte verschlungen, sein Furor alle Monde ausgelöscht, aber er konnte noch nicht einmal einen Stein gegen die verfallende Burgmauer werfen.

Ein Hund lief ihm zu und starb, ein zweiter Hund lief ihm zu und starb. Ein dritter Hund, egal.

Der Teufel hörte auf zu zählen, wie viele wilde Hunde vor seinen Augen Kaninchen verspeisten und sich so benahmen, als gäbe es nichts Aufregenderes als dieses bisschen Leben, das sie in wilder Dummheit verbrachten. Die laut bellend zwischen den verfallenden Hütten umherliefen und die weißen, bleichen Knochen der Greisin in alle Ecken verstreuten.

Katzen. Gab es damals schon Katzen? Dem Teufel war zumindest so. Er erinnerte sich an ein schwarzes pelziges Gesicht mit gelben Augen, das so aufmerksam zu ihm emporsah, dass er damit ein paar Jahre herumbringen konnte. Dann verweste es, oder es verschwand im Schilf, er konnte es nicht mehr so genau sagen. Der Teufel saß Jahre unter einem ewig trüben Himmel, beobachtete die Wolken, die träge über der Burg hingen, während die Minuten sich um ihn herum öffneten und schlossen. Sein Verlangen war abstrakt, aber so quälend, dass er jede körperliche Pein vorgezogen hätte.

Zum Ende dieser Epoche hin lag er zehn Jahre am Stück auf der Zugbrücke, die ihrerseits schon halb im Graben hing, auch nur noch aus wenigen Bohlen bestand. Er träumte vom Meer. Er träumte von langen Reisen. Er träumte in fließendem Französisch.

Dass eine Horde Wagrier im Jahr 1002 die Burg besiedelte, die Zugbrücke richtete, Hütten baute, Keramik brannte und einen kleinen slawischen Tempel zimmerte, merkte er die ersten Jahre kaum. Es war auch besser so, denn ein paar Jahre später waren sie wieder verschwunden. Der Teufel lag noch immer auf der Zugbrücke. Er widmete dem Ganzen erst vierzig Jahre später ein wenig Aufmerksamkeit. Neue Siedler waren gekommen, Keramik, Ausbesserung, Hütten, das ganze Programm. Er stellte sich schon darauf ein, dass es höchstens ein paar Jahre dauern würde, bis das Schilf sie wieder verschluckte, aber dann ritt Fürst Gottschalk ein, warf einen Kopf über die Burgzinnen und riss sich das Ganze unter den Nagel.

Der Teufel rollte mit den Augen. Hundertfünfzig Jahre lang hatte die Burg leergestanden, die Zugbrücke wie eine heraushängende Zunge, und *keiner* hatte sich dafür interessiert. Aber kaum wohnte jemand dort, wo niemand wohnen wollte, wo sich selbst die Rehe vor Langeweile in der Trave ertränkten, wollte plötzlich halb Wagrien einziehen. Ein Haus war anscheinend mehr wert, wenn man es im Schwertkampf erwarb, als wenn man es selber baute. Wenn sein ehemaliger Besitzer auf der Schwelle ausgeblutet war wie ein Tier. Wenn man über seine Leiche klettern musste, um die Diele zu betreten.

Gottschalk zerstörte den slawischen Tempel und baute eine Kirche. Er stellte eine ganze Armee von Missionaren auf, die wie die Heuschrecken über die Heiden herfielen. Dann verabschiedete er sich aus der Burg, überließ seine Frau Sigrit ihren unzüchtigen Träumen und zog durch die Gegend, um den slawischen Adel unter seine Herrschaft zu bringen.

Offensichtlich hatte er sich ein bisschen viel vorgenommen: An einem sehr regnerischen Morgen wurde er beim Gottesdienst vom Slawenfürst Cruto erdolcht. Cruto stach Gottschalk das Messer in den Hals, Sigrit klimperte ein paarmal rasch mit den Wimpern, dann schrie sie, wie es sich für eine anständige Ehefrau gehörte, plante dabei aber schon ihre Flucht nach Dänemark. Der Slawenfürst Cruto bezog mit seiner Frau Slawina die Burg, zerstörte die Kirche und vertrieb die Missionare. Einige Jahre später kam Heinrich, der Sohn des gemeuchelten Fürsten, aus Dänemark zurück und baute die Kirche wieder auf, dieses Mal aus Stein. Auf dem Kopf von Cruto, der Körper wurde außerhalb der Burg den Krähen vorgeworfen.

Slawina weinte dem ehemaligen Burgherrn von Liubice keine Träne hinterher. Schließlich war sie es, die dem Dänen die Tür zu Crutos Zechgelagen geöffnet hatte. Sie heiratete Heinrich, der jedoch in ständiger Angst lebte, seine Frau könne auch seiner überdrüssig werden, weswegen er der erste Burgherr war, der kaum trank und seine Frau mit unterwürfiger Höflichkeit umsorgte.

Rex Slavorum und seine Frau Slawina. Stammsitz Liubice. Die Geschichtsbücher erinnern an einen Mann, der Liubice zur angefochtenen, aber nicht wankenden Hauptstadt der Slawenstämme machte. Der Teufel erinnerte sich an einen Mann, der vor Angst kaum das Bett seiner Frau teilen konnte, sie stattdessen täglich mit Leckereien füttern ließ, bis sie so fett war, dass er es auch gar nicht mehr wollte.

Slawina mit den löwenköpfigen schweren Armreifen und dem langen starken Hals.

1127 starb Heinrich *unter ungeklärten Umständen*. Der Teufel musste immer lächeln, wenn er das las. *Natürlich* war es

Slawina. Slawina und eine ihrer Haarnadeln. Ziemlich spitz, sehr lang, aus Walrosszahn, beschlagen mit Silber. Es war ein Blick in den Spiegel gewesen, der Slawinas Mordlust entfachte. Sie war nicht nur fett geworden, sondern auch alt. Auf ihrem Doppelkinn wuchsen vereinzelt schwarze Haare. Ihr schwarzes, dichtes Haar wurde licht und grau. Zuerst Cruto, der betrunken auf ihr einschlief und ihr auf die Brüste speichelte, und dann Heinrich, der sich ihr, wenn überhaupt, so höflich näherte, als gelte es, einen heiligen Dienst zu verrichten. Der sie gemästet hatte wie Schlachtvieh. Der ihre Schönheit zerstört hatte. Slawina hatte nie erwartet, glücklich zu sein – Glück würde erst sehr viel später erfunden werden, aber sie hatte erwartet, in Würde zu leben. Sie hatte erwartet, in Stolz und Schönheit zu altern. Aber als sie an einem ungewöhnlich milden Wintertag wie gewohnt ihr Haar mit der langen Walrossnadel aufstecken wollte, fiel alles zusammen. Die Nadel hielt nicht mehr, ihr Haar war zu spärlich und dünn geworden, da war nicht mehr viel, worin die Nadel Halt finden konnte. Slawina starrte in ihr fettes Gesicht, fuhr sich durch das schüttere Haar und hatte gleich wieder drei Strähnen in der Hand. Ihre Zähne waren nie besonders schön gewesen, jetzt jedoch hatte sie nur noch sechzehn Stück und die wenigsten davon vorn. Slawina raffte ihr Nachtgewand über den Brüsten, packte die Nadel fester und machte sich auf die Suche nach ihrem Mann.

Sie lag betrunken im Bett, auf dem Bauch die Reste einer Hühnerkeule, als Race, ein Nachfahre ihres ersten Mannes, Liubice angriff. Sie weigerte sich, zu fliehen. Was den Fakt nicht verhehlen konnte, dass sie gar nicht mehr dazu in der Lage gewesen wäre. Sie hatte ein biblisches Alter erreicht und war so fett geworden, dass sie nicht mehr gehen konnte. Zwischen ihren Fleischwülsten hätte man Kinder verstecken können. Fünf Männer hätten sie aus der Burg tragen müssen, es gab nur einen, der dazu bereit gewesen wäre, aber der jagte Hasen und Rehe, um Slawinas Appetit zu stillen, und kam erst zurück, als er nichts anderes mehr tun konnte, als seiner Geliebten in den Tod zu folgen.

Slawina verbrannte zusammen mit Liubice. Der Teufel saß an ihrer Seite, die Flammen loderten aus ihrer Brust, die Dörfer, die Siedlungen, die Burg, alles brannte bis auf die Grundfesten, der Teufel jedoch verbrannte nicht. Er war über dreihundert Jahre alt, als er begriff, dass eine komplette Zerstörung seiner Heimat nicht ausreichte, um ihn auszulöschen. Dass er von Pfeilen und Äxten durchbohrt werden konnte, ohne zu sterben, war ihm das eine oder andere Mal schon aufgefallen. Aber als er noch glaubte, eine Auslöschung von Liubice würde zwangsläufig sein Ende bedeuten, hatte er den Kriegen mit weitaus mehr Elan zugeschaut, den Intrigen und Nöten mit größtem Interesse. Er hatte geglaubt, er habe etwas zu verlieren. Jetzt aber, da er fürchten musste, diesem Reigen bis in buchstäblich alle Ewigkeit beizuwohnen, befiel ihn zum ersten Mal lähmende Verzweiflung, der große verzehrende Ennui.

Er begrüßte es dennoch, als Heinrich der Löwe auftauchte, die Reste der Burg links liegenließ und sich daranmachte, eine größere, bedeutendere Siedlung zu bauen.

Der Teufel schöpfte Hoffnung. Plötzlich zogen sich gepflasterte Straßen von der Trave bis zur Wakenitz, der Teufel hatte seit Ewigkeiten keinen Marder mehr gesehen. Ständig wurden irgendwelche Briefe, verschlossen mit wächsernen Siegeln, durch die Gegend getragen, Handelsrechte, Stadtrechte, die Siedler hießen plötzlich Bürger, ausländische Münzen lagen zwischen den Fischschuppen, vielleicht würde Liubice niemals die Welt umspannen, die Welt aber kam jetzt hierher.

An einem verregneten Tag im August bekam die Stadt

sogar Besuch vom Kaiser. Nun ja, Barbarossa hatte Rolltürme vor die Mauern ziehen lassen und beschoss die Stadt mit Steinen, aber immerhin. Heinrich der Löwe hatte sich schon davongemacht, aber Lübeck öffnete seine Tore dem Kaiser erst, nachdem ein schwitzender Bote eine Schriftrolle von Heinrich überbracht hatte: Sie dürften die Tore gern öffnen, das nehme er nicht übel, echt nicht, er selbst sei auf dem Weg nach England. Seid gedankt für die schöne Zeit, alles Liebe, Euer Löwe.

Die Stadt war groß und mächtig geworden, der Teufel jedoch blieb ihr Gefangener. Es bedurfte einer Lüge, um den Teufel ans Meer zu bringen. Im 13. Jahrhundert, die Dänen hatten sich Lübeck unter den Nagel gerissen, nahmen sich die Lübecker das Pergament vor, in dem Barbarossa die Stadt dem Römischen Reich unterstellt hatte, fügten ein paar nette Paragraphen hinzu, beispielsweise das Nutzungsrecht bis zur Travemündung und am Priwall, fälschten ein weiteres Pergament, in dem einer der Dänenkönige das Barbarossa-Privileg bestätigte, und eilten damit zu Kaiser Friedrich II. Der Kaiser unterschrieb den Wisch, und der Teufel konnte ans Meer.

Eine Unterschrift, die ein Kaiser mit fettigen Fingern unter eine gefälschte Urkunde gesetzt hatte, ein bisschen Tinte auf ein Pergament, das sicherlich bald verrotten würde, brachte ihn, den Teufel, der bisher gerade zur Trave gekommen war, ans Meer.

Er, das einzige Wunder von Liubice, hatte weniger Macht als der Mensch, diese leicht verderbliche und vor allem *sterbliche* Spezies.

Als der Teufel zum ersten Mal an der Ostsee stand, begann er zu begreifen, was Welt bedeutete. Der Horizont bog sich unter seinen Blicken, zum ersten Mal versperrten ihm weder Schilf noch Bäume die Sicht. Er hatte geglaubt, die hundert

Jahre Ödnis wären seine größte Strafe gewesen, jetzt dräute ihm, dass diese Zeit vergleichsweise milde gewesen war. Man kann sein Gefängnis verfluchen, aber es zerstört einen nicht, wenn man die Freiheit nicht kennt. Nun aber lag vor dem Teufel das Meer, in seinem Rücken gähnten die Stadttore. Er verstand nicht mehr, wie er einmal hatte hoffen können, dass eine Stadt die Welt umspann. Die Stadt, die so ungeheuer gewachsen war; er sah, wie unendlich begrenzt sie war.

Er, der offensichtlich Unendliche, der Gegenbeweis stand noch aus, war in eine Nussschale gepresst. Nimm die Zeit und sperre sie in den Raum. Der Teufel stand im Sand, der Seewind fuhr durch seine Gestalt. Ein Tuch, in das einmal Brot eingeschlagen gewesen war, und das Hemd eines Selbstmörders wurden vom Wind aufgenommen und durch seinen Körper getrieben. Der Roggenbuk verspeiste eine Jungfrau und warf dem Teufel ihre Knochen vor, der Teufel sah den Schiffen hinterher, er hatte keine Vorstellung mehr davon, was sich hinter dem Horizont verbarg.

Und dann, fast sechshundert Jahre später, kam Lucie. Dieses Mädchen, das seine Augen hatte, die Flöhe husten und das Gras wachsen hörte. Das jedes Geheimnis, aber keine Sentimentalitäten kannte. Das ihn anschaute, ohne mit der Wimper zu zucken. Er war nahe daran, berauscht zu sein.

Er war ein Teufel ohne Hölle und ohne göttlichen Widersacher, denn dass er seinem Antagonisten in tausend Jahren kein einziges Mal begegnet war, das machte dessen Existenz sehr unwahrscheinlich. Weder Mensch noch Universum waren ein großes Rätsel, der Teufel hingegen schon. Aber niemand sah ihn, bis Lucie ihre Augen aufschlug und ihn *ansah.* Die Schlange lockerte ihren Würgegriff. Er hatte schon fast vergessen, wie es war, für etwas zu entfachen. Er hatte noch nie erfahren, wie es war, erkannt zu werden. Ihr Tod entzündete in dem Teufel eine Wut, für die er keinen Körper hatte.

Es gab keine Zeugen ihres Todes, niemand, der das Unrecht sah, niemand als den Teufel.

Er setzte seine ganze Hoffnung in Freya, aber Lucies Tochter war so unfassbar bodenständig, so außerstande, ihn zu sehen, dass der Teufel fast selbst an seiner Existenz zweifelte. Er musste mehrere Jahrzehnte warten, bis Jessie geboren wurde, sein Gesicht erkannte und lächelte. Bis seine Wut einen Körper fand.

Der Teufel betrachtete dieses Mädchen mit den eisblauen Augen, dem er seinen Zorn geschenkt hatte und Lucie ihren Schmerz. Er betrachtete dieses Mädchen, das mit seinem Schatten die Sonne verdunkeln konnte. Es war 1992, und Jessie war gerade achtzehn Jahre alt geworden.

Jessie stand auf, ging in die Diele und fischte sich ein weiteres Bier aus dem Kühlschrank. Auf dem Herd stand ein Rest Kartoffelsuppe, die Haut dick und runzelig. Jürgen Mertens rief nicht an. *Er sagt, dass du kalt wie Schnee wärst, keine Nerven hättest und nicht einmal den Teufel fürchtest.*

Jessie spulte den Film zurück, ließ sich auf das Sofa fallen und schaute ihn wieder von vorn. Die wüste Weite der Landschaften, die schönen Frauen, die verschwitzten, dreckigen Männer, die immer wussten, was zu tun war. Eine Welt, in der Rache dasselbe war wie Gerechtigkeit. In der Jahrzehnte vergehen mochten, aber am Ende mussten die Täter büßen. Dann rächten die Söhne ihre Väter, die Männer ihre Frauen, niemand kam ungestraft davon unter diesem Himmel, an dem Geier kreisten. Solange die Schüsse hallten, verloren die Schatten der Gröpelgrube ihre Kraft. Solange der Wind das Tumbleweed über die Ebenen wehte, war Jessie voller Sehnsucht, und ihr Herz schlug kraftvoll mit den Flügeln. Sie küsste Claudia Cardinale und ritt mit Charles Bronson in den Sonnenuntergang, und nichts erinnerte an die seltsamen

Alpträume, die ihre Nächte füllten, die Beklommenheit, die sich am Morgen über ihre Glieder legte, bevor der Zorn erwachte und beides vertrieb.

Der Geruch von Brackwasser füllte das Haus, ein leichter Geruch von Algen und Atem. Feuchte Fußspuren tauchten im Gang zum Hinterhaus auf, wanderten über den Hof, durchdrangen die geschlossene Haustür wie Luft, verharrten ein wenig in der engen Diele und tappten dann durch das Wohnzimmer bis zu Jessie. Nasse Travespuren, kleine Frauenfüße, deren Abdruck vermuten ließ, dass ihre Trägerin Plattfüße gehabt hatte.

Jessie zündete sich eine Zigarette an und dachte, dass die Liebe das Einzige war, was einen das Leben kosten konnte. Sie wusste nicht, warum sie das dachte. Sie kannte die Liebe eigentlich nicht.

Jessie landete am Morgen nach ihrem achtzehnten Geburtstag am Stadtgraben. Sie hatte nach dem Paradies gezielt und getroffen.

Schon ein paar Jahre hatte sie sich blindwütig durch die Nächte geschlagen, bis sie in den Morgenstunden halb bewusstlos mal an einem Laternenpfeiler, mal an einem Hafenpoller zusammenbrach. Meist an einem Hafenpoller. Dort hockte sie auch am Abend ihres Geburtstags, trank Wein aus einem Tetrapack für neunundneunzig Pfennig und wartete, bis der Türsteher vom *Loop* Feierabend machte und sie umsonst hineinkonnte. Das Loop war so klein, dass man sich nicht einsam fühlte, und es war so laut und verraucht, dass man sich nicht vergewissern musste, ob man noch lebte. Auf der Tanzfläche prügelten sich Punks, vielleicht tanzten sie auch, dazwischen tanzten Jungs in Cordhosen und Batikhemden, als würden sie sich selbst umarmen. Es liefen Led Zeppelin, Dead Kennedys, Dritte Wahl, Rancid, Pixies und Jimi Hendrix. In den ausrangierten Kinosesseln saßen Mädchen mit roten Dreads, geringelten Strumpfhosen und Piercings und Typen mit tätowierten Armen und rauchten Joints. Obdachlose nagten an Schmalzstullen, die umsonst ausgegeben wurden, und tranken mitgebrachte wetterfeste Mischungen aus großen Cola-Flaschen.

Jessie tanzte im Blitzlichtgewitter, den Kopf in den Nacken gelegt. Sie stieß den Rauch an die Decke und trank das Licht der Scheinwerfer. Ihre Insektenaugen teilten die Tanzenden in Waben. Discokugelschrott. Kunstnebel. Auf der Tanzfläche lang hinschlagen und warten, dass einen jemand aufhebt. Der Alkohol drückte von innen, der Beat von außen gegen die Schädeldecke. Ungelenke und euphorische Bewegungen. Schönheit zum Aufgießen. Instantbrühe mit Klumpen. Wodka aus der Wasserflasche. Krallen im Magen. Nebel, der aus den Poren strömte. Dreckige Nachtgestalten, lichtempfindliche Biester mit blinkenden Zähnen im Schwarzlicht, das Tageslicht eine Bedrohung. Der Kampf ging weiter, dort, wo niemand die Augen schloss, Kaspertanz, lächerliche Wut. Wasser, das von den Körpern aufstieg und von der Decke auf sie zurückfiel. Das Licht zerhackte die Haut in millimeterfeine Streifen. Wir müssen uns mehr anstrengen. Wir müssen größere Joints drehen, Speed unter die Lider schmieren, wir brauchen mehr Eiswürfel, wir haben kein Geld. Mädchen, die sich an der Wand räkelten, sich in den Gestank schmiegten und ihren Schweiß feilboten, Jungs, die in die Luft boxten und ihren eigenen Schatten trafen. Die Tanzfläche konnte nicht klein genug sein, sosehr die Körper auch zusammengedrängt waren, die Abstände blieben immer noch zu groß. Frost auf den Lidern, den Fingerspitzen, Krater im Bauch und im Hals. Wie zufällig den Bauch an einem Rücken reiben, erbarmungslose Haut, undurchdringlich wie Flatterband vor einem Tatort. Auf dem räudigen Gefieder der Musik ineinanderstürzen und doch nur Rauch schnappen. Geliehenes Elend, verrottender Atem, in einer Baracke an das letzte Ende des Hafens gepfercht.

Es gibt kein Asyl, wenn du nicht weißt, was du suchst, es gibt keine Erlösung, wenn du nur weißt, was du hasst. Kümmerliche, lodernde Hanseaten, Fischköppe, den Hals voller Gräten, brandschatzende Piraten mit schlotternden Knien.

Piercings in entzündeten Zungen, der klebrig kalte Geruch von Kernseife, stornierte Gedanken, Mängelexemplare, die Stempel auf der Stirn, der Hand, dem Hals.

Bier, das nie kalt genug war in der Hand, nie heiß genug wurde im Schlund, Zigaretten, die den Tanzenden zwischen den Lippen erloschen. Blicke, die unter den Spots zerplatzten. Augenwasser überall. Ein Kuss, der nicht weiter als bis zur Zunge reichte. Das Gesicht dahinter sofort vergessen. Kein Rausch, eher ein epileptischer Anfall.

Irgendwann rollte sich Jessie vor den Boxen zusammen, ihre Jacke unter dem Kopf zusammengeknüllt, draußen bedeckte ein später Schnee die Straßen, auf der Trave bildete sich eine hauchdünne Membran aus Eis, die am Mittag schon wieder geschmolzen sein würde.

Als das Loop schloss, wurde Jessie geweckt. In der Kälte des Morgens lief sie über die Straße, lehnte sich im Windschatten der Lagerhalle Nummer neun an die Mauern und suchte ihre Taschen nach Tabak ab. Sie hatte ihre Jacke im Loop vergessen, sie hatte keinen Tabak, kein Geld, sie fror in ihrem weißen Hemd und den grauen Anzughosen, ihre Hände waren blau. Sie hatte Kopfschmerzen, ihre Kehle brannte, und ihre Mutter hatte ihr zum Geburtstag einen Ausbildungsplatz besorgt.

Am Morgen war Freya ohne anzuklopfen ins Bad gekommen. Als Jessie den Duschvorhang zur Seite geschoben hatte, sah sie, wie ihre Mutter die Hände am Waschbecken aufstützte, die Haare fielen über die Keramik. Ein achtzehnjähriges Mädchen sei tot, flüsterte sie nach einer Weile. Bei der Geburt gestorben, zusammen mit dem Kind. Drogen.

Jessie schaute auf die dicken Flechten schwarzer, von grauen Pigmenten durchzogener Haare. Auch der Abfluss der Dusche war verstopft. Sie bückte sich und zog ein paar Strähnen aus dem Abfluss, sie lagen ihr in der Hand wie ein Skalp.

Freya drehte das Wasser ab, zündete sich eine Zigarette

an und blies Jessie den Rauch ins Gesicht. »Du bist nur noch Haut und Knochen.« Sie würde ihr gern zum Geburtstag gratulieren, fuhr sie fort, aber vor drei Stunden sei ein Mädchen gestorben, nicht einen Tag älter als Jessie sei sie geworden. Sie solle so lieb sein, sich zusammenzureißen und ein wenig auf ihre Gesundheit achten. »Verschone mich mit deinen Exzessen, und werd erwachsen. Ich habe dir einen Ausbildungsplatz besorgt.«

Die Wolken rasten über das schiefergraue Wasser, die Möwen schliefen, die Köpfe im Gefieder versteckt. Jessie schaute über die Trave und fühlte ihren Sog. Wer aus der Trave kommt, muss in die Trave zurück. Jessie hatte keine Freunde, aber die Einsamkeit, die sie fühlte, war anderer Art. Ein Gefühl, als wäre sie gar nicht richtig lebendig, als triebe nur ein Missverständnis ihren Körper weiter durch die Straßen.

Eisblumen bedeckten die Kuppel über der Stadt. Der Teufel hauchte auf das gewölbte Glas und schaute auf die Kirchen und Tore, in die Altstadtgänge, in denen sich Katzen herumtrieben, er schaute auf die Trave, er schaute auf Jessie. Sie schien sich kaum auf den Beinen zu halten und sah zum Mond, der milchig neben der kraftlosen Sonne im weißen Morgenhimmel hing.

Der Teufel lächelte, drückte einen Kussmund auf die Kuppel, der Abdruck des Lippenstiftes verdeckte die Sonne und verdunkelte die Stadt, dann nahm er die Kugel in die Hand und schüttelte sie. Schnee wirbelte auf und tanzte über das Rathaus, zog durch die Tore der Marienkirche und legte sich auf die Straßen, Jessie schlug lang hin, das Gesicht im Schnee, die Hose über den Knien aufgerissen.

Der Teufel lachte und stellte die Stadt wieder an ihren Platz. Jessie wischte die Hände an der Hose ab und sammelte ein paar Zigarettenstummel vom Pflaster auf. Sie hatte Druckstellen am Arm, als hätte sie jemand sehr fest gepackt, ihre Zähne schlugen unkontrolliert aufeinander. Die Kräne hinten am Lasthafen sahen aus wie mit einer dünnen und warmen Haut überzogen, aber sie waren zu weit weg.

Eine Katze saß auf einem Hafenpoller und betrachtete Jessie für die Spanne dreier Krankenwagen, die mit Blaulicht in Richtung Burgtor fuhren, dann sprang sie lautlos auf das Kopfsteinpflaster, nur Schwanz und Ohren ragten durch den Bodennebel und trieben auf Jessie zu. Sie setzte sich zu ihren Füßen und schaute mit ihr zusammen zur Brücke. Selbst durch die Stiefel spürte Jessie die Wärme, die das Tier abstrahlte. Sie bückte sich langsam und wollte nach der Katze greifen, aber ihre Hände waren so taub, dass sie ihr nicht mehr gehorchten.

Ein Kutter fuhr vorbei, Männer in Öljacken und dunklen Mützen standen an der Reling und betrachteten prüfend das Ufer. »Mien Deern«, riefen sie, »ab nach Hause, du holst dir noch den Tod!« Die Katze verschwand mit einem Satz im Nebel. Jessie rollte sich um einen der Hafenpoller und schlief ein, genau an der Stelle, an der man Magdalena und Lucie aus der Trave gefischt hatte. Eine Möwe breitete ihre Schwingen aus und warf ihren Schatten über das Mädchen. Es gab schlechtere Orte, um das Paradies zu suchen.

Am nächsten Tag war Jessie nicht tot, sondern erwachte mit einem furchtbaren Kater und einer gehörigen Erkältung in einem Bett. Und hatte einen Ellenbogen im Gesicht. Jemand saß neben ihr, drehte eine Zigarette und krümelte ihr dabei seinen Tabak ins Gesicht. Sie blinzelte zu diesem Jungen hoch und hatte nicht den Eindruck, ihn schon mal irgendwo gesehen zu haben. So viel Lidschatten hätte sie sich gemerkt. Er zündete sich eine Zigarette an und sah mit hochgezogenen Augenbrauen auf sie runter: »Lasse, ich glaub, deine Patientin ist wach.«

»Ah! Moin!« Lasses Kopf tauchte in ihrem Gesichtsfeld auf. Ein knochiges Gesicht mit großen Augen und einem schmalen, aber breiten Mund, gekrönt von zehn Zentimeter langen, schlecht gefilzten blonden Dreads, die in alle Richtungen abstanden. »Ich mach grad Frühstück. Rührei oder Spiegelei?«

»Ein Kaffee wär nicht schlecht«, krächzte Jessie.

Als Lasse sich beflissen erkundigte, ob sie ihn schwarz trinke oder mit Milch, lächelte Jessie. Es fühlte sich an, als risse ihr Gesicht auseinander, und sie ließ die Mundwinkel schnell wieder sinken. Sie richtete sich auf und schielte auf die Tasse, die in der Hand ihres Bettnachbarn zitterte.

»Lasse hier glaubt, man kann Dinge verbessern«, sagte

Schwani, mehr an seine Tasse gerichtet als an Jessie. »Deshalb kratzt er auch kotzende Restposten von der Straße. Hat er mit mir auch gemacht. Er merkt nicht, dass er alles schlimmer macht. Lasse ist so 'ne Art Beatmungsmaschine. Der macht immer weiter, auch wenn das Gehirn schon tot ist.«

Schwani hatte roh geschnitzte Gesichtszüge, seine Augen waren so schwarz, dass man die Pupille von der Iris kaum unterscheiden konnte, der Lidschatten war verschmiert. Lasse füllte eine Tennissocke mit Kaffeepulver, goss das Wasser drüber, dann drückte er auch Jessie eine Tasse in die Hand. »Aldi Sockenlese. Und hör nicht auf Schwani. Der weiß es nicht besser.«

Lasse musste sie am Hafen aufgelesen haben, aber sie erinnerte sich nicht daran und traute sich nicht zu fragen. Sie wollte die Selbstverständlichkeit, mit der die beiden damit umgingen, dass sie in diesem Bauwagen, in diesem fremden Bett lag und neben einem fremden Jungen Kaffee trank, nicht kaputt machen. Sie sprachen wenig, nippten an ihrem Kaffee, rauchten und schoben sich gegenseitig den Aschenbecher rüber, als würden sie sich seit Jahren kennen. Über dem Bett war ein Bücherregal angebracht, auf dem kleinen Stuhl neben dem Bett stand ein Plattenspieler. Es roch nach Räucherstäbchen und Kaffee, auf dem Ofen stand ein Kessel, auf der Längsseite, nahe der Tür, ein alter Küchentisch. Durch das Fenster am Fußende des Bettes konnte sie den Stadtgraben sehen und wusste, sie war auf der *fauna*. Sie grinste schon wieder. Das Loop war vielleicht der Vergnügungspark der Verlorenen, die *fauna* aber war ihre Heimat. Wer hier lebte, war allen ein Dorn im Auge, wer hier lebte, war über den Rand der Stadt gefallen und tanzte mit dem Teufel. Es war die Burg der Überflüssigen und Verdammten. Hier lagen die Träume der Stadt in Fetzen, hier riss man sich eine Faust voll Himmel aus dem Firmament, hier stopfte man sich den Mund voller Sterne, hier saß man am Feuer, und der Rauch legte sich als

Nebel über die Stadt. Früher war hier die Müllabfuhr gewesen, im Hauptgebäude hatte man ein Café, eine Kneipe und ein paar Proberäume eingerichtet, rundherum standen Bauwagen. Die *fauna* lag genau zwischen Stadtgraben und Trave, auf dem Befestigungsstreifen zwischen innerer und äußerer Stadtmauer. Die Mauern gab es schon lange nicht mehr, geblieben war das Gefühl, in einer Kampfzone zu leben.

Jessie nieste in ihren Kaffee, Schwani lachte, und sie wagte einen Vorstoß: »Der Strick hat es nicht geschafft, mich umzubringen, vielleicht schafft es dein Kaffee.« Schwani zog die Augenbrauen hoch, Lasse grinste, Jessie wurde rot. »Ich bin gerade erst angekommen, wollte den Staub hinunterspülen«, antwortete jemand nach kurzer Stille. Es war weder Schwani noch Lasse. Jessie schloss die Augen und trat einmal kräftig gegen die Wand des Bauwagens, so sehr hatte sie diese Stimme vermisst. Bjarne stand in der Tür, eine leere Kaffeetasse in der Hand. Er trug eine schwere Lederjacke und einen leuchtend roten formvollendeten Iro. »Da will man Kaffee schnorren und findet die lang verschollene Jessie James in Lasses Bett«, sagte er kopfschüttelnd, während er sich Kaffee einschenkte. Er grinste über das ganze Gesicht. Dann ließ er sich auf das Bett fallen, quer über ihre Füße, schnappte sich Lasses Tabak, drehte sich eine Zigarette, fixierte Jessie kurz und interessiert, zündete die Zigarette an, schloss die Augen und legte den Kopf auf ihre Füße. »Jessie«, sagte er. »Jessie James.« Er blies den Rauch aus und lächelte.

Jessie erinnerte sich an einen blonden, sehr schüchternen, etwas pummeligen Jungen. Hier lag ein beißend schöner Punk auf dem Bett, mit Wimpern, die nicht einmal Jessie auf die Reihe bekam, weichen Lippen und einem Kiefer, der Walnüsse knacken konnte. Sie hingegen war genauso farblos und unscheinbar, wie sie es als Kind gewesen war.

»Na, zumindest einer von uns kennt dieses Mädchen, das

uns heute im Morgengrauen den Wagen vollgekotzt hat«, sagte Schwani.

»Yip, wir haben mehrmals zusammen Schmetterlinge getötet«, sagte Bjarne. Schwani lachte und warf Jessie einen anerkennenden Blick zu.

Jessie schloss die Augen und spürte, wie ihre Füße unter Bjarnes Körper immer wärmer wurden. Sie hatte noch kein Wort zu ihm gesagt. Sie hatte nie mit ihm sprechen müssen, um sich ihm nahe zu fühlen. Sie wunderte sich nicht, als auch Finchen plötzlich mit einer leeren Kaffeetasse im Wagen aufkreuzte, eine Zigarette zwischen den Lippen, die Haare kaputt gebleicht und pink, in schwarzem Pulli und Minirock, sonst aber kaum verändert.

Eine Heimat zu finden ist genauso, wie sich zu verlieben. Man weiß es, bevor man die Gründe kennt. Man wundert sich nicht über Zufälle, denn der Zufall hat dem Schicksal die Kehle geboten, und das Schicksal hat einen anderen Zugriff auf Wunder. Wo sonst sollte Finchen landen, wenn nicht hier. »Jessie«, sagte Finchen. Ihre Hände zitterten ein wenig, ihre Haare waren strohig, aber die Narben an ihren Armen waren nicht mehr zu sehen, und so wie sie nervös von einem Fuß auf den anderen hüpfte, schien es auch ihren Füßen gut zu gehen. »Finchen!«, sagte Jessie und hatte das Gefühl, als würden die Worte sich in ihrem Mund aneinanderdrängen, zu viele, als dass sie etwas sagen konnte. »Wir kennen uns aus der Schule«, sagte Finchen und sah Jessie scharf an. »Oder sowas in der Art.« Damit zündete sie sich ihre Zigarette an und setzte sich auf die Bettkante. »Scheiße«, sagte Schwani und kraxelte umständlich aus dem Bett, »das ist hier doch kein Café.« Er setzte sich zu Lasse an den Küchentisch, als die Tür wieder aufging. »Klar, ein Nachbar fehlt ja noch. Wär ja auch echt viel verlangt, wenn jeder seinen eigenen Kaffee kochen würde«, grummelte er.

Falk, ein Punk mit vernarbtem Gesicht und dickem

schwarzen Rosshaar, kam mit einer leeren Tasse, in der verschiedene braune Ringe die Pegelstände vergangener Kaffees anzeigten, beachtete Schwani gar nicht und goss sich den Rest aus der Kanne ein. Er nickte Jessie zu, als wäre es das Normalste von der Welt, dass sie in Hemd und Unterhosen in Lasses Bett lag.

Lasse legte Holz nach, der Ofen knisterte, Jessie war lange nicht mehr so warm gewesen. Als der Kaffee alle war, leerte sich der Wagen langsam wieder. Lasse und Schwani gingen ins Hauptgebäude zum Duschen, nur Bjarne blieb noch eine Weile.

»Jessie«, sagte er. »Jessie James. Ich fass es nicht.«

»Ja.«

»Mann, ist ja ewig her.«

»Wo bist du gewesen?«

»Tut mir leid.«

Jessie lächelte und schaute auf die Deckenhügel, dort wo ihre Knie waren. Sie hätte jetzt gern ein Foto von einer toten alten Dame gehabt, sie wünschte sich, Bjarne würde einen zerbröselten Falter aus der Tasche ziehen. Was sagte man zu jemandem, den man zehn Jahre nicht gesehen hatte, der der einzige Freund war, den man je gehabt hatte, und der aber nichts von einem wusste, nichts, was von Belang war, nichts, was noch wahr war.

»Wo du jetzt wohl herkommst. Auf einmal.« Bjarne fragte das nicht, er sagte es und sah aus, als würde er sich die Geschichte dazu denken wollen, in verschiedenen Versionen.

»Das musst du gerade sagen.«

Bjarne grinste sie an, sein Lächeln war dasselbe wie früher, nur selbstsicherer. Da sie nie einen anderen Freund als Bjarne gehabt hatte, wusste sie nicht, dass die meisten es eher unangenehm fanden, Grundschulfreunde wiederzutreffen, wenn man sich selber entwachsen war. Wenn man den Krater überwunden hatte, der die Kindheit von der Jugend trennt. Sie nahm einfach an, dass man einen Menschen, den man einmal mochte, immer mögen würde, egal wie sehr er sich veränderte, egal wie viel Zeit verging, und in diesem Fall stimmte das sogar.

Den Rest des Tages döste Jessie unter mehreren Decken vor sich hin. Sie hörte Stimmen, das Klappern von Türen, das Klingen von Flaschen und das Bellen zweier Hunde, aber das Einzige, was mit klarer Schärfe in ihr Bewusstsein drang, war der *Kollaps* von den *Einstürzenden Neubauten*. Jessie dachte, sie hätte schon alles gehört, aber dieses nervenzerrüttende Metallgewitter, das Schwani da auflegte, hatte ein Zerstörungspotenzial und eine Wildheit, von der Punkbands nur träumen konnten.

Jessies Trommelfell atmete in tiefen Zügen, die Gehörknöchelchen stampften Synkopen und Wirbel ins Innenohr, die winzigen Härchen der Cochlea wurden zu Reißzähnen von schöpferischer Schärfe. Elektrische Impulse, Kammerflimmern des Gehirns, 360 Joule, Druckmassage und Beatmung, noch einmal, 360 Joule, ihr Kopf schlug in die Höhe und fiel wieder in die Kissen, 360 Joule, Eisensplitter regneten vom Himmel, die Glut des Erdkerns drängte bis unter die Matratze.

Sie blieb. Das war das einzig Vernünftige, wenn man das Paradies gefunden hatte.

An einem Montag, Ende April 1992, trat Jessie ihre Ausbildung an. Sie hatte in der Altstadt geschlafen, selbst sie wusste, dass man besser geduscht zur Arbeit ging und ohne Hundehaare im Haar, zumindest am ersten Tag.

Um Viertel nach sieben wurde sie von Freya geweckt, die ihr einen Kaffee neben das Bett stellte, ihr über die Haare strich und sagte, sie sei stolz auf sie. Um halb neun stand sie in der Schärfe des Morgenlichtes in der Glockengießerstraße vor dem Bestattungsinstitut Meyer. Herr Meyer hatte ihren Vater in bester Erinnerung, nur deshalb war er gewillt gewesen, ihr trotz ihres grauenhaften Schulabschlusses und des Rufes, der ihr durch die Gassen vorauseilte, eine Chance zu geben.

Als sie vor ihm stand, mager, mit tiefen Augenringen, mattem Haar, das sie in einem braven Pferdeschwanz zurückgebunden hatte, und in Hosen, die ihr um die Beine schlotterten: ein Mädchen, in dessen Augen aber ein alter Groll stand, der ihr die Haut von den Knochen nagte, schluckte er ein paarmal, dann bat er sie herein und kochte Kaffee.

Er nahm die Kaffeedose aus dem Regal und maß fünf Löffel ab. Der Deckel der Kaffeemaschine war staubig, ein klebriger Staub, er wusste nicht, wozu das Mädchen taugte, aber Jürgen Mertens war ein äußerst umsichtiger Bestatter gewesen. Sie würde sich schon machen, daran glaubte er fest. Er füllte die Kaffeekanne mit Wasser, befüllte den Tank und schaltete das Gerät an. Er nahm eine Packung Kekse aus dem Regal, riss sie auf und richtete sie auf einem kleinen Teller an. Dann setzte er sich und deutete auf den Stuhl ihm gegenüber.

Herr Meyer war einundsechzig Jahre alt, ein kräftiger Mann mit intelligenten Augen und straff nach hinten gekämmtem weißen Haar, das in der Mitte noch eine farbige Strähne hatte, nicht blond, eher eidottergelb. Jessie musste ihn nur einmal kurz ansehen, um zu wissen, dass sie ihn mochte. Sie reagierte darauf, indem sie sehr viele Kekse aß (sie hatte nicht gefrühstückt) und dabei auf die Tischplatte starrte. Jessie saß am Tisch und füllte die Küche, die an den Kühlraum angrenzte, mit dem Schweigen der Lebenden. Er nannte sie Jessie, sie nannte ihn Herr Meyer.

Der Himmel war von einem dreisten Blau, die Stadt holte Luft, dehnte sich aus und befreite sich von den letzten Krusten des Winters, das Holstentor sackte einen weiteren Millimeter ab, in der Eckneipe an der Untertrave gab der Wirt eine Runde Jägermeister an drei alte Männer in fleckigen Jogginganzügen, die ihren Tabak in Tupperwaren aufbewahrten, aus, Lasse fegte den Parkstreifen vor seinem Bauwagen, Schwani lag im Bett und wand sich unter einem grauenvollen Kater, Falk stand am Ufer des Stadtgrabens und hackte Feuerholz, dass ihm die Scheite nur so um den Kopf flogen, Bjarne saß auf dem Dach seines Bauwagens, hörte über einen Walkman *Dritte Wahl* und aß ein Käsebrot, Finchen schaute eine Tiefseedoku, Herr Meyer stippte seinen Keks in den Kaffee, und Jessie schaute weg.

Frau Keller hatte keine Eile, sie war tot. Jessie hatte sie dreimal schminken müssen. Es war schwierig, jemand anderen zu schminken, noch schwieriger, wenn derjenige tot war. Außerdem hatte Jessie nicht die geringste Erfahrung mit dem Auftragen von Make-up, Lippenstift oder auch nur Wimperntusche. Sie benutzte nichts dergleichen, ihre ersten Versuche an Frau Keller führten zu grotesken Ergebnissen. Jessie stand neben der Tür, die Hände in den Hosentaschen, während Herr Meyer das Ergebnis des dritten Versuches überprüfte. »Hm, ja«, sagte er nach einer Weile. »Das ist ja schon ganz gut, Jessie.«

»Tut mir leid. Ich kann das einfach nicht«, murmelte sie.

»Nein, so schlimm ist es wirklich nicht. Aber ich würde vorschlagen, wir lassen Frau Keller jetzt erst mal in Ruhe.«

»Tut mir leid, Herr Meyer. Echt jetzt.«

Herr Meyer zupfte ein paar Abschminktücher aus der Box und begann vorsichtig, das Make-up abzunehmen. »Es ist noch kein Meister vom Himmel gefallen«, sagte er. »Jessie, sei so gut, setz mir noch eine Kanne Kaffee auf, dann kannst du Feierabend machen.« Sie schlurfte in die Küche und angelte die Dose mit dem Kaffeepulver vom Regal. Sie war achtzehn Jahre alt, und zum ersten Mal in ihrem Leben ärgerte sie sich, dass sie etwas nicht gut machte. Das war neu. Matheklausuren, Sportunterricht, Biologie, Jessie hatte sich immer gerade so durchgebracht, es war ihr nicht wichtig gewesen, gute Noten zu haben. Mit sechzehn war sie von der Schule geflogen. Das hatte sie mehr befriedigt als jedes Lob. Aber jetzt wollte sie plötzlich gelobt werden. Jessie hatte zum ersten Mal in ihrem Leben so etwas wie Ehrgeiz. Sie wartete, bis der Kaffee durchgelaufen war, dann brachte sie Herrn Meyer eine Tasse. Schwarz, zwei Löffel Zucker. Sie benutzte sogar eine Untertasse und legte einen Keks dazu. Herr Meyer lächelte: »Das wird schon, Jessie. Wie gesagt, es ist noch –«

»– kein Meister vom Himmel gefallen. Ich weiß.« Jessie nickte Herrn Meyer zu.

Sie schloss die Tür des Bestattungsinstitutes hinter sich, Gesicht und Hände noch kalt vom Kühlraum. Die windige Hitze eines tollwütigen Mai schlug ihr ins Gesicht. Sie ging die Mühlenstraße hinauf bis zum nächsten Imbiss und kaufte sich ein Bier. Dort, wo einst Straßenbahnschienen das Kopfsteinpflaster zerschnitten, dort, wo Lucie im Staub gelegen hatte, vor den Trümmern des Hauses ihres Arztes, dort, wo sie zwischen dem Schutt nach einer unversehrten Ampulle gesucht hatte, während das Dröhnen der Flieger die Stadt erhitzte, zur Hölle mit dem Krieg, ich will meinen Stoff, dort blieb Jessie stehen, zog den Aluring mit der gebogenen Lasche ab, streifte ihn sich über den Finger und trank den ersten Schluck mit geschlossenen Augen.

In den vergangenen Wochen hatte Jessie gelernt, wie man Särge mit Ölpapier auslegte, damit die Körperflüssigkeiten des Verstorbenen nicht durch das Holz drangen. Sie hatte gelernt, wie man das glänzende Innenfutter an den Rahmen der Särge tackerte, wie man die Griffe festschraubte. Sie hatte die Kopfkissen mit geschreddertem Papier gefüllt und sich mehrmals beim letzten Seufzer der Toten erschrocken. Sie lernte, wie man die Toten wusch, wie man die Totenstarre löste und einen schweren Körper rückenfreundlich hob.

Sie genoss die Stille der Toten, die so anders war als die Stille der Abwesenden. Die Stille der Abwesenden konnte jede Minute gebrochen werden, auch nach Jahren noch, sie war immer zum Zerreißen gespannt und erneuerte sich jede Sekunde. Die Stille der Toten war klar und ruhig.

Ohne es zu wissen, legte sie die gleiche Miene an den Tag wie ihr Vater, wenn sie die Toten wusch. Jürgen wie Jessie Mertens schienen aufmerksam zu lauschen, wenn sie den Lappen über die Haut gleiten ließen. Sie bewegten die Gliedmaßen der Verstobenen mit einer Behutsamkeit, als könnten die Körper noch etwas empfinden. Jessie arbeitete so konzentriert und friedlich, dass Herr Meyer sie schon nach einigen Wochen mit den Toten allein ließ. Sie hatte keine Furcht vor ihnen, sie störte sich nicht an ihrem Geruch, sie wusch sie mit einer Fürsorge, die ihre Mutter nicht mal den Lebenden angedeihen ließ.

Der Umgang mit den Hinterbliebenen jedoch war eine andere Sache. Sie lernte nicht, wie man mit den Trauernden umging, wie man ihnen unaufdringlich die Vorzüge der verschiedenen Särge und Bestattungsarten anpries, wie man ihnen den Taschentuchhalter dezent über den Tisch hinweg zuschob, wie man ihnen eine Hand auf die Schulter legte und sie davon abhielt, eine Bestattung auszurichten, der sie finanziell nicht gewachsen waren. Wenn jemand den Laden betrat, ließ Herr Meyer sie lieber den Kühlraum putzen oder Särge zusammenbauen. Wenn sie einen Toten abholen mussten, kämmte Herr Meyer Jessie die Haare wie einem Kind und wies sie an, unter allen Umständen den Mund zu halten. Ihre spröde Art war selbst für ihn gewöhnungsbedürftig, einem trauernden Menschen wollte er sie unter keinen Umständen zumuten.

Jessie stand in der Abendsonne, trank das Bier mit geschlossenen Augen, sie stand da im Anzug ihres Vaters, die Haare auf dem Kopf zusammengebunden, den Geruch der Toten noch in der Nase, nur eine Erinnerung.

Sie ging bis zum Kohlmarkt, nickte den Punks, die dort bei den Bänken saßen, zu, dann lief sie die Holstenstraße hinunter und bog in die Untertrave ein. Die *fauna* hatte Laternenpfähle und Stromkästen mit Flyern beklebt: ein gezeichnetes Holstentor, angetan mit Springerstiefeln, das unter seinen Sohlen Hakenkreuze zerstampfte. *Asyl für alle*, *Nazis raus*. Darüber hingen noch immer die Wahlplakate von der DVU, *Scheinasylanten ausweisen, Kein Wahlrecht für Ausländer*, sie hingen in der Abendsonne, sie hingen hoch und warfen Schatten. Schatten, in denen etwas nisten und brüten konnte. Schatten, in denen nicht mehr geflüstert wurde.

Die Stadt war noch immer eine Burg, dachte der Teufel, der neben Jessie die Straße hinunterschlenderte. Es brauchte immer jemanden, den man von den Zinnen stoßen konnte, dessen Kopf man vor den Mauern aufspießte, vor dessen Nase man die Zugbrücke hochfuhr, auf dessen Scheitel man Pech und Schwefel goss. Er hatte schon so viele Kriege gesehen, dass er ihre Vorzeichen erkannte. Er wusste: Ein Krieg braucht keine Ritter, keine Panzer und keine Gewehre, manche der schlimmsten Kriege finden im Frieden statt, lautlos und ohne Tote.

Man konnte schließlich dafür sorgen, dass die Leute woanders starben, außerhalb der Burg, außerhalb von Lübeck. Man konnte sie fortschicken, zurück in ihre Heimat. Was ihnen dort widerfuhr, davon wusste keiner was. Tote schrieben keine Ansichtskarten.

Jessie ging am Wasser entlang auf die Brücke zu, die aus der Stadt hinausführte. Sie stellte sich oft vor, dass es eine Zugbrücke wäre, die zur Wagenburg führte. Es war auch die Brücke, die zur Musik- und Kongresshalle führte. Die MuK lag direkt gegenüber der *fauna* und war der Grund dafür, dass die *fauna* als Schandfleck galt. Bis vor einigen Jahren hatten sie noch in der Innenstadt residiert, dann wies die Stadt ihnen das Gelände einer stillgelegten Mülldeponie zu, die hinter der Trave und den Rangiergleisen der Güterzüge versteckt lag. Beim Ausbauen des Geländes holte die Crew der *fauna* mehrere Kilogramm Batterien aus dem Boden.

Sie lebten in der alten Kampfzone, zwischen äußerer und innerer Stadtmauer, hinter Schienen und auf Batterien. Niemand wollte sie, und niemand störte sie. Aber dann wurde die Musik- und Kongresshalle errichtet, die Gleise abgetragen, das Brachland wich einem Parkplatz. Über die Trave wurde eine Brücke gezogen, das Exil in der Wehranlage wurde die Landzunge der Stadt. Nur einen Wimpernschlag, nachdem die Stadt die *fauna* auf die Müllkippe verbannt hatte, wurde das Gebiet zur begehrten Baulandschaft, Hotels stritten sich um die stillgelegte Mülldeponie wie Möwen um ein Stück Brot.

In der Mitte der Brücke blieb Jessie stehen und sah auf die andere Seite der Trave hinüber. Die Fenster der MuK glitzerten in der Sonne, vom Gelände der *fauna* drang der Soundcheck einer schlechten Punkband, gemischt mit den Rhythmen der Bongotrommler. Sie schaute den Holstenhafen hinunter, ein merkwürdiges Ziehen im Magen, es dauerte einen Moment, bis sie erkannte, dass es Freude war. Das Holz der Hansekoggen knarrte in der Hitze, der Geruch von Lack lag in der Luft, Möwen kreisten über der Trave. Sie lehnte am Brückengeländer und blinzelte über das Wasser, Schulter an Schulter mit dem Teufel. Der Himmel war so blau, dass man ein Stück herausbeißen wollte, Jessie roch nach Schweiß. Der Geruch umgab sie wie ein zweiter Körper. Ein Körper, der arbeitete, der Geld verdiente, der den Toten die Tränen aus den Augen strich. Ein Körper, der mehr Substanz hatte als ihr eigener und einen solchen Durst, dass er die Trave in einem Schluck hätte verschlingen können.

Jessie und der Teufel lehnten nebeneinander am Brückengeländer wie alte Freunde, die sich so gut kannten, dass sie die Gegenwart des anderen kaum noch wahrnahmen. Jessie blinzelte, der Teufel nicht.

Jessie ging über den Parkplatz zu den drei Bauwagen, die dort am Stadtgraben standen. Bjarnes und Lasses Wagen waren verschlossen, die Türen mit einem Vorhängeschloss gesichert, nur Falks Tür stand offen, Finchen saß auf den Stufen, ein Buch über die Tiefsee auf dem Schoß, Falk war nicht zu sehen. Jessie nickte ihr zu, setzte sich zu ihr und klaubte eine Zigarette aus der Schachtel, die hinter Finchen auf den Dielen des Wagens lag. »Du und deine Fische.«

»Die anderen sind drüben«, sagte Finchen, ohne aufzusehen, und starrte auf ein Foto von etwas, das möglicherweise ein Tier war. Vielleicht war es nicht größer als ein Daumennagel. Vielleicht war es größer als ein Bauwagen. Auf jeden Fall war es durchsichtig und leuchtete.

Finchen war bei ihren Eltern gewesen, sie roch nach teurem Shampoo und strahlte eine Gereiztheit aus, die meist erst zusammen mit dem Geruch verschwand. Wenn Finchen wieder nach Feuerholz und Falks Hunden roch, wurde sie ruhiger. Sie war barfuß, hatte ein Bein über das andere geschlagen, Jessie schielte auf ihre Fußsohle. Sie war so vernarbt, als wäre Finchen barfuß durch ein Meer von Scherben gelaufen, aber die Narben waren blass, keine neuen Schnitte waren zu sehen.

»Ich hab dir gesagt, das geht dich nichts an«, sagte Finchen leise, ohne aufzusehen, als wären nicht Jahre vergangen, seit sie gemeinsam im Drachenblut der Klinik gebadet hatten.

»Hast du schon was aus Husum gehört?«

»Jessie, ich hab mich vor *einer* Woche beworben, fürs Sommersemester im nächsten Jahr! Das wird wohl noch ein bisschen dauern.«

Finchen wollte Meeresbiologie studieren. Sie sprach über Walsh und Piccard wie Schwani über Borroughs oder Falk über tote Punklegenden. Jessie kannte niemand anderen, dessen Helden zwei durchgeknallte Wissenschaftler waren, die in einer selbstgezimmerten Blechbüchse an den tiefsten Punkt des Meeres getaucht waren.

Jessie ging rüber zum Gelände der *fauna*. Von der Wiese, auf der zehn Bauwagen und ein Tipi standen, drang der Geruch von Patschuli, Feuer und Stockbrot herüber. Kinder beschmierten die Fenster des Kulturcafés mit Fingermalfarben, aus dem *VEB* drang der dichte Dunst von altem und frischem Rauch. Der Frühling hatte die *fauna* erwischt. Am Brunnenrand saß Lasse inmitten einer Herde von Trommlern und spielte mit geschlossenen Augen Didgeridoo. Jessie quetschte sich neben ihn und wartete auf den Beginn des Konzertes. Jeden Freitag spielte eine gewaltbereite Punkkapelle im VEB und verwandelte die winzige Kneipe in eine Höllensauna. Jessie nickte den anderen zu, trank ihr Bier aus, schloss die Augen und lehnte sich an Lasses Schulter. Wenn sie die Trommler früher in der Breiten Straße gesehen hatte, fand sie sie immer ein wenig albern. Es war überhaupt nicht albern, wenn man mittendrin saß, den Kopf auf einer Schulter, der Atem so leicht und langsam, dass er zu verschwinden schien. Es war keine Musik, die da gespielt, es war ein Organismus, der geschaffen wurde. Ein großes, starkes Tier erhob sich über den Brunnen, und Jessie war ein Teil davon. Manchmal dauerte es fast zwanzig Minuten, bis Lasse das Spiel unterbrach, aus seiner Trance erwachte und merkte, dass sie da war. Es war ein gutes Gefühl, so selbstverständlich für jemanden zu sein, dass er gar nicht bemerkte, wie man an seiner Schulter das Glück fand.

Als das Geschrammel der Band erklang, packte Lasse sein Didgeridoo ein, und Jessie ging ins VEB. Bjarne und Falk hockten am Tresen. Muck und Öse lagen zu ihren Füßen. Muck hieß Muck, weil Falk ihn aufgelesen hatte, nachdem er zwei Nächte lang die Musik- und Kongresshalle angebellt hatte. »Ein kleiner Hund mit großer Einstellung«, wie Falk stolz sagte, als er ihn nach Hause brachte. Öse hieß Öse, weil er sich immer den engsten Weg suchte, er schien nur zufrieden, wenn er sich irgendwo durchdrängeln konnte.

Jessie warf sich zwischen die schwitzenden Punks, Störtebecker rannte kopflos die Reihen seiner Crew entlang, die Piraten lachten, ihre Goldzähne blitzten, Jessie bewegte sich im Wärmefeld der tätowierten Körper. Sie waren laut, sie waren unnütz, sie waren verwegen.

Als Jessie das erste Mal im VEB gestanden hatte, in ihrem grauen Anzug, dem weißen Oberhemd, ein Namensschild über der Brusttasche, hatte sie zwar ein Bier bekommen, aber wenig Respekt. Speziell zwei Typen, die auf dem Sofa rumhingen, lachten sich kaputt über Jessie, bis Falks Schatten über ihre Gesichter fiel. Und mit Falk legte sich keiner an. Es war nicht ganz klar, was das war mit Falk. Er war weder tätowiert noch gepierct, er lachte viel und schlug selten als Erster zu, die Narben in seinem Gesicht stammten vermutlich eher von Akne als von Messerstechereien, trotzdem nahm sich jeder vor ihm in Acht. Er gehörte zur ersten Generation der Lübecker Punks, er hatte sich schon mit Neonazis geprügelt, als der Rest von ihnen noch mit dem Alphabet rang, und er war einer der wenigen, die nicht irgendwann in die Bürgerlichkeit abgerutscht waren. Falks Schlaf war leichter und wachsamer als der seiner Hunde, unter seinem Kopfkissen lag immer ein Messer, wenn es Ärger mit den Faschos gab, konsultierte man als Erstes ihn.

Er war der loyalste Freund und der erbittertste Feind, den man haben konnte. Wenn er in der Nähe war, wagte es niemand, die Stadtgrabenbewohner auch nur anzurempeln. Die drei Bauwagen am Stadtgraben waren Falks Revier. Finchen, Bjarne, Schwani und Lasse waren seine Sippe. Und sie, Jessie, gehörte jetzt dazu.

Die Band betrank sich am Tresen, das VEB hatte sich geleert, zumindest so weit, dass man ein Glas heben konnte, ohne jemandem den Ellenbogen in die Seite zu rammen. Jessie saß mit Bjarne auf dem durchgesessenen Sofa, Finchen und Falk spielten Tischfußball. Finchen kreischte bei jedem Tor, egal ob sie es schoss oder Falk, Bjarne lehnte sich zurück, legte den Kopf auf die Lehne, schloss die Augen und lächelte.

Es tat gut, wieder irgendwo zu sitzen und Jessie James neben sich zu spüren. Es war, als wäre der Platz, an dem sie jetzt saß, immer frei gewesen, als hätte er darauf gewartet, dass sie ihn wieder füllte.

Jessie lag verschwitzt und müde im Sofa, die Augen dennoch weit aufgerissen, es war diese Stunde, die sie am meisten mochte: wenn alle abgekämpft waren, wenn die Wut herausgeschrien war, der Schmerz herausgetanzt. Die Luft so dick, dass man Zigaretten in ihr ausdrücken konnte. Wenn die Nacht sie um den Finger wickelte und das VEB sich langsam leerte, bis zwischen den Körpern wieder Platz für die Sterne war.

Lasse aß eine Schale Suppe und starrte Schwani an, der sich im Schlaf hin und her warf und schwitzte, als würde man einen Schwamm auswringen. Lasse konnte förmlich sehen, wie die Gifte seinen Körper verließen. Er machte sich dennoch keine Hoffnung. Schwani war der beherrschteste Junkie, den die Stadt je gesehen hatte. War ein paar Tage drauf, dann hielt er sich wieder ein paar Wochen mit Joints und Amphetaminen über Wasser.

Durch die offene Wagentür drang die Abendsonne, ein Licht wie zerronnenes Eigelb. Und Jessie. Sie stand da und sah ihn an, als hätte sie ihn seit Tagen nicht gesehen, dabei war sie erst am Morgen aus seinem Bett gekrochen. Sie nickte zum Bett rüber. »Schwani ist zurück.« Lasse nickte und lächelte. Ein Lächeln, das an den Rändern zersprang.

Für einen kurzen Moment dachte Jessie, dass Lasse sich extra in den Lichtstrahl stellte, der durch die Tür fiel, mit seinen blonden Dreads, die in alle Richtungen abstanden. Ein Strahlenkranz, ein Dornenschleier. Einer, der Blut weint.

»Und schwitzt gleich alles voll. Er sucht sich ja immer den besten Moment aus.« Jessie schaute Lasse so vorwurfsvoll an, als würde *er* dort in der mühsam von Hand gewrungenen Wäsche liegen.

Lasse grinste. Am Morgen hatte er die Bettwäsche gewaschen. Unter der Dusche. Die anderen gingen in den Waschsalon, aber Lasse fand es inkonsequent, im Bauwagen zu leben und dann seine Sachen in eine Maschine zu stopfen. Kapitalismus begann nicht erst bei Markenjeans, fand er. Anarchie begann nicht erst dort, wo die Faulheit aufhörte.

Jessie hatte ihm geholfen, die Laken auszuwringen, man musste sie von zwei Seiten halten und dann eine Wurst drehen, so fest, bis sich die Wurst zu einer Brezel rollte. Danach hatte er die Laken über die Wäscheleine gehängt und den Wagen ausgefegt. Die Fenster mit Zeitungspapier geputzt, die Asche aus dem Ofen geholt.

Schwani war zurückgekommen, als die Laken trocken waren, zu den letzten Klängen des ersten Neil-Young-Albums, er deutete mit dem Kopf auf das Bett, Lasse zog die Laken auf, Schwani ließ sich hineinfallen und war eingeschlafen, bevor er Lasse überhaupt begrüßt hatte.

Er war fast eine Woche verschwunden gewesen. Lasse hatte ihn bei den Junkies in der Wahmstraße gesucht und bei den Kiffern am Krähenteich. Ein paar Leute hatten Erdloch geraucht, er hatte sich auf ein paar Köpfe einladen lassen und war erst Stunden später wieder aufgewacht, niemand war mehr da, das Gras war feucht, jemand hatte seinen Tabak geklaut, ein Gewitter zog auf. Die Dunkelheit war eine Hand, die sich auf Lasses Gesicht drückte, er saß am Krähenteich, die Lichter der Stadt wie die Augen des Teufels, und verfluchte seinen Geliebten.

Schwani hatte damals am Bahnhof gestanden, an einem der ersten Abende der taufrischen Neunzigerjahre. Lasse hatte gerade in einigen Stunden konzentrierten Didgeridoo-Spiels in klirrender Kälte (die Spucke gefror im Instrument) sechs Mark sechsundsiebzig eingenommen, wovon ihm ein paar der Asseln am Hauptbahnhof wieder drei Mark geklaut hatten, es reichte dennoch für einen Döner. Er lehnte mit dem Rücken an der Imbissbude, als dieser Kerl einfach so unter den Torbögen des Eingangs auftauchte.

Schwanis dunkelroter Lippenstift leuchtete wie ein Stoppschild. Er trug einen schwarzen Pelzmantel und Hosen aus dunkelrotem Samt, Lasse dachte an Fledermäuse. Schwani stand unter der Bahnhofsuhr, ein pelziger samtener Junge mit einem Blick, als hätte man gerade eine Tür zugeknallt und mit drei Sicherheitsschlössern und einer Kette verriegelt, zu seinen Füßen ein grüner Lederkoffer. Es war möglich, dass er nicht gerade anreiste, sondern im Begriff war zu gehen, nur kurz rausgekommen war, um noch eine Zigarette zu rauchen, um gleich wieder im Inneren zu verschwinden. Schwani zündete sich eine Zigarette an, und Lasse, den Mund voller Krautsalat und Tsatsiki, hatte das Gefühl, als müsste er sich unter Qualen von etwas trennen. Er dachte an diesen einen Mann, der langsam in der Fußgängerzone verwitterte, der in Regen und Schnee dort hockte, im Sommer hatte Lasse gesehen, wie er versuchte, die in den Fuß eingewachsenen Socken aus der Haut herauszuschälen.

Das Wechselgeld vom Döner in Lasses Hand wurde erst glühend heiß und schien dann zu schmelzen. Plötzlich fühlte er sich wie ein Kind, das klebrige Bonbons in der Hand hielt, um sie zu verschenken. Schwani kam mit, als hätte er nur darauf gewartet, dass man ihn abholt. Aber Schwani wäre mit jedem mitgegangen, das war Lasse klar. Er kochte Suppe und wusch Schwanis Hemd und die Hose. Sie starrten vor Dreck, und in seinem Koffer hatte Schwani nichts als Bücher, Kondome und ein wenig Nähzeug. Lasse ging nicht so weit, sich die Augen zuzuhalten, als Schwani sich auszog, und es war auch nicht so, dass er nicht weiche Knie bekam, als Schwani sich nackt an den Küchentisch lehnte, ihn arrogant musterte und die Arme verschränkte, nur war Lasse direkt so heftig verliebt, dass es ihm völlig egal war, wann sie zum ersten Mal miteinander schlafen würden. Er kümmerte sich um die Hose.

Sie war selbstgenäht, aus schwerem Samt, die Nähte waren grob. Sie würde ewig brauchen, um trocken zu werden, selbst wenn er sie über den Ofen hängte. Er bot Schwani ein paar seiner Hosen an, der musterte seine verwaschenen Jeans mit dem beachtlichen Schlag, die braunen Cordhosen, die ausgebleichten Hanfhemden, die niedlich geringelten T-Shirts: Eher würde er verrecken, als in so einer Kluft durch die Gegend zu spazieren. Dann befühlte er den mitternachtsblauen Samtvorhang, der Lasses Schlafkoje vom Rest des Wagens trennte. Lasse zuckte mit den Schultern, und Schwani riss das Ding mit einem Ruck herunter, machte sich aber erst Tage später daran, es zu vernähen.

Schwani drückte seine Kippe auf der Tischplatte aus und zog seinen Pelzmantel über die nackten Schultern, ihm sei »fucking kalt«. Lasse duckte sich und war verloren. »Du bist fucking lost«, sagte Schwani. »Du hast kein Geld, du hast keine Haare, du kriegst noch nicht mal einen hoch.« Der letzte Punkt stimmte nicht, und das konnte Schwani deutlich sehen, aber wie Lasse da vor ihm stand, sich mit der Hand über den rasierten Schädel fuhr, ihn unverwandt anschaute und nicht im Geringsten so aussah, als hätte er jemals vor, Schwani zu berühren, das kotzte ihn so dermaßen an, er hatte nicht übel Lust, ihm so richtig eine zu zimmern.

Lasse legte Holz nach, schnitt die Möhren und die Kartoffeln klein, holte Wasser vom Gelände und raspelte Ingwer in den Topf, Schwani saß auf der Tischplatte und drehte die Haare an seinem Oberschenkel zu kleinen Zöpfen.

»Deine Fingerabdrücke sind überall auf meiner Haut«, sagte Schwani nach einer Woche, und das gefiel Lasse, Schwani aber gefiel das nicht.

»Ich mag alles an dir«, sagte Lasse nach zwei Wochen, und Schwani bedankte sich und versprach, das werde sich ändern.

Sie verließen den Wagen kaum. Schwani nähte sich

einen mitternachtsblauen Samtanzug mit Röhrenhosen, Lasse kochte Tee, Kaffee und Suppen, er buk sogar Brot und schwere süße Kuchen. Sie rauchten schmale Tüten mit dem Gras des vergangenen Sommers.

Schwani erzählte nichts von sich, und Lasse fragte nicht. Er konnte gut zuhören, auch dem Schweigen seines Geliebten. Jeder erzählte, wenn ihm danach war, Lasse fand Fragen sinnlos und indiskret. Man musste nichts über einen Menschen wissen, um ihn zu lieben. Die Geschichten, die ein Mensch über sich erzählen konnte, waren sowieso nie das, was er erlebt hatte. Es begann schon bei der Auswahl. Erzähle ich, wie mein Vater mich geschlagen hat, oder erzähle ich, wie meine Mutter an kalten Tagen Kakao kochte und mir vorlas. Erzähle ich, wie mir ein alter Herr im Gedränge des Busses an meinen knochigen achtjährigen Hintern gefasst hat, oder erzähle ich, wie mich ein Junge geküsst hat, dass mir die Ohren sausten.

So unterschiedlich waren die Geschichten letztendlich nie, alle litten, der Unterschied war, wie man damit umging. Er kannte Schwani, weil er wusste, wie er sich bewegte, wie anders die Stille klang, wenn er da war, dass er gierig war beim Sex, aber nicht unbedingt leidenschaftlich. Etwas Kaltes und Hilfloses ging von Schwani aus, Lasse war erschrocken, fasziniert und nicht ohne Dünkel.

Dass Schwani raumgreifend schlief, ausgebreitet wie ein Seestern, auch das erzählte ihm einiges. Schwani breitete sich aus, und Lasse knotete sich um ihn herum. Schwani hatte etwas von einem hungrigen, verlausten Straßenkater, einem Tier, das schon so lange kämpfte, dass es nicht mehr wusste, wie man sich auf einer Ofenbank ausstreckt.

Das Holz des Bauwagens knackte und knarrte unter der Kälte des Winters und der Wärme des Ofens. Lasse sprangen die Lippen auf, wenn er den Wagen verließ.

»Ich liebe dich«, sagte Lasse nach drei Wochen.

»Du verrückter Schlumpf«, sagte Schwani und fuhr ihm über den geschorenen Kopf.

»Ich vermiss dich, wenn ich schlafe«, sagte Lasse nach vier Wochen.

»Freak«, sagte Schwani und küsste ihn nicht.

Dann verschwand er für acht Tage. Gekleidet in seinen schwarzen Pelzmantel und den mitternachtsblauen Anzug, der am Vortag fertig geworden war, so, als hätte er nur bei Lasse ausgeharrt, bis er dessen Raumteiler vernäht hatte. Lasse rannte durch die Fußgängerzone, an den Krähenteich, durch helle und dunkle Gassen, über Kopfstein und Kieswege, er rief laut Schwanis Namen, als habe der sich nur verlaufen. Seine Atemwolken, im Rennen ausgestoßen, schwebten durch die Stadt wie kleine Kumuluswolken. Es schneite aus ihnen, in einem Winter, der noch keinen Schnee gesehen hatte.

Es war völlig sinnlos, was er da tat. Schwani war kein Schoßtier, er hatte sich nicht verlaufen, allem Anschein nach hatte er Lasse verlassen. Der Koffer mit den Büchern fehlte, der Bettvorhang fehlte, Schwani fehlte. Die Indizien waren eindeutig.

»Natürlich ist er verschwunden«, sagte Falk, »dein Liebster ist ein Junkie, auf so jemanden kann man nicht zählen.«

Lasse hatte Schwanis zerstochene Arme gesehen, ohne sie wirklich zu verstehen. Sein Verstand hatte eine Umgehungsstraße gebaut, wo Einstiche eben nur Einstiche waren, die Verknüpfung zu Drogen war gesperrt. Homöopathische Injektionen, Blutabnahmen, Nähunfälle, Wespennester. In Schwanis Koffer war kein Heroin gewesen, sie waren seit Wochen immer zusammen, welcher Junkie konnte mal eben so Pause machen.

»Sei froh, dass du den los bist, der hat dich nur ausgenutzt.«

Nutzen. Ein seltsames Wort. Als wäre die Liebe ein Hafenhandel. Lasse lag eingerollt auf seinem Bett, eine Mütze über die Ohren gezogen, in seinen ledernen Wintermantel gehüllt, den Lammfellkragen hochgeschlagen. Der Ofen war kalt, der Kühlschrank war leer, sein Magen auch.

Nach 192 Stunden, nach 11 520 kalten Minuten kam Schwani zurück. Drückte einfach die Tür auf, schob seinen Koffer unter das Bett und legte sich neben Lasse. Sie lagen nebeneinander, in Mützen, Mänteln und Schuhen, nur ihre Füße berührten sich.

Schwani schwieg, es war der 18. Februar 1990, und Lasse lauschte, während das Schweigen die Stille vertrieb. Dann schlief er ein.

Mittlerweile wusste Lasse, dass Schwani ihn nicht verließ, wenn er verschwand. Aber das bedeutete nicht, dass er zurückkommen würde. Lasse hatte ihm auf dem Flohmarkt eine Nähmaschine gekauft. Er mochte es, Schwani beim Nähen zuzuschauen. Wenn er die Finger rechts und links von der auf- und abschießenden Nadel hielt, bekam die Angst um ihn plötzlich etwas ganz Reales und Abwendbares. Lasse brauchte nur den Stecker zu ziehen, und Schwani war gerettet. Lasse rettete ihn häufig. Er zog den Stecker, ging in die Knie und knöpfte Schwani die Hose auf. Er zog den Stecker, griff ihm in die Haare und küsste ihn. Er zog den Stecker, verrammelte die Tür, verschränkte die Arme vor der Brust und ließ Schwanis höhnische Kommentare von sich abprallen, als wäre er eine Scheibe, und die Beleidigungen wurden zu Vögeln, die dagegenprallten und betäubt auf dem Boden liegen blieben.

»Hast du mich vermisst?«, fragte Lasse immer, wenn Schwani wiederkam. »Nein«, sagte Schwani jedes Mal. »Nein, ich habe dich nicht vermisst.« Dann nahm er Lasses Gesicht in beide Hände und küsste ihn so zart, wie er ihn nur küsste, wenn er ein paar Tage weg gewesen war.

Ende August stachen die Wespen. Lasse sagte, die Wespen würden spüren, dass es ans Sterben ginge, daher würden sie hysterisch. Am Ende des Sommers würden sie plötzlich besonders angriffslustig. Auch das sterbende Jahrhundert sammelte in den Neunzigerjahren noch einmal seine Kräfte.

Rauch und Schweiß, der Himmel sternenklar, das Gras zertrampelt. Diese Gerüche: feuchte Erde, Rauch von Feuer und Zigaretten, Grillwurst, Schweiß und Parfum, Bier und Benzin. Gesichter, über die der Abglanz der Flammen flackert.

Neben Jessie legte eine Frau ihrem Mann den Arm um die Hüfte, ihre Augen leuchteten. Ihr blauer Lidschatten schien die Lider zu beschweren, sie küsste den Mann auf den Mund, Jessie sah ihre Zunge, nass, glitzernd, schnell.

Die Hitze des Tages staute sich zwischen den Körpern, wurde von ihnen in die Nacht getragen. Kinder saßen auf den Schultern ihrer Väter, ihrer Großväter, um besser sehen zu können. Männer hielten ihre Frauen von hinten umarmt, schoben sich durch die Menge, suchten eine Sichtlücke zwischen den Köpfen, alte Ehepaare trugen Plastiktragetaschen mit Flaschen. Ein leichter Benzingeruch stieg aus den Tüten.

Jessie wurde in der Menge hin und her geworfen, immer wieder blieb sie an fremden, verschwitzten Körpern haften.

Sie wurde gegen Bäuche und Brüste gedrückt, Bier schäumte über. Neben ihr biss ein Mann in Jogginghose in eine Bratwurst, Senfreste klebten ihm in den Mundwinkeln. Er kaute mit offenem Mund, schrie etwas, das von den aufwogenden Sprechchören verschluckt wurde, schüttelte begeistert seine Faust. Seine Frau knackte zwei Dosen und reichte ihm ein Bier, als das Feuer höher loderte, klatschten sie. Überall wurde gegessen und getrunken, vor der Imbissbude *hapi hapi bei api* bildeten sich Schlangen.

Ein Kind deutete auf das Feuer, seine Haare standen vom Kopf ab, leicht und farblos wie die Beine eines Weberknechtes, es wird nicht ausgehen, das Feuer wird brennen, Pfadfinderehrenwort. »Was habt ihr hier zu suchen«, schrie einer, »geht in den Zoo!«

Ein älterer Herr drängte sich an Jessie vorbei, fischte zwei Flaschen aus der Tüte, »alles schon fertig«, rief er in die Menge, »brauchen die nur noch zu werfen.« Das Volksfest ging in die dritte Nacht.

Fremde liegen sich in den Armen, es gibt sie noch, die große Seele, das Kollektiv. Die Seele des Volkes atmet noch. Sie stehen da und schwitzen, sie stehen da und kämpfen, »die Asylanten scheißen alles voll und grillen Möwen, die machen sich fett auf unsere Kosten«. Das Volk wird siegen. Das Volk schreibt sich ein neues Grundgesetz.

Bjarne drückte Jessies Hand so fest, dass es schmerzte. Er drängte sich zwischen den Körpern hindurch, zog Jessie hinter sich her. Zwei Splitter, die durch den Volkskörper wanderten, nach dem Herz suchten.

Die rote Farbe von Bjarnes Iro war fast ausgewaschen, im Schein des Feuers wirkte sein Haar nahezu blond, glatt lag es über den rasierten Seiten. Bjarne und Jessie fielen kaum auf, trotzdem schien die Masse sie langsam nach vorn zu pressen, aus sich herauszudrängen. Der Volkskörper drängte die

Splitter vom Herzen weg und durch die Haut nach draußen. Bjarne und Jessie standen in der vorderen Reihe, sie standen aneinandergedrängt, und zum ersten Mal, seit sie sich kannten, wurden sie nicht nur durch die Menge aneinandergepresst. Ihre Doc Martens berührten sich, Jessies Ohr drückte gegen Bjarnes Schulter, ihr Haar wehte ihm in den Nacken. Sie brauchte Bjarnes Geruch, den Geruch nach feuchtem Keller und Holzkohle, aber sie roch nichts als Benzin, Rauch und verschmortes Plastik. Jessie hatte Angst.

Die Menge hatte einen Halbkreis um das Haus gebildet, auf dem Platz davor rannten Männer in Tarnhosen und 12-Loch-Rangern hin und her, warfen Pflastersteine und Molotowcocktails in die Fenster, jeder Wurf vom freudigen Johlen der Menge begleitet. Vereinzelt flogen auch Steine aus der Menge, erreichten aber nicht ihr Ziel, sie stürzten vor dem Haus auf den Platz wie abgeschossene Brieftauben.

Es gibt Wissen, das hält ein halbes Jahrhundert vor: Wir haben nichts verlernt, wir wissen noch, wie man Steine schmeißt, wir wissen noch, wie man Menschen jagt.

Das untere Stockwerk des Sonnenblumenhauses brannte, im dritten Stock war ein Fenster erleuchtet, alle anderen dunkel. Jessie sah, wie die Gardine sich bewegte, ein Mädchen schob seinen Kopf darunter hervor, schaute hinunter auf die Menge. Zwei kurze Zöpfe standen über ihren Ohren zur Seite, der Gesichtsausdruck war starr. Ein Mann zog das Mädchen vom Fenster weg, löschte das Licht.

Auf dem Platz zerrissen Männer ihre T-Shirts und stopften sie in benzingefüllte Flaschen. Weitere Flaschen wurden durch die Menge nach vorn gereicht, die Lappen schon in die Hälse gestopft, am Rand der Menge stand ein alter Mann mit einem Benzinkanister, einer Tüte Altglas und einem Haufen alter Hemden. Der Ausguss des Benzinkanisters war weiter als die Flaschenhälse, er musste sich konzentrieren, damit nicht so viel danebenging.

Während die Bewohner des Hauses Stockwerk für Stockwerk vor Rauch und Feuer flohen, kletterten unten die ersten Männer an den Balkonen hoch. Einige von ihnen waren extra angereist. Einer versuchte, eine Gardine mit einem Feuerzeug anzuzünden, aber die Flamme wurde immer wieder vom Wind ausgeblasen. Ein anderer reichte ihm ein Sturmfeuerzeug, der Stoff loderte auf, die Menge kreischte. Die Männer stiegen in die Wohnungen, warfen Stühle aus dem Fenster, zerschlugen Tische und bewaffneten sich mit den hölzernen Beinen: Jetzt geht's den Fidschis an den Kragen. Jetzt ist Bürgerwehr.

Als die ersten Bewohner auf dem Dach erschienen, johlte die Menge, eine junge Frau fiel betrunken ihrem Freund um den Hals, ich hab dich sooo lieb. Der fleischige Atem des Volkes, Bier, Currywurst und eine blendende Lust. Die Fidschis werden angezündet, die solln raus, raus mit denen, in den Wald rein.

Eine Gruppe Polizisten stand am Rande des Platzes, sie sprachen in ihre Funkgeräte. »Wir können jetzt nicht weg«, rief einer laut in sein Funkgerät, »hier ist alles außer Kontrolle!« Wenig später gingen sie.

Einer blieb, klappte sein Visier runter und biss die Zähne zusammen. Er war hier groß geworden. Auf den Straßen bewarfen die Leute seine Kollegen mit Steinen. Vor seiner Nase jagten mit Stuhlbeinen bewaffnete Typen Familien durch ein brennendes Haus. Dass man sie jetzt abzog, das war unbegreiflich. Er hatte noch nie einen Befehl verweigert. Aber hier war was faul. Das war ja angekündigt gewesen, dieses ganze Chaos hier. Und sein Chef hatte sich Urlaub genommen. Er hatte sich noch nie so bedroht und hilflos gefühlt. Er war erst sieben Jahre im Dienst.

Fäuste, um Steine geballt, die Köpfe in den Nacken gelegt, der trübe Rest Bier, der aus den Mundwinkeln sickerte, unschlüssig, ob man sich den Radikalen da vorn auf dem Platz anschließen sollte, einmal was ausrichten, einmal ein Held, einmal von der Frau die Wunden geleckt bekommen. Jessie zitterte. Sie zitterte am ganzen Körper, und sie fror, obwohl es heiß war. Eine heiße Augustnacht, an deren Rändern die Flammen emporschlugen.

Jessie kannte Jungs wie die da vorn, die stolpernde, ungelenke Wut, die sich auf gesichtslose Mauern entlud. Was ihr das Mark aus den Knochen sog, war die Menge, die trunkene Lagerfeuerseligkeit, diese Rechtschaffenheit, während sich der Nachthimmel auf sie niedersenkte. Ein Kind saß auf den Schultern seines Vaters und starrte hypnotisiert ins Feuer, es summte ein Lied, wie im Halbschlaf, der Vater, die Arme um die Schultern seiner Frau gelegt, schaute mit ernsten Augen in die Menge, fast ein bisschen traurig, so schien es Jessie erst, dann erkannte sie den ruhigen Stolz. Auch Liebe, dachte Jessie, konnte bösartig sein.

Die Augen schließen, den Geruch des Feuers einsaugen, Fleisch zwischen den Zähnen, das Knistern von Flammen, glimmendes Holz, lodernder Stoff, kühles Bier, das Knacken der Dose in der Hand, heute ist unser Tag, wir holen uns unser Land zurück, die Mauer ist runter, und das Land ist trotzdem kleiner geworden. Hier war Ruhe, hier war Ordnung, die Asylanten klauen wie die Raben und säugen ihre Kinder auf der Straße, die Tiere. Das Haus ein Betonklotz, vollgeschissen mit Kanakendreck. Der Deutsche ist ja doch reinlicher, das ist ja bekannt, steh auf, du Dreck, lauf weg, du Sau, wir machen hier Ordnung, wir wissen, wie man zusammenhält, deine Schlitzaugen sind hier blind.

Fliegende Steine, Meteoriten einer neuen Ordnung, mit uns legst du dich nicht an, geh doch, wo du wohnst.

Die Sprechchöre trieben ihren Rhythmus durch Jessies

Körper, Deutschland den Deutschen, Ausländer raus, dieses kehlige Geschrei, auf dem einzelne Kinderstimmen tanzten, wie Mücken auf dem Wasser.

Aus irgendeinem Grund musste sie daran denken, wie sie als Kind im Winter mit der Zunge am eisernen Gestänge des Klettergerüstes festgefroren war. Wie lange die anderen Kinder gelacht hatten, bis sie begriffen. Sie streckte die Zunge raus und fing ein paar Ascheflocken auf.

Neben Bjarne stand eine etwa fünfzigjährige Frau, ihre Dauerwelle war von grauen Strähnen durchzogen, ihr Gesicht war verhärmt und blass. Trotz der Hitze trug sie einen dicken, selbstgestrickten Wollpulli. »Das da vorn ist mein Junge«, schrie sie in die Kamera eines Fernsehteams, »und wenn der jetzt einen Stein wirft und so einen Asylanten trifft, ich würde noch mithelfen. Ich mein, das sind doch gar keine Asylanten, das sind Schmarotzer!«

Bjarne erwischte Jessie gerade noch am Kragen ihres Hemdes. Sie trat ihm gegens Schienbein, aber er ließ nicht locker. Er hielt sie mit beiden Händen fest, sein Gesicht nur Zentimeter vor ihrem. Sie sah aus, als wollte sie ihn beißen. »Du mischst dich da nicht ein«, zischte er, »lass die Hohlmade reden, wir sind hier allein. Du hast nicht mal so viel Zeit, ihr die Augen auszukratzen, wir stehen hier zwischen fünfzig Glatzen und zweitausend betrunkenen Gaffern, die schlagen dich tot, noch bevor du der Frau auch nur ein Haar ausgerissen hast.«

Er hatte erwartet, dass sie ihn beschimpfen würde, bespucken, er wusste, er war feige, er war grad übelste Sorte, hier war eine Situation, wo man sich wirklich grade machen musste, und er zog den Kopf ein. Nichts tun war dasselbe wie mitmachen, er hatte die Hosen voll, während dort drüben vielleicht gerade Kinder im Rauch erstickten. Die Bullen waren weg, niemand konnte mehr helfen, nur er. Und er tat nichts, er war das Letzte. Die Scham ließ ihm die Knie weich werden, aber er würde Jessie nicht dem Mob ausliefern. Und sie waren allein. Sie waren die Einzigen, die es durch das Filtersystem geschafft hatten, alle anderen hatte man sich schon am Bahnhof geschnappt. Der Teufel sollte sie holen, aber nicht jetzt, nicht hier, nicht so.

Jessie schimpfte nicht, sie fluchte nicht, sie spuckte nicht. Sie sah ihn unverwandt an und versuchte, sich aus seinem Griff herauszuwinden. Sie keuchte vor Anstrengung, ihr Gesicht war seinem ganz nah, sie sah ihm in die Augen, als hätte sie sich in seinem Blick verhakt, und versuchte, ihre Arme aus seinem Griff zu befreien. Sie hätte ihm ihr Knie zwischen die Beine rammen können, sie hätte ihm erneut gegen das Schienbein treten können, dieses Mal fester, sie tat es nicht. Sie wussten beide, dass sie schon verstanden hatte, dass auch in sie die Angst gekrochen war, Bjarne hat den Rausch des Affektes gebrochen. Sie kämpfte nur, weil es so unerträglich war, nichts zu tun, einfach so aufzugeben. Aber sie wollte nicht gewinnen, sie wollte sich nur erschöpfen. Ihr Gesicht wurde erst ganz bleich, dann ganz rot, und dann fing sie an zu weinen.

Er hatte sie noch nie weinen sehen, es sah aus, als würde man die Faust in ihr Spiegelbild schlagen. Ihre strähnigen, blonden Haare leuchteten im Schein des Feuers, sie zitterte so stark, dass ihr die Zähne aufeinanderschlugen.

Bjarne bekam einen Molli zu fassen und zertrat ihn auf dem Boden, dann zog er Jessie ganz fest an sich. Er murmelte Sachen in ihr Haar, mit einer Stimme, die er sonst nur jungen Hunden gegenüber gebrauchte. Es roch nach verschmortem Plastik, nach brennendem Holz, es roch nach Bratwurst und Bier und Schweiß, aber für einen Moment roch Bjarne nur Jessies Haar, den Geruch von Kernseife und Talg.

Auf dem Platz vor dem Haus hatte sich ein Knäuel gebildet, es dauerte eine Weile, bis Bjarne den gekrümmten Polizisten sah, diesen einen Polizisten, der sich allein zwischen die Faschos getraut hatte, der unter den Hieben auf dem Boden lag, die Hände schützend zwischen die Beine gepresst, sein Helm hatte im Schein des Feuers dieselbe Farbe wie der Mond.

Bjarne zog an seiner Zigarette, während ein grauer Vormittag seinen Wagen mit einem staubigen Licht auswusch. Er saß mit angezogenen Beinen im Bett, aschte in die hohle Hand und betrachtete Jessie, die neben ihm schlief. Er grinste: Jessie James war das einzige Mädchen, das es schaffte, selbst im Schlaf *mürrisch* auszusehen.

Sie lag neben ihm, das Hemd fest in die Hose gestopft, die Hosenträger justiert, die Docs auf allen achtzehn Ösen verschnürt. Sie zog die Nase kraus, schnüffelte und streckte die Hand nach der Zigarette aus, noch bevor sie ihre Augen öffnete. Bjarne lächelte: »Haste etwa in dem Aufzug geschlafen?«

»Ich wollte dein Laken nicht schmutzig machen.«

»Jesse James – Mann ohne Gesetz?«

»Fistful of Dollars.«

Bjarne lachte und zog sich einmal fest an den Haaren. Er hatte schon häufig Mädchen beherbergt, das blieb nicht aus, wenn man ein paar Meter neben einer Kneipe wohnte. Nacktere Mädchen hatten in seinem Bett gelegen, und ehrlich gesagt auch hübschere. Aber Jessie machte ihn nervös, dieses raubeinige Mädchen brachte ihn dazu, dass er unauffällig an seinen Achseln roch und sich wünschte, er hätte seine Zahnbürste gestern nicht dazu benutzt, den verstopften Abfluss zu reinigen. Bjarne war schon oft verliebt gewesen, immer auf die leichte Art. So eine Fuchs-Hase-Nummer, die Jagd war spannender als der Sieg, das Objekt der Begierde austauschbar. Deshalb war ihm nicht klar, dass er sich gerade in Jessie verliebt hatte. Er hielt dieses nervöse, mulmige Gefühl für Neid. Für die alte Bewunderung des kleinen dicken Jungen, der er einmal gewesen war. Liebe, dachte Bjarne, konnte sich nicht so beklemmend anfühlen.

Als Jessie und er nach der Rückkehr aus Lichtenhagen vor der eingetretenen Tür des VEB gestanden hatten und von Malte erfuhren, dass Falk und Schwani im Knast waren (Alter, Razzia halt, Alter), hatte Bjarne nur müde genickt: Sie verdienten nichts anderes, sie hatten gerade zugeschaut, wie ein Haus voller Menschen in Flammen stand, es war nur richtig, dass die Beschissenheit von allem auch sie traf. Dann hatten sie sich auf das zerschnittene Sofa des VEB gesetzt (Alter, ich stopf doch keine Drogen ins Sofa, die ich selber rauchen kann, Alter), nickten Lasse zu, der dabei war, die Scherben aufzufegen, und schauten sich fassungslos die Pressekonferenz zu Lichtenhagen an. Die Aufnahmestelle für Asylbewerber habe gebrannt, nicht das Haus der vietnamesischen Vertragsarbeiter. Die Vietnamesen hätten sich *widerrechtlich* Zugang zur brennenden ZAst verschafft.

Bjarne zündete zwei Zigaretten an und steckte eine davon Jessie zwischen die Lippen, die mit einem Gesichtsausdruck auf den Bildschirm schaute, als könnte sie sich an ihren eigenen Namen nicht erinnern. Dass Politiker logen, überraschte Bjarne nicht besonders, dass allerdings die gesamte anwesende Presse vorgab zu *glauben,* dass Menschen sich *in* ein Feuer *hinein*zuretten versuchten, das widerte ihn an. Für einen Moment war er naiv genug, sich zu fragen, warum man einen solchen Blödsinn erzählte, warum man eine brennende Aufnahmestelle für Asylbewerber erfinden musste, da folgte die Erklärung schon: Wie man an Lichtenhagen deutlich erkennen könne, sei die Bevölkerung mit der *Flut* der Asylbewerber deutlich überfordert. Die Bevölkerung habe sich gegen *unzumutbare* Zustände gewehrt, als sie die ZAst angezündet habe. Man müsse jetzt endlich die Konsequenzen ziehen und das Asylgesetz einschränken. Der winzige Fernseher, der oben in der Ecke über dem Tresen hing, hatte einen starken Orange-Stich. Bjarne schaute in die karottenfarbenen Gesichter eines Komplotts. »Die Bullen sind abgehauen«, sagte er zu Lasse, »die sind mit Schlagstöcken ins brennende Haus, und die Bullen sind abgehauen, die hatten Befehl, zu verschwinden, die hatten Befehl, die Scheiße brennen zu lassen, das war doch alles geplant!« Lasse saß auf einem Barhocker, das Kinn auf den Besenstiel gestützt: »Da war vorhin ein Interview mit dem Leiter von der ZAst. Der sagt, es hätte überall freie Turnhallen gegeben, die er nicht bekommen hat. Der sagt, die wollten, dass die Leute dort auf dem Rasen campen, damit jeder denkt, dass das Land überfordert ist. Politische Brandstiftung war das. Logisch.«

Malte nickte vor sich hin (Alter, alles großer Beschiss, Alter, Scheiße), und Jessie schwieg. Sie schwieg seit Stunden. Ein Schweigen wie Glas: sehr zerbrechlich, und man schnitt sich schnell an den Scherben. Bjarne wusste genau, niemand wollte hören, was Jessie jetzt zu sagen hätte.

Jessie lag in Hemd, Hose und Schuhen in Bjarnes Bett und nahm den ersten Zug mit geschlossenen Augen. Sie sah Bjarne erst an, als sie den Rauch ausblies, durch den Schleier von tausend tödlichen Partikeln. Seine vollen Lippen, die breite Nase, die warmen Augen. Sich eine Zigarette mit Bjarne zu teilen war so nah, wie sie meinte, einem Kuss kommen zu können. Jessie war ein Kind der Gröpelgrube, von einem uralten bitteren Haus auf das Pflaster gespuckt, von einer traurigen Frau durch die Jahre gehievt. Jessies Familie kam aus der

Trave und würde in der Trave enden, und sie zweifelte keine Minute daran, dass das Ende ihr oblag, dass sie die Letzte war.

Jessie küsste Bjarne nicht. Sie hatte ihn wiedergefunden. Sie würde ihn nicht durch Liebe vertreiben. Wenn Bjarne ihr einen Arm um die Schultern legte, schnauzte sie ihn an, wenn er ihr ein Bier in die Hand drückte, schaute sie auf einen unbestimmten Punkt am Horizont, wenn er ihr kameradschaftlich die Haare zerzauste, spuckte sie beherzt auf den Boden.

Aber wenn Bjarne auf den Stufen seines Bauwagens hockte, eine Dose Bier in der Hand, über das Wasser schaute und sich unbeobachtet fühlte, lag Jessie in der Dämmerung vor Lasses Bauwagen auf der Lauer und beobachtete ihn. Seine leicht verquollenen Augen, die nadelspitzen Spikes, zu denen er seinen Iro manchmal formte, so lang, dass man an ihnen bis zum Mond klettern konnte.

Ihre Blicke dort im Dunklen, die wie auf Schnüren zu Bjarne liefen, kleine, ungeschickt gefaltete Papierflieger, die schon über der Holzstiege abstürzten, kleine Kratzer in der Luft, ein Juckreiz in der Atmosphäre des Stadtgrabens.

Sie liebte auf dieselbe Art, wie ein Holzwurm überlebt. Er frisst sich in die Materie und zersetzt sie von innen. Zuerst hinterlässt er nur winzige Löcher und ein paar fliegengroße Staubdünen, zuletzt aber zerfällt die ganze Substanz. Es lag in der Familie. Jessie konnte nichts lieben, ohne es zu zersetzen.

Bjarne wurde klar, was mit ihm los war, als Jessie ein paar Tage später ausholte, um eine Bierflasche in das Schaufenster von Rossmann zu werfen. Obwohl das Schaufenster bestimmt drei Meter breit war, traf sie nicht. Die Flasche zerbarst an der Wand daneben, und Jessie, betrunken und unsportlich, brachte sich durch den Wurf so sehr aus dem Gleichgewicht, dass sie erst torkelte und dann stürzte, direkt aufs Gesicht, weil sie sogar vergaß, sich abzustützen. Das war der Moment, in dem Bjarne endlich begriff, dass dieses Mädchen sein

Herz innerhalb von Sekunden zu Staub verwandeln könnte. Er wunderte sich nicht, dass ihm das noch nicht früher aufgegangen war, so wie man sich nicht wunderte, wenn in der Tiefe der Nacht der eigene Schatten verschwand.

Er half ihr auf, presste ihr sein Halstuch vor die Nase und zog sie in den Automatenraum der Sparkasse, wo sie Bier tranken und dem Knistern des Geldes in den Wänden zuhörten.

Michél hätte das malen wollen: der Stadtgraben, auf den Bäume ihre Schatten warfen. Die ansteigende Böschung, dahinter drei Bauwagen, die Türen offen. Auf dem Parkplatz hinter den Bauwagen standen Autos, der Lack glänzte in der Sonne. Im Hintergrund die MuK, hinter der sich die Stadt auftürmte. Der Himmel wie poliert, von einem durchdringenden Blau. Im Bildvordergrund zwei Mädchen und vier Jungen, die Körper lässig ans Ufer gegossen, die Gesichter müde. Jessie und Bjarne lagen nebeneinander im Gras, Falk und Finchen hockten neben ihnen, die Hosenbeine hochgekrempelt, die Füße im Stadtgraben. Lasse saß im Schneidersitz, Schwanis Kopf in seinem Schoß. Es war später Nachmittag, die Sonne goldgelb wie geschmolzene Butter, Falks Hunde paddelten hechelnd durch das Wasser. Das Bild wurde nur gebrochen durch die grelle Chipstüte, die zwischen ihnen hin und her flog und eher an ein Seidenkissen erinnerte, aber das lag an Michél, er kannte keine Chipstüten, er wusste nicht, wie man so etwas malen sollte.

Seit zwei Stunden hatte keiner ein Wort gesagt, außer vielleicht, he, lass noch was drin. Es gab auch nichts mehr zu sagen. Schon im Frühjahr hatten alle Parteien die Asylpolitik für den Wahlkampf benutzt. *Scheinasyl und Asylbetrug, durchrasste Gesellschaft, Ausländerfreundlichkeit* dürfe nicht zur *Inländerfeindlichkeit* führen. Einzelne Politiker wurden ganz deutlich: *Am Kragen packen und raus damit*. Die *Bild* machte Panik: *Fast jede Minute ein neuer Asylant – die Flut steigt, wann sinkt das Boot*. Der *Spiegel* titelte mit einem Foto von einer Menschenmenge, die mit grimmigen Gesichtern gewaltsam ein Tor aufdrückte, *Asyl – Die Politiker versagen*, und fragte, wie man den Ansturm bewältigen solle. Man sprach vom *Krieg des dritten Jahrtausends*: Flut, Wellen, sinkende Boote, kochende Volksseelen und Gastfeindschaft, das war die Poesie, mit der Parteien und Presse seit Monaten um eine Einschränkung des Asylgesetzes kämpften. Lasse wunderte es nicht, dass irgendwann Häuser brannten. Der Mob war nur ein Werkzeug, so sah er das. Jetzt war das Recht auf Asyl eingeschränkt worden. Dem schlichten Satz, der jedem Menschen Würde und Schutz verlieh, waren unzählige Einschränkungen und Bedingungen hinzugefügt worden, die es jederzeit möglich machten, jemanden wieder in die Not zurückzuschicken, der er entronnen war.

Und jetzt lagen sie in dieser goldenen Nachmittagssonne, die ihnen jede Unreinheit aus den Gesichtern retuschierte, die selbst Jessies Haare glänzen ließ, ein Licht, gegen das sogar Finchen, die sich normalerweise mit einem schwarzen viktorianischen Spitzenschirm gegen die Sonne schützte, nicht immun war. Das Licht der alten Meister, der Geruch der Ölfarben. Es war einer dieser Tage, die dazu in der Lage sind, einen übermütig und wehmütig auf einmal zu machen. Der 6. Dezember 1992 war ein Tag, der sich nicht im Geringsten um Jessie, Bjarne oder sonst jemanden scherte, und schon gar nicht darum, dass die Würde des Menschen nur noch unantastbar war, wenn er deutsch war. Der 6. Dezember war ein Tag, der sich nicht darum scherte, dass man nicht in einer sommerlichen Brise unter einem lauen Himmel liegen konnte.

Sie lagen also in der Sonne, aßen Kartoffelchips und

schwiegen. Wenn man sie gefragt hätte, sie hätten mit den Schultern gezuckt, klar, warum nicht: Warum sollte man sie nicht malen, wie sie in der Sonne lagen in diesem untergehenden Land. Der Stadtgraben träge, die Pigmentierung zu dunkel. Und dann bewegte sich keiner mehr von ihnen. Die Chipstüte erstarrte im Flug. Ein toter Maler kann einiges lernen, auch das Malen von Gegenständen, die er zu Lebzeiten nicht gekannt hat. Michél malte seine Urenkelin und ihre Freunde, Michél war auch der Einzige, der wusste, warum kein Vogel am Himmel zu sehen war. Sie waren fort. Vögel sind immer die Ersten, die auf eine Katastrophe reagieren.

Es war Winter, ein Winter, der einem den Speichel auf der Lippe gefror, als Bjarne und Jessie sich zum ersten Mal küssten.

Sie hatte ein blaues Auge und er eine aufgeplatzte Lippe, es waren nur zwei gewesen, zwei blutjunge, frisch gewaschene Skinheads, die sich bei ihrer ersten Kopfrasur ein paar Schnitte zugefügt hatten und mit Spraydosen an einem *Lichtenhagen war geil*-Schriftzug feilten, genau auf der Brücke, die zur *fauna* führte. Es war eine Mutprobe, so viel war klar. Die beiden Jungglatzen waren nicht besonders trainiert, aber sie kämpften mit der Begeisterung derer, die einen Clan gefunden hatten. Und Falk fehlte. Falk war dafür da, auf alle aufzupassen, vor allem auf Bjarne. Bjarne war Fischfutter für die Faschos, aber die Faschos waren Fischfutter für Falk. So gesehen war der Ernährungskreislauf stabil, der Fortbestand der Arten gesichert.

Dass Jessie und Bjarne nicht in die Trave geworfen wurden, lag nur an dem Bier, das der Kleinere von beiden im Kampf verschüttete und das auf den Bohlen der Brücke sofort gefror. Es erwischte den Größeren, er blieb mit verdrehtem Kniegelenk liegen und stieß Schreie aus, die man bis aufs Gelände hörte.

Im VEB gab Malte ihnen ein Getränk nach dem anderen aus, Wassergläser voller Wodka, mit nur einem Schuss Kirschsaft verdünnt, die Hitze schmolz das Eis auf ihren Haaren, und ihre Gesichter pochten, als schlügen hunderte kleiner Hämmer unter der Haut. Selbst Vossie, der dickste und zerstochenste aller Punks, hieb ihnen anerkennend auf die Schultern.

Jessie war ein lebensmüdes Glückskind. Glück war ihr nie ganz geheuer, und hier, mit ihrer schmerzenden Lippe und dem Grölen der Punks, mit Bjarnes Schweißgeruch in der Nase und einem kühlen Bier zwischen den Lippen, war sie so glücklich, dass sie Bjarne anschnauzte, er solle mal ein bisschen Platz machen, er wäre nicht allein auf der Welt, was er sich eigentlich denke, ob dieses mottenzerfressene Sofa seinen Namen trage?

Bjarne lehnte sich gemütlich zurück, breitete die Arme über die Rückenlehne und schaute Jessie durchdringend, aber freundlich an: dass Jessie anhänglich sei wie ein Blutegel, aber unnahbar wie ein verdammter Ziegelstein. Was eigentlich mit ihr los sei, unter Freunden müsse er sie das jetzt mal fragen. Und aus irgendeinem Grund hätte man Jessie in dem Moment fesseln und knebeln müssen, um zu verhindern, dass sie Bjarne küsste.

Die Punks johlten, als sie sich küssten, und Jessie vergaß sofort, dass es jemals eine Zeit gegeben hatte, in der ihre Lippen nicht auf Bjarnes lagen, in der sie nicht sein Blut schmeckte oder wessen Blut es auch war, und dass ihre Hände jemals leer gewesen waren.

KAPITEL 7

Christoph Petersenn stand vor dem Spiegel und kämmte sich sorgfältig die Haare zurück, dann setzte er sich in den Frühstücksraum der Pension Kramer und trank seinen Kaffee mit einem Gefühl der Beflissenheit, das noch immer ein wenig ungewohnt war. Er hatte sich den Kaffee *verdient*, er war Teil eines Rituals geworden, das morgens um sieben begann und erst nach einem großen Teller Bratkartoffeln endete, ein Abendessen, das er sich ebenfalls *verdient* hatte. Jeden Groschen, den er Frau Kramer in die Hand zählte, hatte er durch harte Arbeit usw. usw.

Christoph arbeitete seit drei Monaten im Geschäft *E. Rosen: Bestecke, Schmuck und Uhren*. Herr Rosen war, just als Christoph auf der Suche nach Arbeit am Laden vorbeischlenderte, von seinem Sohn sitzengelassen worden, der, nachdem er ein Set Bestecke, das er in der Auslage drapieren sollte, fallen gelassen hatte, aus dem Geschäft, und wo er gerade dabei war, aus der Stadt gestürmt war. Da der Sohn diese Flucht schon öfters angedroht hatte, erwartete Ernst Rosen ihn so bald nicht zurück. So nickte er nur müde zu Christophs Ausführungen, der auf dem Boden kniete und das Besteck aufsammelte, die Knie des Herrn Rosen waren schlecht. Er nickte zu Christophs Lügen, als hätte er ihn erwartet, und Christoph bekam eine Stelle, die ihm die Pension und die Theaterbillets finanzieren würde. Und auch wenn er diese Arbeit als vorübergehenden Zustand betrachtete, als etwas, das er tat, bis er sich am Theater beweisen konnte, machte ihn seine neue Rolle erstaunlich zufrieden: Es gefiel ihm, zwischen den leise tickenden Uhren, den funkelnden Schmuckstücken und den schweren Bestecken hinter dem Tresen zu stehen und durch das Schaufenster auf die Straße zu schauen. Es gefiel ihm, früh aufzustehen, mit dem Gefühl, nicht genug Schlaf bekommen zu haben. Kaffee zu trinken und dabei nicht an Genuss, sondern an Stärkung zu denken. Es erfüllte ihn mit Stolz, den Ladenschlüssel aus der Tasche zu ziehen. Er mochte es, sich in der Ladentür umzudrehen und seine Fußspuren im Schnee zu betrachten, eine gerade, zielgerichtete Linie, kein Zaudern, kein Wanken. Die Lichter im Verkaufsraum anzuknipsen. Die Fingerabdrücke von Scheiben und Auslagen zu wischen. Vor dem Spiegel seine Krawatte zu richten. Das Schild umzudrehen, das in der Tür hing – *Geöffnet*, er mochte all diese stillen Tätigkeiten.

Das Schreiben von Quittungen, das Eintragen der Beträge in das Kassenbuch, das Klingeln der Kasse, das Herausgeben von Wechselgeld erfüllten ihn mit einem Gefühl der Sicherheit, das ihm bisher unbekannt gewesen war. Etwas war zu erledigen, etwas war erledigt. Etwas war verkauft, etwas war zu bestellen. Christoph entdeckte seine Kaufmannsseele.

Wenn er am Abend die Zahlen überprüfte, die er im Laufe des Tages eingetragen hatte, die Preise für einen Ring, ein sechsundzwanzigteiliges Besteckset und eine Armbanduhr, wenn er die drei Zahlen zu einer Gesamtsumme addierte, die er doppelt unterstrich, dann hatte er ganz grundsätzlich so ein Gefühl, als ob etwas reichen, genug sein könne. Und er begriff, was für ein seltener, tückischer Pfau die Zufriedenheit doch war.

Wenn er an Berlin dachte, erinnerte er nicht mehr das befreiende Gefühl der Revolte, er dachte mit tiefer Scham und hellem Zorn an diese Zeit zurück. Er dachte an die Tänzerin, die in ihrem eigenen Erbrochenen auf der Straße lag, er dachte an diese grell geschminkte Frau, die nach der Darbietung ihre goldblonde Perücke vom Kopf gestreift und sich in einen alten kahlköpfigen Kerl verwandelt hatte. Mathildas Schenkel, auf dem sein Speichel glänzte wie die Spur einer Schnecke.

Christoph trank seinen Kaffee aus, aß eine Scheibe Brot mit Marmelade und streute Salz auf das Ei, das Frau Kramer immer so hart kochte, als wollte sie es töten. Christoph löffelte das Eigelb, das so trocken war, dass man es kaum schlucken konnte, und nickte Frau Kramer, die hinter dem Tresen stand und den Frühstücksraum überwachte, genießerisch zu. Er hielt sich sogar andeutungsweise die Hand aufs Herz.

Das Frühstück war sagenhaft schlecht, das Brot zu lange geröstet, der Kaffee ungewöhnlich bitter, was Frau Kramer durch den Einsatz von zu viel Zucker wieder auszugleichen versuchte. Sie wachte dennoch stolz und streng über ihre essenden Gäste, eine schlechte Versorgung wollte sie sich nicht nachsagen lassen. Christoph rührte das alles. Es rührte ihn, als würde er einem hässlichen Mädchen bei ungelenken Schminkversuchen zuschauen. Also lobte er das Essen bei jeder Gelegenheit und nahm in Kauf, dass die anderen Männer ihn anschauten, als hätte er nicht alle Tassen im Schrank. Denn eines hatte er bei seiner Arbeit gelernt: die Arbeit anderer zu schätzen.

Nach dem letzten Bissen stand er erleichtert auf, nahm seinen Mantel und wünschte Frau Kramer einen guten Tag. Sie nickte ihm huldvoll zu, ein Nicken, das zu besagen schien, dass sie alle kleinen niederen Geheimnisse eines Mannes kannte, aber beschlossen hatte, ihnen keine Beachtung zu schenken. Ihr Blick war, soweit das möglich war, gleichzeitig Mahnung und Verschwörung, Verachtung und Schutzgebiet, Christoph war immer gestärkt und gedemütigt zugleich, wenn die Tür der Pension hinter ihm ins Schloss fiel. Jedes Mal fühlte er sich, als müsse er etwas wiedergutmachen, Buße tun, Zeugnis ablegen, aber dieses Gefühl verflog rasch im eisigen Wind, alles verflog im eisigen Wind. Auch das Theater.

Besonders das Theater. Er las Stücke, Ibsen vor allem, Wedekind, Zuckmayer, er probte in seinem Pensionszimmer, sehr leise und verhalten, die Wände waren dünn.

Aber ins Theater ging er nur einmal im Monat, später nur noch sehr sporadisch. Er schämte sich dafür, aber es lag nicht nur am Preis der Eintrittskarten: Das Theater deprimierte ihn. Der muffige Geruch der samtbezogenen Sitze, die Pausen, in denen die Besucher dümmliche Phrasen zum Besten gaben, das lange Stillsitzen. Zu seinem eigenen Entsetzen machte es ihm überhaupt keine Freude, ins Theater zu gehen.

Eine Bühne ohne Mathilda war bedeutungslos, zuweilen fürchtete er, dass er tatsächlich nur Mathilda geliebt hatte, nie das Theater. Es kam sogar vor, dass er einschlief und erst zum Schlussapplaus erwachte, zu viel Speichel im Mund, den verächtlichen Blicken des Nebenmannes ausgeliefert. Zum Zuschauer war er nicht gemacht, sagte er sich. Das Schauspiel entfaltete für ihn seinen Reiz nur von der Bühne aus. Er gehörte eben nicht zu den Leuten, die auf der faulen Haut saßen und sich zerstreuen ließen. Er musste sich die Kunst durch harte Arbeit erkämpfen, er wollte auf der Bühne schwitzen, dem Bürgertum seine Seele entgegenspucken.

Bürgertum. Auch so eine Sache. Nach drei Monaten bei *E. Rosen – Uhren, Schmuck & Bestecke* hatte er noch immer nicht bei seinem Vater vorgesprochen. Dabei war ihm klar, dass seine Anstellung natürlich kein Geheimnis war. In einer Stadt wie Lübeck gab es kein Geheimnis.

Fakt war: Sein Bruder Alfons trug das Eiserne Kreuz auf der Brust, und er, Christoph, verkaufte Löffel.

Es musste seiner Großmutter mittlerweile zu Ohren gekommen sein, dass ihr Enkelsohn keine Herztöne abhörte, sondern Gabeln polierte. Er hatte sie belogen, hatte jahrelang Geld von ihr genommen und war nicht einmal als berühmter Künstler zurückgekehrt, er wurde weder auf Bühnen gefeiert noch in den Galerien. Er hatte versagt. Er hatte sich gegen seinen Vater aufgelehnt und versagt.

Er konnte fürs Erste damit leben, keine Schönheit zu erschaffen, sondern nur Schönheit zu verkaufen, aber dem stählernen, enttäuschten Blick seines Vaters entgegentreten, das ertrug er nicht.

Es sollte sich herausstellen, dass er das auch gar nicht musste.

Es gab drei Versionen davon, wie Lucie und Christoph sich ineinander verliebten. Lucies, Christophs und die des Teufels. Genau genommen gab es sogar vier. Lucie hatte zwei Versionen: eine, die sie Christoph erzählte, und eine, die sie nur dem Teufel anvertraute.

Christoph behauptete immer, er habe sich in Lucie verliebt, als sie eines Tages plötzlich im Laden stand, zierlicher als das fragilste Schmuckstück, sich in ihrer leicht schläfrigen Art von ihm mit Schmuck behängen ließ wie ein Christbaum und über jeden seiner charmanten Scherze, die in Wirklichkeit allesamt Komplimente waren, lachte. Sie verströmte einen Geruch nach Rosen und Cognac und verabschiedete sich, ohne etwas zu kaufen.

Einmal jedoch, im September 1927, sie lagen gerade auf dem schmalen Bett in seinem Pensionszimmer, die Gesichter einander zugewandt, Lucie rauchte und aschte in eine leere Kaffeetasse, sagte er, genau genommen habe er sich in sie verliebt, noch *bevor* sie den Laden betreten habe.

»Bevor ich den Laden betreten habe«, wiederholte Lucie mit ihrer hellen, aber immer leicht brüchigen Stimme. Es war nicht ganz klar, ob sie belustigt war oder geschmeichelt, aber dass sie ihn nicht ganz ernst nahm, das war sehr deutlich.

Sie ließ die runtergerauchte Zigarette in die Tasse fallen, es zischte, als die Glut im kalten Rest des Kaffees erlosch. Dann tippte sie ihm mit dem Finger ganz zart auf die Lippen. Eine Geste, so leicht und schnell, als wollte sie verhindern, dass er sie wahrnahm. Das tat sie häufig, wenn sie ihm zuhörte, sie legte ihren Zeigefinger ganz kurz auf seine Lippen, und Christoph wusste nie, ob es eine Aufforderung war, weiterzusprechen oder zu schweigen.

Sie lag auf der Seite, den Kopf in die linke Hand gestützt, ihr Gesicht war seinem so nah, dass er das Gefühl hatte, es mit einer Lupe zu betrachten, je genauer er hinschaute, desto mehr zerfiel es in seine Einzelteile.

Er konnte sich minutenlang in ihren Augen verlieren, diesem ungewöhnlich blassen und milchigen Blau, und plötzlich fast schuldbewusst aufschrecken, weil er das Gefühl hatte, sich nicht an ihr Gesicht zu erinnern. Ihre Lippen, ihre Wangen, die Nase: Würde ihm jemand einen Stift in die Hand drücken, er wäre nur imstande, ihre Augen zu zeichnen. Es war ein seltsames Gefühl, jemanden zu vergessen, während man ihn ansah, aber mit Lucie passierte ihm das ständig.

Er sei aufgestanden am Morgen, fuhr Christoph fort, während er sich fragte, wie lange er geschwiegen hatte. Lucie gehörte nicht zu den Menschen, die unruhig wurden, wenn man einen Satz begann und erst fünf Minuten später beendete. Er wusste nicht genau, ob das bedeutete, dass sie nicht wirklich zuhörte, oder ob, im Gegenteil, sie ihm zuhörte, selbst wenn er nicht sprach, ob sie irgendwie in der Lage war, seinen verworrenen Gedanken zu folgen. Alles mit Lucie konnte das genaue Gegenteil sein.

Sie war sein Geheimnis, sein ganz persönliches Rätsel, und er liebte sie, das war das Einzige, was sicher war.

Am Morgen des Tages, der Lucie in seinen Laden wehen sollte, habe er Frau Kramer die Hand geküsst, in einem scheinbar ungerichteten Überschwang. Er, der in der Früh zwar aufgeräumt wirke, allerdings, das müsse er gestehen, manchmal zur Melancholie neige, habe sich an diesem Morgen überschwänglich gefühlt, geradezu ausgelassen.

Den ganzen Vormittag habe das Gefühl angehalten, über Mittag, als er seine Brote auf einer Bank am Kohlmarkt aß, bis in den Nachmittag.

»Es war das Wetter«, sagte Lucie und wusste es besser. Niemand wusste besser als Lucie, dass Dinge sich ankündigten, dass Wissen in der Luft vibrierte.

»Du warst es«, sagte Christoph und strich ihr eine Strähne hinter das Ohr. »Als die Glocke der Ladentür läutete, wusste ich, dass jetzt der Moment ist, an dem der Tag sein Gesicht zeigt. Und ich will jetzt nicht kleinlich sein, aber ich habe mit dem Rücken zu dir gestanden. Ich habe Silber poliert, ich war vollkommen vertieft in meine Arbeit.«

Der fast überirdischen Natur seiner Liebe kam Christoph nur mit Akribie bei. Lucie sah ihn aufmerksam, aber unbeeindruckt an.

Christoph küsste ihren Mundwinkel, das erste Ritual, das sich zwischen ihnen etabliert hatte, der erste Buchstabe in der Geheimsprache, die sie miteinander entwickelten. Aber er hatte noch immer das Gefühl, dass Lucie die nahezu wundersamen Begleiterscheinungen seiner Liebe nicht genügend würdigte: »Und es war auch nicht einer dieser lethargischen Tage, wo allein das Klingeln der Ladentür einen euphorisiert, weil sie die dröge Stille der Einsamkeit durchbricht. Nein, es war ein ungewöhnlich lebendiger Tag, ich hatte am Morgen angefangen, das Silber zu putzen, und war am Nachmittag noch nicht fertig, weil wirklich ständig Kunden hereinkamen. Acht Eheringe habe ich verkauft, allein am Vormittag.«

Er sah Lucie gespannt an. Sie reagierte nicht.

»Ich will nur sagen: Es war nicht die Glocke. Du warst es.«

Christoph machte eine Kunstpause und lächelte Lucie geheimnisvoll an. Sie lächelte nicht zurück. Auch so eine Sache.

Lucie lächelte nie als Reaktion oder weil es von ihr erwartet wurde. Sie lächelte ausschließlich dann, wenn ihr danach war.

»Du warst es, die ich den ganzen Tag schon in den Knochen gespürt habe. Ich musste dich gar nicht sehen, um das zu wissen! Obwohl es dann natürlich äußerst erfrischend war, dich zu sehen, dich und dein sibyllinisches Lächeln, deine Pausbacken, deine Augen, vor denen niemand ein Geheimnis wahren kann und die nichts über dich verraten. Und dann habe ich dich mit Schmuck behängt, den sich keiner von uns beiden leisten konnte.«

Christoph legte sich auf den Rücken, schob sich das zerdrückte Kopfkissen in den Nacken und zog Lucie an sich. Ihr Kuss fühlte sich ein wenig widerwillig an, er küsste sie noch einmal, leidenschaftlicher, und Lucie biss ihn. Ein Biss, gerade leicht genug, dass er noch als neckisch durchgehen konnte, gerade fest genug, dass er schmerzte.

»Du hast dich in das Gretchen verliebt, nicht in mich«, sagte Lucie. Sie hatte es spielerisch sagen wollen, es kam vorwurfsvoll heraus, zu ernst.

Sie wusste, dass es nicht stimmte, sie sagte es, wohl wissend, dass allein die scherzhafte Unterstellung einer Beliebigkeit seiner Gefühle ihn verletzte. Die Liebe zu Lucie war das Sinnvollste und Heroischste, das Christoph in seinem Leben bisher zustande gebracht hatte, es war schlicht das, was ihn zu einem guten Menschen machte. Denn, das wurde ihm recht schnell klar, man musste ein guter Mensch sein, um bei Lucie nicht die Fassung zu verlieren.

Man musste sogar außergewöhnlich und solide *gut* sein, um es in ihren Medusenarmen auch zu bleiben. Das allerdings verstand er erst später. Zunächst einmal aber hatte er sich schon deswegen nicht in das Gretchen verlieben können, weil er Lucie erst sehr viel später auf der Bühne gesehen hatte. Genau genommen erst Wochen nach dem ersten Kuss, was er ihr aber nicht gestehen konnte.

Und bitte, antwortete er jetzt auf Lucies Unverfrorenheit, ob sie wirklich glaube, man könne ihr nicht augenblicklich verfallen, sie sei doch sonst nicht so bescheiden. Neckend hochgezogene Augenbrauen, geschürzte Lippen, das ganze Programm. Lucie grinste.

»Hätte ich mich auf der Bühne in dich verliebt, meinst du nicht, das würde mich zu einem ganz gewöhnlichen Trottel machen?«, fragte er. »Ich jedoch bin durchaus ein äußerst seltener und ungewöhnlicher Trottel«, damit küsste er sie auf die äußerste Kante der Ohrmuschel, dort wo sich der Knorpel wie Knochen anfühlte.

Lucie lauschte angestrengt auf die Geräusche im Bad. Seit einer Stunde war dort besetzt, entweder man hörte die Klospülung oder der Wasserhahn rauschte. Jetzt aber war das Wasser abgedreht, jemand pfiff vor sich hin, wahrscheinlich beim Abtrocknen, vielleicht, so überlegte sie, war es besser, sich jetzt schon vor die Tür zu stellen, bevor wieder jemand schneller war.

Christoph teilte sich das Bad mit fünf anderen Männern, am Wochenende mit fünf anderen Männern und ihren Frauen. Frau Kramer hatte, was Damenbesuch anging, eine schwer durchschaubare Regelung, manche Freundinnen wurden zugelassen, andere nicht. An Sonntagen bildeten sich Warteschlangen, weswegen Christoph einen Nachttopf unter dem Bett stehen hatte.

Lucie setzte sich auf und zündete sich eine Zigarette an. Sie hatte keine Lust, sich zu waschen. Sie mochte das, so verschwitzt ganz eng mit Christoph auf diesem durchhängenden schmalen Bett zu liegen. Hungrig und etwas zittrig vom Nikotin. Mit brennenden Augen und ein wenig fiebriger Haut vom Schlafmangel. Ein wenig schlecht riechen und sich in der Liebe suhlen, wie Schweine im Schlamm.

Es war früher Nachmittag, durch das Fenster drang eine

fast tollwütige Sonne, es war Ende September und der Sommer noch immer nicht vorbei. Jeder war draußen. Die Leute gingen spazieren, machten Hafenrundfahrten, tranken ihre Kaffees in der Sonne, verscheuchten die letzten Wespen.

Es war eine süße Sünde, dieses letzte Licht des Sommers nicht zu nutzen. Im Bett zu faulenzen wie an einem tristen Regentag. Sich unter der Decke zu verkriechen, das Kreischen der Möwen zu ignorieren und den Sand, der durch die Uhr des Teufels rann.

In der Pension hatte man schon gefrühstückt, das Mittagessen war serviert worden, die Luft in den Gängen war schwer vom Dunst des Rosenkohls. Lucie und Christoph lagen seit Stunden wach, hatten sich eine Tasse Kaffee geteilt und eine Rippe weicher Schokolade. Sie küssten sich, sie kicherten und sprachen leise miteinander, schwindelig vor Hunger.

So konnte Lucie am besten lieben: wenn es sich anfühlte, als wäre es gefährlich. Wenn ihr der Schlaf fehlte, die Nahrung, wenn sich ihre Blicke so tief in Christophs Haut bohrten, als wollte sie ihn zerfetzen. Wenn ihr leicht übel wurde vor Liebe.

Sie wollte nicht weg aus diesem verschwitzten, krümeligen Nest. Im Sonnenlicht tanzten dicke Staubflocken. Lucies Oberkleid lag über einem Stuhl wie eine Dame, die ohnmächtig umgesunken war, Christophs Hosen hingen am Bügel, als würden sie strammstehen.

Die Luft im Zimmer war dick und verbraucht, das buttrige Sonnenlicht gab allem einen Glanz, der die kommende Schwere schon in sich trug. Ein Licht auf der Schwebe zum roten Herbstgold. Süße am Rande der Fäulnis.

Christophs Gesicht, das irgendwie so *saftig* war. Die Züge überdeutlich, als hätte jemand ihn gezeichnet und, um sicherzugehen, zum Schluss noch mal alle Konturen mit dicker, schwarzer Kohle nachgezogen. Die vollen Lippen, die kräftigen Augenbrauen, das Haar dick, dicht und glänzend.

Es war ein Gesicht, das man verschlingen wollte. Ein Gesicht, das *genug* war.

Aber wenn er von diesem Nachmittag sprach, an dem sie in seinen Laden gestolpert war, wollte Lucie fliehen. Dann musste sie seinem Blick entkommen, seinen Händen, seiner Stimme. Und wenn es in das stinkende, schimmelige, ständig unter Wasser stehende Bad war. Sie wurde wütend, wenn Christoph von diesem Nachmittag sprach. Weil Christoph sie um eine gemeinsame Geschichte gebracht hatte. Und sie fühlte sich schuldig, weil sie sich kaum an den Nachmittag erinnern konnte, der Christophs Leben so sehr verändert hatte. Sie war in so vielen Geschäften gewesen. An dem Tag und an vielen anderen. Das teure Kleid, das sie an jenem Tag getragen hatte, war gestohlen. Die Tasche, die er ihr galant aufhob, als sie vom Tresen rutschte, auch. Auch Christoph hatte sie bestohlen. Das Schmuckstück, einen schmalen Ring mit einem winzigen Brillanten, hatte sie ein paar Monate später verloren, dennoch erinnerte sie sich an den Ring besser als an ihre erste richtige Begegnung mit Christoph. Sie wusste noch, dass sie gelacht hatte, als sie den Laden verließ, es war so leicht gewesen, ihn zu bestehlen.

Die Liebe stellte sie sich anders vor. Dass Christoph sich verliebte und sie schon ein paar Minuten nach Verlassen des Ladens sein Gesicht vergessen hatte, das barg kein Geheimnis, das war nur unglaublich trist.

So stellte sich Lucie die Liebe vor: Als würde man gemeinsam an der Trave stehen und einen Drachen aus den Fluten steigen sehen – tropfend, geifernd, Feuer speiend. Hässlich, urtümlich, majestätisch. »Wahre Liebe«, so sagte Michéls Widergänger in Willnauers erstem Roman, »kennt keine Scham und keinen Anstand. Sie fügt dir Leid zu, das nie vergeht, wahre Liebe packt dich an deinem jämmerlichen Knochengerüst und lehrt dich Furcht und Demut.«

Tändelei war nichts für die Liebe. Tändeln tat man, wenn

man seine Sinne beisammenhatte. Es war ein konzentriertes Spiel mit komplexen Regeln, nichts daran war ernst, keine echte Liebe begann kokett. Wahre Liebe war kein Grund zur Freude, sie war die Sicherheit, irgendwann einen Verlust zu erleben, der einen in Splittern zurückließ.

Sie aber hatte kokettiert, als Christoph sie mit Schmuck behängte. Das tat sie immer, wenn sie plante, zu stehlen. Sie hatte ihn beraubt, und danach hatte sie ihn vergessen.

Sie schämte sich der banalen Natur ihres Besuches, sie war wütend auf Christoph, dass er so ungeduldig gewesen war, sie bohrte in ihrer Erinnerung, ob da nicht vielleicht doch etwas war, etwas, das sie übersehen hatte, ein winziges Gefühlspartikel. Aber da war nichts. Nichts an Christoph war ihr besonders vorgekommen.

Lucie hatte sich erst ein knappes Jahr später verliebt, erst als Christoph zum Vorsprechen ins Stadttheater gegangen war. Sie hatte neben Stegemann gesessen, der seit einem knappen Jahr nicht mehr auf ihre Meinung verzichten wollte.

Lucie hatte als Souffleuse angefangen, und als eines Abends die Hautptrolle ausgefallen war, hatte sie sich gemeldet, wenn Stegemann wolle: Sie könne den Text. Stegemann raunzte, sie solle mal schön in ihrer Muschel bleiben, so eine blutarme Gabler könne man ja niemandem antun. Im Übrigen habe er es auch ziemlich satt, dass Souffleusen immer glaubten, die Muschel sei tatsächlich eine Muschel und sie, die Souffleuse, eine Perle, die nur darauf wartete, dass ein Taucher sie entdecke und an Land hole. Und das sei, falls Lucie das nicht verstanden haben sollte, eine Metapher, wo das Land für die Bühne stünde, und sie, Lucie H. Hinrichs, habe auf der Bühne noch weniger zu suchen als die Putzfrau, die sei dort zumindest zu *etwas* nütze. Lucie zuckte mit den Schultern und widmete sich wieder ihrer Tafel Schokolade und ihrer Zigarette. Aber das Haus war ausverkauft, und was Stegemann dann doch stutzig gemacht hatte: Die Hinrichs schien gar nicht auf die Bühne zu *wollen*. Hockte in der Ecke, aß Schokolade, war so bar jeden Ehrgeizes, jeder Eitelkeit, dass er sich fragte, ob sie ihm vielleicht wirklich nur aus der Klemme helfen wolle und tatsächlich glaube, sie könne wirklich den *ganzen* Text. Stegemann warf ihr also einen Satz aus dem Stück hin, und Lucie antwortete, ohne einen Moment zu überlegen und haargenau auf die Art, die Stegemann der Hauptrolle *und* dem Ersatz vergeblich abzuringen versucht hatte. Eine halbe Stunde später stand Lucie auf der Bühne, eine Perücke auf dem Kopf, das Kleid an allen möglichen und unmöglichen Stellen ausgepolstert. Es war erschütternd. Lucie, dieses hagere, stille Mädchen mit den dünnen hellblonden Haaren und den blauen Sichelaugen, *spielte* die Gabler nicht, sie *wurde* zur Gabler. Danach saß sie nie wieder in der Muschel.

Aber es erfüllte sie nicht, diese Rollen zu spielen, es machte ihr weder Mühe noch Freude. Alle hielten sie für eine Künstlerin, aber das war sie nicht. Wenn sie auf der Bühne stand, war es nichts anderes als das, was sie sowieso ständig tat: den anderen stärker fühlen als sich selbst.

Lucie hatte sich verliebt, als Christoph vor Stegemann den erbarmungswürdigsten *Faust* gegeben hatte, den sie je gesehen hatte: Die Arme zu Schwingen gespreizt, *habe nun ach*, die Fäuste vor der Stirn geschüttelt, *Philosophie, Juristerei und Medizin*, den Kopf in den Nacken geworfen, die Hände gerungen, *und leider auch Theologie*, Lucie konnte kaum hinsehen.

Christoph hatte sich, nach stiller bescheidener Einkehr, doch den Rat seines Berliner Schauspiellehrers zu Herzen genommen. Hatte seinen Hanseatenstolz runtergeschluckt und war über seinen Schatten gesprungen. »Petersenn, der Zuschauer sieht nicht, was Sie *fühlen*, er sieht, was Sie ihm *zeigen*. Und hören Sie mir auf mit Nordlicht: In Ihnen mag ja die Ostsee, äh, toben, ich seh nur eine seichte Pfütze.«

Christoph hatte also beschlossen, etwas mehr Ausdruck zu wagen. Ein wenig aus sich herauszugehen. Etwas zu riskieren. Sich roh, verletzlich und hingebungsvoll zu zeigen.

Hier, im Stadttheater, während er über den Dielenboden toste, spürte er, dass das die richtige Entscheidung gewesen war. Er fühlte sich so kräftig wie seit Jahren nicht mehr. Und es fiel ihm leicht. Er war ein Sohn der Sterne: Fast ein Jahr hatte er nach *ihr* gesucht, und hier war sie. Hier, wo seine Sehnsucht lag, hier im Theater, traf er *sie* plötzlich wieder. Da saß sie plötzlich auf einem Stuhl, in der Hitze der Scheinwerfer, in einem unmodisch langen Kleid mit abgeschabtem Saum, sah ungesund aus und wunderschön: Es konnte kein Zufall sein, dass beide seiner Leidenschaften plötzlich in einem Raum vereint waren.

Christoph sah Lucie in die Augen und spielte. Er umschlang den *Faust* mit seinem ganzen Wesen, er spielte ihn so zart, zornig, verzweifelt und dennoch erhaben, wie ihn noch nie jemand gespielt hatte.

Stegemanns Augen waren auf ihn gerichtet, und Christoph wusste es: Er, Stegemann, bezeugte eine Geburt. Nichts anderes hatte ihm im Weg gestanden als er selbst. Allein sein Stolz hatte eine frühe Karriere verhindert, was nicht schlecht war, fand Christoph, während er sich noch tiefer in den *Faust* warf, er war gereifter, der Erfolg würde ihn nicht so schnell verschlingen.

Das will mir schier das Herz verbrennen, Christoph ballte die Fäuste und trommelte sich auf die Brust, *dafür ist mir auch alle Freud entrissen*, er schlug die Hände vors Gesicht, *drum hab ich mich der Magie ergeben*, er sank auf die Knie und reckte das Gesicht zur Decke.

Stegemanns Gesichtszüge waren fahl und starr, seine Augen folgten jeder Bewegung Christophs irrlichternder Fäuste, seine gebannte Aufmerksamkeit hatte eine fast hämische Note. Als Christoph seine Vorstellung beendet und sich schwungvoll und selbstbewusst verneigt hatte, sah Stegemann entsetzt aus dem Fenster und rang um Fassung, schließlich hatte der Petersenn in Berlin gelernt. Dass in Berlin solch ein Gefleuch herangezüchtet wurde, das konnte er sich beim besten Willen nicht vorstellen. Allerdings hatte der Petersenn das Empfehlungsschreiben nicht vorzeigen können, hatte etwas von Tragödie und Brand gemurmelt, Stegemann konnte sich inzwischen vorstellen, welcher Art die Tragödie war. Lucie knabberte an den Fingernägeln, Stegemann war still. Christophs Blick jedoch war triumphierend und in froher Erwartung des unausweichlichen Lobes. Er war verschwitzt, seine Brust hob und senkte sich schwer und zufrieden.

Christoph strahlte Lucie an, und Lucie, die seinen Blick ernst erwiderte, dachte daran, dass es eine Qual sein konnte, zu leben. Sie dachte an den Teufel und an seine Einsamkeit. Sie dachte an Michél, der grimmig durch die Kneipen zog, der am Morgen auf den Dielen lag, am Fuß der Treppe, kraftlos und klamm wie ein vergessener Putzlumpen. Sie dachte daran, dass, egal wie verwegen ihr Vater sich ins Verderben stürzte, sie ihn besser verstehen konnte als die Mädchen ihres Alters, die lachend durch die Straßen zogen, besser als die jungen Männer, deren Schritte voller Kraft und Zuversicht schienen.

Seit Michél ihr immer weiter abhandenkam, hatte Lucie nur noch das Theater, um sich selbst zu ertragen. Lucie, die nicht darüber weggekommen war, dass er aufgehört hatte, sie zu malen, kam sich in seiner Abwesenheit selbst abhanden. Sie liebte das Theater nicht, aber auf der Bühne musste sie wenigstens nicht dieses Mädchen sein, das man aus der Trave gefischt hatte, ein Kind, das dem Tod entsprungen war und das einem Ölbild mehr vertraute als einem Spiegel.

Als sie jetzt Christoph anschaute, der von Lust und Leben durchdrungen schien und dennoch so gebrochen war; jemand, der seine Kraft völlig falsch einsetzte, jemand, den die Instinkte direkt in die Schlangengrube lotsten, jemand, der seinen eigenen Mörder auf ein Bier einladen würde, da hatte sie das Gefühl, dass sie ihn verstehen könnte, vielleicht sogar besser als ihren Vater.

Lucie hörte den Gesang des Roggenbuks, das Klimpern seiner Harfe, Lucie verliebte sich. Lucie verliebte sich, und Stegemanns Atem beschleunigte sich. Er löste den Blick von der Fensterscheibe und machte sich bereit, eine seiner berüchtigten, vernichtenden Reden zu schwingen. Lucie sprang auf, nahm Christoph bei der Hand, zog ihn ins Foyer, »Stegemann besinnt sich, er wird später mit dir sprechen«, schob ihn hinaus auf die Bäckergrube und von dort hinunter zur Trave. Sie wollte nicht mit ansehen müssen, wie sein siegestrunkenes Lächeln zerfiel, er würde früh genug von Stegemann hören. Talentlosigkeit beleidigte diesen wie nichts anderes, wenn nötig, würde er in Christophs Pension auftauchen, um ihn runterzuputzen, aber nicht jetzt, nicht, wenn er ganz zerbrechlich war vor Stolz. Und Lucie, die zum ersten Mal in ihrem Leben verliebt war, musste zur Trave. Sie wollte Drachen aufsteigen sehen, sie wollte sehen, wie die Geister toter Seemänner auf den Koggen tanzten, sie wollte ein Feuer über den Fluss rasen sehen.

Am Abend, sie hatten rastlos dreimal die Stadt umrundet und saßen jetzt auf einer Bank am Krähenteich, ihre Finger waren ineinander verschlungen, landete eine Mücke einen Fingerbreit über Lucies Mundwinkel und stach zu. Lucie quietschte erzürnt, und Christoph, fassungslos über die Niederträchtigkeit des Tieres, küsste die Stelle, und damit genau genommen auch ihren Mund. Die Selbstverständlichkeit der Bewegung, als wäre es nicht ein erster Kuss, sondern einfach eine liebevolle Geste, wie sie Paare austauschen, rührte Lucie bis ins Mark. Aber weder Drachen noch Hexen stiegen aus dem Wasser, kein Feuer toste, und keine Knochen klapperten: Lucie hörte die Möwen kreischen, das war's dann auch. Mehr würgte die Stadt nicht hervor für ein Mädchen, das dem Tod gestohlen worden war.

Lucie schwindelte also, was die Szene im Laden anging, er habe ihr auch gefallen, sagte sie matt, nicht wirklich bemüht, ihre Leidenschaftslosigkeit zu verbergen, verliebt aber habe sie sich erst im Theater. Was den genauen Zeitpunkt jedoch anging, und jede Geschichte brauchte einen genauen Zeitpunkt, das glaubte Lucie genauso wie Christoph, log sie in einem entscheidenden Punkt. Seine Faust-Darbietung habe sie entfacht, sagte sie. »Lass Stegemann reden, er ist alt, er versteht das neue Theater nicht, du warst ganz wunderbar, es war ergreifend, es war nur nicht deine Rolle, der Faust ist zu ernst für dich, er hat keinen Humor, seine Leidenschaft ist blutarm, sie wird deiner ungebremsten Art nicht gerecht.« Und Christoph küsste den einzigen Menschen, der an sein Talent glaubte. Der Nachmittag sickerte ins Zimmer, Lucie schloss die Augen und fiel in einen kurzen tiefen Schlaf, das Bad war frei, Christoph ging ins Bad, Lucie war allein.

Die Version des Teufels war recht schlicht: Da hatten sich zwei gefunden, die einander größtes Unglück sein konnten. Sie waren aus den toten Leibern ihrer Mütter gekrochen und hatten den ersten Atem mit *ihm* geteilt. Etwas in ihnen war ausgehöhlt und gegerbt und hatte einen Raum für ihn geschaffen. In Wunden ließ es sich bestens nisten.

Eine Stunde vor seinem Tod saß Johann Petersenn auf einem klapprigen hölzernen Stuhl, der seinen mächtigen Körper nur mit Mühe zu tragen schien, in einem schlecht belüfteten Saal, einen Krug mit warmem Bier in der Hand. Er war siebenundneunzig Jahre alt und kämpfte mit einer ernster werdenden Melancholie, strahlte aber noch immer die unverwüstliche Gewalt eines eisbedeckten Felsens aus. Er saß kerzengerade zwischen seinem Sohn Alfons und einem *Lümmel* von der NSDAP und schaute missbilligend auf die leere Bühne, wo der erste Redner schon vor drei Minuten hätte beginnen sollen.

Alfons hatte ihn auf eine Versammlung der *Deutschnationalen Volkspartei* eingeladen. Er wollte seinem Vater zeigen, dass es noch Männer gab, die nicht den Glauben an die Monarchie verloren hatten. Dass es noch Kämpfer gab, die das geknechtete Land wieder aufrichten würden, die sich dagegen wehrten, bis an ihr Lebensende Frondienste für die Siegermächte leisten zu müssen.

Alfons war nach dem Krieg zur kasernierten Sicherheitspolizei gegangen, eine militärische Truppe, die ihre Polizisten ausbildete, als gälte es, gegen die eigene Bevölkerung in den Krieg zu ziehen. Die blau uniformierte alte kaiserliche Schutzpolizei, die eine höchstens fünfwöchige Ausbildung genossen hatte, war dagegen ein Trupp Amateure. Alfons' grüne Hundertschaften schossen und salutierten und marschierten und verweigerten jeden Gehorsam gegenüber zivilen Beamten. 1926 waren die blaue und die grüne Polizei zur Ordnungspolizei zusammengelegt worden. Auch im Revier gab es genügend Frontoffiziere, mit denen er bei Trinkgelagen das Kaiserreich besingen und über die Farben der Republik (schwarz-rot-senf) lästern konnte. Offiziere, die die Räder ihres Dienstwagens versetzten, um die Schulden im Bordell zu begleichen. Die Arbeit jedoch fand er unzumutbar: »Minchen, mein Täubchen, eine Unmöglichkeit, was dort Dienst tut, Polizisten ohne Ausbildung im Infanteriegefecht, ohne Kenntnisse im Kampf Mann gegen Mann, Minchen, die Stadt steht unter dem Schutz von *Beamten*, die sich am Papierkrieg gütlich tun, aber auf der Straße ganz untauglich sind.«

Einer diese Papiertiger zerschoss Alfons das Knie, die einzige Zielscheibe, die er in seiner gesamten Laufbahn treffen sollte, wie Alfons später scherzte, als er sein steif gebliebenes Knie verwunden hatte. Über den Tathergang wurde nichts bekannt, was daran lag, dass der Tatort (ein Bordell) verschwiegen wurde, Alfons bezeichnete das Ganze als einen *unglücklichen Unfall.* Der Beamte hatte ein Handgemenge schlichten wollen, war aber stark betrunken und aufgereizt von Alfons' abfälligen Reden. Als der Streit zu einer Schlägerei wurde, die sich wie ein Waldbrand im Salon ausbreitete, zog der Polizist also seine Waffe und schoss mehrfach in die Menge, wo er ein mit Seidenstoff bezogenes Sofa traf, eine Flasche Schaumwein, einen Herrenhut und Alfons' Knie.

Als Alfons aus dem Krankenhaus entlassen wurde, konnte er nur noch am Stock gehen. Er verlegte sich auf eine Karriere bei der Kriminalpolizei und saß nun bei der Nachrichtensammelstelle im Zeughaus, für die er einen Bericht über die heutige Veranstaltung schreiben würde.

Alfons hatte Johann die aufrechten Männer des Stahlhelms präsentieren wollen, nun saßen sie in der letzten Reihe zwischen ein paar Parteimitgliedern der NSDAP, die für Johann nichts als ein Haufen Kommunisten waren. Arbeiter, Sozialisten, Kommunisten, alles die gleichen Flegel. Johann schaute Alfons missbilligend an, und Alfons seufzte und schloss die Augen.

Der Saal stank nach Schweiß und schlechtem Atem, der Mann neben Johann hatte Schnupfen. Er nieste ständig in ein vergilbtes altes Taschentuch. Redner nach Redner stürmte die Bühne, schüttelte die Fäuste und speichelte ins Publikum. Sie schrien alle laut genug, dass Johann, dessen Gehör in den letzten Jahren stark nachgelassen hatte, tatsächlich einiges von den Reden verstand, besonders die Stahlhelmer waren gut zu verstehen in ihrer Raserei, *die wahren deutschen Faschisten sind wir*, das war ja alles gut und schön, fand Johann, rein inhaltlich, aber die Form ließ zu wünschen übrig. DNVP und Stahlhelm benahmen sich nicht besser als die Nichtsnutze von der NSDAP.

Johann war entsetzlich warm, er tupfte sich mit einem Taschentuch die Glatze bis zum Haarkranz ab. Er hatte, extra für diesen Anlass, seine alte Uniform angezogen, die war noch aus anderem Stoff gemacht als diese dünnen Jacken, die der Stahlhelm trug. Er spürte, wie ihm Schweißtropfen an den Flanken hinunterrannen, und saß wieder in einem Zugabteil, auf dem Weg zu einem Schlachtfeld, das er nie erreichen sollte.

Das passierte ihm häufig in letzter Zeit. Sein Körper lebte im vergangenen Jahrhundert: Er war außer Atem und erinnerte sich an schweißtreibende Jagden mit Josefa, er nieste und dachte daran, wie er in einer Reihe von Offizieren vor Kaiser Wilhelm I. gestanden hatte, darauf wartete, dass dieser ihm den Orden ansteckte, während ein aufsteigendes Niesen ihm den Angstschweiß ausbrechen ließ.

Es war, als wäre das neue Jahrhundert nicht in seinem

Körper gespeichert. Er hatte ein gutes Gedächtnis, er konnte sich problemlos an alle bedeutenden Ereignisse der letzten siebenundzwanzig Jahre erinnern, aber diese Erinnerungen, die ihn überfielen, die direkt aus den Tiefen seines Fleisches aufstiegen, die waren älter, und er war in ihnen bedeutend jünger.

Neben Johann nieste der SA-Mann in sein schmutziges Taschentuch, der Redner schrie »Heil«, und achtzig Mann rissen ihren Arm nach vorn. Der Mann neben Johann hatte noch das vollgerotzte Taschentuch in der Hand, es baumelte vor Johanns Nase, es war zum Schämen. Es wurde viel getrunken und laut geschrien, Stahlhelm und NSDAP begannen, sich gegenseitig zu verhöhnen. Der Platz neben Johann war leer, er schaute sich suchend um, Alfons lehnte an der Wand neben den Stuhlreihen, vertieft in ein Gespräch mit einem Stahlhelmer. Alfons hatte da was erwähnt, dass es den Polizeioffizieren verboten war, beim Stahlhelm mitzumachen, dass es also gut sei, dass *er* über die Veranstaltungen berichte, man verpfeife schließlich keine Kriegskameraden. Ein Geruch zog vorüber, ein völlig unpassender Duft: Durch die rauchschwangere, biergetränkte, schweißgesättigte Luft zog der Hauch eines blumigen Parfums, Johann stutzte, schnupperte, Flieder, zweifellos. Und plötzlich kitzelten ihn Josefas Haare im Nacken, er hörte das Rascheln der Bettdecke, wenn sie sich im Schlaf herumdrehte, er roch den Duft ihrer Seife.

Ein paar Jahre nach ihrem Tod hatte er gehofft, es würde eine Zeit geben, in der er seine Frau weniger vermissen würde. Es hatte auch tatsächlich irgendwann Tage gegeben, in denen er nicht mehr so häufig an sie dachte, sich nicht mehr krümmte, wenn er in das leere Bett stieg. Manchmal, besonders als Christoph aufwuchs und ihr Gesicht nach und nach eroberte, war die Erinnerung an sie nicht mehr peinigend gewesen, sondern fast wärmend, weich wie Kerzenlicht.

Irgendwann einmal war ihm aufgefallen, dass er tatsächlich länger als sieben Tage nicht an sie gedacht hatte. Sieben Tage, an denen eine diffuse Angst ihm im Nacken saß. Die Dunkelheit nahm eine bedrohliche Tiefe an, das Tageslicht eine gefährliche Schärfe. Sieben Tage, in denen er sich nicht mehr richtig erinnern konnte, was ihn eigentlich ausmachte, wer er und was sein Charakter war. Er verstand, dass Trauer nicht verging, dass sie sich einem nur tiefer in den Körper fraß, ihre Verheerungen diffuser einsetzte. Dass wirkliche Trauer dafür sorgte, dass man sich selbst verlor. Als Johann in den folgenden Jahren seine Werte verteidigte, tat er es nicht mehr aus Überzeugung. Er erinnerte sich einfach daran, dass ihm bestimmte Dinge einmal wichtig gewesen waren, und es fühlte sich sicherer an, dabei zu bleiben.

Johann schrak auf, als Alfons ihn von seinem Stuhl riss: Die ersten Nasen bluteten, ein paar Männer droschen mit Fäusten aufeinander ein, ein paar andere begannen aber schon damit, Stühle zu zerschlagen und mit deren hölzernen Beinen aufeinander loszugehen.

Während Alfons von den prügelnden Horden tiefer ins Hindenburghaus gedrängt wurde, drückte es Johann durch die Tür auf den Koberg hinaus. Mit kräftigen Bewegungen schob er die Männer beiseite, klopfte sich die Uniform ab und trat auf den Platz hinaus. Immer mehr Männer spülte es jetzt hinaus, neben ihm ging einer zu Boden, um Johann aber bildete sich eine Schneise. Er gehörte nicht hierher, er strahlte die Sicherheit einer verlorenen, aber geordneten Welt aus, einer Welt vor Versailles. Überall um ihn herum schlugen sich Männer Fäuste und Nasen blutig, Johann aber stand im Lichtkegel einer Straßenlaterne, die Orden auf seiner Brust glänzten, er stand dort unberührt wie unter einer Glasglocke, mehr Denkmal als Mensch.

Er atmete tief durch und wollte sich auf den Heimweg machen, da sah er, weit hinter dem Getümmel, vor dem Heiligen-Geist-Hospital, im Lichtkegel einer anderen Straßenlaterne, seinen jüngsten Sohn.

Christoph stand dort im Lichtkreis, der Schlägerei das Profil zugewandt, tatsächlich schien er das Chaos noch nicht einmal zu bemerken: Er hatte die Augen geschlossen, den Kopf geneigt, seine Stirn gegen die Stirn eines Mädchens gelegt. Sie küssten sich nicht, sie standen reglos, Stirn an Stirn, Nase an Nase. Sie war so dünn, wie es nur die Armen oder die Kranken waren, Johann konnte erkennen, dass sie nicht schön war.

Er hatte seinen Sohn seit der Kaiserzeit nicht mehr gesehen, eine ganze Epoche lag zwischen ihnen. Eine Epoche von Chaos und Straßenkämpfen, von Verlust und Willkür. Diese Zeit des Umbruchs, die ansonsten jeden verändert hatte, und niemanden zum Guten, sie hatte es nicht geschafft, ihn, Johann Petersenn, zu verändern, seine Werte zu kompromittieren, und, so erkannte er mit überraschendem Stolz, auch sein Sohn war derselbe geblieben. Sensibel und empfindsam wie ehedem: Er packte die Deern nicht bei den Hüften, nein, er ruhte an ihrer Stirn und teilte ihren Atem, Johann war sich sicher, dass er Gedichte für sie schrieb.

Johann empfand Veränderungen als Wankelmut. Ein fester Charakter äußerte sich für ihn darin, dass jemand sich *nicht* veränderte, oder, wie er es ausdrücken würde, sich nicht verleumdete. Alfons hatte das Herz am rechten Fleck, dachte Johann, er glaubte an die rechten völkischen Werte, aber er war zu eifrig. Er glaubte an Neuerung und Revolution und verwechselte das mit Mut. Er wollte seinem Vater imponieren und ließ sich mit einem Haufen Rabauken ein, unwürdigen Idioten.

Christoph aber war sich immer treu geblieben, das erkannte Johann, als er seinen Sohn betrachtete, den er vor fast zehn Jahren wutentbrannt enterbt hatte, der jetzt, genau wie er, ins Licht der Straßenlaterne gehüllt stand.

Christoph interessierte sich nicht für Politik, er bemerkte sie noch nicht einmal, wenn sie in eine waschechte Keilerei ausartete, er hatte ein Mädchen gefunden. Ein Mädchen, das ihn liebte, das sah Johann sofort. Einer, der echte Liebe erfahren hat, erkennt sie, auch wenn er mitten in einer Schlägerei steht, auch wenn berittene Polizisten plötzlich den Platz füllen.

Die Polizisten begannen, die Meute auseinanderzutreiben, sein Sohn sah auf, Johann sah ihm ins Gesicht. Christoph war zum Mann geworden, dieses Gesicht, Josefas Gesicht, die Züge, die für eine Frau viel zu herb gewesen waren, hatten ihren Körper gefunden. Johann bildete sich kurz ein, Christoph würde ihn sehen, er würde von Laterneninsel zu Laterneninsel schauen und seinen alten Vater sehen. Aber Christoph fasste sein Mädchen mit einer beschützenden Geste um die Schultern und führte sie mit langen Schritten die Burgstraße hinunter.

Johann trat aus dem Lichtkreis hinaus, in die Prügelei hinein, er nahm die kämpfenden Männer nicht ernster als einen Schwarm Mücken. Dass sie dennoch mehr Kraft hatten, bemerkte er, als er den ersten Stoß bekam. Er fiel fast zwischen die Pferde, stolperte ein paar Schritte zurück, drehte sich um die eigene Achse, wich einer Gruppe von Polizisten aus, die gerade die ersten Delinquenten zur Wache transportierten. Er wurde erneut gestoßen oder war einfach in jemanden hineingelaufen, das waren die Momente, in denen er ein gutes Gehör vermisste, in Situationen wie diesen wurde er schnell orientierungslos.

Als er endlich aus den Rangeleien raus war, stand er schon auf der Burgstraße und sah auf der anderen Straßenseite Christoph zum Burgtor hinuntereilen, das Mädchen an sich gedrückt.

Sein Stolz gebot ihm, stehen zu bleiben, sein Körper jedoch trat auf die Straße, genau in dem Moment, als Christoph in die Gröpelgrube abbog. Er trat auf die Straße, und zwei Sekunden später flatterte seine verwirrte Seele schon über dem Schopf des dicken Schaffners der Straßenbahn, die quietschend zum Stehen gekommen war, übrigens ein Kommunist, was der Seele deutlich weniger wichtig war, als Johann sich das vorgestellt hätte.

Im Oktober 1927, Christoph polierte gerade die Silberbestecke aus der Auslage, warf eine Gestalt ihren Schatten über die Uhren. Nicht buchstäblich, der Mann stand auf dem gegenüberliegenden Gehweg, sein Schatten touchierte gerade mal die Straße, aber Christoph spürte, dass dort einer stand und ihn beobachtete. Er spürte, dass Gefahr im Verzug war, noch bevor er die Gabel behutsam zurück in die Auslage legte, das Tuch zusammenfaltete, aufsah und sich dem Blick seines Bruders Alfons stellte. Alfons, der hagere Blonde mit den hängenden Schultern und der eingefallenen Brust. Christoph hatte ihn tatsächlich seit Kriegsende nicht mehr gesehen, aber wie Alfons dort stand, mit blondem Schnauzer, zurückgekämmtem Haar und beachtlichen Geheimratsecken, war es, als habe er schon immer genau so ausgesehen. Es war typisch, wie sein Bruder dort verharrte. Jeder andere wäre einfach in den Laden gekommen, Alfons aber brachte sich in Position und wartete, dass Christoph die letzten Schritte auf ihn zumachte. Er verhielt sich seinem jüngeren Bruder gegenüber immer so, als würde er einen Rang zu verteidigen haben. Alfons stand im Nebel, den Hut tief in die Stirn gedrückt, den Mantel aber offen. Er war unrasiert und schwankte in der leichten Morgenbrise. Und Christoph verstand, dass Alfons nicht stehen geblieben war, um ihn zu demütigen, dass er dort ausharrte, weil er nicht mehr weiterkonnte, weil er es schlicht nicht über die Straße schaffte. Dass er auf seinen kleinen Bruder wartete, um sich an ihn zu stützen.

Christoph schaffte es, nachdem Alfons ihm die Nachricht ein wenig steif und in der ihm eigenen Mischung aus Gehässigkeit, Frustration und Fürsorge überbracht hatte (»Siehst du, *jetzt* ist er tot. Tut mir leid, Kleiner«), gerade so eben über die Straße und auf die Toilette von Ernst Rosen. Als er wieder in den Verkaufsraum kam, stand sein Bruder im Laden. »Das fällt dir ein, wenn du hörst, dass dein Vater gestorben ist? Du musst auf den Topf?«

Christoph murmelte etwas bewusst Unverständliches und irgendwie Atemloses, und Alfons nahm ihn fast freundlich beim Arm: »Mach zu jetzt, wir gehen trinken.«

Christoph schloss wie betäubt den Laden ab und trottete neben seinem Bruder Richtung Mühlenstraße. Der ganze September war sommerlich warm gewesen, kein Tropfen Regen war gefallen, der Himmel von einem einheitlichen Blau, als hätte man eine Leinwand grundiert und sich dann entschlossen, weder Wolken noch Nuancen zu malen. Aber jetzt, als Christoph neben seinem Bruder dem *Alten Zolln* entgegenlief, hing der Himmel tief und schwer, satt von Regen, zog Nebel durch die Straßen, schien das Licht fast vollständig aus der Stadt abgesaugt. Christoph kam sich vor wie in einer Erzählung von E. A. Poe, so verdammt *metaphorisch* war das Wetter. Wie da alte Papiertüten über das Pflaster wehten und kreisende Möwen im Dunst der Wolken schwarz wie Raben aussahen. Selbst die Abgase der Autos erinnerten an den geisterhaften Atem von alten Gäulen, die Kutschen mit verhangenen Fenstern zogen. Alfons sprach nicht, er drückte sich den Hut in die Stirn und ging zügig voran, Christoph hielt den Mantel vor der Brust zusammen und eilte hinterher.

Die rauchige Wärme der Kneipe war ein Schock. Es war erst zehn Uhr am Vormittag, Christoph überprüfte seine Taschenuhr, und doch saßen einige Männer über ihrem Bier und den vollen Aschenbechern, als stünde der Mond hoch und alles sei verloren. Die Wirtin, eine Frau um die vierzig, mit roten Locken, mächtigen Brüsten und einem imposanten Bauch, deren Gesicht im Kontrast seltsam hohlwangig und ausgezehrt wirkte, nickte Alfons zu und unterzog Christoph einem kurzen prüfenden Blick. Sie stellte beiden ein Bier vor die Nase, noch bevor Christoph um einen Tee bitten konnte.

Alfons trank das erste Bier in einem Zug aus, dann lehnte er sich zurück, holte ein Päckchen Zigaretten aus der Manteltasche, zündete sich eine an und schob Christoph die Schachtel zu. Christoph, der eher selten rauchte, klopfte eine Zigarette heraus, schon allein, damit er die drückende Luft der Kneipe besser ertrug.

»Ein Mann der Tat«, sagte Alfons seltsam zusammenhanglos, seine Augen wirkten entzündet, die Haut im Gesicht rot und trocken, seine blonden Haare waren stumpf, Christoph fragte sich, ob er überhaupt geschlafen hatte.

»Wie nimmt Großmutter es auf?«, fragte Christoph, und Alfons machte eine wedelnde Bewegung mit der Hand, die alles bedeuten konnte. Christoph bohrte nicht nach, er hatte nicht das Recht dazu, fand er, es war nicht selbstverständlich, dass Alfons ihn überhaupt aufgesucht hatte.

»Er hat ein gutes Leben geführt«, sagte er stattdessen und legte Alfons seine Hand auf den Arm, ein Fehler, Alfons Gesicht wurde hart: »Ach ja? Was weißt *du* davon?!«

Christoph beschloss also, zu schweigen, sein Bier so langsam wie möglich zu trinken und seinem Bruder zuzuhören. Im Laufe der nächsten zwei Stunden wurden Alfons' Sätze immer unzusammenhängender und sentimentaler, schließlich redete er sich in einen eigenartigen, sich selbst erschöpfenden

Furor hinein, getragen von wüsten Anschuldigungen und paranoiden Vermutungen (»niemals wär er vor die Straßenbahn gelaufen, jemand muss ihn *gestoßen* haben« / »der jüdische Bolschewismus versucht, unsere Kultur zu stehlen und unser Blut zu vergiften. Wir müssen wachsam sein, kleiner Bruder, sehr wachsam«).

Christoph versuchte hin und wieder etwas anzumerken, lobte vorsichtig die Errungenschaften der Demokratie, wies auf die Abschaffung des Klassenwahlrechtes hin, was ja nun auch eine Ungerechtigkeit gewesen war. »*Demokratie!* Kleiner, nur du kannst so naiv sein! Schau es dir doch an, das ungebildete Stimmvieh! Selbst Arbeitslose dürfen wählen. Und was tun die? Wählen alle Rot! Gerechtigkeit! Dass ich nicht lache! Gleichmacherei ist das! Wir sind die Fronarbeiter der Siegermächte! Und wer hat uns das eingebrockt? Die Linken und die Juden! Der Soldat ist *unbesiegt* geblieben! Der Soldat wurde vom eigenen Volk hinterrücks erdolcht. Von Sozialisten und Juden, die ihr zersetzerisches, verräterisches Gedankengut verbreitet haben. Du hast keine Ahnung, Kleiner, du kennst den Krieg nicht, aber wir werden uns rächen. Wie der Kaiser selbst gesagt hat: Wir dürfen nicht ruhen, bis wir die Juden, den *Giftpilz am deutschen Eichenbaum*, ausgerottet haben. Das Reich wird auferstehen, Christoph, es wird auferstehen. Du kannst ja zu diesen Sozialisten von der NSDAP gehen mit deinem Herz für Arbeiter. Die haben zumindest noch die rechten völkischen Ideale. Aber ich gebe die Monarchie nicht auf.«

Gegen Mittag bekam Alfons' Gesicht Schlagseite. Sein Grinsen wurde schief, die ganze Mimik asymmetrisch, ein Auge weit aufgerissen, das andere halb geschlossen, wie gelähmt, ein träges, dickes Lid, das sein Auge verhing, ein sicheres Zeichen, dass er sturztrunken war; und Christoph war geschlagene vier Mal auf der indiskutablen Toilette der Kneipe gewesen, hatte mit verzerrtem Gesicht über der Schüssel gehockt, auf Zehenspitzen mit zitternden Schenkeln, damit er die Brille nicht berührte.

Christoph saß mit weißem Gesicht auf der Toilette, die schwarzen Socken bis zu den Knien hochgezogen, die Hände in die Oberschenkel gekrallt. Da war nichts mehr, sein Magen war leer, der ganze Mann komplett ausgezehrt. Dennoch krampfte und revoltierte sein Darm, als wollte er versuchen, ihn, Christoph, zu verdauen. Seit sechs Tagen litt er an Krämpfen. Seit Nächten kaum Schlaf, völlig dehydriert, er war überspannt, er kam nicht gegen dieses alberne Horrorbild an: Lucie öffnet die Tür zur Toilette und findet seinen Magen, fast mannsgroß, majestätisch auf dem Klodeckel thronend, aus der Magenöffnung hängt noch eine von Christophs Socken.

Er sah das Ganze gezeichnet, eine Schwarz-Weiß-Bilderstrecke aus der Zeitung. Lucie, die zum Magen stürzt, an der Socke reißt, Lucie, die weinend den Magen umklammert, Lucie, die sich schlussendlich mit ihrem Schicksal abfindet und den *Magen küsst.*

Christoph krümmte sich in einem neuen Krampf, Kopf auf den Knien, hypnotisiertes Anstarren des Kachelbodens. Auf den Kacheln zu seinen Füßen Bartstoppeln in allen erdenklichen Farben, Zahnpastaflecken, Urinsprenkel. Christoph trug schon das Hemd, das er für die Beerdigung gekauft hatte, auch die Hose, die jetzt um seine Knöchel lag und zerknüllte und sich womöglich mit Zahnpasta und Schlimmerem vollsog, er konnte darüber nicht nachdenken, ihm war zu elend. Wäre es nicht so unangenehm, fühlte er sich nicht so schwach, Christoph müsste lachen. Es war so erbärmlich: Er weinte nicht, er betrank sich nicht, er wütete nicht, nein, er krümmte sich und schiss.

Christoph war nicht in der Lage, das Badezimmer zu verlassen, geschweige denn die Pension Kramer, er hatte nur noch dreißig Minuten, bis er zur Beerdigung musste, und sein Magen verdaute sich selbst. Als Lucie klopfte, öffnete er kraftlos die Tür, er war jenseits aller Schamgrenzen angekommen. Er hätte sich von ihr windeln lassen, würde das garantieren, dass er die Bestattung seines Vaters nicht verpasste. Er hatte auch nichts mehr einzuwenden gegen eine Prise Morphium, oder das, was Lucie für eine Prise hielt.

Christoph übergab sich mehrfach, bis er so ausgetrocknet war, dass er zumindest auch keinen Durchfall mehr hatte. Er schaffte es nicht, seine Krawatte zu binden, er sank selig lächelnd zurück in die Kissen (»Menschen sterben, Menschen werden geboren, ist es nicht wunderschön, dass alles in Bewegung ist, wie perfekt die Natur ist, lass uns ein Kind machen, ja?«) und taumelte blöde lächelnd an Lucies Arm in die Kirche, als alle schon saßen und der Pastor seine Rede begonnen hatte. Er setzte sich auf einen Stuhl in der letzten Reihe und schlief direkt ein.

Er erwachte erst, als Alfons zusammen mit ein paar Soldaten den Sarg an ihm vorbeitrug. Christoph sprang auf, stolperte über einen losen Schnürsenkel, drängte sich zwischen die Männer, fand aber keinen freien Griff. »Das ist mein Vater«, sagte er zu einem der Soldaten, der nicht ihn ansah, sondern Alfons, der den Kopf schüttelte. »Das ist mein Vater!«, rief Christoph wieder, das Morphium machte seine Stimme weich und triefend, er klang wie ein trotziges Kind. »Alfons! Herrgott noch mal!«

Christoph lief zwischen den Sargträgern auf das Kirchentor zu und versuchte, die Hände unter das Holz zu schieben. Alfons antwortete, ohne sich umzudrehen, ohne den Schritt zu verlangsamen: »Ach ja? Jetzt bestehst du also drauf?«

»Fonsi!«, es kam heraus wie ein Krähen. Das Krächzen eines Vogels, der allein im Nest zurückgelassen wird. Ein Laut, der an ihren Altersunterschied appellierte, *Alfons, pass gut auf deinen Bruder auf*. Ein Laut, in dem die Erinnerung steckte, wie Christoph beim Schlittschuhlaufen in der Wakenitz eingebrochen war und Alfons sich auf den Bauch gelegt, ins Wasser gegriffen und seinen Bruder aus dem eisigen Schlund gezogen hatte. Alfons hatte ihn nach Hause getragen und den ganzen Weg über gewimmert vor Angst um seinen kleinen Bruder.

Alfons nickte dem Soldaten hinter Christoph zu, der ließ den Griff des Sarges los und trat aus der Reihe. »Und jetzt reiß dich zusammen.«

Der Griff war warm, der Sarg schwer. Beides war selbstverständlich, aber für Christoph waren es die beiden Sinnesempfindungen, die plötzlich deutlich aus dem Opiatnebel herausstachen. Er spürte seinen eigenen Körper nicht richtig, nur eine dumpfe Übelkeit, die von weit her zu kommen schien, ihn weder betraf noch beeinträchtigte, tatsächlich eine Erinnerung sein konnte. Aber der Griff des Sarges brannte in seinem Bewusstsein, die körperliche, höllische, entsetzliche Schwere. Die Schwere eines Mannes, der sich noch mit neunzig Jahren nicht die Treppe hinaufhelfen ließ, der niemals die Straßenbahn nahm, der jeden Weg zu Fuß ging oder gar nicht.

Etwas in Christoph rastete ein, etwas in ihm fiel in die Tiefe des sternenklaren, sauerstoffarmen, eiskalten, unendlichen Raumes, der sich aufgetan hatte.

Er blinzelte, sie gingen in Zeitlupe. Sternenklare Unendlichkeit hin und eiskalter Raum her: Zeitlupen *waren* nun mal komisch. Er musste grinsen. Er schaute nach unten, um sein Grinsen zu verstecken. Er sah den steinernen Boden der Kirche unter seinen Schritten dahinkriechen, es war eine Grabplatte. Er sah sich von außen, wie er hölzern die Füße hob und senkte, auf der Stelle trat, während zwei Statisten den falschen Kirchenboden unter ihm wegzogen, sodass es aussah, als würde er sich bewegen. Er hatte doch in der letzten Reihe gesessen, wie konnte es sein, dass sie die Kirche noch nicht verlassen hatten? Da hatten die Kulissenschieber gepennt, sie müssten jetzt den Himmel auffahren, den Friedhof, es wurde Zeit.

Er sah die Schwelle, spürte das Licht, sie traten durch das Kirchentor. Christoph sah auf, das Sonnenlicht blendete ihn. Er kniff die Augen zusammen und stolperte erneut über seinen Schnürsenkel. Lucie hatte seine Schuhe gebunden, Lucie, die ihr Kleid mit Sicherheitsnadeln und Klebstoff flickte. Da konnte ja nichts draus werden. Er versuchte, sich an seinem Vordermann festzuhalten, erwischte, schon im Fallen, diesen unglücklich an einem schlecht verheilten Durchschuss knapp über der Niere, der Mann knickte ein. Christoph ließ den Sarg nicht los, was auch immer passieren würde, seinen Vater würde *er* zu Grabe tragen.

Er sah sich kurz von außen: seine linke Hand auf dem Kopfsteinpflaster, die rechte um den Griff gekrallt, sein Gesicht, albern eingedrückt vom Kopfsteinpflaster, der Mund ein dämliches Oooh formend, die Haare im Aufprall in dicken, von Brillantine zusammengehaltenen Strähnen abfedernd, die Augen im Reflex zusammengekniffen, dann sich allmählich entsetzt weitend, ein paar Blütenblätter vom Trauerschmuck, die auf seine Wange rieselten wie auf den Kopf einer jungen Braut.

Er sah die Trauergesellschaft von oben, die Hüte und Schleier, die Taschentücher und behandschuhten Hände, die jetzt in einer kollektiven Bewegung gegen den entsetzt geöffneten Mund gedrückt wurden.

Er sah den Sarg, der sich in Zeitlupe zur Seite neigte, dabei nach vorn kippte, er hörte etwas, das zwischen den entsetzten Ausrufen nicht zu hören sein konnte, er hörte ein *Atemgeräusch* aus dem Sarg.

Christoph wusste nicht, was jeder Bestatter wusste, dass einem leblosen Körper, wurde er auf bestimmte Art bewegt, noch einmal Luft entweichen konnte. Ein Bestatter hätte ihm aber auch gesagt, dass das schon vor dem Umbetten passierte und zudem unwahrscheinlich, wenn nicht unmöglich war, dieses Geräusch durch die Wände eines Sarges zu hören. Dennoch: Christoph hörte seinen Vater einen langen Atemzug ausstoßen. Er lag vor den Toren der Kirche auf dem Boden, sah das Kopfsteinpflaster und die dunkle, ölig glänzende Maserung des Sarges. Er sah, wie das Holz an den verstärkten Kanten beim Aufprall leicht splitterte, er sah seine Fingerabdrücke auf dem Holz neben dem Griff glänzen. Dann fror das Bild ein. Nichts bewegte sich. Kein Laut war zu hören. Nur ein Herbstblatt segelte vor Christophs Nase zu Boden.

Christoph lag auf dem Boden, gekrümmt und gepeinigt, der Sarg seines Vaters nur zwei Handbreit von ihm entfernt, niemand sagte etwas, es war eine tosende Stille. Christoph hätte sich dezent aufrichten können, sich still die Hose abklopfen, die Haare aus dem Gesicht streichen, eine Entschuldigung stammeln, aber etwas ging mit ihm durch. Er hatte es *gehört.*

»Ich hab es gehört«, flüsterte er. »Fonsi, ich hab ihn atmen hören.«

Es war albern, aber er konnte nicht aufhören, an dieses Märchen zu denken, Zwerg stolpert, Sarg fällt, Prinzessin spuckt Apfel aus und ist gerettet. Christoph lag auf dem Boden und stammelte vor sich hin wie ein Irrer, da ist ein Fehler passiert, da hat sich jemand *geirrt!*

Er dachte daran, wie er seinen Vater früher dabei erwischt hatte, wie er mit Josefa sprach, wie er in den leeren Raum gelächelt hatte, ihr zuprostete, und Christoph: »Ist Mama zurückgekommen?«, und Johann: »Nein, mein Kleiner. Sie ist bei deiner Geburt gestorben.«

Er hatte es in diesem vernünftigen, künstlich überzeugten Tonfall gesagt, den Erwachsene haben, wenn sie Kindern Regeln auferlegen, die für sie selber nicht mehr gelten (Kaffee ist nichts für Kinder, im Bett wird nicht mehr gelesen). Aber Johann hatte mit Josefa gesprochen, also wusste Christoph, dass es möglich war, dass seine Mutter zurückkommen könnte, er wusste nur nicht, wie. Er vermutete, dass es mit ihm zusammenhing. Schließlich hörte er es ständig: Du hast *ihr* Gesicht, du hast *ihr* Lachen, du hast *ihr* Temperament. Nichts davon also gehörte ihm. Nicht sein Lachen, sein Übermut, nicht einmal sein Gesicht.

Also hatte er einen Plan entwickelt: Er verkniff sich das Lachen, das er ihr gestohlen hatte, den Übermut. Nur so konnte seine Mutter zurückkommen. Aber wie er seiner Mutter das Gesicht zurückgeben konnte, das er ihr genommen hatte, das blieb ihm ein Rätsel. Wenn sie bei seiner Geburt gestorben war, konnte vielleicht nur sein Tod sie zurückbringen. Da er aber nicht wusste, wie er sterben sollte, und sich auch nicht sicher war, ob er es wollte, versuchte er es mit Tricks. Er hielt die Luft an, bis er fast ohnmächtig wurde. Presste dabei die Hände vor die Augen, und erst, wenn die Lunge schmerzte und er rote, explodierende Punkte sah, öffnete er die Augen und wartete, ob seine Mutter sich irgendwie aus der Luft herausschälen würde. Er hatte nächtelang wachgelegen und sich vorgestellt, wie ihre Stimme geklungen, wie ihr Haar gerochen hatte, wie sie sich bewegte.

Beschwörung der Toten, Seelenhandel, Tauschgeschäfte mit dem Tod.

Christoph lag an diesem letzten Septembertag neben dem

Sarg seines Vaters, er hatte Johann Petersenn atmen hören, nur einmal, aber deutlich.

Alfons gab den Männern einen Wink, den Sarg wieder aufzunehmen, Christoph rappelte sich auf, der Mund trocken, das Herz flatternd, er griff den Sarg und rammte seine Füße in den Boden: »Der kommt nicht in die Erde.«

»Christoph!«

»Ich habe ihn *atmen* hören.«

»Christoph. Wenn du nicht sofort den Sarg loslässt, lass ich dich hier wegschaffen.«

Christoph hörte ihn nicht, er stemmte sich mit aller Macht gegen die Kraft der fünf Männer, die versuchten, den Sarg so würdevoll wie möglich zum Grab zu tragen.

»Das könnt ihr nicht tun, wir müssen den Sarg aufmachen, wir müssen nach ihm sehen!« Er kreischte fast.

Die Männer blieben stehen, und Alfons trat um den Sarg herum, nahm Christoph fest bei den Schultern und zog ihn vom Sarg weg.

Alfons' Gesicht war so rot, dass die Haut entzündet aussah, er hatte diesen Gesichtsausdruck, den er immer gehabt hatte, bevor er Christoph schlug. Sein Atem roch sauer, seine blauen Augen fixierten ihn kalt. Kleine tote Murmeln im lodernden Gesicht seines Bruders. Christophs Körper wurde schlaff.

Die harten, grimmigen Hände seines Bruders auf den Schultern, Hände wie Krallen, mit der selbstverständlichen Autorität des Älteren (»Pass auf, dass niemand in mein Zimmer kommt«, und dann vergaß Alfons, ihm zu sagen, wann er das Bier ausgetrunken hatte, und Christoph stand noch eine Stunde später vor der Tür, die Beine zusammengepresst, weil er so dringend pinkeln musste), die Hände holten Christoph zurück, heraus aus Märchen von vergifteten Prinzessinnen, verwunschenen Fotos und verfluchten Kindern.

Er hatte das Gefühl, seine Knie würden unter ihm nachgeben, und unwillkürlich griff er nach seinem Bruder, hielt sich an seinen Armen fest. Das Gesicht des Älteren war jetzt ganz dicht vor seinem, Alfons' Flüstern ein wütendes Zischen: »Die Straßenbahn hat ihn überfahren, Christoph. Überfahren. Ich muss dir nicht wirklich erklären, was das heißt.«

Christoph schluckte. »Sag, dass du mich verstanden hast«, der Griff wurde noch einmal fester, Christoph versuchte zu nicken, aber er hatte keine Kraft, in keinem Muskel. »Christoph. Ich muss das von dir hören. Sonst, ich schwöre, ich lass dich vom Hof jagen wie einen Hund.«

Christoph schluckte erneut, hob den Blick und sah in Lucies Augen, die hinter Alfons stand, und sah, dass sie ihn verstand. Alles. Dass sie das Flüstern seiner Mutter in den Gardinen gehört hätte. Dass sie ihm geglaubt hätte, wenn er ihr erzählte, dass er einmal so lange auf das Foto seiner Mutter gestarrt hatte, bis er im Augenwinkel eine Gestalt sah, eine Bewegung. Sie hätte ihm geglaubt, dass es ihm fast gelungen war, das Unglück ungeschehen zu machen.

Christoph straffte sich und sah seinem Bruder gerade in die Augen: »Ja, Alfons. Ich habe verstanden. Mach dir keine Sorgen.«

Er ging nicht mit zum Grab, er blieb auf dem Vorplatz der Kirche stehen, die Hände auf die Oberschenkel gestützt, bis Lucie sich vor ihn kniete, ihn mit ihrem Blick vor Anker holte und seinen Schuh zuband.

Willnauer saß auf dem grünen Samt, eine Flasche Rotwein zwischen den Knien, rechts und links von ihm saßen Lucie und Christoph. Michél saß ihm in stummer Wut gegenüber. Selbst das Sofa ächzte unter der Last von Willnauers Verzweiflung. Es war nicht so, dass sich irgendjemand noch etwas von der Dame versprochen hatte. Willnauer war verzweifelt, aber nicht naiv. Ihr Ableben änderte seine Situation nicht im Geringsten. Aber sie alle verstanden, warum ihr Tod ihn dennoch so erschütterte. Warum er auf ihn wirken musste wie das Siegelwachs auf einem schon lang vollendeten Brief. Willnauer war vierundfünfzig Jahre alt. Kein Alter für einen Schriftsteller, ein biblisches Alter für jemanden, der seit mehr als drei Jahrzehnten unablässig schrieb, ohne auch nur eine Zeile veröffentlicht zu haben.

Willnauer war ohne anzuklopfen ins Haus geplatzt, eine fast volle Weinflasche in der Hand, offensichtlich nicht die erste, hatte Lucie, Christoph und Michél, die dort bei einem späten Frühstück saßen, angestarrt, als sähe er drei Geister, hatte hervorgestoßen, *sie* sei tot, und war auf dem Sofa in sich zusammengesunken. Seitdem hatte er kein Wort mehr gesprochen. Sein Blick war mit einer Intensität auf den Flaschenhals gerichtet, die mehr als alles andere zeigte, dass Willnauer sich gerade noch rechtzeitig von der Straße weg in die Gröpelgrube *gerettet* hatte. Im Frühling 1928 war Lübeck nicht mehr aus dem Pflaster gemacht, wo einer einfach so verzweifelt, betrunken und wütend durch die Gassen schlingern konnte. Ständig kam es zu Straßenkämpfen, in die man allzu leicht verwickelt werden konnte. Ein SA-Führer war mit Willnauer zusammen in einem kleinen Lesekreis gewesen, fünf unveröffentlichte Autoren, die sich gegenseitig ihre Sachen zeigten. Er hatte einen Romananfang von Willnauer gelobt, in der nächsten Woche hatte Willnauer seine Gedichte kritisiert, ein paar Tage später hatten drei Schläger Willnauer aufgelauert, er hatte eine gebrochene Rippe und ein blaues Auge davongetragen. Man musste sich nicht mehr in die Trave stürzen, wenn man nicht mehr leben wollte, es gab durchaus andere Wege.

Hans Willnauer hatte in den Neunzigerjahren begonnen zu schreiben, und zwar direkt mit einem Roman, der ein Personal von nicht weniger als vierzig Figuren beschäftigte und bei Fertigstellung 1348 handgeschriebene Seiten umfasste.

Tag für Tag hatte er neun, manchmal zwölf Stunden gearbeitet, getragen von Größenwahn, zerfressen von Selbstzweifeln, mit entzündeten Handgelenken und zerfaserter Feder. Nachts wickelte er sich ein paar Kniestrümpfe fest um das Handgelenk, so fest, dass ihm die Hand anschwoll, aber es linderte den Schmerz. Er lernte, mit der linken Hand zu schreiben, es war äußerst mühsam und langwierig. Er verfluchte seinen Körper, der so ungelenk und anfällig zwischen ihm und der Literatur stand.

Einmal in der Woche erlaubte er es sich, seiner klammen Klause zu entfliehen und ein paar Stunden im Niederegger Café über seinem Manuskript und einem allmählich erkaltenden Mokka zu sitzen, den er sich in winzigen Schlucken auf vier Stunden einteilte. Er setzte sich nicht in den Herrensalon, sondern ins Erdgeschoss zu den Damen. Er hoffte, die Aufmerksamkeit von *ihr* auf sich zu ziehen, die Aufmerksamkeit der Schriftstellerin Ida Boy-Ed, die dort mehrmals in der Woche bei einem Stück Nusstorte Hof hielt. Ida Boy-Ed war die Drohne im Bienenstock der Dichter. Er hoffte, einmal zu ihren stadtbekannten Salons eingeladen zu werden, ihr womöglich bei Gelegenheit ein paar Seiten vorlegen zu können. Sie unterhielt rege Kontakte zu anderen Künstlern, es kam ihm nicht vermessen vor, dass sie auch an ihm Interesse zeigen könnte. Besonders, da ihr Weg zum Ruhm nicht besonders glatt verlaufen war. Später Erfolg, dachte er, musste sie einfach für die Nöte der jüngeren Generation sensibilisieren. Sie bemerkte ihn jedoch nie.

Irgendwann legte er eine Ausgabe von *Werde zum Weib*, ihrem jüngsten und, erschreckenderweise, *fünfzehnten* Roman (allesamt erschienen in den letzten zehn Jahren, also in einer Zeitspanne, die Willnauer für *einen* Roman benötigen würde), vor sich auf den Tisch. Er nahm an, dass man das Interesse jedes Schriftstellers erwecken konnte, indem man ihm schmeichelte. Er hielt sich das Buch vor die Nase, so, dass sie den Einband gut sehen konnte, machte beim Lesen zustimmende Geräusche und klopfte sich bisweilen sogar bewundernd auf die Schenkel. Er legte zwischendurch das Buch zur Seite und schüttelte den Kopf, die Hand auf die Brust gepresst, als könne er so viel literarische Wahrhaftigkeit gar nicht fassen. Aber die Boy-Ed war Schmeicheleien gewöhnt, sie saß auch an diesem Nachmittag im Flock ihrer Damen, mit einer Haltung, als wäre das Verspeisen eines Stückes Torte harte Arbeit. Zumindest erforderte es ihre ganze Konzentration. Willnauer zog sich unverrichteter Dinge in die einbrechende Dämmerung zurück.

Er bot seinen Roman 1902 den Verlagen an und erntete bedauerndes Schulterzucken. Ein Jahr zuvor war bereits ein Roman erschienen, der Lübeck zum Zentrum seiner Geschichte machte, der Verkauf der *Buddenbrooks* lief schleppend, die Lübecker beschimpften den Autor als Nestbeschmutzer, das Buch wurde verschämt unter dem Ladentisch verkauft. Ein Lübeck-Roman sei wirklich genug fürs Erste, sagten die Verleger.

Willnauers Einwände, ein Buch sei doch kein Fahrrad, wovon man eben nur eines brauche, wurden fortgewedelt: Zu allem Überfluss spiele sein Buch in den Hinterhäusern und Hafenkaschemmen. Und von den Armen wollten höchstens die Armen lesen, und die wiederum konnten meist gar nicht lesen. »Schreiben Sie was Erbauliches«, damit war die Diskussion beendet.

Willnauer hatte nicht einmal mehr genügend Geld, um sich zu betrinken. In den Nächten tingelte er durch den Ratskeller, auf der Suche nach einer barmherzigen Seele, die ihm ein Bier ausgab, an den Vormittagen lag er mit glasigen Augen auf seiner Matratze. Die Nachmittage lungerte er vor dem Niederegger Café herum, für ein Tässchen Mokka reichte es nicht mehr. Dafür stand er in der Blüte seines Zorns. Einer wie er durfte nicht übersehen werden, die Boy-Ed veröffentlichte jede windige Zeile, es war unfassbar, was sie für einen Mist hinklierte; er war ihr literarisch weit überlegen, fand er, es war eine unsägliche Ungerechtigkeit, dass sie Nusstorte verspeiste und er im Ostwind vor dem Schaufenster fror, die Gesundheit schon fast ruiniert, die Schuhe durchgelaufen, das Jackett fadenscheinig. Tag für Tag harrte er vor dem Café aus und feilte an seinem Wut- und Fluchgeheul, das er ihr entgegenschleudern wollte. Aber er bekam es nicht so recht zusammen.

Verehrte Frau Boy-Ed, wie Sie möglicherweise übersehen haben, wächst hier ein junges Talent –, nein, das war zu devot; wie Sie geflissentlich übersehen haben –, nein, das wirkte zu beleidigt. Er musste stolz auftreten und direkt, auf Augenhöhe: Geschätzte Kollegin, es ist mir ein Rätsel –, nein, es war ja kein Rätsel, es ging hier um Stand und Rang statt um

Talent, dem musste er in seinem gerechten Zorn Ausdruck verleihen. Frau Boy-Ed, ich muss ganz direkt sein, mit Fassungslosigkeit –, nein, er wollte sie aber auch nicht brüskieren, er wollte zu ihr durchdringen, etwas erreichen, es war ja schließlich immer noch möglich, dass ihr das Ganze versehentlich unterlaufen war: Meine verehrte Dame, lassen Sie uns über Verantwortung sprechen usw., in Ihrer glücklichen Position können Sie es sich spielend leisten –. Ach.

Man konnte keine Rede halten, die klang wie ein Brief. Er feilte an seiner Ansprache, bis sein Furor in Verzweiflung umgeschlagen war, bis er auf Knien im Schatten des Abends lag, bereit, die Schriftstellerin anzuflehen, ihm zu helfen, ihren Einfluss zu nutzen.

Zwei Wochen lang ließ sie sich nicht blicken, dann, er stand abgerissen und nicht besonders gut riechend seit drei Stunden in der Nähe des Cafés, kam sie den Bummel hinunter, neben ihr Thomas Mann. Willnauer hatte Gerüchte gehört, dass Frau Boy-Ed nicht unschuldig daran war, dass die Lübecker sich mittlerweile mit Mann ausgesöhnt hatten (die Neuauflage ging weg wie Streuselkuchen), aber er glaubte es nicht, bis er den Verrat mit eigenen Augen sah. Willnauer fasste sich erst, als die beiden ihre Plätze eingenommen hatten und der Mokka gebracht worden war. Dann stürmte er in das Café, baute sich an ihrem Tisch auf und las aus seinem unveröffentlichten Manuskript. Die peinlich berührten Blicke der beiden missdeutete er als Ergriffenheit, und so fuhr er fort, bis er, er war auf Seite fünf angelangt, aus dem Café gebeten, dann, auf Seite elf, geworfen wurde.

Als er vor dem Café auf der Straße lag, das Jackett zerrissen, das Manuskript beschmutzt und verknittert, glaubte er einen Moment, Wut und Verzweiflung würden nachlassen. Aber es war alles, was er noch hatte. Willnauer rappelte sich auf und traf einen Entschluss.

Thomas Mann sollte nie erfahren, wie knapp er mit dem Leben davongekommen war, als er in derselben Nacht auf das Haus seiner Förderin Ida zustrebte, bei der er während seiner Aufenthalte in Lübeck residierte. Es war ein Schwächeanfall, der ihm das Leben rettete, ein Schwächeanfall, der den mordlustigen Schriftsteller im Schutz einer Hecke zusammenbrechen ließ. Während der Buchsbaum Willnauer das Gesicht zerkratzte, überfiel ihn eine so monströse Finsternis der Seele, dass der Teufel anerkennend aufhorchte. Es war, als würde man ganz langsam siedendes Wasser in sein Gehirn gießen, als würden kleine scharfe Zähne an seinen Synapsen knabbern. Als würde ein wilder Hund ihn bei lebendigem Leibe auffressen. Der Schriftsteller schrie aus vollem Hals. Er schrie wie einer, der in Flammen steht. Aber sein Geist gab nicht nach. Er stahl sich nicht in den Wahnsinn davon. Als er heiser war und die Qual so weit nachließ, dass er wieder wusste, wie er hieß, wer er und was sein Elend war, fühlte er den Buchsbaum im Gesicht. Und eine Hand auf seiner Schulter. Das Gesicht Thomas Manns war von Sorge zerfurcht. Er half Willnauer auf die Füße und fragte mehrmals, ob er nicht einen Arzt rufen solle. Auch wenn Willnauer natürlich wusste, dass Thomas Mann nicht über das Ausmaß ihrer Rivalität unterrichtet war – die unschuldige Besorgnis Manns, sein Mitgefühl trafen ihn wie ein Schock.

Willnauer vollendete weitere zwei Romane und einige Novellen, jedes Mal war kurz vorher etwas veröffentlicht worden, was sehr ähnlich war. *Immer* von Thomas Mann. Der *Zauberberg* brachte Willnauer fast um. Seit dem *Zauberberg* hatte er keinen großen Roman mehr begonnen, er versuchte sich an Erzählungen.

Michél betrachtete Willnauer, der unbewegt zwischen Lucie und Christoph auf dem Sofa saß. Es war mehr als zwanzig Jahre her, aber er erinnerte sich noch gut an den Tag, als man

Willnauer aus dem Café geworfen hatte, weil er die beiden Schriftsteller mit seiner Literatur *belästigt* hatte. Willnauers ohnehin schon fadenscheiniges Jackett war unter dem Griff der Polizisten zerrissen, die ersten Seiten seines Manuskriptes waren zerknittert und schmutzig, auf einer Seite hatte sich tatsächlich ein *Fußabdruck* befunden. Ein Fußabdruck von einem groben Straßenschuh auf Willnauers zarter Handschrift, Michél hatte sich gefühlt, als würde ihn jemand an der Kehle greifen und gegen die Wand drücken. Er tat damals das einzig Richtige, er schnappte sich seinen Pinsel, setzte Willnauer auf einen Stuhl, drückte ihm eine Flasche Wein in die Hand und forderte ihn auf, vorzulesen.

Willnauer las eine halbe Stunde und hielt Michél für höflich. Er las, auf Michéls ungeduldige Aufforderung hin, eine weitere volle Stunde und hielt Michél für sehr nett, er las eine dritte Stunde und hielt Michél für betrunken. Dann ging er, selber sehr betrunken, die Gröpelgrube hinauf, um Thomas Mann zu töten. Ihm dämmerte erst, wie Michél das mit dem Vorlesen gemeint hatte, als Michél ihn auch bei jedem weiteren Besuch früher oder später aufforderte, weiterzulesen. Michél wollte wirklich das ganze Buch hören. Jede einzelne der 1348 Seiten.

Michél wusste, dass eine Geste nicht reichte, wenn man so gedemütigt worden war wie Willnauer. Dass es läppisch und rührselig gewesen wäre, sich einen Abend zu betrinken und sich ein paar Seiten anzuhören. Nein, Willnauer musste lesen, bis ihm die Stimme brach, und Michél musste zuhören, bis ihm die Ohren brannten, der Kopf sauste, bis die Figuren ihn in seinen Träumen verfolgten. Der Text musste in die Welt, und wenn das bedeutete, dass er, Michél, die Welt sein musste, dann war er das eben.

Jetzt lagen die Dinge anders, es gab nichts, was er für Willnauer tun konnte. Willnauer war vierundfünfzig und hatte drei Romane geschrieben, es reichte nicht mehr, wenn ein Mann die Welt war. Ida Boy-Ed war tot und die Chance verstrichen, sich in ihren Augen zu rehabilitieren. Es ging schon lange nicht mehr darum, dass Willnauer sich etwas von ihr versprach. Es ging darum, aufzustehen, sich den Staub abzuklopfen und ein gedrucktes, gebundenes Buch vor ihr auf den Tisch zu knallen.

Und das war jetzt nicht mehr möglich. Alle sahen ein, dass das einen Mann bezwingen konnte.

Sie blieben also stumm um Willnauer herum sitzen. Manchmal rauchten sie eine Zigarette, Christoph öffnete eine Flasche Wein und zog sein Jackett aus, ansonsten hätte man schwören können, dass sich für Stunden niemand bewegte. Spät in der Nacht standen Lucie und Christoph auf, und Willnauer, als wäre er nur durch ihre Körper, die rechts und links von ihm saßen, aufrecht gehalten worden, kippte zur Seite und grub sein Gesicht in den grünen Samt. Michél schlief diese Nacht im Sessel, er wusste, wann man einen Mann nicht allein in seine Träume gehen lassen konnte.

Als Michél nach vier Stunden Schlaf im Sessel aufwachte, hatte er einen so brennenden Durst, dass er die Flasche, die noch neben dem Sofa stand, in einem Zug leerte. Er merkte, noch bevor der Alkohol sein Gehirn erreichte, dass sein Durst anderer Art war, dass es ein anderer Rausch war, den er brauchte. Und bevor er sich irgendwie wappnen konnte, stand er schon vor der Staffelei und verrührte ausgetrocknete Farben, grundierte die Leinwand mit einer Kraft, als wollte er die Wände seines Hauses weißen. Wie einer, der halb verhungert an einen überladenen Tisch geführt wird, kannte er weder Maß noch Geduld. Er fing an zu malen, bevor die Grundierung getrocknet war, erst mit dem Pinsel, irgendwann auch mit den Fingern, so sehr berauschte ihn der Geruch, von dem er gar nicht gewusst hatte, wie sehr er ihn vermisst hatte.

Der Teufel stand zwischen Michél und der Staffelei, der Pinsel ging ohne Widerstand durch ihn hindurch. Er ließ Michél die Farben durch seinen Körper treiben, hoffte, etwas könne einmal an ihm haften bleiben. Oder er könne sich selbst dem Werk aufprägen. Er träumte, dass ein Bild, das ihn durchtrieben hatte, nicht vollkommen unberührt blieb. Dass einmal etwas durch ihn in die Welt kam, auch er etwas hinterlassen konnte.

Lucie saß auf einem Bootssteg an der Wakenitz, im Schoß die Beute der Woche.

Eine silberne Puderdose, ein Paar dünne weiche Lederhandschuhe, ein Seidentuch, zwei Tafeln Schokolade, ein Marzipanbrot, ein silberner Ring.

Sie aß die Schokolade und schaute über das Wasser, blinzelte dem Teufel zu, der am anderen Ufer im Gegenlicht stand, dann warf sie Puderdose, Ring und die Handschuhe in den Fluss, übergab den Seidenschal dem Wind. Es war die Verheißung, der sie immer wieder erlag. Alles, was nicht ihr gehörte, barg ein Versprechen, aber unter ihrer Berührung verlor Silber seinen Glanz, Seide ihre Luftigkeit, Leder roch nicht mehr nach Luxus, sondern nach Tod.

Lucie klaute seit dem Ende der Inflation. Vorher hatte sie ihre Armut mit derselben Selbstverständlichkeit hingenommen wie den norddeutschen Nieselregen. Die Armut gehörte zu ihr wie das Haus, in dem sie wohnte. Sie wollte ihr genauso wenig entrinnen wie ihrer Heimat. Sie dachte nicht, dass es möglich sein konnte.

Aber die Armut der Inflation war von anderer Art gewesen, nicht mehr ihre persönliche, sie hatte sie mit allen anderen geteilt. Auch die, die sich sonst gar nicht erst mit ihren Lebensmittelmarken in die Schlangen stellten, sondern alles über den Schwarzmarkt bezogen, standen plötzlich mit zerknitterten Gesichtern auf der Straße, einen halben Laib Brot in der Hand, zwei Milliarden Mark ärmer. Die Inflation hatte sie alle gleichgemacht, und Lucie, die vorher nie wirklich darüber nachgedacht hatte, wie es sein könnte, *mehr* zu haben, dachte plötzlich an nichts anderes mehr. Wenn Reichtum nicht so unangreifbar war, wie sie immer gedacht hatte, war vielleicht auch die Armut nicht so unentrinnbar.

Lucie war zwölf Jahre alt gewesen, als sie Michél auf der Straße betteln sah. Er hatte gesagt, er würde zum Hafen gehen, hatte gelacht und mit seiner Metallprothese geklappert, aber als Lucie mit den Lebensmittelmarken in der Hand in die Königsstraße einbog, saß dort Michél auf dem Boden, und ein Mann drückte ihm Geld in die Hand. Lucie versteckte sich in einem Hauseingang und sah zu, wie jedes Geldstück, das Michél bekam, sein Kinn tiefer auf die Brust drückte. Eine Woche vorher waren sie auf die Felder gegangen, hatten die Höhlen von Hamstern aufgegraben, den Tieren die Körner geklaut. Sie hatten die Körner direkt aus der Erde gegessen, Erde im Mund, aber der Augenblick, in dem sie begann, die Armut wirklich zu verfluchen, war der, als sie ihren Vater beim Betteln erwischte.

Als dann die Inflation fast alle Standesunterschiede verwischte, als selbst Fräulein Lisbeth und Fräulein Hedwig kaum mehr das Geld für ein Brot zusammenbrachten und davon abgesehen auch kaum noch einer Brot verkaufte, da änderte sich Lucies Armut nicht. Aber die Art, wie sie die Welt verstand.

Als die Inflation vorbei war, die Geschäfte voll, als die ganze Stadt in einen Kaufrausch verfiel, da hatte Lucie noch immer kein Geld, aber sie hatte zum ersten Mal wirklich Verlangen: stand vor der Auslage einer Bäckerei, schmeckte die Zuckerglasur fast auf der Zunge und hörte, wie ein Mann sagte, es sei so wunderbar, mal wieder ein Stück Kuchen im Café essen zu können, ohne damit die Grundlage seiner Existenz zu gefährden. Lucie tat so, als würde sie stolpern, und hielt sich an dem Jackett des Mannes fest. Sie ging nach Hause mit einer rasenden Wut und der Brieftasche des Mannes.

Danach klaute sie immer häufiger. All die Dinge, die andere besaßen, aßen, all diese Dinge, von denen sie bisher geglaubt hatte, dass sie für sie unerreichbar wären, sie wurden erreichbar, und Lucie wollte sie *haben*.

Sie konnte nicht damit aufhören, als sie begann, beim Stadttheater als Souffleuse zu arbeiten und tatsächlich eigenes Geld zu verdienen. Sie verdiente nicht viel, aber genug, um sich ab und an eine Tasse Kaffee und ein Stück Kuchen zu leisten, ohne die *Grundlage* ihrer *Existenz* zu *gefährden*.

Sie hätte nicht mehr zu stehlen brauchen. Aber nichts, was sie von ihrem Geld kaufen konnte, stillte diese besondere Gier, die in ihr erwacht war, als sie neben diesem Mann gestanden hatte, der sich Kuchen kaufen konnte, dessen Hunger ein Ende hatte, während ihrer fortdauerte, als wäre er ein Naturgesetz.

Nun saß sie am Steg, betrachtete die Beute der Woche, und sie bedeutete ihr nichts. Vertrieb nicht den Hunger, der so tief in ihre Knochen eingeschrieben war, dass Nahrung ihn schon lange nicht mehr stillte. Ein Körper vergisst seinen Mangel nicht. Ihre Fingernägel waren brüchig, die Knochen porös. Sie hatte nie das Gefühl, genügend Luft zu bekommen, egal, wie tief sie atmete. Sie hatte chronischen Husten, lange Spaziergänge strengten sie an, die *Leibesübungen*, die Christoph neuerdings machte, an die war gar nicht erst zu denken. Ihre Muskeln schmerzten schon nach der kleinsten Anstrengung, sie hatte Rücken- und immer häufiger auch bohrende Kopfschmerzen, die nur das Morphium vertrieb.

Sie schaute dem Seidenschal hinterher, der die Wakenitz hinuntertrieb und dort, als ferner Punkt, wieder ihr Verlangen entfachte. Sie war es, die alles verdarb. Schönheit zerfiel in ihrer Hand. Das allein war der Grund, warum sie Christoph noch nicht geheiratet hatte: Er durfte nicht in ihrer Hand verderben, sich ihr nicht anverwandeln, nur so konnte er sie täglich aufs Neue retten.

Sie knüllte das Schokoladenpapier zusammen, zündete sich eine Zigarette an, legte sich auf den Steg und ließ sich von der Sonne beißen, Christoph polierte Besteck und schaute aus dem Fenster, an dem soeben die SA vorbeimarschierte, Michél stand zwei Meter vor der Staffelei, tunkte den Pinsel direkt in einen Farbtopf und *warf* die Farbe aufs Bild, Theresa Graf saß in ihrem Ohrensessel bei St. Johannis, weinte, weil das einzige Auto im Ort ihre Katze überfahren hatte, was mehr als ein halbes Jahrhundert her war, aber Theresa Graf starb als junges Mädchen. Eine Muschel siedelte sich auf ihrer Wange an, Theresa hörte auf zu weinen und starb, und der Stein von Ludwig Graf verlor seine Körperwärme.

Frau Fischer kippte stumm vor Hass ihren Eimer mit Putzwasser dem Zug der Rotfrontkämpfer vor die Füße. Leere Versprechungen, alles leere Versprechungen.

Christoph stand vor der Gastwirtschaft an der Trave und ließ sich von Mücken zerstechen. Eine Mücke beobachtete er sogar dabei, wie sie auf seiner Nasenspitze landete. Er kniff das linke Auge zu, sodass er verschwommen seine Nasenspitze sah (aus dieser Perspektive hatte die Nase immer einen *Hof*, genauso wie der Mond), die Mücke landete, und er wartete gelassen und mit einem Lächeln, das ihm nonchalant vorkam, in Wirklichkeit aber seinen Pegelstand sehr zuverlässig anzeigte (fünf Gläser zu viel), auf den Stich.

Vollmond, sternklare Sommernacht, hochgekrempelte Hemdsärmel, kalter Schnaps, Küsse. Viele Küsse. Sie hatten sogar getanzt, Lucie war in seinen Armen biegsam und weich gewesen, als wäre sie die natürliche Verlängerung seines Körpers: Er führte Lucie am ausgetreckten Arm in eine Drehung, zog sie wieder an sich, bog ihren Rücken über seinen Arm, mit größerer Leichtigkeit, als er seine eigenen Füße voreinandersetzte, mit derselben Leichtigkeit, mit der er *atmete*. Lucies Körper gehorchte ihm widerstandsloser als sein eigener. Sie schwang an seiner Hand in vollendeten Drehungen und Bögen, ein Beweis, wie er fand, über die allmächtige Wirkung seines Geistes auf ihren Körper, die perfekte Symbiose zwischen beiden: Die reine Kraft seiner *Vorstellung* kam in ihrem Körper zur Vollendung.

Wäre Christoph nicht ganz so betrunken gewesen, hätte er die schlichte und etwas raue Wahrheit erkannt: Lucie tanzte elegant und voller Übermut, er nicht so sehr. Oder richtiger: Lucie tanzte, er stand starr im Raum, den Arm ausgeworfen wie eine Angel, an der Lucie zappelte wie ein Fisch.

Sie waren in derselben Gastwirtschaft gewesen, in der Magdalena im Keller gehockt hatte, während das Hochwasser träge ins Gebäude floss und in den Keller sickerte, aber das wussten weder Lucie noch Christoph, das wusste nur der Teufel. Sie hatten Pellkartoffeln mit Quark gegessen. Christoph hatte Bier getrunken und Lucie Wein, und dann war Max Nussbaum dazugekommen, Max, dessen Namen Lucie aussprach, als gehörten mehrere Ausrufezeichen ganz fest zu seinem Namen (Aber *Max!!!*, da bist du ja!). Max hatte Lucie auf beide Wangen geküsst, Christoph die Hand geschüttelt und eine Runde für alle bestellt. Christoph hatte schon lange keinen echten Whisky mehr getrunken, aber er konnte ihn kaum genießen. Er hatte nicht gewusst, dass Lucie jemanden eingeladen hatte, er hatte gedacht, sie würden, wie üblich, den Abend zu zweit verbringen. Lucie hatte *Max!!!* am Theater kennengelernt, aber nie von ihm erzählt, Christoph war, gelinde gesagt, überrascht. Max nannte Lucie *Luzifer*, genauer gesagt sprach er sie an mit »Luzifer, mein Luzifer«. Ein Scherz, der eine große Vertrautheit suggerierte, dabei war Max erst seit Kurzem als Schauspieler am Theater, bekannt geworden war er für die Stücke, die er schrieb. Seine Stücke waren gewagte Utopien, getragen von einem todtraurigen Humor. Wo immer sie gespielt wurden, waren die Säle voll und die Kritiker voller Häme. Christoph fand seine Sachen größenwahnsinnig, er fand sie berührend, tragisch und im Allgemeinen wirklich großartig.

Er war also irgendwie auch stolz, als er mit Max, der Fackel der Boheme, an einem Tisch saß. Sie betranken sich, und Max griff immer wieder liebenswürdig nach seinem Arm, was ihn offensichtlich darüber hinwegtrösten sollte, dass Max eigentlich ausschließlich mit Lucie sprach.

Sie unterhielt sich mit ihm auf eine fast ausgehungerte Art, die Christoph nicht von ihr kannte. Er konnte das sogar verstehen: Max allein nur anzusehen war, als könnte man die Hand ins Feuer halten, ohne sich zu verbrennen. Christoph hatte nie gedacht, dass er so etwas mal über einen Mann behaupten würde, aber dieser Kerl war sinnlich bis in die Haarspitzen. Wie er über das Schreiben sprach, war so voller Kraft und fast roher Lust, so anders als bei Willnauer, der mit jeder Zeile rang, es war, als wäre die einzige Alternative zum Schreiben, Erde zu essen.

Max gab eine Runde nach der anderen aus, Christoph wurde schweigsamer, irgendwann verstummte er ganz. Er fühlte sich ausgehöhlt und bloßgestellt, er war einfach nicht in der Lage, ein Thema zu finden, eine Anekdote hervorzukramen, die Max wirklich interessieren könnte. Natürlich nicht. Er verkaufte Löffel. Was daran sollte ihn schon interessieren. Die Geschichte seines Scheiterns hätte Max mit Sicherheit unterhalten, das, so dachte Christoph, war es also, dazu hatte er es gebracht: Das Interessanteste an ihm war sein Scheitern.

Es wurde nicht besser, als Emma dazukam. Lucie sprang mit einem fast kindlichen Begeisterungsschrei auf, als wollte sie ihr um den Hals fallen, dann ließ sie seltsam eingeschüchtert die Arme sinken und legte flüchtig, aber fast zärtlich ihre Wange an Emmas. Christoph betrachtete seine Frau, die er mal leidenschaftlich, mal unnahbar kannte, aber nie von dieser schüchternen Sanftheit, seine Frau, die kurz die Augen schloss, als ihre Wange Emmas berührte, die den Duft ihres Haares einzusaugen schien. Christoph schaute Emma an, diese schöne große Frau mit dem lose auf dem Kopf zusammengesteckten roten Haar, die sich jetzt neben Max setzte und ohne dass sie irgendetwas dafür tat, zum neuen Zentrum der Aufmerksamkeit wurde. Sie war Sängerin am Stadttheater, Lucie kannte sie schon lange und hatte nie von ihr erzählt. Christoph begriff zum ersten Mal, dass das Theater nicht nur Lucies Arbeit war, sondern dass sie dort Freunde hatte; Freunde, die sie nicht mit ihm teilte. Emma trug ein dunkelblaues Kleid, um den Hals eine Kette mit einem blauen Stein, Christoph konnte seine Augen kaum von ihr abwenden, es ging etwas Seidig-Rauchiges von ihr aus, es dauerte lange, bis Christoph verstand, dass Emma und Max verheiratet waren. Und dann fühlte er sich urplötzlich von aller Welt verlassen. Nicht weil er Emma begehrt hätte. Sondern weil die beiden so selbstverständlich füreinander gemacht schienen, keiner von beiden hielt es für nötig, durch eine dieser typischen Gesten anzuzeigen, dass sie zusammengehörten. Max legte nicht den Arm um Emma, sie saßen relativ weit auseinander, während Christoph mit jeder Bewegung seine Zugehörigkeit zu Lucie demonstrierte. Neben ihnen fühlte sich Christoph altmodisch und bieder, er fühlte sich blutarm und langweilig und Lucies Augen leuchteten, ihre Wangen glühten, und sie hatte ihn schon seit einer Stunde nicht mehr angesehen.

Christoph schaute über die Straße, hinunter zum Wasser. Auf der Bank ein malerisches Bild: die Silhouette von Lucies schmalem Rücken, sie saß kerzengerade und wirkte größer, als sie war, ihr blondes lockiges Haar, das knapp über die Ohrläppchen fiel, von unten erleuchtet, von einer Lichtquelle, die Christoph nicht ausmachen konnte, aber es leuchtete wie ein Heiligenschein. Darüber ein überaus kräftiger Mond – ein Mond, der an Wölfe denken ließ.

Der freundliche Bogen der Dankwartsbrücke flussaufwärts war gerade noch zu erkennen, auf dem Wasser die Umrisse der Enten. Über ihnen ein Sternbild, deutlich, als habe jemand einen Kinderbuchhimmel gezeichnet. Das Leuchtfeuer von Lucies schneeweißem Kleid. Neben ihr die kräftige, aber gekrümmte Gestalt von Max. Das Haar zerzaust, die Hosenträger verrutscht, sein Kopf lag auf Lucies Schulter. Er war viel größer als sie, sodass er sehr krumm sitzen musste.

Max' Stimmung war ganz plötzlich gekippt. Gerade noch hatte er lachend eine weitere Runde für alle bestellt, aber als der Whisky serviert worden war, saß er schon stumm und blickte finster auf die Tischplatte. Christoph hatte ihn gefragt, was denn sei mit ihm, was er habe, Max hatte nicht geantwortet. Von ihm ging ganz plötzlich eine solch beklemmende Schwere aus, als hätte ein dunkler Zwilling seinen Platz eingenommen. Lucie hatte Max nicht gefragt, was er habe. Sie hatte Emma mit einem Blick um Erlaubnis gebeten, dann war sie aufgestanden, hatte Max bei der Hand genommen und aus der Gastwirtschaft heraus ans Wasser geführt. Dort saßen sie jetzt schon seit einer Stunde.

Christoph hörte seine Stimme, die immer wieder seltsam stoßhaft ausbrach, die ausbrach wie ein Vulkan, heiße Lava über Lucie spuckte und dann wieder verstummte. Die Stimme war leichter zu ertragen als die Stille. Wie Lucie schweigend dort saß, den Kopf dieses Mannes auf der Schulter, und ihn allein mit ihrer Geduld tröstete. Wie sie seinem Schweigen genauso aufmerksam lauschte wie seinen Ausbrüchen.

Christoph kannte das von ihr. Dennoch hatte er geglaubt, dieses Privileg sei ihm vorbehalten.

»Sie ist etwas ganz Besonderes, deine Frau«, sagte Emma, die geduldig neben ihm stand und über Lucie sprach, als wäre sie vertrauter mit seiner Frau als er. »Sie hat eine Gabe.« Und Christoph drehte sich zu ihr um, ihr Hexenhaar ausgebleicht vom Mond, der blaue Stein leuchtete auf ihrer weißen Haut, und Christoph musste kämpfen gegen den Impuls, ihr den Stein vom Hals zu reißen.

»Ist es Tag oder Nacht?«, fragte Lucie, ohne die Augen zu öffnen, rollte sich zusammen und bohrte den Kopf in Christophs Achselhöhle. Er lächelte. Lucie, die so spröde sein konnte, erinnerte kurz nach dem Aufwachen verlässlich an einen Maulwurf, der seinen Kopf versehentlich aus seinem Habitat reckte. Er hatte niemals zuvor *so* geschwollene Augen gesehen.

Als er das erste Mal neben ihr aufgewacht war, hatte er sich erschrocken, niemandem konnte allein der Schlaf so etwas antun. »Michél sagt, ich seh zu viel. Meine Augen sehen zu viel. Deshalb schlafe ich auch immer.« Und Christoph nickte und hatte keinen Zweifel, dass diese obskurste aller Erklärungen stimmte.

Sie hatten Max und Emma nach Hause gebracht, dann waren sie in Christophs Pension gegangen, wo Lucie sich nicht ins Bett, sondern auf den Dielenboden gelegt hatte, die Augen weit offen, eine Zigarette zwischen den Fingern, die runterbrannte, ohne dass sie einen Zug genommen hätte. Sie reagierte nicht auf Christoph, und aus irgendeinem Grund traute er sich nicht, sie einfach hochzuheben und ins Bett zu tragen. Als wäre sie verletzt, und eine unachtsame Bewegung könnte ihren Tod bedeuten. Er setzte sich neben sie auf den Boden, nahm ihr nur die Zigarette aus der Hand und wartete, dass die Sonne aufging und die Schatten vertrieb.

Er musste eingeschlafen sein, er war im Morgengrauen erwacht, Lucie hatte dicht vor ihm gesessen, die Hände im Schoß gefaltet, den Oberkörper vorgebeugt, ihr Gesicht ganz nah an seinem. Lucie hatte nicht geschlafen, das war ihm sofort klar, und er fragte sich, wie lange sie ihn schon so betrachtete. Später fragte er sich häufig, warum er nicht einfach etwas gesagt hatte, *irgendetwas*, warum er es zugelassen hatte, dass Lucie ihn einfach weiter anstarrte und diese seltsame Stimmung sich zwischen ihnen ausbreitete, diese Leere. Sobald die Leere den Raum eingenommen hatte, erkannte er sie wieder. Es war seine eigene Unbehaustheit, die Lucie aus ihm herauslockte. In dem grauen Zwielicht der endenden Nacht, in Lucies Blick, der aussah, als würde sie schlafen mit geöffneten Augen, erschien es ihm sicher, dass sie ihn nur deswegen liebte. Weil sie eine Unbehaustheit teilten, weil auch sie dem Tod näher war als dem Leben.

Christoph dachte, zum zweiten Mal in einer Nacht, dass sein interessantester Zug sein Scheitern war.

Es war ihm schon häufig aufgefallen, dass Lucies Art zu lieben nicht bedeutete, dass sie seine Fehler übersah. Lucie war alles andere als blind vor Liebe. Wenn Christoph ihr etwas erzählte, was sie langweilte, sagte sie einfach: Christoph, das ist langweilig. Sie sagte das nie abfällig, sie sagte es ganz neutral, so als würde es nichts bedeuten. Und es bedeutete nichts. Lucie liebte ihn, daran hatte er keinen Zweifel, bedingungslos sogar, aber sie bewunderte ihn nicht.

Lucie starrte ihn an, mit diesem Blick, als würde sie angestrengt lauschen, und Christoph hasste sie. Für einen kurzen Moment hasste er sie inbrünstig, aus ganzer Seele. Sie, die auf die Bühne schlenderte, als wäre es nichts, die ihre Rollen ohne die geringste Anstrengung spielte, die nicht zu *schätzen* wusste, welch ein Glück ihr Talent war.

Christoph hasste Lucie, und als hätte sie nur darauf gewartete, auf diese Kälte in seinem Blick, beugte sie sich vor und küsste ihn.

Sie küsste ihn, zärtlich, aber kurz, und sagte, so aufgeräumt und leicht, als wäre Christoph tatsächlich ganz allein in die Finsternis seiner Seele hinabgestiegen: »Komm, Lieber, lass uns ein wenig schlafen, die Sonne geht ja schon auf.«

Er hatte nicht geschlafen. Er hatte neben Lucie gelegen, bis diese aufwachte, den Kopf in seine Achselhöhle bohrte und durch diese eine vertraute Geste endlich die Beklemmung vertrieb.

»Ist es Tag oder Nacht?«, fragte Lucie noch einmal und tastete mit der linken Hand nach seinem Gesicht, strich mit den Fingerspitzen über Nase und Mund: »Komm, Lieber, lass uns ans Meer fahren, jetzt gleich. Es sind nicht wir, über denen die Nacht liegt, es ist die Stadt.«

Christoph stand auf und suchte nach seinem Badeanzug. Er, der eigentlich sehr ordentlich war, riss in plötzlicher und unverständlicher Hektik Unterhemden und Socken aus dem Schrank und auf den Boden, als müsste er fliehen. Als die Regale leer waren und er seinen Badeanzug noch immer nicht gefunden hatte, als er zwischen zusammengerollten Socken und zerknüllten Unterhosen stand, ließ er die Arme sinken. Weil das Meer als Fluchtpunkt nicht mehr ausreichte. Es war ein warmer Sommertag im Jahr 1929, und er wollte all seine Habseligkeiten in einen Koffer stopfen, Lucie an der Hand nehmen und nicht nur die Stadt verlassen, sondern auch das Land. Er war übernächtigt, und verkatert, aber er hatte das Gefühl, sie wären in Gefahr.

Lucie stand rauchend beim Fenster, ein Schattenriss im Gegenlicht, so anziehend, dass sein Schatten, der Schatten von Christoph Maria Petersenn, es nicht mehr aushielt und sich zum ersten Mal seit seiner Kindheit von ihm löste, um ihren zu berühren. Lucie drehte sich um, sah ihn dort stehen, zwischen Unterhosen und Socken, während sein Schatten sie umschlungen hielt, und Christoph erinnerte den Nachmittag, an dem er nach den Noten von Theresa getanzt hatte, das Gefühl der Vollkommenheit und des Friedens, als er durch den Raum geflogen war. Christoph erinnerte den Tanz und erkannte sich selbst. Er lächelte, bis ihm bewusst wurde, dass er etwas verloren hatte, was er nie hatte besitzen können. Dass er etwas gesucht und erst gefunden hatte, als es zu spät geworden war. Christoph Maria Petersenn war dreißig Jahre alt. Für das Ballett war er ein Greis. Es war dieser Moment, in dem er begriff, wie grausam Lucie sein konnte, schonungslos, dass sie dort stand, von seinem Schatten umschlungen, und Dinge aus ihm herauslockte, die ihn nicht heilten, sondern zerstörten.

Der Strand von Travemünde war übersät mit Burgen, viele trugen Hakenkreuzflaggen, viele die Farben der Republik, andere die Farben des Kaiserreichs. Christoph beobachtete, wie der Bademeister zwischen Strandkörben und Burgen umherging, sah, wie eine Flagge nach der anderen eingeholt wurde, es hatte zu viele Schlägereien gegeben, Fahnen waren am Strand bis auf weiteres verboten. Er schaute Lucie an, die im Strandkorb saß, ihre Haut fast weiß. Sie trug ein leichtes Sommerkleid, sie besaß keinen Badeanzug. Sie schaute unverwandt aufs Meer, beachtete weder Christophs Sandberg noch die Gymnastikgruppen, die sich im seichten Wasser versammelt hatten. Christoph hatte sie auf die stark übergewichtigen Menschen hingewiesen, Weltkrieg, Inflation und nun die Wirtschaftskrise, man frage sich doch wirklich, wie das angehen könne, dass die einen verhungert seien und die anderen so fett. Er hatte empört seinen Kopf geschüttelt, wobei er sich nur zu gut dessen bewusst war, dass er selbst nie gehungert hatte, dass die Einzige, die hier Grund zur Entrüstung hatte, Lucie war.

Lucie, deren Blick nur flüchtig die planschenden Dicken streifte und dann wieder in die Ferne ging. Sie waren seit zwei Stunden am Strand, und Lucie hatte keinen Ton gesagt, hatte den Blick nur widerwillig vom Horizont gelöst.

Christoph stieg aus seinem Erdloch und machte sich daran, eine Stadt zu bauen, eine Stadt aus Sand. Erst als er eines der Stadttore mit Muscheln besetzte und sich daran erinnerte, wie er das Meer gefürchtet hatte als Kind, sah er auf, sah Lucie an und verstand, dass sie zum ersten Mal in ihrem Leben am Strand war, zum ersten Mal das Meer sah, zum ersten Mal sah, wie Himmel und Meer sich am Horizont begegnen.

Lucie stand am Herd, die Haare auf dem Kopf zusammengesteckt, und beobachtete, wie die Spiegeleier in der gusseisernen Pfanne Blasen warfen und allmählich krosse Ränder bekamen. Eigentlich kochte Michél, aber er vergaß das Essen häufig, wenn er eine gute Phase hatte, das ganze Haus roch dann nach seinen Farben und dem Rauch seiner Zigaretten, er machte nicht einmal Pause, um einzuheizen oder sich einen Kaffee zu kochen. Christoph schlief noch, er hatte bis tief in die Nacht getrunken, seine Schweigsamkeit war von Stunde zu Stunde verbissener und verzweifelter geworden. *Ernst Rosen – Uhren, Schmuck & Bestecke* musste schließen. Christoph war arbeitslos. Den Ausverkauf würde Ernst Rosen selbst übernehmen, den Lohn für den vergangenen Monat konnte er ihm nicht mehr zahlen. Und niemand stellte in diesen Tagen an. Es gab so viele Arbeitslose, dass nur ein kleiner Teil von ihnen überhaupt Arbeitslosengeld bekam, andere lebten von der Wohlfahrt, viele hielten sich nur noch über die Armenküchen über Wasser.

Auch wenn Christophs Verzweiflung selbst jetzt im Schlaf noch die Wände durchdrang und in schweren Fäden durch die Luft zog, Lucie war erleichtert. Christoph hatte in den letzten Monaten mit immer größerer Besessenheit davon gesprochen, sie aus dem *Elend herauszuholen*, womit er meinte, aus der Gröpelgrube. Aus diesem winzigen Haus, dessen Dach nicht mehr ganz dicht war, das dürftig von Gaslampen erhellt wurde, diesem Haus, in dem Lucies Schlafzimmer nicht viel größer war als das Bett selber. Dessen Holzmöbel Risse aufwiesen von den Wintern, in denen Michél nicht das Geld gehabt hatte, Kohlen zu kaufen, in denen die Feuchtigkeit in der Tischplatte gefror, in denen Lucies Bettdecke an der Wand festfror und das Samtsofa ein seltsam knirschendes Geräusch machte, wenn man sich auf seine Polster setzte.

Aber Lucie würde dieses Haus niemals verlassen. Der Zustand des Daches war nicht mehr ihrer Armut geschuldet, sondern ihrer Liderlichkeit, das sagte sie Christoph immer wieder, aber er hörte sie nicht, nicht, wenn es darum ging, sie zu retten. Doch Lucie hatte nur eine Heimat, und die war nun einmal in diesem Haus. Sie war nicht in der Lage, sich eine neue zu schaffen. Jeder andere Ort würde unbehaust bleiben, eine tote Haut am eigenen Körper.

Sie war also früh am Morgen in Christophs Pension gegangen, hatte seine ausstehende Miete gezahlt, seine Kleidung, seine Bücher, Rasierpinsel und Haarwachs wild durcheinander in zwei Koffer geworfen und Frau Kramer eingeschärft, die Koffer noch am selben Tag überstellen zu lassen.

Als der Duft des Kaffees und der Eier Michél die Treppe hinunter und Christoph aus dem Bett lockte, hatte Lucie schon seine Anzüge in den Schrank gehängt, seine Schuhe neben die Tür gestellt, seinen Rasierpinsel neben die Waschschüssel gelegt.

»Christoph wohnt jetzt hier«, sagte sie zu Michél, der kurz von seinem Teller aufschaute und nickte, »Christoph wohnt jetzt hier«, sagte sie noch einmal, leiser, wie zu sich selbst. Dann lächelte sie.

Teil 2

WINTERSONNENWENDE

KAPITEL 8

»Ist es Tag oder Nacht?«, fragte Jessie, ihre Stimme schleppend, wie im Traum. Sie blinzelte in das lustlose Zwielicht, das durch die beschlagenen Scheiben rann. Der Regen prasselte auf das Dach des Bauwagens, Jessie tastete nach Bjarnes Gesicht und strich ihm einmal über die Nase, flüchtig, scheinbar achtlos, aber es war immer das Erste, was sie tat, wenn sie neben ihm aufwachte.

»Wie soll man das schon wissen«, murmelte Bjarne und fischte mit geschlossenen Augen auf dem kleinen Tisch neben dem Bett nach Tabak.

Das Knistern des Blättchens, das Trommeln des Regens, das Klicken des Feuerzeuges. Die Geräusche bekamen eine andere Qualität, wenn sie bei Bjarne war, er hatte so eine Art, die Dinge behaust zu machen. Die Hälfte des Fußbodens war mit Klamotten, Platten und Zeitschriften bedeckt, neben der Spüle stapelte sich das Geschirr, Bjarne ging achtlos mit seinen Sachen um, aber nicht weil sie ihm egal waren, sondern weil Dinge, die man liebt, das Leben aushalten müssen, das man führt.

Jessie schwang sich aus dem Bett, streifte sich ein weißes Feinripp über und suchte am Fußende des Bettes nach ihrer zerknüllten Anzughose.

Bjarne betrachtete seine Freundin, die harten Kanten ihrer

Hüften. Das spitze Kinn, die spitzen Knie. Das dünne Haar. Dennoch wirkte nichts an ihr zerbrechlich. Es war ein Körper, der Glas schneiden konnte. Man sollte eine Marke nach ihr benennen, fand Bjarne. Jessie wäre auf der Packung zu sehen. Jessie James. In ihren weißen Oberhemden und den fadenscheinigen grauen Anzughosen. Eine Zigarette im Mund, einen Rauchschweif über sich aufsteigend, als würde eine ganze Stadt niederbrennen. Jessie war die Herrin der Stadt aus Rauch.

Sie waren seit zwei Jahren zusammen, eine Ewigkeit für einen zweiundzwanzigjährigen Punk im Allgemeinen, ein Wimpernschlag für Bjarne im Speziellen.

Jessie drehte sich zu ihm um und band sich die Haare mit einem Haargummi hoch, betrachtete ihn dabei, als wäre sie unbeobachtet. Als sähe sie nicht, dass er ihren Blick erwiderte. Wie man einen Blinden betrachten würde, einen Schlafenden. Oder einen Toten. Das tat sie öfters: ihn ganz aufmerksam ansehen, auf eine Art, die ihn unsichtbar machte. Nur in diesen Momenten sah Bjarne, wie einsam Jessie war. Dass er daran nichts ändern konnte. Denn er, das wurde ihm dann klar, war in ihren Augen niemals ganz real. Er war ein Traum, schon vergangen, wenn sie die Tür des Bauwagens hinter sich schloss und durch die Stadttore ging. Sie war nicht die Herrin, sie war die Gefangene der Stadt.

Bjarne stand in Springerstiefeln und Boxershorts vor der Spüle und trat die Fußpumpe, zwei Fetzen herausschießenden Wassers und ein leises Glucksen zeigten an, dass der Wasserkanister leer war. Draußen rief Falk nach den Hunden, aus dem Wagen von Lasse und Schwani drang laute Musik, Bjarne trat gegen den Wasserkanister.

Jessie sammelte ein paar verstreute Wassergläser ein und schüttete den Inhalt in die Kaffeemaschine. Bjarne kratzte die Kruste von einem Messer und schnitt sich drei fingerdicke Scheiben Gouda ab. Der Käse schwitzte, die Kanten waren hart und von der Farbe alten Plastikspielzeugs, der Kühlschrank hatte vor Monaten den Geist aufgegeben. In der Brottüte begann der Knust ein florierendes Eigenleben, Bjarne wickelte den Rest eines Döners aus und wickelte ihn schnell wieder ein. Himmel, bei diesem Wetter wäre selbst ein Stein verschimmelt. Er stieß das Messer in eine Dose mit Fertigravioli. Die drei Löffel, die er besaß, waren bedeckt mit eingetrockneter Tomatensoße und Puddingresten. Er fischte mit den Fingern ein paar Ravioli aus der Dose und ließ sie mit zurückgelegtem Kopf in den Mund fallen. Jessie hockte am Küchentisch wie etwas, das man zusammengeknüllt und nur halbherzig wieder glattgestrichen hatte, warf die leere Packung Kippen auf den Boden und friemelte sich eine Zigarette aus dem Rest in Bjarnes Tabaktüte. Der Bantam-Tabak schmeckte seifig und war so trocken, dass Jessie schon nach dem ersten Zug den Mund voller Krümel hatte. Sie seufzte genervt. Und was eigentlich mit dem Kaffee sei? Das Lämpchen der Kaffeemaschine war erloschen. Bjarne riss die Tür auf und lauschte zu Falks Wagen rüber. »Falk«, schrie er. »Faaaalk! Sag Finchen, sie soll den Föhn ausmachen, wir kochen gerade Kaffee!« Aber es war nicht der Föhn, Finchen war drüben auf dem Hauptgelände, wo zwar gerade die Duschen kaputt waren, aber man dennoch in der verdreckten Kneipentoilette seiner Morgenhygiene nachgehen konnte, wenn alles einem gerade zu übel mitspielte, als dass man noch einen Zehn-Liter-Wasserkanister zum Wagen tragen konnte. Sie war also unschuldig an der Überlastung des fragilen Stromkreises am Stadtgraben. Jessie nahm die Kanne aus der Maschine, hob das Gerät hoch und inspizierte die schwarz verfärbte Unterseite. »Du, das liegt nicht am Strom, das Ding ist hinüber.«

Jessie winkte Finchen, die unter einem Regenschirm vom Hauptgebäude zurückkam, und drückte Falk, der sich gerade selber mit einem leeren Wasserkanister zum Gelände aufmachte, Bjarnes Kanister in die Hand. Falk hatte den Reißverschluss seines schwarz gefärbten Bundeswehrparkas bis zur Nase hochgezogen, eine durchweichte Kippe klemmte erloschen in seinem Mundwinkel, aber von seinen schwarzen Haaren schien das Wasser abzuperlen wie vom Gefieder eines Raben. »Moin, min Deern«, nickte er Jessie zu. »Watn Schietwetter, man kann ja die MuK vor Augen nicht sehen.« Jessie schaute über den Parkplatz zur Musik- und Kongresshalle, es regnete so stark, dass man sie tatsächlich nur äußerst schemenhaft erkennen konnte.

Es gab einige Unbequemlichkeiten am Bauwagenleben, die ihr nicht das Geringste ausmachten. Sie konnte auf fließendes Wasser verzichten, es störte sie nicht, im Winter in einem eiskalten Wagen aufzuwachen und sich noch im Bett komplett anzuziehen, es war ihr egal, dass man sich im Halbschlaf die Stiefel schnüren musste, nur um zur Toilette zu gehen. Aber um den Kaffee kämpfen, das wollte sie nicht.

Sie lief zu Lasse und Schwani rüber, Lasse war immer als Erster wach, und er kochte immer ein paar Tassen mehr, *falls Besuch kam*. Schwani lag im strömenden Regen in einem Liegestuhl vor dem Wagen, eingehüllt in den Krach der *Neubauten*, und las ein Buch. Die Wimperntusche lief ihm in dünnen, tragischen Rinnsalen über das Gesicht, er hielt das Buch verkehrt herum, der Einband war völlig aufgequollen, und beim Blättern lösten sich die einzelnen Seiten aus der Bindung. Jessie seufzte. Manchmal war alles an Schwani zu viel. Seine Wimperntusche zu schwarz, sein Elend zu aufdringlich, seine Rauschzustände zu beklemmend. Manchmal war Schwani eine einzige Provokation.

Sie zog Bjarnes Friesennerz aus und legte ihn Schwani über, dann stieg sie die Stufen zu Lasses Wagen hinauf. Er lag im schummrigen Zwielicht eines Teelichtes auf dem Bett, Muck und Öse hechelnd zu seinen Füßen. Dass Falks Hunde in Lasses Bett rumlungerten, lag an dem großen rohen Kotelett, das Lasses Gesicht bedeckte. Jessie rüttelte an seiner Schulter. Lasse fuhr mit einem erstickten Schrei auf und riss sich das Kotelett vom Auge. Als er Jessie erkannte, sank er zurück in die Kissen und friemelte sich die Stöpsel aus den Ohren. »Den Krach kann ja keiner ertragen. Ich hasse es, wenn Schwani sich morgens schon Speed reinknallt.«

Als Jessie sein Gesicht sah, trat sie fest gegen den Bettpfosten, so fest, dass es schmerzte. Es war unerträglich, ihn so zugerichtet zu sehen. »Ich bring den um«, flüsterte sie, »rück endlich die Adresse raus, Lasse, ich bring den um!« Lasse antwortete nicht. Zumindest in den nächsten zehn Sekunden nicht, was noch nicht hieß, dass er nicht antworten würde. Manchmal hatte er diese spezielle umnachtete Art: Wenn er sprach, klang es so, als hätte er die Worte schon vor ein paar Stunden ausgesprochen, und alles, was man jetzt hörte, wäre ihr Echo. Aber auch Jessie brauchte eine Weile. Lasse mit seinem zittrigen Lächeln, dem fast fahrlässigen Optimismus und dem unerschütterlichen Glauben, dass man mit Liebe und Geduld alles heilen, jeden retten konnte. Es war unverzeihlich, jemanden wie Lasse zu schlagen.

Sein rechtes Auge war blutunterlaufen, ein dunkler Halbmond bildete sich darunter, darüber klaffte ein tiefer Riss. Seine blonden Dreadlocks waren blutverkrustet, trotzdem lächelte er. Ein Lächeln, das in den Wangen Wellen schlug, leichte matte Halbringe, von der zurückweichenden Flut im Sand zurückgelassen. »Das wird schon, Jessie, mach dir mal keine Sorgen.« Lasse bedeckte sein Gesicht wieder mit dem Kotelett. Jessie seufzte und setzte sich auf die Kante des Bettes. Lasse schloss die Augen und faltete die Hände auf der Brust.

»Hast du nicht 'n bisschen Eis da?«

»Nee, die Kabeltrommeln funktionieren nicht so richtig bei dem Regen. Das Gas ist übrigens auch alle, konnte nicht mal Kaffee kochen. Deshalb bist du doch hier, oder?«

Jessie zuckte mit den Schultern und grinste, Muck und

Öse ließen das Fleisch keine Sekunde aus den Augen. »Nimm die Hunde mit, wenn du das nächste Mal hingehst.«

»Was weiß ich«, Lasse machte eine resignierte Bewegung, die nicht nur seinen versoffenen Vater, sondern auch den ganzen Rest einzuschließen schien: seinen ständig hochdosierten Freund, den Regen, den Mangel an Kaffee, sich selbst, sogar Jessie. Die Schatten der Hunde zitterten auf der Decke. Das Teelicht flackerte. Jessie spähte in die dicht fallenden Regenschnüre und zog fröstelnd das Jackett über der Brust zusammen: »Meinste nicht, der holt sich was weg da draußen?«

Lasse lachte freudlos: »Den Tag werde ich im Kalender anstreichen, wenn ich mir nur Sorgen machen muss, dass mein Geliebter an einer *Erkältung* zugrunde geht.«

Jessie strich Lasse eine Strähne aus der Stirn, zupfte ihm das Kotelett über dem Auge zurecht und suchte zwischen Schwanis *Residents-*, *Joy Division-* und *Neubauten*-Platten Lasses *Joan Baez*-Album heraus. Sie biss die Zähne zusammen, als die ersten Takte von *We shall overcome* erklangen, aber es galt, einen zerschlagenen Hippie wieder aufzurichten. »Ich geh ins VEB und hol Kaffee.«

Lasse lächelte; mehr, so fand Jessie, konnte man von diesem Tag nicht verlangen.

Aus dem VEB quoll laute Musik und alter Zigarettenrauch. Aus dem Café daneben drang der Duft von frischen Waffeln und Kaffee, leider auch erhitztes Stimmengewirr. Jessie hatte sich nur einmal am Sonntagmorgen vom Sirenenduft des Backwerks ins Café locken lassen und war in einem Haufen äußerst ausgeschlafener und garstiger Hippies gelandet, die ihr wöchentliches Plenum abhielten. Gut, dass sie vorbeikomme, man habe schon des Öfteren, da gebe es so einiges, mit der Geduld am Ende usw. Auch die Stadtgrabenbewohner seien für die Hygiene der Duschzellen mitverantwortlich, das Hauptgebäude brauche einen neuen Anstrich, ob sie glaube, dass sich das von selber erledige. Falk habe betrunken zwei Stühle zu Bruch getanzt und nicht ersetzt, und Schwani habe im letzten Monat drei Mal das Platzverbot missachtet, überhaupt seien sie alle für sein Drogenproblem mitverantwortlich, so was einfach zu dulden wäre wirklich gegen alle Regeln der *fauna*, ob ihr, Jessie, die Waffel schmecke, und ob sie dann nicht vielleicht auch einmal den Küchendienst verrichten möge, für dieses Parasitentum des Stadtgrabens habe man hier, offen gesagt, wenig übrig.

Jessie war rückwärts aus dem Café gestolpert und hatte in der stinkenden heimeligen Höhle des VEB Zuflucht gesucht. Dorthin trieb es sie auch jetzt. Man lief nur einmal auf dem Sirenenfelsen auf. Im VEB schlief ein Restposten mit dem Kopf auf dem Tresen, auf dem Boden schwammen Kippen in Bierpfützen, Malte lag auf dem durchgelegenen Sofa und nippte mit verzerrtem Gesicht an einem Kaffee. Jessie winkte ihm zu, wusch ein paar Tassen aus, nahm einen Schluck Kaffee und setzte sich zu ihm. Malte war gerade damit beschäftigt, Haschisch in eine Tüte zu bröckeln, das aussah, als wäre es mit Schuhcreme *und* Kuhmist gestreckt worden. Dabei war es steinhart und sehr trocken. »Oh Mann, Malte, was rauchst du denn da?« Malte zuckte die Schultern. »War billig, hab 'ne ganze Platte von dem Mist. Wenn man genug reinhaut, knallt es ganz gut.« Er hielt das Feuerzeug unter den Klumpen und knibbelte kleine Bröckchen ab.

Der Tisch war übersät mit leeren Tabakbeuteln, Bierdosen, vollen Aschenbechern und leeren Wodkagläsern. Und einer Schildkröte. Jessie blinzelte und trank mit gerunzelter Stirn einen Schluck Kaffee, wie jemand, der angestrengt über ein vertracktes Problem nachdenkt. Die Schildkröte war winzig, nicht sehr viel größer als ein Fünfmarkstück, Kopf und Pfoten nicht größer als ein Fingernagel. Sie saß auf einer offenen Tabaktüte, saß auf der aufgeklappten Lasche, als wäre sie aus der Tüte gekrochen, als wäre sie dort *geschlüpft*. Sie rührte sich nicht, aber sie sah Jessie aus ihren stecknadelgroßen schwarzen Augen unverwandt an. Über ihrer winzigen Schnauze lag ein Tabakfaden. Jessie nahm noch einen Schluck Kaffee, dann stellte sie die Tasse vorsichtig und nahezu lautlos ab, um das Tier nicht zu erschrecken (falls es tatsächlich da sein sollte), und drehte sich eine Zigarette. Vorsichtig streckte sie den Finger aus und berührte die Nase des Tieres. Die Schildkröte zuckte, zog in einer fließenden Bewegung den Kopf in den Panzer, streckte ihn aber zwei Sekunden später gleich wieder raus. Als wäre es Teil eines Spiels. Jessie grinste.

»Malte?«

Malte antwortete nicht.

»Malte! Hier ist eine Schildkröte in deiner Kneipe!«

»Ach das«, sagte Malte und machte eine wedelnde Handbewegung. »Ja, weiß ich auch nicht.«

Mehr war nicht aus ihm herauszubekommen.

Als Jessie mit sechs Tassen Kaffee auf einem Tablett und einer Schildkröte in der Brusttasche ihres Hemdes vor dem VEB stand, waren die Wolken aufgerissen. Über der Trave kreischten Möwen, die alten Handelsschiffe lagen vertäut am Quai. Dahinter drückten sich die Salzspeicher aneinander. Die Zeit verschluckte sich und machte für einen Moment alles möglich, Schießereien hätten niemanden verwundert, oder ein Dieb, der im Pranger am Marktplatz darauf wartete, dass die Meute erneut ihre Spucke sammelte. Ein Sünder, der vor dem Burgtor am Galgen hing, Krähen auf den Schultern. Fässer voller Salz, die von den Koggen gerollt wurden, Ratsherren, die im Kirchboden beigesetzt wurden, Hühner, die in den Hinterhöfen pickten, wächserne Siegel, Beulenpest und Cholera. Dann drang die Sonne mit einer so plötzlichen Schärfe zwischen den Wolken hervor, dass vom Asphalt Dampf aufstieg. Ein struppiger Frühling stürzte sich auf die Wagenburg, die Hunde jaulten, Jessie trug Kaffee über den Parkplatz,

Bjarne hatte sich angezogen und wischte die Bierbänke und den Tisch trocken.

Schwani stand am Ufer des Stadtgrabens, seine nassen Klamotten klebten ihm auf der Haut. Jessie ging zu ihm runter. Er starrte mit weit aufgerissenen Augen über das Wasser, sein Atem ging flach und schnell.

»He, Schwani, sieh mal zu, dass du aus den nassen Sachen kommst.«

Nichts deutete darauf hin, dass er sie gehört hatte. Sie zündete sich eine Zigarette an, trank einen Schluck Kaffee und drückte Schwani die andere Tasse in die Hand. Die Krone einer riesigen Kastanie warf ihren Schatten, Wasser tropfte aus ihren Ästen in Jessies Kragen.

»Ich bin lebendig begraben«, flüsterte Schwani. »Ich sterbe in meiner eigenen Haut.«

»Ja«, sagte Jessie und nippte an ihrem Kaffee, »du hast recht, es fehlt der Zucker.« Speed war das nicht, was Schwani gerade den Kopf verdrehte, das war schon mal klar.

»Verstehst du nicht!«, rief er, »meine Seele fault, und meiner Haut sieht man nichts davon an, ich –«

»Ja, nicht wahr? Ein wirklich schöner Morgen«, fiel sie ihm ins Wort. »Und, Schwani, du glaubst gar nicht an die Seele. Was nicht existiert, kann nicht faulen. Und dein Gehirn scheint quicklebendig zu sein, sonst würdest du nicht so einen Tüünkram quasseln. Du trinkst jetzt einen Kaffee und kommst aus den nassen Sachen raus. Und dann hörst du auf mit dem Gedöns.« Etwas war Schwani zu Kopf gestiegen, das Psilocybin, das LSD, der Gestank brennender Hexen, das Klagen der Seemannswitwen, die ins Moor geführten Jungfrauen. Die Wimperntusche war in Rinnsalen auf seinem Gesicht getrocknet, die schwarzen Haare standen in alle Richtungen, sein Samtanzug war schwer vom Regen. Es war schwer zu sagen, wer den schwärzeren Schatten warf, Schwani oder die Kastanie.

Sie standen zwischen leeren Bierdosen, im Niemandsland zwischen innerer und äußerer Stadtmauer, die Lungen voll Teer, der Boden voll Batterien. Die Autos auf dem Parkplatz schienen das gesamte Sonnenlicht zu absorbieren, sie spielten sich gegenseitig die Lichtreflexe zu, es war ein großes stilles Theater. Wochenlang war der Himmel verhangen gewesen, jetzt, wo die Wolken aufrissen, schienen selbst die Dinge um das Licht zu konkurrieren. Ein paar Sonnenstrahlen stachen durch die Krone der Kastanie und stanzten münzgroße Sonnenflecken zwischen Jessie und Schwani auf den Boden. Jessie legte den Kopf in den Nacken, das Licht stach ihr in die Augen und trieb das Wasser heraus, und für einen Moment war sie wilder Hoffnung.

Sie drehte sich zu den Bierbänken um, auf denen Falk, Finchen und Bjarne saßen, Kaffee tranken und lachten. Falk schlug das erste Bier an der Tischkante auf. Lasse saß auf den Stufen seines Wagens, die Augen geschlossen, den Kopf in den Nacken gelegt, das Gesicht der Sonne zugewandt.

Es hatte etwas Unwirkliches. Als würde das eigene Spiegelbild die Augen schließen. Dieser Moment, an dem sie alle gemeinsam Kaffee tranken und die erste räudige Frühlingssonne diese eigenartig unbändige Melancholie in ihnen auslöste, wurde zu einer Erinnerung, noch während er geschah. Es war, als würde Jessie ihre Freunde auf Super 8 sehen. Nachkoloriert. Nachdem sie alle verloren waren. Der Teufel lachte und drehte die Sanduhr um.

Bjarne lag auf dem Dach des Bauwagens, Jessie stand breitbeinig über ihm, ihr Kopf im Strahlenkranz der Sonne, sie hatte eine Kaffeetasse in der Hand und eine Zigarette im Mundwinkel. Würde sie ihre Tasse nach der Sonne werfen, dachte Bjarne, der Himmel würde sich verdunkeln und ein Ascheregen auf die Stadt niedergehen. Er konnte ihr Gesicht im Gegenlicht nicht sehen, aber er wusste, womit sie rang. Es war ein goldener Sonntag, das Licht zäh und dick wie Honig. Die Nacht war warm und zart gewesen, sie hatten zu zweit am Krähenteich gesessen, der Mond groß und pfirsichfarben, ein Comicmond. Sie hatten Dinge über das Wasser geflüstert, und Jessie hatte sich in seinen Armen entspannt, wie sie es selten tat.

Es war leicht, glücklich zu sein an diesem Tag. Aber Jessie traute dem Desaster mehr als dem Glück. Wenn sie froh war, wie an ebendiesem warmen Sommertag im Juli 1995, dann, so wusste Bjarne, hieß das für sie nur, dass es später umso schlimmer kommen würde. Sie rang also mit sich, dachte er. Kämpfte mit dem Verlangen, sich in diesen seidenweichen Tag und Bjarnes Arme zu werfen. Er befürchtete, dass sie einen Streit beginnen würde, um dieses kleine flauschige Glück in Fetzen zu schlagen. Es war immer besser, die Dinge selbst in der Hand zu haben.

Jessie stand breitbeinig auf dem Dach des Bauwagens, warf ihren Schatten über Bjarne und schaute zum anderen Ufer des Stadtgrabens. Die Zeit tropfte zäh an ihr herunter. Es waren Tage wie dieser, die Jessie das Gefühl gaben, das Leben könnte so ernst vielleicht doch nicht sein, Tage wie dieser, wo man nichts zu tragen hatte als seine Zahnbürste, Tage, die Jessie hoffen ließen, ihr Glück könne anhalten, länger als bis zum Betreten der Stadt. Der Himmel war ein anderer über Bjarnes Bauwagen, er kannte weder die Geister der Stadt noch ihre Geschichte, es war ein neuer junger Himmel, er war noch nie Zeuge dessen geworden, wozu Menschen in der Lage waren. Wenn sie unter seinem Firmament stand, war auch sie neu und jung. Sie war kein Kind der Gröpelgrube, hatte weder Ahnen noch Schicksal. Wenn sie bei Bjarne war, trug sie nichts als ihr eigenes Gewicht.

Sie stand auf dem Dach des Bauwagens und schaute zum Ufer des Stadtgrabens, zu dieser einen Stelle, an der die Luft flimmerte wie unter großer Hitze. Jessie schloss die Augen, und als sie sie wieder öffnete, schaute sie in die Augen des Teufels. Er stand in der flirrenden Luft, sein schwarzer Bart glänzte, der rote Lippenstift leuchtete, sein Blick war der eines Mannes, der lebendig im Eis eingeschlossen ist. Jessie sah ihm in die Augen, und die Sonne erkaltete. Der Himmel verlor jedes Licht, und die Bäume ihre Blätter. Die schwarzen Fluten der Trave schlugen über Jessie zusammen, durch das Wasser sah sie das schwarze Firmament, mit dem toten Licht längst erloschener Sterne. Jessie sank, die Lungen voll Wasser, das Herz voller Motten, und sah dem Teufel in die Augen, durch dessen Pupillen Kometen zogen.

Jessie blinzelte, und die Sonne fiel ihr wieder sanft um die Schultern, aber ihre Knochen waren vereist, eine Kälte, die einem nur der Blick auf den eigenen Tod ins Mark treiben konnte. Jessie wusste nicht, dass auch der Teufel an die Vergangenheit gefesselt war, dass Erinnerungen nicht immer die eigenen sein müssen, dass es Lucie war, deren Tod sie gesehen hatte. Der Teufel zündete sich eine Zigarette an und blies den Rauch über den Stadtgraben, Rauch, so dicht, dass er einen Schatten warf.

Und als der Teufel wieder zu einem Flirren wurde, einem Zittern in der Luft, wurde Jessie ruhig und sanft. Wenn man immer mit dem Schlimmsten rechnet, ist die Ungewissheit die größte Qual. Wenn das Unheil gewiss ist, braucht man das Glück nicht zu zerstören.

Sie schaute Bjarne so lange an, bis sie sich an ihr eigenes Gesicht nicht mehr erinnern konnte, dann beugte sie sich über ihn, legte die Hände um seinen Kopf und legte ihre Nasenspitze an seine. Ihre schlagenden Wimpern berührten sich. Bjarne war ihr bester Freund, sie war nie in jemand anderes verliebt gewesen, sie vertraute ihm fast so sehr wie ihren Toten.

Sie lagen Kopf an Kopf auf dem Dach, Arme und Beine ausgestreckt, die Sonne brannte ihre Konturen in das Holz.

Liubice, die Liebliche. Es war Nachmittag, als sie vom Dach kletterten und mit Zahnbürsten, Shampoo und Handtüchern zum Hallenbad gingen, manchmal brauchte es Mut, diesen Himmel hinter sich zu lassen und durch die Stadttore zu gehen, die Stadt mit ihren Geistern zu betreten. Ihre Springerstiefel wirbelten Staub auf, die Mantelschöße wehten hinter ihnen her, Jessie hielt ihre Hände lässig über den Colts, wie eine, die weiß, dass sie immer am schnellsten zieht.

Concordia Domi Foris Pax. Dahinter türmte sich die Stadt, die den letzten Zipfel Himmel über Jessie verscheuchte und unmissverständlich klarmachte, dass man sich besser kämmte und unter dem Tor die Schuhe abputzte, bevor man sie betrat.

Sie gingen die Holstenstraße hoch, am Kohlmarkt vorbei, und bogen in die Sandstraße ein. Konservenmusik wehte sie an, und Menschen mit Einkaufstüten hasteten an ihnen vorbei. Benetton. Adidas. Nike. Der Geruch von Parfum, scharf und aufdringlich, als hätte eine Faust ein riesiges Flakon über der Stadt zerbrochen. Es wäre nur angemessen, dachte Jessie grimmig, würde diese Faust jetzt auch aus Schnittwunden auf die Stadt bluten. Sie presste die Lippen zu einem dünnen Strich zusammen. Bjarne wollte ihre Hand nehmen, aber sie ließ die Hosenträger auf der Brust schnalzen, vergrub die Hände in den Taschen und machte ausgreifende Schritte.

»Scheiße, Bjarne«, schrie sie plötzlich. »Das ist ja unerträglich! Nur um die scheiß Zähne zu putzen, durch die ganze scheiß Stadt zu laufen. Scheiße noch mal!«

Bjarne schaute seine Freundin an, die unter der Last ihres Schattens zusammensackte, seine Freundin, die eben noch mit ihrem Körper die Sonne verdunkelt hatte. Er drängte Jessie gegen das Schaufenster eines Schuhgeschäftes.

»Begreifst du es nicht, Jessie?«, flüsterte er an ihrem Hals. »Die Stadt ist nur für uns da. Wir haben die Ecken der Stadt mit unseren Schritten abgerundet. Wir haben die Straßen ausgetreten wie Trampelpfade. Sie gehen alle auf unseren Spuren. Sie gehen einkaufen. Wir gehen uns waschen! Das ist viel wichtiger, Jessie James.«

Jessie spuckte auf den Asphalt und nahm seine Hand, die sie nur leicht berühren musste, um das Gefühl zu haben, ganz von Bjarne umschlossen zu sein.

»Scheiß auf das Hallenbad, Bjarne. Wir fahren zum See.«

Jessie und Bjarne lagen im hohen Gras am Ufer des Sees, sie lagen auf dem Rücken, die Gesichter einander zugewandt und von Gräsern in Streifen geschnitten. Bjarne strich ihr mit der Nase über Stirn und Wangen, er drückte seine breite Knubbelnase auf ihre Lippen, so wie er es tat, wenn er sich bei ihr entschuldigte und darauf wartete, dass sie seine Nase küsste, als Zeichen, dass sie ihm verzieh. Denn schließlich war er es, der sie so weich und hilflos machte. Liebe tat nicht jedem gut, nicht denen, die kämpfen mussten.

Wie häufig, wenn Jessie etwas von sich erzählte, begann sie völlig unvermittelt, und ohne dass ein thematischer Zusammenhang erkennbar war. Sie nahm einfach an, dass Bjarne ihren Gedanken folgte, noch bevor sie sie ausgesprochen hatte. Ihre Mutter habe mal einen Mann mit nach Hause gebracht, vor ein paar Jahren, obwohl eigentlich vereinbart gewesen war, dass Jessie nichts von ihrem Liebesleben wissen wollte. »Und als ich aus dem Bad komm, hängt der so vor der Tür rum, steht sich die Beine in den Bauch und macht so einen auf ganz selbstverständlich, so, hey, ich bin der Phillip, kann ich mal ins Bad und so, und da hab ich 'nen totalen Ausraster gehabt und dem meine Faust ins Gesicht gedrückt. Danach hat die Ma mich zu so 'ner Beratungsstelle geschleppt, alles aus Pressholz und überall Benjamine, und die hatten Staub auf den Blättern.

Das ist so trist wie nix anderes, wenn 'ne Pflanze staubige Blätter hat. Ich dachte irgendwie, das geht gar nicht, ich dachte, dass nur was Totes staubig werden kann. Der Meyer und ich, wir haben mal einen abgeholt, der schon 'n paar Tage gelegen hat. Die Nachbarn haben die Polizei gerufen, als der Geruch zu schlimm wurde, aber das Schlimmste waren die Augen. Der lag auf dem Rücken und die Augen offen, und da hat man dann gesehen, dass da Staub auf der Linse war. Also 'ne Staubschicht, ein ganz feiner Film nur, aber unverkennbar. Ich bin echt keine Memme, aber das war übelst. Das hat mich echt gerissen, dass auch ein Mensch verstauben kann. Ich bin raus und hab ein paarmal gegen die Wand im Treppenhaus gekloppt, und dann kam so 'ne alte Frau raus und fragte, ob das mein Opa war, und ich weiß auch nicht warum, aber ich hab *ja* gesagt und angefangen zu flennen. Und dann hat mich diese alte Omi in den Arm genommen, die war ganz klein und hutzelig, und ich hab mich voll in ihre Schürze gekrallt und ihr die Bluse vollgeheult, und sie hat mir den Kopf gestreichelt und immer so Sachen gesagt, *Mien Deern, och mien Deern*, und da wurde das noch schlimmer. Ich dachte echt, hier schwimmt gleich alles weg.

Und da saß ich also in diesem Plastikbüro mit dieser staubigen Pflanze und hab an die Augen von dem alten Mann gedacht, und alles war wirklich mies. Was ich sagen will, Bjarne, Menschen verschwinden. Auf verschiedene Arten. Du nicht, Bjarne. Du nicht.«

»Jessie«, flüsterte Bjarne. »Jessie, wir stinken aus dem Mund. Wir rappeln uns jetzt auf und kriechen ins Wasser. Wir scheuern uns mit Sand und putzen uns die Zähne. Das ist das Mindeste, was wir für diesen Tag tun können.«

»Der Unterschied zwischen uns ist, dass du denkst, man könne die Dinge verändern.«

»Das Wichtigste wird sich nie verändern. Du und ich, Jessie. Das ist Fakt. Wir können uns also ruhig ein bisschen waschen, davon geht die Welt nicht unter.«

Jessie stand auf, ging zum See und legte sich auf den Rücken in das seichte Wasser, der See schloss sich über Augen, Mund und Nase. Sie hielt den Atem an und war ganz ruhig. Das Seewasser in ihrem Mund, die flackernden Sonnenpunkte hinter ihren Lidern, winzige Fische, die an ihren Schultern knabberten.

Bjarne saß am Ufer und schaute seine Freundin an, die reglos im Wasser lag. Es machte ihn wütend, sie so zu sehen, als hätte sie nicht vor, zu gegebener Zeit Luft zu holen. Es machte ihn wütend, dass sie so friedlich dabei aussah. Er zündete sich eine Zigarette an und starrte über die Wasseroberfläche, bis Jessie auftauchte, Mund und Augen weit aufgerissen, lachend.

Jessie Mertens saß am Hafen vor der Lagerhalle neun, eingehüllt in einen melancholischen Nieselregen. Sie war betrunken und starrte das Wasser an, wie einen Feind, von dem man wusste, dass man ihm letztendlich unterliegen würde, nicht aber ohne ihm vorher klaffende Wunden zu schlagen.

Jessies Geschichte war schon lange geschrieben, sie endete in der Trave. Besonders deutlich wurde ihr das an Tagen wie diesen: wenn der Alkohol sich mit ihrer Einsamkeit vermischte, den Zorn verdünnte und dafür sorgte, dass Jessie an ihrem Körper herunterschaute wie an einer Fremden.

Es war kein bedrohliches Gefühl. Eher eine Erleichterung. Als würde sie loslassen und einsehen, was sie sonst verdrängte: Es gab sie kaum. Sie, Jessie Mertens, hatte einen Körper bekommen, aber keinen Ort.

Sie spuckte in das Wasser, das ihre Großmutter entbunden und begraben hatte. Hier hatte Magdalena zwischen den Kuttern getrieben, die Haare verflochten mit Algen, auf dem Bauch einen Säugling. Hier hatte Michél gestanden, bloß vor Schmerz und Zorn. Hier hatte man Lucie aus dem Wasser gefischt, winzig und verfroren, aber lebendig. Und hier hatte Freya an der Hand ihres Vaters gestanden, zwischen dem schwarzen Himmel der Stadt und dem schwarzen Wasser der Trave, und das Haar ihrer Mutter war heller als der Mond.

Hier hatte Lucie im Wasser getrieben, die Augen geöffnet, die Arme ausgebreitet, als läge sie in den Armen eines Geliebten. Wer aus der Trave kommt, muss irgendwann in die Trave zurück.

Was Freya nicht erzählt hatte, war der Lichtkreis, den die Scheinwerfer eines einfahrenden Autos über das Wasser geworfen hatten. Das Licht im Rücken von Vater und Tochter: Freya hatte über das Wasser geschaut und ihren Schatten betrachtet, der wie ein schwarzes Tuch über den Körper ihrer Mutter fiel, der ganz allein über dem Wasser lag, Christoph Maria Petersenn warf keinen Schatten.

Jessie saß an diesem Ort, der Grab und Wiege ihrer Familie war, und hatte selbst keine Geschichte. Alles an ihr war schon geschehen. Sie war diejenige in der Familie, die nicht geschah. Alles, was Freya ihrer Tochter von der Vergangenheit erzählt hatte, waren Sagen von verfluchten Müttern und verwunschenen Töchtern, Legenden von Tod und Trave, und jede Erzählung endete mit dem neidisch hingeworfenen Satz, dass sie, Jessie, als erste Generation eine echte Zukunft habe, dass ihr alle Möglichkeiten offenstünden. Freya verstand nicht, dass jede Zukunft aus einer Vergangenheit entsteht, dass niemand frei sein kann, dessen Blick durch die goldenen, klebrigen Spinnenweben der Mythen verhängt ist. Dass niemand gehen kann, der Mühe hat, sich auf den Beinen zu halten. Und dass eine Vergangenheit, die verschwiegen wird, nach dem Erstbesten greift, der ihre Kraft unterschätzt.

Jessie wurde verschluckt, ohne zu wissen, gegen was sie sich eigentlich wehren musste. Ihr Schatten versank in der Trave, und Jessie fühlte seinen Sog, ohne ihn zu verstehen. Sie verstand nicht, was sie dort zum Wasser zog, sie dachte an Bjarne, dachte an Lasse und die anderen, sie schätzte sich glücklich. Es war nur so: Sie konnte das Bild nicht verscheuchen, das Bild ihres eigenen Körpers, der auf den Grund der Trave sank. Sie wollte nicht sterben. Es war wie eine Aufgabe, die sie gezwungen war, auszuführen: den eigenen Körper versenken. Wie sollte jemand leben, dessen Vergangenheit nicht vergolten war?

In der Nacht trat ein gedrungener, glatzköpfiger, sehr betrunkener Mann mittleren Alters Lasses Wagentür ein und zog ihn an den Haaren vom Küchentisch. Er schleifte ihn die Stufen hinunter, über den gräsernen Hang Richtung Stadtgraben, als wollte er ihn ertränken wie eine junge Katze, überlegte es sich auf halbem Weg jedoch anders und begann, auf ihn einzuschlagen. Lasse verlor einen Backenzahn, bevor ihm klar wurde, dass er seinen Bruder verloren hatte.

Falk kam beim dritten Tritt in die Magengrube hinzu. Er war sehr viel stärker als Lasses Vater, aber dessen ungerechter Zorn verlieh ihm eine Kraft, die selbst Falk auf die Probe stellte. Schließlich jedoch war Falk in der Lage, ihn am Fuß der Brücke abzulegen, mit so vielen gebrochenen Knochen, dass er sich nie wieder jenseits der Trave blicken ließ.

Lasse stand neben den Gleisen in Kücknitz, und die Sonne lachte über ihn. In ihn war der Schotter eingezogen, seine Lunge war voll mit Geröll. Die Gleise liefen hier so gerade, dass er eine weite Strecke überblicken konnte.

Der Lokführer hatte ausgesagt, Floh habe neben den Gleisen gestanden und gepinkelt, er habe dem ankommenden Zug eine Bierflasche entgegengeschleudert und dabei das Gleichgewicht verloren.

Lasse stand an den Gleisen und dachte daran, wie sich Floh mit beiden Händen an seinen Hosenbeinen festgekrallt hatte, wenn sie hinter der Tür standen, gegen die sein Vater betrunken hämmerte. Wie er sich noch an ihm festhielt, wenn im Flur schon lange Ruhe eingekehrt war. Wie schwierig es gewesen war, die Hände seines Bruders von seinen Beinen zu lösen. Was der Lokführer nicht sagte, war, dass Floh nicht das Gleichgewicht verloren hatte, er hatte sich dem Zug förmlich entgegengestürzt. Nicht wie ein Lebensmüder, sondern wie einer, der sich aufmacht, einen fairen Kampf auszutragen. Er hatte sein Gesicht gesehen, das so plötzlich im Licht der Scheinwerfer auftauchte. Das Gesicht eines Jungen, der glaubte, er könnte gewinnen.

Lasses Telefon klingelte. Er kramte das dreißig Zentimeter große Monster aus seinem Rucksack und schaute auf das Display. Es zeigte keine Nummer an, aber es würde Schwani sein, der in der Telefonzelle vor der MuK stand. Lasses Kopfhaut juckte höllisch von der Kernseife. Er stopfte das Telefon zurück in den Rucksack. Es würde kein Notfall sein. Es war nie einer. Schwani rief ihn meist an, um ihm mitzuteilen, dass er sich jetzt einen runterholen würde, oder einen Kaffee machen, oder dass er gleich ein wenig Schore rauchen würde, nur rauchen. Nur weil Schwani so ein Desaster war, schleppte er dieses pfundschwere Ungeheuer überhaupt mit sich rum. Dabei würde Schwani in einem echten Notfall niemals anrufen. Er würde sich niemals von ihm retten lassen. Und Lasse, der jahrelang darauf aufgepasst hatte, dass Schwani nichts passierte, hatte seinen kleinen Bruder beerdigen müssen.

Floh war neunzehn Jahre alt geworden. Lasse hatte *allein* am Grab seines Bruders gestanden. Er beerdigte seinen Bruder, und sein Mann war nicht da. Das war der Moment, in dem er begriff, dass er Schwani eher verlassen als beerdigen würde, dass er nicht mehr damit leben konnte, dass sein Geliebter für Tage verschwand und dann das Heroin in seinem Bett wieder ausschwitzte.

Schwani rief zum dritten Mal an.

»Hey«, sagte Lasse.

»Du bist nicht rangegangen.«

»Warum rufst du an?«

»Ich hab 'ne offene Stelle am Bein. Bald falle ich auseinander.« Schwani lachte sein hartes, zynisches Lachen, Lasse setzte sich auf die Gleise und drückte das Gesicht zwischen die Knie. Selbst die Sonne schien aus Plastik zu sein. Sie müsste ihn schon in Brand setzen, wollte sie, dass er sie jemals wieder ernst nahm.

KAPITEL 9

Christoph stand mit der Sonne auf, küsste seine schlafende Frau, schloss die Schlafzimmertür leise hinter sich und begann im Wohnzimmer seine Leibesübungen: Rumpfbeugen, Liegestützen, Kniebeugen. Die üppige Schwere der Biedermeiermöbel spornte ihn an, er würde der Leibesfülle seiner Vorfahren entgehen, er würde ihre selbstzufriedene Behäbigkeit nicht teilen. Er öffnete Fenster und Haustür, atmete tief ein und aus und füllte seine Lunge mit Sauerstoff. Er vermied neuerdings Weißbrot, aß jeden Tag einen Apfel und etwas Gemüserohkost, er trank weniger Whisky.

Man musste einen Ehrgeiz haben, welchen, war weniger entscheidend, als er gedacht hatte. Er trank den Kaffee schwarz und aß das Brot nur mit Butter, ihm gefiel die Askese. Er war hart zu sich, versagte sich den Löffel Zucker, den er so liebte, verzichtete auf die Marmelade. Die Industrie verweichlichte sie alle, am liebsten hätte Christoph sich nur noch von Dingen ernährt, die der Wald und die Felder ihm boten: Nüsse, Samen, Früchte und Gemüse. Er würde das Beste aus sich herausholen. Der Himmel war klar, die Luft noch kühl, ein taufrischer Tag, ein verheißungsvoller Morgen, in dem er stand, Muskeln und Gehirn wach und voller Energie.

Er hörte Michél die Stiege hinunterkommen. Seit er wieder malte, stand auch er früh auf, allerdings begann er auch am späten Nachmittag schon zu trinken, und häufig übermalte er nachts sein Tageswerk.

Lucie und Christoph hatten damit begonnen, ihm Bilder zu entwenden, sie fortzuschaffen, bevor er sie ruinieren konnte. Manchmal brachten sie sie zu Willnauer in die Rosenpforte, häufig direkt zu Jannsen.

Michél nickte Christoph zu, Moin min Jung, dann heizte er den Herd an und stellte Wasser für den Kaffee auf. Christoph betrachtete Michéls breiten Rücken, sein unordentliches Haar, seine Hand, in die sich die Pigmente eingegraben hatten, und fühlte sich ein wenig lächerlich in seinen weißen Turnhosen und dem strahlend weißen Hemd. Er holte Wasser aus dem Hof und wusch sich an der Waschschüssel. Er hätte gern geduscht, aber es war ihm zu umständlich, drei Kannen in den kleinen Raum hinter der Stiege zu tragen, sich in die runde Emaillewanne zu stellen und sich das kalte Wasser aus den Kannen über den Kopf zu gießen. Er hatte *immer* noch irgendwo Seife, wenn die letzte Kanne leer war. Er rang ständig mit Lucie, die dann belustigt auf die Möhre in seiner Hand deutete, ein Gemüse, das sie noch niemals ungekocht gegessen hatte, außer, wenn sie halb verhungert die Felder leergehamstert hatte: »Liebster, das Essen reißt du mit den Zähnen aus der Erde, das Wasser aber willst du aus goldenen Armaturen haben?« Und was so umständlich daran wäre, ein bisschen Wasser auf dem Herd heiß zu machen und ein Bad zu nehmen? Lucie wollte keinen Anschluss im Haus, auch kein elektrisches Licht, Michél fragte er gar nicht erst. Beide mochten keine Veränderungen, sie waren immer zum Schlechten, dessen waren sie sicher.

Veränderungen waren ein böses Omen, waren Vorboten von Unheil, und Lucie spürte das Verhängnis kommen, schon seit einiger Zeit. Sie bannte es mit Schlaf, mit Rausch, sie bannte es, indem sie stundenlang vollkommen selbstvergessen aus dem Fenster sah, sie bannte es mit Alp- und Tagträumen, sie bannte es, indem sie es ganz in sich aufnahm und vollkommen betrunken wieder erbrach.

Was das Unheil sei, fragte Christoph sie oft, und Lucie zuckte die Schultern, das wisse sie nicht, es sei nur so ein Gefühl.

Christoph rasierte sich sorgfältig und kämmte sein Haar mit Wasser nach hinten, er putzte sich die Zähne, zog seine Uhr auf und befestigte die Hosenträger an seinem Sonntagsanzug. Michél goss den Kaffee auf, schnitt ein paar Scheiben Brot, die er zum Rösten auf die eisernen Herdplatten legte, zündete sich eine Zigarette an und reichte Christoph eine Tasse. Er kochte jeden Morgen den Kaffee. Egal, wie lange er gearbeitet, wie viel er getrunken hatte, er stand immer auf, sobald Christoph seine Gymnastik beendet hatte, und heizte den Herd ein. Christoph genoss ihr stummes Ritual: Er wusch sich und zog sich für die Arbeit an; wenn er gekämmt und gekleidet war, reichte Michél ihm eine Tasse. Dann standen sie im Salon und tranken den Kaffee, Michél sah aus dem Fenster, und Christoph betrachtete Michél. Sein Gesicht war von Narben übersät, er hatte eine Hand verloren, das Schlüsselbein war schlecht verheilt, so dass er nichts Schweres mehr heben konnte, dennoch wirkte er noch immer so kraftvoll und lebendig, wie Christoph sich in seinen besten Zeiten nicht fühlte. Es kam ihm immer so vor, als würde das wenige Sonnenlicht, das seinen Weg in das Haus fand, nur durch Michél hineingelockt werden.

Michél sprach nie viel und morgens noch weniger, aber dass er seinen Kaffee mit Christoph zusammen trank, dass er erst nach oben vor die Leinwand ging, wenn dessen Tasse leer war, zeigte ihm, dass Michél ihn schätzte. Wenn Michél seine leere Tasse wegstellte, wortlos an ihm vorbei zur Stiege ging, klopfte er ihm manchmal auf den Rücken, ein kurzer kräftiger Schlag, ein Ritterschlag an guten Tagen, eine Mahnung an schlechten.

Frau Fischer schaute ihn misstrauisch an, als er ihr die Fahrkarte in die Hand drückte. »Bitte, es ist mir ein Vergnügen«, sagte Christoph und bot ihr den Arm, den sie nicht nahm, aber sie behielt die Karte in der Hand und steckte die Münzen wieder in ihre Manteltasche. »Na, Sie sind ja jetzt auch bei der Polizei, Ihnen geht's ja zu gut«, sagte sie verlegen.

Christoph hatte gehört, wie Frau Fischer sich mit ihrem Sohn gestritten hatte, der sie nicht zu Fuß nach Schwartau gehen lassen wollte. Der Bäcker lasse nicht mehr anschreiben, hatte Frau Fischer gemahnt. Sie hätten weder Lampenöl noch Kohlen im Haus, eine Fahrkarte für die Straßenbahn zu kaufen, könne sie sich einfach nicht leisten. Fiete hatte sich durchgesetzt, allerdings hatte es einiger lauter Worte benötigt. Obwohl Christoph schon seit fast drei Jahren im Hinterhaus wohnte, die Spuren der Armut in den Körper seiner Frau gegraben fand, und obwohl Nachkriegszeit und Inflation auch an ihm nicht spurlos vorübergegangen waren: Dass eine Fahrkarte für die Straßenbahn solch einen Streit auslösen konnte, machte ihn ganz beklommen. Es gab Dinge, die verstand man nie, wenn man wohlhabend aufgewachsen war, es gab Dinge, die wurde man nicht los, wenn man spät erst zu Geld kam. Christoph war nicht bei der Polizei, zumindest war er kein Polizist, aber er mochte das Missverständnis, deshalb berichtigte er es nicht. Er hatte sich, nachdem er seine Arbeit als Verkäufer verloren hatte, für eine Ausbildung bei der Behörde der Inneren Verwaltung beworben. Vor einigen Monaten hatte ihn der Polizeiherr des Senats ins Polizeiamt versetzt, das zusammen mit dem Kommando der Ordnungspolizei, der Kriminalpolizei und der Politischen Polizei im Zeughaus residierte. Auch wenn er eine Ausbildung zum Verwaltungsfachangestellten machte, war es also nicht ganz falsch, zu behaupten, er sei bei der Polizei, fand Christoph, und für einen, der mal eine Kaserne gestürmt und einen Offizier mit Ballett entwaffnet hatte, machte es ihn erstaunlich stolz.

Er kam nicht mehr ins Zelt hinein, vierzigtausend Menschen waren gekommen, um den Mann zu erleben, Christoph stand so weit weg, dass er ihn weder sah noch hörte, aber das machte nichts: Er hatte seinen politischen Moment schon gehabt.

Christoph hatte seinen politischen Moment in der Straßenbahn gehabt, als Frau Fischer ihn tatsächlich kurz anlächelte und er in der Bahn stand zwischen Arbeitern, Arbeitslosen und Armen, die alle dasselbe Ziel hatten. In den Kurven fiel er gegen die anderen Körper, der Wagen war mit Gerüchen gesättigt, und Christoph atmete tief aus und fühlte sich geborgen. Ihm war, als würde sein ganzer Körper in fruchtbarer, sonnenbeschienener Erde stecken. Die Straßenbahn, die vor Reisenden fast aus allen Nähten platzte, deren Wände sich unter dem Druck der Hoffnung nach außen wölbten, wurde zu Christophs zweitem Mutterleib, zum ersten aber, der ihn gebären konnte, ohne daran zu sterben. Christoph begriff, und nichts in seinem ganzen Leben hatte ihm jemals eine derartige Erleichterung verschafft, dass er vollkommen *unwichtig* war. Dass seine Gefühle *nichts* waren, dass *er* nichts, das Volk aber *alles* war. Dass er, der seine Mutter getötet und sein Talent verraten hatte, dass es auch für ihn einen Kampf gab: Es war nicht der Kampf für sich selbst, sondern für andere. Christoph stieg als Egoist in die Straßenbahn ein, und als Sozialist wieder aus.

Das Volk hatte ihn neugeboren, und es verließ ihn nicht. Vierzigtausend Menschen drängten sich vor dem Redner, trugen Christoph in ihrer Mitte. Arbeiter und Veteranen, Arbeitslose und Bürger, Professoren und Wirte, vierzigtausend Lübecker Schulter an Schulter, Haut an Haut, Faust an

Faust. Die einen hassten die Armut, die anderen die Demokratie, die Nächsten die Juden. Sie hassten die Kommunisten, die Landesverräter, die Siegermächte, alle ersehnten die Hoffnung, die viele von ihnen schon verloren hatten, alle liebten die Kraft, mit der dieser Mann auftrat. Denn es gab eines, was die NSDAP von allen anderen unterschied: Sie hatte ihre Versprechen nicht gebrochen, sie hatte noch niemanden verraten. Die Kommunisten hatten ihr Wort an die Arbeiter nicht gehalten, sie waren in ihrem Elend stecken geblieben, jetzt gingen sie zu einer anderen Arbeiterpartei. Die Bürgerlichen waren enttäuscht von der Weimarer Republik, fünf Lübecker Banken waren zusammengebrochen, der Handel war zurückgegangen, die Arbeitslosigkeit lag bei fünfzehn Prozent. Man fühlte zum ersten Mal wirklich, dass die Stadt auf Sumpf gebaut war. Der unangenehme, an Urin erinnernde Geruch, der bei feuchtem Wetter aus dem Sumpf in die Wände der Häuser kroch, schien plötzlich vielen wie der Vorbote einer untergehenden Welt. »Heil!«, rief die Masse, und Christoph schloss die Augen. Ein Jubel, wie er ihn zuletzt aus Alfons' Kehle gehört hatte, als der Kaiser die Stadt besucht und die *Lubeke* ausgelaufen war. Als Alfons jubelte und das düstere Schweigen der Trauer um Josefa durchbrach. »Heil!«, schrie die Masse, und Christoph riss seinen Arm nach oben.

Lucie saß im Lichtspielhaus in der Königsstraße und hatte seit zehn Minuten nicht mehr geblinzelt. Sie liebte Filme mit einer erstaunlichen Hingabe, erstaunlich zumindest für eine Schauspielerin, der das Theater so *vollkommen* schnurzpiepe war. Ihre Inbrunst hatte etwas von Verrat, sagte Willnauer manchmal, wobei er ganz begeistert schaute. Er liebte es, wenn Figuren sich entgegen seiner Erwartung verhielten, er konnte das vom Leben nicht immer trennen.

Vampyr war letzte Woche angelaufen, Lucie liebte Horrorfilme, es waren die einzigen Filme, von denen sie sich komplett verstanden fühlte. Sie schaute mit wohligem Schauer zu, wie sich dort die Schatten von den Menschen lösten und ihnen nach dem Leben trachteten. Schatten, die sich in leeren Räumen im Tanz drehten, Schatten, die Gräber aushoben. Zwischen ihnen der junge Mann, voller Angst und Neugier und Heldenmut. Ein Mann, der Christoph nicht unähnlich sah, der wie Christoph weder Nacht noch Geister scheute, um *das Mädchen* zu retten. Sie sah das Mädchen, dem Vampir in die Arme gegossen, und den jungen Mann, der sie retten wollte und dann selbst seinen Körper verlor. Es gar nicht merkte, dass er nur noch Abbild war, als er über die Wiese eilte, um Hilfe zu holen, bis er zurück beim Wirtshaus in einem Sarg seinen eigenen Körper liegen fand.

Im Publikum hörte man unterdrückte Schreie, ein paar Damen bargen das Gesicht in den Händen, Lucie erschrak nicht. Da wusste jemand, wie es sich anfühlte, wenn man sich auf den Schatten des Geliebten nicht verlassen konnte, nicht auf das Leben und nicht auf den Tod.

Auch der Teufel war dem Film verfallen, allerdings interessierten ihn die Geschichten nicht, was er sehen wollte, war die Welt. Selbst der Mond schien ihm neu auf der Leinwand, und vielleicht, dachte er, war es ja ein anderer, es würde ihn nicht wundern, hätte jeder Ort seinen eigenen. *Nosferatu* allerdings war eine einzige Enttäuschung gewesen, da ging er ins Kino, um andere Städte zu sehen, und sah die Lübecker Salzspeicher. Noch dazu hatten die wenigsten Filme Außenaufnahmen, und häufig waren es einfach Kulissen. Man konnte noch nicht viel sehen von der Welt im Kino der Zwanzigerjahre, und, soweit der Teufel es jetzt, 1932, beurteilen konnte, würde die Welt in Zukunft nicht weiter werden, sondern enger. Er richtete sich also auf öde Zeiten ein, er dachte an die verlassene Liubice, er dachte an verwesende Füchse und Staub, der in windstillen Nischen Türme baut.

Als das Licht im Saal anging, blieb Lucie noch lange sitzen, sonnenscheu und von den Schatten verraten.

»Da draußen«, sagte sie zum Teufel, »da draußen wartet das Unheil. Die Filme wissen es, ich weiß es, mir graut vor den Menschen, und ich weiß nicht warum.«

»Du liebst doch das Unheil«, sagte der Teufel, »wenn es eine Hölle gäbe, sie wäre dir Salon. Warum wirfst du dich nicht ganz und gar hinein?«

Lucie schaute ihn an, nahm ihren Lippenstift aus der Tasche und malte ihm die Lippen rot, »weil ich das Vage liebe, nicht das Wirkliche«.

Der Teufel, der kaum jemals auch nur blinzelte, schloss die Augen.

Lucie strich ihm über den schwarzen dichten Bart und küsste seine roten Lippen, und alles war ohne Substanz, als grübe sie ihre Finger in eine Wolke.

Lucie sank bei ihrem Arzt, der nicht weit vom Lichtspielhaus wohnte, auf das traubenrote Samtpolster und entblößte ihren weißen Arm, in dem die blauen Adern gierig pochten. Kein Mensch *spürt* wirklich seine Adern, der Sucht allerdings war das vollkommen egal: Lucie fühlte, sobald ihr Kopf den Samt berührte, das Netzwerk an Adern in ihrem Körper brennen, der Haut entgegendrängen. Lucie *war* Blut, mühsam durch ein Flechtwerk von dünnen Kanälen bezähmt. Vergiss die Knochen, vergiss Muskeln und Sehnen und Haut, alles nur da, um Schmerzen zu bereiten. Vergiss *vor allem* das Gehirn, das ist ausschließlich dazu da, um Schmerzen zu bereiten. Nur das Blut war konzentriertes Leben, Blut konnte nicht schmerzen. Es war das einzig Wahre an so einem Körper, wie Lucie ihn hatte. Nichts an Lucies Körper funktionierte so, wie es sollte.

Christophs Verehrung, seiner Fürsorge für sie und ihren versehrten Körper hatte sich eine Spur Verachtung beigemischt. Was war das für eine Frau, die sich voller Lust in seine Arme warf und an der nichts haften blieb? Dachte er wirklich so? Lucie war sich sicher. Männer dachten so. Der weibliche Körper musste schutzbedürftig wirken, aber er musste stark genug sein für ein Kind. Alles an Lucie war schwach. Nur ihr Blut, das war stark. Es toste und wilderte durch ihren Körper, und das Blut hatte Hunger.

Sie sah die flüssige Perle auf dem Kopf der Nadel glitzern, warm und nahrhaft wie Fruchtwasser, und der Hunger wurde so gewaltig, dass ihr Arzt gütig nickte und ihre Dosis erhöhte. Genug, dass der rote Samt Lucie ganz verschlingen konnte, genug, dass jedes Unheil von ihm aufgesogen wurde und sie, als sie aus der dunkelroten Tiefe wieder emporstieg, so leicht geworden war, dass der Samt sie nicht mehr halten, dass die Luft allein sie tragen konnte.

Lucie hätte gelacht, würde Lachen nicht so viel Kraft erfordern, aber sie lächelte, und ihr Glück troff auf das Sofa, und der Arzt blickte auf seine Uhr und notierte den Beginn der Levitation.

Die spontane Levitation hatte er nicht häufig, aber doch hin und wieder unter dem Einfluss von Morphium beobachten können, er hatte das eine oder andere Mal sogar Fotografien davon angefertigt. Diese junge Dame hier schwebte häufiger und länger als alle Patienten, die er bisher betreut hatte.

Er notierte die Höhe (ein Meter zwanzig), sah erneut auf die Uhr, sieben Minuten bisher, und baute seine alte Plattenkamera auf. Lucie Petersenn lag auf der Luft wie eine lächelnde Tote. An ihrem nackten weißen Arm lief ein dünner Faden roten Blutes hinunter, und erst da fiel dem Arzt auf, dass alle Farbe aus dem Zimmer gewichen war. Sein Zimmer, Lucie Petersenn, er selbst, nichts hatte mehr Farbe, alles war schwarz oder weiß, die Kontraste so stark wie Kohle auf Papier, nur der dünne Faden Blut, der ihren Arm hinunterlief, der war brennend rot. Als hätte das Zimmer selbst sich auf die Platte seiner Kamera gebannt.

Lucies Arzt ragte in das 20. Jahrhundert hinein wie die letzte Zinne einer verfallenen Burg. Offiziell praktizierte er schon lange nicht mehr, die Behandlungsmethoden hatten sich zu stark verändert, offiziell müsste er außerdem schon tot sein, er war weit über hundert Jahre alt, und beileibe nicht unsterblich, wie sein in den letzten Jahren rapide austrocknender und schrumpfender Körper anzeigte. Sein Zahnfleisch zog sich über seinen erstaunlicherweise immer noch vollzähligen Zähnen zurück, der Haaransatz kroch zur Kopfmitte, seine Muskeln verkümmerten, nur die Haut zog sich nicht wieder zusammen. Sie hing in dünnen trockenen Falten an seinem Hals und der Rückseite seiner Oberarme, bildete sanfte Wellen auf seinen Schenkeln und seinem Bauch.

Seine Wohnung war ein samtener Ort ewiger Dämmerung, die schweren, mottenzerfressenen grünen Samtvorhänge waren bei sonnigem Wetter immer zugezogen. Dicke Teppiche schluckten jeden Laut. Jeder Tisch, jede Kommode war von vergilbten, fadenscheinigen Spitzendeckchen bedeckt, Jugendarbeiten seiner Frau, die vor mehr als einem halben Jahrhundert an einer Lungenentzündung gestorben war. In den Ecken nisteten Spinnen, in den Regalen wellten sich die Seiten mürber Bücher. Überall standen Schröpfgläser, in denen Fliegen vertrockneten, Schalen für den Aderlass, in denen die zusammengerollten Körper toter Spinnen im Staub lagen, Apothekengläser mit zerfallenem Inhalt und verblassten Aufschriften und andere medizinische Accessoires, die er seit Jahrzehnten nicht mehr angerührt hatte. Seit seine Tochter im Alter von sechsundsiebzig Jahren, dicht gefolgt von seinem Dienstmädchen, gestorben war, hatte niemand mehr Staub gewischt, Tischdecken und Vorhänge gewaschen oder die Teppiche ausgeklopft. Die ganze Wohnung glich einer

Landschaft, die von einer dünnen Schicht Neuschnee bedeckt war, man hinterließ tatsächlich Fußspuren im Staub, und es war auf einen Blick erkennbar, welche Utensilien und Möbelstücke noch in Gebrauch waren.

Als Lucie 1931 zum ersten Mal zu ihm gekommen war, ein wenig verwirrt und geschwächt vom gelegentlichen Rauchen des Morphiums, war er gerade hundertsieben Jahre alt geworden, befolgte er immer noch sklavisch die Grundsätze einer vergangenen und nicht besonders ruhmreichen medizinischen Ära und machte Lucie innerhalb weniger Wochen reinsten Gewissens zur Morphiumsüchtigen.

Denn der *Morphiumhunger*, so stand es in dem Buch eines geschätzten Kollegen, entstand durch das *Essen* des Stoffes, also das Rauchen. Umging man die Aufnahme über den Magen, spritze man das Morphium direkt in die Vene, erzeuge es keine Sucht, so schrieb der Kollege, zudem sei der Patient auch weniger belastet durch Nebenwirkungen. Und tatsächlich, wo das Rauchen nicht mehr bewirkte als einen extrem weichen Muskeltonus, eine Verlangsamung der Atmung und eine träge Sprache, ließ sich *Schweben* nur mit der Nadel erreichen.

Der Arzt schaute nach seiner Patientin: ein Meter und fünf Zentimeter. Rückgang des Speichelflusses und der Schweißproduktion, mit der Intensität des Rausches ließ auch die Höhe der Levitation langsam nach. Dennoch war die Dauer erstaunlich: schon zweiunddreißig Minuten, keiner seiner anderen Patienten hatte bisher mehr als sieben Minuten in der Luft verbracht.

Lucie schwebte unter der Decke ihres Arztes, und Christoph kniete vor dem Grab von Johann Petersenn. Vor dem von Regen dunklem Stein zupfte er das Unkraut aus, das zwischen den Blumen wuchs, griff mit bloßen Händen in die Brennnesseln und schabte mit den Fingernägeln das Moos aus der

Inschrift. Johann Petersenn mochte ihm zu Lebzeiten Unrecht getan haben, aber jetzt war er tot. Und ein toter Vater hat immer recht. Christoph hatte vor einigen Tagen einen Brief von Mathilda erhalten, den er seitdem ungeöffnet in der Manteltasche trug. Als er in der Straßenbahn saß, beseelt von der Versammlung und der Einigkeit von vierzigtausend Menschen, fand er plötzlich die Kraft:

1. *Das Grab seines Vaters zu besuchen*
2. *Mathildas Brief zu öffnen*

Er hatte den Brief, damit nicht einer von beiden Vorgängen ihn dann doch erschöpfte, direkt auf dem Friedhof geöffnet. Christoph hielt den Brief in der Hand und riss das Unkraut aus der Erde des Grabes. Er, Christoph Maria Petersenn, hatte den ersten wirklichen Freund, den er je gehabt hatte, betrogen und erniedrigt. Und jetzt hatte er ihn ins Grab gebracht. Christoph krümmte sich zusammen, er presste die Hände von beiden Seiten gegen seinen Kopf, er wusste nicht genau, was er fühlte. Es war eine Mischung aus Scham, Ekel und Entsetzen, es war Wut und Triumph und Trauer, es war Grauen, es war, schlicht gesagt, nicht auszuhalten. Mathilda hatte ihm mit entsetzlicher Genauigkeit geschrieben. Wahrscheinlich beschrieb sie ihm die Entstellung, die das Gesicht, besonders die Kieferpartie, durch das Seil erlitten hatten, so detailliert, um sich selbst die Bilder auszutreiben. Sie pflanzte sie um, von ihrem in Christophs Kopf.

Er zerknüllte den Brief, die feuchte Erde hatte seine Hose längst durchweicht. Es regnete, weil es eben regnen musste, wenn der Sohn von Reue gebeugt vor dem Grab des Vaters kniete, es regnete also nur dort, nur auf dem Friedhof, Lucie schlenderte durch einen lauen, lichten Abend nach Hause, die Füße noch nicht wieder ganz auf dem Boden verankert, was kaum auffiel, ihr Gang hatte immer etwas Schlafwandlerisches, man blinzelte etwas zu häufig, wenn man sie gehen sah.

Frau Fischer saß kerzengerade im Dachstuhl, das Haar straff auf dem Kopf zusammengebunden, die Gaslampe hing über ihrem Kopf, das Licht stürzte über ihre Schultern und versiegte über ihren Knien. Michél hatte sie schon oft gebeten, ihm Modell zu sitzen (diese Ohren!), Frau Fischer hatte ihn immer abgewiesen. An diesem Abend aber war sie so erfüllt von der Kundgebung und milde gestimmt durch Christophs Großzügigkeit, dass sie beschloss, dessen Schwiegervater eine Chance zu geben. Sie saß neben der durchgeschwitzten Matratze des Künstlers auf einem Stuhl. Der Boden auf der anderen Seite der Matratze war übersät mit schmutzigem Geschirr und halbvollen Gläsern, in denen Zigarettenkippen schwammen. Die andere Hälfte des Raumes, die Seite, wo die Leinwand stand, war von fast penibler Aufgeräumtheit. Michél trug einen hellbraunen Anzug mit Hosenträgern, sogar einen Hut auf dem Kopf. Er hatte eben das Haus verlassen wollen, als Frau Fischer anklopfte, bereit, porträtiert zu werden. Michél kümmerte sich weder um das schwindende Licht noch um die Verabredung, die er hatte, er zog Frau Fischer ins Haus, bevor sie es sich anders überlegte, und begann sofort mit den Skizzen.

Lucie schwebte durch die dunkelnden Straßen der Stadt, Michél malte das Bild, das ihm zum Verhängnis werden würde, und Christoph kniete im Regen, die Hände in den Brennnesseln. An der Seite von Johann lag Josefa, deren Grabstein so mit Moos überwuchert war, dass man die Inschrift noch nicht einmal erahnen konnte. Nur ihr Foto, dieses ovale verglaste Bild, war vom Moos unberührt. Christoph wischte die Schmutzschicht ab, wappnete sich für ihren Blick, aber das Foto war vollständig verblichen. Es hätte irgendwer sein können, der dort bei den Gebeinen seines Vaters lag.

Christoph dachte an Peter Wieland, er dachte an den toten

Matrosen, an einen, der gekämpft und geglaubt hatte. Und er, Christoph Petersenn, hatte die Revolution zu nichts anderem genutzt als für seinen privaten Rausch. In einer Zeit, in der alle um Höheres rangen, hatte er sich im Bett seines Freundes gewälzt, die Beine von dessen Frau über seinem Rücken verschlungen. Christoph lag halb auf dem Grab seiner Eltern und drückte sein Gesicht in die Erde. Gedanken, als hätte man ihm die Zunge rausgerissen. Tränen liefen ihm aus den Augen, Rotz aus der Nase und Speichel aus dem Mund. Er schmeckte Dreck und Holz. Er schmeckte Mathildas Mund. Diese jüdische Hure, dachte Christoph, diese jüdische Hure hat ihren Mann ins Grab gebracht. Er bekam wieder Luft. Diese jüdische Hure, dachte er und richtete sich auf, diese jüdische Hure, und ein Sonnenstrahl traf ihn ins Gesicht. Ein Sonnenstrahl genauso unecht wie der Regen. Es war längst Nacht über der Stadt.

Willnauer stand auf dem Buniamshof, wo unter einigem Getöse gerade Bücher in die Flammen geworfen wurden (*Gegen Dekadenz und moralischen Zerfall! Für Zucht und Sitte in Familie und Staat! Ich übergebe der Flamme die Schriften von Heinrich Mann, Ernst Glaeser und Erich Kästner!)*. Die Bücher – Subtilität war nicht gerade die Stärke des neuen Zeitgeistes – waren auf einem Mistwagen aufgehäuft. Oben im Haufen steckte, die Forken gerecht zwischen Marx, Hemingway und Kafka verteilt, eine Mistgabel. Willnauer trug einen Seesack über der Schulter, der Riemen schnitt ihm ins Fleisch, ein Gewicht ohne Maßeinheit. Er starrte auf das Feuer, in dem die Sätze seiner Kollegen verglühten, drum herum Tausende, die Arme voller Bücher. Sie waren in einem langen Zug dem Mistwagen hinterherprozessiert, Willnauer war ihnen gefolgt, mit schmerzendem Rücken und kaltem Schweiß auf der Stirn. Es war der 26. Mai 1933 – seine Zeit war gekommen.

Willnauer beobachtete, wie ein Maikäfer vom Licht des gigantischen Feuers angezogen wurde, durch die Hitze zurückschreckte, erneut, nachdem er eine kleine Schleife durch die Dunkelheit gezeichnet hatte, wieder den Flammen entgegenstrebte, schließlich den Scheiterhaufen in weiten Kreisen umrundete. Willnauer sah, wie die Bahn des Maikäfers immer enger wurde, sich spiralförmig dem Licht näherte, bis die Hitze ihm schließlich die Flügel versengte und der Maikäfer in die Flammen stürzte.

»Gegen seelenzerfasernde Überschätzung des Trieblebens«, rief ein Mädchen laut der Menge entgegen, »für den Adel der menschlichen Seele! Ich übergebe den Flammen die Schriften von Sigmund Freud!«

Freud! Gerade Freud! Natürlich Freud, seufzte der Teufel, der eben den Schauplatz betreten hatte. *Naturellement!* Ohne Freud würde es wieder bedeutend uninteressanter werden. Jetzt werden sie aus allen Löchern gekrochen kommen, die kleinen Provinznutten der Literatur, dachte der Teufel mit der Bitterkeit von über tausend Jahren Langeweile. Raum für die Lebensgeschichten der neuen Heroen: Alpenrausch und Edelweiß, Schollenkranz und Ackerfurche, es war deprimierend. Da ging er dahin, der Kafka, dicht gefolgt von Döblin.

Der Teufel schaute in die leuchtenden Gesichter der Schüler und Studenten, der Lehrer und Professoren, der Eltern und Großeltern, die jetzt, zu den anschwellenden Chören der Hitlerjugend, ihre mitgebrachten Bücher ins Feuer warfen, dem Teufel die Welt nahmen. Denn was tut einer, den die Menschen kaum noch überraschen? Was tut einer, der weder reisen noch sterben kann? Er liest.

Bei einer Werkausgabe von Jack London sprang er hinterher. Andere Autoren mochten intellektuell anregender sein, aber Jack London erschloss ihm das Meer, vor dem er ständig gefesselt stand. Er ließ ihn in die Ferne blicken und nichts sehen außer Himmel und Wasser. Jack London und seine Abenteuer waren eine seiner süßen Sünden. Der Teufel lag in den Flammen, die Glut brannte sich durch seine Augen und griff sich den *Seewolf*.

Willnauer stand in der Menge, im Rauch des Feuers. Er wischte sich mit dem Ärmel das Wasser aus den Augen, ohne den Blick von den Flammen abzuwenden.

Das Gewicht tausender handbeschriebener Seiten auf den Schultern. Das Gewicht durchwachter Nächte und kalter Öfen. Das Gewicht dreier großer Romane, die sein Leben zerdrückt hatten.

Auf dem Heuwagen stand jetzt ein Student und spießte unter dem Johlen der Menge Bücher auf, warf sie ins Feuer wie Dünger. Willnauer fühlte plötzlich einen Blick. Als streiche man ihm mit einer Brennnessel über das Gesicht. Er sah vom Feuer auf und in die Augen des SA-Mannes Sievers, dessen Gedichte er kritisiert hatte. Sievers fixierte ihn, boshaft, so kam es ihm erst vor, drohend, dachte er dann, bis ihm auffiel, dass der Mann ihn tatsächlich mit kameradschaftlichem Triumph musterte. Mit einem Kampfgeist, der zu besagen schien, dass jetzt seine und Willnauers Zeit gekommen sei. Dass eine Ordnung heranbreche, die ihre Literatur zu schätzen wisse. Willnauers Zeit war gekommen, Sievers' Zeit jedoch nicht.

Willnauer schaute zu den Maikäfern hinauf, die in großer Zahl das Feuer umkreisten, dann setzte er den Seesack ab. Er kniete sich auf den Boden, öffnete den Verschluss, schloss die Augen und griff in den Bauch des Seesacks, legte die Hand auf das Papier. Vier große Packen, mit grober Schnur zusammengehalten. Drei Romane und eine Unzahl an Novellen und Erzählungen. Tinte und Bleistift, tief in das Papier gekerbt. Fußabdrücke von Ordnungshütern, Rotweinflecken, Kaffeeflecken. Zigarettenasche, Schweiß und Kohlestaub. Schimmel und Gilb, Katzenhaare, Rotz und Blut und Wasser. Alles hatten die Blätter aufgesaugt. Willnauers Schmutz, seine Entbehrung, seine Schönheit. Vier Pakete, an denen er in den letzten vierzig Jahren Tag für Tag gearbeitet hatte, nüchtern oder betrunken, hungrig oder satt, todmüde, todunglücklich, todessehnsüchtig. Verliebt, verlaust und verloren.

Willnauer griff ein Paket nach dem anderen, legte sie auf die trockene, glühende Erde, stapelte sie zu einem Turm:

Mangelnde Veröffentlichung musste nicht bedeuten, dass sein Name auf der Schwarzen Liste fehlen musste. Er wusste, dass die Welt zu einer geworden war, wo Veröffentlichung eine Schande bedeutete, er wusste, dass nur noch das Feuer ihn adeln konnte. Er kniete vor der gilben Skulptur, mehr als einen Meter hoch, die Seitenränder zerfranst und schmutzig, Monument seiner Niederlage.

Er ging zum Feuer und warf seine Arbeit zu der Asche von Tucholsky, Brecht und Mann, von Benjamin, Kafka und Gorki, zu Heine, Musil und Zweig. Er ging, während die Flammen über seiner Schrift zusammenschlugen.

Jannsen saß auf dem grünen Samtsofa, Michél stand an die Wand gelehnt, Lucie servierte Wein. Für einen Moment verschluckte sich die Zeit, so genau erinnerte das Bild an Jannsens ersten Besuch.

»Dat güng woll fix«, sagte Michél grimmig auf die Eröffnung, dass Jannsen entlassen sei, das Museum von *entarteter* Kunst *gesäubert* werde.

»Na ja, wir sind zumindest erst nach den Kommunisten dran«, seufzte Jannsen. »Die Gefängnisse sind so überfüllt, die werden schon nach Hamburg gebracht!« Und auch er, Michél, müsse sich vorsehen, auch zwei seiner Bilder habe man erwischt.

Michél winkte ab, von der Kunst hätten die ja wohl rein gor keen Ahnen, deswegen sei er noch lange nicht insnappt, also noch einmal luut und düütlich: »Laat mi mit den Nusselkraam an Land. Wat snackst du vun Angst? De Klookschieter kööont mi an den Moors kleien! Ik laat mi doch nich vun jeden Stratenjiffer anmiegen.« Und außerdem: »Mien Biller sünd in'n Moors, de kannst du wegsmieten. Wat sall man lang doröver räsoneern, so is dat nu mal, dor kannst nix an maken.«

Lucie zündete sich eine Zigarette an und schaute auf ihre Schuhspitzen. Welche Bilder es erwischt habe. Was mit den anderen sei. Was mit den Bildern sei, die sie bei Jannsen in der Wohnung versteckt hätten. Sie sprach tonlos, die Fragen klangen nicht nach Fragen. Eher wie ein Mantra. Als sagte sie gerade etwas auf, das sie schon lange geübt und das jeden inhaltlichen Sinn für sie verloren hätte. Jannsen lachte bitter: »Meine Wohnung haben sie noch nicht durchsucht, aber ich würd sie dort wegschaffen an eurer Stelle, das kann alles noch kommen.« Michél machte eine wegwerfende Bewegung, wenn andere sich über seine Bilder aufregen wollten, bitte, aber mit so 'nem Tüünkram gebe er sich nich ab.

Lucie schaute zu Christoph, der ihr zunickte, sie mussten die Bilder zu Willnauer bringen, in der Gröpelgrube waren sie auch nicht sicher, zumindest nicht vor dem Künstler selbst, der grimmig seinen Wein trank und sich weigerte, auch nur einen Funken Besorgnis zu zeigen, was den Erhalt seiner Bilder anging.

Man sei ja weiß Gott einiges an Rüpeleien gewöhnt aus der Republik, aber die letzten Monate, die schlügen doch dem Fass den Boden aus, Jannsen unterbrach sich, sah erschrocken zu Christoph, der gerade seine Tasse auf dem wackeligen Rokoko-Teetisch abstellte, den Wein hatte er abgelehnt. »Um Christoph musst du dir keine Sorgen machen«, rief Lucie schnell. »Wir sind doch hier unter Freunden!«

Christoph hielt Jannsens Blick, faltete seine Serviette und tupfte sich den Mund ab. Er saß mit übereinandergeschlagenen Beinen auf dem grünen Samt, Jannsen saß am Küchentisch. Das Feuer im Herd, das Michél angezündet hatte, um Wasser für Christophs Kaffee zu kochen, hatte die frühsommerliche Brise, die durch die Fenster in das Wohnzimmer drang, in Hitze verwandelt, zumindest, wenn man, wie Jannsen, nur einen Meter vor dem Herd saß. Es war ein Platz, der im Winter den Gästen angeboten wurde, damit sie es warm hatten, im Sommer aber saßen dort Michél oder Christoph. Als Lucie sah, wie sich dunkle Flecken auf Jannsens Hemd bildeten, fragte sie sich, ob Jannsen sich dort freiwillig hingesetzt hatte, oder ob sie richtig erinnere, dass Christoph ihm den Stuhl zurückgezogen hatte, dass es ihm unmittelbar danach nach Kaffee verlangt hatte. »Jetzt einen schönen heißen Kaffee, echten Bohnenkaffe, Jannsen, na?«, hatte er gesagt.

Christoph schwieg noch immer. Er sah Jannsen in die Augen, der das leere Glas in der Faust hielt, die Knöchel weiß. Christoph schenkte sich Kaffee nach, die Stille wurde zu einem alten Tier. Lucie schrak fast zusammen, als Christophs Stimme sie plötzlich brach: Er, Jannsen, solle sich mal keine Sorgen machen, das werde sich alles wieder beruhigen. Das habe doch die Geschichte gezeigt, dass es Zeiten gab, in denen man hart durchgreifen müsse. Das dürfe man jetzt nicht überbewerten. Würde er nicht zurückschlagen, wenn man ihm das Haus angezündet habe?

Jannsen wiegte seinen Kopf hin und her, erleichtert, dass Christoph ihm seine Entrüstung offensichtlich nicht übelgenommen hatte. Christoph lächelte verschwörerisch: »Mit mir können Sie doch ganz unverblümt sprechen. Ich möchte jetzt auch ganz freimütig mit Ihnen sein. Das wird Sie jetzt vielleicht erstaunen, aber mittlerweile denke ich, die linken Revolutionäre hätten damals nicht so zimperlich mit der alten Ordnung verfahren dürfen. Sie haben die Repräsentanten der Monarchie geschont, und schauen Sie, was uns das eingebrockt hat: Bürgerkriege! Armut und Anarchie! Wenn sich etwas ändert, muss man reinen Tisch machen. Ich sage Ihnen, wer auch immer an der Macht ist, es ist besser, wenn er dort frei walten kann. Das sage ich jetzt ganz unparteiisch.« Christoph nahm sich einen Keks vom Teller, diese süßen Sünden, er könne ihnen einfach nicht immer widerstehen, dann lächelte er Jannsen aufmunternd zu, er solle mal nicht den Teufel an die Wand malen, er, Jannsen, kenne doch Christophs »Vergangenheit«, er zeichnete Gänsefüßchen in die Luft. »Wenn die Nationalsozialisten wirklich solche

Ungeheuer wären, meinen Sie wirklich, dass ich, mit meiner (Gänsefüßchen) Vergangenheit (Gänsefüßchen), nicht sofort meine Stelle verloren hätte? Dass ich dort sitze, im Zeughaus, muss Ihnen doch zeigen, dass das alles nicht so heiß gegessen wie gekocht wird. Das sind rechtschaffene Polizeibeamte dort, die meisten von ihnen haben schon fünfzehn Jahre Dienstzeit in der Weimarer Republik auf dem Buckel. Recht wird Recht bleiben, darauf gebe ich Ihnen mein Wort. Und natürlich, ganz unter uns: Das ist schon ein bisschen happig, was in den letzten Monaten hier passiert ist. Aber wie gesagt: Der Reichstag hat gebrannt, Notverordnungen waren nie ein Honiglecken. Und was die SA angeht: junge übermütige Hunde, die vielleicht einmal hier und da ein wenig über das Ziel hinausschießen. Das renkt sich schon noch ein.«

Christoph lehnte sich zurück, wandte sich dem Fenster zu und schloss kurz die Augen, als ein Sonnenstrahl auf sein Gesicht fiel.

Lucie kratzte sich die Arme, da war so ein Gefühl, das sie häufiger hatte in letzter Zeit, als würden ihr Ameisen über die Haut laufen, als würden hunderte von winzigen Beinchen über ihre Arme hinunterkrabbeln.

Jannsen nickte vorsichtig zu Christophs Ausführungen, schlug aber das zweite Glas, das dieser ihm anbot, aus, er wolle gar nicht lange bleiben, aber er habe sie doch über die veränderte Lage unterrichten, sie warnen müssen.

Christoph schaute Jannsen mit direktem, betroffenem Blick an, bis Jannsen sich schließlich ein Herz fasste, ob er da nicht was machen könne? Er sei doch bei der Polizei! Ihm, Jannsen, gehe es ja nicht um das eigene Befinden, sollten sie ihn doch rausschmeißen, aber die Kunst müsse man doch bewahren. Die müsse man doch schützen.

Christoph hörte ihm andächtig zu, nickte immer wieder verständnisvoll, zuckte schließlich bedauernd die Schultern, das tue ihm leid, aber er sei doch nur in der Verwaltung. Er habe nicht den geringsten Einfluss. Er könne da genauso wenig tun, er lachte, um die Stimmung aufzulockern, wie der Leierkastenmann, der schon den ganzen Tag in der Gröpelgrube stehe und ihnen allen die Nerven zerrütte. »Nicht wahr? Jannsen. Hm?«

Lucie schaute ihren Mann an, ihr wurde leicht schwindelig, und plötzlich fühlte sie sich schuldig. Fühlte sich, als hätte sie selbst die Bilder aus dem Museum gerissen, als hätte sie selbst Jannsen den Stuhl unter dem Hintern weggetreten. Sie setzte sich neben ihren Mann auf das Sofa, küsste ihn auf den Mund und begann still damit, sich zu betrinken. Als Christoph sie am Abend ins Bett trug, hatte er Michéls Bilder schon zu Willnauer gebracht.

Lucie drängelte sich durch die Masse der Schaulustigen, dann erst durch die Reihe der SA-Männer und betrat das Hutgeschäft. Sie ignorierte die drohenden Rufe. Lucie war nicht mutig. Sie war furchtlos. Sie hatte einfach keine Angst um die eigene Haut. Sie musste da nichts überwinden. Sie betrat das Geschäft, stieg über die Scherben, die auf dem Boden knirschten, grüßte die Inhaberin, bei der sie schon einige Hüte gekauft hatte, machte einen etwas hilflos wirkenden Kommentar über das Wetter: so sonnig heute!

Und tatsächlich, die Sonne glitzerte ganz famos in den Fensterscherben auf dem Boden, verwandelte das kleine Geschäft in einen funkelnden Diamanten. Frau Herzberg holte den Hut hervor, den sie für Lucie angefertigt hatte, schob ihn ihr hastig zu, eine Scherbe glitzerte in ihrem Haar.

Der Handspiegel zitterte in der Hand der Hutmacherin. Warf das Sonnenlicht, das durch Tür und Schaufenster einfiel, in die Menge zurück. Lucie dachte an ihren Schrecken, als sie das erste Mal ihr Spiegelbild gesehen hatte. Sie rückte mit beiden Händen den Hut zurecht und betrachtete die Menschenmenge vor dem Laden, die ihr Spiegelbild umrahmte.

Sie trat einen Schritt zurück, das Glas knirschte unter ihren Absätzen. Eine Kumuluswolke von Gesichtern, die sich vor dem Laden auftürmte, mit Mienen, die von ihrer eigenen Unschuld und Rechtschaffenheit überzeugt waren. Keiner von ihnen überschritt die unsichtbare Linie, die ein Mann mit seinem Pappschild gezogen hatte. In der Menge entdeckte Lucie drei Damenhüte, die unverkennbar von Frau Herzberg angefertigt worden waren. Lucie wollte der Dame den Spiegel aus der Hand nehmen, aber sie konnte ihre Finger nicht lösen. Als wäre ihre Hand zu Stein geworden. Der Spiegel zitterte, Frau Herzbergs Hand aber nicht. Ihr Handgelenk war vollkommen steif.

Lucie sah die Horde im Spiegel, sie sah das Gesicht der Hutmacherin über dem silbernen Jugendstilrahmen, ihre Augen, die über Lucies Kopf hinweg in die Gesichter der Gaffer sahen. Und für einen Moment fühlte Lucie alles: Frau Herzbergs Angst und den Hass der Zuschauer. Sie fühlte mit ihrem ganzen Körper den Schockzustand, in dem Frau Herzberg war, diese vibrierende Taubheit, durch die langsam das Entsetzen drang. Sie fühlte die Niederträchtigkeit der Frau in der Menge, die einen ihrer Hüte trug. Die selbstgerechte Wut des Mannes neben ihr. Sie fühlte die Scham eines jungen Herrn, der ganz hinten stand, seine fast religiöse Ergebenheit, das Gefühl der Machtlosigkeit den *neuen Umständen* gegenüber.

Lucie war kalt. Sie konnte sich kaum noch bewegen. Sie wollte den Hut bezahlen, aber sie konnte noch nicht einmal ihren Blick aus dem Spiegel lösen. »Ja«, sagte Frau Herzberg. »Da haben Sie recht. Es ist wirklich sonnig heute.«

»Aber bitte! Vielfalt! Was hat denn dir ganz konkret die Vielfalt gebracht, meine kleine Motte?« Christoph hatte diesen leicht belustigten Ton, als Nächstes würde er fragen, seit wann sie sich so *mächtig* für Politik interessiere. Lucie schwieg also und sah zu Michél rüber, der gerade einen Laib Brot aus dem Ofen holte. Unten verbrannt, oben knusprig, innen saftig. Wie immer.

»Ich sage dir, was uns die Vielfalt gebracht hat: Chaos auf den Straßen, Mord und Totschlag. Mein Liebes, nicht jedem Einzelnen kann die Partei gefallen, das liegt nun mal in der Natur der Sache. Ich mache mir da keine Illusionen. Aber bitte, was hast du, was habt ihr denn von der Weimarer Republik gehabt? Armut, Hunger und Elend! Michél! Sag doch auch mal was!« Michél sah ihn an und schwieg. Dann machte er sich daran, das Brot zu schneiden. Er bearbeitete den Laib, als habe er es mit einem Spanferkel zu tun, nicht mit dem fluffigen, saftigen Weizenteig, den er neuerdings eigenhändig walkte und buk. Lucie rauchte und sah Christoph mit einem Blick an, der ihn daran zweifeln ließ, ob sie ihn überhaupt gehört hatte.

»Na, Michél. Dir geht es doch jetzt auch besser!« Und ob er vielleicht den Kaiser dem Führer vorziehe? Hm? Seine ganze Familie sei doch elendig verreckt, während der Senat von goldenen Tellern gegessen habe. Christoph hob beschwichtigend die Hände, als er Michéls Blick sah. Gut, all das mal beiseite: »Die Demokratie ist doch sowieso am Ende gewesen. Eine neue Monarchie hat man geplant! Ist euch nicht klar, dass man die Inflation angeheizt, die Auswirkungen der Wirtschaftskrise noch verschärft statt abgefedert hat, um das Land zahlungsunfähig zu machen? Um den Reparationen zu entgehen?«

Michél bestrich eine daumendicke Scheibe Brot mit Leberwurst, dann biss er abwechselnd in das Brot und in eine Möhre. Lucie sah Christoph unverwandt an, trank Wein und rauchte. Sie trug eines ihrer schönsten Kleider, ohne dass es einen Anlass dafür gab. Sie machte keine Unterschiede mit ihrer Garderobe. Sie zog sich meist elegant an, auch wenn sie den ganzen Tag im Haus blieb, sie trug einfache Röcke und aufwändig gearbeitete Kleider mit derselben Nachlässigkeit. Wie sie ihn jetzt ansah, war ähnlich unentschieden. Seltsam aufmerksam und achtlos zur selben Zeit. Sie wandte sich ihm immer zu, wenn er sprach, all ihre Gesten drückten ungeteiltes Interesse aus. Sie ging nicht umher, wusch weder nebenbei ab noch richtete sie ihr Haar. Wenn sie ihm zuhörte, war ihr ganzer Körper auf ihn ausgerichtet. Aber ihr Blick war eigenartig leer. Wenn alles gleich bedeutungsvoll war, waren die wichtigen Dinge letztendlich bedeutungslos.

»Deern!«, sagte Michél streng und klopfte mit seinem Messer auf Lucies Teller, wo eine Scheibe Brot vor sich hin dampfte. Christoph zog Lucies Teller zu sich hinüber, strich Butter auf das Brot und dann Marmelade.

Lucie drückte ihre Zigarette aus und nahm einen Bissen. Bei ihr sah Essen immer mühsam aus, als wäre Kauen Arbeit. Christoph seufzte: »Ihr müsst doch sehen, wie gut wir es haben! Ich würd mal sagen, der Führer hat mittlerweile gezeigt, dass es ihm wirklich um das Volk geht. Die Zahl der Arbeitslosen ist um mehr als die Hälfte zurückgegangen! In nur einem Jahr! Eine Reichsautobahn zwischen Lübeck und Hamburg entsteht! Rüstungsfabriken! Ich hab immer gesagt, man misst jemanden nicht an seinen Reden, sondern an seinen Taten. Und dass ich nie wieder dem Einzelnen vertrauen werde, sondern den Massen!« Christoph nickte, weil es sonst niemand tat, und schnitt sich eine dicke Scheibe Käse ab. Lucie sah ihn an, als wüsste sie etwas, wovon er keine Ahnung hätte. Als wartete sie darauf, dass ihm eine Erkenntnis käme. Dabei war sie es doch, die ständig vernebelt im Bett herumlag. Sie hatte doch nun wirklich keine Ahnung. Er wusste gar nicht mehr, was seinen Monolog ausgelöst hatte. Nur dass er nach jedem beendeten Satz das Gefühl hatte, sich besser erklären zu müssen. Dieses Schweigen der beiden mit seinem Wissen zu sättigen. »Dieser ganze Aufruhr am Anfang. Das ist doch lange vorbei. Es ist doch ruhig geworden auf den Straßen«, setzte er nach.

»Ik weet bloots dit een: Vun nix Godes kümmt nix Godes«, sagte Michél, stand auf, schnappte sich die Flasche vom Tisch und stieg in das Atelier hinauf.

Es war dieser Schauer, der sie überfiel, wenn sie das Kratzen des Stiftes hörte. Ein Britzeln ganz hinten im Kopf, und ein Gefühl, als würde jemand eine Handvoll Seesand über ihre Wirbelsäure rieseln lassen.

Es waren die ernsten Blicke. Die Nachfragen, wenn etwas nicht ganz klar war. Alles, was sie sagte, wurde niedergeschrieben. Sie tratschte nicht, sie *gab zu Protokoll.* Die Körperspannung des Mannes ließ keinen Zweifel: Es war von Wichtigkeit, was sie zu *melden* hatte. Und ihre Meldung versiegte nicht in dem Aktenschrank, der links an der Wand stand mit seinen großen glänzenden Schubladen, sie wurde Teil der summenden Betriebsamkeit auf allen Etagen. Das Knattern der Schreibmaschinen, das Surren der Wählscheiben, das Klimpern von Schlüsselbunden, gedämpfte Stimmen: Hier geschahen Dinge. Und einige davon geschahen nur wegen ihr. Sie lenkte Blicke und Taten.

Sie schaute auf die polierte Platte des Schreibtischs, auf das Foto, das leicht schräg gestellt war, sodass der Beamte es genauso gut sehen konnte wie sie. Eine Familienaufnahme. Er stand mit seiner Frau und zwei Töchtern vor dem Holstentor, die Töchter trugen die Uniformen des BDM, seine Frau war hübsch, mollig und sehr groß, vielleicht aber war auch er nicht so groß, wie sie dachte, sie hatte ihn nie stehend gesehen, immer nur hinter seinem Schreibtisch sitzend. Sie hatte kein Foto von ihrem verstorbenen Sohn, auch keins von dem lebenden, keins von ihrem Mann, wo auch immer er war. Neben dem Bild stand eine kleine Topfpflanze, die Erde war trocken, auf den Blättern eine Staubschicht. Sie wusste nicht, was es für eine war, mit Zierpflanzen kannte sie sich nicht aus.

»Frau Fischer?«

Sie zuckte zusammen.

»Ich fragte, ob Sie sich da wirklich sicher sind.«

Alfons Petersenn rückte seinen Stuhl ein wenig zurecht und schaute sie durchdringend an. Sie nickte.

»Sie wissen, dass Ihre Aussage ernsthafte Konsequenzen haben kann?«

Frau Fischer nickte, oh ja, das wusste sie, ihr ganzes Leben war eine einzige *ernsthafte Konsequenz*, damit kannte sie sich aus.

»Die krie'n doch in die Lager mehr zu essen als unsereins«, setzte sie dennoch nach und nickte zu den Zeitungsausschnitten rüber, die an einer Pinnwand hingen und die vom *Tag der offenen Tür* in Dachau berichteten. Alfons Petersenn lachte, brach das Lachen kalkuliert abrupt ab und räusperte sich. Er schaute Frau Fischer noch einmal durchdringend an und blätterte in seiner Akte.

»Sie haben Frau Behrend schon zwei Mal gemeldet, und so ein Witz ist eine ernste Sache«, er machte eine Pause.

Es juckte ihn, schon seit die Fischer Platz genommen hatte, am Rücken, er lehnte sich auf dem Stuhl zurück und versuchte sich unauffällig an der Stuhllehne zu reiben. Das Jucken wurde nicht gestillt, im Gegenteil, es breitete sich auf dem ganzen unteren Rücken aus.

Ilse Behrend kochte auch in seinem Hausstand, bisher kannte er sie nur als aufrichtige, tüchtige, deutsche Deern (und, oh ja, er *kannte* sie). Es war verdächtig, dass Frau Fischer bisher die einzige Person war, die etwas an Ilse auszusetzen hatte. Gerade letzte Woche hatte er jemanden in Schutzhaft genommen, zu dem fünfzehn Meldungen aus den unterschiedlichsten Quellen eingegangen waren. Das war eine ganz andere Faktenlage. Nicht, dass er das gebraucht hätte, manchmal reichte der gesunde Menschenverstand vollkommen aus, Vorsorge war besser als Nachsorge, aber bei Fräulein Behrend wollte er sichergehen.

Das Jucken war von einem leichten Kribbeln in ein fast stechendes Gefühl übergegangen, nur Affen lausten sich in der Öffentlichkeit, aber er hielt es nicht mehr aus. Er fuhr sich mit der Hand, die den Stift hielt, über die Haare, als würde er angestrengt nachdenken. Dann streckte er sich ein wenig und ließ die Hand in einer fließenden Bewegung bis in den Nacken gleiten, wo er den Stift fallen ließ. Er hielt die Luft an und wartete auf das Geräusch des Aufpralls, hoffte inständig, dass er auf den Stuhl fiel, nicht dort aufprallte und dann auf den Boden rollte. Er *hörte* Zeit vergehen.

Ein sattes Geräusch, der Stift lag hinter ihm auf dem Stuhl. Er griff hinter sich, die juckende Stelle und seine Hand waren nur noch eine rasche, beherzte Bewegung voneinander entfernt. Es waren zwei Felder, die aufeinander reagierten wie Magneten, seine Fingernägel waren nicht frisch geschnitten, sie waren, *dem Führer sei Dank*, einen Hauch zu lang.

Der Plan sah vor, das Schreibutensil in einer fließenden Bewegung über den unteren Rücken nach vorn zu führen, wobei er unbemerkt eine kurze, beherrschte Kratzbewegung vollführen würde. Er griff den Stift, räusperte sich, kratzte kurz und beherrscht, kratzte auf dem dicken Stoff der Uniform. Das Geräusch war hohl und schabend, es war vor allem das: ein Geräusch.

Es war vor allem: wirklich laut.

Es war zu spät, er konnte nicht aufhören. Er täuschte einen Hustenanfall vor und kratzte sich frenetisch, kratzte sich wie ein Hund, fast wäre ihm ein erleichtertes Stöhnen herausgerutscht. Seine ganze Empfindung konzentrierte sich in einem einzigen Punkt, alle Nervenzellen liefen dort unter seinen Fingerspitzen zusammen.

Als er sich wieder beruhigt hatte, schämte er sich, als hätte er sich in der Öffentlichkeit entblößt. Er schaute auf die Uhr, sicher, dass Minuten vergangen sein mussten, Minuten, in denen er seinem Körper zum Opfer gefallen war – der Zeiger stand unverändert.

»Sie hat es gesagt, das schwöre ich Ihnen beim Leben unseres Führers!« Frau Fischer war ganz bei der Sache. Zusammengepresste Lippen, die Knöchel weiß über der Handtasche auf ihrem Schoß, gepresste Atmung, das ganze Programm.

Frau Fischer war irritiert, es war selten, dass Alfons Petersenn so zurückhaltend auf ihre Meldungen reagierte. Sie ging immer zu ihm, weil er so zuverlässig handelte. Weil er, ohne mit der Wimper zu zucken, ganze Straßenzüge ins Lager bringen würde, wenn sie ihm einen Grund lieferte. Nur bei der Behrend zierte er sich.

Sie brauchte die Gewissheit, dass die Ungerechtigkeit einmal andere traf, nicht immer nur sie. Irgendjemanden erwischte es immer, ausweichen half nicht, der Trick war, die Aufmerksamkeit zu lenken. Ingrid Fischer würde kein Opfer mehr sein.

Alfons schraubte seinen Füllfederhalter auf, stellte fest, dass nichts weiter gesagt worden war, und schraubte ihn wieder zu. Er hatte Durst. Und er schwitzte. Die Erlösung vom Juckreiz war direkt der Pein eines Schweißausbruches gewichen. Stirn und Achseln. Da fing es immer an. Der Ungehorsam seines Körpers. Entweder die Fischer war eine sehr gute Lügnerin, dachte er, während ihm der erste Tropfen gerade über den Nasenrücken lief, oder Ilse Behrend wusste sich äußerst gut zu verstellen.

Er wusste den Fleiß der Leute zu schätzen. Das Reich

brauchte emsige und unbestechliche Menschen wie Frau Fischer. Sie waren dreißig Mann in der Gestapostelle, wohl kaum ein undurchdringliches Netz der Überwachung. Aber es gab leider auch immer häufiger Situationen, wo jemand mit einer Meldung nicht zuerst dem Reich dienen wollte, sondern sich selbst. Immerhin kochte Ilse Behrend noch für eine andere Familie, eine, bei der auch die Fischer angestellt war. Er war sich also in diesem speziellen Fall nicht ganz klar darüber, was ihre Motivation war.

Er klopfte mit dem Stift auf die Holzplatte des Tisches, das Geräusch fokussierte ihn, diese Arbeiterklasse, dachte er, war doch im Grunde zu schlicht, um wirklich heimtückisch zu sein. Aber vielleicht war er doch zu sehr Romantiker. Er schmunzelte. Seine Frau sagte das häufig über ihn, dass hinter dieser harten Fassade und so, na ja. Und Frau Fischer war Nationalsozialistin der ersten Stunde. Sie hatte sogar vor ihm die Stärke der Bewegung erkannt. Und das, obwohl doch gerade die Arbeiterklasse mit rotem Pack durchsetzt war. Aber Ilse?

Wenn nötig, würde er hart durchgreifen, auch bei Ilse, gerade bei Ilse. Die Pflicht endete ja nicht dort, wo es für den Einzelnen unbequem wurde. Er spürte, wie jetzt auch seine Kopfhaut Schweiß absonderte, sehr auffällig bei blondem Haar. Er seufzte. Er kam nicht drumherum.

»Dann möchte ich Sie bitten, mir den Tathergang noch einmal genau zu schildern.«

Frau Fischer nickte eifrig: Küche, Kartoffeln und Kompott, etc. etc., schälen, schneiden, schrubben usw. – und dann der Witz.

Und hat Frau Behrend selber gelacht? / Nein, gelacht jetzt vielleicht nicht. / Und hat sie, Frau Fischer, gelacht? / Aber um Himmels willen, natürlich nicht / Und hat jemand anderes gelacht? / Aber es war ja kein anderer da. / Und ob sie den Witz bitte wiederholen könnte? / Das würde sie wirklich ungern tun. / Nun, man könne ja nicht nur tun, was einem genehm und so weiter. / Ja, das sieht sie jetzt schon auch ein: Witz wird erzählt. / Petersenn erblasst: Ungeheuerlich, wirklich ungeheuerlich!

Alfons dachte daran, wie Ilse den Kopf zurückwarf, wenn sie lachte. Ihre Haut, die am Hals besonders zart und weiß war. Alfons schwitzte jetzt auch an Bauch und Rücken. Er spürte, wie die Schweißflecken unter seinen Armen sich ausbreiteten und in den festen Stoff der Uniform einsickerten. Es hatten sich schon richtige Salzränder im Stoff gebildet, weil er so oft schwitzte. Nicht nur bei Hitze – auch wenn er fror. Er fragte sich manchmal, ob es etwas mit dem Material zu tun hatte. Ob das irgendwie schweißfördernd war. Ein weiterer Tropfen lief ihm an der Seite hinunter, es brannte.

Er schob die Papiere zusammen, schloss den Pappdeckel über der Akte und nickte Frau Fischer knapp zu. Es machte mehr Eindruck, hatte er festgestellt, wenn er den Berichten aufmerksam lauschte, die Verabschiedung aber kurz hielt, wenn er signalisierte, dass sein Interesse schon wieder bei dem nächsten Fall war.

Alfons schaute auf die Akte und wartete auf die erforderlichen Geräusche: Stuhl zurückschieben, Schritte, Tür hinter sich schließen.

Es blieb still. Dann ein Räuspern. Frau Fischer saß weiterhin in diesem Stuhl, dessen Beine ein wenig zu kurz waren, damit der Informant zu Alfons aufschauen musste. Sie saß kerzengerade. Wenn es irgendwie möglich gewesen wäre, hätte er geschworen, dass sie nicht zu ihm aufsah, sondern tatsächlich auf ihn herabblickte. Auf ihn, der sich im eigenen Schweiß wand.

»Ich meine nur, sie hat den Witz wirklich gemacht. Das ist Volkszersetzung.«

Alfons zog an seinen Fingern, bis sie knackten: »Ich habe das notiert, Frau Fischer. Alles Weitere überlassen Sie bitte mir.«

Die Frau blieb sitzen.

»Es ist ja nicht ihr erstes Vergehen. Sie ist ein Volksschädling. Sowas gehört nicht in die Küche.«

Er spürte, wie der Schweiß begann, seine Haare zu durchtränken. Er wusste, dass sein hellblondes Haar jetzt langsam dunkel und fettig wirken würde. Er kannte niemand anderen, der so stark schwitzte, ohne sich zu bewegen. Das Hemd klebte ihm am Rücken, er hasste es, wenn ihm Stoff auf der Haut klebte, er konnte sich dann nur noch schwer überwinden, sich überhaupt zu bewegen, zu grausig der Moment, in dem sich das Gewebe mit einem zähen, feuchten Schmatzen wieder von der Haut löste. Er musste dann immer an diese Wollhandschuhe denken, vollgesogen mit Penatencreme, kratzige, fettige Wolle auf der Haut. Das Kindermädchen hatte seine rissigen, trockenen Hände millimeterdick eingecremt und ihm dann, damit er das Fett nicht direkt an den Laken abrieb, Wollhandschuhe darübergezogen. Nächte purer Agonie, in denen er auf dem Rücken lag, die Hände mit den Fäustlingen daran gerade in die Luft gestreckt, nicht fähig, sie auf den Laken abzulegen. Das Gefühl der kratzigen, sich mit Fett vollsaugenden Wolle, die sich durch die Cremeschicht hindurch langsam seinen spröden, rohen Händen näherte, war mehr, als er aushalten konnte.

Alfons Petersenn schaute Ingrid Fischer an, dieses hagere Gesicht, die graumelierten, dünnen Haare, die blassen Lippen, die schlechten Zähne, das wieder und wieder geflickte Kleid, der abgenutzte Mantel, er konnte sich nicht helfen, er hasste Armut. Da gab es keine Zurückhaltung. Die zeigten einem jedes Loch im Zahn, als hätte man selber es da hineingemeißelt. Hielten einem jeden Flicken unter die Nase. Zeigten auf ihre rotznasigen Kinder. Rochen schlecht. Sprachen schlecht. Hatten weder Form noch Verstand. Waren hässlich und morsch. Wer war sie, dass sie ihr Elend in sein Büro schleppte. Er stand auf.

Zum ersten Mal stand er auf. Er war groß. Er stand über Frau Fischer und schaute sie an, mit diesem *entseelten* Blick, der seine Frau einmal bis ins Mark erschreckt und den er seitdem äußerst gut unter Kontrolle hatte. Er schaute Frau Fischer an, und sie fiel in sich zusammen, war nichts mehr als ein Haufen verrottender Zähne, ausfallender Haare, Warzen, Pigmente und Falten, in einem elenden Überbleibsel von einem Kleid zusammengefasst, ein unkoordinierter fleischlicher Haufen, der jetzt unter ihm wegrutschte, zur Tür rann, unter ihr wegglitt und sich auflöste.

Alfons wusch sich die Hände, klatschte sich Wasser ins Gesicht, kämmte sein Haar mit den nassen Fingern zurück. Es reichte nicht. Er zog seine Uniformjacke aus, knöpfte sich das Hemd auf und wusch sich in raschen Bewegungen den ganzen Oberkörper. Er trocknete sich gründlich ab, zog sich wieder an und ging den Gang hinunter zu seinem Büro.

Die Tür eines Kollegen stand offen, es roch nach Kaffee, er hörte ein leises vertrauliches Lachen. Christoph. Was hatte es mit diesem Kerl auf sich, dass so viele Denunzianten immer nach ihm fragten? Die meisten gingen dann doch zum zuständigen Sachbearbeiter, aber der eine oder andere, besonders die Damen, ließen sich nicht abwimmeln, bis man ihn aus der Registratur geholt hatte. Dieser alte Silberverkäufer, dachte Alfons. Alfons trank seinen Kaffee allein oder mit Kollegen, Christoph bot den Informanten Kaffee an. Er war davon überzeugt, dass man die interessantesten Dinge erfuhr, wenn der offizielle Teil vorbei war. Er hielt immer noch ein kleines Schwätzchen, manchmal saß er dabei leger auf der Tischkante. Er verwendete häufig die Wendung: *unter uns gesagt*, oder *Ihnen kann ich es ja verraten.* Irgendwann schüttete ihm jeder sein Herz aus. Wer kam, um einen Arbeitskollegen zu melden, und mit Christoph sprach, verriet am Ende die eigene Mutter.

»Frau Gerstner, Sie sind die Seele der Stadt«, hörte Alfons ihn gerade ausrufen. »Ohne Sie wären wir verloren.«

Christoph sah auf und nickte seinem Bruder zu, Alfons ging, und Christoph wandte sich wieder Frau Gerstner zu, einer reichen alten Dame, die immer ein wenig für Johann Petersenn geschwärmt hatte. Christoph hatte ihre Aussage aufgenommen, sie hatte jemanden gemeldet, der den Hitlergruß verweigert hatte mit der Begründung, von einem Mann wie diesem sei kein Heil zu erwarten, nur Unheil. Nun sorgte sie sich, was geschehen würde.

»Es ist sogar zu seinem Besten«, erklärte Christoph ihr freundlich. »Sehen Sie, nur ein gesunder Staat kann wirklich gesunde Menschen hervorbringen. Ich persönlich bin überzeugt, dass selbst die feindlichsten Elemente zu ihrem eigenen Besten bekehrt werden können.« Er hielt Frau Gerstner die Zeitung hin, die er zu ebendiesem Zweck aufbewahrt hatte, und tippte auf das Foto, das Häftlinge beim Sonnenbaden in Dachau zeigte. »Na, Frau Gerstner, sieht das so schlimm aus?« Er blätterte weiter. »Natürlich ist das kein Erholungsheim, da gebe ich Ihnen recht, da wird hart gearbeitet. Aber Sie würden sich wundern, wie gut körperliche Arbeit, Ordnung und Struktur einem Menschen tun kann, der ganz in niederen Gedanken und ungesunden Verschwörungen verloren ist.« Er tippte auf das Foto, das Häftlinge in ihrer Baracke zeigte, die Jacken hingen ordentlich an den Doppelstockbetten, auf den Matratzen lagen Männer und spielten Karten, lächelten in die Kamera. Die Bildunterschrift lautete *Ordnung und Sauberkeit im Quartier*. »Nicht umsonst nehmen wir die Leute in *Schutzhaft*, Frau Gerstner. Ich sehe es so: In erster Linie schützen wir diese Menschen vor sich selbst. Es ist wie mit Kindern, Frau Gerstner, liebevolle Fürsorge reicht nicht immer aus, manchmal muss man hart durchgreifen, zu ihrem eigenen Besten. Kennen Sie Kinder, die immer ihren Willen bekommen haben? Ihnen fallen die Zähne aus, weil sie so viele Süßigkeiten essen, sie werden ganz bleich und weltfern, weil sie immer nur träumen, als Erwachsener sind sie schließlich gänzlich unfähig, zu arbeiten. Sie verkommen und verlottern.«

Frau Gerstner nickte erleichtert und ließ sich von Christoph zur Tür bringen, dem das Lächeln aus dem Gesicht fiel, sobald er die Tür hinter ihr geschlossen hatte. Schon wieder war die Fischer hier gewesen. Christoph eilte zurück in die Registratur, öffnete die Schublade seines Schreibtischs, nur ein Schluck. Er schloss die Augen. Dann durchsuchte er die Hauptkartei, Hinrichs, Frieda. Hinrichs, Hermann. Kein Hinrichs, Michael, auch kein Hinrichs, Michél.

Christoph schob den sperrigen Aktenwagen den Gang hinunter. Ein einzelner Ordner lag auf dem Wagen, im Ordner vier Blatt Papier. Melfsen vom Sachgebiet II A 1 hatte die Akte angefordert, sie gegengezeichnet, hatte eine kurze Notiz geschrieben und an Kamm von II B 4 weitergegeben, der sie gelesen und gegengezeichnet hatte. Kamm hatte ebenfalls eine kurze Notiz hinzugefügt und das Ganze an Sprenger weitergeleitet. Jetzt schob Christoph den Wagen zu Alfons' Büro. Das handbeschriebene Blatt, das sich in der Akte befand, hatte ordentlich gefaltet, in einem blütenweißen Kuvert in Christophs Briefkasten in der Gröpelgrube gelegen, war dort von Lucie rausgefischt und achtlos auf den Wohnzimmertisch gelegt worden, wo es drei Tage unter ihrer leeren Kaffeetasse lag, bevor Christoph es gefunden hatte. Der Kaffeering hatte den Umschlag durchweicht und einen Teil der Tinte unleserlich gemacht. *Mit einer Unverschämtheit, eben so, als ob er sich das einfach erlauben dürfe*, konnte man gut lesen, beim nächsten Satz waren nur die Wort *Schande, unsere Pflicht* und erneut *Schande* zweifelsfrei zu entziffern. Christoph hatte überlegt, ob er den Teil des Briefes abschneiden sollte, aber das Papier war beidseitig beschrieben. Auf der Rückseite befanden sich die genauen Zeiten, wann man Blumenthal beim Betreten des Frisiersalons der Frau Werner gesehen hatte, die Zeiten, zu denen er ihn wieder verlassen hatte, und wie lange während dieses Besuches der Salon plötzlich geschlossen gewesen war. Es war also unmöglich, den Teil mit dem Kaffeefleck zu beseitigen, ohne das Dokument als solches völlig wertlos zu machen. Christoph hatte erst Melfsen, dann Kamm, zuletzt Sprenger erklären müssen, wie in seiner Obhut dieses Schriftstück so habe zugerichtet werden können. Man kenne doch das Ehepaar Helsing, ganz ordentliche Leute seien das, gute Nationalsozialisten, absolut vertrauenswürdig und vor allem reinlich. Und war nicht auch der letzte Brief, der bei ihm, Christoph Petersenn, abgegeben worden war, ähnlich verunstaltet hier angekommen?

Christoph tat so, als würde er sich nicht recht erinnern, rieb sich die Stirn, schließlich: Doch ja, jetzt wo Sie es sagen, das sei möglich.

Und jetzt auch noch Alfons. »Na, Christoph, was ist denn hier passiert? Na?«

Himmel, wie er das hasste. Und dann seine Litanei: Müdigkeit, Arbeit, Kaffeetasse, Stromausfall, Dunkelheit, Ungeschick, Lucie.

Und dann Alfons: »Aber Christoph. Na.«

Jaja.

Das rechte Rad des Aktenwagens quietschte. Er winkte Fräulein Liebknecht, die gerade einen Bericht ins Reine tippte. Liebknecht, ausgerechnet, haha.

Es wäre ja alles nicht so schlimm, wenn nicht bisher jeder dieser Briefe, die an seine private Adresse geschickt wurden, in so einem schlimmen Zustand auf den Schreibtischen der Kriminalbeamten gelandet wäre. Der Brief des Herrn Schultz, *Wir Kleinen, meinte K. L., wären nur da, Steuern zu bezahlen. Das hätten die anderen auch gekonnt, da hätte man kein Drittes Reich gebraucht. Wenn es Krieg geben würde, würde er nie und auf keinen Fall mitgehen*: Teeflecken. Die Briefe von Frau Hermann, die einige Verstöße gegen die Nürnberger

Gesetze aufgedeckt hatte: Ölfarben und Rotwein. Die Briefe von Frau Ziesche, die wiederholt darauf aufmerksam machte, dass ihr Vermieter den Hitlergruß verweigerte: Zigarettenasche, Bratkartoffelfett, ein Brief war sogar angesengt gewesen.

Wenn er Lucie befragte, zuckte sie die Schultern: »Ach das, entschuldige Liebster, den hatte ich ganz vergessen.« Und dann war der nächste Brief noch schlimmer zugerichtet.

Und es war *natürlich* seine Aufgabe, das Schriftgut vor unbefugtem Zugriff und Verfall zu schützen. Da konnte er sich noch so sehr die Mühe machen, geschlossene Akten aus dem praktischen, aber unschönen Württemberger Büschel in die preußische Fadenheftung zu überführen. Wen interessierte denn eine handgenähte Heftung, wenn das Schriftstück selbst in so lausiger Verfassung war?

Er hatte die Akte noch nicht zugeordnet. Generell wurde nach Sachgebieten geordnet, innerhalb der Sachgebiete dann aber alphabetisch nach Personen. Nun ging es hier aber um zwei Personen. Und dann war ja nun die Frage, ordnete er das Ganze unter B wie Blumenthal, oder W wie Werner? Normalerweise unter Blumenthal in der Judenkartei, wobei er natürlich auch einen Vermerk darüber in Blumenthals Karte innerhalb der Hauptkartei machen musste, aber es gab tatsächlich auch schon eine Akte Werner. Frau Werner war Witwe, und ihr Mann hatte das Referat Opposition ganz schön auf Trab gehalten, bis man ihn endlich aus einem Kohlenkeller gefischt hatte. Er war dann in Haft verstorben. Deshalb hatte man seine Akte nun geschlossen und den entsprechenden Vermerk in der Kartei gemacht. Die Karte würde bis drei Jahre nach seinem Tod aufbewahrt werden, zu kurz, fand Christoph, es sei denn, man lege nun endlich für Frau Werner eine gesonderte Akte an. Was bisher nicht geschehen war. Sie war noch nicht einmal erkennungsdienstlich erfasst. Aber wenn die Werner jetzt zuerst mit einem Kommunisten und dann mit einem Juden? Verdiente das nicht eine eigene Akte?

Er hatte einmal mit einer geographischen Ordnung geliebäugelt, er fand die Vorstellung, die einzelnen Straftaten und Vorkommnisse den Straßen zuordnen zu können, ungemein beruhigend. So hätte man einen echten Überblick über die Stadt. Auf einen Blick würde man die Ballungszentren sehen können. Ach, er wurde wieder zu ehrgeizig.

Die Tür zu Alfons' Büro stand offen, er klopfte dennoch: Herein, Heil Hitler / Na, Christoph, die Akte sieht ja aus, wie ist denn das passiert? / Müdigkeit, Arbeit, Kaffeetasse, Stromausfall, Dunkelheit, Ungeschick. / Aber Christoph. Na. / Jaja.

Ständig sei der Blumenthal bei der Werner, ohne *ir-gend-ein* Schamgefühl. Doch, doch, natürlich, das könne sie auch präzisieren. Frau Helsing kramte in ihrer Handtasche und holte mit zittrigen Fingern ein kleines liniertes Schreibheft heraus. Sie befeuchtete ihre Fingerspitzen und blätterte, hier, jaja, hier: »Am 12. Juni 1936 hat der Jude Blumenthal um Viertel nach fünf den Friseursalon der Frau Werner betreten und um, warten Sie, um halb sieben erst wieder verlassen. Dabei schließt der Friseursalon um sechs Uhr! Danach kann er sich also nur noch *privat* bei Frau Werner aufgehalten haben. Herbert ist fünf Minuten nach sechs hinuntergegangen, die Ladentür war verschlossen.« Sie schaute triumphierend auf. Ihr Gesicht glänzte frisch eingecremt.

In den nächsten Tagen habe Blumenthal die Werner nicht besucht, wobei sie aber nur für die Zeitspannen von halb neun bis zwölf Uhr, dann wieder von halb zwei bis Viertel vor sechs und von halb acht bis um zehn Uhr abends bürgen könne. In den fehlenden Zeiträumen sei sie selbst zu Tisch gewesen oder mit dem Haushalt beschäftigt. Und ihr Mann könne bei der Observierung kaum helfen, er sei ja schließlich voll berufstätig. Frau Helsing nickte, als erwarte man, dass sie ihre eigenen Aussagen bestätigte. Sie hatte sich sehr viel Mühe mit ihrer Garderobe gegeben. Sie wollte anständig, aber nicht zu fein wirken. Sie war eine tüchtige Frau, die auf sich achtete, der aber für Eitelkeit die Zeit fehlte, das war zumindest der Eindruck, den sie hatte machen wollen. Ihr Blusenkragen war gestärkt, der Rock geglättet, das Haar aufgesteckt, sie roch nach Kernseife und Eintopf. Oder eher: Es roch nach Eintopf.

Sie hatte eine Portion für den Beamten dabei, wartete aber noch auf den richtigen Moment für die Übergabe. Die Übergabe des Eintopfes sollte eine Würdigung der harten Arbeit dieses anständigen Beamten sein, nicht als Bestechungsversuch verstanden werden.

Dann aber, fuhr sie fort, am 17. Juni, habe Blumenthal den Salon um halb zwölf betreten und um zwölf Uhr wieder verlassen. »Er hat auch nasses Haar gehabt, wie um sich den Anschein zu geben, dass er tatsächlich einen Haarschnitt bekommen hat. Eine Woche später war er gleich wieder da. Und die Ladentür abgeschlossen. Die waren in der Wohnung dahinter, das sag ich Ihnen!« Frau Helsing blätterte durch ihre Aufzeichnungen, fand Handtücher, die trocken waren, wenn sie hätten feucht sein sollen, gerötete Wangen, die keine Spuren von Rouge erkennen ließen. Schweißtropfen, wo es nur Haarwasser hätte geben dürfen, verschlossene Ladentüren, wenn geöffnet hätte sein müssen, und geöffnete Ladentüren zu ganz unsittlichen Zeiten. »Wenn es mir komisch vorkam, bin ich runtergegangen, so als Kundin. Da kann man sich die Sache ja weitaus besser ansehen.« Frau Helsing hielt die Hände im Schoß gefaltet, ihre Wangen waren gerötet. Vielleicht, dachte sie, vielleicht würde man ihr Talent erkennen. Möglicherweise war sie zu Höherem berufen.

Ob das alles sei? Nun, womöglich. Das wollten sie doch hoffen, dass das jetzt alles ans Licht komme, Heil Hitler, nicht wahr?

Jaja.

Eine kleine Schüssel mit Eintopf wurde mit verschämtem Stolz über den Tisch geschoben. Oh, das riecht aber gut.

Eine Woche später lag Alfons Petersenn auf dem Dielenboden der Helsings, presste ein Wasserglas gegen den Boden und sein Ohr gegen das Glas und hörte voller Grimm den Friseursalon Werner ab. Schon drei Mal war er für mehrere Stunden Observation angerückt. Einmal hatte die Werner den Laden geschlossen, war für zwei Stunden verschwunden und dann mit Taschen voller Äpfel, Kohl und sonstigem Gemüse wiedergekommen, während Blumenthal seine Wohnung gar nicht verlassen hatte. Nur am Fenster hatte er sich einmal blicken lassen, als er die Vorhänge aufzog, das war alles. Am Nachmittag hatte er die Wohnung verlassen, war aber stadteinwärts gegangen. Am Abend hatte Alfons natürlich dennoch einen Bericht schreiben müssen, in dem er die Zeiten genau notierte, alles sehr aufwändig. Und auch der Wochenbericht, den er nach Berlin schicken musste, schrieb sich nicht selbst. Wenigstens hatte man die Tagesberichte wieder eingestellt. Man kam ja kaum zum Ermitteln.

Auch die zweite Observation war ohne besondere Vorkommnisse verlaufen. Werner wie Blumenthal hatten ihre Wohnungen zu verschiedenen Zeiten für Besorgungen verlassen, ein Kontakt hatte nicht stattgefunden.

Nun aber endlich hatte Blumenthal die Straße überquert und den Friseursalon betreten. Alfons hatte fünfzehn Minuten gewartet, bevor er die Helsing hinunterschickte, die kurz darauf schwer atmend wieder im Türrahmen erschien: Nein, die Tür sei geöffnet, der Blumenthal sitze im Frisierstuhl, die Haare nass, ein Tuch um die Schultern. Aber man wisse ja nie, wie das noch enden werde. Frau Helsing schüttelte den Kopf, erschüttert ob der Möglichkeiten, die sich möglicherweise unter ihrem Dielenboden abspielen würden.

Alfons Petersenn lag jetzt also auf dem Dielenboden und lauschte. Er hörte Stimmen, unterschied eine männliche und eine weibliche, die sich in einem normalen Konversationstonfall unterhielten. Abwarten, dachte Alfons. Er hatte jetzt schon drei Berichte vorlegen müssen, Merz hatte schon leichte Ungeduld gezeigt, der Bericht des Ehepaares genüge doch allemal, um den Juden vorzuladen. Ma nich so zimperlich, Petersenn, sonst wird das hier ja nie was.

Er war nicht zimperlich, er war gründlich. Aber heute, das würde was werden, das hatte er so im Gefühl. Er drückte das Ohr auf das Glas, die Stimmen wurden gedeckter, Blumenthal hatte zuerst die Stimme gesenkt, jetzt auch die Werner. Was gab es denn für einen Grund, die Stimmen zu senken? In einem Friseursalon? Beim Haareschneiden? Das konnte doch nur Liebesgeplänkel sein. Unseriöses Rumgetuschel. Mauschelei und Heuchelei.

Kurze Stille, dann hörte er Schritte, das Klappen einer Tür, dann Stille. Potzblitz. Sie waren wirklich in die privaten Räume umgezogen. Alfons richtete sich auf, sah sich um: Welche der Räumlichkeiten denn über dem Schlafgemach – So. Aha, verstehe. *Ihr* Schlafgemach, ja – Ja, das sei natürlich ein bisschen unangenehm jetzt, aber ob man ihm da Zutritt gewähren – Ja, bitte, Staatsangelegenheit, Staatssicherheit, ja, danke, wenn man vielleicht den Weg? – Heimtücke, Rassenschande, ach wo, das muss Ihnen gar nicht unangenehm – Ach, ich bitte Sie! Sie sind doch eine ordentliche Frau! Wenn ich hier nur den Bettvorleger zur Seite, Volkskörper, Volksgesundheit, danke. Aber gern, ja, wenn sie ihn so frage. Pflaumenmus sei bestens, Heil Hitler.

Alfons Petersenn lag neben dem Ehebett des Ehepaares auf dem frisch gebohnerten Boden und horchte. Nichts. Er stand wieder auf, ging in die Diele, die über der Küche lag, ließ sich auf Knie und Ellenbogen hinab, horchte, nichts. Seine Knie knirschten. Er stand mühsam auf, ging wieder drei

Schritte zur Tür, erneut auf Knie und Ellenbogen, Glas auf den Boden, Ohr aufs Glas. Nichts.

Er nahm erneut den Weg vom Wohn- ins Schlafzimmer, dieses Mal robbend, Ohr und Horchgefäß jeden Meter erneut auf den Boden gepresst. Nichts. Heil Hitler noch eins, verflixt und zugenäht, wo hatten die sich verkrochen? Irgendwann schob er sich vorwärts, ohne das Glas überhaupt noch anzuheben. Horchte jeden Zentimeter ab, schob das Gefäß über den Boden, Ohr und Glas wie aus einem Guss. Die Knie knirschten, der Nacken ächzte, Widrigkeiten eines nicht mehr ganz jungen Körpers. Als Frau Helsing mit einem Teller Pflaumenmus-Schnittchen und einer Tasse Kaffee zurückkam, hatte Alfons, den Hintern in der Luft, wieder das Schlafzimmer erreicht und tatsächlich ein menschliches Geräusch vernommen. Ein Seufzen? Ein Seufzen! Seufzen war schon mal gut. Was wurde denn bitte getan, wenn im Schlafzimmer geseufzt wurde. Aufenthalt im Schlafzimmer, zusammen mit ausgestoßenen Seufzern, ergab einen klaren Sachverhalt. Was brauchte man mehr. Und die Knie schmerzten jetzt auch sehr. Er stand also auf, schob Frau Helsing beiseite: Sie müsse entschuldigen, für Schnittchen sei jetzt keine Zeit, Staatssache, Rassenschande, Heil Hitler und ab dafür.

Er eilte die Treppe hinab, das Friseurgeschäft fand er, zu seinem Erstaunen, unverschlossen, er stob in den Laden hinein und zur Hintertür wieder hinaus in die Wohnung hinein, durch die Küche, die Diele, dem Schlafzimmer zu. Wollte gerade beherzt klopfen, als die Tür schon auf- und der Jude Blumenthal ihm entgegenging: Was bitte *er* hier zu suchen habe? Und hinter ihm die Werner, verweint und voll bekleidet, der Blumenthal im Übrigen auch, kein bisschen nackte Haut zu sehen, aber ach was, Seufzer waren Seufzer. Alfons drückte also das Kreuz durch: Den Ton könne er sich mal sparen, diese Frage sei ja einzig und allein an ihn, Blumenthal, zu richten, was bitte *er* hier zu suchen habe bei der Arierin Werner.

Hm? Ja?

Man höre?

Getröstet? Getröööstet! Ha! Das wisse man ja, welche Art von Trost in Schlafgemächern gespendet würde, ha!

Die Witwe Werner sei bankrott? Ob er ihm denn gestattet habe, zu sprechen? Hm? Ob ihn die Finanzen der Witwe irgendetwas, ja auch nur das kleinste bisschen interessieren würden?

Und sie dahinten sei jetzt mal ganz still! Erst ein Kommunist und dann ein Jude. Ob sie vielleicht auch mal mit einem Schild um den Hals über den Markt eskortiert werden wolle?

Na, das glaube er ja wohl auch nicht.

Ach Tränen hin, Tränen her, das sei eben so mit den Frauen. Was? Haha!

Habe er Blumenthal nicht schon gesagt, er solle warten, bis er etwas gefragt würde? Ob Blumenthal wirklich glaube, ach was, diese müßigen Diskussionen, mitkommen jetzt! Staatssache, Rassenschande, Heil Hitler.

Ja, das sei richtig. Ja, wohnhaft hier, geboren dann. Weltkrieg ja, Kinder nein. Ja, er sei Professor der Medizin, habe aber seine Forschungstätigkeit einstellen müssen. Nun, das möge ja hinreichend bekannt sein. Nein, er sei verwitwet. Ob man denn dazu keinen Vermerk habe? In den Akten? Die Mühe könne man sich sparen, seine Frau sei auf offener Straße erschlagen worden. Bitte?

Jacob Blumenthal sah Alfons Petersenn in die Augen. An der Stirnseite des Tisches saß eine junge Frau, die seine Aussage mitschrieb. Er hatte sich auf die Nachfrage Petersenns verbessert, nein, *totgeschlagen* nicht, sie sei später ihren *Verletzungen erlegen*, und die Frau hatte so ein kleines charmantes Kichern ausgestoßen. Ein Kichern, das ihm suggerieren sollte, das sei doch gar nicht der Rede wert, jeder könne sich mal versprechen. Als ob sie sagen wollte: Machen Sie sich keine Sorgen, Herr Blumenthal, das ändere ich natürlich Ihren Wünschen entsprechend ab. Jacob Blumenthal saß auf demselben Platz, auf dem Frau Helsing gesessen hatte. In der Küche am Ende des Ganges stand die Emailleschüssel, in der sie den Eintopf transportiert hatte.

Ja, ihm seien die Gesetze zum Schutz des deutschen Blutes bekannt. Er bestreite ganz entschieden geschlechtliche Beziehungen zur Frau Werner. Ja, da sei er ganz sicher.

Er sei Frau Lisa Werner nachbarschaftlich verbunden, sie habe seit dem Tod ihres Mannes unter finanziellen Problemen gelitten, die Wohnung und den Salon kaum noch halten können. Bitte? Ja, er warte, bis sie ein neues Blatt eingezogen habe. Sie möge ihm sagen, wann er fortfahren solle.

Das Deckenlicht war angeschaltet, obwohl es früher Nachmittag war. Dieser ewig graue Himmel. Aus dem Fenster konnte er das Marienkrankenhaus sehen. Seine Handflächen waren klamm und feucht, er schwitzte unter den Achseln, sein Puls war beschleunigt und sein Mund trocken. Er verfluchte den Verrat seines Körpers, denn er, Jacob Blumenthal, hatte keine Angst. Nicht vor einem Beamten mit schlechtem Atem und schlechten Manieren und einer Tippse, die ständig *upsala* sagte. Er wusste, was auf ihn zukam. Er würde seine Aussage machen, und dann würde dieser Beamte höflich nachfragen, ob er denn sicher wäre, dass das wirklich der Wahrheit entspreche. Und er würde irgendeine subtile oder weniger subtile Form finden, das bedrohlich wirken zu lassen. Und er würde sich sicher sein, und dann würde es weitergehen. Und die Bedrohung würde weniger subtil werden. Und am Ende war sich dann er, Blumenthal, entweder sicher oder nicht mehr so sicher. Angst oder Mut, das wusste er, entschied nicht wirklich über den Ausgang dieser Situation. Petersenn wusste jetzt schon, welches Ergebnis er haben wollte. Blumenthal musste herausfinden, welches es war. Denn das, was Petersenn hören wollte, würde er irgendwann hören. Vielleicht nicht heute. Vielleicht nicht morgen. Aber wenn Petersenn ein Geständnis wollte, würde er es kriegen. Blumenthal wusste, dass irgendwann einfach der Körper entschied. Schlafentzug, Nahrungsentzug, Schläge, man erzählte sich so einiges. Sicher war allerdings nicht, ob Petersenn wirklich ein Geständnis brauchte. Denn er, Blumenthal, war ein angesehener Mann. Seine Forschungen zu neurologischen Einflüssen auf psychologische Störungen waren viel beachtet worden. Vielleicht brauchte Petersenn nur eine plausible Erklärung. Vielleicht wollte er ihn entlassen. Diese Möglichkeit gab es.

Das neue Blatt war eingespannt. Weiter die Wahrheit sagen. So lange die Wahrheit sagen, bis er lügen *musste*.

Frau Lisa Werner habe seit der Festnahme ihres Mannes kaum noch Kundschaft. Die ganze Straße sei eingeschüchtert gewesen, unsicher, wie das gedeutet würde, wenn man sich von der Frau eines Kommunisten die Haare schneiden ließ, sagte Blumenthal. Frau Werner sei verzweifelt gewesen. Er habe ihr aushelfen, ihr ein wenig Geld geben wollen, das habe sie aber nicht akzeptiert. Deshalb sei er, Blumenthal, sehr häufig zum Haareschneiden zu ihr gegangen, habe sich von ihr frisieren und rasieren lassen. Das sei einfach das Mindeste gewesen, was er habe tun können. Bitte? Warum er in ihrer Schuld gestanden habe? Keineswegs habe er in ihrer Schuld gestanden. Er habe Mitgefühl mit ihr empfunden. Ob er etwa – »Bitte? Ich verstehe nicht.«

Jacob Blumenthal sah Alfons Petersenn unverwandt in die Augen. Nicht um ihn von seiner Aufrichtigkeit zu überzeugen. Sondern um sich gegen die Einschüchterung zu wehren. Die Angst kam immer aus dem toten Winkel. Sie kam nur, wenn man die Augen schloss. Wenn man nicht mehr die einzelnen Männer sah, sondern nur ihre Masse. Alfons Petersenn hatte einen gemeinen Zug, aber er war kein Mann, den man fürchten musste. Er hatte Macht. Aber er war kein mutiger Mann. Und wenn Jacob Blumenthal den Blickkontakt nicht unterbrach, dann waren sie einfach zwei Männer, die sich maßen, und er, Blumenthal, war mutig. Petersenn nicht.

Am Tag der Verhaftung seien der Frau Werner Salon und Wohnung gekündigt worden. Sie habe beim Haareschneiden angefangen zu weinen, woraufhin sie sich in die Wohnung zurückgezogen hätten. Warum? Nun, der Salon habe große Schaufenster. Es sei ja nun nicht ungewöhnlich, dass Frau Werner den Schutz der Privatsphäre gesucht habe.

Blumenthal sprach mit leisen, gemessenen Worten, er saß gerade, aber leicht zurückgelehnt, er wusste, wie man mit dem Körper eine entspannte Aufrichtigkeit betonte.

In der Wohnung habe er Frau Werner tröstend in den Arm genommen. Er habe erneut angeboten, ihr finanziell zu helfen, was sie abgelehnt habe. Bitte? Nein, er habe ja schon gesagt, ein Liebesverhältnis habe er nie mit ihr unterhalten. Er – Nein, auch kein geschlechtliches Verhältnis, im Übrigen unterscheide er zwischen diesen beiden Dingen nicht. Er – Was? Frau Werner habe keine *Zudringlichkeiten* seinerseits abwehren müssen, weil es dergleichen nie gegeben habe. Nein, er habe sie nicht bewusst ins Schlafzimmer geführt, um sie dort zu trösten und danach zu verführen, Frau Werner sei einfach sehr verzweifelt gewesen und sei ins Schlafzimmer gelaufen und habe sich dort weinend aufs Bett geworfen.

Jacob Blumenthal wartete, dass ein neues Blatt eingespannt wurde. Als er sein Studium begonnen hatte, arbeitete man mit dem Hirnatlas von Brodmann, eine in zweiundfünfzig Areale aufgeteilte Karte des Gehirns, mit räumlich lokalisierbaren Funktionszentren. Eine Landkarte der Wahrnehmungen, Empfindungen und Fähigkeiten, die suggerierte, dass die Verletzungen bestimmter Bereiche unweigerlich zum Verlust der verknüpften Fähigkeiten führen musste. Als Lazarettarzt im Weltkrieg hatte er aber Beobachtungen gemacht, die auf eine kortikale Plastizität hindeuteten. Soldaten, die aufgrund einer Verletzung des Sprachzentrums ihr Sprachvermögen vollständig verloren hatten, erlernten es langsam wieder. Es war, als könnten andere Hirnareale lernen, die Funktionen des geschädigten Teils zu übernehmen. In kürzester Zeit wandelte sich sein Bild des Menschen, seiner Fähigkeiten und seiner Begrenzungen. Er hatte immer geglaubt, dass das Gehirn den Menschen machte, dass der Mensch der reinen biologischen Beschaffenheit des Hirns ausgeliefert war, jetzt begann er zu ahnen, dass der Mensch sein Gehirn trainieren, sogar formen konnte. Der Mensch war plötzlich frei.

Ein Fall war besonders wundersam: Ein Soldat mit einer substanziellen Hirnverletzung hatte keinerlei sprachliche oder motorische Einbußen erlitten. Seine Gedächtnisleistung war vollkommen unbeeinträchtigt geblieben. Blumenthal fand nicht heraus, was dem Mann fehlte, bis seine Frau ihn zwei Jahre nach dem Krieg aufsuchte. Ihr Mann, den sie als besonnen und sanftmütig schätzte, war launisch, impulsiv und aggressiv geworden: Ihr Mann war, so drückte sie sich aus, *nicht mehr er selbst*. Das war der Beginn einer neuen Forschungsreihe. Blumenthal begann, die psychischen Symptome, die viele seiner Patienten hatten, nicht mehr als Antwort auf ihre motorischen oder linguistischen Störungen zu sehen, nicht als Reaktion auf ihre Wahrnehmungsdefizite, sondern als *primäre* Symptome des geschädigten Hirns. Blumenthal erkannte, dass Apathie und Aggressionen, Depressionen und Ängste neurologische Ursachen haben konnten. Durch die Arbeit mit einer Patientin, die seit einer Gehirnverletzung unter quälenden Phobien litt, tatsächlichen Bedrohungen, z.B. möglichen Komplikationen einer anstehenden Operation, aber völlig indifferent gegenüberstand, begann er zu unterscheiden zwischen somatischen Ängsten und Erfahrungsängsten.

Blumenthals These war, dass es gesunde Ängste gab, die auf Erfahrungen beruhten und dazu dienten, Schutzstrategien zu entwickeln, und Ängste, die keine äußeren Ursachen hatten, die allein durch neuronale Störungen verursacht wurden.

Hier im Büro der Gestapo hatte er es mit einer Furcht aus Erfahrung zu tun. Einer evolutionstechnisch notwendigen und erlernten Fluchtbereitschaft, weil letztendlich der Körper versehrbar war. Angst existierte nur, weil der Mensch sterblich war, weil er körperlichen Schmerz empfinden konnte.

Und wenn man es mit dieser Art von Angst zu tun hatte, gewann am Ende immer der Körper, das war seine Überzeugung. Seit Jahren fühlte er sich nicht mehr sicher. Er zuckte zusammen, wenn Gardinen sich bewegten, wieder einer mehr den Kopf senkte, wenn man sich auf der Straße begegnete, nicht grüßte, wenn man sich im Treppenhaus sah. Er hatte nicht die Geheimpolizei gefürchtet, sondern seine Nachbarn. Nach jedem kurzen Gespräch auf dem Markt hatte er sich gefragt, ob man ihm dieses oder jenes so oder anders auslegen konnte. Er hatte sich bemüht, keinen Anlass zum Misstrauen zu geben, aber in all den Jahren hatte er nicht geglaubt, dass man gar kein Missverständnis benötigte, um ihn zu denunzieren, dass man stattdessen einfach lügen würde.

Der bedrohte Körper reagiert mit Furcht. Er konnte das nicht ändern. Aber hier war es erträglicher. Er konnte Alfons Petersenn in die Augen schauen, und Alfons Petersenn war kein mutiger Mann.

Petersenn lehnte sich zurück, nahm sich eine Zigarette aus dem Etui, suchte in der Schublade nach Streichhölzern, fand sie, fand auch eine Pistole, die er beiläufig auf den Tisch neben den Aschenbecher legte.

Alfons stand in der Tür, in der Hand hielt er eine Personalkarte. Christoph sah mit einem Blick, um wessen Karte es sich handelte. Er wusste, dass in dem Umschlag, auf dem Geburtsdaten, äußerliche Merkmale und persönliche Kennzeichen vermerkt waren, kein Foto steckte. Er wusste, dass der Abschnitt unten links, wo der Fingerabdruck sein sollte, frei geblieben war.

Alfons war wütend, wirklich wütend, was Christoph daran erkannte, dass er nichts sagte, ihn nur anschaute mit diesem Blick, den man für müde halten konnte, den Fehler hatte Christoph als Kind zum letzten Mal gemacht.

»Ja«, begann er also und unterbrach das beklemmende Schweigen, »natürlich muss die Dame noch erkennungsdienstlich behandelt werden, das ist jetzt noch sehr unvollständig, das ist richtig.« Er schaute auf die Tischplatte, um Alfons' Blick auszuweichen, aber das klappte nicht. Das hatte noch nie geklappt. Der Blick des Älteren brannte sich in seinen akkuraten Scheitel. Nun, natürlich, da bedürfe es noch einiger Absprachen mit den Kollegen vom Erkennungsdienst, ihm sei schon klar, dass die verschiedenen Arbeitsgebiete nicht ganz zufällig entstanden seien, nicht? Haha. Er lachte nervös. Er hasste dieses nervöse Lachen. Es machte Alfons noch stärker. Christoph lag im Sand, Alfons hockte über ihm,

Christoph lachte, und Alfons drückte ihm die tote Qualle direkt ins Gesicht.

»Ich meine, das gilt ja auch umgekehrt, nicht? Jeder, wo er Experte ist, sag ich immer. Mich kann ja auch keiner ersetzen so einfach.«

Alfons schwieg. Wie Christoph das hasste. Wenn er sich selbst lobte und sein Bruder dazu schwieg. Nickte noch nicht einmal zustimmend. Ein Blinzeln hätte schon gereicht. Aber *nichts*. Das konnte ja nur bedeuten, dass Alfons ihm nicht zustimmte. Dass er glaubte, man könne Christoph sehr wohl ersetzen, problemlos wahrscheinlich sogar. Die Kartei war der Nerv des ganzen Gestapoapparates, das Herzstück der Ermittlungsarbeit. Das Aktenwesen, nun gut, das meiste machte da mittlerweile Fräulein Meinhold, auch der Kolbe leistete gute Arbeit, aber die Hauptkartei war mittlerweile durch dreizehn weitere ergänzt worden, es gab Personen, die in drei Verzeichnissen geführt wurden, alles durch Querverweise miteinander verwoben, das war ein komplexes System. Dennoch glaubte Alfons anscheinend, jeder könne Christophs Arbeit machen, jeder dahergelaufene Idiot.

Christoph musste da was klarstellen. Er sah Alfons in die Augen und fragte ihn mit fester Stimme, ob er eigentlich glaube, er könne hier so einfach reinspazieren und sich einfach eine Akte herausfischen. Ob er denke, so einfach sei das? Ob er wirklich glaube, er brauche nur ein wenig in den Karteien stöbern und er finde sich dann schon zurecht? »Ich arbeite hier mit einem überaus komplizierten System an Verweisen und Querverweisen. Da kann man nicht jeden ranlassen.« Eine Karte in der Hauptkartei würde er vielleicht noch selbstständig finden, aber ob er überhaupt wisse, wie die anderen Verzeichnisse ausgewiesen seien. Und dann die zugehörigen Akten? »Ein Labyrinth sage ich dir, Alfons. Ein Labyrinth! Das klamüserst du nicht einfach so aus. Und die geschlossenen Akten? Die meisten Stellen schmeißen die einfach so in den Keller. Ich hab dort einen Aktenplan angelegt. Man weiß nie, wozu man da noch mal was braucht.«

Alfons schien unbeeindruckt. Christoph war sich nicht ganz sicher, ob er ihm überhaupt zuhörte. Er sah ihn weiter an, mit diesem glasigen Blick, der am ehesten zu sagen schien, dass er Christoph nicht ganz verstand. Dass man da was spezifizieren musste. Das war eine Falle, das wusste Christoph genau, das half ihm aber nicht weiter. Er wusste, dass er sich klar ausgedrückt hatte, er war sich sicher, aber dann war er sich eben doch nicht mehr so sicher. Der Drang, die Dinge klarzustellen, war unwiderstehlich, also redete er weiter, also tappte er in die Falle.

»Du hast recht, das gilt natürlich auch für den Erkennungsdienst. Deren Arbeit kann ja auch nicht jeder machen.«

Alfons schwieg. Christoph holte tief Luft: »Ich habe ja auch nur vorbereitende Maßnahmen ergriffen. Mein Vorschlag: Laden wir die Frau Werner noch mal ein und nehmen ihre Fingerabdrücke, lassen wir sie vollständig erkennungsdienstlich erfassen. Professionell. Die Karte«, er wedelte mit einer Hand nervös in Richtung der Karte, die Alfons in der Hand hielt, »kann man ja meinetwegen auch noch einmal ganz neu aufsetzen. Ich habe einfach schon mal angefangen, ich war mir auch gar nicht sicher, was die Beschaffenheit ihres Nasenrückens angeht, nach innen oder außen gebogen, das habe ich freigelassen, wie du sehen kannst. Da müsste sie dann ja sowieso noch mal kommen.«

Alfons schwieg.

»Ich meine ja nur, auch Frau Werner sollte in die Kartei aufgenommen werden. Wenn die Akte Blumenthal geschlossen ist, dann verschwindet doch die Werner zusammen mit dem Blumenthal. Die Akte ihres Mannes ist ja nun auch geschlossen. Ich würde sogar sagen, sie einfach nur in die Kartei einzuspeisen reicht nicht. Ich würde sagen, wir machen noch mal eine Abschrift der Sache ihres Mannes und der Sache

Blumenthal, und das legen wir dann bei der Werner ab. In einer eigenen Akte. Das ist erst mal natürlich viel Arbeit. Aber wenn man sich dann in Zukunft auf diese Arbeitsweise einigen würde, dann könnte man ja direkt Durchschläge machen. Und dann bekommt man doch sehr viel mehr System in das Durcheinander.«

Alfons schwieg. Christoph schwitzte.

»Genau genommen«, Christoph stand auf, ging zu Alfons und nahm ihm kurz die Karte aus der Hand, prüfte sorgfältig die Indexnummer (die Plattennummer darunter hatte er weggelassen, es war ja noch kein Foto der Frau Werner angefertigt worden) und die Aktennummer, ging dann zum Schrank und suchte mit gezielten Bewegungen einen Vorgang heraus, »genau genommen habe ich mir die Freiheit genommen und das schon veranlasst.« Er legte eine Akte auf den Tisch und blätterte sie auf, zeigte die einzelnen *Exponate* mit denselben Bewegungen, mit denen er einst die Vorzüge verschiedener Schmuckstücke angepriesen hatte. »So geht dann auch nichts verschütt.«

Alfons legte die Karteikarte auf Christophs Schreibtisch ab, drehte sich um und ging. Christoph blieb mit dem Gefühl zurück, jedes Geheimnis preisgegeben und seinen Bruder dennoch nicht besänftigt zu haben. Er sah erst später, dass Alfons zwei Karten auf seinen Tisch gelegt hatte. Seine und eine andere, eine vollständige erkennungsdienstliche Bearbeitung von Frau Lisa Werner, komplett mit Fotos und Fingerabdrücken.

Am nächsten Abend suchte Christoph die Akte Blumenthal raus und legte die Notiz hinein:

Jacob Blumenthal wurde drei Mal zur Feststellung des Sachverhaltes vernommen und hat geleugnet, dass er mit Frau Lisa Werner in den letzten Monaten Rassenschande getrieben hat. Blumenthal hat sich in der Nacht in seiner Zelle aufgehängt. Von einer Weiterverfolgung der Sache wird Abstand genommen.

Am Abend heftete Christoph die Akte mit der Fadenheftung. Man hatte ihm zu verstehen gegeben, dass das Württembergische Büschel für die Liegeakten durchaus ausreichend sei, aber Christoph fand, dass man besonders den abgeschlossenen Fällen noch eine gewisse Aufmerksamkeit zollen sollte. Eine Geste des Respekts, wenn man so wollte. Und wenn nun eine Akte aus der lateralen oder vertikalen Stehregistratur ins Archiv zu den Liegeakten überstellt wurde, dann, so fand er, gehörte eine sorgsame Heftung dazu. Christoph nähte die Akte nach preußischer Art und trug sie in den Keller, die Liegeakten waren neben den Zellen gelagert.

Die Zelle, in der Blumenthal sich in der vergangenen Nacht selbst getötet hatte, war noch nicht wieder belegt, die Tür geschlossen, aber nicht versperrt. Christoph blieb vor der Tür stehen. Er streckte mehrfach seine Hand aus und zog sie wieder zurück, schließlich legte er sie kurz gegen das lackierte Holz der Zellentür. Dann ging er den Gang hinunter und schloss die Tür zum Archiv auf. Die Liegeakten waren in Einzelsäulen abgelegt, es roch nach Papier und Stein. Neben der Tür ein Stehpult mit dem Aktenplan. Christoph legte Blumenthal ab und notierte im Plan, wo die Akte zu finden war.

Letztendlich hatte die Werner alles gestanden: Ja! Sie habe irgendwann den *Zudringlichkeiten* des Juden Blumenthal nachgeben müssen. Nein! Er habe sie für seine *Zudringlichkeiten* nicht finanziell entlohnt. Ja, dabei bleibe sie.

Man hatte sie mit einer Verwarnung entlassen. Aber das System hatte sie erfasst. Sie verschwand nicht mit den geschlossenen Akten der Männer.

Christoph schloss das Buch, nachdem er den Standort eingetragen hatte, löschte das Licht und ging mit gesenktem Kopf an den Zellen vorbei zur Treppe. Bevor er den Raum mit der Hauptkartei für die Nacht verschloss, blätterte er routinemäßig unter H.

Hinrichs, Frieda / Hinrichs, Hermann / Hinrichs, *Michael.*

Er zuckte und nahm die Karte heraus. Geburtsdaten, Wohnort, ja, zweifellos handelte es sich um Michél. Unter Bemerkungen stand: *hat betrunken eine Schlägerei angefangen und den Führer beleidigt.*

Keine erkennungsdienstliche Erfassung, keine Akte und, am wichtigsten, kein Durchschlag nach Berlin, der Stempel fehlte. Typisch Melfsen. Der schrieb jeden auf, wirklich jeden, kümmerte sich dann aber nicht weiter um die Sache. Christoph nahm die Karte heraus und steckte sie in seine Aktentasche.

KAPITEL 10

Der Teufel stand im Rauch, Flammen züngelten aus seinen Augen, Glut regnete durch seinen Körper, ein Körper aus Rauch. Auf dem Boden lag eine Frau, ein kleines Mädchen im Arm, beide erstickt. Er erkannte vier weitere reglose Menschen auf dem Boden, Kinder, vom Rauch fast verschluckt. Die Glut fraß sich ihren Weg durch den Teppichboden, an Vorhängen empor, versengte Kleider und Haare. Der Teufel schaute zum Fenster, gerade als dort ein Mann in die Tiefe fiel, die Arme abgespreizt, die Beine rudernd. Dicht darauf ein Kind, die Haare wie Flügel, ein Schrei, vom Wind aus dem Mund gerissen, hoch wie der Ruf einer Möwe.

Auf der Straße vier Jugendliche, die feixend in die Flammen starrten, Bierflaschen in der Hand, Haare und Wimpern angesengt. Der Teufel trat aus dem Fenster, stand in der Luft, die Arme vor der Brust gekreuzt, eine Frau fiel durch seinen Körper. Der Teufel öffnete den Mund, ein Zischen erfüllte die Luft, ein Zischen, das noch im nächsten Sommer dort zu hören sein würde.

Holm stand auf der Straße, den Autoschlüssel in der Hand, und fluchte. Es war sieben Uhr morgens, es war eiskalt, und er stand auf dem Platz, an dem sein Auto gestanden hatte: Er hatte seine Heimat verloren und jetzt auch noch das

Auto. Was für ein Vollpfosten, der sich so eine Blechbüchse zockte.

Er trank nicht vor dem Dienst. Er trank jeden Abend so viel er konnte, aber nie vor der Arbeit und nach Möglichkeit auch nicht während des Dienstes. Holm zog die Flasche aus der Seitentasche, es war Januar 96, der Wodka war eiskalt. Der Teufel zündete sich eine Zigarette an und schaute in Holms rote Augen, die Augen eines Polizisten, der glaubte, das Schlimmste, was in dieser Nacht passiert sei, sei der Verlust seines Autos.

Holm hatte Kopfschmerzen. Das schmutzige Neonlicht, die schlechte Heizungsluft, der Kaffee aus einer Kanne, die immer nur ausgespült wurde, nie geschrubbt, wovon die dunklen Ringe zeugten. Der Bauch des Kollegen, dessen Hemd immer einen dunklen, feuchten Fleck aufwies, dort, wo der Bauch gegen den Rand des Spülbeckens stieß, während er sich die Hände wusch. Ohne Uniform würden sie alle aussehen wie Steuerberater.

Und jetzt diese Hackfresse aus der U-Haft. Dieses gehässige Grinsen. Wie der ihn anschaute, nicht nur, als würde er ihn kennen, sondern so, als glaubte er, Holm müsste sich an *ihn* erinnern. Wie sollte er sich an jemanden erinnern, der ihm das Auto gezockt hatte. Rein technisch eine Unmöglichkeit. Man stand ja nicht daneben und schaute zu. Holm saß auf der Wache und schaute dem Arschloch ins Gesicht. Dieses Arschloch, das ihm der Kollege wegen Autodiebstahls präsentierte, mit dem Brand in der Hafenstraße solle er, Holm, sich nicht befassen, das sei Sache des Kollegen. Und dann noch leise, fast besorgt: »Der war auch in Lichtenhagen dabei, ne?« Nicht so ganz klar, ob das eine Frage war oder eine Information. Schlug ihm auf die Schulter, als brauchte Holm Trost. Schaute ihn dann so ganz prüfend an. Alle total bescheuert geworden. Holm trank nicht beim Dienst, nach Möglichkeit.

Das kapierte doch wohl jeder, dass er sich *nicht erinnerte*. Dass da keine Schublade in seinem Kopf war, die klemmte, und dann so ein bisschen Schmiere und ein Pickelgesicht und dann schwups, »Oh, jetzt weiß ich wieder, genau: Diese Hackfresse hier hat mir das Knie zertrümmert, weil ihr Arschlöcher euch alle zurückgezogen habt, und dann war ich da allein mit dem Mob, und dann sind die alle auf mich drauf.« Genau das passierte eben nicht. Da grinste nur einer gehässig, und er bekam Durst. Er war immer der Arsch. Der Ossi, der im Osten nicht mehr klarkam und den Westen hasste. Er musste weniger trinken. Schon wieder so ein komischer Blick, und dieses Mal nicht von der Hackfresse mit den angesengten Augenbrauen. Dieses Mal vom Kollegen. Das Auto hätten sie in einem Waldstück bei Grevesmühlen sichergestellt.

Holm interessierte sich nicht für das Auto. Vor ihm saß ein Typ, der mit Sengspuren in der Fresse vor einem brennenden Asylbewerberheim gestanden hatte. Warum er so angesengte Augenbrauen habe? Er habe einen Hund angezündet. Holm lehnte sich vor: »Das ist dein Alibi? Du hast einen Hund angezündet? Das ist das Erste, was Arschlöchern wie dir einfällt, wenn sie eine plausible Ausrede brauchen?«

Und plötzlich war sich Holm sicher, dass es dieser Typ war, der ihm in Lichtenhagen die Kniescheibe zertrümmert hatte, war sich sicher, weil der ihn so angrinste. Als hätte Holm schon lange verloren.

Holms Reha hatte ein Jahr gedauert. Seine Kollegen hatten ihn besucht, bis sie keine Lust mehr hatten, seinen Kaffeebecher, die Blumenvase, sein pappiges Mittagessen an den Kopf zu bekommen. Verräter. Arschlöcher. Und dann die Lügen: Die Erstaufnahme habe gebrannt, und zack, endlich was in der Hand, um am Asylgesetz rumzuschrauben. Das war politische Brandstiftung gewesen, eine Situation eskalieren lassen und dann für den Wahlkampf nutzen. Aber in Lichtenhagen war keiner gestorben. Jetzt ging es um zehnfachen

Mord. Jetzt der Kollege wieder, »das lass mal unsere Sache sein, wir haben das im Griff«.

Das Neonlicht flackerte, der Kaffee war kalt, sein Knie und seine Schulter schmerzten, das Gehör auf dem linken Ohr war nie ganz zurückgekehrt.

»Da bist du dir sicher, ja? Du kleines Arschloch hast einen Hund angezündet?« Holm lehnte sich vor, bis er seinen Atem riechen konnte.

Und dann stand er vor der Tür und wusste nicht, wie er dort gelandet war, rausgeschmissen oder gegangen, wär ja auch kein Unterschied, eigentlich.

Die Trunkenen, die Wahrhaftigen, die Gerechten, dachte er plötzlich. Wie ein Slogan, den ihm jemand eingeflüstert hatte. Hätte ihm jemand früher gesagt, dass es sich so beschissen anfühlte, das Richtige zu tun. Dass er nicht als mutig galt, sondern als naiv. »Alter, das war echt nicht schlau, da wartet man auf Verstärkung.«

Du Arschfresse, da kam keine Verstärkung in Lichtenhagen, wir wurden abgezogen. Hätte ich die Leute verbrennen lassen sollen? Wer folgt denn so einem Befehl? Wir waren doch nur das Fußvolk, du Idiot. Du beschissener Idiot. Ist doch hier die gleiche Scheiße. Gegen die Glatzen macht ihr doch nie was. Da habt ihr doch Leute drin. Wieso vernehmt ihr hier denn nur drei? Was ist denn mit dem Vierten? Der ohne Wimpern und Haaransatz, der sagt, er hätte getankt und Licht gebraucht und nur ein Feuerzeug gehabt. Häh? Der gehört doch zu euch. Das seh ich doch, wie ihr da Sachen nicht ausfüllt, wo Sachen ausgefüllt werden müssten. Wer ist denn nach Lichtenhagen in den Knast gewandert? Was ist denn da los, dass die rechte Szene nicht belangt werden kann?

Holm wusste nicht mehr, was er gesagt hatte und was nur gedacht. Überall Lücken. Das war nicht nur das Trinken. Er trank bei der Arbeit nicht. Nach Möglichkeit. Aber begriffen die überhaupt, was sie hier untersuchten? Sieben tote Kinder.

Drei tote Erwachsene. Erstickt, verbrannt, in den Tod gestürzt. Und diese Hakenkreuzschmierer, die mit angeschmorten Haaren vor dem Haus standen und ins Feuer grinsten, die ließ man jetzt laufen. Jeder hatte 'ne andere Geschichte, Hund gequält, Tanken verkackt, einer ließ sich *Klein Adolf* nennen. Aber klar, gingen jetzt alle nach Hause. Wird schon stimmen, die Scheiße, die die da erzählen. Gingen alle an ihm vorbei, diese fetten Pickelgesichter. Er hasste die so, dass er sich selbst im Spiegel die Fresse polierte. Alles voller Scherben.

Falk setzte sich neben Jessie auf die Brücke. Er blutete, seine Nase sah schlimm aus. »Diese Schweine«, sagte er leise, er hatte Tränen in den Augen. »Du weißt doch, wie das ist, Jessie. Die kriegen die Schweine nicht. Wir mussten doch was tun. Wir mussten uns doch grade machen. Jetzt rennen alle wieder mit Kerzen auf die Straße, was soll die Scheiße. Jessie!«

Jessie hatte Falk noch nie weinen gesehen. Es tat weh. Sein Zorn war die Rüstung, die Jessie zusammenhielt, wenn ihre Haut dünn wurde. Die Trave floss träge unter ihnen weg, Jessie trank ihr Bier aus und warf die Dose in das Wasser. Zehn Tote. Das eigenartige Gefühl, als wäre das, was gerade passiert war, schon vor langer Zeit geschehen.

Falk stand auf und ging die Brücke hinunter, er hinkte ein wenig und sah irgendwie eingefallen aus. Er wusste selber, dass es niemandem half, wenn er sich mit den Lübecker Faschos prügelte. Jessie konnte es kaum ertragen, ihn so zu sehen.

Sie rannte, bis sie den Hafen erreichte. Im Windschatten der Lagerhallen kniete sie sich in den Schneematsch. Die Schiffe eng aneinandergetäut. Fiel man dazwischen, alle Knochen konnten sie einem brechen. Möwen kreisten über ihr wie Geier, gingen auf sie nieder und pickten nach ihrem Haar,

Jessie zog ihren Stiefel aus und schlug nach den Vögeln, nicht um sie zu vertreiben, um sie wilder zu machen, in jeder Möwe steckte ein Habicht, und sie, Jessie, war Beute.

Und dann hörte sie den Roggenbuk, hörte den süßen Gesang des alten Ungeheuers, den Klang seiner Harfe. Jessie kroch auf allen vieren zum Ufer, der Zorn hatte ihr Gesicht hart geschnitzt, es war ein Gesicht, das man hassen konnte, dachte sie, als sie ihr verzerrtes Spiegelbild im Wasser sah. Ein Gesicht, das sie zerschlagen wollte.

Vereiste Straße. Nacht. Uhrzeit 2.55. Überfrierender Nieselregen. Holm stand am Fenster. Manchmal dachte er auf eine Art nach, als würde er Protokoll schreiben. Keine Zeugen außer den mutmaßlichen Tätern. Und keiner nannte die so. Haarproben futsch. Kann ja mal passieren, nee klar. Bodenplatte mit Brandherd futsch. 'türlich. Der einzige Beweis für eine Brandstiftung von außen auf dem Weg nach Kiel verloren gegangen. Holm wusste, dass Scheiße wie Scheiße stank. Seine Socke hatte ein Loch. Er schaute mit der hypnotischen Klarheit des Betrunkenen auf den Zeh, der aus dem Socken ragte, den gelblichen Zehennagel, den grünen Teppichboden darunter. Es war ein gutes Grün. Ein bisschen Farbe, hatte die Vermieterin gesagt und auf den muffigen Teppich gedeutet, dessen Flecken von seinen Vormietern zeugten. Er hätte sich eine bessere Wohnung leisten können. Aber auf eine verschrobene Art verbot ihm das sein Stolz. Er brauchte nur das Nötigste. Aber er hatte nicht mehr das Nötigste. Er fühlte sich wie ein Verräter. Sie schützten nicht die Asylbewerber, sondern sich selbst. Holm spürte, wie er verschwand. Es wurde anstrengender, die Fäuste zu ballen. In der U-Haft saß jetzt einer aus dem Haus. Es war doch immer die gleiche Scheiße. Das roch nach Verfassungsschutz. Und *er* war dann paranoid. Als wär er krank. Als müsste man den armen Ossi erst ein bisschen erziehen. Wer zum Quatschen das Wasser aufdrehte, dem konnte man lange einen vom Rechtsstaat erzählen. Klar.

Er ließ sich auf die Couch sinken. Blau mit einem Muster aus grünen Blitzen und roten Schlangenlinien, was hatte er sich dabei gedacht. Er hatte sich geschworen, nie in dieser Wohnung zu trinken. Aber als ihm der Trabant unter dem Hintern verreckt war und er den Golf gekauft hatte, gab es keinen Unterschied mehr. Wie sollte dieses schnelle, leise Schnittchen sein knatterndes, röhrendes Schneckenhaus ersetzen, der einzige Schutz, der manchmal noch zwischen ihm und der Stadt war. Zwischen ihm und der Welt, wenn die Nacht tief und er betrunken war. Er hatte in dem Trabbi weder ein Kind gezeugt noch die Welt bereist, aber er hatte zehn Jahre lang auf ihn gewartet und dann jeden Tag mit seinem Arsch in seinen Polstern gesessen. Jeden einzelnen Tag hatte er seinen Frust in die Polster gefurzt, hatte im Winter mit eiskalten Fingern das Steuer umklammert und sich im Sommer vom Fahrtwind den Schweiß trocknen lassen.

Und in den letzten Jahren hatte er in ihm getrunken. Professionell getrunken. Seine Wohnung bot ihm nicht denselben Schutz, schürte nicht denselben Groll, bot nicht dieselben heroischen Träume. Seine Wohnung war auf eine beredte Weise trist. Auf eine Weise, die eine Menge über *ihn* aussagte. Der Trabbi war trist, weil er es sein *musste*. Weil er ein Relikt war, der Letzte seiner Art. Die Tristesse des Trabanten war eine melancholische, würdevolle, eine, die sein Trinken adelte. Jetzt, wo er in seiner Wohnung auf den wild gemusterten Polstern seines Sofas trank, war er einfach nur noch ein Verlierer.

Der Letzte, der auf dem Dach in der Hafenstraße gestanden hatte, der, der aufpasste, dass alle noch heil runterkamen, der saß jetzt in U-Haft. Es war doch immer dasselbe. Egal, wie absurd es war. Warum sollte sich einer sein eigenes Haus unterm Arsch anzünden und dann nicht wegrennen. Das interessierte keinen. Jetzt sagten sie ihm, er sei ausgerastet, auf einen Kollegen losgegangen. Konnte er sich nicht dran erinnern. Aber wenn schon. Wer alle Beweismittel verschlampte, die die vier Hackfressen belasteten, der verdiente nichts anderes.

Fabrizierte Alibis und mit Phantasie aufgefüllte Anklagen. Die Prahlereien von *Klein Adolf*, er habe in Lübeck was angezündet: unerheblich. Ein Tankbeleg war Alibi genug. Obwohl man die genaue Tatzeit gar nicht kannte. Holm musste sich übergeben. Keine große Sache, sein Magen vertrug den Schnaps nicht mehr gut. Er aß nicht viel. In seinem Kühlschrank lagen vollkommen verschrumpelte Radieschen, die er am selben Tag gekauft hatte wie den Golf, was hatte er sich dabei gedacht. Im Gefrierfach ein Berg Pizzen und Backofenpommes. Holm kniete auf den Kacheln, die Hand auf der Klobrille, und würgte. Der Teufel legte ihm die Hand auf die Schulter, und Holm schloss die Augen.

Dieses Mädchen. Zwanzig und 'n Keks, hatte mit geballten Fäusten vor der Ruine in der Hafenstraße gestanden und das Gebäude angestarrt. Da waren immer Leute mit Kerzen jetzt, aber sie war ihm aufgefallen. Stand da wie in einer Blase, eine seltsame Stille um sich herum, ihre Augen hatten ein irgendwie krankes Blau. Pastellig. Als würde sie erblinden.

Sie hatte ihn angeschaut, und plötzlich war auch um ihn eine Blase, eine Stille. Sie hatte strähniges Haar, pfützenblond, war blass und mager, und ihr Gesicht wirkte, als wäre es aus Glas: voller Risse, die mühsam verklebt waren. Er hatte selten einen so tiefen Zorn in einem so jungen Mädchen gesehen. Eine Bitterkeit, älter als sie selbst. Er dachte, wenn dieses Mädchen einmal anfängt zu weinen, dann fällt es auseinander. Das hält sie nicht aus.

Sie hatten sich in die Augen geschaut, als würden sie einander kennen, als hätten sie eine gemeinsame Geschichte.

Und dann knirschte etwas in seinem Kopf, er hörte tatsächlich ein Knirschen, als würden sich seine Schädelplatten verschieben, und er roch das Feuer in Lichtenhagen und sah die verschwitzten roten Gesichter, es war Krieg, und er lag am Boden. Schmerz kann man nicht erinnern. Normalerweise. Holm fühlte jeden Tritt, jeden Hieb, fühlte auch, wie sie noch auf ihn eingeschlagen hatten, als er schon ohnmächtig gewesen war. Das Gesicht des Mädchens kam näher wie ein Fluch.

Holm presste seine Stirn auf die kühlen Fliesen vor der Toilette. Es wurde immer schwieriger, die Fäuste zu ballen.

Freya saß auf dem grünen Samtsofa und starrte auf einen Gugelhupf, der auf dem goldenen Teetischchen vor sich hin dampfte. Die Hitze des Backofens stand in der Wohnung, aber sie erinnerte sich nicht daran, den Kuchen gebacken zu haben. Am Fenster stieg der Rauch von Jessies Zigarette hoch. Ihre Tochter saß in der Kälte des Januars auf der Bank im Hof und rauchte. Als könnte das Haus immer nur eine Mertens beherbergen. Freya atmete die ewig staubige Dämmerung des Hauses ein, die selbst vor der Sonne nicht zurückwich, und fing an zu weinen, als hätte sie einen Hustenanfall. Abrupt, massiv und kurz. Verbrennungen, Rauchvergiftungen: Freya konnte kaum noch einen Verband wechseln, ohne sich schuldig zu fühlen. Gesichter, so voller Angst, dass sie schon leblos wirkten. Sie flüsterte Beruhigendes, aber allein ihre Sprache erschien ihr schon wie eine scharfe Klippe, über die man kaum springen konnte, ohne sich zu verletzen. Die Hässlichkeit und Schärfe des Deutschen.

Und dann noch das Wispern der Kollegen, die die Verletzungen behandelt hatten, kaum hörbar, aber Freya kannte diese Art von Blick. Einen Blick, mit dem man fragte, ob nicht doch das Opfer vielleicht selbst ein wenig Schuld trage. Hatte es nicht Streit im Haus gegeben? Nein? Das konnte man hinterher immer behaupten. Hatte man nicht unachtsam mit den Feuerquellen hantiert? Nein? Na ja, wir haben da vielleicht andere Standards. Bei uns lässt man keine Kerzen brennen, keine Gasflammen an, macht den Backofen aus, drückt die Zigaretten aus, in Deutschland raucht man nicht im Bett.

Freya meinte zu sehen, wie die Verletzten vor ihren Berührungen zurückzuckten. Kind eines Gestapobeamten. Kriegskind. Nazikind. Im Schutt geboren, aufgewachsen zwischen britischen Soldaten mit ihrer weichen, tropfenden Sprache, dem breiten Lächeln und der Schokolade, ihrem Vater, der ihr den Feind und den Gehorsam erklärte, und diesem einen Lehrer, der ihr den Vater erklärte. Einer musste lügen, und das konnte natürlicherweise nicht ihr Vater sein.

Unter all ihrer Widerspenstigkeit roch Freya den Gehorsam an sich. Die Obrigkeitshörigkeit. Den Opportunismus. Diese Angst, ganz tief in den Knochen, alles zu verlieren. Ihre Moral war ein morsches Haus, dachte sie. Freya war unsäglich froh, nicht auf die Probe gestellt zu werden.

Das gemeinsame Entsetzen über den Anschlag, das sie ihrer Tochter nicht näherbrachte, nur einen weiteren Keil zwischen sie trieb. Als würde Jessie jedem Gefühl misstrauen, das von ihrer Mutter geteilt wurde. Und sie hatte recht damit. Freya das Kriegskind, im Bunker gesäugt, mit Staub gefüttert, Freya, deren erstes Spielzeug ein Soldatenhelm mit Schussloch gewesen war, deren Vater seinen Schatten nicht mit ins Grab genommen, sondern ihn als dunkle Wolke hier in der Gröpelgrube gelassen hatte.

Die Dunkelheit des Winternachmittages drückte durch die Fenster, die Glut von Jessies Zigarette war erloschen. Freya hatte Angst. Eine diffuse Beklemmung, die ihr in der Kehle steckte, die Dunkelheit des Bunkers, die Einschläge über der brennenden Stadt. Freya erinnerte sich nicht, ihr Körper schon.

Freya war nie häuslich gewesen, aber seit dem Anschlag

auf das Asylbewerberheim hatte sie begonnen zu backen. Vermutete sie zumindest. Wer sonst sollte diesen Kuchen gebacken haben, der hier vor ihr stand? Oder all die anderen. Freya griff mit beiden Händen in das Fleisch des Kuchens und drückte sich die Brocken ins Gesicht. Er war noch warm.

Lasse hatte nicht geweint, als sein Bruder gestorben war. Er konnte einfach nicht. Er weinte, wenn ein Vogel gegen die Scheibe flog und sich den Flügel brach, wenn Falks Hunde ein Kaninchen rissen. Er beweinte weder seinen Bruder noch die zehn Toten Lübecks. Ihm war klar, dass es da einen Zusammenhang gab, dass er mit der Trauer eine Ratenzahlung eingegangen war. Sein Körper hatte sich verändert. Hatte Kraft verloren und Gewicht gewonnen. Jeder Schritt, als ginge man durch Dünen, er sank ein. Lasse sammelte Geld für die Brandopfer, er druckte Flyer, die zur Befreiung des inhaftierten Bewohners aufforderten, aber zum ersten Mal hatte er nicht das Gefühl, dass er irgendetwas bewirken konnte. Eine seltsame Lähmung hatte sich über den ganzen Stadtgraben gebreitet. Lasse war das optimistische Herz der Siedlung, Lasse würde sich selbst, wenn man ihn gefesselt und mit Gewichten behangen in die Trave warf, noch fragen, was er aus dieser Erfahrung lernen konnte, er gab jedem das Gefühl, dass niemals und bei niemandem Hopfen und Malz verloren war. Falk beschützte alle, aber Lasse hielt sie zusammen. Und Lasse war krank.

Schwani lag im Bett, frühstückte Kartoffelchips und las seinem Freund aus *Eine kurze Geschichte der Zeit* vor. Lasse verstand kein Wort, das war er gewohnt. Vor ein paar Monaten hatte er bei sowas noch ernsthaft zugehört, er hatte versucht, zu verstehen, was zum Teufel Schwani so faszinierte, und er kam sich dumm vor, weil er es nicht nur unverständlich, sondern auch langweilig fand. Jetzt war es ihm egal, er tat nur so, als ob er zuhörte, er machte hin und wieder, wenn es ihm angemessen schien, kleine interessierte oder überraschte Geräusche, während er die Schildkröte suchte. Jessie hatte sie ihm geschenkt, ein paar Tage nach der Beerdigung seines Bruders. Sie hatten zusammen im VEB gesessen, die Schildkröte hatte aus der Brusttasche ihres Hemdes geschaut, und Lasse hatte gesagt, mit ihm sei es so wie mit den Schildkröten, er überlebe alle. Seine Mutter, seinen kleinen Bruder und aller Wahrscheinlichkeit nach auch Schwani. Jessie hatte die Schildkröte aus der Hemdtasche genommen, ihr zum Abschied sanft einmal gegen die Nase gestupst und sie in Lasses Brusttasche gesteckt. »Nicht alle«, hatte sie gesagt.

Lasse fand Heiermann unter dem Bett, ein paar Wollmäuse auf dem Panzer, er wischte ihn sauber und schloss kurz die Augen. Es war etwas ganz Einfaches, das ihn beruhigte. Heiermanns Panzer. Seine Stille. Seine Langsamkeit. Heiermann war verlässlich auf die Art, wie es Steine waren. Man musste nicht fürchten, sie könnten einfach verschwinden.

Schwani hatte sich aufgesetzt und versuchte, Lasse die Bedeutung einer Katze in einem Karton zu erklären. Es ging um Gift und Radioaktivität in molekularer Form, vor allem ging es darum, dass man nicht wusste, ob die Katze tot war, solange man nicht den Karton öffnete und nachschaute. Das verstand Lasse. Schwani aber bestand darauf, dass die Katze, bevor man nachschaute, weder tot noch lebendig war, sondern in einem Zustand der Unbestimmtheit verharrte. Und das hielt Lasse für ausgemachten Schwachsinn. Denn wenn Lasse jetzt den Wagen verließe und Schwani tot umfiele, ohne dass er, Lasse, es bemerken würde, wäre Schwani dennoch genauso tot. Ein Vogel prallte gegen den Wagen und blieb auf dem Asphalt vor dem Wagen liegen. Lasse schloss die Augen. Das dritte Mal diesen Monat. Sie flogen nicht gegen die Scheiben, sondern gegen das Holz des Wagens. Das war absurd. Er hatte noch nie gesehen, dass Vögel gegen Wände flogen. Der Wagen war zu einer Falle geworden. Lasse würde sie alle überleben.

Die Sonne schien durchs Fenster auf das Bett. Lasse legte sich auf den Rücken und schloss die Augen. Farbige Lichtpunkte. Heiermann krabbelte über seine Brust, ein Fliegengewicht mit Panzer. Das Knistern der Scheite im Ofen. Als würde der Wagen brennen.

Bjarne und Jessie hockten Rücken an Rücken auf der Wiese zwischen Bauwagen und Stadtgraben, die Köpfe aneinandergelehnt, die Augen geschlossen. Es war so still, dass man das Knattern der Segel der alten Schiffe auf der Trave hörte, das Knarren der Masten, das Gelächter toter Seemänner. Die Mittagssonne zeichnete ihre Umrisse auf das Wasser.

Jessie rauchte und begann mitten im Satz, wie häufig, wenn sie mit Bjarne sprach: Was man denn auch sonst machen solle, wenn nur ein halbes Jahr nach dem Anschlag auf die Hafenstraße einer Truppe Faschos erlaubt werde, durch Lübeck zu spazieren? »Bjarne, kleb dir die falschen Wimpern an, mal dir die Lippen rot, und dann werfen wir unsere langen Schatten auf die scheiß Glatzen. Wir brauchen ein bisschen Gewalt, wir brauchen ein bisschen Gerechtigkeit, Bjarne, sonst weiß ich nicht mehr, wofür wir überhaupt gut sind.« Von irgendwoher wehte *Time Bomb* von *Rancid* über das Wasser und brach die Stille, in Jessies Kopf sangen alternde Cowboys zu *Ludwig van*. Ein Schwan breitete seine Schwingen aus und stieg aus dem Stadtgraben empor.

Jessie sah dem Schwan nach, als stiege ein Drache aus den Fluten: »Bjarne, die Stadt ist ein altes krankes Tier mit Augen wie Schießscharten, ihr greiser Atem lähmt jeden Widerstand. Letztes Jahr die Synagoge, dieses Jahr die Hafenstraße.

Stadt des Marzipans, dass ich nicht lache: Stadt des Nazipan. Wir sind die Hämorriden am Arsch dieser Stadt, wir müssen jucken, wir müssen schmerzen, Bjarne, ein einziges Mal will ich das Gefühl haben, dass auf uns zu zählen ist. Dass wir nicht einfach so einkassiert werden, dass nicht alles schon geschehen ist, dass wir mehr sind als eine Unbequemlichkeit für die Bullen.« Bjarne drehte zwei Zigaretten, zündete beide an und reichte Jessie eine über die Schulter. Sie rauchten, die Köpfe aneinandergelegt, Jessie krempelte ihre weißen Hemdsärmel hoch, die grauen Anzughosen, es war heiß.

»Gewalt ist eben doch eine Lösung, Jessie James«, sagte Bjarne.

Jessie sah zu dem Schwan empor, der über dem Stadtgraben entlangglitt. Es hatte einmal Drachen gegeben in der Stadt. Es musste einmal Schönheit und Gerechtigkeit gegeben haben. Irgendwann einmal hatte die Angst einzig und allein den Tieren gegolten, der Wildnis, nicht aber den Menschen.

»Mach mich stolz«, sagte Finchen, küsste Falk und schnürte ihre Docs enger. Sie hatte die pinken Netzstrumpfhosen, den schwarzen Minirock und das pinke Netzhemd gegen ein geblümtes Kleid getauscht. Als sie Falk bei einem anerkennenden Blick ertappte, trat sie ihm gegen das Schienbein: »Die heimliche Sehnsucht der Punks nach spießigen Schnitten«, raunzte sie. »Reiß dich zusammen, Falk, das ist total peinlich.« Damit knallte sie die Tür des Wagens hinter sich zu und stapfte über den Parkplatz. »Ob mit oder ohne Blümchen«, schrie Falk ihr nach, »du bist die schönste Punkette der ganzen Stadt!«

Finchen ging bis zum Holstentor, dann hielt sie ein Taxi an. Sie hob sich schon durch den Gebrauch von Zahnseide und Vitamintabletten, durch reiche Eltern und vier Studiensemester von den anderen ab, man musste sie nicht auch noch beim Taxifahren erwischen. Sie hoffte auf einen schönen Taxifahrer, aber sie bekam einen von den dicken. Am Rückspiegel baumelte ein Duftbaum.

Sie bekam immer einen von den dicken mit Duftbaum, sie wusste nicht, wann sie das letzte Mal Taxi gefahren war, ohne die brechreizerregende Duftmischung von künstlicher Fichtennadel und Aftershave inhalieren zu müssen. Sie lehnte sich zurück und drehte eine Zigarette. »Nee, mien Deern, rauchen kannste hier aber nicht.«

Finchen seufzte müde und fischte einen Schein aus ihrem Portemonnaie, den mit dem Holstentor drauf. Der Taxifahrer nahm das Geld so routiniert aus ihrer Hand, als wäre er Bestechungsversuche aller Art gewöhnt. Finchen holte ein Feuerzeug aus der Tasche und zündete ihre Zigarette an.

»Na, denn aber nur oben ohne«, grinste der Taxifahrer und kurbelte die Luke im Dach auf. Es war einfach unsäglich. Dieses uringelbe Taxi war die Hure dieses Mannes, es war sein einziges Versprechen, seine einzige Hoffnung.

»Wo geht's denn hin?«, er kaute Kaugummi mit offenem Mund.

Sie nannte eine Straße im Villenviertel an der Wakenitz. Der Taxifahrer grunzte zufrieden. »Ist gut, dass du aus der Stadt abhaust. Die ganzen Verrückten am Bahnhof, da mach ich heute keine Tour hin. Nee, das können andere machen. Da können sich andere den Wagen vollkotzen lassen. Ich sach immer, man kann sich auch entscheiden. Man muss ja nich alles mitmachen.« Er schmatzte zufrieden und schaltete den Blinker an. Finchen riss eine Dose Bier auf. Sie hatte Lust zu rülpsen, aber es gelang ihr nur ein winziges Aufstoßen.

»Gute Gegend da. Wo du wohnst. Das Wasser direkt vor der Tür. Da kann unsereins nich mithalten, ne? Aber Schwimmen im Sommer. Das is schon schön. Da schuftet man sich krumm und bringts zu nix, und weißt du warum? Das ganze Gesocks da am Bahnhof und dann das ganze Polizeiaufgebot, und wer zahlt das? Ja, wa, ne? Nee du, nee du, nee du. So sieht die Welt ut. Ich sach ma so: Jeder nach seiner Fassung, aber die Kasse muss stimmen. Meine Meinung.«

Finchen hätte sich am liebsten die Zigarette im Trommelfell ausgedrückt. Sie fuhren an der Stadthalle vorbei und über die Mühlenbrücke, Finchens Haare wurden vom Fahrtwind nach oben gesogen und flatterten aus der Luke des Taxis.

»Wissen Sie«, sagte sie und zog an ihrer Zigarette. »Ich hab ja nichts gegen Ausländer, aber die meisten leben ja doch auf unsere Kosten. Und die Neonazis, klar machen die Ärger, aber die meisten von denen haben 'ne vernünftige Arbeit. Die zahlen Steuern. Ist doch so.« Sie lächelte den Taxifahrer erwartungsvoll an. Der nickte anerkennend und warf ihr kurze interessierte Blicke zu. Ja, für so schlau hatte er sie nicht gehalten. Sie mochte ein verwöhntes Gör sein, aber sie schien trotzdem zu wissen, womit ehrliche Leute es zu tun hatten. Er klebte sein Kaugummi in den Aschenbecher und zündete sich eine Zigarette an: »Ich find das ja ganz witzig, aber wenn meine Tochter plötzlich mit so pinken Haaren nach Hause käme. Nee, du. Nee.« Er grapschte ihr tatsächlich in die Haare. Mit seinen dicken Fingern. »Da wo die Asylanten wohnten, da Hafenstraße und so, da hab ich nachts keine Tour mehr hingemacht. Drogen verkaufen die da und was weiß ich nich alles. Die Schwatten da. Wo die auch wieder herkommen. Türken waren da auch. Oder Araber. Kann man ja alles nicht auseinanderhalten. Das war ja man klar, das dat nich gut geht, sach ich ma. Nee, nee, nee. Das ham wa nich verdient, sach ich immer. Und so ein schönes altes Haus auch. Und ich wohn im Block, ne. Zahlen keine Miete, aber fahren Taxi. Aber ich hab da keene Tour hingemacht, da kannste aber von ausgehen. So weit kommt das noch. Dass ich die rumchauffiere, ne? Ich sach ma so, mir war klar, das dat nicht gut geht. Die Schwatten und die Araber und so. Na, jedenfalls ham sie den im Knast, ne. Deutsche Polizei is eben doch was anderes, da kommt man mit sowas nicht so einfach durch, hat er jetzt auch gelernt.«

Sie fuhren auf die Brücke am Mühlentor zu, der Taxifahrer begann zu summen, mit der Unbeschwertheit, die ein leichter Wutanfall nach sich ziehen kann.

Jessie nahm einen Schluck Bier und kratzte sich mit Falks Taschenmesser den Dreck unter den Nägeln weg. Die Sonne stand über dem Hauptbahnhof, die Polizei hatte ihn weitläufig abgeriegelt, eine Menge stolzes Gesocks saß bis zum ZOB und rieb sich die Hände. Bjarne lag auf dem Kopfsteinpflaster, sein aufgestellter Iro war so hart, er hätte mit den einzelnen Spikes eine Eierschale durchstechen können, er roch nach Kernseife und Haarspray.

Es war ein herrliches Gelage, alle tranken so schnell sie konnten, ein paar Kassettenrekorder röhrten vor sich hin, selbst die Kücknitzer waren geschlossen angereist. Die Kücknitzer und ihre Wagenburg waren die Schaumkrone des Abschaums, sie hatten alles aufgegeben, was ein Mensch aufgeben konnte, und es durch Alkohol ersetzt. Ein einzelner Kücknitzer schreckte auch vor einer ganzen Palette Karlsquell nicht zurück, alle zusammen konnten einen ganzen Aldimarkt leertrinken und trotzdem noch in einer guten Schlägerei ihren Mann stehen. Jedes Jahr starb einer in Kücknitz und machte den Rest der Sippe nur umso verzweifelter und stärker, sie waren ein stinkendes, wütendes Wesen. Sie waren das Urvolk des Punk. Sie waren das Destillat der Gewalt. Und wenn Jessie sich Lasse, der sich in seinem Transparent verhedderte, Schwani, der tatsächlich seinen Hawking mitgebracht hatte und eben die Finger mit der Zunge befeuchtete, um umzublättern, und den Rest der *fauna*-Belegschaft so ansah, die aus Plakaten schwenkenden Hippies, milchgesichtigen Jungpunks und rhetorisch versierten Antifas bestand, dann war klar, dass sie die Verstärkung aus der Kücknitzer Wagenburg bitter nötig hatten.

Die Polizisten standen breitbeinig vor der Absperrung, die Visiere vor das Gesicht geschoben, eine Hand über dem Schlagstock, die andere beim Tränengas. Sie trugen Schuhe mit Stahlkappen, Schienbeinschoner, die Sonne malte Lichtreflexe auf ihre Visiere.

Ein paar von den Rathauspunks lungerten bei der Absperrung herum, tranken Bier und reichten das Leergut freundlich lächelnd über die Absperrung, für die nationale Sicherheit, betonten sie feixend. Ob man ihnen nun eben ein neues holen könne. Büdde, büdde? Aus einem Kassettenrekorder schredderte Zaunpfahl: *Ich steh auf Polizisten, ich mag die Uniform, / Ich bin sofort erregt, und etwas steht enorm, seh ich Uniformen mit Polizisten drin, ist alles zu spät, und ich schmelze dahin.* Ein paar der Punks begannen begeistert, sich gegenseitig rumzuschubsen, der Typ von der Imbissbude hörte türkische Schlager und lief mit Pommes und Dönern zwischen seinem Imbiss und der Absperrung hin und her.

»Falk!«, fauchte Jessie und nickte zu der kleinen Party rüber. Falk runzelte die Stirn. »Die machen sich schon grade, Jessie, keine Sorge. Lass die ma machen, nachher sind die voll da. Ralle da drüben, auf den kannst du voll zählen, und Kermit da ist ein Berserker, wenn's drauf ankommt.«

Jessie drückte ihre Zigarette an der Schuhsohle aus. Bjarne nahm ihre Hand und flüsterte etwas, das sie nicht verstand. Aber sie wusste, dass er *sie* verstand, und das reichte fürs Erste. Jessie hatte keine eigene Geschichte, sie hatte Bjarne.

Schwani lag mit dem Kopf in Lasses Schoß, versuchte die Sprechchöre zu überhören und langweilte sich. Warum sollte er stundenlang zwischen grölenden Punks auf dem Asphalt vor dem Hauptbahnhof hocken und sich dann von hässlichen Männern die Zähne einschlagen lassen? Das ganze Konzept war an Trostlosigkeit kaum zu überbieten. Außerdem hatte er nicht gern die Sonne im Gesicht. Er lag jetzt schon seit zwei Stunden auf dem schetterigen Kopfsteinpflaster rum, umringt von der stinkenden Mischpoke, die die Lübecker linke Szene so zusammenbrachte. Nazis raus, Ausländer raus, Tunten raus, es war doch alles dasselbe. Eine wütende, dumme Masse. »Falk, kannste mal deine Hunde aus meinem Gesicht nehmen? Das ist einfach nur eklig!«

»Halt die Klappe, Schwani, und fass meine Hunde nicht an. Falls du es nicht bemerkt hast, wir machen uns hier grade, ja? Vielleicht trollst du dich einfach an den Krähenteich zu den anderen Junkies. Dreckspack.«

»Lass Schwani in Ruhe, Falk. Gedrückt hat er schon ein paar Wochen nicht mehr. Ist doch schön, dass er mitkommt.« Lasse legte seine Hand auf Schwanis Bauch. Falk seufzte und gab auf. Schwani schluckte zwei Ecstasys und klappte das Buch wieder auf, zum Schutz gegen die Sonne. Ihm tat der Rücken weh, ihm tat die Sonne weh, Lasse tat ihm weh, mit seinen waidwunden Augen, mit diesem naiven Schmelz. Dass man da was einrenken könnte, heute, wie ein ausgesprungenes Gelenk.

Er verstand das nicht. Diese erstickende Körperlichkeit, die jedem Konflikt zugrunde liegen musste. Blut und Tränen, Samen und Scheiße. Er schaute auf die Bahnhofsuhr, noch mindestens dreißig Minuten, bis das Ecstasy einschlug.

Lasse hatte mal wieder ein blaues Auge, seine Lippen zitterten in diesem unsicheren Lächeln, das er seit ein paar Monaten aufsetzte. Lippen auf Autopilot. Zusammen mit dem lädierten Gesicht wirkte dieses Lächeln nahezu debil. Schwani hasste es, wie Lasse lächelte, während man sah, dass ihm zum Heulen war. Seit dieser Scheiße mit Floh hatte er ständig diesen Blick, aber Schwani wollte sich nicht kümmern. Das war verdammt noch mal nicht seine Rolle. Ihm wurde ganz kalt, wenn Lasse ihn so ansah, als könnte er, Schwani, irgendetwas ausrichten. So wie jetzt.

Er zog Lasse zu sich runter: »Lasse«, flüsterte er, »wir machen die fertig, versprochen. Ich bin voll da.« Er zog ihn in den sanftesten Kuss, dessen er fähig war, und erst als Lasse sich unter seinem Griff entspannte, biss er zu. Fest. Blut und Tränen, Samen und Scheiße, er ließ Lasse los und hielt sich den Bauch vor Lachen. Der Geschmack von Lasses Blut war besser als der seiner Haut. Härter, reiner. Falks Faust zerteilte sein Gelächter.

Falk trank sein Bier in einem Zug aus. Er verstand das nicht, kaum hatte er eine Gerade im Gesicht dieses Junkies platziert, warf Lasse sich schon dazwischen. Da tropfte ihm noch das Blut aus dem Gesicht, und er hatte trotzdem nichts Besseres zu tun, als Schwani vor Falk zu beschützen.

Dass Schwani keine Angst hatte, war ihm schon lange klar, aber der Freak hatte einfach nur gelacht, nachdem er Falks Faust in die Fresse gekriegt hatte. Ein Schlag, der jeden anderen erst mal für ein paar Minuten auf die Seite geschickt hätte, brachte den Kerl zum Lachen. Kein dreckiges Lachen. Nicht so eines von der Sorte Harte-Männer-können-einstecken, er hatte irgendwie wirklich froh gewirkt, erleichtert. Falk stieg da nicht durch. Der war noch kaputter, als er gedacht hatte.

Schwani fühlte sich großartig. Die Härchen auf seinem Handrücken waren weich. Er strich ganz leicht darüber, so dass seine Handfläche gerade eben die Spitzen der elektrisierten Gräser berührte. Er hätte schwören können, dass sie eben noch kürzer gewesen waren. Seine Berührungen waren wie Regen. Das gefiel ihm so gut, dass er es gleich noch mal dachte. Seine Berührungen waren wie Regen. Ein Fascho ging neben ihm zu Boden, Schwani streckte die Hand aus und strich ihm über den rasierten Schädel. So weich. Fast wie Flaum. Er hatte sich nie klargemacht, von welcher irrsinnigen Schönheit Haare waren und von welcher Brutalität. Sie durchbohrten, durchstießen, durchstachen immerhin die Haut, wie konnte etwas so Weiches gleichzeitig so, so, er suchte nach dem richtigen Wort, prägnant, nein, widerständig sein. Er rutschte dichter an den Kopf heran. Er war so frisch rasiert, dass es doch sein konnte, sein musste, dass gerade jetzt ein Haar die Kopfhaut durchbohrte, durch eine Pore ans Licht drängte, er, Schwani, wollte diesen Kopf in seinen Schoß betten und die Geburt eines Haares bezeugen.

Der Teufel lag horizontal in der Luft zwischen Himmel und Straße und beobachtete das Treiben vor dem Hauptbahnhof. Arme und Frackschöße abgespreizt wie Flügel. Die Sonne schien durch seine Augen hindurch auf die prügelnden Horden. Die unbestechliche Geometrie der Natur war dort unten zu sehen, Interferenzmuster von Lichtwellen; Wellenketten und Täler, die sich erst durch Kollision formieren.

Der Teufel dehnte sich aus, bis er die ganze Stadt bedeckte. Einmal wollte er die Stadt mit seinem Körper verdunkeln, einmal der Sonne Gegner sein.

Bjarne kletterte auf die Barrikaden, ein Schlagstock traf ihn direkt in die Nieren. Die Barrikaden waren eine halbdurchlässige Membran, immer mehr Rechte drangen in den Kessel ein, eine Faust traf Jessie an der Wange, ihr Kopf flog zurück, und etwas knackte hässlich. Du siehst gar nicht aus wie ein eiskalter Killer. Ich kann heute noch einem fliegenden Vogel ein Auge ausschießen. Jessie knurrte und biss blind zu, jemand riss sie an den Haaren.

Falk tauchte neben ihr auf, erst als die Schläge auf ihren Rücken aufhörten, merkte sie, dass sie auf dem Boden gelegen hatte. Tränengasnebel und der Rauch von brennenden Mülltonnen, nicht durch die Nase atmen, sie müssen verrückt sein, Sheriff, die Gefangenen allein transportieren zu wollen, nicht durch die Nase atmen, das sind keine gewöhnlichen Viehdiebe. Rücken an Rücken, Deckung, Angriff, Sirenen, nur Tote können nicht mehr pogen, nur Tote können nicht mehr pogen. Kopfsteinpflaster mit einem Mosaik aus Lücken, Kanonen auf die Hansekoggen, hängt die Piraten, saufen vor dem brennenden Haus, echte Kerle, Frauen auf dem Dach, schreiende Kinder, das Gesicht unter Falk ein blutiger Brei, ein Zahn steckt in einem Finger, aber nicht mehr im Kiefer.

Schlagstöcke, Urin, der die Beine hinunterrinnt, wir stampfen euch zurück in den dreckigen Leib, aus dem ihr herausgekrochen seid, zurück in eure Löcher, ihr Ratten. Die Stadt spuckt Feuer, gräbt ihre Klauen in diesen Morast aus prügelnden Leibern, steh auf, wenn du ein Hanseat bist. Some people call this hell, but you're still in Lübeck. Ein Drachenlied von Schlagringen, gepiercten Nasen, gespaltenen Zungen. Im Blut gebadet und trotzdem überall verwundbar, Siegfried, Siegfried, was bist du zornig, was bist du schwach.

Dumm, brutal, national, Nazis jagen, Nazis schlagen – das ganze Scheißsystem zerschlagen! Der Feind ist klar, der Feind ist da. Wenn sich die Schlinge zusammenzieht, beißt dich der Teufel in den Arsch. Und auf dem Grund der Trave weint ein Drache.

Bjarne bekam einen Ohrring zu fassen, er riss, der Typ schrie, Blut und Stahl, Nieten und Schweiß, euch räuchern wir aus, euch schneiden wir die Eier ab, und dann können die Bullen euch zu Mama nach Hause tragen. Ein Zahn war plötzlich locker, scheißegal, sind noch zwanzig andere da, rauf da, raus da, bevor die Bullen kommen. Aber Bjarne lag auf dem Boden, ein Geschmack nach Stein, nach Eisen, und dann wurde es plötzlich ruhig.

Im Moor seufzten die Geister. Vor dem Burgtor wucherte wieder der Wald.

Ein Kreis hatte sich gebildet. Jessie war mit Schwani, Bjarne und Lasse eingekesselt. Sie waren das stille Zentrum der Schlacht. Die Neonazis standen Schulter an Schulter um sie herum, Schlagringe an den Händen. Bjarne warf Jessie einen Blick zu, sie waren erledigt.

Schwani drehte sich mit hocherhobenen Armen im Kreis und grinste blöd in die Sonne, während ihm das Blut aus der Nase lief, Lasse duckte sich und hielt die Hände fest auf den Kopf gepresst. Zwei Dreads lagen auf dem Kopfsteinpflaster, seine Kopfhaut blutete. Beide taugten nur noch als Kanonenfutter. Jessie hatte Angst. Was erst mal gut war: Es gab immer einen Punkt in Prügeleien, wo nur die Angst einem weiterhalf, die letzten Adrenalinreserven aus einem herauskitzelte und dafür sorgte, dass man nicht mit der Nase im Asphalt landete. Aber diese Angst jetzt war anders. Sie war lähmend. Alles war vergeblich. Und sie, Jessie, machte sich lächerlich, wenn sie glaubte, mit einem Pflasterstein in der Hand die Stadt retten zu können. Sie legte den Kopf in den Nacken, und ein Sonnenstrahl fiel durch die Augen des Teufels in ihre. Sie sah die Stadt brennen und zu Asche werden, sie sah geköpfte Fürsten und gevierteilte Heiden, sie sah brennende Hexen, eiserne Jungfrauen und verstümmelte Soldaten, sie sah den Mob. Menschen, die andere die Straße hinunterjagten, mit Steinen bewarfen, mit Pech begossen, teerten und federten. Sie sah die kalten Augen, mit denen die Stadt seit tausend Jahren auf die Fremden schaute, sah hochgezogene Zugbrücken, geschlossene Tore, befestigte Mauern.

Sie sah dem Teufel in die Augen und begriff, dass alles, was sie tun konnte, vollkommen belanglos war. Dass der Einzelne niemals gezählt hatte. Der Teufel lag über ihr in der Luft, zwischen Himmel und Beton, hing dort wie ein großer schwarzer Engel, und Jessie fühlte seine Sehnsucht, als wäre es ihre.

Der Teufel verschwand, und Jessie schaute den Männern, die sie umringten, in die Augen. Sie hatte sich schon so oft mit Neonazis geprügelt, es war überraschend, dass sie sie zum ersten Mal wirklich ansah. Sie verhakte ihren Blick mit einem der Männer, und ihre Angst wurde noch tiefer. Ihre Wut war nichts im Vergleich zu seinem Hass. Das waren Leute, die Häuser anzündeten und Menschen verbrannten und dabei lachten.

Sie waren mächtig geworden. Sie hatten Lichtenhagen angegriffen, und die Asylbewerber wurden weggeschafft. Sie hatten Menschen getötet, und das Asylrecht wurde eingeschränkt. Sie hatten die Hafenstraße angezündet, und ein Opfer saß in U-Haft. Sie mordeten, und die Justiz half ihnen dabei. Ihr Hass war ihnen zur Lösung geworden.

Jessie ließ den Stein fallen, den sie in der Hand hielt, und setzte sich auf den Boden.

Als Finchen am Abend über den Parkplatz schlurfte, die Haare brav gescheitelt und so blass wie sieben Monde, in der Tasche ein funkelnagelneues S3 von Siemens, dreihundert Gramm leicht und SMS-tauglich, saßen Jessie und die anderen sternförmig um ein kleines Feuer herum, beschäftigt mit ihrem Zorn und all dem anderen Elend.

Es war Lasse, der sich plötzlich auf die feixenden Faschos gestürzt hatte. Jessie hatte fassungslos zugesehen, wie Lasse mit wehendem Hippiehemd den größten Kerl in der Runde angesprungen hatte. Der hatte ihn einfach abgeschüttelt, aber Lasse war erneut zum Angriff übergegangen, und dann brach plötzlich Falk, gefolgt von einem Haufen Kücknitzer und Autonomer, in den Kessel.

Sie alle verstanden, dass Lasse nicht zum Helden geworden war, selbst Schwani begriff, dass Lasse die Dinge nicht mehr ertrug. Dass er sich ebenso gut von einer Klippe hätte stürzen können. Dass es an jemand anderem war, alle mit Kaffee und Zuversicht zu versorgen. Dass jemand anderes dafür sorgen musste, dass sie zusammenhielten. Aber allen war klar, wenn Lasse den Job aufgab, würde kein anderer ihn machen. Als Finchen also über den Parkplatz schlurfte, die

Haare brav gescheitelt und so blass wie sieben Monde, als sie sich ans Feuer zu ihren schweigenden Freunden setzte, sah keiner auf, aber alle atmeten erleichtert aus. Denn auch wenn sie völlig kaputt waren, wenn niemand von ihnen noch annähernd funktionierte, hieß das nicht, dass man auf einen von ihnen verzichten konnte. Sie saßen sternförmig um das Feuer und schwiegen, die Risse zwischen ihnen wurden tiefer, aber sie waren alle da. Sie waren zusammen. Und für den Moment reichte das.

Als der Mond hoch stand, legte Schwani eine astreine Joy-Division-Performance hin. Er hüpfte ekstatisch-epileptisch durch die Dunkelheit, Bjarnes Iro durchstach die Nacht.

Bjarne und Jessie saßen Rücken an Rücken auf dem Rasen, Finchen zog sich das geblümte Sommerkleid über den Kopf, knüllte es zusammen und warf es in den Stadtgraben.

Das Kleid breitete sich über das Wasser aus und trieb flussabwärts, wo der Roggenbuk es holte. Er zerfetzte mit seinen Klauen das Kleid, das seine Hoffnung so irrtümlich erweckt hatte, und verzog sich wieder unter den großen Stein am Grund der Trave.

Lasse wachte auf, sein Mund war so trocken, als hätte er mit einem staubigen Schwamm in der Mundhöhle geschlafen. Schwanis Körper war eng um ihn herumgeschlungen. Er hustete und hielt sich die schmerzenden Rippen, seine Augen brannten vom Tränengas. Schwani schnarchte, draußen zirpten die Grillen.

Lasse stieg aus dem Bett und schnürte seine Springerstiefel, obwohl er nur Unterhosen und T-Shirt trug. Der Fußboden war kein sicheres Terrain für nackte Füße. Er drehte sich eine Zigarette, zündete den Gasherd an und stellte den Wasserkessel auf. Die Filtertüten waren wieder alle, Lasse nahm eine frische Socke aus dem Schrank und füllte die letzten drei Löffel Kaffeepulver rein. Er versuchte, das Bündchen über den Rand des Plastikfilters zu stülpen. Der Filter kippte um, der Kaffee rieselte auf den Fußboden, Lasse trat gegen den Kühlschrank. Eine Packung Filtertüten kostete nicht mal 'ne Mark, und selbst die hatte er nicht mehr. Es dauerte noch vier Tage, bis er wieder Geld vom Amt bekam. Schwani ging nie einkaufen. Wirklich nie. In fünf Jahren war Schwani kein einziges verdammtes Mal auch nur mit einem Brot nach Hause gekommen. Einmal, wirklich einmal wünschte er sich, Schwani würde mit einer Tüte voller Lebensmittel bei ihm aufkreuzen.

Schwani gab ihm Geld, wenn er welches hatte. Aber Lasse wollte sein Geld nicht. Er hatte keine Ahnung, wo das herkam. Er nahm an, dass Schwani dealte, aber er fragte nie danach. Er wollte Schwanis Geld nicht haben, er wollte es neutralisiert im Kühlschrank vorfinden. Er wollte ein Stück Käse, Brot und Milch, Kaffee und verdammt noch mal Filtertüten, war das wirklich so schwierig.

Lasse sammelte seine Bergkristalle ein, die überall auf Tisch und Regalen lagen, um die Energie im Wagen zu reinigen, und wusch sie unter fließendem Wasser. Der Bergkristall, der neben dem Bett gelegen hatte, neben Schwanis Kopf, um genau zu sein, erschien ihm besonders trüb. Er würde ihn besser ein paar Stunden in die Sonne legen und mit Licht auftanken, mit Wasser allein war es hier nicht getan.

Seine Kopfhaut brannte. Drei Dreads waren ausgerissen, eine dünne Kruste hatte sich gebildet, er traute sich noch nicht, sie anzufassen. Er schaute in den Spiegel, der über der Spüle hing. Er sah aus, als hätte er eine riesige Geheimratsecke.

Dass Lasse in seinen Träumen auftauche, sagte Schwani, und ihn rette. Dass Lasse aber trotzdem eine Gefahr sei und er süchtig.

Was zum Teufel redet er da?, dachte Lasse. Schwani hatte die Augen noch geschlossen, seine Stimme war kratzig. Ganz offensichtlich schlief er noch halb, verstand es aber dennoch, das Drama seiner Existenz in beschämenden Kontrast zu Lasses kleinlichen Überlegungen zu Haushaltszuständigkeiten zu setzen. Lasse schaute auf seine Faust, die die Bergkristalle noch immer unter dem Wasserstrahl hielt. Für einen kurzen Moment war ihm danach, sie Schwani gegen den Kopf zu werfen.

Er sagte nichts, legte die Steine auf das Fensterbrett, goss Wasser in zwei Tassen, kippte eine Tüte klumpiges Cappuccinopulver hinein und schaute Schwani an, der nackt im Bett lag und selbst mit dem verschmierten Make-up über den Augen von einer so unverfrorenen Schönheit war, dass Lasse sehr rasch noch wütender wurde. Erst nach einer Tasse Cappuccino, nachdem die runtergerauchte Zigarette ihm fast die Finger verbrannte, konnte er sprechen, ohne dass seine Stimme sich überschlug: dass er sich momentan nur eine Obsession leisten könne und jetzt nach Kücknitz müsse. Dass es Menschen gebe, bei denen man noch etwas ausrichten könne. »Steh auf«, sagte er, »du musst was essen, und ich muss gehen.« Er goss die letzte Milch in eine Schale mit Müsli und stellte sie neben Schwani auf den Plattenspieler.

Schwani richtete sich langsam auf und warf Lasse einen höhnischen Blick zu: »Mit Milch und Müsli rettest du die Welt, ja? Gott, ist das jämmerlich«, dann ließ er sich wieder zwischen die Kissen sinken und grinste Lasse breit an.

Aber Lasse war nicht mehr so einfach zu erreichen. Er hatte einen Auftrag, und der war in Kücknitz. Er setzte sich auf die Bettkante und klemmte Schwani eine Zigarette zwischen die Lippen. »In meinem Bett stirbst du nicht, das ist alles«, sagte er. Schwani rollte mit den Augen und drehte sich auf die Seite. »Gib's doch zu, Lasse. Du stehst drauf.«

Als Lasse in der Tür stand, die Schildkröte in der Tasche, das Didgeridoo in der Hand, hatte Schwani sich im Bett aufgesetzt, ein paar Löffel Müsli gegessen und wedelte mit dem Ergebnis des HIV-Tests. »Fuck without fear«, brüllte er.

Lasse blieb in der Tür stehen und sah ihn an, sah seinen Geliebten an, der tatsächlich versuchte, ihn mit einem negativen Testergebnis zu verführen. Der damit rumwedelte, als habe er ihm einen Gefallen getan. Und er dachte, dass das noch nicht einmal Schwanis Schuld war. Dass er sich tatsächlich immer bei ihm bedankt hatte, wenn Schwani zum Gesundheitsamt ging. Dass er sich nicht getraut hatte, je irgendwas von Schwani zu verlangen, aus Angst, dass dieser ihn sofort verlassen würde. Er hatte ihn nicht *ein Mal* gebeten, das Fixen zu lassen. Seine einzige Bedingung war der regelmäßige Test.

Er setzte sich seinen Hut auf, klemmte sich das Didgeridoo unter den Arm, steckte seine Monatskarte ein und verließ den Wagen.

»Du bist ein verdammtes Wechselbalg«, schrie Schwani ihm nach. Womit er meinte, dass Lasse seit Monaten wie ausgewechselt war. Und tatsächlich hatte der Tod von Lasses kleinem Bruder es fast geschafft, den Wahnsinn für Schwani zu ersticken.

Schwani feuerte die Müslischale an die Tür, am Abend würde der Brei an der Wand und auf dem Boden aussehen wie eingetrocknetes Erbrochenes, Lasse hatte da Erfahrung. Zum ersten Mal ließ es ihn kalt. Gestern, als ihn zwei Typen in die Mangel genommen hatten und er spürte, wie ihm die Dreads aus der Kopfhaut gerissen wurden, hatte er seinen Geliebten gesehen, wie der nur einen Meter neben ihm stand und lachte.

Jessies Zigaretten waren alle. Sie fluchte und fingerte blind in der leeren Schachtel rum. Ihr rechtes Auge war zugeschwollen, ihr ganzer Körper schmerzte. Sie hatte den metallenen Geschmack von Blut im Mund. Sie roch Kaffee und hörte die Dielen im ersten Stock unter den Füßen ihrer Mutter knarren. Die Schritte ihrer Mutter auf der Treppe, eine Schranktür klappte auf und zu, sie hörte das Brodeln der Kaffeekanne, das Klirren der Tassen.

Die Schritte näherten sich durch das Wohnzimmer, die Tür öffnete sich, und der Geruch nach Kaffee wurde stärker. Jessie bekam ganz plötzlich ein schlechtes Gewissen. Die Selbstverständlichkeit, mit der ihre Mutter ihr noch immer den Kaffee ans Bett brachte, die Selbstverständlichkeit, mit der sie Jessies Kälte hinnahm. Es war mehr Gewohnheit geworden als wirklicher Groll, Jessie hatte sich an die Verachtung gewöhnt, wie an die Klamotten ihres Vaters, es war ihr einfach nicht mehr möglich, wirklich freundlich zu ihrer Mutter zu sein. Dennoch spielte sie nie mit dem Gedanken, ganz zu Bjarne zu ziehen. Niemand verließ die Gröpelgrube, niemand ließ ein Haus zurück, das von den Jahrhunderten ins Pflaster gestampft worden war und dennoch seine steinerne Faust für einen weiteren Menschen geöffnet hatte.

Das Rascheln ihres Kleides und das Knarren der Bettfedern, als Freya sich auf die Matratze setzte. Ob sie verschlafen habe, oder ob es ihr nicht gut gehe. Oh Gott, was denn mit ihrem Gesicht sei, »wie ist denn das passiert? Jessie, was ist bloß los mit dir? Was machst du bloß für Sachen?«

Jessie drehte sich zur Wand, um sich zwischen zwei starken Bedürfnissen nicht entscheiden zu müssen: dem Wunsch, einen riesigen Schluck Kaffee zu trinken, und dem nicht weniger starken Verlangen, ihre Mutter anzuschreien, sie solle sich zusammenreißen, sie sei kein Kind mehr, die Tasse zu nehmen und an die Wand zu schleudern.

Freya legte ihre Hand auf das Kopfkissen, knapp neben ihren Hinterkopf, sie müsse jetzt los, dann stellte sie den Kaffee neben das Bett und schloss die Tür.

»Dein Strick hat es nicht geschafft, mich umzubringen. Vielleicht schafft es dein Kaffee«, murmelte Jessie und setzte sich auf. Ihre Rippen fühlten sich an, als hätte sie jemand ganz fein gemahlen. Sie befühlte ihren Mund, die Unterlippe war geschwollen und doppelt so dick wie die Oberlippe, und über dem Auge war etwas ziemlich schlimm verkrustet. Freya hatte ihr ein paar Zigaretten neben das Bett gelegt.

Jessie zündete sich eine an, im Mundwinkel konnte sie sie ohne Schmerzen halten, sie versuchte, einen Schluck Kaffee zu trinken, das wiederum war ein hoffnungsloses Unterfangen. Im Flur neben dem Herd lag ein angebissenes Käsebrot auf einem Teller und eine halbvolle Schachtel Zigaretten. Jessie zündete sich eine weitere am Gasherd an, warf das Frühstücksei und das Brot, das für sie auf dem Wohnzimmertisch stand, in den Mülleimer und warf einen Blick in die Zeitung. Den *Ausschreitungen Linksradikaler* war eine ganze Seite gewidmet, Jessie lächelte, ihre Lippe platzte auf, sie ließ die Mundwinkel schnell wieder sinken.

Sie stellte sich zwei Minuten unter die Dusche, Zähne putzen konnte sie vergessen. Sie war nicht zimperlich, aber wer schmiert schon Zahnpasta auf eine frische Wunde. Ihre Lippen waren so geschwollen, dass man ihre Zähne sowieso nicht sah. Sie zog sich ein Hemd an, die Anzughose, ließ die Hosenträger schnalzen, setzte sich eine Sonnenbrille auf und zog die Tür hinter sich zu.

Sie lief die Gröpelgrube hoch und versuchte, nur auf ihre Schuhspitzen zu sehen. Die Niedlichkeit der Altstadthäuschen verursachte ihr Übelkeit. Mindestens vierzig Prozent der Stadt standen unter Denkmalschutz, als wäre es keine Stadt, sondern das Bild einer Stadt. Wenn Jessie durch die Straßen lief und von der Königs- in die Hüxstraße einbog, war es, als ob sie eine Seite in einem Bildband umblätterte. Sie hatte das Gefühl, einen fettigen Fingerabdruck auf einem Hochglanzabzug zu hinterlassen, wenn sie eine raue Steinfassade berührte, und wenn sie auf der Straße mit jemandem zusammenstieß, tat es weh, als ob man sich an Papier schnitte. Jessie müsste nur ein Streichholz an die Aegidienkirche halten, um die Stadt in einem Atemzug zu vernichten.

Schwani hockte in einem Liegestuhl, Hawking auf den Knien. Die Philosophie war tot. Die Physiker waren komplett irre, das Panorama, das sich hier zwischen zwei Buchdeckeln aufspannte, war so verwegen, dass die Ödnis des Tages, Schwanis ganz persönliches Horror Vacui, kollabierte wie ein Stern. Wenn ein Stern kollabierte, so las Schwani, entstand ein Schwarzes Loch, ein materieloses, unbegreifliches

Nichts, mit einer Anziehungskraft, die auch die Erde im Nu verschlingen könnte.

Auch das, dachte Schwani eitel, konnte man gut und gern auf ihn beziehen. Lasse würde ihn ungefähr so beschreiben. Er blinzelte lächelnd in die Sonne, ganz gefangen in den Wundern der Astronomie, als es begann. Das war typisch. Die Träumereien in den Ausläufern eines guten Rausches, immer dann, wenn er dachte, er hätte dieses Mal einen sanften Abstieg geschafft, wurde es urplötzlich sehr finster.

Er zündete sich eine Zigarette an und beugte sich tiefer über das Buch. Er hatte gewusst, dass es kommen würde, aber er machte sich trotzdem fast in die Hosen, er gewöhnte sich einfach nicht daran.

Etwas Schillerndes breitete sich in ihm aus. Von der Farbe verrottenden Fleisches. Etwas grünlich Schillerndes, die Ränder von einem dunklen Lila, Fliegen schwirrten dort herum. Das lag nicht an dem Streit mit Lasse, es war der Afterglow des Rausches. Der stinkende, verwesende Schweif des MDMA.

Schwani würde normalerweise sofort nachlegen, aber das Medizinschränckchen war leer. Und auf eine bestimmte Art genoss er es auch, wie so ein paar Pillen noch immer in der Lage waren, ihn wirklich zu zersetzen. Wie sie ihn mit der Zigarette in der Hand auf das Buch warfen, sein Sabber wellte die Graphik des Doppelspaltexperimentes. Er hatte noch nicht mal mehr die Kraft, die Jämmerlichkeit seiner Situation zu würdigen, die Lächerlichkeit, mit der er sich in existentieller Angst über den Hawking krampfte, nun mit einer deutlich weniger verherrlichenden Perspektive auf die Schwarzen Löcher.

Herr Meyer saß auf einem Hocker neben den Särgen. Irgendwie hatte er in letzter Zeit kein Mark in den Knochen, er spürte das Gewicht seines Körpers jeden Tag stärker. Manchmal befiel ihn ein leichter Drehschwindel beim Anblick der

Toten, begleitet von einer diskreten, aber lang anhaltenden Übelkeit. Sein Kopf fühlte sich dann so an, als würde das Gehirn gegen Augen und Schädeldecke drücken. Ein leichtes Brennen in den Adern, als wäre sein Blut zu sauer. Es half, sich auf eine harte, kühle Unterlage zu legen und die Hände von oben fest auf die Stirn zu pressen, dann von beiden Seiten gegen die Schläfen. Aber die Metallliege im Kühlraum war besetzt. Von einem Kind.

An so etwas konnte man sich nicht gewöhnen. Nicht an Achtzehnjährige, nicht an Vierzehnjährige, nicht an Achtjährige und schon gar nicht an Dreijährige. Konnte kaum laufen und war schon in die Trave gefallen. Er hielt die Kleidung auf dem Schoß, die Frau Reimann am Freitag vorbeigebracht hatte. Ein HSV-T-Shirt und eine winzige Adidas-Sporthose, dazu Chucks. Er hatte noch nie so kleine Chucks gesehen. »Seine Sachen sind doch ganz nass«, hatte sie gesagt, »er muss aus den nassen Sachen raus.« Jessie kümmerte sich um Frau Reimann. Diese spröde junge Frau, die man anfangs höchstens den Toten zumuten konnte, hatte ein erstaunliches Einfühlungsvermögen. Wenn sie sich Mühe gab. Sie hatte Frau Reimann lange gegenübergesessen, ohne irgendetwas zu sagen. Jessie hielt das Schweigen der Trauernden aus, sie tröstete nicht, wenn es keinen Trost gab. Sie redete nicht, um die Stille zu brechen. Sie tat nicht so, als könnte es Perspektiven geben für jemanden, der sein Kind verloren hatte. Eine junge Mutter konnte man nicht trösten.

Bisher hatte er Jessie die Kinder nicht zugemutet, jetzt konnte er sie sich selber nicht mehr zumuten. Als Jessie auftauchte, kostete es ihn Mühe, die Lider zu heben. Als lägen kleine Gewichte darauf. Und dann wollte er sie gleich wieder schließen. Das Mädchen war übel zugerichtet. Herr Meyer schaute ihr in das demolierte Gesicht, dann schaute er auf den Aufmacher der *Lübecker Nachrichten*, die neben ihm auf dem Beistelltisch lag, dann sah er sie wieder an.

»Die beleidigte Kreatur hat nicht nur das Recht, sondern auch die Pflicht, sich zu rächen«, murmelte Jessie entschuldigend.

Herr Meyer musste lächeln. Es war einfach belebend, jemanden zu sehen, der verletzt war, ohne tot zu sein. Meistens sah er Tote, die völlig unversehrt wirkten. Diese pulsierende geschwollene Oberlippe, die so weit vorstand, dass sie von der Seite wie ein Schnabel wirkte, die verkrustete Stirn, das komplett zugeschwollene Auge zeugten von einer Vitalität, die seine Übelkeit vertrieb. Da schmerzte was, da heilte was. Er stand auf und drückte ihr das HSV-T-Shirt in die Hand. Jessie nahm das Shirt und die Turnschuhe entgegen und nickte Herrn Meyer zu.

Jessie hatte der Mutter sagen müssen, dass sie die Asche nicht bei sich behalten durfte. Frau Reimann wollte kein Grab, sie wollte ihr Kind wieder mit nach Hause nehmen. »Vor Friedhöfen hat er sich immer gefürchtet«, hatte sie gesagt, »dort kann ich ihn nicht lassen.« Es war das Natürlichste der Welt, dass sie die Asche mitnehmen wollte. Zum ersten Mal war Jessie versucht, das zuzulassen. Eine andere Urne zu begraben. Sie hatten drei Urnen, die nie abgeholt worden waren. Man konnte jemanden begraben, der schon lange vergessen war. Warum nicht?, dachte Jessie. Warum, verdammt noch mal, eigentlich nicht.

Sechs Mannschaftswagen fuhren über den Parkplatz und hielten vor den Bauwagen. Schwani, der sich noch immer in embryonaler Lage über dem Hawking krümmte, die Hände auf die Ohren gepresst, bemerkte ihre Anwesenheit erst, als er an den Haaren aus dem Liegestuhl gezogen wurde. Er schrie auf, die ganze Beklemmung, dieser unerbittliche widerliche Sog verebbte, physischer Schmerz verdrängte seelischen, das bemerkte er nicht zum ersten Mal. Schwani lachte dem jungen hübschen Polizisten dankbar ins Gesicht und schlug zu.

Falk und Finchen wurden im Wagen überrascht. Finchen tupfte gerade Heilsalbe auf Falks Gesicht. Er war heute nicht gerade in Form, trotzdem schaffte er es noch, einem Polizisten den Kopf in den Magen zu rammen, als er die Hände schon auf dem Rücken hatte.

Bjarne lag auf dem Dach des Wagens (die kleine Rauchsäule seines Joints war zu dünn, um ihn zu verraten) und kämpfte mit sich. Es war ja nun mal so, dass Falk dafür zuständig war, auf ihn aufzupassen, der umgekehrte Fall war bisher nicht eingetreten. Bjarne war nicht vorbereitet. Er hatte Schiss. Erst als alle in den Autos verstaut waren, kletterte er vom Dach und warf einen Stein nach den abfahrenden Wagen, so dass er dann doch noch mitdurfte.

Auf der Wache hielten zwei Polizisten Schwani fest, während der dritte ihm in die Seite trat. Niemand wunderte sich darüber, am wenigsten Schwani. Aber er fragte sich, warum Lasse unbedingt Punks retten musste, während er hier gerade viel akuter gebraucht wurde.

Während die Polizisten ihm in Magen und Rippen traten, schloss Schwani die Augen.

KAPITEL II

Lucie wachte auf. Sie musste pinkeln, es war kalt, der Herd war vor Stunden ausgegangen. Ein schneidend silbernes Morgenlicht fiel durch das Fenster, Christophs Haut sah grau aus.

Sie zog den Nachttopf unter dem Bett hervor und setzte sich auf die kalte Emaille. Ihr Kopf war auf gleicher Höhe mit Christophs, er schlief, als hätte er sie vergessen. Seine Lippen waren zu voll für einen Mann, er war zu schön für einen Mann. Lucie konnte ihn kaum ansehen, ohne ihn zu küssen. Sie beugte sich vor und biss ganz fest in seine Lippen.

Christoph schrak auf, sie hatte Blut auf den Lippen und schlug die Hand vor den Mund. Der restliche Urin lief ihr das Bein hinunter. Christoph packte sie an den Schultern, sein Gesicht verzerrt vor Schreck. Sie hatte kalte Füße, und Christoph schüttelte sie, dass ihr die Zähne aufeinanderschlugen.

Sie habe vergessen, wie das Küssen gehe, »Liebster, ich habe es einfach vergessen«.

Christoph ließ sie los und wich zurück, bis er mit dem Rücken an die Tür stieß. Das Zimmer winzig, und doch: Er schien am Horizont zu schrumpfen, die Decke unendlich wie der Himmel, die Dielen weit wie das Meer.

»Liebster, ich kann doch nichts dafür, jetzt weiß ich es wieder.«

Sie drückte sich an ihn, ihre Lippen überall, auf seinem

Mund, seinen Wangen, seiner Brust. Bis Christoph sie schlug, mitten ins Gesicht. Und sie hinfiel auf den Boden. Neben einem Streichholz lag und den beiden Zigaretten, die sie vor dem Schlafengehen noch rauchen wollten.

Und weiter unter dem Bett, ein eingerollter Strumpf mit dicken Flusen.

Auf dem grünen Samtsofa saß der Geist von Josefa Wilhelmina Graf, die Hände gefaltet, die Haare zerzaust. Als Lucie aus dem Schlafzimmer kam, nickte sie ihrer Schwiegermutter zu, dann feuerte sie den Herd an und setzte Wasser auf. Josefa trug dasselbe Kleid, das sie auf dem einzigen Foto trug, das Christoph von ihr besaß, was es wahrscheinlich machte, dachte Lucie, dass Josefa ihr nicht *erschienen*, sondern ihrem eigenen Geist *entsprungen* war. Ihrem *wirren Gemüt* war so einiges zuzutrauen, wie Christoph nicht müde wurde, zu betonen, früher hatte er das mit erstaunter Zärtlichkeit gesagt, neuerdings bekam die Feststellung einen gereizten Unterton. Sie *musste* sich Josefa einbilden, es gab keinen Grund, dass diese ihr, Lucie, erschien, aber nicht ihrem Sohn.

Im Spiegel, der neben dem Herd über der Waschschüssel hing, sah Lucie, wie Josefa an ihrem Haar zupfte, nicht, um es in Ordnung zu bringen, es wirkte eher wie ein nervöser Tick. Lucie überlegte, ob sie ihr Tee anbieten solle, Geister waren nun nicht für ihre Schlemmereien bekannt, aber Geist hin oder her, niemand wurde gern übergangen. Also stellte sie zwei Tassen vom besten Streublumen-Service auf das wackelige Rokoko-Teetischchen, füllte den Tee von der Emaillekanne in ein Porzellankännchen um, das sie nur für Gäste benutzte, stellte sogar eines der kleinen bauchigen Schlegelmilchkännchen mit Schraubverschluss und die Zuckerdose dazu. Josefa nickte ihr dankbar zu, nahm aber erwartungsgemäß keinen Schluck. Lucie setzte sich ihr gegenüber, trank ihren Tee und wartete, ohne zu wissen, worauf.

Josefa trug weiße Seidenhandschuhe, ein Spitzenkleid mit hochgeschlossenem Kragen und langen Ärmeln, sie hatte einen leicht entrückten nervösen Blick und konnte keine Sekunde stillsitzen. Sie drehte unablässig das Porzellantässchen in der Hand, auch sie wirkte, als würde sie warten.

»Christoph ist bei der Arbeit«, sagte Lucie schließlich, war sich aber nicht sicher, ob Josefa sie gehört hatte. Lucie zündete sich eine Zigarette an, sie war hungrig, aber sie aß nicht gern. Sie hatte eine Abneigung gegen mechanische Tätigkeiten, und Kauen war die stupideste von allen.

Josefa schaute im Raum umher, als suchte sie etwas, vermutlich ihren Sohn, vielleicht versuchte sie nur herauszufinden, wo sie war.

Christoph war seiner Mutter noch ähnlicher, als das Foto vermuten ließ. Dieses glänzende schwarze Haar, das so schwer wirkte, die kräftigen Augenbrauen, der entschlossene Mund, besonders aber der Blick. Josefas Blick war fiebrig und unstet, aber auch passioniert. Es war der Ausdruck einer temperamentvollen Frau, deren Energie sich gekrümmt hatte wie ein Haar, das in die Haut zurückwuchs. Eine Energie, die sich gegen Josefa selbst richtete. Temperament, erkannte Lucie, verschwindet nicht, es verändert sich nur.

Josefa stellte die Tasse ab und zupfte an der weit aufgefächerten Spitze, die bis über die Handrücken fiel, herum. Lucie dachte an Christoph, der immer besonnener wurde, an seine entschlossene, effiziente Art, mit der er turnte, aß und ging. Er hatte sich so langsam verändert, dass es den Anblick seiner nervösen Mutter brauchte, um sich daran zu erinnern, wie überschwänglich und unbändig Christoph einmal gewesen war, in allem, was er tat. Dass er aß, als wäre er kurz vor dem Verhungern, dass er ging, als fiele es ihm schwer, nicht zu laufen. Dass er Lucie liebte, als wollte er sie verschlingen. Er hatte sich durch die Stadt bewegt, als versetzte ihn alles in Begeisterung und als wäre nichts genug.

Jetzt ging er beherrschten, aber zügigen Schrittes, zielstrebig, als setzte er seine Füße in Abdrücke, die nur er sehen konnte. Er schaute Lucie nicht mehr mit Begeisterung an, sondern prüfend, die Zärtlichkeit in seiner Stimme hatte einen mahnenden Unterton bekommen. Er schaute häufig auf die Uhr und ging nicht schlafen, wenn er müde war, sondern wenn *es Zeit war*. Er war sehr ordentlich geworden. Manchmal, wenn Lucie ihn dabei beobachtete, wie er seine Socken rollte und seine Hemden faltete, wartete sie fast darauf, dass er als Nächstes sie, Lucie, richten würde. Christoph, der seine Frau aufrichtete, ihr das Haar aus der Stirn strich, die Flecken aus dem Kleid bürstete. Den abgerissenen Saum annähte. Ihr den Kopf ausrichtete, die Hände sittsam übereinanderlegte, die Füße gerade nebeneinanderstellte. Sie dann mit tausend Nadeln an das Sofa heftete, damit sie endlich einmal die Haltung bewahrte.

Christoph und Josefa hatten dasselbe Temperament, dachte Lucie. Und beide gingen daran zugrunde. Sie hätten einander dringend gebraucht, für ein Gemüt wie ihres brauchte man einen Spiegel. Vielleicht war das der Grund, warum Josefa hier war. Nicht um ihren Sohn zu sehen. Sondern um ihn daran zu erinnern, wer er eigentlich war. Nur war Christoph nicht da, er saß zwischen seinen Akten im Zeughaus. Josefa hatte die Gesetze des Körpers, des Todes und der Zeit außer Kraft gesetzt, um auf einem Samtsofa zu sitzen und ein handbemaltes Tässchen in der kaum existierenden Hand zu drehen.

Aber warum auch immer Josefa hier war, ihre Gesellschaft tat Lucie gut. Lucie hatte nie viele Freunde gehabt, aber sie war selten ganz allein gewesen. Seit ein paar Jahren war sie so isoliert, dass ihre Stimme hohl klang, wenn sie nach einem Tag des Schweigens abends mit ihrem Mann sprach. Sie wusste kaum, wo Michél war. Er hatte gesagt, er habe Arbeit in einer Fabrik gefunden, aber am Nachmittag fand man ihn meist in der Trinkhalle beim Holstentor. Als der neue Dramaturg am Stadttheater mit erhobenen Armen von einer Götzendämmerung gesprochen hatte, von den *riesenhaften Kräften eines ursrpünglichen deutschen Wesens*, welche die *schmarotzerhafte Umklammerung modischer Scheingrößen* abschütteln würde, um *sauberen Boden und segnendes Licht für das Eigenwüchsige* zu finden, hatte Lucie einen Blick mit Max und Emma getauscht und war gegangen.

Lucie vermisste das Theater nicht, aber sie hatte gesehen, wie ihre Freunde etwas verloren, das für sie weit mehr war als eine Profession. Die Bühne war ihnen Erlösung gewesen, und mit der Notwendigkeit von Erlösung kannte Lucie sich aus. Sie hatte, im Vergleich zu Max und Emma, kaum etwas verloren. Aber sie war einsam geworden. Das Haus in der Gröpelgrube war leer. Wo Christoph war, war kein anderer mehr. Michél hatte früher immer gesagt, Willnauer säße so oft auf dem Sofa, dass sich der Samt die Form seines Hinterns gemerkt hatte, aber in den letzten Jahren hatte das Sofa Zeit gehabt, zu vergessen.

Lucie war also froh über Besuch, auch wenn es ein Geist war, sie sah nicht ein, dass das ein Unterschied sein sollte.

Lucie rauchte und trank Tee, Josefa zupfte an Haaren, Spitzen und Sofakissen, manchmal beugte sie sich vor, schaute Lucie ernst an, als wollte sie ihr etwas Wichtiges sagen, aber dann irrte ihr Blick wieder durch das Zimmer, und sie schwieg.

Lucie hatte nie darüber nachgedacht, warum ihre Mutter sich das Leben genommen hatte. Sie hatte ja auch nie daran gezweifelt, dass Fräulein Lisbeth und Fräulein Hedwig gute Gründe gehabt hatten. Aber je länger Josefa dort auf dem grünen Sofa saß und ihren Duft nach Flieder verströmte, desto verlassener fühlte sich Lucie.

Sie schloss die Augen und dachte an Emma, den würzigen Duft ihres roten Haares, ihre weiche weiße Haut, ihre Stimme, rau und glänzend wie Brokat. Emmas Stimme war das Einzige, was den hohlen Raum in Lucie, in dem nichts als das schwarze Wasser der Trave floss, erhellte. Wenn Emma sang, hatte Lucie sich manchmal hinter der Bühne auf den Boden gelegt, die Augen geschlossen und sich für ein paar Minuten nicht mehr wie eine Frau gefühlt, die sich vom Licht der anderen ernährte, sondern wie eine, die selbst ein Licht aussendete. Emma hatte keine Chance gehabt auf den großen Bühnen, ihr fehlte die Bandbreite. Ihre Stimme war nicht vielseitig genug, aber sie war *lebendig*, rasend vor Fröhlichkeit und Schmerz. Lucie war ganz süchtig gewesen nach ihrem Gesang. Einmal hatte Lucie sie geküsst. Hatte Emma geküsst und ihre Nase in ihrem Haar vergraben, und das war ein kurzer Moment gewesen, in dem Lucie tatsächlich voller Frieden war. In dem sie sich nicht fühlte wie eine, die der Rettung bedurfte. Emma hatte sie angeschaut und überrascht gekichert, und Lucie hatte die Augen geschlossen, so dankbar war sie Emma für diesen Moment gewesen.

Lucie schreckte auf, als Josefa mit ihrem Absatz hart auf den Boden stampfte. Erst jetzt bemerkte sie, dass Josefa mit ihr sprach. Sie redete gestikulierend auf sie ein, die Wangen gerötet, aber Lucie konnte sie nicht hören. Plötzlich stand Josefa auf, ging durch das Zimmer und blieb vor dem Bild stehen, das Lucie und Christoph am Tag ihrer Hochzeit zeigte. Sie schaute zwischen Lucie und dem Foto hin und her, als begriffe sie nur allmählich, was sie dort sah. Da verstand Lucie, dass sie eine Tote sah, die erst in diesem Moment erkannte, dass sie nicht mehr am Leben war, schon lange nicht mehr. Josefa strich mit dem Finger die Silhouette ihres erwachsenen Sohnes nach, dann sackten ihre Arme kraftlos herunter. Sie stand im Raum, als würde sie nur durch Fäden aufgerichtet werden. Ein Fluch ohne Bosheit und voller Trauer. Josefa war in den Tod gefallen wie in tiefes schwarzes Wasser und erst jetzt wieder aufgetaucht, um Luft zu holen. Sie hatte kein Bewusstsein von der vergangenen Zeit gehabt, noch weniger von ihrem vergangenen Leib.

Lucie wusste, wie leidvoll der Verlust eines anderen Menschen war, sie konnte sich kaum vorstellen, wie furchtbar es sein musste, wenn man sich selbst verloren hatte.

Als Christoph am Abend nach Hause kam, war Josefa verschwunden, und Lucie lag betrunken auf dem Sofa, hatte weder Kartoffeln geschält noch den Herd angefeuert. Christoph seufzte und machte sich an die Arbeit.

Julius Bär wurde von fünf Männern über den Tresen seines Geschäftes gezogen. Der erste Schlag brach ihm die Nase. Die Männer schubsten ihn auf die Straße, wo fünf andere schon warteten. Bär stand mit erhobenen Armen und gebrochener Nase vor der Tür seines Geschäftes und schaute in die Gesichter. Er kannte viele von ihnen. Es waren nur Männer. Es waren Nachbarn, Kunden, Schulkameraden. Er hatte gesehen, wie sie gebückt, in ihren abgetragenen Klamotten, in ihre Häuser gegangen, und aufrecht in Uniformen wieder hinausgekommen waren. Es waren nur Männer. Es waren Schuster, Bäcker, Milchmänner. Es waren Lehrer und Händler. Deshalb glaubte er, dass es noch Hoffnung gab. Dass sie ihn erkennen konnten, wie er sie erkannte.

Julius Bär stand vor seinem Geschäft, die Nase gebrochen, die Arme erhoben, und hatte Hoffnung.

Einer trat vor und schubste ihn, schubste ihn die Straße hinauf, los, du Sau, und Bär ging langsam die Straße hinauf, die er jeden Tag am Morgen hinab- und am Abend hinaufging. Passanten senkten die Köpfe und gingen eiliger, einige blieben stehen, keiner sagte etwas.

Julius Bär schämte sich. Er hoffte, dass seine Frau nicht aus dem Fenster schaute, wenn sie am Kopf der Hüxstraße ankämen und das Eckhaus zur Königsstraße passierten, in dem sie lebten, dass sie ihn nicht so sah. Er glaubte noch, das sei das Schlimmste, was ihm passieren könne, dass seine Frau sah, wie er durch die Straßen ihrer Stadt getrieben wurde, die Nase gebrochen, die Arme erhoben. Und wenn sie ihn schon sehen musste, dann durfte sie zumindest den Gesang nicht hören, *wenn das Judenblut vom Messer spritzt, dann geht's noch mal so gut*, das durfte sie nicht hören, er ertrug es schon kaum, wie sollte sie.

Er hatte seine Uhren nicht aufgezogen. Er zog sie jeden Mittag auf, und dann stand er kurz in der Mitte des Verkaufsraumes, schloss die Augen und lauschte dem Ticken, dem hastigen leisen Ticken der kleinen Damenuhren, dem etwas schwerfälligeren Ticken der Herrenuhren, dem scharfen Takt der Wecker, dem gemächlichen, tragenden Rhythmus der großen Standuhren. Das Ticken von Uhren war etwas, das er nicht nur hörte, er *spürte* es. Es war, als hätte man eine Gänsehaut und ließe heißen Seesand darüberrieseln. Es war ein leichtes Kitzeln unter der Kopfhaut. Er schloss die Augen und versuchte, das Ticken seiner Uhren zu hören.

Sie trieben ihn die Königsstraße hinunter, und dort waren noch mehr Menschen, eigentlich genug, um keine Angst haben zu müssen vor zehn hasserfüllten Männern, aber niemand griff ein. Er schaute nicht mehr auf das Kopfsteinpflaster, er schaute in die Gesichter der Passanten, die ihre Einkäufe nach Hause trugen, des Postboten, der Briefe zustellte, der Menschentrauben, die an der Haltestelle der Straßenbahn warteten. Er schaute in die Gesichter von unzähligen Schülern, die auf dem Hof vor dem Katharineum ihren Pausenspielen nachgingen. Dort saßen welche vor dem Café und lasen Zeitung, dort kam jemand aus der Bäckerei, eine Tüte mit Brötchen im Arm, dort fuhr ihnen jemand auf dem Fahrrad entgegen, hielt an und stieg ab, ging auf den Bürgersteig, um Platz zu machen für Julius Bär mit seiner gebrochenen Nase und seinen erhobenen Armen, und hinter ihm das Gebrüll *Haut den Juden tot.* Er hielt sich die Ohren zu und schaute in die Gesichter. Alle sahen ihn. Die Kinder unterbrachen ihre Spiele und zeigten mit dem Finger, die Männer ließen ihre Zeitungen sinken, Julius Bär war eine Attraktion. Er hörte das Ticken seiner Uhren, und für einen kurzen Moment glaubte er, dass die ganze Stadt das Ticken seiner Uhren hörte, dass es ganz natürlich war, dass niemand sein Entsetzen teilte, denn niemand hörte ja, was die Männer schrien.

Dann sah er Willnauer. Der Schriftsteller stand mit hängenden Armen am Straßenrand, er hatte Tränen in den Augen, und Bär schöpfte Hoffnung. Er kannte Willnauer gut, er schätzte ihn sehr. Jedes Jahr gab er eine Erzählung bei ihm in Auftrag, jedes Jahr schenkte er seiner Frau eine von Willnauers Erzählungen zum Geburtstag. Julius Bär war der einzige Mensch in der ganzen Stadt, der den Schriftsteller jemals für seine Arbeit bezahlt hatte. Vor einer Woche erst hatten sie sich für einen ihrer langen Spaziergänge getroffen. Hatten am Wasser entlang die Stadt umrundet und, wie immer, über die Poesie gesprochen, wie immer, über die Politik geschwiegen. Mit Willnauer spazieren zu gehen war, als ob man über Wolken liefe. Die Welt verschwand. Alles war Ästhetik. Ein Umstand, der Bär zunehmend verstörte, aber auch erlöste. Wie Willnauer alles in Dichtung verwandelte, gab ihm Hoffnung, auch wenn es ihn verstimmte, dass Willnauer den Ernst der Lage nicht zu begreifen schien. Dass er über verbrannte Bücher sprach, nicht aber über verbannte Menschen.

Jetzt aber war am Ernst seiner, Bärs, Lage, kein Zweifel mehr, und Bär sah, wie die Welt in Willnauers Augen zurückkehrte. Bärs und Willnauers Blicke verschränkten sich, und in dem Moment, in dem Bär erwartete, dass Willnauer vortreten würde, trat dieser zurück und verschwand im Schatten des Eingangstores der Katharinenkirche.

Sie trieben ihn an Kirchen vorbei, und dort, wo die Straßenbahn eine Kurve beschrieb, sagten sie ihm, er solle sich auf die Gleise legen. Julius Bär hörte das Ticken seiner Uhren. Einer schrie ihm ins Gesicht, ob er taub sei, er solle sich auf die Gleise legen.

Aber warum sollte ein Mensch bei klarem Verstand so etwas tun? Julius Bär war bei klarem Verstand. Julius Bär blieb stehen.

Einer, es war ein ehemaliger Kunde, warf ihn zu Boden. Bär hatte ihm eine Damenuhr verkauft, eine winzige goldene Sache für seine Tochter, und dieser Mann warf ihn auf die Gleise. Er versuchte aufzustehen, und einer trat ihn und brach ihm dabei eine Rippe. Der ihm die Rippe brach, war mit ihm zur Schule gegangen, er war besser in Mathematik gewesen und schlechter im Diktat, und eine Weile waren sie in dasselbe Mädchen verliebt gewesen, das Mädchen wählte einen Dritten. Bär wurde schwarz vor Augen, er hatte Mühe zu atmen. Sie würden ihn aufstehen lassen, sie wollten ihm nur Angst einjagen, er musste glauben, dass es Hoffnung gab.

Er sah eine Gruppe von Frauen, die auf der anderen Straßenseite stand, die Taschentücher vor die erschrockenen Münder gepresst. Er brauchte eine Weile, bis er merkte, was an dem Bild nicht stimmte. Sie sahen aus, als würden sie das Ergebnis eines Unfalls sehen, als wäre das, was geschehen sollte, schon lange geschehen und sie die unfreiwilligen Zeugen eines nicht mehr zu ändernden Schicksals. Sie blickten erschrocken in seine Augen, und Julius Bär war schon Vergangenheit. Er *war geschehen*.

Er versuchte aufzustehen, und einer trat ihm in die Rippen, und eine zweite Rippe brach, er bekam kaum noch Luft. Er versuchte dennoch, wieder aufzustehen, und jetzt trat ihn einer in den Rücken. Er blieb liegen, er hatte Schmerzen bei jedem Atemzug. Die Männer lachten und schauten auf ihre Uhren, wann denn die verdammte Bahn endlich komme.

In den letzten Jahren war ihm schon einmal das Geschäft

zertrümmert worden, die Kunden waren daraufhin ausgeblieben, und er bekam immer neue Formulare in die Hand gedrückt, die das Leben seiner Familie allmählich zwischen Paragraphen zerdrückten, aber jetzt hörte er Männer *lachen*, während sie darauf warteten, dass die Straßenbahn ihn köpfen würde. Er blieb liegen und schloss die Augen und begriff, dass diese Männer ihn ernsthaft von der Bahn überfahren lassen wollten. Er begriff, dass es keine Hoffnung gab.

Julius Bär überlebte, weil es den Männern zu langweilig wurde, auf die Straßenbahn zu warten, zu *langweilig*, auf seinen Tod zu warten. Es war die Verspätung der Straßenbahn, die ihm das Leben rettete. Jemand half ihm auf, jemand anderes schimpfte auf die *Barbaren*, und er ertrug die Hilfe nicht, ertrug die Stimmen nicht. Als er nach Hause ging, sah er Willnauer im Schatten der Katharinenkirche hocken, das Gesicht in den Händen, als wäre ihm, Willnauer, etwas Schlimmes widerfahren.

Willnauer kniete im Schatten der Kirche, die Fäuste gegen die Augen gepresst, in seiner Brusttasche knisterte ein Brief. Ein Brief über die Natur des Dichters, die sich nicht ersticken lasse, auch nicht *unter dem Gängelband des Terrors*.

Willnauer hatte eine Novelle, eine harmlose Jugendidylle, wie man sie schrieb, wenn man zu einer Zeit lebte, in der man kein vernünftiges Wort schreiben konnte, ohne sein Leben aufs Spiel zu setzen, an einen Lübecker Verlag gesandt.

Vor einigen Tagen hatte ihn ein Schreiben erreicht, man sei interessiert, dieses Stück *von großer poetischer Dichte und zeitloser Schwerelosigkeit* zu drucken. Am selben Tag fiel Willnauer ein Gedichtband des SA-Mannes Sievers in die Hand, der vor zwei Jahren beim selben Verlag erschienen war.

Willnauer war vierundsechzig Jahre alt, zum ersten Mal hatte ein Verlag Interesse an einem Werk von ihm gezeigt, er setzte sich mit splitternden Knochen an seinen Arbeitstisch und schrieb seinen Antwortbrief.

Ein Dichter, schrieb er, *definiert sich nur durch sein Werk, nicht durch dessen Rezipienten*, aber in manchen Zeiten müsse er sich schützend zwischen *Welt und Dichtung stellen. Andere, größere als ich sind missverstanden, gegen ihren Willen instrumentalisiert worden*. Deswegen müsse er mit allergrößtem Bedauern das Angebot ablehnen. *Hochachtungsvoll, Hans Willnauer.*

Er hatte den Brief abgeschrieben und das *Hochachtungsvoll* durch den Hitlergruß ersetzt, dann hatte er den Brief ein zweites Mal abgeschrieben und seinen Namen schwungvoll und grußlos unter den letzten Satz geworfen.

Willnauer war gerade auf dem Weg zur Post gewesen, als man Julius Bär an ihm vorbeigetrieben hatte. Er hatte sich in den Eingang gedrückt, die Hand auf die Brusttasche gepresst, das Knistern eines widerständigen Geistes, die Angst in der ganzen Muskulatur wie Leim.

Willnauer stand auf und zerriss den Brief. Dann klopfte er den Staub aus seinem Hut und machte sich auf, seinen Verleger kennenzulernen.

Das Waschmittel »Persil« wird aus Hausfrauenkreisen bemängelt. Es soll sehr in der Qualität, insbesondere im Fettgehalt, Christoph heftete, und Alfons seufzte, dieser ganze Papierkram, kein Wunder, dass man der Sache nicht beikam. Monatsberichte, Wochenberichte, *hätte der erste Teil der Liederbücher vernichtet werden müssen, jedoch gestattete R. die Beibehaltung mit der Bedingung, dass die Seiten 1–58 mit Klebstoff bestrichen und zusammen*, Sühnesteuer und Reichsfluchtsteuer, da berichtete man nach Kiel, und Kiel berichtete nach Berlin, es bliebe kaum Zeit für ernsthafte Ermittlungen, *stand erneut im Zeichen der Aufklärung der breitesten Öffentlichkeit gegen die Juden. Er erweckte ein lebhaftes*, und als wäre das alles nicht schon Arbeit genug, rissen die Denunziationen nicht ab. Jede Denunziation musste geprüft und bearbeitet werden, das brauchte Personal, das brauchte Papier, das füllte die Aktenschränke, *aus zahlreichen Berichten ist zu ersehen, dass die Juden in ihrem Auftreten sich nicht die erforderliche*, Alfons salzte seine Kartoffeln: Die Gestapo sei doch nicht der Mülleimer des Dritten Reiches! Die Denunzianten seien von niederen Instinkten getrieben, da versuchten gekündigte Arbeitnehmer sich an ihren Chefs zu rächen, Ehefrauen wollten ihre Männer loswerden, Mieter wollten ihren Vermietern schaden, ob man denn diese Konflikte nicht unter sich lösen könne?

Ich bitte um die Erlaubnis, meine Aussage selbst in die Maschine tippen zu dürfen. Christoph nickte und nahm einen Schluck Kaffee: Damit aber nicht genug, ob Alfons wisse, in welchem Zustand die Akten der entlassenen Schutzhäftlinge zurückkämen? Manche sehe er niemals wieder! Das ginge doch nicht an? Was sei denn da los in den Lagern, dass dort Akten verschlust würden? Ganze Vorgänge unauffindbar blieben? Schutzhaftbefehle, Anordnungen, Strafverfügungen und Schriftverkehr! Handgeschriebene Lebensläufe, Personalbögen und Fotografien, und alles futsch? *Ich bitte um Mitteilung, wie viel unbemittelte Juden im dortigen Bezirk noch wohnhaft sind.* Und die Akten, die mit den Häftlingen zusammen wieder zurückkämen, die sähen ganz furchtbar aus. Das sei nicht nur auf die unzweckmäßige, die Aktenumschläge in außerordentlichem Maße in Anspruch nehmende Beschaffenheit der Aktenschränke zurückzuführen, nein, das zeige vielmehr, wie unsachgemäß das Personal der Arbeits- und Konzentrationslager mit dem Schriftgut umgehe. Als sei das alles nichts wert. Ihm sei zu Ohren gekommen, dass dort teilweise Häftlinge in den Registraturen säßen? Er wolle gar nicht erst darüber nachdenken, wie viel Einblick diese Leute dadurch in interne Vorgänge bekämen? *An den Bäumen der Ratzeburger Allee wurden kleine Zettelchen gefunden: »Hitler verrecke.« Die erkennungsdienstliche Prüfung ergab, dass die Schrift der heute in der Schule gelehrten deutschen Schrift*, Alfons seufzte, sein kleiner Bruder solle sich mal bitte ein wenig um das Benehmen seiner Frau kümmern, da gingen Berichte ein, Beschwerden, man habe sie denunziert wegen Verweigerung des Hitlergrußes und anderen schwerwiegenden Geschichten, und ihm bleibe dann gar nichts übrig, als etwas gegen die Denunzianten selber zu unternehmen, etwas gegen sie zu finden und sie dann präventiv ins Lager usw. Denn auch wenn er Lucie, das müsse er jetzt mal sagen, liederlich fände und wenig standesgemäß und überhaupt nur eine halbe Person: Sie war eine Petersenn. Und eine Petersenn im Lager, das würde man ihm als Schwäche auslegen. Und Schwäche könne er nicht zulassen. *Die am 29. ds. Mts. früh 7.00 Uhr durchgeführten Massenrazzien blieben ohne Erfolg. Die Ermittlungen*, aber er würde bald versetzt werden, und dann könne auch er seine schützende Hand nicht mehr, selbst seine Macht habe, Christoph tue also gut daran, seiner Angetrauten ein wenig ins Gewissen. Und was denn nun mit dem Nachwuchs sei, hm? Wenigstens?

Lucie lag im Bett, durch das kleine Fenster drang ein frühes und kraftloses Novemberlicht. Sie hatte schon Mühe, auch nur nach den Zigaretten auf dem Nachttisch zu greifen. Christoph hatte sie gebeten, das Haus nicht zu verlassen. Er hatte ihr gesagt, er sei am Abend wieder zurück, falls er sich aber verspäte, möge sie im Haus bleiben, und das meine er ernst. Er hatte von möglichen Tumulten gesprochen, und als sie nachfragte, abgewunken: »Meine süße Motte, du stößt dir nur die Flügel und suchst wieder den Mond.« Damit war er aufgestanden, wenig später hörte sie, wie seine Handflächen rhythmisch zusammenklatschten und das Geschirr in der Vitrine unter seinen Sprüngen vibrierte. Lucie zündete sich eine Zigarette an und rauchte in kurzen, hastigen Zügen. Aber das Nikotin löste die Beklemmung nicht, der Rauch legte sich zu der novembergrauen Luft wie zu einem Liebhaber. Man musste Christoph sein, um sich dagegen zu wehren. Nicht eingeschlossen zu werden, wie in flüssigem Zement. Sie hörte ihn schnaufen, das Klirren des Geschirrs hatte aufgehört, er machte Liegestütze. Er stemmte seinen ganzen Körper auf und ab, presste ihn durch die Luft, als böte diese gar keinen Widerstand, und ihr, Lucie, fiel es schwer, überhaupt noch die Zigarette zu halten.

Das Gefühl von Unheil begleitete sie unentwegt. Eine diffuse lähmende Angst, die sich auf alles beziehen konnte, das Gurgeln der Trave, das Flüstern auf den Straßen, Christophs Küsse. Eine Vorahnung, die jede Tätigkeit (Aufstehen, Anziehen, Atmen) zu einer potenziell gewichtigen Tat machte. *Nichts* tun bedeutete, das Unheil ungehindert aufziehen zu lassen, *etwas* tun würde jedoch möglicherweise das Unglück beschleunigen. Lucie konnte nichts mehr tun oder unterlassen, ohne das Gefühl zu haben, mit unüberschaubaren und bedrohlichen Konsequenzen rechnen zu müssen.

Christoph trainierte Bauch- und Brustmuskeln, Michél entzündete das Feuer unter dem Brief, den Lucie aus dem Kasten genommen und in den Herd gestopft hatte, und stellte den Kessel auf den Herd, und Lucie drückte die Zigarette aus und starrte an die Decke, wo der Rauch Wolken bildete, es war der 9. November 1938.

Am späten Abend schwebte sie über der Chaiselongue ihres Arztes und hörte das Johlen auf den Straßen, das Klirren zerschlagener Schaufensterscheiben, und dachte daran, wie Christoph sie am Morgen gebeten hatte, in der Nacht nicht das Haus zu verlassen. Ihr Arzt war über seinen Aufzeichnungen eingenickt, vor den Fenstern grölte das Volk.

Der Teufel lag neben ihr in der Luft, die Schöße seines Fracks wie Schwingen ausgebreitet, die Samtvorhänge vor den Fenstern ein Bühnenvorhang.

Es ist eine große Seltsamkeit, flüsterte Lucie so leise, dass nur einer sie hören konnte, es ist eine Ungerechtigkeit, dass man dir, mein Teufel, das Verderben zuschreibt. Für das Böse ist der Mensch selbst verantwortlich.

Max Nussbaum hatte Szenen wie diese geschrieben, vielleicht lag es daran, dass er, schon auf dem Boden liegend, das kalte Wasser einer Pfütze im Nacken, nicht wirklich glaubte, was ihm geschah.

Die Schwierigkeit, Gewalt auf der Bühne glaubhaft darzustellen. Da musste ein Schauspieler treten und durfte den Leib des Gekrümmten doch nicht berühren. Ein Tritt, ein Schrei. Es war der Schrei, hatte Max Nussbaum damals festgestellt, der die Schläge und Tritte glaubhaft machte. Ohne Schmerzensschrei keine Gewalt. Als er den ersten Tritt in die Magengrube bekam, drückte es die Luft aus seinen Lungen, und Max Nussbaum beobachtete seltsam distanziert, wie er nach Atem rang. Die letzten Endes doch simple Mechanik des Körpers. Er schrie nicht.

Christoph Maria Petersenn rannte die Gröpelgrube hinauf und die Hundestraße wieder hinunter, er rannte im Zickzack durch die Nacht und suchte seine Frau. Er hätte es einfach nicht erwähnen dürfen. Wenn er Lucie um etwas bat, konnte er sich sicher sein, dass sie das Gegenteil davon tat, ein Gedanke, der ihn noch immer zum Lächeln brachte. Es lag etwas Charmantes in der Widerspenstigkeit seiner so fragilen Frau. Christoph rannte durch die nächtlichen Straßen, das Rauschen des Blutes in seinen Ohren, das Klirren von Glas in der nächsten Straße. Die fünf Gruppen, die zu den verschiedenen Zielen losgezogen waren, hatten sich schnell vergrößert. Es waren viel mehr Leute zusammengekommen, als sie erwartet hatten, die Sache fing gerade erst an, aber sie würde groß werden, und Christoph musste seine Frau von der Straße holen, *bevor* sie groß wurde. Er fragte sich kurz, ob er sich auf die Straßen konzentrieren solle, von denen er sie fernhalten wollte, oder ob er die Wege ablaufen solle, die sie häufig nahm. Er brauchte ein System, und Lucie war weder am Hafen noch am Wasser. Er hatte kein System, deshalb lief er jetzt die ganze Stadt im Zickzack ab.

Lucie schwebte über der Chaiselongue ihres Arztes, die Adern voll Morphium, das Blut voller Motten, und auf der Straße schlugen Männer auf Max Nussbaum ein. Willnauer saß in seiner Wohnung, die Ohren mit Papier verstopft, und überarbeitete seine Novelle, Michél stand in der gekachelten Stehbierhalle beim Holstentor und perfektionierte sein Schweigen. Der Teufel hing zwischen Himmel und Stadt, und der Regen fiel durch seinen Körper auf das zerschlagene Gesicht von Max Nussbaum.

Lucie stand auf dem Kopfsteinpflaster, um die Füße eine zugeschnappte Falle, so fühlte es sich an. Die Straße voller Scherben, aus einem Fenster im ersten Stock regneten aufgeschnittene Kopf- und Sofakissen, das Geräusch von splitterndem Mobiliar, flackernde, hastige Schatten tobten über die Wände, dann erschien Emma im Rahmen. Lucie hörte Emmas Stimme, die im Schrei zerbrach, die zum ersten Mal wirklich ihrer Hilfe bedurfte, und Lucie stand vollgepumpt mit Morphium unter ihrem Fenster, nicht einmal ihr Blick konnte der Freundin Refugium bieten.

Oben im erleuchteten Fenster Emma, ihr Haar, das ihr auf dem Kopf brannte, unten Lucie, die stumm und reglos in der Nacht stand, die Lider schwer. Jemand riss Emma zurück, aber Lucie starrte weiter hinauf, Daunen legten sich auf ihre Lider, denn unten auf der Straße unter dem Regen von Kissen und Federn lag Emmas Mann, unten auf der Straße lag Max, dem Lucie nicht näher kommen musste, um zu wissen, dass er nicht mehr atmete.

Ihr Atem wurde immer flacher, ihre Körpertemperatur fiel, sie wollte helfen, denen, denen man noch helfen konnte, aber wie sollte jemand helfen, der selber kaum noch am Leben war? Lucie zitterte am ganzen Körper, und die Kälte der Novembernacht wurde zu ihrer eigenen.

Und plötzlich war Christoph da, schloss sie in seine Arme, brachte seinen Körper zwischen sie und die anderen, zwischen sie und die Toten, zwischen sie und Emma, zwischen sie und die Welt. Es war ein Reflex, sich in seinen Armen zu entspannen, sich sicher zu fühlen, wo sein Körper war. Es war ein Überlebensinstinkt, seine Umarmung nicht zurückzuweisen. Lucie drückte ihr Gesicht in seinen Wollmantel und ließ sein Flüstern auf sich herabschneien.

Aber durch sein Flüstern hindurch dachte sie an Max (Luzifer, mein Luzifer), dachte an seinen klugen, traurigen Humor, seine Großzügigkeit, als er Emma und Lucie beim Küssen überrascht hatte. Sein sanftes Lächeln, das andeutete, dass er jeden verstand, der seine Frau küssen wollte, es aber nur dieses eine Mal und nur speziell Lucie verzieh. Dass jeder andere, jede andere, jetzt sein Messer an der Kehle hätte.

Und sie dachte an ihren Streit mit Christoph. Als sie geschrien hatte, Emma verstünde es, so zu küssen, dass Lucie das Glück sehen könnte. Christophs Wut war innerhalb von Sekunden zu Eis gefroren, und ganz ruhig hatte er Emmas Namen widerholt, Vor- und Nachnamen. Das war der Moment gewesen, wo Lucie begriffen hatte, dass jemand, der die Karteien verwaltete, die Karteien in der Hand hatte.

Lucie stand vor Emmas Haus und schaute ihrem Mann ins Gesicht, und Christoph schaute ihr in die Augen und lächelte dieses Lächeln, das kein falsches sein konnte, und sagte: »Glaubst du wirklich, davon hätte ich gewusst? Lucie, wir sind dafür da, für Ordnung zu sorgen, nicht Chaos zu stiften.« Es sei der Volkszorn, der sich hier ein Ventil suche, niemand habe mit diesen Ausmaßen gerechnet. »Glaub mir, ich finde dieses barbarische Verhalten so furchtbar wie du.«

In seinem Rücken lag Max Nussbaum auf der Straße, und Emmas Stimme lag über der Stadt, rau und glänzend wie Brokat.

Christoph drückte Lucies Gesicht wieder in die Wolle seines Mantels, wiegte seine Frau wie ein Kind, und Lucie musste ihm glauben, weil sie die Welt nicht mehr ertrug und weil sie nicht darauf verzichten konnte, wie er seinen Körper zwischen sie und die Welt brachte.

Und am Ende stand ein Geschenk. Ein Geschenk, das ein Mann seiner Frau machte. Eine Halskette mit einem blauen Stein, die er ihr umlegte. Vor dem Spiegel, so hatte er es in Filmen gesehen. Ein Mann stellte sich hinter seine Frau, die an ihrem Frisiertisch saß, und legte ihr eine Kette um den Hals. Danach küsste er ihren Scheitel. Lucie stand neben dem Herd, vor Christophs kleinem Rasierspiegel, und Christoph küsste ihren Nacken und legte ihr die Kette von Emma um, die er am Nachmittag günstig ersteigert hatte.

Lucie konnte den Teufel sehen, aber sie erkannte ihren Mann nicht mehr.

Der Getreidekaffee schmeckte muffig und war höchstens lauwarm. Christoph hatte schon den ganzen Tag einen schlechten Geschmack im Mund. Gerade hatte er zum vierten Mal die Zähne geputzt, nichts half. Fleisch schmeckte faulig, Brot staubig, Kaffee muffig, sein Atem musste furchtbar riechen.

Die Frau starrte ihn an, dabei hatte man ihr gesagt, sie solle in die Kamera schauen. Er hielt lediglich ihre Akte. Aber sie beugte sich vor und sah ihm direkt in die Augen. Christoph hatte Hunger. Das war das Seltsame: Nichts schmeckte ihm, und er konnte nicht aufhören zu essen. Als würde er einem verlorenen Geschmack nachjagen. Das hatte im Osten angefangen, kurz nach seiner Versetzung, dabei war das Essen dort gut gewesen, besser als hier.

Der Kollege vom Erkennungsdienst drückte ihren Kopf gegen den Bügel, es blitzte wieder, »und jetzt im Profil, so, das hätten wir«. Er lachte: »Je weiter der Tag, desto schöner die Gäste.«

Christoph nahm sich vor, ein Wort mit dem Kollegen zu reden. Hohn war unehrenhaft. Die Dame war geradezu bitterlich hässlich, aber so etwas hatte sie nicht zu interessieren. Sie taten ihre Pflicht. Sie spotteten nicht, sie höhnten nicht. Er warf ihm einen mahnenden Blick zu und schlug die Akte der Frau auf, suchte nach dem Bogen mit der Personenbeschreibung, den Hansen ausgefüllt hatte. Das wirkte ungenau, alles sehr schlusig. Und die Größe konnte nicht stimmen. Er trat vor und widmete sich der Gefangenen. »Bitte ganz gerade stehen«, die Frau zitterte, »na, na, na, sehe ich so furchterregend aus?« Christoph lächelte, die Frau wich zurück, Christoph wurde rot. Mundgeruch, dachte er. Er glaubte, den Ekel in ihrem Gesicht gesehen zu haben. Er hätte den Kaffee nicht trinken sollen, nicht bevor er die Größe überprüft hatte, dabei kam man den Häftlingen so nahe. Es war noch nicht einmal seine Aufgabe. Aber diese neuen Mitarbeiter, die hatten andere Methoden. Alfons war nun auch nicht gerade ein Humanist, aber zumindest hatte er noch ermittelt. Der prügelte die Geständnisse nicht einfach aus den Leuten raus.

Und das Schriftgut, da musste man tagelang hinter ihnen herlaufen, bis das erledigt wurde. Junge Leute eben, dachte Christoph. Und viele von ihnen waren schon im Osten gewesen. Das veränderte einen Mann. Die Sachbearbeiter hielten sich gar nicht mehr mit den Karteieintragungen auf, das musste Christophs Abteilung erledigen, was ihm von der Sache her nur recht war, allerdings waren jetzt auch in seiner Abteilung Hilfskräfte, denen man einfach nicht klarmachen konnte, wie wichtig Genauigkeit war. Ausgebildete Kräfte konnte man hier jetzt, im Februar 1941, inzwischen mit der Lupe suchen.

Da hatte er die Karteien im Osten mit aufgebaut, und derweil brach hier das System zusammen. Natürlich, man brauchte die Fachkräfte jetzt dringender im Osten. Man kam ja sonst gar nicht hinterher. Das Problem der neuen Dienststellen war nicht die Informationsgewinnung. Das Problem war die Auswertung und Filterung. In einer Dienststelle hatte er durchgesetzt, dass zur Systematisierung des Materials eine Kartothek mit vierzehn Kategorien aufgebaut wurde. Personen- und Hauptkartei, Fahndungs- und Spezialkartei, eine

Aufstandskartei, eine Flugblattkartei, die Häftlingskartei usw., alles farblich voneinander abgesetzt.

Allerdings hatte er sich darauf verlassen, dass in seiner Abwesenheit die Kartei hier nicht vor die Hunde ging. So ging es ja nun auch nicht an. Die Karten nur halb ausgefüllt, stapelweise Akten, die nicht zugeordnet und erfasst waren. Stichproben ergaben, dass auch die Verstorbenenkartei schludrig geführt war. Auf seinem Schreibtisch stapelten sich Totenscheine von Häftlingen, die an Herzversagen und Lungenentzündung gestorben waren, auf den Personalkarten aber war höchstens eingetragen, in welches Lager sie überführt worden waren, in der Kartei waren sie noch quicklebendig.

Die Frau zitterte jetzt am ganzen Körper. Sie tat ihm leid. Zumindest theoretisch. Es war ein bisschen so wie mit Katzen auf dem Land. Wirklich schöne Tiere, bis man so nahe kam, dass man die Flöhe in ihrem Fell tanzen sah. Christoph trat zurück und nickte den beiden Männern zu, die sie in ihre Zelle im Keller bringen sollten. Er sah ihr nach, ihr schmaler Rücken, das aufgesteckte Haar, die schräg abgelaufenen Absätze. Ganz leichte O-Beine. Er atmete tief aus, ging zurück in sein Büro und notierte es unter *besondere Kennzeichen*.

Er stand auf und schaute aus dem Fenster. Verhangener Himmel, die Sonne schon seit Tagen nicht mehr zu sehen. Er strich mit der flachen Hand über den Aktenschrank. Die Ordnung des Reiches. Er wusste nicht, wie viele Personen er schon erfasst hatte. Sobald jemand ordnungsgemäß erfasst und bearbeitet war, verging sein Mitgefühl und machte Raum für Erleichterung. Er öffnete die Schubladen und ließ den Finger über die Karteikarten laufen. Alles eingetragen, vermessen und nummeriert. Er hatte Licht und Ordnung in das Chaos des Ostens gebracht. Hatte die Aktensysteme aufgebaut, das Reich hatte sich ausgedehnt, *er* hatte sich ausgedehnt.

Das war es, was er hier tat: Er brachte Licht in die Finsternis, ordnete das Chaos. Er war nicht mehr dieser Leere ausgeliefert, die ihm die Existenz absprach. Wie man sah, war er stärker, als er gedacht hatte.

Er blätterte durch die Karteien: *Hinrichs, Michael*, schon wieder. Christoph nahm die Karte heraus, holte tief Luft und suchte weiter: *Petersenn, Lucie.*

Ihm wurde übel, seine Fingerspitzen eiskalt. Dort stand nichts weiter als ihr Name und ihr Geburtsdatum, kein Vergehen war aufgelistet, es war eine Karte, die darauf wartete, gefüllt zu werden, Christoph nahm sie aus dem Schrank und steckte sie in seine Aktentasche.

Er atmete in die hohle Hand und schnupperte. Er griff sich die Zahnbürste und ging den Flur hinunter. Er hörte jemanden schreien, dann Hansens Stimme: »Ihr Idioten, doch nicht, *bevor* das Foto gemacht ist.« Christoph schüttelte den Kopf. Er hatte Hunger. So stark, dass seine Hände zitterten. Gleichzeitig wurde auch die Übelkeit immer schlimmer. Das war absurd. Aber vieles war absurd. Er musste weitermachen. Nicht nachgeben.

Er mochte den Abend. Das Spiegelbild der Aktenschränke in der Dunkelheit des Fensters, der Schreibtisch im spiegelnden Glas verlängert. Sein Gesicht. Perspektivisch vergrößert lag es über dem Aktenschrank, der in seinem Rücken stand, die breiten Furchen, in denen sein Haar zurückgekämmt war, Spuren seiner Finger.

Er saß am Schreibtisch und füllte eine Karteikarte aus:

Haar: hell-, mittel-, dunkelblond, braun, schwarz, rot, grau, graugemischt, weiß

Er unterstrich *hellblond.*

Auge: blau, grau, gelb, gelbrot, hell-, dunkelbraun, schwarzbraun

Er unterstrich *blau* und fragte sich wiederholt, was man

mit gelben oder gelbroten Augen meinte und warum grün nicht aufgeführt war.

Mund: sehr klein, sehr groß, schmale Lippen, aufgeworfene Lippen (das kommt drauf an, sie können auch sehr schmal wirken)

Zähne: vollständig, lückenhaft, groß, klein, schräg gestellt, Füllungen

Gestalt: stark, untersetzt, schlank, schwächlich

Schulterneigung: schräg, waagerecht

Stirn: sehr hoch, sehr niedrig, zurückweichend, senkrecht, vorspringend

Gesicht (Farbe, Form, Fülle): Ihr Gesicht ist herzförmig, sie hat Pausbäckchen und ein spitzes Kinn, ihre Nase hat etwas Verwundbares, Schützenswertes. Es ist so: Wenn man ihre Nase anschaut, hat man das Gefühl, dass sie sich eben erst herausgebildet hat, dass die Haut noch ganz zart und dünn ist. Ihre Nase ist klein und rund. Ihre Augen sind hell, so hell. Michél sagt, sie erinnern an das Eis eines Gletschers, sie erinnern an den Winterhimmel ganz früh am Morgen, aber es ist mehr als das: Ihre Augen erinnern an den Geschmack von Wasser, das man direkt aus der Quelle trinkt, an den Geruch von Regen und an Seeluft an einem kalten Tag.

Christoph hatte auch die Rückseite der Karteikarte, die eigentlich ein Umschlag war, vollgeschrieben und zusätzlich die Innenseite der Lasche. Dort, wo man das Foto des Häftlings hineinschob. Er faltete den Umschlag zusammen und schob ihn in die Brusttasche seines Jacketts. Er fröstelte. Die Übelkeit war verschwunden, das seltsame Zittern in den Händen nicht. Christoph setzte seinen Hut auf, zog den Mantel an, öffnete die Schublade, nahm einen großen Schluck und verließ das Büro.

Lucie schlief. Christoph holte die hölzerne Schatulle unter dem Bett hervor, setzte sich auf die Bettkante und nahm die

Karteikarte aus der Brusttasche. Er öffnete das Kästchen und legte sie zu den anderen Karten, zu denen, die andere ausgefüllt hatten, lieblos und schlampig, auf denen nichts stand als ihr Name und ihr Vergehen: *hat den Führergruß verweigert / hat ausländische Rundfunksender gehört*, und zu denen, die er erstellt hatte. Zähne: leicht schräg, Augen: zu blau, Haare: blendend blond, als würde man zu lange in die Sonne schauen.

Christoph wachte auf, sein Kopf schmerzte, seine Hand schmerzte. Lucie war nicht da. Es war still im Haus. Er setzte sich auf, das Blut in seiner Handinnenfläche war verkrustet, der Schnitt schien nicht tief zu sein. Er rief nicht nach Lucie. Er kannte die Stille ihrer Abwesenheit. Lucie schwieg auf eine Art, die den ganzen Raum füllte, jetzt war das Haus leer.

Sie waren betrunken gewesen und hatten gestritten. Es ging erst um nichts und dann um alles, es ging um ein Kind. Wie konnte eine Frau in bald fünfzehn Jahren nicht schwanger werden? Lucie hatte mit wirren Haaren vor dem Herd gestanden, ihr Blick war entrückt auf eine Art, die ihm Angst gemacht hatte, die aber auch ein neues Gefühl in ihm auslöste: Verachtung. Die war doch nicht mehr ganz bei sich, diese Frau, die hatte ihm nichts zu geben, diese Frau, die war doch irre! Er konnte sich nicht mehr erinnern, warum er sich in dieses zerbrochene Wesen mit dem zerbrochenen Blick verliebt hatte, das wirklich *gar nichts* dafür tat, um ihn glücklich zu machen. Und dieser Blick war nicht mehr wild-charmant, der war doch wirklich verrückt. Er erwartete ein wenig Dankbarkeit, ein wenig Liebe, er erwartete Kinder und ein aufgeräumtes Haus, das nach Bratkartoffeln und Spiegeleiern roch, wenn er abends nach Hause kam.

Lucie behielt ihren Körper für sich. Sie behielt ihren Geist für sich. Sie behielt alles für sich. Lag im Bett wie eine Miesmuschel in Brackwasser, und grüßte ihn einzig mit einem Stirnrunzeln.

Ob sie glaubte, dass das einem Mann genügte? Miesmuscheln nahmen Wasser auf, filterten Nahrung und Sauerstoff hinaus und stießen den Rest wieder aus. Wie Lucie, wenn sie unter ihren Decken lag, zusammengerollt und verbissen; sie saugte Christophs Liebe auf und blies ihm eine Ladung Rauch ins Gesicht. Christoph war, darauf war er stolz, ein gutherziger und geduldiger Mensch. Aber er hatte sich einiges einfallen lassen müssen, damit ihm bei Lucie nicht der Faden riss. Leise bis zehn zählen, ein Glas Schnaps vor der Zeit, Liegestütze und Rumpfbeugen. Er erbrachte Höchstleistungen, seine Liebe hatte die Unbeschwertheit der großen Tänzer. Man sah ihn nicht mit den Muskeln spielen, man sah nie einen noch so kleinen Schweißtropfen auf seiner Stirn. Keine geschwollenen Schläfenadern, niemals auch nur ein muskuläres Zittern, nur verspielte, elegante, vielleicht ein wenig kapriziöse Pirouetten, die er um seine Angebetete und ihre Launen drehte. Aber irgendwann war mal Schluss. Irgendwann wollte er doch einmal wissen, was er eigentlich zurückbekam von dieser Frau.

Das war im Groben der Inhalt des Streites gewesen, aber kaum etwas davon hatte er ausgesprochen. Er hatte sich auf Anklagen und dann Appelle beschränkt: Ob sie nicht zumindest erkenne, dass sie dem Reich etwas schuldig sei? Ob sie nicht auch finde, dass ein jeder seinen Teil beitragen müsse? Ob es ihr gar nichts ausmache, dass er erneut in den Osten versetzt werde? In einer Woche müsse er wieder fort, habe Lucie nicht wenigstens ein kleines bisschen Liebe, die sie ihm mit auf den Weg geben könne?

Lucie hatte gar nichts gesagt, hatte ihn nur angeschaut mit diesem wild-verrückten Blick. Er hatte sie angefleht und dann gedroht, und sie hatte nicht ihn angeschaut, sondern seinen Schatten, der von ihm wich. Auch Christoph hatte seinem Schatten hinterhergesehen, der über den Boden floss und unter der Haustür verschwand. Für einen Augenblick wurde er von einem tiefen Entsetzen ergriffen, einem haltlosen Grauen, er war nach vorn gesprungen, wollte nach ihr greifen, wollte Lucie schlagen, sie schlagen und ihr endlich ein Kind machen. Aber dann war etwas passiert, was nicht passiert sein konnte: Christoph hatte nach Lucie gegriffen, und Lucie hatte sich aufgelöst. Er hatte einfach durch sie hindurchgegriffen. Ihre Haut hatte nachgegeben, und seine Hand war durch ihr Fleisch hindurchgeglitten und hatte in das Messer gegriffen, das sie hinter ihrem Rücken verborgen hielt.

Christoph saß im Bett, versehrt, aber sein Schatten war zu ihm zurückgekehrt, das spürte er, ohne die Augen zu öffnen, der Körper hatte ein anderes Gewicht, wenn er fehlte. Als brauche er den Schatten für die Schwerkraft.

Lucie stand am Hafen bei den Lagerhallen, der Teufel stand auf der gegenüberliegenden Seite der Trave. Ihre Blicke trafen sich über dem Wasser, dort wo Lucie auf dem Bauch ihrer Mutter getrieben war. Sie stand dicht am Quai, die Fußspitzen in der Luft, und schwankte im eisigen Wind. Nachtwanderungen, Fluchtpunkte, wo Eis und Trave sich trafen, das Bett von Christoph besetzt, seine Träume, die sich in ihre fraßen.

Christoph schlief wie ein Stein, und sie wachte neben ihm und konnte den Tod an ihm riechen. Sie ertrug seine Berührungen genauso wenig wie seine Abwesenheit. Er hatte Urlaub bekommen, sie mit einem Besuch *überrascht*, wie er es in unzähligen Briefen angekündigt hatte.

Er war aus dem Osten zurückgekommen, eingehüllt in dieses ganz eigene Schweigen, das durch Gräuel ausgelöst wurde. Sie kannte es von Michél. Aber Christophs Schweigen war anders. Man hörte es in der ganzen Stadt. Das der Zeugen, die glaubten, schuldlos zu sein, und sich nur durch ihr Schweigen verrieten.

Der Wind kämmte Lucie die Haare aus dem Gesicht, der Teufel aber stand wie eine Statue, selbst die Frackschöße unbewegt. Einmal wollte Lucie sehen, dass ihn etwas berührte, und wenn es nur der Wind war. Einmal wollte sie Eis in seinen Wimpern sehen.

Sie hatte nie verhütet und war dennoch nicht schwanger geworden, bis zu dieser Nacht vor vielen Monaten, in der sie gelernt hatte, dass sie nicht nur Angst *um* Christoph haben musste, sondern auch *vor* ihm. In der sie lernte, dass, wenn ein Mann sich selbst verlor, er sich gegen die Angst wehrte, indem er seine Frau das Fürchten lehrte.

Sie hatte keine Kraft, sie hatte ein Messer, aber das hatte nicht gereicht. Und Lucie hatte verstanden, dass selbst der Teufel ihr nicht helfen konnte. Ihr Mann, Christoph Maria Petersenn, ihr Mann mit dem Bauchansatz und der blutenden Hand, war mächtiger als der Teufel. Der Teufel hatte sie nur kurz halten können, dann war sie zu sich gekommen, und Christoph war über ihr mit geschlossenen Augen und geöffnetem Mund, und an der Wand stand sein Schatten, kerzengerade, bewegungslos, die Hände an der Hosennaht.

Lucie schloss die Hand um den blauen Stein, den sie um den Hals trug. Den sie niemals ablegte, damit sie nie vergaß, dass ihr Kuss einen Menschen getötet hatte. Sie schloss ihre Hand um den blauen Stein, den Emmas Körper gewärmt hatte und der nun kalt auf ihrer Haut lag. Der Wind presste ihr den wollenen Umhang gegen den Bauch, umschlang den wachsenden Leib, wie sie selber es noch kein einziges Mal getan hatte. Lucies Fäuste blieben geballt, ihr Herz zerfraßen die Ratten.

Der Mond stand fahl im Morgenhimmel, der Teufel zündete sich eine Zigarette an und ihr Licht erhellte den Hafen. Er warf das Streichholz in die Trave, ohne dass es erlosch. Es sank und erhellte das schwarze Wasser, sank bis auf den Grund, und die Trave begann zu leuchten, bis sie so blau und hell war wie die Augen des Teufels.

Lucie schaute in die Wasser, klar bis zum schlammigen Grund, schaute durch die eisblauen Wasser der Trave in die Augen ihrer Mutter, die auf dem Grund lag, in den Armen des Roggenbuks, seine Klauen schützend über ihrer Brust, das blonde Haar wie Schlangen. Lucie war dreiunddreißig Jahre alt, als sie zum ersten Mal ihre Mutter sah.

Am Tag, nachdem es passiert war, hatte Christoph vor Lucie auf dem Boden gekniet und geweint, und die Lampe hatte seinen gebeugten Schatten an die Wand geworfen. Lucie konnte ihm verzeihen, weil es nicht derselbe Mann war. Der, der dort weinte, hatte einen Schatten, der, der dort weinte, war Christoph. Aber es war der andere, dessen Kind in ihr wuchs.

Magdalena, die samthäutige Hure, schloss die Augen und legte ihre Hand auf den Kopf des Roggenbuks. Lucie schaute ihm in die grünen Augen, die roten Wimpern wirkten brüchig, die Lider ledrig. Sein Maul war eingefallen, nur noch ein Eckzahn ragte unter den Lippen hervor. Magdalenas blondes Haar umhüllte seine Gestalt, und Lucie dachte: Sie wiegt das Seeungeheuer in ihrem Haar. Meine Mutter wiegt den Roggenbuk und hat mich der Trave überlassen. Lucie dachte, die Stadt ist eine geworden, wo die alten Ungeheuer niemanden mehr das Fürchten lehren. Der Roggenbuk starb, Magdalena weinte, der Teufel schloss die Augen, und zum ersten Mal verging keine Zeit.

Willnauer saß auf dem grünen Samt, saß dort in seiner eigenen Kuhle, das Haus schloss kurz die Augen, es hatte Willnauer vermisst. Auf dem Rokokotischchen stand eine volle Flasche Wein, auf dem Boden zwei leere, Lucie saß im Ohrensessel, die Füße unter dem Hintern, Michél auf einem Küchenstuhl, die Arme auf der Rückenlehne verschränkt, die Prothese lag auf dem Küchentisch. An den Fenstern wuchsen Eisblumen, Lucie hatte den Pelzmantel, den Christoph ihr mitgebracht hatte, über der Brust geschlossen. Nicht wegen der Kälte, sondern wegen ihres Bauches, den Willnauer anstarrte, als wäre er ein Grund zur Freude. Christoph war wieder im Osten, er schickte Wurstkonserven und Butter, Kleider und Briefe, in die er getrocknete Blumen legte. Briefe, die klangen, als machte eine Schwangerschaft alles wieder gut, als gäbe es Grund zur Hoffnung. Und Lucie glaubte ihm, weil sie ihm glauben musste, Lucie liebte Christoph und fürchtete das Kind, das er ihr aufgezwungen hatte in jener Nacht, die Hand blutig, der Schatten kerzengerade an der Wand. Sie ertrug die Schwangerschaft nur mit dem Gedanken an die muffige Wohnung ihres Arztes, des einzigen Menschen auf der Welt, der verstand, dass man ihre Morphiumsucht nur mit Morphium heilen konnte. Lucie blieb nicht nüchtern, weil sie ihr Kind schützen wollte, sondern, weil Christoph seit Monaten in jedem Brief schrieb, dass er sie bald mit einem Besuch *überraschen* werde.

Michél lachte. Es war ein Lachen wie ein Hustenanfall, man hörte, dass er es nicht mehr gewohnt war. Willnauer erzählte von betrunkenen Männern, die zu hastig den Arm hochrissen und dem SS-Untersturmführer, der soeben die Kneipe betreten hatte, einen Kinnhaken versetzten. Er schmückte das Ganze noch ein wenig aus, brachte runtergeschlagene Lampenschirme ins Spiel, Michél lachte mittlerweile laut und dröhnend. Auch Lucie begann zu kichern, nicht wegen Willnauer, sondern wegen Michél, der lachte, als würde er sich von Eiskrusten befreien.

Willnauer aß von den Wurstkonserven, und Lucie griff nach Emmas blauem Stein, der ihr um den Hals lag. In einem Moment wie diesem, wenn Willnauer wieder auf dem grünen Samt rumlümmelte, strömte der Stein Hoffnung aus: Hoffnung, dass Emma ihren Schmuck versetzt und das Land verlassen hatte, so wie Christoph es ihr erzählt hatte.

Michél schlug sich auf die Schenkel, Lucie hatte Schluckauf, als Willnauer unvermittelt wieder zu sprechen begann, er habe Gerüchte gehört von Massakern in Polen. Willnauer erzählte, er habe gehört, SS-Männer trieben Juden mit Peitschen durch die Stadt in die Synagogen, Willnauer sagte, dort würden dann alle niedergeschossen.

Michél hatte noch die Lachtränen in den Augen, als sein Gesicht einfror, und Lucie atmete tief ein und wartete auf das Entsetzen. Es kam nicht. Es war schon lange da. Sie dachte an die Gerüchte, die sich die Frauen auf dem Markt erzählten, die Hände vor dem Mund, den Korb am Arm. Sie dachte an den jungen Soldaten, der betrunken am Hafen gesessen hatte, dessen Hände nervös krampften, als er ihr von der Gruppe Männer erzählte, die ihr eigenes Grab hatte schaufeln müssen. Von dem einen, der sein Jackett ausgezogen und es sorgfältig gefaltet auf einen Baumstamm gelegt habe. Dass es später dann verdreckt am Boden lag. Dass er nicht habe aufhören können, wie ein Wahnsinniger die Erde aus dem Jackett zu klopfen, dessen Besitzer er gerade erschossen hatte. Niemand konnte Lucie anlügen, und dennoch hatte Lucie gezweifelt. Noch während der Soldat neben ihr saß, wurde er zu der Erinnerung an einen Traum, den Lucie einmal gehabt hatte.

Willnauer sagte, er habe gehört, es gebe Massengräber, größer als der Marktplatz. Dass die Menschen selbst dort hinuntersteigen müssten, sich in die Gräber hineinlegen, sich schichten müssten wie Holzscheite, damit der Raum optimal ausgenutzt werde. Willnauers Stimme klang, als müsste sie einen anderen Körper haben, als gehörte sie nicht mehr zu ihm.

Michél vergrub das Gesicht in der Hand, Lucie nahm einen Schluck Wein und hatte den Mund voller Asche, Willnauer nahm einen Kamm aus der Tasche seines Hemdes und kämmte sich das Haar zurück, kämmte so kräftig, dass seine Kopfhaut rot durch das schüttere Haar leuchtete, kämmte, und Tränen liefen ihm über die Wangen.

Lucie stand vor dem Haus ihres Arztes in der Mühlenstraße, es lag in Trümmern. Sie stand unter einem frostklaren, wolkenlosen Himmel, eingehüllt in den Staub des zerstörten Gebäudes. Vom Fliegeralarm hatte sie sich nicht beeindrucken lassen, sie hatte sich an die Sirenen gewöhnt. Sie heulten mehrmals in der Woche, und dann krochen alle in Keller und Bunker und krabbelten irgendwann mit zerknitterten Kleidern und Staub auf den Knien wieder hinaus, in eine unversehrte Stadt. Sie war also, statt Zuflucht in einem Bunker zu suchen, beherzt in Richtung Mühlenbrücke aufgebrochen, nur wenige Stunden, nachdem ihr Körper die letzten Reste des *Giftes* ausgeschwemmt hatte. Gift. War auch Ansichtssache.

Michél trank seit Freyas Geburt keinen Tropfen mehr, er badete und wickelte das Kind, wärmte die Milch, stand mit Bezugsmarken in Schlangen und zerstörte keines seiner Bilder. Michél verachtete die Welt, in der sie lebten, aber er war kein Mann, der sich selbst zerstörte, weil er die Welt nicht aushielt. Und als Lucie diesen Säugling in die Welt gestoßen und anschließend ignoriert hatte, als Christoph das Kind hob wie einen Heiligen Gral, aber dessen Weinen nicht verstand, war Michél klar, dass dieses kleine Mädchen niemanden hatte außer ihn. Lucie, die jeden Menschen stärker fühlte als sich selbst, war blind für ihr Kind. Schaute es mit einem furchtsamen Blick an, den Michél von seiner Tochter nicht kannte. Lucie kannte doch sonst keine Angst.

So war es seit Freyas Geburt: Michél wickelte das Mädchen, und Lucie rannte aus dem Haus, um sich bei ihrem alten Arzt auf die Chaiselongue sinken zu lassen, ihren bleichen Arm zu entblößen und sich den zittrigen, mitfühlenden Händen des Arztes zu überlassen. Er setzte die Nadel so an, dass nie ein blauer Fleck blieb, er notierte die Dosis in seinem Patientenbuch, das seit Jahren neben dem ihren nur noch drei, vier andere Namen trug.

Lucie schwebte nicht mehr. Alles an ihr hatte sich verdichtet, jede ihrer Zellen wog so viel wie ein ganzer Stern. Die höchste Dosis reichte gerade noch, dass sie nicht in seiner Chaiselongue versank, durch den Dielenboden sackte, durch Beton und Zement von Decken und Kellergewölben, direkt bis in den glühenden Kern der Erde.

Jetzt stand Lucie eingehüllt in den Staub des zerstörten Gebäudes, das erste Haus, das die Alliierten beschossen hatten, war das Haus ihres Arztes. Für einen Moment wünschte sie sich, sie hätten es eine halbe Stunde später bombardiert, *nachdem* sie ihre Dosis bekommen hätte.

Ein Haus in Trümmern? Wer weiß wie viele tot?

Zur Hölle mit ihnen! Mein Körper ist ein einziges Übermaß, ein grauenvoller Ballast, die drei kühnsten Piraten würden an diesem Körper zugrunde gehen, zur Hölle mit dem Krieg, ich will meinen Stoff!

Sie ging auf die Knie und kroch zu den Trümmern, nicht um ihren Arzt zu bergen, sie meinte etwas glitzern zu sehen, eine Ampulle vielleicht, möglicherweise eine aufgezogene Spritze.

Lucie, die die Veränderung ihres Mannes nicht ertrug, hatte versucht, sich selbst zu ändern. Sie hatte die Augen geschlossen und war auf der Chaiselongue ihres Arztes dem Grund der Trave so nah gekommen, wie es möglich war. Als Christoph sie wegen ihrer Schwangerschaft zum Entzug gezwungen hatte, und Lucie wieder aufgestiegen war aus den dunklen Fluten des Morphiums, war da nichts mehr in ihr gewesen, außer diesem Kind ohne Schatten, und an den Rändern dräute der Wahnsinn.

Also kroch sie auf die Trümmer zu, während unweit die Straße hinunter gerade eine hundertzehn Kilo schwere Kautschuk-Benzol-Brandbombe vier Decken eines fünfgeschossigen Wohnhauses durchschlug, dann ein Küchenbuffet, einen Tisch, ein Bett und zusammen mit dem Bett den Bauch eines Mannes, »aus dessen Leib ein rundes Loch vom Bombendurchmesser regelrecht ausgestanzt war«, wie ein Feuerwehrmann später berichtete. Die Bombe blieb als Blindgänger im Erdgeschoss liegen.

Lucie griff nach der Ampulle, die sich als abgebrochener Hals einer Weinflasche entpuppte, aus den Trümmern neben ihr wurde eine Frau gezogen, ihr blutiger Arm streifte Lucies Beine und machte ihr klar, dass hier etwas geschah.

Die Frau hockte Lucie gegenüber, in ihrem Gesicht, in den Augen steckten Glassplitter, ihre Haut war mit heißem, klebrigem Phosphor bedeckt. Benommen versuchte sie, mit den Händen das Glas aus dem Gesicht zu wischen, und riss sich dabei ein Auge aus.

Lucie blinzelte ein paarmal sehr schnell. Es war, als wäre die Haut der Frau aus heißem Wachs, als wäre die Augenhöhle zu weich, ihr Gut zu halten. Das Auge der Frau war zu groß, die Pupille blutverschmiert, aber direkt auf Lucie gerichtet. Wie man bei einem Schielenden nicht weiß, welches Auge man anvisieren soll, wusste Lucie nicht mehr, welches der beiden Augen imstande war zu sehen. Für einen Moment hatte sie geglaubt, die Frau sei vollständig erblindet, das Auge dort im Handteller jedoch nicht.

Lucie wich zurück.

Die Frau schrie, aber Lucie hörte sie nicht, alles wurde vom Dröhnen weiterer Flugzeuge geschluckt. Sie schaute zum Himmel empor, aber sie sah keine Flugzeuge, sie sah ihren Arzt, der auf das Dach gelaufen war, als der Angriff begann, bereit, sein größtes und letztes Experiment zu wagen. Er hatte sich eine Dosis gespritzt, die sein Herz zum Stillstand bringen und, so hoffte er, gleichzeitig seinen Körper der Schwerkraft entreißen würde. Es schien nicht zu gelingen. Er blieb schwer an dem Dach haften, bei vollem Bewusstsein und rasendem Puls. Erst als die Bomber ihm das Dach unter den Füßen wegschossen, bemerkte er, dass er schwebte. Lucie schaute zum Körper ihres Arztes empor, der, den Spazierstock in der Rechten, den Zylinder auf dem Kopf, den Arztkoffer in der Linken, wie ein Ballon in den Himmel stieg, der Stadt und der Welt entrann und den letzten Rest an Wundern mit sich nahm.

Lucie rannte stadtauswärts die Mühlenstraße hinauf, ein Schaufenster zerbarst, eine Person flog durch die Luft, warf Lucie auf das Kopfsteinpflaster, begrub ihren Körper unter sich. Es dauerte einen Moment, bevor Lucie merkte, dass der Tote zu leicht war, um ein Toter zu sein, zu leicht, um ein Mensch zu sein. Ein Moment, der nach Stein schmeckte.

Eine abgerissene lackierte Hand lag direkt vor ihrem Gesicht. Lucie richtete sich auf und nahm die Schaufensterpuppe mit sich, schleppte das Ding die Straße hinunter, wie ein Schild vor den Leib gepresst. Vielleicht gab es ihr das Gefühl, jemand anderen in Sicherheit bringen zu müssen, nicht sich. Sorge zu tragen oder eine Puppe, was war der Unterschied.

Die Straße war leer, hier war niemand mehr. Eine tote Stadt wurde bombardiert. Sie bog vor der Mühlenbrücke ab und floh in die Badeanstalt am Krähenteich, lief über den hölzernen Steg ans stadtauswärts gelegene Ufer und kauerte sich dort zwischen die Umkleidekabinen, die einarmige Schaufensterpuppe setzte sie neben sich, zwischen sich und die Stadt.

Zwischen der Aegidienkirche und St. Marien ging ein Bombenregen nieder, Lucies Augen brannten; dort, wo sie eben noch gestanden hatte, lebte niemand mehr, dessen war sie sich sicher.

Lucie presste sich die Hände auf die Ohren, schaute der lächelnden Puppe ins Gesicht, ein Racheengel schlug mit den Flügeln, wer hätte gedacht, dass so leicht alles verweht. Fassaden, nichts als Fassaden, die Kulisse im Stadttheater, die gemalten Wälder, alles widerstandsfähiger als das bisschen Backstein, diese Ziegel, allen's Tüünkram. Der Ramsch auf den Dachböden, als wäre er nur als Brenngut dort gelagert. Lucie wusste immer, dass nichts so gut brennt wie die Vergangenheit.

Sie hielt die Hand der Schaufensterpuppe, der frostige Nachthimmel konnte die Stadt nicht verdunkeln, sie strahlte taghell unter den Brandbomben, man hätte ein Buch lesen können, während der Teufel über die Dächer sprang. Christoph, der ihr aus den *Buddenbrooks* vorgelesen hatte, hier im Bad, hier im Strandkorb, hier in Lübeck, seine Haltung, die ihm im Badeanzug eine ergreifend lächerliche Würde verlieh.

Die Schaufensterpuppe trug einen Wintermantel, schwer und warm, Lucie dachte nicht daran, ihn gegen ihren zu tauschen. Auch wer aus Kunststoff war, konnte frieren, auch wer aus Kunststoff war, konnte fürchten. Zumindest hier und jetzt.

Die Trave, dachte Lucie, die Trave, als könnte man mit Bomben einen Fluss töten, sie dachte nicht an ihr Haus, nicht an ihr Kind, sie dachte an ihre Heimat. Sie dachte an die Trave, die womöglich unter dem Feuer verdampfte. Sie dachte nicht an Michél, sie dachte an Magdalena, die auf dem Grund der Trave lag, das Haar schwer wie Gold, und ein totes Monster wiegte.

Ein Theaterfeuer über der Stadt, Statisten, deren Knochen zerbrachen, deren Haut sich vom Fett löste, Christoph, der aus dem Vorlesen einen theatralen Vortrag machte, jeder Figur eine andere Stimme gab, im Eifer vergaß, seinen Bauch einzuziehen, den er sonst so eitel kaschierte. Da er nicht wusste, dass sie selber den Roman gelesen hatte, hatte er nicht geahnt, wie es sie verletzte und gleichzeitig rührte, dass er die Geschichte um Aline Puvogel und den in Unehren gefallenen Sohn aussparte.

Wer ist Aline Puvogel?, fragte die Schaufensterpuppe, die brennende Krone der Stadt auf dem kahlen Schädel.

Ich war Aline Puvogel, sagte Lucie. Ich hätte es zumindest sein können. Christoph hat das Theater geliebt, nicht mich.

Ein Funkenregen über dem Krähenteich, ein Wind riss den Rauch auf, der in dichten Wolken über dem Skelett der Dächer stand, Rauch, Glut und Staub wehten in die Badeanstalt. Lucie hustete und spuckte und blickte über die Stadt, die von unzähligen Flugzeugen in Schutt und Asche gelegt wurde. Es war ein seltsam leibhaftiges Bühnenbild, eines, das in den Augen biss; jedes dieser Flugzeuge konnte jederzeit einen kleinen Schlenker über der Badeanstalt machen und sie in Rauch aufgehen lassen. Lucie griff die Hand der Schaufensterpuppe fester und strich mit dem Zeigefinger über die lackierte Oberfläche. Irgendetwas passierte mit ihrem Gesicht, vielleicht weinte sie. Sie konnte es nicht mit Sicherheit sagen, sie hatte noch nie geweint. Nichts brennt, sagte Lucie. Es ist alles Theater, es ist alles Kulisse, und es bedeutet uns nichts.

Warum bist du so zornig?, fragte die Puppe, den Widerschein glühender Mauern in den Augen.

Weil ich Christophs Versagen liebe, er aber nicht meins.

Am Morgen waren die Flieger verschwunden, das Feuer wütete in der Stadt, Lucies Zähne schlugen so hart aufeinander, dass sie sich die Zunge blutig gebissen hatte. Sie merkte es nicht. Sie hatte ihre Schuhe verloren, vielleicht auch ihr Haus, ihr Mantel war angesengt, ihr Gesicht mit Asche bedeckt. Sie wagte es nicht, den Ruß aus ihren brennenden Augen zu wischen, sie fürchtete um ihre Augäpfel, um ihre Nase, um jede ihrer Gliedmaßen. Sie wusste nicht, ob sie noch eine Stimme hatte, wagte nicht, es auszuprobieren. Sie traute sich nicht, aufzustehen, sie fürchtete, andere Versehrungen an sich festzustellen, gebrochene Knochen, zerfetzte Haut, gebrochenes Rückgrat, wie sonst konnte es sein, dass sie nichts fühlte, kein einziger Schmerz in ihrem Körper brannte? Dass sie nichts hörte, keine Schreie, nicht das Feuer, nicht das Tosen der einstürzenden Dächer.

Lucie hatte sich nie um ihre Gesundheit gesorgt, auch nicht, als sie schwanger war. Dieser Körper, hatte sie gedacht, diese Last, dieses modernde Etwas, das ich niemals gebeten habe zu besitzen. An den Brüsten einer Toten genährt, aus der Trave gefischt wie Treibgut, ein völlig nichtsnutziger Körper, der allein im Kostüm Glanz bekommen hatte, der nur auf der Bühne zu etwas taugte, die Garderobe im Stadttheater war ihr Fegefeuer gewesen. Wie sie das Abschminken gehasst hatte, das ihr bleiches, weiches Gesicht zum Vorschein brachte.

Aber als eine stoische Sonne über die Stadt herfiel, ein unbarmherziges Licht auf die Toten schien, als der Staub der zerstörten Häuser in den Farben des Regenbogens schillerte, als der Körper der Stadt brannte und zerfiel, sorgte Lucie Hinrichs Petersenn sich zum ersten Mal in ihrem Leben um ihren Körper.

Auf den Trümmern eines Verlagsgebäudes, wo Hans Willnauer und sein Verleger am Montagnachmittag beieinanderstanden, fand zumindest ein persönlicher Krieg ein Ende.

Beide hielten ihren Hut in der Hand, als stünden sie vor einem Grab.

Willnauer hatte seine Novelle immer wieder überarbeitet, aber vor einigen Monaten sein Manuskript endlich abgegeben. Ebendieses Manuskript lag jetzt unter dem bereits hergestellten Schriftsatz, der unter der Hitze geschmolzen war und als gleichmäßige Metalldecke in den ausgebrannten Räumen lag, in dicken erstarrten Kaskaden die Betontreppen bedeckte und als bleiernes Lavagebirge den Keller füllte. Sein Manuskript war nicht einfach nur verbrannt, nein, das gesetzte Wort war eingeschmolzen und hatte das handgeschriebene ausgelöscht und eingesargt. Er fand, das ließ an Deutlichkeit nichts zu wünschen übrig.

Er stand dort, den Hut in der Hand, und betrauerte sein in Blei eingeschmolzenes Werk, als Lucie die Straße hinunterlief, das Haar grau von Asche, die Knie blutig, in den Armen eine Schaufensterpuppe, kahl, aber in einen warmen Mantel gehüllt. Lucie schien die Zerstörung nicht wahrzunehmen, sie lächelte auf die Puppe hinunter, sie schien zu ihr zu sprechen.

Willnauer stand neben seinem Verleger zwischen den Trümmern, die Mauern der angrenzenden Gebäude waren unversehrt, weißgetüncht und noch nicht einmal rußgeschwärzt, fast so, als hätte diese eine Bombe allein seinem Manuskript gegolten. Willnauer würde nie wieder auch nur eine Zeile schreiben.

Der Teufel lag unter der geschmolzenen Bleisatzdecke des ungedruckten Herbstprogrammes, er blieb dort ein Weilchen und erfreute sich an der Illusion seines Todes.

Michél rannte durch die Trümmer, das Kind an seine Brust gepresst, er rannte durch Rauchschwaden, an brennenden Häusern und Bombenkratern vorbei. Er stolperte über Tote, kletterte über Schutt- und Geröllberge, er hustete und schwitzte, sein Atem hörte sich an wie ein Wimmern.

Nur dieses kleine Mädchen nach Hause bringen. Das Mädchen mit diesem Namen, in den es erst noch hineinwachsen musste. Freya.

Als er in die Burgstraße einbog, standen die Häuser plötzlich unversehrt und gerade, wie blinzelnde Menschen, die zu indigniert waren, um sich den Staub aus den Gesichtern zu wischen. Sie standen dort streng, die Schindeln akkurat ausgerichtet, als verachteten sie die Häuser der anderen Straßenzüge, die einfach so in sich zusammengefallen, ausgebrannt und skelettiert waren. Die Häuser in der Burgstraße verstanden nicht, wie man sich so *gehen lassen* konnte. Sie blieben doch auch aufrecht, ihre Stofftapeten glänzten, das Silber lag poliert in den Schubladen, es war eben eine Frage des Willens. Sie schauten mit hochgezogenen Augenbrauen auf diesen verstaubten, schwitzenden Mann hinunter, der dort durch die Straßen hetzte, als bedeutete so ein in den Hinterhof gespucktes Hüttchen irgendetwas.

Michél rannte und wusste nicht, ob er in der Gröpelgrube

einen Bombenkrater vorfinden würde, Schuttberge, eine Fassade oder sein Haus. Er rannte, nahm wahr, dass der Boden unter seinen Füßen unversehrt war, suchte mit den Augen die Reihe der Vorderhäuser ab, keine Lücke. Erst vor dem Vorderhaus bremste er ab, betrat zögerlich den Gang, trat vorsichtig auf, als läge sein Häuschen in einem Dornröschenschlaf und könnte doch noch zerfallen, falls er es weckte. Als er im Hof stand, als er keinen Schuttberg vorfand, sondern ein winziges Haus mit schmutzigen Fenstern, die Mauern von Rosen bewuchert, fiel er fast auf die Knie. Er krümmte sich, den Säugling an die Brust gepresst, und wusste nicht, ob er keuchte, weinte oder nach seiner Tochter rief.

Es fehlten noch drei Schritte zur Tür, aber genauso gut hätte das Meer zwischen ihm und dem Haus liegen können. Es war dunkel im Haus. Entweder Lucie schlief, was er sich, nach einer Nacht wie dieser, schwer vorstellen konnte, oder sie war nicht da. Michél starrte das Haus an, als wäre es ein unberechenbares Tier. Dann ging er rückwärts durch den Gang zurück in die Gröpelgrube, und dort blieb er stehen. Er konnte sich nicht mehr bewegen. Er konnte nicht hinein gehen und feststellen, dass Lucie nicht in ihrem Bett lag, zurück in die Trümmer konnte er auch nicht. Michél blieb stehen, dem sargschmalen Gang zugewandt, den Rücken zur Straße. Er presste den Säugling an sich und schaute zum Schlund der Burgstraße hinauf, der jede Minute sein Mädchen ausspucken musste. Jede Minute.

Michél war nur wegen seiner Enkelin in den Bunker geflüchtet. Er hatte Freya, die immer unruhig schlief, die halbe Nacht durch die Straßen getragen, als ihn der Alarm überrascht hatte. Im Bunker hatte Michél die Bombeneinschläge gehört, die Druckwellen und Vibrationen gespürt, ohne das Ausmaß der Verheerung bestimmen zu können. Seine Tochter war in dieser Stadt, die gerade in sich zusammenstürzte.

Es war grausam gewesen, die Geräusche zu hören, aber kaum verorten zu können. Freya hatte in seinen Armen geschrien. Das kleine Mädchen war erst wenige Monate alt und außer sich vor Angst, so wie jeder andere hier auch, dachte Michél und summte leise, um das Kind zu beruhigen. Aber das Mädchen ließ sich nicht beruhigen. Es dauerte, bis Michél die Blicke bemerkte. Im Bunker waren Frauen, ältere Männer und unzählige Kinder, trotzdem war es, bis auf den Krach der Bomben, geisterhaft still. Keines der Kinder weinte, sie hockten entsetzt, aber stumm neben ihren Müttern auf dem Boden, niemand schrie vor Angst, niemand außer Freya, die ihr Entsetzen in die Welt brüllte. Eine Frau hatte sich seiner erbarmt, er wisse wohl einfach nicht, wie man mit einem Säugling umginge, ob sie es ihm zeigen dürfe? Michél hatte genickt und ihr Freya in den Arm gelegt, und ehe er begriff, was sie vorhatte, hatte sie sich den Säugling über das Knie gelegt und zweimal kräftig zugeschlagen. Freya schnappte einmal nach Luft, dann verstummte sie. Michél sprang auf, riss seine Enkelin an sich, er schaute die Kinder an, die mit leerem Blick neben ihren Müttern kauerten, manche hatten sich eingenässt, aber keines weinte. Da stimmte was nicht, fand Michél, aber was wusste er schon? Er hatte erst ein Mädchen großgezogen, und das war unglücklich, drogenabhängig und liebte das eigene Kind nicht.

Jetzt stand er in der Gröpelgrube und hörte das Feuer, das sich durch die andere Hälfte der Stadt fraß. Er hörte das Krachen, wenn Dachbalken in der Ferne einstürzten, er hörte Sirenen und dachte, er müsste jetzt dort sein, er müsste versuchen, Menschen aus Trümmern zu ziehen. Aber er konnte sich nicht bewegen. Er hielt seine Enkelin im Arm und wartete auf seine Tochter, er konnte niemandem helfen, bevor er nicht wusste, dass Lucie am Leben war.

Als Lucie am Kopf der Gröpelgrube auftauchte, blinzelte

Michél ein paarmal sehr heftig. Er fürchtete, sich ihre Silhouette nur einzubilden. Sie war vollkommen mit Staub bedeckt und trug etwas in ihrem Arm. Als sie vor ihm stand, das Gesicht schmutzig und die Augen gleißend blau, in den Armen eine Schaufensterpuppe, die in einen dicken Wintermantel gehüllt war, während Lucie vor Kälte zitterte, begriff Michél, dass es Lucie nicht an Mütterlichkeit mangelte, dass sie schlicht und einfach ihr Kind nicht erkannte.

Rauch und Staub lagen drei Tage über der Stadt, zwei Wochen lang ging Michél jeden Morgen um fünf Uhr aus dem Haus und kam erst in der Nacht zurück, die Arme zerschrammt, die Lungen voller Staub. Er zog die Toten aus dem Schutt, er benutzte den Haken der Prothese wie eine Spitzhacke, er merkte nicht, wie sich der Stumpf entzündete. Er grub nach Überlebenden und fand nur Tote, er grub nach Körperteilen und fand nur Asche. Michél kannte den Geruch des Todes, er kannte den Anblick grausamer Verletzungen, aber als er die ersten toten Kinder aus den Trümmern zog, wurde etwas in ihm abgelöscht.

Vor drei Monaten waren die Lübecker Juden in die Waggons gestiegen, einen Tag später hatte er gesehen, wie drei Frauen einen kleinen schwarzen Ofen von einer Versteigerung nach Hause trugen, einen Ofen, den wenige Tage zuvor ein altes Ehepaar mühsam zum Bahnhof hinuntergeschleppt hatte. Und da hatte Michél plötzlich gewusst, dass die Menschen kein Gepäck mehr brauchten, hatte gewusst, warum sie kein Gepäck mehr brauchten, und das war der Zeitpunkt, als Michél begann, von innen heraus weniger zu werden, Teile zu verlieren, die niemand mehr ersetzen konnte. Jeden Morgen stand er auf und war etwas weniger als am Tag davor.

Er hasste nicht die Frauen, die leere Körbe und Leinenbeutel zu der Versteigerung mitgebracht hatten, die aufgeregt miteinander redeten, die drängelten und stießen, um näher an die Waren zu kommen, die ihren ehemaligen Nachbarn geraubt worden waren. Michél kannte Mangel und auch Gier gut genug, dass er andere nicht dafür verurteilen wollte. Er hasste nicht die Frauen. Er hasste sich selbst dafür, dass er geglaubt hatte, ein Trupp von alten Männern, Frauen und verarmten jungen Paaren mit Säuglingen und Kleinkindern würde zu einem Arbeitseinsatz verschickt. Er hatte die Menschen, die zum Hauptbahnhof gegangen waren, gesehen, ohne zu erkennen, was es bedeutete. Sie waren durch die ganze Stadt gezogen, verfolgt von lachenden, kreischenden Kindern, die sich daran ergötzten, dass sie den Älteren keinen Respekt zollen mussten, dass sie nicht dafür bestraft wurden, wenn sie Erwachsene beschimpften. Er hatte jeden Einzelnen gesehen und dennoch weggeschaut.

Als er dann die Frauen mit dem Ofen gesehen hatte, wusste er, dass all die Gerüchte von Massenerschießungen, die von den Gaswagen, wahr waren. Aber dieses Wissen hatte keinen Raum in ihm gehabt. Es war, als müsste er einen Platz in seinem Gehirn schaffen, aber er fand keinen. Es schlug in seinem Kopf umher wie ein Käfer, eingesperrt zwischen doppelten Fensterscheiben.

Erst als er das erste tote Kind aus den Trümmern zog, begriff sein Körper, was sein Verstand nicht zulassen wollte. Er begriff mit jeder Pore, dass er einen Zug von Toten gesehen hatte.

Michél grub sich durch den Schutt, ein Tuch gegen den Staub vor den Mund gebunden. Er grub, und die Augen tränten ihm, und die Sonne drang nicht durch zur Stadt, so dicht war die Staubwolke. Er fragte sich, ob seine Enkelin jetzt glaubte, dass die Sonne nie mehr wiederkomme, jeden Morgen redete er auf sie ein: »Mien Deern, dat süht bloot so ut, as wenn för jümmers düüster is«, aber damit beruhigte er sich ja nur selbst. Wenn er am Abend nach Hause kam, lag das Mädchen dort, wo er es am Morgen, nach dem Windeln und Füttern, hingelegt hatte, und war so still, dass es einem bange werden konnte. Am ersten Abend war Lucie noch nicht einmal im Haus gewesen. Michél wusste, dass Freya nicht still war, weil es ihr an nichts fehlte, sondern weil sie nicht gehört wurde. Der Säugling war still, weil er resigniert hatte.

Er hatte Lucie gehörig die Leviten gelesen, und als er die nächsten Tage nach Hause kam, war das Kind gewickelt und gefüttert, und Lucie hockte im Sessel und *passte auf sie auf*, wie er es ihr aufgetragen hatte. Aber sie saß mit dem Rücken zu ihrem Kind, mit schlaffer Körperhaltung und einem abwesenden Gesichtsausdruck. Oder sie putzte, was vollkommen neu war. Nicht, dass sie vorher niemals saubergemacht oder aufgeräumt hätte. Irgendwann fegte immer mal jemand durch, lief mit dem Staubwedel rum oder schabte verkohlte Essensreste vom Ofen. Aber jetzt holte sie das Silber von Fräulein Lisbeth aus den Schubladen und polierte es, bis es glänzte, sie putzte die Fenster, verrückte nach dem Fegen das riesige Sofa und fegte *darunter*, sie schäumte den Samt ein und rieb alle Flecken heraus, bis das Grün an einigen Stellen ganz bleich und kränklich wurde. Sie staubte die Rahmen der Bilder ab, scheuerte die Waschschüssel im Hof, sie putzte die Fenster nicht nur von außen, sondern auch von *innen*. Sie tat das alles mit einem gleichzeitig gehetzten und abwesenden Blick, den Michél nicht von ihr kannte. Er stritt sich jeden Abend mit ihr. Lucie sagte, sie verstehe nicht, was er von ihr wolle, sie kümmere sich doch! *Diesem Buch nach*, sie hob den Ratgeber hoch, den Christoph angeschafft hatte, mache sie alles richtig. Hier stehe es doch, die Mutter solle das Kind nicht ständig herumtragen, Körperkontakt würde das Kind nur verzärteln, man solle das Kind windeln und füttern und dann in Ruhe lassen, am besten in einem separaten Raum. Lucie sagte das mit einem trotzigen kindlichen Ton, Michél war klar, dass sie weder dem Buch noch sich selber glaubte.

Nach zehn Tagen zog er einen kleinen Jungen aus einem Keller, gegen alle Wahrscheinlichkeit hatte er überlebt. Michél kniete auf der Straße und weinte, das ohnmächtige Kind an sich gepresst. Er weinte und lauschte auf den leisen Atem des Jungen.

Michél klammerte sich an das Kind, und die Stadt starrte ihn aus leeren Fensterhöhlen an, starrte aus toten Augen auf den Mann und das Kind, das dort in seinen Armen starb. Michél hörte den Atem des Jungen versiegen, er spürte, wie die Körpertemperatur sank. Er ließ ihn nicht los. Seit zehn Tagen grub er sich durch die zerstörten Eingeweide der Stadt, niemand konnte so lange unter Schutt und Asche überleben, schon gar nicht ein kleiner Junge. Ein solches Kind, das neben dem Körper seiner toten Mutter in der Dunkelheit ausgeharrt hatte, ein Kind, das nicht vom Leben lassen wollte, das starb nicht einfach so, nur Minuten nach seiner Rettung.

Michél stand auf, den Jungen fest im Arm, denn solange er nicht aufgab, blieb der Junge lebendig. Die Sonne warf ihr Licht direkt durch die Fensterhöhlen der Häuserfronten auf die Straße, aber Michél stand im Schatten. Er schaute die Straße hinunter, von Fassaden gesäumt, die wie Theaterkulissen nebeneinanderstanden, Häuser, in denen nur noch Geister leben konnten.

Häuserfassaden mit Fensterhöhlen, die den Blick freigaben auf weitere Fassaden, Treppen, die ins Nichts führten, Schränke, die an die Wand gepresst vor Abgründen standen, Wohnungen wie offene Mäuler, verkohlte Teppiche, verglühte Bettfedern, versengte Vorhänge. Zerfetzte Wände, aus denen das Gedärm der Leitungen quoll, Regen, der das Fell toter Hunde wusch. Lucie durchwanderte die ausgeweideten Häuser, stieg Treppen hinauf, deren Geländer abgebrannt waren, dicht am Abgrund, drei Stockwerke tief, und unten die Ratten. Sie erklomm jedes versehrte Haus, *wer plündert, wird erschossen*. Aber Lucie suchte keine Dinge, suchte nichts Unversehrtes im Kaputten, Lucie suchte Stimmen.

Das sei jetzt die Strafe, hatte eine Frau ausgerufen, das Dröhnen der Flieger hatte ihr die Worte aus dem Mund gerissen, und Lucie hatte die Augen geschlossen, in ihren Adern brannte der Morphiumhunger, aber durch das Dröhnen der Flieger drang das Flüstern der Stadt. Das Flüstern der Stadt, das bisher nichts gewesen war als ein böser Traum.

Jetzt jedoch, in der Stille der ausgebrannten Häuser, erinnerte Lucie jede einzelne Stimme: Junge starke Männer seien vom Lastwagen gesprungen und zu der Grube gelaufen. Es habe so seltsam ausgesehen, hatte dieser Mann gesagt, dessen Stimme klang, als wäre sie zersprungen, wie sie rannten und in die Grube sprangen, der Tag sei so sonnig gewesen, er habe gedacht, fast sähe es aus, als liefen sie ins Meer. Selbst als die Grube voll war, habe er noch an die Ersten gedacht. »Ich glaube, sie leben noch«, hatte er gesagt und Lucie angesehen, die sich unter seinem Blick aufgelöst hatte, bis sie die Erinnerung aneinander fast verloren hatten. Was sie erinnerte, war dies: Menschen, die auf dem Grund einer Grube überlebten und über das Wasser liefen.

Der Schnee fiel Lucie durch die Augen und bedeckte den Schutt, der Wind riss Fassaden ein, Wolken rasten über den Himmel. Jeder habe die Schüsse gehört, ganze Menschenmassen an Schaulustigen seien dem Bahndamm zugeströmt, und dann ein Grab, zehn Meter lang, Soldaten in Badehosen, ein alter Mann habe auf den anderen Körpern gelegen, über dem Arm noch einen Spazierstock. Lucie erinnerte die Sätze. Nicht mehr, wer sie gesagt hatte. Sie schlugen wie ein Echo durch die Straßen, und Lucie lief durch das Gerippe der Stadt. Der Teufel nahm ihre Hand, und ihr Körper löste sich auf, durchdrang Wände wie Nebel, saß in Stuben, in denen Frauen heimlich die Aktentaschen ihrer Männer durchwühlten, mit Haarnadeln die Schlösser zu den Tagebüchern knackten, und dann fielen ihnen die Worte aus der Hand, mit dem Gesicht nach unten.

Eine ganze Häuserzeile, von der nichts stand als die Torbögen. Fünf Eingangstore, einzeln im Raum, Wächter zu einer Halde der Zerstörung. Sie durchschritt jedes einzelne, hinter dem letzten ein Flur, unversehrt, Nägel an den Wänden, wo Bilder gehangen hatten, ein kleiner geschlossener Kubus, die Tür zur Wohnstube intakt, verschlossen vom Schutt, der sich von außen dagegenstülpte. Lucie stand in einem drei Quadratmeter großen Raum, letzter Kern eines Gebäudes, das nicht mehr existierte, und dachte: Das ist nicht die Strafe. Das ist nur der Krieg.

Alle redeten, die Frauen, die betrunkenen Soldaten, die alten Männer: Da würden jetzt die Gräber wieder ausgehoben, damit der Feind sie nicht fände. Tausende von toten Körpern, die unterste Schicht platt wie Papier, Feuer, so hoch, dass sie Narben in den Himmel schlugen. Lucie zog den Pelzmantel aus, den Christoph ihr geschickt hatte, warf ihn in die Trave, während das Eis Risse in ihre Augen zog.

Jetzt sei es doch eh zu spät, sagten die Frauen, jetzt sei doch niemand mehr zu retten, jetzt bloß nicht den Krieg verlieren, sonst gehe es ihnen allen an den Kragen. Die Sonne brannte ein Loch in den Himmel, und der Schnee war vergessen, Sekunden, nachdem er getaut war.

Christoph schrieb: »Bei einem Erkundigungsspaziergang machte ich einen wunderbaren Sportplatz mit herrlicher Sprunggrube aus. Ich bin ein wenig eingerostet, Tag für Tag über den Schreibtisch gebeugt, aber meine Sprungweite kann sich dennoch sehen lassen.«

Der Schutt von den Straßen geräumt, Wälle zu beiden Seiten wie Schneewehen, das Lachen von Kindern, die über die Berge kletterten, Lucie trug Freya auf der Hüfte, dieses Kind, das so still war, dass man es jederzeit vergessen konnte. Die eigenen Knochen in die Luft werfen wie eine Handvoll Mikadostäbe, und dann wieder zusammenklauben, Stück für Stück. Mund und Nase voller Staub, auf der Haut Kleider, die nicht ihr gehörten, den Bauch voller Konserven, die in Paketen aus dem Osten kamen. Frauen, die in den fassadenlosen Häusern standen und die Betten aufschüttelten, Lucie trank Schnaps wie ein Matrose und tanzte zwischen Soldaten, die vor ihren Frauen flohen, diesen Frauen, die keinen Mann mehr brauchten, die Trümmer wegschafften wie ganze Kerle, die mit harten Mienen den Schwarzmarkt beherrschten und ihre Kinder zu Wölfen heransäugten. Die Soldaten brauchten eine Frau wie Lucie, eine Frau, die so zerbrechlich wirkte, dass man sich daran erinnerte, dass noch Gutes in einem war, für das man kämpfen konnte. Die Soldaten tanzten mit Lucie, bis sie ihnen in die Augen sah und die Soldaten Sätze hervorwürgten wie Gewölle.

Es habe einen Wettbewerb gegeben, Kinder, die wie Tontauben in die Luft geworfen und erschossen würden. Er beschrieb mit der Hand einen Bogen durch die Luft. Dabei habe doch der Polizeichef selbst gesagt, der deutsche Mann dürfe keiner werden, der lache beim Töten. Deshalb habe man jetzt das Gas. Um die Soldaten zu schonen. Und Lucie sah den Mann an, und dachte, dass nicht einmal ihr Tod sie noch erlösen könne.

Und Christoph schrieb, ein Sonnenstrahl sei am Nachmittag plötzlich durch die Wolken gebrochen, durch die Bäume bis in sein Arbeitszimmer, und da habe er sich auf dem Sofa ausgestreckt und den goldenen Strich verfolgt, der die Aktenschränke glänzen ließ: »Was für ein Friede in dem kleinen Zimmer.« Und Lucie blinzelte, und ihre Tochter war zwei Sommer alt und hatte noch kaum ein Wort gesprochen.

An einem milden Novembernachmittag im Jahr 1944, während ein leichter Regen gegen die Fenster trommelte und der Geruch gekochter Kohlrüben durch das Haus zog, wurde Freya zum zweiten Mal geboren, saß Lucie auf dem Sofa und zählte Finger und Zehen ihrer Tochter. Tippte ganz leicht auf jeden Finger, jede Zehe, immer wieder von vorn, als könnte sie nicht glauben, dass das Kind vollständig war.

Freya Hinrichs Petersenn hatte einen Schatten. Einen schwarzen, saftigen Schatten. Sie hatte Christophs schwarzes Haar und seine braunen Augen, aber sie hatte Lucies Schatten.

Lucie saß mit gekreuzten Beinen auf dem Sofa, die Haare hinter die Ohren geklemmt, und sah ihre Tochter zum ersten Mal wirklich an. Erkannte, wie schutzlos sie in die Welt schaute. Dieses Lächeln, das so selbstverständlich über ihrem Gesicht lag, als gäbe es keinen Grund, nicht zu lächeln. Lucie, die sonst so viel verstand, bemerkte nicht, dass das Kind um ihre Gunst warb.

Sie strich dem Mädchen über das Haar und sog den Duft von Öl und Terpentin ein, sie verstand nicht, wie sie jemals dieses bezaubernde Lächeln hatte übersehen können.

Michél stand am Herd, eine Zigarette im Mundwinkel, den Kochlöffel in der Hand, und beobachtete Lucie, die ihre

Stirn gegen die Stirn ihrer Tochter legte. Er wusste nicht, warum er nicht vorher darauf gekommen war, Freya zu malen.

Michél wusste, dass Lucie eine gute Mutter war, nur Lucie wusste das nicht. Er hatte mehr als zwei Jahre gebraucht, um zu verstehen, dass es daran lag, dass sie das Mädchen zwar geboren hatte, aber er, Michél, es noch nicht in die Welt gemalt hatte. Er war sechsundsechzig Jahre alt, als er das Bild malte, das Lucie eine Tochter schenkte und Freya eine Mutter.

Lucie löste sich von dem Ölgemälde, faltete die Hände im Schoß und sah ihren Vater an. Sein Haar noch immer von einem tiefen Schwarz, durchzogen von einzelnen grauen Strähnen, der Bart grau, sein Körper war noch immer ein ganzes Haus, aber Michél schien ihn nicht mehr ganz zu bewohnen, der Blick häufig abwesend und leer, als machte sich Michél davon, ließe diesen unverwüstlichen Körper zurück, dem er nicht mehr traute.

Aber jetzt sah er Lucie an, die dort auf dem Sofa saß, als spürte sie zum ersten Mal seit langer Zeit wieder das Gewicht ihrer Knochen, die Wärme ihrer Haut. Michél und Lucie sahen sich an, der Regen schlug gegen die Scheiben, und das Haus schloss die Augen.

Freya, die oben im Atelier schlief, erwachte und rief nach Michél, oder besser gesagt nach *Mimie*, Lucie schaute zur Treppe, und zum ersten Mal seit Freyas Geburt löste die Stimme des Mädchens keine Angst bei ihr aus, sondern den unwiderstehlichen Drang, ihre Tochter in den Arm zu nehmen.

Frau Fischer war gekränkt und betrogen. Ihre Hand zitterte, dennoch verschüttete sie nichts von dem echten Bohnenkaffee, den der Herr ihr angeboten hatte. Echter Bohnenkaffee in dieser Zeit. Womit »Zeit« *das Ende* meinte. Das ahnte auch Frau Fischer. Aber *das Ende* bedeutete nicht, dass man aufhören durfte zu kämpfen, ganz im Gegenteil.

Sie habe ihm vertraut, diesem Hinrichs, habe sich ihm in einem schwachen Moment hingegeben (sich von ihm zeichnen lassen), und *das* habe sie nun von ihrer Gutgläubigkeit. Der Petersenn sei ein anständiger Mann, und deshalb habe sie, im *Überschwang der Gefühle*, nachdem sie den Führer zum ersten Mal habe reden hören, eben mal *alle fünfe gerade* sein lassen und gedacht, dass sie auch dem Hinrichs noch eine Chance geben könne. Er habe drei Zeichnungen gemacht, eine davon habe er ihr geschenkt.

Der junge Herr machte sich Notizen, Frau Fischer nahm einen weiteren Schluck. Wie lange hatte sie keinen echten Kaffee mehr getrunken. Ein Geschmack, den man nie vergaß. Sie hatte das Blatt mit einem leicht verschämten Stolz über ihr Bett an die Wand gehängt, sich bei jedem Blick darauf des Hochmuts gescholten und dennoch das Gefühl nicht loswerden können, dass Hinrichs der erste Mensch war, der sie wirklich *gesehen* hatte. Frau Fischer hatte sich nie Illusionen über ihr Äußeres gemacht. Sie verachtete Eitelkeit, sie war eine hart arbeitende Frau, aber das Gesicht, das Hinrichs mit Kohle auf das Papier geworfen hatte, besaß einen Stolz, der ihr schmeichelte. Dieses Bild entschädigte sie, zumindest für Momente, für all die Demütigungen, die sie vom Leben und besonders von ihrem Mann erfahren hatte. Sie hatte nicht die geringste Ahnung gehabt, dass diese Zeichnung nur die Vorarbeit war zu einem Gemälde, das sie nie zu Gesicht bekommen hatte.

Man solle sich ihr Entsetzen vorstellen, als sie gut zehn Jahre später durch einen zufälligen Blick durch das Hinrichs-Fenster dieses Ölgemälde an der Wand hatte lehnen sehen. Da habe der Hinrichs mit ihrem Gesicht Schindluder getrieben, aber das sehe er ja selbst. Ja?

Hinrichs hatte sie entstellt, lächerlich gemacht, der Schande preisgegeben. Frau Fischer sah aus wie eine Jahrmarktsattraktion. Die Ohrmuscheln überlebensgroß und prominent, so mächtig, dass sie das Profil fast erstickten. Diese riesigen Ohrmuscheln qualifizierten Hinrichs' Machwerk nicht nur für die Kategorie entartete Kunst, sondern sie bargen, wie Frau Fischer nun aufzeigte, ein Porträt.

Der Beamte trat näher und kniff angestrengt die Augen zusammen. Es war vielleicht nicht auf den ersten Blick erkennbar, aber wenn man es einmal gesehen hatte, wenn Frau Fischer einmal mit dem Finger die Linien nachzog, wo sie die Stirn vermutete, den Schnauzer, die Nase, konnte man es gar nicht mehr übersehen.

Der Beamte hatte ein Gespür für Kunst, malte selber ein wenig in seiner Freizeit. In der Kunst steckte der Teufel, das wusste er, der Künstler verriet sich über kurz oder lang selbst. Da brauchte es geübte kritische Sachverständige wie ihn, um so etwas wirklich zu erkennen. Aber manchmal, das musste er zugeben, war das Auge des Laien wacher. Ihm wäre es nicht aufgefallen. Niemals wäre er darauf gekommen, Stalin in den Windungen dieses Ohres zu suchen. Jetzt war der Diktator nicht mehr zu übersehen, zumindest in einem gewissen Licht.

Fräulein Liebknecht hatte dafür gesorgt, dass er eine *Aufmerksamkeit* bekam.

Christoph feierte seinen Geburtstag nicht, das hatte er nie getan. Fräulein Liebknecht wusste das, ließ es sich aber nicht nehmen, dem Dienstältesten die Ehre zu erweisen. *Nichts Großes, ein Glas im Kreis der Kollegen*, Geschenke, eines davon *für die ganze Familie.* Die Stimmung seit Wochen angespannt, die Hälfte der Beamten hatte schon gefälschte Pässe in der Schublade, gefälschte Soldbücher der Marine, im unteren Stockwerk gingen dennoch die *technischen Vernehmungen* weiter, jetzt nicht nachlässig werden. Eine Stimmung zwischen Größenwahn und Vergeltungsangst, Christoph empfand den Gewaltrausch der Kollegen als verzweifelt und chaotisch. Das hier, dachte er, führte doch zu nichts. Christoph kannte kaum einen der Kollegen, Alfons war in Kiel, nur Fräulein Liebknecht war von der alten Belegschaft geblieben. Die öffnete jetzt die Flaschen, und die Männer tranken. Etwas zu hastig, etwas zu gierig. Sie klopften sich gegenseitig auf die Schultern, ein wenig zu laut und kräftig, die Stirnen glänzten, die Haare straff zurückgekämmt, die Hemden seit Tagen nicht gewaschen, die Kragen gestärkt.

Jung, ein großer Mann von aufgeschwemmtem Aussehen, zog die Schultern hoch und den Kopf ein, hob die Hände in die Höhe, blöde mit den Augenlidern klimpernd, die Männer grölten. Jung fühlte sich angespornt: Man könne ja kaum noch eine Fabrik betreten, ohne dass *der Zwangsarbeiter* alles stehen und liegen ließ, um seine Friedfertigkeit zu demonstrieren. »Den hab ich als Erstes aufgeknüpft, wer die Hände so hält, arbeitet nicht. Das ist doch alles dasselbe arbeitsscheue Bolschewistenpack!«, rief Jung.

Die Männer klopften sich auf die Schenkel und stießen erneut an, dann zerstreute sich die Gesellschaft. »Na, Petersenn, war das jetzt so schlimm?«

Im Januar 1945 wurde Christoph zum ersten Mal seit seiner Kindheit dazu gezwungen, den Todestag seiner Mutter zu feiern. Er hatte die Geschenke nicht ausgewickelt, Fräulein Liebknecht hatte das getan, kichernd und aufgeregt: »Jetzt lassen wir Sie aber mal mit Ihren Schätzen allein, was, Petersenn?«

Und dann saß er an seinem alten Schreibtisch, zwischen den dunklen Aktenschränken, und wusste nicht, woher er die Energie nehmen sollte, die Dinge zu ordnen. Wie konnte er hier weiter an den Karteien arbeiten, wenn er sie im Osten hatte verbrennen müssen.

Ein Scheiterhaufen, in den Männer unentwegt weitere Akten geworfen hatten. Christoph am Fenster, die Schubladen der Aktenschränke geöffnet und leer, die Karteien zu Asche.

Er hatte das Fenster geöffnet, glühende Funken gegen den Nachthimmel. Der Wind hatte in die Glut gegriffen, verkohlte Papierfetzen durch die Luft gewirbelt, ohne nachzudenken hatte Christoph den Mund geöffnet, der Geschmack von Asche auf der Zunge. Dann senkte sich der Himmel auf Christoph nieder. Er krümmte sich zusammen in einem Gefühl, das so unerträglich war, dass er es nicht als Angst identifizierte. Angst, dachte er, kannte er. Angst *er*kannte er. Das hier, dafür hatte er keine Worte. Ein schleichendes und absolutes Grauen, konturlos und überall. Er klammerte sich an einer der Schubladen des Aktenschrankes fest, strich durch die Luft, mit einer Bewegung, mit der er vorher über die Karteien gestrichen hatte. Zuletzt bestimmt hundert Mal am Tag. Es war das Erste, was er am Morgen tat, das Letzte, bevor er die Tür verschloss. Im letzten Jahr war er immer häufiger in der Nacht aufgewacht, kalten Schweiß auf der Stirn, in der seltsamen Panik, er könnte, wenn er sich nicht sehr stark konzentrierte, das Atmen vergessen. Also hatte er sich auf seinen Atem konzentriert, sogar mitgezählt, dann aber hatte er seiner Erinnerung misstraut: Vergaß er womöglich, dass er gerade vergessen hatte, zu atmen?

Christoph hatte immer häufiger nachts schwer atmend an der Tür gelehnt, war dann lautlos zu den Aktenschränken gegangen, hatte die Augen geschlossen und die flache Hand an die Seite des ersten Schrankes gelegt, wie einem Pferd an die Flanken. Der sanfte, gleichmäßige Pulsschlag der Ordnung. Das fast lautlose Gleiten der Schubladen in den Scharnieren, die Stabilität der Laden, die trotzdem eine Ahnung von ihrem Gewicht vermittelte. Es war ein sattes Gefühl, eine Schublade aufzuziehen, die schwer von Karten war. Eine Festigkeit ging davon aus. Die Leichtigkeit der einzelnen Karten akzentuierte das Gewicht ihrer Masse. Er hatte mit dem Finger über die Kartenrücken gestrichen, den Karton jeder einzelnen gespürt. Das war der Moment, in dem sein Atem sich beruhigt hatte.

Und dann waren die Karteien fort, verbrannt, verkohlt, verraucht, und Christoph stand in einem Moment am Fenster, und im nächsten krümmte er sich auf dem Boden in einem Entsetzen, das er zuletzt als Kind empfunden hatte, wenn die Stille ihn umschloss. Eine Stille, die bösartig war und absolut.

Und nun saß er in Lübeck, hielt die Hand so dicht vor die Glühbirne der Schreibtischlampe, dass er ihre Hitze spürte, und warf keinen Schatten.

Lucie sprach nicht mehr mit ihm. Als er zurückgekommen war aus dem Osten, hatte Lucie nur eines zu ihm gesagt: »Du hast deinen Schatten verloren. Ein Mann ohne Schatten ist kein Mann mehr, ist nicht einmal ein Mensch mehr.« Seitdem schwieg sie.

Freya hatte hinter dem Esstisch gestanden, man sah nur ihren schwarzen Haarschopf und ihre dunklen Augen. Sie hatte ihn ängstlich und gleichzeitig fasziniert angestarrt: Sie erinnerte sich nicht an ihren Vater, sie sah einen Fremden. Freya war Josefa Wilhelmina Graf schon jetzt, mit knapp drei Jahren, so ähnlich, dass Christoph das Kind angeschaut hatte wie einen Geist. Er hatte sie nicht berührt. Nur still auf dem Sofa gesessen, die Fotografie seiner Mutter in beiden Händen, Tränen in den Augen. Als er sich wieder beruhigt hatte, war er noch ein wenig länger so sitzen geblieben, hatte gehofft, dass Lucie ihn so finden würde, die Augen feucht vor Liebe und Trauer. Wie sonst, hatte er gedacht, sollte er ihr beweisen, dass noch Menschliches in ihm war.

Christoph löschte das Licht der Schreibtischlampe und stand in der Dunkelheit auf, ging zum Aktenschrank, öffnete eine Schublade und ließ die Finger über die Karteien gleiten, es war wirkungslos. Das Gefühl des stillen Grauens, das ihn nicht mehr losließ, das wie eine Stimmgabel in seinem Hinterkopf schwang und alles, was er erlebte, was er sah und dachte, einfärbte, blieb. Freya, dieses kleine Mädchen mit den Augen seiner Mutter, lebte in einer Welt, die nur scheinbar mit seiner verknüpft war, niemand würde ihn jemals wieder verstehen, auch nur für eine Sekunde fühlen, was er fühlte, selbst Lucie nicht. Christoph war lebendig begraben, und niemand ahnte auch nur etwas davon.

Er ging zu seinem Schreibtisch zurück, öffnete die Schublade, holte die Flasche heraus und nahm einen Schluck. Dann knipste er das Licht wieder an. Die erste der beiden *Aufmerksamkeiten* war ein Fotoalbum.

Nur sechs Bögen, Fadenheftung mit Bildunterschriften in schwarzer Tinte: *Sara muss mal selber arbeiten / Saras Abschiedsschmerz / Noch eine gratis Zahnoperation, dann geht es auf die Reise / Je später der Tag, desto schöner die Gäste / Israel hat einen Ofen für sein neues Zuhause gekauft.*

Christoph starrte auf das Bild, das einen alten Mann zeigte, der neben seinem Handkoffer und einem schwarzen eisernen Ofen stand. Seine gebeugte Gestalt in dem schwarzen Mantel, das weiße Haar. Die Fotografie zeigte den alten Mann direkt unter dem Schild *Evakuierungsstelle der Geheimen Staatspolizei.* Sein Blick ging an der Kamera vorbei, ignorierte auch Albrecht, der in hellem Anzug und hellem Mantel an der Seite stand, um alles zu überwachen. Fotos von den Durchsuchungen. Bilder von Frauen, die mit dem Gewicht der Koffer rangen. Beamte, die triumphierend Schmuckstücke hochhielten, die sie zwischen den Habseligkeiten gefunden hatten. Auf dem letzten Foto ein Haufen Armbanduhren, Taschenuhren, der Bildtext berichtete, die Ausbeute sei zur Weiterleitung an die Frontsoldaten bestimmt.

Fräulein Liebknecht hatte Christoph von den Schreiben erzählt, die in den Tagen vor der Deportation eingetroffen waren. Ein Herr aus der Königsstraße habe ganz explizit um das Bett des Nachbarn Rosenbaum gebeten, besonders lieb seien ihm die *noch recht neuen Matratzen*, ob er diese Stücke erwerben dürfe, bevor sie zur öffentlichen Versteigerung stünden, »kulturlos, diese Gier«.

Christoph schloss die Augen, und als er sie wieder öffnete, tauchte er wie aus einem Koma auf. Er konnte nicht sagen, ob er die Augen für einen Moment geschlossen hatte oder für eine Stunde. Seine Körperhaltung war unverändert, aber auf dem Flur war es ruhig, die meisten Kollegen waren gegangen.

Ihm fehlte Zeit, Zeit, die er weder denkend noch schlafend verbracht hatte.

Er hatte gedacht, sein Schatten würde zurückkommen. Er war bisher immer zurückgekommen. Sein Körper fühlte sich leicht an. Nicht athletisch oder vital, er war kraftlos geworden und schwammig. Als wäre sein Leib aufgedunsen von Luft, schwerfällig und schwerelos.

Er vermisste die Abende im Osten im Kreis der Kollegen. Bier und Schnaps bis in den Morgen, und alle Männerherzen voller Sehnsucht nach ihren Frauen. Er vermisste die Sehnsucht. Die Sehnsucht nach Lucie.

Das andere Geschenk war ein Brettspiel. *Für die ganze Familie.* Er klappte das Spielfeld auf, wog die Figuren in der Hand. Ein Würfelspiel. *Juden raus.* Er starrte auf die Sammelstelle, die dort eingezeichnet war, die gezeichnete jüdische Familie, auf die Instruktion, die fett auf dem Feld abgedruckt war: *Gelingt es dir, 6 Juden rauszujagen, so bist du Sieger, ohne zu fragen.* Er stellte sich vor, wie er Freya, wenn sie etwas älter war, die Regeln erklären würde.

Die Erinnerungen kamen immer aus dem Hinterhalt.

Niemand konnte so schnell so viele Vermerke machen, Christoph war die Kartei aus den Fugen geraten.

Christoph hatte keine Zweifel.

Er starrte auf das Brettspiel, auf das gezeichnete Judenmädchen an der Hand seiner Mutter, er nahm den Würfel und würfelte.

Freya erinnerte sich später vor allem an den Geruch von Michéls Mantel, in dem sie sich versteckt hatte. Freya steckte im Mantel, der Mantel hing im Schrank. Der große Kleiderschrank von Fräulein Lisbeth und Fräulein Hedwig, der in Lucies Schlafzimmer stand, dessen Holz nach Politur und Mottenkugeln roch. Es war ein gutes Versteck. Der Filz reichte bis auf den Boden, sie brauchte sich nur hineinzustellen. Aber Michél fand sie nicht.

Der Stoff roch nach Tabak und nach Holzkohle, nach Schweiß und Farben und Bratkartoffeln. Freya war drei Jahre alt, der Mantel ging in sein viertes Jahrzehnt. Er war zerschlissen und kratzig, seine Nähte ausgebessert, auf den Ellenbogen klebten Flicken. Der einst dunkelblaue Stoff hatte eine undefinierbare Farbe angenommen, über der Brust war er ausgebleicht, am Rücken dunkel und speckig, an den Ärmeln fleckig. Er war häufig im Regen nass geworden und in rauchgeschwängerten Kneipen getrocknet. Michél hatte in diesem Mantel vor der Staffelei gestanden, und sein Atem hatte Wolken über den kalten Ofen getrieben, während Lucies Bettdecke an der Wand festfror. In diesen schweren Filz hatte er Freya, als sie noch kleiner war, manchmal eingeknotet und sich das Bündel mit dem glucksenden, kreischenden Kind wie einen Sack über die Schulter geworfen.

Freya stand in der Dunkelheit, berauscht von den Gerüchen, Michél würde sie finden. Sein Geruch war so stark, er konnte nicht verschwunden sein.

Als Lucie nach ihr rief, antwortete sie nicht. Es gab einen Zauber, den sie nicht brechen durfte. Sie hatte vergessen, welcher es war, aber es ging darum, dass allein Michél die Türen öffnen und sie finden durfte. Als Lucie sie fand, stand Freya in einer Pfütze Urin. Der Zauber war gebrochen. Michél war fort, und sie hatte nichts gesehen. Sie war die einzige Zeugin, und sie hatte nichts gesehen, nichts gehört.

Freya hatte noch nicht lange gelernt zu sprechen, als sie begriff, dass es furchtbar und zerstörerisch sein kann, wenn man nichts zu sagen hat. Sie hatte gerade die Angst vor der Dunkelheit verloren, als sie lernte, dass es die Dunkelheit war, in der Menschen verschwanden.

Michél war nicht tot, denn das würde Lucie spüren, und Lucie spürte nichts.

Sie saß vor der Staffelei auf dem Boden, ihre Augen trüb, und Christoph sprach mit leiser Stimme auf sie ein: Er wisse nichts und habe nie, er könne nicht und hätte nie, er wolle doch und wünsche sehr.

Lucie verstand nicht, dass einem Mann, der vollkommen zerbrochen war, jede Lüge recht war, um die Liebe seiner Frau nicht zu verlieren.

Als die Briten in ihren Panzern durch die Stadttore rollten, saß Christoph mit gefalteten Händen an seinem Arbeitsplatz, die Aktenschränke leer, die Kollegen in alle Winde, was dazu führte, dass die Briten Christoph übersahen. Sie hatten zwei Stockwerke durchkämmt, als sie einsahen, dass die Akten verbrannt und die Beamten untergetaucht waren. Sie waren schon im Abzug, als Christoph mit erhobenen Händen aus dem Gebäude trat.

Es war kein Stolz, der ihn den Briten in die Arme trieb, es war eine Mischung aus Naivität und Berechnung. Er war schließlich kein Polizist, kein Kriminalbeamter, er war ein Verwaltungsfachangestellter, der *ohne eigenes Zutun* noch in der Ausbildung der Weimarer Polizei zugeteilt worden war, von dort dann der Gestapo. *Widerrede zwecklos.* Er hätte ebenso gut im Rathaus sitzen können, im Finanzamt, im Meldeamt, Akten seien Akten, und ein Beamter diene dem Staat. Er wollte seine Unschuld demonstrieren, indem er sich stellte, und wenn auch das nicht helfen würde, so hatte er doch ein unmissverständliches Ass im Ärmel: ein Opfer in der engsten Familie! Der *eigene geliebte* Schwiegervater! Wer könne ihm denn da noch nachsagen, er habe etwas gewusst, oder noch schlimmer, irgendwelchen Einfluss gehabt?

Als Lucie in der Schlange stand, ihre Bezugsmarken in der Hand, schloss sie die Augen in einem unerwarteten Gefühl: Sicherheit.

Hunger, Bezugsmarken und Schlange stehen waren ein Kontinuum in ihrem Leben, diese Schlangen waren ein Teil des Stadtkörpers, Krampfadern, die sich durch die Gassen zogen, lästig und unvermeidlich, aber vor allem: vertraut.

Sie wartete, die warme kleine Hand ihrer Tochter in ihrer, wie sie damals an der Hand Michéls frierend im fahlen Morgen gewartet hatte. Sie erinnerte die schwielige Textur seiner Finger, und für einen kurzen Moment fühlte sie beide, die kleine warme Hand Freyas in ihrer Rechten, die große grobe Hand Michéls in ihrer Linken. Ansonsten fühlte sie nichts.

Die Bilder in der Wochenschau, Menschen, die vergessen hatten, wer sie waren, noch vor ihrem Tod. Körper, denen man jede Geschichte genommen hatte. Menschen, die niemand erinnerte, weil alle, die sie betrauern könnten, zu Asche verbrannt waren. Berge von Asche und Haaren. Menschen, die man *verwertet* hatte. Waschwannen, in denen nichts als Köpfe lagen. Haut, Haare, Knochen, alles nur noch Material. Lucie hatte im roten Polster des Lichtspielhauses gesessen, die entsetzten Rufe der anderen Besucher, Frauen, die aus dem Vorführraum stürzten, ein Taschentuch vor den Mund gepresst, und Trost erwarteten, wo es keinen geben durfte. *Dass man uns das jetzt zumutet, das ist doch geschmacklos.* Und Lucie dachte daran, wie sie auf der Straße vor Emmas Haus in Christophs Umarmung geflüchtet war. Christoph zwischen ihr und Max Nussbaum, der totgeschlagen auf der Straße gelegen hatte.

Einen lebendigen Hund hätten sie dort ins Feuer geworfen, sagte eine Frau, das Gesicht überlebensgroß auf der Leinwand. Und dann habe sie ihren Mann weinen sehen und habe verstanden, dass es kein Hund war, sondern ein Kind. Sie saß auf einem Sofa, die Hände auf dem Schoß ineinandergeknotet, die Fingerknöchel weiß vor Anstrengung. Als müsste sie verhindern, dass ihr Körper auseinanderflog.

Die tiefe Stimme eines Mannes, dessen Augen der Kamera auswichen: Ein Säugling habe die Vergasung überlebt. Vierzig Minuten hätten die Menschen im Gas gestanden, bis sie alle tot waren, aber der Säugling habe überlebt, und das sei ein Wunder gewesen, ein echtes Wunder. Und dann sei dieser SS-Mann einfach in die Gaskammer und habe den Säugling erschossen, das Wunder getötet.

Lucie war taub geworden für das Geflüster der Stadt, über ihren blauen Augen lag ein milchiger Schleier. Als würde sie erblinden. Freya schaute dagegen mit dem Blick eines Raubtiers auf die Welt. Sie aß gierig und schnell, als traute sie dem Inhalt ihres Tellers nicht, Freya wusste, dass nur das, was man im Magen hatte, einem niemand mehr nehmen konnte.

Sie gingen auf Äcker und Felder und gruben nach Kartoffeln, sie gingen in den Wald und sammelten Bucheckern, die sie gegen Öl eintauschten, sie gingen auf Wiesen und pflückten Brennnesseln, aus denen Lucie Spinat machte, den Freya hasste. Sie saßen auf den Dächern von Zügen, fuhren aufs Land, verkauften Fräulein Lisbeths Schmuck und bekamen dafür Eier und Kartoffeln. Ihre tägliche Ration sah drei

Scheiben Brot vor und vierzehn Gramm Fleisch, eine Handvoll getrocknete Erbsen, ein halbes Glas Milch. Die Margarine war wässrig, Milch und Wurst auch, allein der Zucker war so süß wie vor dem Krieg. Essen heranschaffen war das Einzige, was Lucie für ihre Tochter noch tun konnte.

Lucie dachte immer häufiger über sich selbst in der Vergangenheitsform nach. Stellte sich immer häufiger Freyas Zukunft vor und bemerkte dann meist nur zufällig, dass sie darin gar nicht vorkam. Dass Michél es war, der Freya die Haare flocht. Michél, der eines Tages in der Tür stehen würde, versehrt, aber nicht verwüstet, der sich Freya über die Schulter werfen würde, mien Deern, mien plitschen Deern.

Lucie liebte Freya, aber sie vergaß sie häufig. Und wenn sie sich dann wieder erinnerte, packte die Liebe sie mit einer schuldbeladenen Wucht, die ihr fast den Atem nahm. Mit einer Anstrengung, als gälte es, durch eisiges Wasser zu schwimmen, beugte sie sich zu dem Mädchen herunter, nahm es in den Arm und hob es hoch, drückte es so fest, als wollte sie einen Abdruck auf dem Körper ihrer Tochter hinterlassen, einen Abdruck, der sie immer daran erinnern würde, dass ihre Mutter sie geliebt hatte.

Lucie nahm den Packen Briefe, der im Schrank zwischen ihrer Wäsche lag. Sie setzte sich auf das Sofa und las im Schein einer Kerze wieder und wieder jede Zeile, die Christoph ihr aus dem Osten geschrieben hatte.

Ich habe meinen Sinn für Schönheit dennoch nicht verloren. Die Sonne scheint, doch weht ein kühles Lüftchen durch den Wald, auf dessen grünem Boden Sonnenkringel durch das Geäst der hohen Kiefern fallen.

Lucie las den Brief noch einmal, aber es gab nichts in dem Brief, worauf sich das *dennoch* beziehen könnte.

Lucie sagte sich, dass sie das *dennoch* überbewerte, dass es hysterisch sei, einem einzigen Wort die Schuld des Zeugen anzulasten.

Ich liege hier bei schönstem Sonnenschein auf grünem Rasen unter einer sehr hübschen Birkengruppe. Ringsherum rauschen die Kornfelder und die Wälder. Wenn's immer so wäre!

Lucie hatte die Briefe schon so häufig gelesen, dass sie sie auswendig kannte, dennoch überprüfte sie die kleine sorgfältige Handschrift immer wieder, auf der Suche nach einem Satz, einem Wort, das sie übersehen, dessen Bedeutung sich ihr noch nicht eröffnet hatte. *Ich schicke Dir einen Pelzmantel, meine kleine Motte, Du frierst doch immer so sehr.* Sie fuhr mit dem Finger über die Zeilen, die die Feder in das Papier gekratzt hatte, hielt die Bögen gegen das Licht, *Habe meinen Sinn für Schönheit dennoch nicht verloren. Dennoch.* Dreiundzwanzig Briefe und nur ein Wort. Ein Wort, das bewies, dass Lucie nichts wusste von Christoph, nichts davon, was er gesehen, was er getan hatte. Ein Fremder war zu ihr zurückgekommen, einer, der akribisch seine Spuren verwischt hatte.

Wieder prüfte sie die Poststempel, jeder einzelne aus einer deutschen Stadt. Christoph hatte erklärt, er gebe einem Kollegen auf Urlaub seine Briefe mit, die Post sei hier im Osten doch sehr unzuverlässig. Lucie fragte sich, ob es nicht die Unzuverlässigkeit der Post war, die er gefürchtet hatte, sondern die Zuverlässigkeit, mit der sie seinen Standort angeben würde. Lucie schaute noch einmal auf den Briefkopf, und da stand *im Osten*. Nicht Krakau oder Warschau oder Treblinka oder Sobibor, einfach nur *im Osten*. Lucie fragte sich, warum einer, der Akribie als Leidenschaft betrieb, warum einer, der so ängstlich versessen auf Ordnung und Struktur war, warum der so vage blieb, wenn es um den Ort seines Aufenthaltes ging.

Sie schloss die Augen, und ihr Atem wurde leicht und hastig, *habe meinen Sinn für Schönheit dennoch nicht verloren.*

Sie saß Nacht für Nacht über den Briefen, las die Sätze, *ein Regen von Sternschnuppen heute Nacht, ich wünsch mir* (unleserlich), wieder und wieder und wusste, wäre Christoph jetzt hier, würde sie ihn nicht fragen nach dem, was sie in seinen Briefen suchte. Sie zündete sich eine Zigarette an der brennenden Kerze an, hielt den Umschlag ans Licht, überprüfte noch einmal den Poststempel, Berlin, als die Flamme das Papier erfasste. Sie saß reglos, während das Feuer die Postmarke fraß. Sie rauchte, den brennenden Umschlag in der Hand, und war sich plötzlich sicher, dass ihr einziger Beweis verbrannt war. Der einzige Poststempel, der nicht aus dem *Altreich* kam, der einzige Hinweis, wo ihr Mann gewesen war, brannte in ihren Händen zu Asche. Lucie hatte unzählige Male gesehen, wo der Brief abgestempelt worden war, aber ihre Erinnerung zählte nichts mehr, ihre Augen konnten sie getrogen haben, sie hatte doch so viel nicht gesehen.

Kinder haben oft Angst vor Menschen, mit denen sie Mitleid haben sollten. Sie haben oft Mitleid mit Menschen, vor denen man auch Angst haben könnte. Lucie fürchtete diesen Mann, der zwei Jahre nach Kriegsende plötzlich in der Tür stand, als gehörte er dorthin, Freya tat er leid. Er war so einsam, dass er noch nicht einmal einen Schatten hatte.

Freya war fünf Jahre alt, die Wildheit ihrer Großmutter Josefa war vergangen. Freya war ein gedemütigtes Raubtier. Ein ewig hungriges Kind, das weder Schuhe noch Spielzeug besaß und sich daran gewöhnt hatte, ihrer Mutter die Stimmungen vom Gesicht abzulesen. Freya lebte in einem komplizierten Regelsystem, das ihr Überleben sichern sollte. Sie wusste, dass Menschen, die man brauchte, jederzeit verschwinden konnten, dass Menschen, die einen lieben, jederzeit und aus unerklärlichen Gründen damit aufhören konnten. Sie wusste, dass man um Liebe werben, dass man um sie kämpfen musste. Der einzige Mensch, den Freya je für selbstverständlich gehalten hatte, war Michél gewesen, und der war verschwunden. Lucie war noch da, aber schien sich jeden Tag aufs Neue an Freyas Existenz erinnern zu müssen.

Als Christoph im Herbst 1947 in der Tür stand, von Ödemen aufgedunsen, sah er in ein kleines ernstes Gesicht, ein Gesicht wie das seiner Mutter, der Blick nicht weniger erwachsen. Freya war von einem heiligen Ernst, ihren Augen durfte nichts mehr entgehen, kein noch so kleines Vorzeichen des Verschwindens. Als Christoph zurückkehrte, dieser Mann, dem ihre Mutter nicht traute, war sie erleichtert, denn drei Menschen waren mehr als zwei.

Freya, die nur selten auf dem Abenteuerspielplatz der Trümmer spielte, die Brennnesseln in einem Soldatenhelm sammelte, der praktischerweise ein Loch hatte, das als Abfluss diente, wenn sie die Pflanzen unter der Pumpe im Hof wusch, dieses magere Mädchen mit den schwarzen Augen sah Christoph an und bat ihn ins Haus, weswegen sie sich später schuldig fühlen sollte für alles, was dann passierte.

KAPITEL 12

Drüben bei der Mauer steht ein Mann. Er ist auffällig groß und kräftig, aber nicht mehr jung. Er hat schwarze, mit dicken grauen Strähnen durchzogene Haare, die ungekämmt zu allen Seiten abstehen. Kleidung und Gesicht sind schmutzig, der Bart grau, die Augen geschlossen. Ein Sonnenstrahl trifft ihn direkt ins Gesicht, hebt ein paar verblasste Narben hervor. Es könnte ein Bild der Stille sein: Da hält einer inne und genießt die ersten Sonnenstrahlen nach einem langen Winter. Aber seine Zähne sind zusammengebissen, die Stirn glänzt vor Schweiß, dabei ist es kalt draußen, nur knapp über dem Gefrierpunkt, und er trägt keinen Mantel. Er steht leicht breitbeinig auf dem Asphalt, die Ziegelsteine der Mauer in seinem Rücken leuchten in der Sonne, wirken fast unnatürlich rot, im Gegensatz zum Rest des Bildes. Als wäre die Farbe aus dem Mann herausgesogen, als könnte ein Mensch in der Sonne ausbleichen wie eine Fotografie.

Der Mann steht vor der Mauer, die den Hof vom Hinterhof des nächsten Hauses abtrennt. Du kannst von deinem Fenster aus beide Hinterhöfe überblicken, die Mauer ist niedrig. Dahinter das Nachbarhaus, die Fassade cremeweiß, hinter dem Haus ragt ein Kran in den Himmel. Bei Kränen denkst du immer an Cartoons, Kräne sehen nie ganz echt aus, es kommt dir immer vor, als hätte sie jemand gegen den Himmel gezeichnet.

Besonders, wenn der so strahlend blau ist wie jetzt. Die Mauer rot, der Himmel blau, der Kran orange. Drei kräftige Farben, alles andere wirkt ausgewaschen. Eine Wolke schiebt sich vor die Sonne, legt einen leichten Schatten über das Gesicht des Mannes. Der Mann öffnet die Augen und nimmt den Blickkontakt wieder auf. So denkst du das: den *Blickkontakt wieder aufnehmen*, obwohl du siehst, dass da kein Mensch ist. Da ist niemand, der seinen Blick erwidert. Der Innenhof ist leer. Dennoch scheint der Mann jemanden anzusehen.

Hinter ihm und der Mauer: die leeren Fenster des Nachbarhauses. Es steht schon lange leer, die Fenster sind dunkel und fast blind. Sie ist dir immer ein wenig unheimlich, die Leere dieses Hauses. Jedes Mal, wenn du hinüberschaust, wirst du seltsam beklommen: eine diffuse Angst, jemanden dort zu sehen, der deinen Blick erwidert. Jemand, der hinter einem fast blinden Fenster steht und dich ansieht: mehr Geist als Mensch.

Es tut dir weh, diesen Mann anzuschauen. Du weißt nicht genau, warum. Er sieht sympathisch aus. Er sieht aus wie einer, der eine kräftige Stimme hat und einen kräftigen Durst. Wie einer, der schnell zuschlägt und schnell verzeiht. Es ist ein lauter Mensch, der hier in der Stille steht. Er sieht aus wie einer, der immer die Wahrheit sagt. Es ist ein leidenschaftlicher Mann, das siehst du. Du hingegen bist ständig gelangweilt. Dabei bist du noch jung. Relativ zumindest. Du hast das Gefühl, du bist nicht wirklich erwachsen geworden. Was ein Hohn ist, wenn man bedenkt, dass du dich brüchig fühlst wie ein Greis.

Der Mann blinzelt und räuspert sich. Es klingt wie ein Auftakt. Aber er bleibt regungslos stehen. Er hat eine natürliche Präsenz. Er ist einer von denen, die einen Raum betreten und alle Blicke auf sich ziehen, ohne dass man sagen könnte, was an ihnen so auffällig ist. Du stellst dir vor, wie du daneben aussehen würdest.

Lasch. Das beschreibt es am ehesten. Am häufigsten benutzt du die Wendung *weiß auch nich*, verbunden mit *ach, egal*. Du bist dir sicher, dieser Mann hat so etwas in seinem ganzen Leben nicht gesagt. Du bist dir sicher, er benutzt gar keine Wendungen. Der kennt keine Floskeln. Dieser Mann benutzt Sprache wie Beine: um voranzukommen. Um einen festen Stand zu haben.

Du möchtest ihm die Hand schütteln, denkst du. Du möchtest runtergehen und ihm fest die Hand schütteln. Einiges hält dich davon ab. Nicht zuletzt der Eindruck, dass da unten etwas vorgeht, das dir verborgen bleibt.

Ein seltsames Licht heute, dir ist so, als würde der Mann noch mehr Farbe verlieren, die Mauer aber nicht. Die Farbigkeit der Mauer wirkt künstlich im Vergleich, wie ungeschickt nachcoloriert. Du siehst, wie die Brust des Mannes sich hebt und senkt. Du fragst dich, warum dir das nicht vorher aufgefallen ist, wie dir das entgehen konnte: Seine Brust hebt und senkt sich schnell wie die eines Gehetzten. Du denkst nicht: wie einer, der gerannt ist. Du denkst: wie die eines Gehetzten. Nur steht er da schon eine ganze Weile. Er ist nicht außer Atem: Der Mann hat Angst. Sein Gesicht zeigt Entschlossenheit, dachtest du, vielleicht Wut, aber vor allem, so wird dir jetzt klar, ist es Mut. Denn der Mann hat eine Angst, wie du sie nur aus Filmen kennst.

Er scheint etwas anderes zu sehen als du. Du kannst jeden Zentimeter deines Innenhofes überblicken, da ist nichts, was anzustarren sich lohnt, nur ein Fahrrad, gegen die Hauswand gelehnt. Aber dort starrt der Mann hin, und kein Mensch kann ein Fahrrad fürchten, nur ein Verrückter, und verrückt, das weißt du, ist er nicht. Du weißt, dass es einen nachvollziehbaren Grund gibt, dass er so ungeheuren Mut braucht, und du weißt noch etwas: Du wirst rübergehen in das tote Haus und durch die stumpfen Fenster schauen, und du wirst etwas anderes sehen als das Fahrrad. Denn niemand schaut ein Fahrrad so an. Es ist ein Blick, den du noch nie gesehen hast. Alles, was du kennst, ist wie ein Echo dieses Blickes.

Deine Großmutter hatte so eine Schatulle mit vergilbten Karten, die hat sie dir an deinem vierzehnten Geburtstag unter die Nase gehalten. Du hast sie nicht aufgemacht. Weil dich dieser bedeutungsvolle Blick genervt hat. Weil du die Schatulle schon viel zu häufig gesehen hattest. Sie holte sie ständig raus. Du hast trotzig auf deine Schnürsenkel gestarrt, also hat sie die Schachtel aufgemacht und so getan, als erzählte sie die Leier zum ersten Mal. Als Kind kam es dir manchmal vor, als finge deine Großmutter jeden Satz damit an. Dein Urgroßvater war ein Nazi, und kannst du mir mal die Butter reichen? Und dann Feuerzangenbowle schauen. Dieser gemütliche Kokon im Inneren Nazideutschlands. Du hast es erst viel später begriffen: dass sie eine Welt verurteilte, mit der sie dich gleichzeitig fütterte. Immer wieder fing sie von ihrem Großvater an, dem Verschwundenen. Warum sollte dich jemand interessieren, der ein halbes Jahrhundert vor deiner Geburt verschwunden war. Deine männlichen Vorfahren sind *allesamt* Verschwundene, Verräter oder Verratene. Dich hat interessiert, wo dein Vater war. Aber das hat dir keiner gesagt. In deiner Familie ist kein Platz für Männer.

Du schaust diesen Mann dort unten an, und dann schaust du zu dem Kran empor, der als futuristisches Tier in den Himmel ragt. Du fühlst dich lebendig. Zum ersten Mal seit langer Zeit. Du fragst dich, wie das sein kann, dass ein Mann, der reglos vor einer Mauer steht und ein Fahrrad anstarrt, dich so aufwirbelt, dich aus deiner Lethargie zieht.

Und du denkst, ich hätte ihr zuhören sollen. Du denkst, mein Vater ist abgehauen, noch vor meiner Geburt, mein Großvater ist abgehauen, da war meine Mutter gerade dreizehn Jahre alt. Du denkst, das Verschwinden ist ein Fluch. Dass du so leer und ausgehöhlt bist, so rastlos und gleichzeitig untätig, das liegt eben genau daran: Man kann kein Leben führen, wenn man seine Vergangenheit nicht begriffen hat.

Du denkst darüber nach, dass du aufgewachsen bist in einem Land, das anfing zu vergessen, ohne je begriffen zu haben. Jetzt bist du einer von denen, die müde abwinken, wenn von den Urgroßvätern die Rede ist, mit Bewegungen, resigniert und routiniert, wie die der Großväter.

Du hast Zynismus mit intellektueller Schärfe verwechselt, Ironie mit kluger Distanz. Du hast nicht verstanden, dass du eine Verantwortung hast. Und jetzt ist da nichts mehr, was noch Bedeutung hätte. Du denkst jetzt, du hast da was unterschätzt. Nichts Gutes kann entstehen, wenn die Schuld nicht gesühnt ist. Du hast geweint, wenn du kein Mini-Milk bekommen hast, und deine Oma hat dich angeschrien, im selben Alter habe sie Frikadellen aus Schnecken gegessen. Was dir fehlt, ist eine Vergangenheit, mit der man leben kann.

Du weißt, was du tun musst. Du gehst jetzt rüber in das andere Haus. Jetzt.

Keiner steht so, den ganzen Körper angespannt, vor einer Mauer in einem Hinterhof, ohne einen echt guten Grund dafür zu haben. Du gehst. Du reißt dich von dem Bild los und gehst. Jetzt.

Das ist nämlich dein Problem, denkst du, dass du so lange über alles nachdenkst, bis die Energie verpufft ist.

Dieser Mann erinnert dich an etwas, an eine Situation. Etwas an dem Bild kommt dir bekannt vor. Und erst, als du im Treppenhaus bist, als du den Mann nicht mehr siehst und dein mediales Gedächtnis sich wieder einschaltet, erkennst du, woran dich dieses Bild die ganze Zeit erinnert hat. Exekutionskommandos. An Männer, die an die Wand gestellt und dann erschossen werden. An einen Mann, der an die Wand gestellt und dann erschossen wird. Du denkst, genauso sah das aus. Das passt.

Du bist im anderen Haus, es ist leer, es riecht staubig und nach verschüttetem Bier. Eine Wohnungstür ist tatsächlich nicht verschlossen, du schaust durch die fast blinden Fenster. Du willst sehen, was der Mann sieht, und du siehst dich. Du siehst, wie du am geöffneten Fenster stehst und auf den Mann hinunterschaust. Du siehst, wie du zuschaust, während dort einer gleich erschossen wird, denn das ist es, was passieren soll mit dem Mann, dessen bist du dir jetzt sicher.

Du siehst, was du bist: ein Zuschauer, ein Gaffer. Du hast dir hier eine Existenzerfahrung abgeholt, und jetzt bist du blinder als zuvor. Man bekommt keine Antworten, wenn man keine Fragen stellt, und niemand ist schuldlos genug, die richtigen Fragen zu stellen.

Du bist froh, dass der Mann dich nicht sieht. Und gerade, als du das denkst, schaut er nach oben. Möglich, dass er in den Himmel schauen will, aber zwischen Himmel und Hölle bist du, er kann nicht nach oben schauen, ohne deinem Blick zu begegnen. Du siehst den Hinterkopf des Mannes, und du weinst fast, weil du nicht willst, dass er dich dort am Fenster erwischt. Du willst nicht, dass er sieht, wie du gaffst, während er stirbt. Du stehst in dem toten Haus, verborgen hinter den halb blinden Fenstern, und siehst, wie der Mann den Blick hebt und deinen trifft. Du siehst, wie der Mann erkennt, dass dort jemandem gerade Schauer über den Rücken rieseln, angesichts dieser *Erfahrung*, Schauer, die er bei Horrorfilmen nicht mehr hat.

KAPITEL 13

Manchmal fühlte es sich an, als wäre die Stadt das Maul eines riesigen Tieres, die Luft sein heißer Atem nach einem üppigen Mahl. Jessie stand vor der Tür des Bestattungsinstitutes und hielt ihr Gesicht in die träge Abendsonne. Alles wirkte vergoldet. Warme Augustabende hatten oft eine ganz spezielle Schläfrigkeit: Die Schritte der Passanten, ihre Gespräche, alle Geräusche wirkten gedämpft. Es war eine barocke und leicht marode Stimmung.

Jessie ging zur Fußgängerzone hinauf und winkte Lasse zu, der zwischen den Kücknitzer Punks auf dem Boden hockte. Es war selbst aus zehn Metern Entfernung offensichtlich, dass Lasse nicht dazugehörte. Er, der sanfteste aller Hippies, hockte dort zwischen den übelsten Punks wie Jesus zwischen den Sündern. Vor Lasse teilte sich das Meer.

Jedes Mal, wenn Jessie ihn am Horizont des Parkplatzes verschwinden sah, auf dem Weg nach Kücknitz, wünschte sie sich eine Wüstensonne, die Lasses Silhouette verzerren würde, sie wünschte ihm einen Pferderücken und eine Prise Kautabak, die er kräftig auf das Pflaster spucken könnte.

Kücknitz war Endstation. Das wusste jeder.

Seit dem Tod seines Bruders fuhr Lasse jeden Tag raus, stand bei den Feuertonnen und hörte genau zu, was die Leute so erzählten. Wenn nur einer in die Nähe der Gleise kam, war Lasse schon da. Stützte sich auf sein Didgeridoo und blinzelte in die Sonne.

Aber manchmal gingen sogar die Kücknitzer aus. Fuhren grölend in die Stadt und hockten sich mit einem Kassettenrekorder in die Fußgängerzone. Dann trabte Lasse hinter ihnen her und setzte sich unweit mit seinem Didgeridoo in den Staub.

Jessie schnappte sich ein Bier und sog den Geruch von Schweiß, Alkohol und feuchtem Keller ein, den die Punks verströmten. Sie lehnte sich an Lasses Rücken und spürte die Vibrationen des Didgeridoos bis in den Bauch. Auch Falk und Finchen waren da, Bjarne war nicht zu sehen.

Die Sonne tauchte die Punks in das rote Licht des Feierabends. Jessie steckte sich ihr Namensschild in die Brusttasche und zündete sich eine Zigarette an. Auch die Punks lehnten sich jetzt zurück und tranken langsamer. Jetzt, wenn auch die arbeitende Bevölkerung ihr erstes Feierabendbierchen zu sich nahm, konnten sie es entspannter angehen lassen. Finchen lag zusammengerollt auf dem Asphalt, ihre Jacke unter dem Kopf zusammengeschoben, und schlief. »Bier und Hitze«, sagte Falk und grinste.

Jessie blinzelte in die Abendsonne. Der Inhaber des Bockwurststandes kam vorbei und warf Falk eine Tüte mit Würsten, die nach Feierabend noch übrig waren, zu. Für die Hunde. Auch heute waren es wieder so viele, dass der Verdacht nahelag, dass er meist ein paar drauflegte. Er winkte immer ab, wenn Falk ihm zum Dank ein Bier hinhielt, wischte sich über den grauen Bart, als wäre er verlegen, und eilte dann weiter, der Bushaltestelle zu. Muck, Öse und drei der Kücknitzer Hunde nahmen sich der Würste an. Finchen rührte sich kein Stück, ihre Haare hingen ihr über das Gesicht, es war nicht ihre Art, in der Fußgängerzone einzuschlafen. Jessie hob eine Strähne an, Finchen war bleich und verschwitzt, die Augen nur halb geschlossen, ein leicht blödes Lächeln lag um ihre

Mundwinkel. Sie sah nicht so aus, als wäre es das Bier, was ihr zu Kopf gestiegen war. Jessie wartete, bis Falk einem seiner Hunde hinterherrennen musste, dann fühlte sie unauffällig ihren Puls, hier stimmte etwas nicht, hier stimmte etwas ganz gewaltig nicht.

»Ich glaub, es hackt?!«, flüsterte Jessie Lasse zu. »Wo verdammt noch mal ist Schwani? Hat der einen Sockenschuss?«

Lasse ließ das Didgeridoo sinken und sah Jessie an. »Falk bringt ihn um, wenn er das rauskriegt. Ehrlich. Ich bin nur froh, dass er schon zu breit ist, um das zu raffen. Der bringt ihn echt um.«

»Das ist doch echt nicht dein Ernst?«, flüsterte Jessie zurück. »Man kann doch Finchen nicht so 'n Zeug in die Hand drücken. Wenn Schwani sich wegmachen will, dann ist das sein Ding. Aber nicht Finchen!«

Jessie fing fast an zu weinen. Auch wenn Finchen so tat, als hätte es die Zeit in der Klinik nie gegeben, Jessie hatte nicht vergessen, mit welchem geisterhaften Blick sie dort in der Nacht gesessen hatte, wie ihre Fußsohlen ausgesehen hatten, auf denen sie ohne zu humpeln durch die Klinik gelaufen war. Sie wusste genau, dass Finchen sich nicht leisten konnte, womit Schwani seit Jahren davonkam. Sie war keine, die von den Toten wiederauferstand. Sie lief vielmehr Gefahr, lebendig verscharrt zu werden, weil man ihr das Leben nicht abkaufte.

Um Schwani war ein gewisser Glamour, ein zwinkerndes Liebäugeln mit dem Tod, was ihn letztendlich unverwundbar machte. Nur das machte es erträglich, dass er tatsächlich mit seinem Leben spielte. Aber Finchen vollgepumpt mit Heroin in der Fußgängerzone liegen zu sehen war so beklemmend, dass Jessie Mühe hatte, überhaupt zu atmen.

Sie alle tanzten auf dem Vulkan, sie alle kokettierten mit diesem gewissen maroden Charme, genug, um sich auszugrenzen, nicht genug, um sich zu zerstören. Sie genossen den Bogen, den man um sie machte, aber das waren nur Haare,

Klamotten, verspuckte Töne und geliehene Flüche. Sie passten aufeinander auf. Sie gaben acht. Sie waren ein großes Tier mit schwerem warmen Puls. Sie glaubten, dass man Schönheit nicht kaufen konnte, Liebe nicht erkämpfen, dass Geld nichts wert war und Erfolg albern. Einzeln waren sie nichts, zusammen waren sie alles. Sie hatten vielleicht nur drei lausige Bauwagen auf einem Parkstreifen, aber wer zur Hölle wollte denn wissen, wie ein Paradies auszusehen hatte? Jedes Mal, wenn Jessie über die Brücke ging, war sie gerettet. Jedes Mal, wenn sie den Parkstreifen betrat, auf dem die drei Wagen standen, wurde sie zu Jessie James, einem federleichten, kratzbürstigen Mädchen ohne Zukunft und ohne Geschichte, aber mit einer Gegenwart, so fett und saftig, da träumten andere von.

Jetzt zerfiel dieses Paradies. Es hatte mit dem Tod von Lasses Bruder begonnen, damit, dass Lasse auszog, um andere zu retten, und seinem Geliebten den Rücken kehrte, dem Stadtgraben den Rücken kehrte. Es hatte damit begonnen, dass am Morgen keiner mehr wusste, wo er seinen Kaffee herkriegen sollte, und sie einzeln in ihren Wagen saßen, statt bei Lasse, Schwanis Nörgeleien in den Ohren, ansonsten recht schweigsam. Und jetzt Finchen. Lag auf dem Asphalt, und das Heroin bohrte sich durch ihre Adern. Sie verloren die Kontrolle, das war nicht mehr zu übersehen.

Die Dämmerung legte sich wie eine klamme Hand über die Stadt. Die Häuser und Straßen bekamen etwas Unwirkliches, als lägen sie unter einer Glasglocke, als könnte man Fingerabdrücke am Himmel sehen. Erst die Nacht mit ihrem schimmeligen Mond verwischte den Eindruck einer Stadt, die man in einer Faust leicht zerquetschen konnte. Erst die Nacht rief die Geister wach und gab der Stadt ihre Gefährlichkeit zurück.

Jessie hakte Finchen unter, quatschte auf sie ein, als hätten sie sich wer weiß was zu erzählen. Sie gingen hinter Falk und

Lasse die Fußgängerzone hinunter, durch die Beckergrube zur Brücke. Das Geräusch der Pfoten der Hunde, die ein paar Meter vor ihnen liefen, machte Jessie seltsam traurig, als wären sie ein Echo aus einer lang vergangenen Zeit.

Die alten Handelsschiffe lagen vertäut am Quai. Bei Nacht ächzten sie im Wind, ihre scherenschnittartigen Umrisse wogten auf und ab. Sie schienen größer zu werden, weit über die Silhouette der Stadt herauszuragen. Die Trave bildete Strudel unter ihnen, eisige schwarze Wirbel, die einen Menschen mit Haut und Haar verschlingen konnten, in denen man das Seufzen ertrunkener Seemänner von der Ostsee her hörte. Und wenn man ein Taschentuch in sie warf, dann trieb es bei Tagesanbruch auf dem Wasser, der Stoff durchscheinend und vergilbt, als wären hundert Jahre vergangen.

Jessie wachte abrupt auf, als hätte man sie aus dem Schlaf geschnitten. Sie lag allein in Lasses Bett, es war dunkel. Sie wusste nicht, was sie geweckt hatte, sie versuchte, etwas zu erkennen, aber Lasse hatte schwere Vorhänge vor seinen Fenstern.

Sie hatten auf Schwani warten, ihn wegen Finchen zur Rede stellen wollen, Lasse hatte in Hut und Mantel neben der Tür gesessen, Jessie auf seinem Bett gelegen.

Sie starrte in die Dunkelheit und hörte Lasse leise schnarchen, er musste am Tisch eingeschlafen sein. Aber sie hörte noch etwas. Atemgeräusche, die nicht die eines Schlafenden waren. Atemgeräusche, die näher zu kommen schienen. Synkopen von Stille dazwischen. Eine Wachsamkeit, eine unnatürliche Stille, die entstand, wenn jemand den Atem anhielt. Als wäre ein Tier im Wagen, versteckt in der Nacht, witternd. Jessie suchte nach dem Lichtschalter der kleinen Klemmlampe. Sie schaltete das Licht an und sah direkt in Schwanis Augen.

Er stand neben dem Ofen, zwei Meter vom Bett entfernt, und sah Jessie konzentriert an. Sie wusste nicht, wie lange er dort schon im Dunkeln gestanden hatte. Er war blass, sein Gesicht verschwitzt, die Haare hingen ihm über die Augen. Er sah sie an, als wartete er auf eine Antwort, aber er hatte nichts gefragt. Er hob die Augenbrauen und einen Zeigefinger, als wollte er sagen: Und jetzt aufgepasst. Sein linkes Bein war leicht angehoben, Jessie konnte den Stiefel sehen, die erhobene Ferse. Sie tastete nach der Schildkröte, sie erwischte Laken, die Tabaktüte, ihre Socken, sonst nichts. Sie konnte ihren Blick nicht abwenden von Schwani, der die Augen weit aufgerissen hatte, die Muskeln im Oberschenkel anspannte und den Zeigefinger noch ein Stück höher hob, als sollten alle Vögel verstummen, alle Bäume aufhören zu wachsen, alle Flüsse sich ihm zuwenden. Dann schloss er mit einem traurigen Ausdruck die Augen und machte eine kurze drehende Bewegung mit der Ferse. Es knackte.

Im selben Moment erwachte Lasse, der am Küchentisch an die Wand gelehnt geschlafen hatte. Jessie kam es für einen Moment so vor, als würde Lasse seine Augen mit einem Knacken öffnen. Oder als hätte er durch das Öffnen der Augen seine Schildkröte getötet. Ein Knacken, als würde man eine Schnecke zertreten, nur lauter.

Schwani stand neben dem Ofen, das Gesicht wächsern und elend, als wäre es Jessies Schuld, dass er die Schildkröte getötet hatte. Lasse nahm seinen Hut vom Tisch und setzte ihn sich auf, er schloss sorgfältig seinen Mantel über der Brust, dann stand er langsam auf. Er stellte sich neben Schwani und flüsterte ihm etwas ins Ohr. Schwani legte mit einer langsamen und müden Geste seinen Kopf an Lasses Brust. Lasses Hände schlossen sich sanft um Schwanis Kehle. Der begann zu lächeln und schmiegte seine Nase in Lasses Halsbeuge. Lasse drückte zu.

Seine Hände lagen um Schwanis Hals wie ein stützender Ring an einem morschen Baum. Im selben Moment, als Lasse alle Kraft in seine Hände legte und zudrückte, entspannten sich Schwanis Arme, und er ließ sie endlich sinken. Lasses Hände wurden weiß vor Anstrengung, während das Blut in

Schwanis Hände zurückschoss, die beiden sahen aus, als wären sie ein Organismus, der nach langer Krankheit endlich wieder einwandfrei funktionierte.

Schwani hob den Fuß und gab Heiermanns Reste frei, Lasse ließ los. Er ging in die Knie, sammelte die Reste der Schildkröte zusammen und warf sie in den Ofen.

Es gab zwei Universen: eines, das aus der Finsternis entstanden war und irgendwann in die Finsternis zurückfallen würde, in der Sonnen explodierten und kollabierende Sterne eine tödliche Anziehungskraft besaßen. Ein mächtiges Universum von großer Kälte und Weite und voller Schönheit, ohne dass irgendetwas Bedeutung hatte, am wenigsten der Mensch, noch weniger eine Schildkröte.

Lasse saß glücklicherweise in dem anderen. In einem Universum, in dem man umgeben war von gerichteten Kräften, die sich ein Mensch nutzbar machen konnte. In dem man Erkenntnis und letzten Endes Heilung erfuhr, wenn man die Augen schloss und seinen Körper einstimmte auf das Licht, das überall um einen herum war. Eines, in dem Menschen Seelen hatten, die ewig waren. In dem nicht Zufälligkeit regierte, sondern Schicksal. Wo es also eine Bewandtnis hatte mit den Dingen, die einem widerfuhren. Wo man eine Lehre ziehen konnte aus Schicksalsschlägen, wo einem kein *Unglück geschah*, sondern man eine *Aufgabe bekam*. Lasses Universum hatte Bedeutung, nichts geschah ohne Grund, vor allem aber wurden die Dinge besser, wenn man den Haken raushatte.

Wenn. Das war Lasses großes Problem. Er schien die Dinge falsch anzugehen, bisher war *nie irgendetwas* besser geworden. Lasse lächelte und sammelte seine Energien, er richtete seine

Gedanken aus und hielt seine Kräfte in Balance. Aber regelmäßig öffnete er die Augen, sah sich um und war umgeben von vollkommener trostloser Beschissenheit.

Doch glücklicherweise war Lasses Universum ein dem Menschen zugeneigtes. Wenn man, so wie Lasse, völlig renitent immer wieder dasselbe probierte, obwohl es nicht funktionierte, dann bekam man eine Extraportion Beschissenheit, damit man endlich mal was lernte. Lasse hatte die Reste seiner Schildkröte verbrannt, er hatte zwei Wochen lang kein Wort mit Schwani gesprochen, und heute war er aufgewacht und hatte gewusst, dass er nicht gewinnen konnte, wenn er allein kämpfte. Er hatte die Schnauze voll von Schwanis Eskapaden, Schwani sollte sich jetzt mal zusammenreißen und selber ein bisschen darauf achten, dass er nicht innerhalb der nächsten fünf Minuten tot umfiel.

Lasse saß also in der offenen Wagentür, trank Kaffee und feilte an einer Rede, während Schwani mit dem üblichen schlecht gelaunten Lärm aus dem Bett stieg. Ansonsten war es still in der Wagenburg, katerstill. Er hörte, wie Schwani zur Kaffeekanne schlurfte, dann das Knistern der Tabaktüte. Er wartete, bis er den Rauch der Zigarette roch, dann drehte er sich zu ihm um. Sein Herz raste, dennoch war ihm leicht zumute. Er wusste in diesem Moment, dass er die Macht hatte, die Dinge zu ändern. Dass seine Feigheit Schwani in der Abhängigkeit gehalten hatte. Was war er für ein Liebender, der den Geliebten niemals bat, gegen die Sucht zu kämpfen? Was musste Schwani von ihm denken, dass er, Lasse, ihn mit frischem Orangensaft versorgte, aber seinen Heroinkonsum tolerierte? Es war Trotz, der Schwani das Heroin in die Adern trieb, Rebellion gegen Lasses selbstsüchtige Liebe. Es war feige, dachte Lasse, aus Angst vor Ablehnung gab er seinem Geliebten das Gefühl, dass er ihm gar nicht zutraute, es zu schaffen. Er holte tief Luft, schaute Schwani in die Augen und lächelte: »Du könntest aufhören, ich weiß, dass du es kannst. Ich kenne keinen Junkie, der selbst nach Jahren noch tagelang ohne Stoff auskommt. Ich weiß nicht, wie du das machst. Aber dann kannst du auch aufhören.«

Schwani stand barfuß vor dem kalten Kohleofen, in T-Shirt und Unterhosen, die Haare zerwühlt, die Schminke verschmiert. »Sicher könnte ich das«, sagte Schwani und lächelte Lasse an. »Aber dann müsste ich dich verlassen.«

Lasse starrte Schwani an, diesen Mann, den er mit quälender Intensität liebte, und suchte nach einem Zugeständnis. Er fand keines, Schwani legte jetzt erst richtig los: »Was glaubst du, was du kriegst, wenn du dich in einen Junkie verliebst? Du bekommst einen Junkie. Es ist schon eine ganz schöne Heuchelei von dir, dich dann zu beklagen. Deine Märtyrernummer ist nicht nur nervig, sie ist zudem unfassbar narzisstisch, das ist dir gar nicht klar, oder? Hast du eine Ahnung, wie albern das wirkt, wenn einer glaubt, alle retten zu können?« Schwani zündete sich eine Zigarette an, er war morgens am niederträchtigsten, es musste an seinen Träumen liegen, oder daran, dass er nüchtern war. »Du glaubst wirklich, dass deine Existenz eine Bedeutung hat, oder? Ich werd mal ganz deutlich: Ob du nach Kücknitz fährst oder nicht, spielt keine Rolle: Wer sich umbringen will, lässt sich von einem Hippie mit Helferkomplex bestimmt nicht aufhalten. Ich habe niemanden gesucht, der mich rettet. Ich habe jemanden gesucht, der mich liebt. Das Heroin war lange vor dir da, ich würde eher dich aufgeben als den Rausch. Mein Körper ist ein Wespennest, das kann man nicht allzu lange ignorieren.«

Lasse blieb sitzen, trank seinen Kaffee und erwiderte Schwanis Blick. Ihm war übel, sein Herz raste, aber er verzog keine Miene. Solange er nicht zugab, dass Schwani ihm hier Ungeheuerliches sagte, konnte er bei ihm bleiben, so war es doch. Und dann hörte er sich das Unangemessenste sagen, das man sich in dieser Situation vorstellen konnte, er sagte: »Ich liebe dich. Du hast jemanden gesucht, der dich liebt. Du hast ihn gefunden.« Er stand auf, schüttete den Rest des kalten Kaffees ins Gras und tat das, was er immer tat, er kümmerte sich um Schwani. Er war gerade dabei, eine von Schwanis Hosen in einer Schüssel mit Wasser einzuweichen, als Schwani sagte, dass er anschaffen gehe. »Ich bin ein Stricher, Lasse. Sag jetzt nicht, dass dich das überrascht.«

Lasse tunkte die Hose tiefer in das Wasser und schloss die Augen. So wie es aussah, hatte er Schwani unterschätzt. Diesen Mann, der von der gnadenlosen Kälte des Universums beeindruckt war, er war naiv gewesen, anzunehmen, dass er, Lasse, der immer nach fairen Regeln spielte, gewinnen könnte gegen einen Straßenkater wie Schwani. Zum ersten Mal wusste Lasse wirklich nicht mehr, wie er Schwani aushalten sollte. Er stand am Tisch, die Hände in der Wasserschüssel, die Augen geschlossen. Er konzentrierte sich. Am Anfang war das Wort, sagte er sich, am Anfang war der Gedanke, und aus dem Gedanken wurde die Welt. Mit aller Kraft beschwor er das Bild von Schwani herauf: gesund, liebend, glücklich. Als das Bild so strahlend und real geworden war, dass es einfach zu Materie werden *musste*, öffnete Lasse die Augen und sah zu seinem Geliebten hinauf, bereit, diesen kraft seiner Gedanken zu retten. Das war der Moment, an dem das Bild gefror. Denn wenn man wirklich stark genug wollte, dann konnte man, so erfuhr Lasse es gerade, die Zeit wirklich anhalten.

Schwani stand vor dem Kohleofen, eine runtergerauchte Kippe in der Hand, den leeren Kaffeebecher am Henkel, ein letzter Tropfen hatte sich gerade gelöst und war auf halbem Weg zwischen Becher und Dielen in der Luft erstarrt. Schwani sah ihn an, kraft seiner, Lasses, Gedanken in der Zeit erstarrt, ein dünner Rauchfaden an seinem Mundwinkel festgefroren.

Lasse sammelte all seine Liebe, bündelte sie in einem goldenen schweren Strahl, mit dem er ihn retten würde. Stattdessen aber stieg etwas anderes in ihm auf, ein Gefühl, als müsse er sich übergeben, nur gleißender, rasender. »Fick dich, Schwani!«, schrie Lasse. »Du verwichster kollabierter Stern, du alte Sau! Fick dich und schau dich an, du kannst noch nicht mal eine rauchen! Versuchs doch! Los, versuchs! Was ist los, häh? Die Kippe ist einen Zentimeter von deinen Lippen entfernt, ich seh doch die Gier in deinen Augen, was ist denn mit dir los, du Naturgewalt, häh? Was ist denn dein Universum für ein Schlappschwanz, dass du noch nicht mal aus eigener Kraft einen lumpigen Zentimeter überwinden kannst? Rauch! Rauch, du Sau! Du abgefucktes Arschloch, wer bist du eigentlich, dass du mir wehtun willst, und kannst noch nicht mal mit der Wimper zucken! Wie will denn einer wie du meine Liebe verraten, was? Das geht doch gar nicht. Ich sag dir, das *geht* gar nicht. Das *kannst* du gar nicht. Du hast noch nicht mal eine Hose an, du weißt noch nicht mal, wie man Kartoffeln kocht, du bist gar nichts ohne mich! Gar nichts! Fick dich ins Knie!«

Das war der Moment, an dem Lasses Universum gegen das von Schwani verlor. Schwani sog an der Zigarette, der Tropfen Kaffee fiel auf die Dielen, und Schwani sagte: »Was glaubst du eigentlich, wo ich bin, wenn ich wochenlang nicht nach Hause komm? Was glaubst du denn, wie ich meinen Kram bezahl?« Schwani warf seine Zigarette in den Ofen und sah Lasse kalt an: »Und komm jetzt nicht darauf, eine neue Opfergeschichte daraus zu stricken. Ich brauch das. Ich will das. Ich bin kein Drogenopfer, das seinen Arsch hinhält. Ich brauch da keinen Grund für. Ich hab das schon vorher gemacht.«

Lasse glaubte an Vorahnungen und an Schicksal. Schwani glaubte an Zufall und die Beschissenheit von allem. Und Lasse dachte, dass sie beide recht hatten. Schwani war ein einziger beschissener Zufall, aber er war Lasses Schicksal.

Lasse begann, einen Fleck aus der Hose herauszuschrubben.

Er lächelte. Er war vorbereitet. Was ihn Kraft kostete, war, die Dinge zu verbessern. Mit dem Schlimmsten umzugehen allerdings, darin war er gut. Er musste nur reagieren. Er war schon immer gut darin gewesen, auf das Schlimmste zu reagieren. Das konnte er, seit er zum ersten Mal seine Mutter auf dem Boden hatte liegen sehen, mit einem blauen Auge, einer Platzwunde auf dem Hinterkopf. Lasse war der, der alle versorgte. »Wir kriegen das hin«, sagte er also. »Wir kriegen das alles hin. Mach dir keine Sorgen.«

Schwani riss ihm die Schüssel unter den Händen weg, schubste Lasse zur Seite und warf die Schüssel mitsamt seiner Hose aus dem Wagen. »Hörst du mir nicht zu? Das ist keine Phase, Alter. Du warst *nie* der Einzige, der mich vögelt. Verstehst du, was ich dir sage? Ich hab jeden Monat zehn wie dich gefickt! Jeden Monat.«

Lasse stand mit hängenden Armen vor Schwani, und natürlich verstand er, was Schwani sagte, er war ja nicht blöd. Aber, so dachte er, Wahrheit musste immer produktiv sein, und das hier tat einfach nur weh, das hier zerstörte alles, und so destruktiv war nur die Lüge. Also begann sein Gehirn zu arbeiten, raste durch alle Glaubenswinkel, die ihm geblieben waren, und dachte daran, wie Schwani wirkte, wenn er aus Hamburg zurückkam.

Nicht glücklich, aber ruhig, so als hätte er ein fehlendes Teil wieder eingesetzt. Aber wenn er mit Lasse geschlafen hatte, nicht auf seine Art, sondern auf Lasses Art, nach den Gesetzen eines liebenden Universums, dann wurde er porös, zerbrechlich, wie, so dachte Lasse jetzt, wie ein Geldschein, der durch zu viele Hände gegangen war. Und Lasse war derjenige, in dessen Händen er zerfiel.

»Meine Liebe tut dir weh«, sagte Lasse, und das war der Moment, in dem Schwani und Lasse sich anschauten und tatsächlich verstanden, was mit dem jeweils anderen los war.

Die Luft war so trocken, als könnte sie einem unter den Händen zerkrümeln. Jessies Haut war porös, an ihren Knochen konnte man sich Splitter reißen. Sie nahm einen Schluck Kaffee, verbrannte sich die Zunge und schleuderte den Pappbecher fluchend in hohem Bogen die Straße hinunter. Nach ungefähr zwei Metern löste sich der Plastikdeckel und beschrieb eine trudelnde Schleife, der Becher flog weiter. Jessie war eine schlechte Werferin, in der Schule war sie immer dem Ball hinterhergefallen, und sie waren beide gleichzeitig und nur wenige Meter voneinander entfernt auf dem Boden aufgeschlagen. Aber der Becher flog, zehn, zwanzig, hundert Meter. Er breitete seine Kaffeeschwingen aus und zischte durch den staubgrauen Morgen. Sie lächelte diesem Kaffeetier hinterher, das elegant den Morgen durchschnitt. Auf Höhe der Schule ging er in den Sinkflug, setzte vor dem türkischen Gemüseladen sanft auf und rollte langsam aus.

Obwohl er gute hundertfünfzig Meter weit weg war, konnte Jessie auf einen Blick erkennen, dass er den Fuß nicht berührte. Den Fuß.

Ebenso sah sie mit einem Blick, dass die Frau, die dort auf der Straße lag, das Fahrrad neben sich, nicht bewusstlos war, sondern tot. Die Reglosigkeit des Todes war niemals mit der Reglosigkeit der Bewusstlosen zu verwechseln.

Jessie blinzelte ein paar Mal sehr schnell und spürte, wie eine Übelkeit in ihr aufstieg. Sie war den Anblick von Toten gewöhnt, aber auch Jessie brauchte einen Rahmen, ein Ritual, um die Tatsache zu verschleiern, dass der Tod sich vollkommen unnatürlich anfühlte für den, der lebte.

Jessie blieb stehen, mechanisch griff sie nach ihrem Tabak und drehte eine Zigarette, die Augen auf diesen Körper gerichtet. Sie sah kein Auto, das die Frau angefahren haben könnte. Das Hinterrad drehte sich noch, die Reflektoren blinkten in der Sonne. Es sah aus, als wäre die Frau einfach tot umgefallen. Jessie musste sie entdeckt haben, nur Augenblicke, nachdem sie auf der Straße aufgeschlagen war, denn obwohl der Schulhof voll mit Kindern war, hatte sich noch keine Menschenmenge um sie geschlossen. Es war ein geisterhaftes Bild. Die tote Frau auf der Straße, neben ihr das Fahrrad, die spielenden Kinder und die rauchenden Jugendlichen auf dem Schulhof. Jessie schloss die Augen. Sie hörte das leise Rascheln einer Streichholzschachtel, das Geräusch, wenn Finger ein Streichholz herausnehmen und dabei die anderen Hölzer in Bewegung bringen. Sie hörte, wie die Schachtel zugeschoben wurde, das Reiben des Holzes an der Seite und dann das Aufflammen, das immer ein wenig klang, als würde etwas zerreißen. Sie sog an der Zigarette, hörte das Knistern des anbrennenden Papiers und spürte den Rauch in der Lunge. Sie hielt ihn so lange, wie sie konnte, und erst als sie ausblies, öffnete sie die Augen, dann küsste sie den Teufel. Als sie sich von ihm löste, waren ihre Gedanken klar und kalt. Jessie war zweiundzwanzig Jahre alt, sie war ein Kind des Friedens, aber ihr steckte der Krieg in den Knochen, ihr steckte Lucie in den Knochen.

Der Teufel verbeugte sich lächelnd vor Jessie und ging dann rückwärts die Glockengießerstraße hinunter, seine Frackschöße flatterten ihm um die Beine. Als Jessie wieder zur Unfallstelle schaute, war die Frau verschwunden, der

Krankenwagen kam Jessie entgegen, das Martinshorn ausgeschaltet. Da fehlte Zeit. Jessie ging langsam die Straße hinunter, das Fahrrad der Toten war an die Mauer eines Geschäftes gelehnt. Es war unversehrt, nur das Vorderlicht war abgebrochen. Jessie schob es die Gröpelgrube hinunter, dann durch den sargschmalen Gang in den Hof, wo ihre Mutter vor dem Haus saß, einen Kaffee und eine Zigarette in der Hand, das schwarze Haar auf dem Kopf gewunden wie ein Vogelnest.

»Deins ist doch geklaut worden«, sagte Jessie und stellte das Fahrrad der Toten vor ihrer Mutter ab. Freya sah auf und lächelte überrascht: »Jessie, mein Mädchen, wo hast du denn das aufgetrieben?«

Jessie sah, dass ihre Mutter sich freute, sie sah vor allem, dass ihre Mutter erstaunt war. Sie war überrascht, wie weh das tat. Zu erkennen, dass ihre Mutter ihr nichts Nettes zutraute. Zu wissen, dass sie recht damit hatte. Für einen kurzen Moment fiel Jessies Zorn in sich zusammen, sie sah ihrer Mutter in die Augen und sah eine Frau, die so traurig war, dass niemand, der sie liebte, es in ihrer Nähe aushielt. Denn wie hielt man das Elend von jemandem aus, der in seinem Unglück wohnte, als wäre es die eigene Haut?

In diesem Moment erinnerte Jessie sich an ein Gefühl: die Dielen unter ihren nackten Füßen, in der Hand geschmolzene Smarties, den Atem ihrer Mutter, ihre dunklen Augen, die Verlorenheit, die sie mit ihrer kleinen Tochter teilte wie eine Verschwörung. Der Schmerz, der ihrer Mutter aus den Poren sickerte, dunkel und schwärend und für Jessie vollkommen selbstverständlich. Er war ihre Mutterliebe. Jessie, die ihrer Mutter über den Kopf strich, um sie zu trösten, Freya, die aufsprang, fluchend, das Haar voll mit Schokolade.

Jessie erinnerte sich an eine Zeit, in der ihre Mutter alles für sie war, aber sie nicht genug für ihre Mutter.

Sie hatte nur das Fahrrad abstellen wollen, und dann endlich zur Arbeit gehen. Aber jetzt stand sie vor ihrer Mutter, die eine merkwürdige halbe Bewegung vollführte, die aussah, als wollte sie aufstehen und Jessie umarmen, sich dann aber doch nur den Kittel glattstrich und Jessie die Schachtel Zigaretten hinhielt. Jessie, die sah, wie Freya mit sich kämpfte, fühlte sich plötzlich so schuldig, dass sie ganz schnell irgendwo gegentreten musste, aber da war keine Wand, da war nur ihre Mutter.

»Damit hat sich grad jemand totgefahren«, sagte Jessie und spürte, wie der Zorn ihr wieder die Poren schloss. Damit drehte sie sich um und rannte durch den sargschmalen Gang hinaus, rannte die Gröpelgrube hinauf und merkte erst vor dem Katharineum, wo sie stehen blieb, um Luft zu holen, dass sie heulte wie ein Schlosshund.

An einem schwerblütigen Abend im August 1970 saß Jürgen Mertens in der Schiffergesellschaft, Bierschaum im Schnauzbart, Schweißperlen auf der Stirn, einen Zettel mit Notizen in der Hemdtasche. Für den Notfall.

Frau meines Lebens, Wiege meiner Gedanken, Elixier meiner Träume und so weiter und so fort, hoffnungslos schwülstiges Zeug, weil man das, was er wirklich fühlte, schlecht bei einem Heiratsantrag vorbringen konnte:

Freya war irgendwie unausweichlich. Sie war der Felsen, an dem sein Schiff nicht vorbeikam, ohne auf ein Riff zu laufen.

Nicht weil sie sich aufdrängte, ganz im Gegenteil. Sie ließ kaum eine Gelegenheit aus, sich rarzumachen. Es war eher so: Irgendein Wind hatte ihn vor ihre Ufer gespült, und jetzt kam er nicht mehr dort weg.

Ihre rauchige Stimme ließ ihn nicht mehr los, dieses schwarze Haar, das so würzig roch, und das lang genug war, dass Jürgen davon träumen konnte, es sich um den Leib zu wickeln. Ihre Augen, die sich ihm nie ganz öffneten, die ihm immer das Gefühl gaben, dass noch ein Geheimnis zu lüften, eine Hürde zu nehmen sei.

Jürgen trank sein drittes Bier. Er hatte sich schon mehrfach mit den edlen Stoffservietten den Schweiß aus dem Gesicht getupft, sein Mund war so trocken, dass die Zunge sich riesig anfühlte, und Freya war schon eine Stunde zu spät. Das Lokal war voll. Er saß ganz außen an einer der langen dunklen Bänke, über seinem Kopf hing eine Kogge, zu groß und zu schwer, um noch als Modell durchzugehen, daneben ein riesiger mehrstöckiger Kerzenleuchter.

Er wusste, dass Freya die Schiffergesellschaft liebte für ihre rußgeschwärzten Decken, die rauchgeschwärzten Wandgemälde, die alten Seefahrerbänke und die massiven Tische, an denen zwanzig Leute Platz hatten und die so alt waren, dass sie sich zur Mitte hin absenkten. Aber *wen bitte* wollte Jürgen denn *verhohnepipeln* mit einem Heiratsantrag, ausgesprochen zwischen Krabbensuppe und Labskaus, während neben ihnen zwanzig Schrebergartenkolonialherren saßen, das entnahm er den schnapsseligen Gesprächen. Wiege meiner Gedanken, *nein, da bin ich gaaanz ihrer Meinung, da muss man stutzen, stutzen, stutzen*, Grube meines Herzens, *die Behrends nebenan spritzen ja gaaar nicht, das kommt alles zu uns rüber das Ungeziefer,* Fundstück meiner Träume, *das versteh ich auch nicht, nur wegen einer Fahne*, Floß meiner Seele. Als nebenan der Nachtisch serviert wurde, und Jürgen sein viertes Bier verzehrt hatte, stieg leise, wie aus weiter Ferne, eine Westernmelodie in ihm auf. Eine Melodie, die Helden macht.

Jürgen ging nicht zu Freya in die Gröpelgrube, weil er noch Zuversicht hegte, was ihre Antwort anging. Er ging, weil Helden keinen schweren Gang meiden. Weil Helden zu Ende brachten, was sie sich vorgenommen hatten, auch wenn sie allein gegen eine ganze Stadt standen. Er ließ sich nicht von einer Frau versetzen an genau dem Abend, an dem er ihr einen Heiratsantrag machen wollte. Möglicherweise hatte sie ihre Verabredung einfach vergessen, das wäre nicht ungewöhnlich. Freya war zerstreut, das machte ihm nichts aus.

Möglicherweise wollte sie ihn nicht mehr sehen, auch das würde ihn nicht wundern. Aber er würde ihr heute Abend einen Heiratsantrag machen, selbst wenn sie mit fettigen Haaren und einer Schüssel Erdnussflips auf dem Bauch vor dem Fernseher läge. Wenn Freya Petersenn ihn abservieren wollte, sollte sie wissen, dass sie jemanden zurückwies, der ihr *sein Leben zu Füßen legte*. Jürgen schüttelte den Kopf, das musste er anders ausdrücken, weniger demütig, aber er würde zusehen, dass sie genügend Informationen hatte, um den Ernst der Lage zu überblicken.

Jürgens Koteletten waren extra lang und fett, er trug glänzend schwarze Cordhosen mit beeindruckendem Schlag und ein gebügeltes Hemd, es war das zweite Mal überhaupt, dass er in das Haus in der Gröpelgrube ging. Bisher hatten sie die Nächte bei ihm verbracht, denn Jürgen wohnte allein, in der Gröpelgrube aber herrschte Freyas Vater, Christoph Petersenn, dem Jürgen bei einem äußerst angespannten Abendessen mit verkochten Erbsen, ledrigem Braten und etwas zu festen Kartoffeln vorgestellt worden war.

Christoph Petersenn hatte viel getrunken, ohne betrunken zu werden, er hatte Jürgen wenig gefragt, seinen Antworten zerstreut zugehört und ansonsten geschwiegen. Um der bleiernen Stille zu entgehen, hatte Jürgen belanglose Konversationsthemen gewählt (Was ein Schmuckstück Sie hier haben, es ist doch ein Jammer, wie die Hinterhäuser verfallen, das Nachbarhaus ist ja gänzlich unbewohnbar, wie traurig, finden Sie nicht? / Nun hat's ja wieder Hochwasser gegeben, das ist schon ein Kreuz für die Leute an der Trave, wenigstens damit müssen Sie sich hier nicht herumschlagen), worauf Christoph kaum reagierte, was dazu führte, dass Freya antworten musste. Freya und Jürgen hatten deshalb ein absurd biederes und höfliches Gespräch miteinander geführt, ein Gespräch, als wären sie einander vollkommen unbekannt. Jürgen hörte sich selber reden, schaute fasziniert der Metamorphose seiner Geliebten zu und war mehr belustigt als genervt. Diese Frau, die Jürgen im Skat schlug und unter den Tisch trank, palaverte vom Wetter, den *unverschämten Preisen* und wollte ihm das Rezept für ihren schrecklich misslungenen Braten geben. Die Frau, die da vor ihm saß, hatte keinen Beruf und keine Leidenschaft. Das hatte Jürgen weder besonders verunsichert noch verwundert, was ihn wirklich überrascht hatte, war, wie sehr Freya den Zuspruch ihres Vaters zu brauchen schien. Sie war keine achtzehn, sie war achtundzwanzig Jahre alt, er hatte sie als emanzipiert, selbstsicher und *sehr* energisch kennengelernt, und jetzt sah er, wie diese stolze Frau nach jedem Satz, den Jürgen hervorbrachte, ihrem Vater nervöse Blicke zuwarf. Freya versuchte, diesem stoischen Mann, dem nichts auf der Welt gleichgültiger zu sein schien als Jürgen, ein Zeichen der Zustimmung abzuringen. Jürgen hatte sich auf einen Anstandsbesuch eingestellt, jetzt stand er vor einem stummen Tribunal.

Freya hatte viel von ihrem Vater erzählt, von seiner Melancholie, der harten Kindheit, dem harten Leben, von seiner selbstaufopfernden Fürsorge und seiner Einsamkeit. Der Mann, der hier saß, war nicht der Mann ihrer Erzählungen. Er fragte sich, womit Christoph die liebevolle Dankbarkeit verdient haben könnte, mit der Freya von ihrem Vater sprach, denn der alte Mann schien auch an seiner Tochter nicht sonderlich interessiert. Er rügte weder den misslungenen Braten noch die misslungenen Kartoffeln oder die misslungenen Erbsen, er sagte nur nach dem ersten Bissen, dass es eine Sünde sei, Essen wegzuschmeißen. Freya zuckte zusammen und schaute schuldbewusst zu, wie ihr Vater seinen Teller leeraß.

Sie hatte immer wieder davon gesprochen, dass ihr Vater sie *ganz allein großgezogen* hatte, als wäre es eine besondere Leistung, das Kind nicht ausgesetzt zu haben, nachdem die Mutter *in die Trave gegangen* war. Als Jürgen die Miene sah, mit der Christoph Petersenn das zähe Fleisch schnitt, dachte er, dass es viele Wege gab, die eigenen Unzulänglichkeiten zu verbergen, zum Beispiel indem man einem Kind zeigte, dass es kaum der Mühe wert, dass es eine Last war.

Jürgen betrachtete diesen einundsiebzigjährigen Mann, der entweder auf seinen Teller oder aus dem Fenster schaute, während Freya vollkommen selbstvergessen auf Jürgen einplapperte. Christoph Maria Petersenn strahlte etwas Hilfloses, aber auch etwas Bedrohliches aus. Man musste ihn retten, das fühlte er ganz deutlich. Aber Petersenn war auch gefährlich, einer, der die helfende Hand ergriff und mit aller Kraft mit sich ins dunkle, eisige Wasser zog. Seine Qual füllte den ganzen Raum, seine persönliche Hölle war Freyas Heimat. Als Jürgen sah, in welcher Atmosphäre sie aufgewachsen war, verstand er, warum Freya sich oft so alt fühlte, er verstand auch, warum sie sich jetzt verhielt wie ein junges Mädchen aus der Jahrhundertwende.

Jürgen Mertens dachte, mit diesem Mann stimmt etwas nicht, mit dem stimmt ganz gewaltig was nicht, und da hatte er den fehlenden Schatten noch gar nicht gesehen.

Nun stand Jürgen, einen Verlobungsring in der Brusttasche seines Hemdes, vor dem sargschmalen Gang. Die Fassade des Vorderhauses blätterte ab, die Fenster waren blind, auf den Fensterbänken standen Blumentöpfe, in denen keine Blumen wuchsen, die Gardinen waren vergilbt. Jürgen zog den Kopf ein und ging zum Hinterhof. Die beiden Hinterhäuser kauerten in der Dunkelheit, das Nachbarhaus war in sich zusammengesackt und lehnte am Haus der Petersenns, als könnte dieses seinen Verfall aufhalten. Das Dach eingefallen, die Fenster zerschlagen, im Inneren leere Flaschen, Dreck und Moos. Das Haus der Petersenns war von Rosen und Efeu überwuchert, die Pflanzen wuchsen bis über das Dach und von dort in das Nachbarhaus hinein, die Fenster waren erleuchtet.

Durch das Fenster neben der Haustür sah er die Köpfe von

Freya und Christoph Petersenn, die nebeneinander auf dem Sofa saßen. Der Fernseher lief, was ungewöhnlich war, weil Christoph den Apparat hasste. Jürgen klopfte erst an die Tür und dann an die Scheibe, aber keiner von beiden reagierte. Die Haustür stand offen, wie häufig im Sommer, Jürgen betrat das Haus zur Abspannmusik von *Bonanza*.

Freya saß kerzengerade auf dem Sofa, sie war geschminkt, trug hochhackige Schuhe, ein hellgrünes Sommerkleid, ihre Handtasche hatte sie auf dem Schoß. Sie sah aus, als würde sie jeden Moment das Haus verlassen wollen, um in die Schiffergesellschaft zu gehen, Jürgen einen Kuss zu geben und dann eine Portion Sauerfleisch zu bestellen. Aber ihr Gesicht war vollkommen versteinert, so kalt und weiß, dass es fast lebloser wirkte als das Gesicht von Christoph Maria Petersenn, dem das Kinn auf die Brust gesunken, dem sein Buch auf die Knie gefallen war.

Jürgen, der sehr genau wusste, dass Freya ausschließlich fernsah, nachdem Christoph zu Bett gegangen war, konnte nicht anders, als sich zu fragen, ob das Freyas Reaktion auf den Tod ihres Vaters war. Den Fernseher anzuschalten und sich neben ihn auf das Sofa zu setzen.

Sie war Krankenschwester, er war Bestatter, keiner von ihnen war je sentimental oder hilflos, was den Tod anging. Sie waren respektvoll und umsichtig, ihr Beruf diente ihnen als Schutz. Als Jürgens Eltern im vergangenen Jahr kurz nacheinander gestorben waren, hatte ihn sein Beruf wie ein Korsett gestützt. Er war froh, dass er sie nicht den Händen Fremder überlassen musste, er ließ ihnen eine letzte Fürsorge angedeihen und merkte erst, dass er sich bereits von ihnen verabschiedet hatte, als das Begräbnis stattfand.

Der Tod überforderte Jürgen nicht, er wusste genau, was er jetzt zu tun hatte. Was er aber stattdessen tat, war dies: Er kniete vor Freya nieder und sagte ihr, dass sie ihm unausweichlich sei, dass es ihn vor ihre Ufer gespült habe, und sie und der Horizont seitdem eins seien. Dass er nicht nach ihr gesucht habe, weil es mit ihr sei wie mit der Tiefsee: unwirtlich und unendlich schön, der Druck groß, die Dunkelheit tief, der Sauerstoff rar, aber alles dort sei ein Wunder.

Als Christoph Maria Petersenn starb, kam sein Schatten in die Gröpelgrube zurück. Kurz heftete er sich an seinen Körper, blieb aber, als man Christoph durch den Gang und aus der Stadt hinaustrug, im Hinterhaus zurück. Als Freya und Jürgen von der Beerdigung zurückkamen, saß der Schatten von Christoph Petersenn mit gesenktem Kopf am Küchentisch.

Er blieb. Oft war er nicht genau zu erkennen, verdunkelte einfach eine Ecke des Hauses, sorgte dafür, dass weder Sonnenlicht noch Lampen jemals jeden Winkel erhellen konnten, oder er hing als Wolke unter der Decke. Nur manchmal nahm er die Konturen von Christoph Petersenn an, saß mannesgroß auf dem Sofa, aufrecht, die Beine übereinandergeschlagen, ragte an den Wänden empor, die Hände an der Hosennaht, den Kopf gerade ausgerichtet. Manchmal sah er aus wie ein Junge, der in rasender Angst durch das ganze Haus floh, ein Junge, der sich auf dem Fußboden zusammenkauerte, die Hände auf die Ohren gepresst.

Als Freya Jürgen zum ersten Mal ins Obergeschoss des Hauses und mit in ihr Bett nahm, blieb Jürgen auf der obersten Treppenstufe wie angewurzelt stehen. Freya schlief auf einer Matratze auf dem Boden, ihre Schwesterntracht lag über einem Stuhl, neben der Matratze stand ein alter Glockenwecker, das war alles, was Jürgen an *persönlichen Gegenständen* ausmachen konnte, wenn man Arbeitskleidung und einen Wecker überhaupt als persönlich bezeichnen wollte. Das hieß nicht, dass der Rest des Raumes leer war. Direkt neben der Bodenluke stand eine Staffelei, davor lagen Malutensilien. Eine Palette mit eingetrockneten Farben, ein Glas mit Pinseln, Farbtuben. Dazwischen ein Oberhemd, zusammengeknüllt, fleckig und verstaubt. Rechts neben der Matratze, über einen Stuhl geworfen, hing eine Herrenhose aus grobem Wollstoff, an der Lehne ein Hut. Auf dem Stuhl eine leere Flasche Wein, in deren Innerem sich Staub und tote Insekten angesammelt hatten. Freya hatte Jürgen nichts von Michél erzählt, aber er verstand sofort, dass er ein Museum betrat.

Diese Frau, die nichts von sich selber aufhob, deren Zimmer nicht die *geringsten* Spuren zeigte von dem Kind, das sie einmal und dessen Zimmer dies einmal gewesen war, schaffte es nicht, die Farbtuben wegzuwerfen, mit denen ihr Großvater gearbeitet hatte. Sie lebte in diesem Raum, als wäre sie bestenfalls ein Gast. Bis auf das Obergeschoss kannte Jürgen jede Nische des winzigen Hauses. Es gab keinen Ort, an dem plötzlich eine Kiste mit verlausten Teddybären und Tagebüchern, Briefen oder Fotos auftauchen konnte.

Es gab nur eine geheime Kiste in diesem Haus, und die hatte Jürgen nach dem Tod von Christoph unter dessen Bett hinter dem Salon gefunden. Er hatte sofort verstanden, was er dort entdeckt hatte, aber nicht, wie er es seiner zukünftigen Frau sagen sollte. Sie hatte gerade ihren Vater beerdigen müssen, wie sollte er ihr das Bild nehmen, das ihr von ihm geblieben war.

Von ihrer Mutter sprach Freya selten, und wenn, dann mit distanzierter Abfälligkeit, die ihre Trauer kaum kaschierte: Was sollte man von einer Mutter halten, die ihrem eigenen Kind die Trave vorzog.

Also hatte Jürgen eine Entscheidung getroffen: Er hatte das Kästchen verschlossen und unter den massiven Kleiderschrank geschoben, bis ganz nach hinten an die Wand, direkt neben den dunklen, schweren Fuß. Man musste schon mit einer Taschenlampe auf dem Boden liegen, um es noch zu sehen. Dort würde es bleiben, bis der passende Moment gekommen war.

Irgendwann vergaß Jürgen die Schatulle. Schließlich hatte er genug damit zu tun, seiner Frau zu vermitteln, dass er nicht gedachte, in einem Schrein zu leben. Er ertrug es kaum, dass jemand überaus sentimental mit den Besitzständen eines Toten umging, aber nicht die geringste Sentimentalität für die eigenen vergangenen Lebensphasen übrighatte. Dessen Vergangenheit rückstandslos entsorgt worden war.

Freya existierte nicht in diesem Haus in der Gröpelgrube, und nachdem Jürgen seine Frau überzeugt hatte, Michéls Habseligkeiten in eine Kiste zu verpacken und im Kleiderschrank zu verstauen, kaufte er zuerst ein großes Bett, und dann eine Kamera, mit der er begann, seine Frau zu fotografieren.

Nach zwei Jahren Ehe gab es im Haus keine Wand mehr, von der Freya nicht das eigene Gesicht anstarrte, das *Atelier* hatte sich in ein eheliches Schlafzimmer verwandelt, in dem nur noch die Staffelei mit einem bis zur Unkenntlichkeit nachgedunkelten, unvollendeten Bild an Michél erinnerte. Jürgen fand, es war an der Zeit, die Toten zu vergessen und an die Zukunft zu denken. Aber Freya verhütete mit äußerster, fast panischer Akribie; es brauchte eine Magen-Darm-Grippe, um sie zu schwängern. Ihre Schwangerschaft war von Alpträumen besetzt, und mit der Geburt, so dachte sie, würden all diese Alpträume wahr werden.

Jessie trank einen Kaffee und aschte gerade in Bjarnes leere Tasse, als sie das Gefühl hatte, beobachtet zu werden. Was merkwürdig war, denn sie saß nicht in der Nähe der Fenster, und die Tür war geschlossen.

Sie hatte die ganze Nacht nicht schlafen können, sie hatte mit Finchen am Wasser gesessen, die noch immer abstritt, Heroin genommen zu haben, und immer ungehaltener auf Jessies *Verhöre* reagierte. Den Rest der Nacht hatte sie wach neben Bjarne gelegen, seinen Atemzügen gelauscht, mit wachsender Wut auf seinen Frieden.

Sie nahm einen Zug von der Zigarette, sie war wach, mit dieser fast halluzinativen Schärfe, wie sie nur die Übermüdung hervorruft. Sie war fokussiert wie die Nadel auf der Rille einer Schallplatte. Das Gefühl, beobachtet zu werden, wurde so greifbar, als spürte sie einen Atem an ihrer Wange. Jessie drückte ihre Zigarette aus und stand auf. Sie ging zur Tür, drückte die Klinke hinunter, nahm mit Bedacht die vier Stufen der hölzernen Treppe und stellte sich ans Ufer.

Clint Eastwood zündete ein Streichholz an dem ledernen Riemen seines Patronengurtes an, den Hut ins Gesicht gezogen, die Krempe verdeckte seine Augen. Jessie zog ein frisches Päckchen Zigaretten aus ihrer Brusttasche. Sie zog langsam die Folie ab, riss das Stanniolpapier auf, klopfte mit dem Daumen eine Kippe heraus und steckte sie sich langsam in den Mundwinkel. Dann schaute sie auf.

Der Teufel stand auf der anderen Seite des Stadtgrabens und sah sie an. Ihre Blicke kreuzten sich über dem Wasser. Er drehte die rechte Hand langsam aus dem Handgelenk, spreizte die Finger und ließ dann die Ringe gegeneinanderschlagen. Dann drehte er die linke Hand, spreizte auch hier die Finger und schloss sie wieder zur Faust. Jessie blinzelte, die Morgensonne zerbrach zu Splittern auf dem Wasser, der Wind wehte den Geruch seiner Zigarette über den Graben, Jessie schaute dem Teufel in die Augen und sah Lucie.

Lucie stand am Wasser, der Wind riss ihr die Haare aus dem Gesicht, ihr Blick war gleichzeitig nüchtern und verzweifelt. Jessie war mit den Ölgemälden und Geschichten von Lucie aufgewachsen, Erzählungen über eine drogensüchtige glamouröse Schauspielerin, über eine Frau, die so selbstzerstörerisch war, dass sie sogar ihr Kind vergaß. Geschichten, die Christoph Petersenn seiner Tochter erzählt, die Freya an Jessie weitergegeben hatte.

Aber die Frau, die dort am anderen Ufer stand, wirkte weder glamourös noch selbstsüchtig. Sie wirkte, im Gegenteil, vollkommen selbstvergessen: Jessie schaute ihrer Großmutter in die Augen und verstand sofort, warum es so leicht war, Lucie zu hassen, warum es so schwer war, sie nicht zu lieben: Man ertrug Lucie nicht, wenn man sich selbst nicht ertrug. Lucie sah Jessie an und *erkannte* sie, durchschaute jeden ihrer Tricks.

Jessies Zorn, der so viel älter schien als sie selbst, fiel in sich zusammen, als wäre er nie mehr als ein Gerippe aus Staub gewesen. Jessie erfuhr, was Lucie wusste, seit der Roggenbuk nach ihr gegriffen hatte: dass ein Kind, dem die Mutter fehlt, alles als Bedrohung empfindet, sogar sich selbst.

Sie dachte an das Haar ihrer Mutter, das in den Nächten durch das Haus gewachsen war, schwarze Schlangen auf der Suche nach ihrem Kind.

Jessie dachte an den Schatten ihres Großvaters, den niemand zu sehen schien außer ihr. Er hatte schon lange keine Konturen mehr angenommen, lag als feiner grauer Schimmer im ganzen Haus. Zuletzt hatte auch sie die düstere Schicht, die sich über Lucies Bilder legte, für Staub gehalten. Eine düstere Wolke, die jedes Porträt umarmte und verdunkelte, bis es fast ausgelöscht war.

Jessie wollte sich aus Lucies Blick lösen, wollte etwas finden, das sie zerschlagen konnte, aber sie konnte sich nicht bewegen. Sie stand am Ufer des Stadtgrabens, der Himmel hob und glättete sich, es gab keine Kuppel mehr über der Wagenburg, keinen Schutz, es waren nur noch Bauwagen auf einem Parkstreifen, lächerlich, sie ein Paradies zu nennen.

Als Bjarne sie fand, kniete Jessie am Ufer, den Kopf über dem Stadtgraben, als würde sie sich übergeben, ihre Haarspitzen trieben auf dem Wasser. Sie schrak vor seiner Berührung zurück, denn sie konnte nicht mehr unterscheiden, wo das Unheil herkam, ob es ihr entsprang oder der Welt, es war überall. Jessie kniete über dem Stadtgraben, ihr Schatten aber stand kerzengerade hinter ihr, trug einen Hut auf dem Kopf und die Hände an der Hosennaht.

Jessie sprang auf und starrte Bjarne an, als hätte sie ihn noch nie gesehen. Oder als kennte sie sich selbst nicht mehr. Ihre Augen sahen anders aus, als hätte das Blau an Farbe verloren. Wie ausgewaschen.

Der Winter kam früh und war nach wenigen Tagen schon uralt. Es war ein epischer Winter, einer, der innerhalb weniger Tage die Erinnerung an den Sommer auslöschte. Er war der letzte seiner Art, die kommenden würden klamm sein, schmoddrig, durchzogen von Nebel und Nieselregen, Schneematsch und Graupel, aber niemals eisig, nur dieser kannte noch die Kunst, gleichmütig zu sein und gleichzeitig gefährlich. Es war ein Winter, der das Gemüt beruhigte, aber einen das Leben kosten konnte. Er dämpfte die Stadt im Schnee und schliff sie am Eis. Jeder Schritt hinterließ Fußstapfen, die Trave gefror, selbst auf der Ostsee schoben sich dicke Eisschollen gegeneinander. Jessie saß vor der Lagerhalle Nummer neun, schaute in den Sternenhimmel und wusste, dass sie versagt hatte, sie wusste nur nicht, worin. Es war ein unbestimmtes Gefühl, als hätte eine Hoffnung auf ihr gelegen, die sie jetzt enttäuscht hätte. Sie erkannte, wer sie wirklich war: ein greises Mädchen mit der Schuld von Generationen. Die Letzte einer verfluchten Linie. Sie hatte auf Kredit gelebt, ein Leben, das gar nicht ihr gehörte. Ein Leben in der Asche der Toten.

Jessie saß am Hafen, in einem Winter, der selbst ein Cowgirl zur Strecke bringen konnte, und anders als vor einigen Jahren gab es niemanden, der sie auflas und ins Paradies entführte, es gab kein Paradies mehr, nicht für Jessie. Sie legte sich in den Schnee, in die Scherben ihres Zorns, die Arme ausgebreitet. Der Teufel lag neben ihr, ohne einen Abdruck zu hinterlassen. Jessie fiel in die kalten Augen des Teufels, als triebe sie allein durch das All.

Freyas Augen waren verquollen, ein eher spartanisches Frühstück stand auf dem Tisch, in der Ecke des Wohnzimmers lag ein Haufen Scherben. Das Schlesische von Fräulein Lisbeth, in Jessies Handfläche klaffte ein Schnitt. Jessie erinnerte sich nicht, was passiert war, ihre Mutter schien es umso besser zu wissen. Freya löste Aspirin in einem Glas auf, schob es Jessie zu und schaltete den Fernseher an. Sie rauchten eine Zigarette nach der anderen, Jessie nippte abwechselnd an ihrer Aspirin und dem Kaffee. Freya sprach kein Wort, sie schnippte nur ihre Asche in den Eierbecher und runzelte die Stirn.

»Lass mich mal deine Hand anschauen«, sagte sie schließlich.

Jessie trank einen großen Schluck Kaffee, dann nahm sie ihren Frühstücksteller in beide Hände und zerbrach ihn. Das Porzellan brach mit einem trockenen Knacken, Freyas Augen weiteten sich und zogen sich dann zu schmalen Schlitzen zusammen, sie stellte ihre Tasse ab, klemmte sich die Zigarette in den Mundwinkel und ohrfeigte Jessie einmal kräftig über den Tisch.

»Weißt du, mein Mädchen? Andere Menschen haben echte Probleme.«

Jessie lächelte, ihre Wangen wurden samtrot. Sie zündete sich eine neue Zigarette an, blies den Rauch ihrer Mutter direkt ins Gesicht, dann schaute sie an ihr vorbei aus dem Fenster. Draußen war die Sonne hinter den Wolken hervorgebrochen, als hätte jemand ein Spiegelei auf dem Pfannenrand aufgeschlagen, der Schnee glitzerte, und Jessie hatte zum ersten Mal seit Wochen das Gefühl, sie könne Bjarne gegenübertreten, sie könne den Stadtgraben betreten, ohne ihn zu zerstören. Es war befreiend, endlich wieder einen konkreten Feind zu haben.

Freya lag auf dem Boden in Jessies Zimmer und fischte mit einem Besen nach der Schatulle unter dem Schrank. Sie wusste, wo die Geheimnisse ihres Hauses zu finden waren. Sie hatte das Kästchen vor fast zehn Jahren beim Putzen gefunden, geöffnet und sofort wieder geschlossen, als sie die Handschrift ihres Vaters und den Namen ihrer Mutter auf einer Karteikarte gesehen hatte. Sie hatte die Schatulle schnell wieder zurück unter den Schrank geschoben, und der Schatten von Christoph Petersenn hatte sich ausgedehnt, jede Form verloren und begonnen, die Luft selbst zu durchsetzen. Es schien nie mehr richtig hell zu werden in dem kleinen Häuschen in der Gröpelgrube, das Atmen wurde schwer. Freya hatte begonnen, Doppelschichten zu arbeiten, um dem Haus zu entrinnen. Schließlich verführte sie den Arzt. Ein unsinniger Fluchtversuch, der dazu führte, dass sie bleiben musste.

Sie fragte sich nicht, was der Name ihrer Mutter auf einer Karteikarte der Gestapo bedeutete. Freya, die die Briefe ihres Vaters an ihre Mutter gelesen, genau wie Lucie die Poststempel überprüft hatte und immer wieder an einer Formulierung hängenblieben war, *habe meinen Sinn für Schönheit dennoch nicht verloren*, Freya, die manchmal glaubte, an den ungelösten Fragen zu verzweifeln, schloss die Schatulle, schob sie unter den Schrank und *vergaß* sie.

Bis zu jenem Morgen vor einigen Wochen, an dem Jessie Mertens das Haus in der Gröpelgrube verlassen hatte, grußlos und mürrisch, die ungekämmten Haare auf dem Kopf zusammengebunden, und Freya beobachtet hatte, wie der Schatten von Christoph Maria Petersenn sich aus dem Haus herausschälte und sich an ihre Tochter heftete. Sie sah, wie Jessie kaum merklich zusammenzuckte und ihre Schritte schwerfälliger wurden, als hingen Gewichte an ihren Füßen, als ginge Jessie durch Wasser. Da war ihr die Schatulle wieder eingefallen, aber sie hatte nicht den Mut gehabt, sie zu öffnen.

Jetzt aber brauchte Freya keinen Mut mehr. Sie hatte ihre Tochter geschlagen. Weil es einfacher war, sich zu sagen, dass Jessie frech und aufmüpfig war, als sich zu sagen, dass sie verloren war.

Gestern Abend hatte Freya auf dem Sofa gesessen, geraucht und mit hochgezogenen Augenbrauen zugesehen, wie Jessie Tassen und Teller zerschlug. Als die Hälfte des Services zu Bruch gegangen war, war sie aufgestanden und die Treppe hinauf ins Atelier gestiegen, hatte das Licht gelöscht und sich schlafen gelegt, während Jessie unten weitertobte.

Sie hatte ungerührt zugesehen, wie Jessie ein ganzes Service zertrümmerte, aber das Knacken eines einzigen Tellers am nächsten Morgen hatte ihr den Magen umgedreht. Ein Knacken, das ein tiefes physisches Entsetzen in ihr ausgelöst hatte.

Freya ging in Jessies Zimmer, legte sich auf den Boden und fischte die Schatulle unter dem Schrank hervor.

Bjarne lag in schmutzigen Jogginghosen zwischen leeren Karlsquelldosen, die Aschenbecher quollen über, der Wagen roch nach fauligem Bongwasser. Auf dem Tisch lagen drei zusammengeknüllte Papier- und Alufoliebälle, zweifellos mit den Resten eines Döners in ihren Herzen. Daneben stand ein Teller mit angetrockneten Spaghetti.

Jessie hatte Bjarne noch nie so verwahrlost gesehen, aber sie hatte ihn auch noch nie verlassen. Sie strich ihm in einer geraden Linie über Stirn, Nase und Lippen. Als sie beim Kinn angekommen war, öffnete er langsam seine verquollenen Augen. In ihnen lag die Nacht, aber in seiner Stimme brach die Sonne über den verbrannten Horizont. Seine Stimme versengte Jessie die Haarspitzen, sie warf sich auf das Bett und lachte, bis Bjarne sie so fest drückte, dass sie keine eigene Form mehr hatte, sie ein Abdruck von Bjarne war. Sie schloss die Augen und hatte das Gefühl, eine flaumige Feder würde durch ihren Körper fahren. Sie brannten ein Loch in den Schnee.

Als Bjarne frisch geduscht vom Gelände zurückkam, lag Jessie auf seinem Bett, die Augen geschlossen, ihre Haare bedeckten sein Kopfkissen.

Wie Jessie da so über seine Laken gegossen lag, so abwesend und fremd, erinnerte er sich wieder daran, wie er das erste Mal neben ihr aufgewacht war, wie er in seine hohle Hand geascht und dieses Mädchen betrachtet hatte, das mit auf der Brust gekreuzten Armen in Hosen, Hemd und Stiefeln auf seinem Bett lag und schlief. Obwohl es zweifellos romantischere, vor allem erotischere Arten gab, mit einem Mädchen aufzuwachen, hatte ihn dieser Anblick ganz unerwartet wahnsinnig glücklich gemacht, und er verlor augenblicklich jegliches Interesse an Mädchen, die sich die Schuhe auszogen, bevor sie ins Bett krochen.

Jetzt war sie wieder da. Hatte die Fenster aufgerissen und ihn wachgeküsst. »Jessie James«, flüsterte Bjarne und legte sich zu ihr, »Jessie James, wenn du noch einmal abhaust, präparier ich dir einen Falter, wenn du nie wiederkommst, töte ich die ganze Stadt.«

Jessie lächelte, dann drehte sie sich auf die Seite: »Ich war eingeschneit, Bjarne. Der Teufel hat mich geholt. Ich würde dich nie verlassen.«

Freya saß auf Jessies Bett, das einmal das von Fräulein Lisbeth gewesen war, dann Lucies, schließlich war Christoph darin alt geworden. Sie hatte die Schatulle auf dem Schoß und die Hände auf dem Deckel gefaltet.

Sie hatte alles gelesen, Christophs Karteikarten über Lucie (Gesichtsform: *herzförmig*, Augen: *Lucies Augen sehen mehr, als sie ertragen kann, deswegen sind sie morgens immer geschwollen. Lucie wirkt zerbrechlich, dabei hält sie mich zusammen*), die Karteikarten, die er entwendet hatte, um Lucie und Michél zu schützen, zuletzt dann die eine, die er nicht mehr entwendet hatte. Eine Karte, die er erst aus dem Verzeichnis genommen, bevor er den Rest verbrannt hatte, eine Karte, aufbewahrt wie eine Trophäe. Die Karteikarte, die Michéls Verhaftung und seinen Tod vermerkte, beides in Christophs Handschrift. Das war der Moment, in dem Freya begriff, was Lucie schon gewusst hatte, dass jemand, der die Karteien verwaltet, die Karteien in der Hand hat.

Er hatte seiner Frau Hoffnung vorgegaukelt, weil er die Hoffnung nicht aufgeben wollte, dass sie ihn doch wieder lieben könnte.

Freya erinnerte sich an das lachende Gesicht ihrer Mutter, der süße Schwindel, als Lucie sie im Kreis drehte, bis Freya vor Entzücken kreischte, das köstliche Gefühl, gleichzeitig ausgeliefert und geborgen zu sein. Sie erinnerte sich an die dicken satten Bögen und Falten, welche die Tischdecke schlug, und die warme Pfütze, die sich unter Freya ausbreitete. Sie war sieben Jahre alt und saß unter dem Tisch in ihrem eigenen Urin, der langsam kalt wurde, in panischer Angst, ihr Vater könnte die Tischdecke anheben und sie entdecken, sie *riechen*.

Jessie und Bjarne lagen nebeneinander, sahen sich an und sprachen kein Wort. Der Ofen war vor Stunden ausgegangen, es war so kalt, dass einem die Bettdecke an der Wand festfrieren konnte, das Licht einer Kerze flackerte über ihre Gesichter. Ihre Augen brannten, aber ihre Blicke waren das Einzige, was sie noch verband, sie fürchteten: Würden sie einschlafen, sie hätten sich für immer verloren.

Es hatte damit angefangen, dass sie sich küssten und wieder ein Stück voneinander abrückten, wie sie es immer taten, bevor sie miteinander schliefen. Bevor sie miteinander schliefen, lösten sie sich voneinander und sahen sich an. Aber dieses Mal verpassten sie den Moment, in dem sie sich üblicherweise wieder aufeinander zubewegten. Jessie wollte Bjarne die Hand auf den Bauch legen, hielt inne, mit einer plötzlichen Lust, den Moment noch etwas hinauszuzögern, und als wären sie in eine andere Ebene gefallen, wo in der Sekunde des Zögerns Jahre verstrichen waren, in denen die ausgestreckte Hand verwitterte, konnten sie sich auf einmal gar nicht mehr berühren. Jede Bewegung wäre ein Echo gewesen, ein Nachtrag der Berührung. Die Luft schien sich zu verdichten, als wäre der Raum zwischen ihnen mit Watte ausgestopft, die sexuelle Spannung verwandelte sich in eine nagende Aggression.

Um vier Uhr morgens brannten ihnen die Augen, ihre Gliedmaßen waren völlig verhärtet und taub, sie waren noch nicht mal mehr in der Lage, die Decke über ihre Körper zu ziehen, draußen bellte Muck, ein Kläffen, das harsch durch die Stille schnitt. Bjarne schaute in Jessies Augen, die ihre Farbe verändert hatten, die ein unheimliches blindes Blau angenommen hatten, und Jessie schaute Bjarne an und erinnerte sich an ihn wie an eine Geschichte, die sie einmal gehört hatte. Sie hatten die Vorstellung voneinander verloren, die Hingabe und den Furor, mit denen sie jeden Makel des anderen adelten. Sie lagen in der kalten Fremde einer Nacht und warteten darauf, dass der Morgen kam und diesen seltsam beklemmenden Zauber von ihnen nahm, aber als die Sonne aufging und ihnen auf die Gesichter fiel, war ihre Haut teigig und weiß, die Vögel hörten sich an wie blechernes Spielzeug, und selbst als Bjarne Kaffee kochte, sah es aus, als spulte Jessie einen alten Videofilm ab.

KAPITEL 14

Jessie, Bjarne, Falk und Finchen saßen um den Tisch herum und starrten in die Reste von Bjarnes Spaghetti. Sie standen schon seit Tagen auf dem Tisch, mit Tomatensoße vollgesogen und in der Wärme des Ofens zu dünnen, steinharten Schlangen getrocknet, wie mumifiziert. Die Stille wurde nur durchbrochen von Lasses unregelmäßigen, aber sehr heftigen Atemzügen. Er lag auf Bjarnes Bett, den Blick an die Decke gerichtet, und atmete, als müsste er seinen Brustkorb gegen einen unsichtbaren Widerstand stemmen, als wäre die eingesogene Luft Sperrgut. Falk drückte eine Zigarette in den Spaghetti aus, Wasser lief aus Finchens Nase, als würde sie aus der Nase weinen, sie merkte es noch nicht einmal. Der Strom war ausgefallen, die Nadel stand in der Mitte der Platte, Wasser tropfte aus dem Eisfach und sickerte in die Dielen.

Keiner von ihnen sagte ein Wort. Die Stille bekam etwas Redundantes, als hätte man sie auf Kassette aufgenommen und würde sie jetzt immer wieder abspielen.

Lasse hatte Schwani eine Schale Müsli auf den Bauch gestellt, bevor er sich auf den Weg nach Kücknitz gemacht hatte. »Fick dich«, hatte Schwani gesagt, und Lasse hatte sich vorgebeugt und einen tiefen Zug aus seiner Halsbeuge genommen. Und während Schwani sich an seinem Gürtel zu schaffen machte, hatte er viel zu geistesgegenwärtig die Schale mit dem Müsli gerettet und auf den Deckel des Plattenspielers gestellt. Sein Graf, sein blutrünstiger, milchweißer Geliebter trieb ihm Heuschrecken durch das Blut, und Lasse hatte die Sorgfalt, die Schale abzustellen. Das war der größte Fehler gewesen, den er jemals begangen hatte, sich um eine Schale Müsli zu kümmern, bevor Schwani ihm mit einem Griff in den Nacken das Gesicht in die Kissen zwang.

Lasse war beim Bahnhof, als sein Telefon klingelte. Er erkannte Schwanis Stimme kaum wieder. »Ich wollte dir nur sagen, ich bin durch mit dem Scheiß.« Lasse war sich nicht sicher, wovon Schwani sprach, außerdem war die Verbindung schlecht, und Schwani redete wie am Schnürchen weiter, in seltsamen Sätzen, die weder Anfang noch Ende zu haben schienen, er sagte Schore, er sagte Strich, er sagte Sex, er sagte, er sei ein Feigling gewesen, und mittendrin sagte er: »Ich liebe dich«, und klang dabei so, als würde er auf einem Eiswürfel herumkauen. Lasse erstarrte. Sie waren seit Ewigkeiten zusammen, und noch nie hatte Schwani so etwas gesagt.

Der Bus nach Kücknitz fuhr vor, die Türen öffneten sich mit einem Stöhnen. Auch als der nächste Bus kam, blieb Lasse sitzen. Sein Atem gefror vor seinen Lippen zu einem Schneeball, der Wagenschlüssel brannte ein Zeichen in seine Handfläche, eine Sternschnuppe fiel in einen Gulli und verschwand in der Lübecker Kanalisation. Einen Lidschlag lang hatte er ein Bild vor Augen, ein gemeinsames Frühstück auf dem Dach, getauschte Küsse und andere rührende Kleinigkeiten. Lasse stand auf und ging zurück zum Stadtgraben. Er war eine Fackel in der Kälte, sein Körper zerbrach den Morgen, und die Müdigkeit wich aus seinen Knochen. Er lächelte, er war bereit, ein Wagnis einzugehen, und begann, furchtbar albern zu kichern, so sehr erschreckte ihn der Gedanke.

Später, Lasse hatte einen nicht messbaren Zeitraum lang

an Schwani herumgezerrt, ihm auf die Brust geschlagen, Speichel war ihm dabei aus dem Mund und Rotz aus der Nase getropft, er hatte Geschirr und seinen Kopf an die Wand geschlagen, er hatte Schwani aus dem Bett gehoben und war auf dem Fußboden wieder mit ihm zusammengesackt, nur geschrien hatte er nicht, er war in einer solchen Stille ausgerastet, dass man den neuen Schnee fallen hören konnte –, später also öffnete sich die Tür, und Falk kam herein. Schwani lag mit dem Kopf auf Lasses Schoß, und Lasse träufelte ihm Bachblüten in den halbgeöffneten Mund. Gentian und White Chestnut. Die Flüssigkeit sickerte nicht in Schwani ein, sie rann ihm über die Brust, Schwani war der verhärtete Boden einer vertrockneten Pflanze. Lasse rieb ihm die Tinktur in die Brust, und dort, im Zentrum seiner Handfläche, lag jetzt Schwanis stilles Herz. Ein Goldklumpen, der eine solche Kälte abstrahlte, dass Lasses Hand gefühllos wurde. Sie kroch ihm hinauf in Arm und Brust, ein sanfter kalter Wind fuhr ihm durch den ganzen Körper, er hörte nicht mehr als ein ganz feines Rauschen.

Als Kind hatte er einmal einen Glasbläser bei der Arbeit beobachtet. Er hatte das weiche Glas, das sich langsam zu einer Blase formte, unbedingt berühren wollen. Es bedeutete ihm nichts, dass es heiß war, etwas so Schönes konnte einen gar nicht verletzen. Lasse schaute in das stille Gesicht seines Geliebten, etwas so Schönes konnte einen gar nicht verletzen, und er dachte mit großer Klarheit, dass Schwani ihm etwas hinterlassen hatte. Schwani, der unmittelbar vor seinem Tod beschlossen hatte, mit dem Heroin aufzuhören, hatte es *ihm übergeben*.

Lasse lächelte und griff sich das Spritzbesteck, als er eine Gerade von Falk ins Gesicht bekam. Und dann hörte er Finchen, die Falk anschrie, und irgendwie verschwamm jetzt diese Klarheit, die er eben noch gehabt hatte, irgendwie konnte er keinen Gedanken mehr fassen.

Jeder hatte gewusst, dass Schwani sterben würde. Jeder würde irgendwann sterben. Lagen doch im Winter Schnee und im Sommer Blüten auf dem Parkplatz, schmeckte doch jedes Bier besser als das davor, und das letzte wäre von unvergleichlicher Süße. Die Stadt hatte sich ihre Konturen schon lange gemerkt, der Asphalt die Größe ihrer Stiefel und der Wind den Geruch ihrer Zigaretten. Es war egal, wie lange sie noch durch die Straßen zogen, sie würden ewig unter ihren Schritten erbeben. Der Tod war ein albernes Flittchen. Sie vögelten den Teufel, wie sollten sie Angst vor dem Tod haben. Jeder, der Schwanis zerstochene Arme gesehen hatte, hatte den Tod an ihm gerochen. Jede Stunde seines Lebens musste er ihm abjagen, sie konnten wahrlich nicht behaupten, dass sie nicht vorbereitet gewesen wären. Nur, dass Schwani falsch gestorben war: Seine Augen waren hervorgetreten, und seine Hand lag am Hals, als kämpfe er mit einem Strick. Es war ein Hauch von Erdnuss, der ihn das Leben gekostet hatte. Kein Rausch hatte ihn in den Tod begleitet, die süße Hure Heroin hatte ihn nicht zwischen ihren Brüsten gewiegt, hatte ihn nicht in ihr goldenes Haar gebettet, er war langsam und jämmerlich an einem Hauch von Erdnuss aus Lasses Frühstücksmüsli erstickt, in das er Orangen und Beeren geschnitten hatte (Vitamin C und Antioxidantien).

Das Licht war von einer gnadenlosen Schärfe, der Himmel kobaltblau, der Parkplatz von einer neuen Schicht Schnee bedeckt, kaum dicker als ein Blatt Papier. Die Welt war von einer grausamen Schönheit, einer Schönheit, die einem das Lächeln ins Gesicht schlug. Jede einzelne Minute, die vorbeizog, fühlte sich an wie ein geflügeltes Tierchen mit einem Stachel. Jede Minute setzte sich ihnen auf die Haut, die Luft vibrierte leise, und dann stach sie zu. Ein punktueller Schmerz, der sich schnell ausbreitete, der bis in die Zehen zog und so brannte, dass man Lust bekam, mit nackten Füßen über Glas zu laufen.

Sie fühlten sich so unerhört lebendig, wie man sich nur neben einem Toten fühlen kann: Ihr Haar leuchtete blau wie der Himmel, rosarot wie frisches Fleisch, schwarz wie das All, ihr Puls raste, der Wodka brannte in ihren Mägen.

Plötzlich sprang der Strom wieder an, und die *Morricone*-Platte, die Jessie vor Stunden aufgelegt hatte, um den *Residents*-Lärm von Schwani zu übertönen, lief mitten im Lied weiter. Es war eine Musik, die Helden gebar, Musik aus einer Welt, in der der Tod nichts Schockierendes hat, sondern notwendig ist, um die Wut für einen neuen Kampf zu entfachen.

Freya war betrunken. Es war ein kalter, klarer Nachmittag, die Sonne brannte auf den frischen Schnee hinab, sie saß im Wintermantel auf der Bank vor dem Haus und trank Whisky. Sie schloss die Augen, geblendet vom Schnee, und sah ihren Vater, der ihr die Schulbrote schmiert, dann das Haar kämmt und die Zöpfe flicht. Sie betrachtet sein Gesicht im Spiegel, der sanfte Ernst, mit dem er dieser Aufgabe nachkommt, das schwarze Haar seiner Tochter, das seines ist und das seiner Mutter Josefa, zu flechten. Es riecht nach Kaffee und gebratenem Speck, das Radio spielt die *Vier Jahreszeiten*. Christoph summt leise und beschwingt mit, er wirkt so friedlich und sanft, dass dies der Moment ist, in dem Freya die Frage stellen kann. Sie weiß, dass die Welt lügt und ihr Vater wahrhaftig ist.

Denn niemand, der summt und flicht und Brotkrumen auf den Schultern und Schmetterlinge in der Stimme hat, kann doch gewusst –, und niemand, der mit Sirup eine Sonne auf die Pfannkuchen malt, könnte geahnt, und niemand, der jetzt aufschaut und lächelt und so warme dunkle Augen hat, hätte jemals – und Freya schaut in die Augen ihres Vaters und fragt.

Der Blick ihres Vaters friert ein. Die Wärme gefriert wie ein Fisch im Eis der Wakenitz, von der Oberfläche noch zu sehen, aber schon tot. Das Radio spielt, aber Freya hört es nicht mehr, denn das Summen hat aufgehört. Das Summen ist einem Schweigen gewichen, das bedrohlicher ist als Prügel. Ein Schweigen, das dem Kind deutlich macht, dass es ein Kind, dass es allein nicht überlebensfähig ist. Freya begriff, dass die Liebe ihres Vaters eine Gunst war, die er ihr erwies, dass er ihr diese Liebe jederzeit entziehen konnte.

Freya öffnete die Augen, schaute in den leuchtenden Schnee, als würde sie eine Hand in die Kerzenflamme halten, denn auf dem Grund der eisernen Stille, mit der ihr Vater sie gestraft hatte, lag eine weitere Erinnerung. Die Hand ihrer Mutter, die ihre hält, Lucies Gesicht, verzerrt vor Angst, aus ihrer Nase rinnt Blut. Ein Bild, das sie bisher für einen Alptraum gehalten hatte, was anderes konnte es sein? Freya trank, und das Licht trieb ihr das Wasser aus den Augen. Freya weinte nicht. Welchen Grund sollte es dafür schon geben?

Jessie stieg die drei Stufen zu Lasses Wagen hinauf. Sie stolperte, also lebte sie. Sie war betrunken, also lebte sie. Jessie war voller Gier, sie war ein Geier, der über dem Toten kreiste.

Die Tür stand offen, das Licht brannte. Schwani lag vor dem Ofen, mit dem Kopf zur Tür, seine Haare sahen aus wie immer. Ein wenig fettig, sehr weich und so, als wäre er gerade eben mit den Fingern hindurchgefahren. Wenn Jessie nur seine Haare anschaute, kam es ihr vor, als müsste Schwani sich im nächsten Moment fluchend aufrappeln, durch den Wagen taumeln und ins Bett fallen.

Muck und Öse bellten auf dem Parkplatz, das Surren des Kühlschranks vermischte sich mit dem entfernten Motorengeräusch eines Mopeds. Jessie drehte sich eine Zigarette und wartete, aber niemand gab ihr Feuer, nicht einmal der Teufel scherte sich noch um Schwani. Sie betrat den Wagen.

Natürlich sah Schwani sehr weiß aus, natürlich stachen die Konturen seines Gesichtes scharf hervor, natürlich war eine Stille um ihn herum, als wäre die Luft gefroren. Darauf war Jessie vorbereitet. Worauf sie nicht vorbereitet war, dass ein aufgeschlagenes Buch neben Schwani lag. Daneben stand eine Tasse Kaffee. Natürlich war das Zufall. Irgendein unglücklicher Zufall hatte verhindert, dass die Kaffeetasse in dem ganzen Gerangel umgekippt war, und ein anderer Zufall hatte dafür gesorgt, dass in demselben Gerangel ein Buch vom Tisch gefallen war, direkt neben die Tasse. So, als hätte Schwani eben noch ein wenig gelesen.

Jessie vergaß, warum sie gekommen war, sie starrte die Tasse an wie ein Orakel, besessen von der Idee, die Temperatur des Kaffees überprüfen zu müssen, besessen von der Idee, die Temperatur des Kaffees könnte Schwanis Zustand revidieren.

Wenn sie nach ihr griffe, wäre sie Schwani so nah, dass sie seine Körperwärme spüren müsste. Sie wusste nicht, was sie mehr lähmte: die Vorstellung, dass der Raum zwischen Schwani und der Tasse kalt sein würde, oder die Vorstellung, dass die Tasse tatsächlich noch warm wäre, eine Wärme, die einen Moment lang irrtümlich für Schwanis gehalten werden konnte.

Jessie stand vor Bjarne, lächelte, dass es ihr fast die Mundwinkel aufriss, und hielt ihm Schwanis Kaffeetasse hin. »Du wolltest das Speed holen«, sagte Finchen und nahm Jessie den Kaffee aus der Hand, »was soll der Scheiß?«

»Der Kaffee ist noch warm«, sagte Jessie und starrte Bjarne an, »verstehst du nicht, der Kaffee ist noch warm!«

Bjarne schaute Jessie an, betrunken wie sie, aber ohne Hoffnung. »Der Becher stand neben dem Ofen, Jessie James, wir können die Zeit nicht anhalten«, sagte er und drehte eine Zigarette.

Jessie drehte sich um und trat kräftig gegen die Tür, nicht weil Schwani tot war, sondern weil Bjarne so mühelos die seltsamsten Gespinste verstand und weil sie ihn trotzdem verlor.

Finchen verließ den Wagen, machte ein ziemliches Getöse und tauchte eine Minute später mit dem Medizinschränkchen wieder auf. Selbst die Schrauben, mit denen es an der Wand befestigt gewesen war, steckten noch an der Rückseite.

Langsam und vorsichtig legte sie das Schränkchen auf dem Küchentisch ab, so leise, als wäre der Krach, den sie eben gemacht hatte, das letzte Geräusch, was sie jemals gemacht haben wollte. Sie zitterte. Es fing in den Beinen an, zog durch ihren Oberkörper, bis zu den Mundwinkeln und den Augenlidern, die flatterten, als würden sie an einem außer Kontrolle geratenen Seilzug hängen. Nur ihre Hände, die das Medizinschränkchen mit den Wundsalben, Pflastern und den Drogen öffneten, zitterten nicht.

Jessie hatte noch nie in ihrem Leben so viel Speed gesehen, sie wusste, für jede Line hatte Schwani mindestens einmal seinen Arsch hingehalten oder einen Schwanz gelutscht; auch wenn Schwani betont hatte, dass es ihm sogar Spaß machte, hatte Jessie doch den harten Glanz in seinen Augen gesehen.

Finchen fächerte ein paar Lines auf einem Plattencover aus. Jessie packte keine Aufregung, als sie das Speed sah, auch keine grimmige Entschlossenheit: Die Einsamkeit, die sich normalerweise ausbreitete, nachdem der Rausch nachgelassen hatte, diese merkwürdige Ablöschung des Selbst, als würde ein großes Löschpapier alles, wirklich alles, was sich in Jessie noch gut und intakt anfühlte, aufsaugen, das alles war schon da, als sie Bjarne zuschaute, der einen Zehner an Jimi Hendrix' Nase ansetzte, genau an einer vergrößerten Pore am linken Nasenflügel.

Bjarne war genau wie Falk, er liebte Bier und Joints, er hasste harte Drogen. »Bier kannst du benutzen«, sagte er dazu, »Chemie benutzt dich.« Es war unheimlich, Bjarne so zu sehen. Aber es galt, einen Grafen zu Grabe zu tragen, den Grafen der chemischen Verbindungen und des tödlichen Rausches. Jessie wusste, dass es noch einen anderen Grund gab, dass Bjarne jetzt über dem Plattencover hing: Sie, Jessie Mertens, hatte ihn zerstört. War in seine Arme geflüchtet und hatte ihn infiziert. Hatte kurz die Hoffnung gehabt, dass sie davonkommen könnte, dass der Fluch an ihr vorüberging.

Sie schaute zu Lasse rüber, der auf Bjarnes Bett lag, der das hintere Ende des Wagens mit seinem Atem und dieser bedrohlichen Starre füllte, die es schwermachte, ihm nahe zu sein. Was sagte man zu jemandem, dessen Geliebter tot auf dem Fußboden seines Wagens lag? Jessie, die Trost auch für die Untröstlichen hatte, fand keinen für Lasse.

Lasse, der immer für alle da gewesen war, trieb allein in einer Kapsel durch das All, eingeschlossen in seinem Schock, während die anderen schon betrunken um das Grab tanzten. Vor wenigen Stunden noch hatte er mit Schwani geschlafen, sein ganzer Körper wusste, dass sein Geliebter lebte. Der Biss an der Schulter schmerzte, er hatte seinen Geschmack im Mund und seinen Schweiß auf der Haut, es war völlig unangemessen, um Schwani zu trauern.

Falk zog die erste Nase seines Lebens. Er sah gedemütigt aus, wie er dort über dem Plattencover hing, einen Zehner in der Nase. Jessie fühlte, wie sich kleine Kiesel in ihrer Kehle bildeten, sie nahm Falk den gerollten Schein aus der Hand und zog.

Der Himmel verfinsterte sich, Wolken wie eine Nacht, die ersten Hagelkörner rissen Löcher in die Schneeschicht. Schusslöcher. Das Speed brannte ihnen die Hölle aus den Köpfen, sie waren klar, sie waren da. Da lag ein Toter in ihrer Mitte, und den mussten sie ehren. Wodka und Ecstasy, LSD und THC, sie rannten in die Wüste hinaus und schworen Rache, niemand nahm einen von ihnen, ohne es mit dem Rest zu tun zu bekommen. Sie tranken den Wodka wie Wasser und rieben sich das Zeug ins Zahnfleisch, Finchen kniete neben Lasse und drückte ihm eine Pille auf die fest zusammengepressten Lippen: »Komm schon, Lasse«, aber vielleicht wünschte sich Jessie das auch nur. Eigentlich hatte sie Lasse seit Äonen nicht mehr gesehen, die Gravitation ließ nach,

Jessie stieg auf, wie sollte sie jemanden sehen, der langsam in den Sumpf sank, der unter der Stadt lag.

Verbrannte Lippen, Streifschusswunden am ganzen Körper, aufgeplatzte Fingerkuppen, ausgedörrte Kehlen, den Strick am Hals, Jessie trank, der Himmel klarte auf, eine samtene Nacht lag über der Stadt.

Freya schaute in den Sternenhimmel, auf ihrem Haar lag Schnee, die Whiskyflasche zwischen ihren Füßen, Hände und Lippen waren blau vor Kälte, der Teufel legte seine Stirn an ihre. Freya war sieben Jahre alt und hörte ein trockenes Knacken, ein Geräusch, von dem sie sofort wusste, was es war, ohne dass sie jemals zuvor etwas Vergleichbares gehört hatte.

Ihr Körper erkannte dieses Geräusch. Freya kauerte unter dem Tisch, die Knie ans Kinn gezogen, die Beine fest umschlungen. Sie zählte die Faltenwürfe der Tischdecke, die bis zum Boden reichte, so würde sie es zumindest erinnern, diese weichen Bögen, die der feste Stoff beschrieb. Sie sah nichts außer den Faltenbögen und den Füßen ihrer Eltern, sie erinnerte sich ganz deutlich.

Das Knacken, so dachte sie später, musste Porzellan gewesen sein, ihr Vater musste einen Teller in der Mitte durchgebrochen haben, und deswegen hatte Lucie auch so geschrien. Dass sich plötzlich eine Pfütze unter Freya ausbreitete, dass sie in ihrem eigenen Urin saß, der allmählich kalt wurde, das vergaß sie nicht, und sie hörte niemals auf, sich dafür zu schämen.

Freya war vierundfünfzig Jahre alt, als ihr Verstand begriff, was ihr Körper die ganze Zeit gewusst hatte. Dass sie niemals eine Tischdecke gehabt hatten, die lang genug gewesen wäre, als dass sie Freya den Anblick erspart hätte. Dass Porzellan nicht auf diese Art knackte, wenn es brach. Dass ein Kind keine Todesangst hatte, weil der Vater einen Teller zerbrach. Dass Lucie sie nie im Stich gelassen hatte. Dass ein Mann, der Angst hat, seine Frau das Fürchten lehrt.

Falk trat die Tür auf, als erwartete er Feinde draußen in der Nacht. Sie liefen die Stufen hinunter, ihre Köpfe waren leicht, und sie dachten in Lichtgeschwindigkeit. Jeder Satz war ein Lichtblitz, der den anderen ins Gehirn schnitt. Jedes Wort war eine Klinge, fein und scharf, und die Flocken, die Schneeflocken, konnten ihnen Muster von vollendeter Schönheit in die Haut brennen.

Der Parkplatz war von einer neuen Schneeschicht bedeckt, Jessie rannte hinter Finchen über den Platz und lachte. Der Wind schnitt durch die groben Maschen von Finchens Netzstrumpfhose. Ein Strom floss durch die Maschen, Jessie jagte ihm hinterher, griff nach Finchens Beinen, jagte Makrelen, Thunfische und Schmetterlinge und verendete als Beifang am Strand. Sie knickte um und fiel in den Schnee, ihre Haare froren zu Spikes, ihre Wimpern schlugen im Takt mit der Nacht. Der Mond würde nicht weichen, bevor sie ihre Augen nicht schloss. Tausend Sterne lagen auf ihren aufgerissenen Lidern, wurden in den Lidfalten zerquetscht, Jessie musste nur die Faust schließen, um die Welt zu zerstören, aber sie lachte. Sie riss den Mund so weit auf, dass die Raben ihre Zähne zählen konnten, und lachte. Es klang hohl. Sie streckte die Zunge heraus und leckte am Schnee. Jeder Eiskristall war ein Quarz auf ihrer Zunge, durch ihre Venen floss pures Gold.

Sie trug Diamanten auf den Zähnen, und ihr Speichel war heißes Pech.

Falk rieb sich Speed ins Zahnfleisch und grinste so bescheuert wie das dicke Kind auf dem Brandt-Zwieback. Bjarne schlug ihm die Faust in die Fresse und lachte. Der Schnee war voller Drogen, Bjarnes Zähne schnitten Spuren in die Luft, Falks Lippe platzte auf, es wurde warm. Der Knall, als Bjarnes Fäuste die Schallmauer durchbrachen, versetzt mit dem leisen Knacken von Falks Lippen. Bjarne hatte alles verloren, sowas wusste man immer vorher. Er rammte seinen Kopf in den Schnee und fühlte nichts, er war gierig nach Geräuschen, alle sollten schreien und zerplatzen. Jetzt.

Falk rannte über den Parkplatz und zerschlug Windschutzscheiben, Jessie kroch durch den Schnee, sie schrammte sich die Knie am Asphalt auf, aber sie hatte kriechend ein Muster gezogen, das von bizarrer Schönheit war. Etwas stimmte nicht, sie hatte einen Schatten, aber er war zu groß und kräftig, seltsam ungelenk, aber entschlossen, es war nicht ihr Schatten, der dort an ihrem Körper haftete. Jessie kroch im Hemd durch den Schnee, die Haut blau vor Kälte, und versuchte, diesen Schatten zu fangen.

»Eine Nacht dauert vierundzwanzig Stunden«, sagte Bjarne zu Jessie, als sie nicht aufhörte zu zittern und der Mond wie Christbaumschmuck auf der Spitze des Doms hockte.

Jessie lag mit dem Gesicht im Schnee und hielt die Luft an. Sie hörte ihren Herzschlag und spürte, wie dieser große schwere Schatten sich hinter ihr aufrichtete und sie aus dem Schnee zog. Sie dachte, wenn sie jetzt aufstand und ihm folgte, dann würde dieser Abdruck, den sie gerade hier im Schnee hinterließ, das Letzte bleiben, was von ihr noch übrig war. Sie presste sich auf den Boden, Schnee fiel auf ihren Rücken, dann Hagel.

»Jessie James, stehst du wohl auf! Es regnet Hagel wie

Ohrfeigen. Die Nacht ist bald vorbei, und wir sind verloren.« Bjarne zog Jessie hoch, sobald sie auf den Füßen stand, begann sie zu rennen. »Die Nacht ist nie vorbei«, schrie sie, »da liegt Schwani im Wagen, und sein Telefon klingelt, ich habe es gehört, sein Telefon klingelt die ganze Nacht. Wir müssen rennen, Bjarne, wir müssen rennen, verstehst du das nicht?«

Sie rannten über den Parkplatz, rannten dem Schall hinterher, wenn alles zerstört war, konnte man sich immer noch auf Falk verlassen. Falk war der König des Chaos, er zerschlug die Windschutzscheibe von jedem beschissenen Auto und schenkte ihnen die Scherben. Scherben, in denen sich das Mondlicht brach, Splitter, die sich an die Nacht erinnern würden, selbst wenn der Tag sie in sein schmutziges Licht tauchte.

Sie rannten kreuz und quer zwischen den parkenden Autos hindurch. Immer, wenn Jessie eine Windschutzscheibe krachen hörte, hieb sie selber mit einem Stein auf die Autos ein, aber ihr Echo war nicht in der Lage, den Schall einzuholen. Immer wenn sie dachten, sie hätten Falk fast erreicht, zerbrach die nächste Scheibe am anderen Ende des Platzes. Jessie lachte. Falk verwandelte alles in Kristall, Falk hob den Schatz, der unter dem Parkplatz lag, hatten sie das nicht immer gewusst?

»Wir müssen Lasse holen«, rief Jessie. »Wir müssen Feuer machen und Lasse holen. Wir werden alle erlöst!«

Sie rannte in Bjarnes Wagen und zog an Lasses Armen, aber Lasse wollte weder Drogen noch Erlösung, Lasse konzentrierte sich: Wer einmal die Zeit angehalten hatte, der konnte die Zeit auch ungeschehen machen. Wer Schwani in der Zeit erstarren lassen konnte, der konnte ihn auch von den Toten auferstehen lassen. Lasse lag auf dem Bett, starrte an die Decke und sah weder Jessie noch Bjarne, der jetzt hinter ihr auftauchte, ein krankes Grinsen ins Gesicht gemeißelt, er sah Schwani.

»Du verstehst das nicht, du musst aufstehen, Lasse. Wir

haben den Parkplatz verwandelt. Wir haben alles verwandelt. Ich habe meinen Abdruck im Schnee zurückgelassen, ich habe ihn verloren, aber ich bin immer noch da. Man braucht gar nicht so viel zum Leben, Lasse, noch nicht einmal sich selbst!«

Lasse schloss die Augen, und Bjarne zog Jessie in die Nacht hinaus. Überall in der Luft waren Fische. Die Trave war über die Ufer getreten und hatte leuchtende Quallen und pinke Seesterne aus der Ostsee mitgebracht.

Die Luft war Meer geworden, und Finchen war nicht da. Jessie lief über Seeigel, fing Robben und rief nach Finchen, sie konnten auf niemanden mehr verzichten. Sie rief ihren Namen, bis er in ihrem Kopf widerhallte, rief ihn immer lauter, bis sie ihr eigenes Echo von ihrer Stimme nicht mehr unterscheiden konnte. Da legten sich Klangschichten übereinander, schwollen an zu einem Chor, sie schrie so laut sie konnte, bis Falks Gesicht vor ihrem auftauchte, die Narben schimmerten blau auf seiner blassen Haut: »Was ist los, Jessie, was ist mit Finchen!«, er schrie sie an und schüttelte sie, er hatte Angst, hörte nicht die Schönheit dieses Chores, der noch über dem Eis hallte. Er schüttelte Jessie, bis sie lachen musste, »was weiß denn ich, siehst du nicht das Meer, Falk? Wir sind in Finchens Traum gefangen, Finchen träumt uns, Falk, natürlich können wir sie nicht sehen«.

Sie fanden Finchen im Wagen, als sie Schwanis Taschen durchsuchten. Sie würgte und krümmte sich, sie zitterte, aber ihre Haut war heiß. Schwani hatte ihnen einen Schrank voller Drogen hinterlassen, das Heroin aber hatte er dem Roggenbuk geschenkt, das Heroin hatte die Fische verjagt und auf den Parkplatz getrieben, wo Finchen in ihrem eigenen Traum lag und nichts mehr wollte, als daraus zu fliehen.

Falk fand die Einstiche zwischen ihren Zehen, dicht nebeneinander, Vampirbisse. Er ließ die Arme sinken, stieß ein

Geräusch aus, das nur noch entfernt an einen Menschen erinnerte, und rannte mit dem Kopf gegen die Tür. Dann riss er den toten Körper vom Boden und donnerte seine Fäuste in Schwanis blasse Haut.

Das schwere Papier glomm stinkend vor sich hin, von den Scheiten rutschte der Schnee. Eine Schnecke schweren feuchten Rauches kroch Jessie ins Gesicht, es brannte in der Lunge, es biss in den Augen, sie tauchte unter den Wagen und griff den Kanister, schüttete mehrere Liter Benzin in die schwelende Glut.

Die Stichflamme versengte ihr fast die Haare, das Feuer brannte endlich, alles wurde hell, es war heiß, Jessie riss den Mund auf, und das Feuer schoss heraus. Gletscher schmolzen, Drachen schlugen ihre Schwingen über ihrem Scheitel. Jessie war die Herrin des Feuers, die Herrin des Rauches. Alle Gesichter wandten sich ihr zu, Falk und Finchen jubelten, und Jessie erkannte, dass sie zweidimensional waren. Sie neigten die Köpfe, und Jessie sah das weiße Papier ihrer Rückseiten, sie öffneten die Münder, und Jessie konnte zwischen ihren Lippen die Flammen sehen. Sie hörte Finchen knistern, bei jeder Bewegung hörte sie das Papier rascheln, sie hörte das Kichern der Flammen; schüren, sie musste es schüren, so ein Feuer fraß sich auf.

Sie stocherte in der Glut und warf Scheite nach, damit alles höher loderte. LSD MDMA THC Psylocibin. Sie waren reich, sie warfen sich gegenseitig die Pillen in den Mund wie Erdnüsse, sie pinkelten in den Schnee und liefen barfuß durch die Kohlen. Sie umkreisten das Feuer und murmelten Zaubersprüche, sogen an Zigaretten, spuckten in die Flammen und tranken aus einer Flasche. Das Feuer loderte auf, eine Lichtsäule, die bis in den Himmel ragte und alles verband: Bjarne, Jessie, Finchen, Falk und Lasse hier unten, mit den ganzen dicken Engeln da oben.

Hawkings Universum brannte, Schwarze Löcher zerfielen zu Staub, Bildbände, Bücher, Platten und Sterne stiegen in den Himmel. Lasse stürzte mit einem Heulen in den Kreis, Augen und Mund weit aufgerissen, stürzte direkt in ihre Mitte wie in ein Sprungtuch, sie breiteten die Arme aus und hielten ihren Freund, für den sie endlich den erlösenden Zauber gefunden hatten. Er schlug nach ihnen, aber jede Geburt schmerzte, sie mussten ihn festhalten, auch wenn er biss und trat. Sie flößten ihm Wodka ein und murmelten Zaubersprüche, eine Erlösung, wie alles verging. Und dann mussten sie los, zogen Lasse hinter sich her, mussten rennen, damit sie schneller waren als die Sonne, die sie alle zu Asche verwandeln würde. Noch standen die Wolken über dem Mond, das Feuer griff nach ihnen, war so heiß, dass es den Schnee schmolz und die Krokusse aus dem Asphalt trieb.

Sie hatten die Laternen ausgetreten, die Flammen warfen ihr Licht über den ganzen Parkplatz. Bjarne und Jessie nahmen Lasse in die Mitte, Falk und Finchen liefen vor ihnen her, schlugen ihren Weg durch die endende Nacht, Bjarne erbrach sich über seinen Parka, aber niemals blieben sie stehen, niemals. Die Erde hätte aufgehört, sich zu drehen, die Fliehkraft wäre versiegt, und sie wären gestürzt, dahin, wo der Druck ihre Körper zerreißen würde. Sie wären in Rauch aufgegangen, hätten sie sich ein einziges Mal umgedreht, dorthin, wo das Feuer mit dem Morgengrauen verschmolz, wo die Funken Schwani aus dem Mund schlugen, wo Lasses Wagen in Flammen stand.

Freya erwachte nach kurzem Schlaf, sie lag im Mantel im Bett, die Bettdecke schwer, als wäre sie mit Wasser vollgesogen. Sie stand auf, stieg die Treppe hinunter und kochte Kaffee. Sie trank ihn im Stehen, dann knöpfte sie ihren Mantel zu, zog sich die Stiefel an und ging aus dem Haus. Es war noch dunkel, so wie damals, als sie an der Hand ihres Vaters das Haus verlassen hatte, um Lucie zu suchen.

Lucie stand am Hafen im Windschatten der Lagerhalle Nummer neun und schaute auf das träge schwarze Wasser, in dem sich die Sterne spiegelten. Ihr linkes Auge war zugeschwollen, die Lippe aufgeplatzt, eine Rippe war gebrochen und ihr linker Arm, aber sie spürte nichts. Sie wusste nur, dass sie zurückgehen musste, dass sie ihre Tochter nicht in der Gröpelgrube zurücklassen konnte, dass das Haus ein bösartiges geworden war und jetzt seine felsene Faust um ihre Tochter schloss.

Lucie war schwindelig, sie schwankte im Wind, der sie in den Rücken stieß, und dann wurde es plötzlich eiskalt und nass. Sie schaute in die Augen des Teufels, durch die das schwarze Wasser der Trave floss, an deren Firmament die Sterne brannten.

Lucie sank dem Grund der Trave entgegen, der Teufel

hielt sie in seinen Armen, sie schaute ihm in die Augen und sah Slawina, die Slawenfürstin, die im Schoß der Stadt in Flammen stand, sah tausend Jahre einer Stadt und keinen Gott. Den Teufel, der sich zwischen Michél und die Leinwand warf, in der Hoffnung, dass ihn einmal etwas berühren konnte, sein Körper, der von der Farbe durchtrieben wurde, ohne dass etwas an ihm haften blieb. Dann sah sie sich selbst. Sah sich durch seine Augen, der erste Mensch, der seine Einsamkeit durchbrach. Lucie schaute dem Teufel in die Augen und weinte zum ersten Mal in ihrem Leben. Sie lag an seiner Brust und sank dem goldenen Haar von Magdalena entgegen.

Der Teufel, der schon gleichmütig unzählige Menschen hatte kämpfen und sterben sehen, griff nach diesem einen, griff nach ihr, als hätte sein Körper eine Substanz. Der Teufel trug Lucie in seinen Armen und sank auf den Grund der Trave. Er versuchte zu schwimmen, er ruderte und strauchelte, aber sein Körper bot keinen Widerstand. Der Mond leuchtete durch seine Augen, das Wasser durchdrang seine Beine und griff nach Lucie. Wen die Trave geboren hatte, den holte sie sich zurück.

Der Teufel stand auf dem Grund der Trave, den Kopf in den Nacken gelegt, über ihm trieben die dicken Bäuche der Schiffe, fette Ketten liefen bis auf den Grund, zu seinen Füßen lag Lucie, die Augen gleißend blau wie am ersten Tag. Er schrie. Er schrie, wie nur einer schreit, dem sonst nichts von Bedeutung war. Die Trave hätte verdampfen müssen, die Straßen zerfallen, Menschen erblinden, die Sonne ersticken, der Mond verpuffen. Der Himmel selbst sollte in sich zusammenfallen und ihn, den Verdammten, vernichten. Sterne sollten erschlagen werden wie Mücken, und Tote sollten aus ihren Gräbern kriechen, aber nichts geschah. Niemand hörte ihn, nur der Roggenbuk. Lucie starb, und der Roggenbuk erwachte aus dem Tod wie aus tiefem Schlaf. Lucie starb, und das Licht ihrer Augen färbte die Trave gleißend blau.

Freya stand im Windschatten der Lagerhalle Nummer neun, schaute auf die Eisschollen, die sich träge die Trave hinunterschoben, und begriff, dass Geschichten wahr werden, wenn man sie nur oft genug erzählt. Sie war niemals wieder hier gewesen, seit der Nacht, in der sie und ihr Vater im Scheinwerfer eines Autos hier am Ufer gestanden hatten und sie ihren Schatten über ihre tote Mutter warf, ihr Vater nicht.

Nebel lag über den Buden des Märchenwaldes, die Umrisse der maroden Puppen spukten durch den Morgen, Lasse lehnte an der Rückwand einer Bude, die anderen standen im engen Halbkreis um ihn herum. Ein neuer, frischer Morgen war angebrochen, und sie lebten. Sie hatten versengte Wimpern, und ihr Haar roch nach Rauch. Sie waren ein wildes, zähes Tier, und Lasse war ihr Herz, und es schlug zu langsam. Finchen holte das letzte Ecstasy aus der Tasche, das Tier war gierig. Sie hatten in die Flammen geschaut, und Lasse so lange festgehalten, bis das Dach über Schwani zusammengestürzt war, die Sonne konnte aufgehen, wenn sie wollte, sie waren blind. Das Tier musste gefüttert werden, sein Herz musste schneller schlagen, aber Lasse schüttelte den Kopf. Presste die Lippen zusammen, aber das Tier war warm, das Tier war schnell, das Tier schloss den Kreis enger. Finchen warf die Pillen in den Wein, schüttete Speed dazu, Bjarne hielt Lasse im Arm, »Alter, wir müssen da jetzt zusammen durch, wir halten zusammen, wir lassen dich nicht allein!«, griff ihn fester und zwang ihm die Flasche zwischen die Lippen, und damit war das Thema erledigt, das Tier lächelte.

Sie lachten, als sie zwischen den Buden hindurchliefen. Schneewittchen lag auf der Schwelle, die Zwerge hoben beschwörend die Hände, die holzgeschnitzten Gesichter verrottet, die Haare verstaubt und voller Fliegen. Der Fischer und sin Fru hockten vor ihrem stinkenden Pott, die Hexe befühlte Hänsels dürre Finger, ein Königsgelage an breiter Tafel, die Königin hielt sich die Hand an die Brust, den vergifteten Kuchen noch auf der Gabel, den Lack auf ihrem Gesicht durchzogen Risse, ihre Nase war von Holzwürmern zerfressen.

Sie schwankten und hielten sich aneinander fest, ein großer warmer Körper mit kalten Füßen und Fäusten. Lasse hielten sie in ihrer Mitte, am wärmsten Platz. Wenn er sich keuchend die Hand an die Brust hielt, weil dort stechende Schmerzen auftauchten, legten sie ihm die Arme fester um die Schultern und pressten ihm den Flaschenhals an die Lippen. MDMA war ein Ritter, der keine Schwäche duldete.

Familien spülten in Wellen zwischen den Buden durch, Finchen lachte so laut, dass die Kinder erschrocken zusammenzuckten, die Besucher rückten auseinander und machten ihnen Platz. Sie standen in der ersten Reihe, wenn Aschenputtel mit knarrenden Geräuschen und stockenden, nachfedernden Bewegungen den Fußboden vor der Feuerstelle wischte, wenn Rapunzel ihren staubigen, maroden Zopf aus dem Turm hängte. Schüttel mich, schüttel mich, meine Äpfel sind schon alle reif, Buttje Buttje in de See, mine Fru die Ilsebill, will nich so als ik wohl will, und das Pech blieb an ihr hängen und wollte ein Lebtag nicht von ihr weichen, da schlug sie sich mit einem Beil die Ferse ab, und es begab sich zu der Zeit, und man legte sie in einen gläsernen Sarg.

Jessie löste sich von Bjarnes Seite, die Kälte umschloss sie sofort. Lasse sackte ein wenig zusammen, Falk griff ihn fest um die Schultern, und Jessie zwang ihm die Flasche zwischen die Lippen. Lasse hob die Hände und machte hektische

Bewegungen, die, es konnte gar nicht anders sein, ein Tanz waren, ein Tanz der Freiheit, der Plan ging auf, sie würden alle befreit: »Los, Lasse, lass die Vögel fliegen.« Jessie zeigte auf seine flatternden Hände. »Lass die Vögel fliegen, lass die Klunker klacken, he, du alter Hippie, *tanz!*« Das letzte Wort in plötzlichem tiefen Hass ausgespuckt, Lasse ins Gesicht gespuckt, der mit geweiteten Augen und zitternden Mundwinkeln, wieso musste er immer so lieb und so jämmerlich, da *konnte* man doch nur drauf rumtrampeln.

Lasses Brust hob und senkte sich schnell, aber seine Hände flatterten wie Vögel, seine Ringe schlugen klackernd aneinander, Jessie lachte, und Bjarne riss sie zurück. »Lass ihn in Ruhe, Jessie, was machst du denn da!«, da nahm sie eine Schere und schnitt Rapunzel das goldene Haar, zieh mich raus, zieh mich raus, ich bin schon ganz ausgebacken, damit ich dich besser fressen kann, und setzte ihre Kinder im tiefen Wald aus.

Jessie breitete die Arme aus und ließ die Finger fliegen. Lasses Ringe an ihren Fingern schlugen aneinander, Lasse machte seltsame Geräusche, er kniete auf dem Boden, die Hand gegen die Brust gepresst, da fehlte Zeit, warum hockte er da, was triefte, was wimmerte, was ächzte da? Jessie trat ins Leere, erschrak tief und wusste nicht worüber, dann drängte sie sich durch zur Frau Holle und hob die Flasche. Neben ihr aß ein Kind gebrannte Mandeln, Jessie hörte das Knacken der Mandeln und das Knacken im Getriebe der Frau Holle. Frau Holle beugte sich aus dem Fenster und schüttelte mit abgehackten Bewegungen ein Kissen aus, an dem überall Draht herausschaute. Die Farbe blätterte von der rechten Wange der Frau Holle ab und gab den Blick frei auf die Wurmlöcher, ihr linkes Auge fehlte. Das Kind starrte fasziniert in die Augenhöhle, steckte sich eine Mandel nach der anderen in den Mund und kaute mechanisch mit den Bewegungen der Frau Holle. Jessie bekam eine tiefe, ernste Angst.

Gleich würde das Auge des Kindes herausfallen, die Haut würde sich vom Fleisch lösen und die Haare in Flechten ausfallen. Sie streckte die Hand aus und berührte das Kind an der Wange, das nicht reagierte. Und schnitt ihm den Bauch auf und füllte ihn mit Wackersteinen, und sprang der Spule hinterher, und die Rosen wuchsen zu einer dichten Hecke um das Schloss. Jessie stupste das Kind an der Schulter, wer hat von meinem Tellerchen gegessen, sie griff das Kind mit beiden Händen und schüttelte es, der Wein schwappte aus der Flasche und dem Kind ins Gesicht. Mandelbrocken fielen aus seinem Mund wie Zähne. Jessie schrie das Kind an, wurde gepackt und zur Seite gestoßen, und plötzlich waren da Bjarne und Falk und Finchen und Lasse und sonst niemand mehr, der warme Körper schloss sich um Jessie und lauschte. Und es war eine Königstochter, die war so schön, die Guten ins Töpfchen, die Schlechten ins Kröpfchen, ruckedigu, Blut ist im Schuh.

Lasse fuhr sich mit den Händen über das Gesicht, er wankte, stolperte über eine leere Flasche und hielt sich an der Holzbude fest. Falk schlug ihm kräftig auf die Schulter, so kräftig, dass Lasse in die Knie ging. Er hob den Kopf und lächelte Falk an, mit einem Lächeln, das irgendwie festgefroren wirkte, so als könnte man es aus seinem Gesicht reißen. Jessie griff danach, griff nach seinem Lächeln, und dann brannte ihr was durch: wie Lasse dort hockte, mit Gliedmaßen so schwach und schlapp, als wäre er eine Marionette, der man die Fäden abgeschnitten hatte. Was grinste er dann noch so? Sie hatten Schwani verloren, und Lasse machte sich kein bisschen gerade, hatte sich erst ins Feuer stürzen wollen und kniete nun im Schnee wie ein Pflegefall. Es kam hier auf jeden an. Raffte er das nicht?

Lasse schaute Jessie an, streckte seine Hand nach ihr aus, sie ergriff sie, zog ihn halb hoch. Sie fing fast an zu heulen, als sie seinen Blick sah: Wie konnte das sein, dass Lasse

Angst hatte, Angst vor ihr? Dann schubste sie ihn. Lasse stolperte rückwärts über die Absperrung und fiel zwischen die Plastikbüsche auf den gefegten Hof der Frau Holle, sein Kopf lag direkt neben dem Kaninchen, und Frau Holle schüttelte ihr Kissen über ihm aus, aber es schneite nicht. Lasse tastete neben sich, als suchte er eine Brille, und die Rosen stachen ihm die Augen aus, und blind irrte er durch die Wälder, bis er in die Wüstenei kam, in der Rapunzel jämmerlich lebte. Bjarne sprang über die Absperrung und zog Lasse wieder hoch. Jessie bürstete ihm den Schnee ab, Falk nahm Lasse um die Schulter und lachte, Jessie hörte nicht auf, den Schnee von Lasses Mantel zu bürsten. Als es keinen mehr gab, zerrte sie an dem Ärmel herum, Tränen liefen ihr übers Gesicht, sie riss an Lasses Mantel, bis sie einen Ärmel in der Hand hatte und zu Boden stürzte. Aber der Kamm war vergiftet, Ihr, Königin, Ihr seid die Schönste im ganzen Land.

Bjarne zerrte Jessie hoch, sie umklammerte ihn und vergrub ihr Gesicht an seinem Hals, aber er stieß sie weg, schaute sie an, als hätte er sie gerade zum ersten Mal gesehen. Jessie hörte sich wimmern, oder knurren, sie nahm Bjarnes Gesicht in beide Hände, legte ihre Stirn an seine, und dann wurde er ganz still, als sie plötzlich ausholte und ihre Stirn mit aller Kraft gegen seine Nase schlug. Bjarne taumelte rückwärts und fiel in den Schnee, Jessie drehte sich um und schlug Lasse das Lächeln aus dem Gesicht, dieses Lächeln, das immer alles besser wusste, mit dem man alles machen konnte. »Wehr dich doch mal, du scheiß Hippie, wehr dich endlich!« Jessie schlug ihm gegen die Brust und trat ihm zwischen die Beine, dann lag Lasse am Boden, und Jessie trat auf ihn ein. Sie hörte das Knacken der gebrannten Mandeln, sie hörte das Wispern der Menge, die Zwerge sangen, nur Jessie und Lasse schienen in absolute Stille getaucht. Jessie sah, wie ihr Stiefel ausholte und zutrat, die Sonne schien ihr zwischen den Beinen hindurch, der Schnee glitzerte, Lasse erbrach sich in einem Schwall von gelber Flüssigkeit, Jessie sah die Mandeln über das Kopfsteinpflaster prasseln und Lasses Lächeln.

Nur der Teufel sah Christoph tanzen. Er sah, wie sich ein Schatten an der Wand der Lagerhalle neun aufrichtete, streckte, die Arme hob und den Rücken durchbog. Der Schatten neigte den Kopf und erhob sich auf die Zehenspitzen, die Knie durchgedrückt, Waden und Schenkel gespannt, den Rücken gestreckt. Er ragte still an der Wand der Lagerhalle auf, dann hob er ein gestrecktes Bein nach vorn, führte es über die Seite nach oben, bis er in einem fast unmöglichen Spagat stand, aber bei den guten Tänzern wirkte auch das Unmögliche leicht. Er setzte das Bein wieder auf, bog sich langsam ins Hohlkreuz, bis die Fingerspitzen über die Trave huschten, dann richtete er sich auf, machte aus dem Stand einen gewaltigen Sprung und begann zu tanzen. Er raste über die Trave. Er flog in Pirouetten den Hafen entlang, er sprang in gestrecktem Spagat von einem Ufer zum anderen, die Arme gestreckt, Finger wie schlanke Ästchen. Er bog seine Gliedmaßen um die Masten, er war ein Flirren auf den Segeln, ein Wind in der Takelage. Er stampfte auf, und das Eis zersprang, er tobte über die Schollen wie ein Unwetter, Christoph tanzte so wild, er trat dem Mond in die Fresse.

Als der Schatten verschwunden war, blieb dort nur Jessie: ohne Geschichte, aber voller Reue.

Über dem Märchenwald schwebte ein Mann. Er stand kerzengerade in der Luft, ein Notizbuch in der Hand, und notierte Höhe und Dauer seiner Levitation. Dauer: dreiundfünzig Jahre und neun Monate, derzeitige Höhe: sieben Meter. Er hatte Eiszapfen am Schnauzbart und in den Haaren, nur wenige Zähne waren ihm geblieben, er hatte immerhin das Sonnensystem durchquert. Erst vor wenigen Jahren hatte sein Sinkflug begonnen, nun war er zurück in seiner Heimatstadt, und obwohl er sich Menschenaufläufe vorgestellt hatte, die aneinandergedrängt, die Köpfe in den Himmel gereckt, ihm entgegensahen, nahm er sich zusammen, als er feststellen musste, dass niemand ihn beachtete, dass alle Augen auf den Boden gerichtet waren, wo ein Patient auf ihn wartete. Niemand sah seine Landung.

Niemand außer Lasse. Und das sollte ihn, Lasse, retten. Denn niemand, zu dessen Rettung ein Arzt aus dem All herabgeschwebt war, gab sich auf.

Die Menge trat auseinander, als ein schmächtiger hundertzweiundsiebzigjähriger Arzt, gekleidet in einen altmodischen Frack, mit einer Tasche in der Hand, in der Tinkturen zu Pulver und Pulver zu Stein geworden waren, sich einen Weg zu Lasse bahnte. Lasse hatte eine gebrochene Nase und eine gebrochene Rippe, ansonsten »sieht es schlimmer aus, als es ist«, bemerkte der Arzt, öffnete seine Tasche und suchte nach einem letzten überlebenden Blutegel, um die Blutergüsse zu lindern.

Es war viel schlimmer, als es aussah: Lasse hatte seinen Geliebten, seine Freunde und sein Zuhause verloren, sein Wagen war verbrannt, sein Didgeridoo war verbrannt, seine Bücher, seine Kleidung, seine Plattensammlung. Finchen, Falk und Bjarne knieten im Kreis um ihn herum, aber es war ein Alptraum, in dem sie gemeinsam gefangen waren.

Lasse dachte an die Nacht, in der er Jessie am Hafen aufgelesen hatte. Sie hatte in einem dünnen Herrenoberhemd und einer Anzughose im Schnee gelegen und eine Zigarette geraucht, und als Lasse ihr aufgeholfen hatte, hatte sie ihn mit dieser seltsam scharfen Klarheit angeschaut, die Betrunkene manchmal haben, und hatte gesagt: »Das wird dir noch leidtun. Eine wie mich rettet man nicht.«

Er fragte sich, ob es ihm leidtat, aber er fühlte nichts. Alles, woran er geglaubt hatte, war zerstört und verschwunden, er hatte kein System mehr, nach dem er die Welt ordnen konnte, er glaubte an nichts und wollte nichts.

Es war ganz einfach: Lasse sah keinen Grund mehr, sich aufzurappeln und abzukämpfen, Lasse wollte sterben. Wenn nicht dieser Mann, dessen Haut an ein Fossil erinnerte, der kaum noch Zähne besaß und dessen Zunge wie eine eingetrocknete Schnecke am Gaumen klebte, während er ihn mit halbgeöffnetem Mund untersuchte, wenn nicht dieser Mann ein Wunder gewesen wäre.

Bjarne war verschwunden. Jessie riss die Polizeiversiegelung ab und öffnete die Tür. Auf den Holzdielen lag eine Schneeflocke, noch kristallin, die unter Jessies Blick taute. So schnell, dass sie sich nicht erklären konnte, wie Bjarne die Flocke in den Wagen lassen, die Tür schließen und weggehen konnte, ohne dass Jessie, die seit zwei Minuten den Wagen beim Gang über den leeren Parkplatz im Blick hatte, ihn hatte weggehen sehen. Noch dazu führten keine Fußspuren im Schnee von Bjarnes Wagen weg. Jessie stand in der Tür und sah die Flocke tauen. Und als die Schneeflocke ein winziger See geworden, und dann selbst der Wasserfleck auf den Dielen getrocknet war, wusste Jessie, dass Bjarne fort war und nicht zurückkommen würde.

Der Kaffee auf dem Tisch war noch warm. Jessie trank ihn in ganz kleinen Schlucken. Sie fuhr mit dem Finger über die rissige Holzplatte des Tisches, pickte trockene Brotkrumen auf und steckte sie in den Mund.

Sie zog das Gummiband aus den Haaren, ließ sich fallen und tastete den Boden des Wagens ab. Zentimeter für Zentimeter. Sie suchte nichts. Sie vergewisserte sich nur. Der Dielen, der Fugen, der abgetretenen Nägel. Was ihre Finger nicht ertasten konnten, fingen ihre Haare auf. Feinste Staubpartikel sammelten sich in den Spitzen, Flusen, Sporen. Jeden

Dreck, den Bjarne und sie hereingetragen hatten, nahm sie auf. Jessie kroch bis unter das Bett, dort, wo Bjarnes und ihre Hautschuppen zu Staub geworden waren. Es war alles, was sie von ihm noch hatte.

Finchen hielt den Gurt zwischen den Zähnen und zog so fest sie konnte. Aus dem Fenster sah sie das Eis auf der Wakenitz. Ein paar Seerosenblätter waren auf der Oberfläche festgefroren und von den Kufen der Schlittschuhe durchschnitten. Es gab Algenarten, die täglich einen Meter wuchsen. Riesenhafte, tiefe Wälder. Als Kind war sie an den Stengeln der Seerosen hinuntergetaucht, bis sie im modrigen Schummerlicht den schlammigen Grund unter den Fingern spürte. Sie hatte Taucherbrillen nach oben gebracht, dicht von Moos bewachsen, Kronkorken von Getränken, die längst aus den Supermärkten verschwunden waren, einmal eine Perlenkette aus rosa Plastik.

Neben dem Steg war der alte Kahn eingefroren. Noch vor zehn Jahren war sie darin, zusammen mit ihrem Vater, die Wakenitz hinuntergepaddelt. An bestimmten Stellen, dort wo der Fluss besonders breit war, spannten sich seine Muskeln plötzlich an, und er bekam etwas Geducktes, obwohl er aufrecht sitzen blieb. Finchen wusste dann, dass sie still sein musste. Ihr Vater tauchte die Paddel fast lautlos ins Wasser. So vorsichtig, dass das Wasser plötzlich dickflüssig zu sein schien. Ölig schloss es sich um das Holz der Paddel. Finchen mochte das Geräusch, das die Paddel machten, wenn am anderen Ufer der Osten war. Man hörte, wie das Wasser geteilt wurde, in Zeitlupe, und die einzelnen dicken Tropfen, die schwer vom Holz rannen und auf der Oberfläche zerplatzten, wenn das Paddel wieder an die Luft kam.

Finchen saß auf dem Fensterbrett, lächelte und stach die Nadel direkt in die Armbeuge. Sie hatte nichts mehr zu verbergen.

Piccard, Walsh und Finchen sanken in einer kühlschrankgroßen Metallkugel dem Meeresgrund entgegen. Sie sanken durch Algenwälder, Otter tauchten an ihnen vorbei, Haie umkreisten das U-Boot. Sie sanken an den Hängen eines Korallenriffs hinunter. Das Riff blühte, Wasserschlangen jagten zwischen den Korallen, leuchtend grüne *Lutjanus Kamira* schossen durch das Riff, Schwärme des geperlten Soldatenfisches glänzten rosarot in den gebrochenen Lichtstrahlen. Ein riesiger Mondfisch ließ sich von Putzerfischen die Parasiten von der Haut nagen. Schon nach dreihundert Metern versiegte das Sonnenlicht. Ein Wal glitt an ihnen vorbei, sein Maul blähte sich zu einem riesigen Zelt und schluckte Tonnen an Krill. Die Flamingozunge *Cyphoma gibbosum* ließ sich auf der Taucherglocke nieder. Ihr glatter gelber Körper war bedeckt von orangen, braun umrandeten Flecken, ein leuchtend rotes Band wand sich um ihren ganzen Leib. Die Qualle *Crossata Norvegica* schwebte vorüber, ein dunkelroter Pilz mit dünnen, rosa Tentakeln, und dann kamen die Tintenfische, durchsichtige mit roten Punkten.

Nach dreitausend Metern stießen sie auf den Grund. Würmer und Krabben krochen übereinander. Seeigel hatten sich zu Schutzwällen aufgeschichtet, Seesterne krochen über die Wälle und verdauten die Seeigel bis auf die Knochen. Leuchtende Seeanemonen wucherten bis an die Kugel heran.

Walsh und Piccard fassten sich ein Herz und lenkten das U-Boot zur Schlucht. Sie sanken in den Mariannengraben. Sie schalteten die Scheinwerfer an, ein herkömmliches U-Boot würde vom Wasserdruck zerquetscht werden wie eine leere Coladose, aber Walsh, Piccard und Finchen hielten stand. Ein Vampirtintenfisch schwebte vorüber, Walsh schaltete das Licht wieder aus, und die Schwärze der See wurde erhellt von den Lichtern der Kraken, der Quallen, der Salpen. Ein Anglerfisch sperrte sein riesiges Maul auf und zeigte seine Zähne, Finchen streckte die Hand aus und legte sie gegen die Scheibe, ihre Fingernägel leuchteten. Sie hielt sich die Hände vor das Gesicht und lachte. Sie war biolumineszent. Ihre Adern flackerten durch die Oberfläche der Haut, sie sah von ihrem Körper nichts als dieses wunderschöne Gespinst, das über ihren Knochen lag.

Nach elftausendsechshundertneunzehn Metern stieß die *Trieste* auf den Grund. Finchen stieg einfach aus, der Ozean wich vor ihr zurück, öffnete ihr ein Tor. Sie setzte ihre Füße auf den Meeresboden. Auch ihre Fußnägel strahlten ein Licht ab. Walsh und Piccard saßen dort, wo nie ein Mensch gewesen war, in einer Landschaft, fremder als der Mond, und beobachteten dieses Mädchen mit der leuchtenden Haut, das in der Finsternis verschwand.

Jessie und Lasse saßen am brackigen Hafenbecken, Jessie zielte mit Kieselsteinen nach den kreischenden Möwen, Lasse nicht.

»Du bist einer von den Guten«, sagte Jessie. Sagte es, als wäre das was Schlaues und Wichtiges.

Lasse dachte daran, wie Jessie und Bjarne nachts über das Brückengeländer balanciert waren. Er erinnerte sich an den langen, abgeknickten Schatten, den Jessie geworfen hatte, und dass er immer gedacht hatte, der Schatten könnte stürzen; um Jessie hatte er sich keine Sorgen gemacht.

Jessie warf ihre Zigarettenkippe in die Luft, eine der kreisenden Möwen schnappte sie im Flug. Die Trave bildete Strudel, tiefe schwarze Wirbel. »Wir dürfen die Stadt niemals verlassen«, sagte Jessie, »wir zerfallen, wenn wir die Trave verlassen, keiner kommt hier lebend raus.«

Es war ein kalter Frühling, Jessie raffte ihr Jackett über der Brust zusammen: »Der Punkt ist, niemand, der in die Trave geht, verschwindet ganz. Ich weiß, dass du mich nicht sehen willst, Lasse. Aber ich wollte dir was geben.«

Lasse schaute mit zusammengekniffenen Augen über das Wasser, er dachte daran, wie Jessie vom Brückengeländer gesprungen war, und wie für einen Moment ihr Schatten oben am Rand gekauert hatte, als hätte er Angst. Es war nur eine

Sekunde, und Lasse war stoned gewesen, er hatte diesen Moment vergessen, bis Jessie ihn auf dem Märchenwald ins Gesicht getreten hatte und der Schatten ihres Stiefels seine Nase brach, bevor ihr Stiefel ihn tatsächlich getroffen hatte.

Lasse hatte sich die Dreads abgeschnitten, er war aufs Land gezogen und machte eine Ausbildung zum Schäfer. »Du kannst die Stadt nicht verlassen, Jessie«, sagte er. »Ich schon.«

Jessie drückte ihm ein Marmeladenglas in die Hand.

»Was ist das?«, fragte Lasse.

»Das ist Schwani«, sagte Jessie.

Lasse hatte Brot für die Möwen dabei, aber er schmiss es weder ins Wasser noch in die Luft, er hielt es auf offener Hand in den Wind, und die Möwen kamen auf einen Meter ran und drehten wieder ab. In dem Moment verstand Jessie, dass Lasse zwar nicht mehr derselbe war, dass er aber auch nicht verloren war. Niemand, der glaubte, dass Möwen ihm aus der Hand fressen würden, hatte aufgegeben. Auch sie, Jessie, war nicht verloren. Sie war allein, aber sie hatte eine Geschichte, die nur noch ihre eigene war. Ihre Mutter war nach Hamburg zu Jürgen gezogen, und Jessie saß jeden Abend auf dem grünen Samtsofa und wartete auf Lucies nasse Fußabdrücke, aber das Haus beherbergte keine Geister mehr.

»Pioniere reisen voran«, sagte Lasse, schraubte das Marmeladenglas auf und schüttete den Inhalt in die Trave.

Die Arbeit an diesem Roman wurde gefördert durch den Berliner Senat, die Stiftung Schleswig-Holstein, das Künstlerdorf Schöppingen, die Villa Decius in Krakau sowie das Literaturhaus Pazin und das Goethe-Institut Kroatien. Außerdem danke ich sehr herzlich den Historikern Prof. Dr. Gerhard Paul, Friedemann Rincke und Martin Kraus für die Unterstützung bei der Klärung offener Fragen und Karl H. Nissen für die Überprüfung und Korrektur der plattdeutschen Passagen.

Dieser Titel ist auch als E-Book erschienen

Eichborn Verlag in der Bastei Lübbe AG

Originalausgabe

Textredaktion: Martin Mittelmeier, Köln
Umschlaggestaltung: Uıberlin/Patrizia Di Stefano
Einband-/Umschlagmotiv: Uıberlin.de unter Verwendung eines Motives von © getty-images/Jose A. Bernat Bacete
Satz: Dörlemann Satz, Lemförde
Gesetzt aus der Adobe Caslon
Druck und Einband: GGP Media GmbH, Pößneck

Printed in Germany
ISBN 978-3-8479-0026-9

5 4 3 2 1

Stam

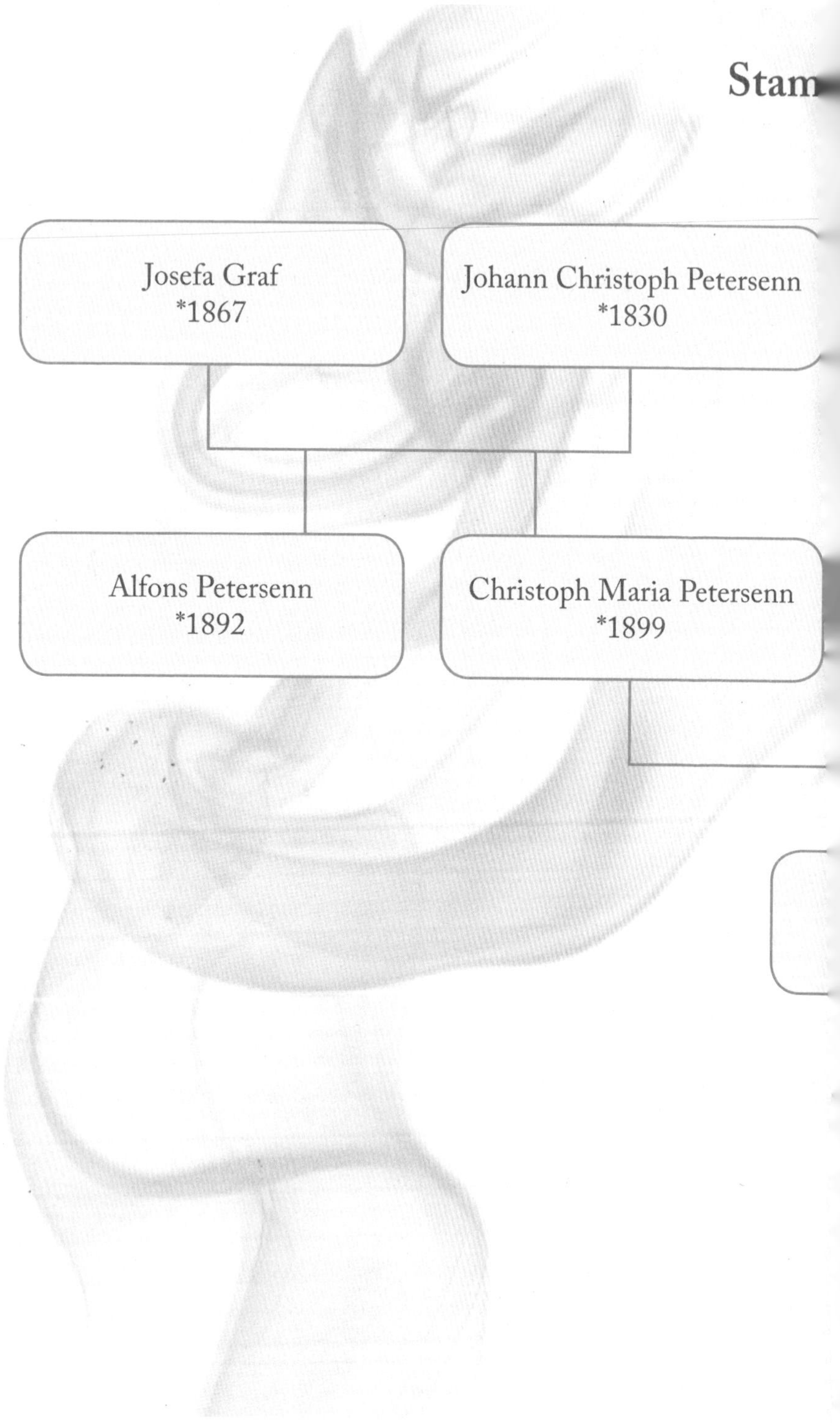
Josefa Graf
*1867
Johann Christoph Petersenn
*1830
Alfons Petersenn
*1892
Christoph Maria Petersenn
*1899